서사적 글쓰기와
시가 운용

서사적 글쓰기와
시가 운용

辛恩卿 지음

보고사

동아시아 고전담론의 두드러진 특징 중 하나는 산문과 운문의 결합으로 글이 이루어지는 양상이 널리 보편화되어 있다는 점이다. 이 책은 원래 이같은 글쓰기 방식에 주목한 『동아시아의 글쓰기 전략』(보고사, 2015)의 일부로 구성되었던 논문들을 따로 분리한 것이다. 『동아시아의 글쓰기 전략』이 너무 방대해진 것이 결정적 이유였지만, 산문과 운문의 결합으로 이루어진 한·중·일 고전 담론들의 여러 유형들—서부가형, 열전형, 시화형, 비서사체 시삽입형, 서사체 시삽입형, 주석형, 복합형— 중에서도 서사체 시삽입형은 텍스트 수나 분량, 보편화의 정도, 연구 논문의 수 등 여러 면에서 가장 큰 비중을 차지하고 있기 때문에 별도로 집중적인 조명이 필요하다는 것도 그 이유 중 하나였다. 서사체 시삽입형이란 산문부분이 서사체의 성격을 띠면서 그 안에 운문이 군데군데 삽입이 되는 담론 형태를 가리킨다. 책 제목의 '서사적 글쓰기'란 글쓰기 행위의 산물이 '서사체'인 것을 가리키며 '시가 운용'이란 이 서사체를 생산해내는 과정에서 시가를 활용하는 것을 가리킨다. 그러므로 이 책의 제목이자 주제인 '서사적 글쓰기와 시가 운용'이란 바로 서사체 시삽입형 산운 혼합담론에 대한 집중적 검토가 되는 셈이다.

이 분야에 관심을 가진 많은 학자들은 이런 담론 유형의 기원으로 佛經을 대중화하는 과정에서 발생한 돈황 강창텍스트들을 지목해 왔고 필자 또한 이 입장을 부인하지는 않는다. 그러나 돈황 강창 텍스트들보다 시기적으로 훨씬 앞서 산운 혼합담론 형태가 존재해 왔다는 사실에 주목하게 되면서, 하나의 기원을 내세우는 單元的 관점을 지양하고 다원적 시각으로 이 담론들을 검토할 필요가 있다는 생각을 하게 되었다. 先秦 時代의 『春秋左氏傳』이나 『國語』, 그리고 『呂氏春秋』『晏子春秋』와 같은 제자백가의 담론들, 漢代의 『說苑』『新序』 등의 저술은 필자로 하여금 이같은 다원적 관점의 필요성을 절감케 한 저술들이다.

이들은 표현기법, 사용언어, 삽입 운문, 담당층, 연행의 측면 등 여러 면에서 강창 계열과는 성격이 판이하게 다른 텍스트성을 지닌 것들이다. 그러나 이 텍스트들을 논의의 중심으로 끌어들이기 위해서는 왜 이들이 문학 연구의 자료가 될 수 있는가에 대한 규명이 필요했다. 이 자료들을 문학 담론의 범주로 수용하기 위해 필자가 주목한 것은 '허구성'의 개념이다. '허구'를 단지 사실이 아닌 일을 사실처럼 얽어 조작하는 행위라든가 문학에서 실제로는 없는 일을 꾸며 내는 일이라는 한정된 개념이 아닌, 글쓰기 주체의 주관과 상상력이 개입된 행위라는 넓은 개념으로 수용하면서 서사체에서의 허구적 요소들을 몇 가지로 집약하였다(이 점은 총론에 서술되어 있다).

지금까지 서사체 시삽입형 혼합담론을 지칭하는 데 쓰여 온 '講唱文學'이라는 용어는 많은 문제점을 내포하고 있는데 그 중 하나가 돈황 사권들 외의 위에 열거한 산운 혼합담론들을 포괄하기에는 적합지 않다는 점이었다. 본서는 서사체 시삽입형 산운 혼합담론을 오락거리 또는 즐길거리에서 연원한 '口演類'와 읽을거리로서의 속성을 지닌 '讀本類'로 구분함으로써 이같은 문제점들을 해결하고 동아시아 담론의 한 특성을 부각시키려는 데 목적을 두고 있다.

필자는 한국의 고전시가를 중심으로 그것을 중국·일본의 것들과 비교 연구하는 작업에 주력해 온 연구자이다. 그래서 이 책에 수록되어 있는 논문들을 작성하는 동안 내내 한문학, 구비문학, 서사문학, 중국문학, 일본

문학, 기타 분야 연구자들에게 부끄럽고 송구한 마음이 들었었다. 그리고 출간에 즈음하여 이 마음이 더욱 증폭되는 것을 숨길 수가 없다. 학문에 대한 작은 열정의 소산이려니 하고 너그러이 이해해 주실 것으로 믿는다.

2015년 8월
온고을에서
辛恩卿

제1부
총론

제2부
讀本類 서사체와 시가 운용

중국의 독본류 서사체

제3부

口演類 서사체와 시가 운용

중국의 구연류 서사체

한국의 구연류 서사체

제4부
개별 작품론

화본소설 「刎頸鴛鴦會」

「金犢太子傳」의 성립과정 검토
─ 운문제시어를 중심으로

번역소설 「장ᄌᆞ전」에 대한 비교문학적 연구

고소설에 있어 '유통'과 '시운용'의 상관성
-「九雲夢」을 중심으로

『古事記』의 서술 특성과 그 연원

제1부

총론

1. 역사 서사와 허구 서사

서사적 글쓰기란 글쓰기 행위의 산물이 '서사체'인 것을 가리킨다. 여기서 글쓰기의 한 방식으로서의 '敍事'는 자구대로 사건을 서술하는 일로 해석할 수도 있고, 서정·극·교술과 같은 장르 개념으로서의 서사체(narrative)를 구성하는 일로 해석할 수도 있다. 사건을 서술한다고 하는 전자의 정의는 어느 면에서 '역사'의 개념과 겹쳐지며, 후자의 정의는 상상력에 기초한 '허구'의 개념과 겹쳐진다.

동아시아의 서사적 글쓰기의 특징을 검토할 때 가장 큰 난관이 되는 것은 이처럼 사실에 토대를 둔 '역사'와 가공의 사건인 '허구'가 명쾌하게 구분되지 않고 하나의 담론1)에 양자가 뒤섞여 있으며 각각을 구분하여 가리키는 말도 존재하지 않았다는 점이다. 또한 고대 중국의 글쓰기 전통에서는 서구적 개념의 '서사', 즉 장르 개념의 서사라는 말도 없었으며 '史'라는 말이 '서사'를 지칭하는 데 대신 쓰여 왔다는 점도 현대의 연구자들을 당혹스럽게 한다. 역사(혹은 사실)와 허구의 구분은 서정 장르보다는 서사 장르에서 더욱 첨예한 문제로 부각된다. 양자 모두 인물들의 사건이나 행적을 중심으로 서술이 이루어지기 때문이다. 이를 극복하는 한 방법은 역사와 허구라는 것을 '종류'의 문제가 아닌 '정도'의 문제로 파악하는 시각이다.

---

1) '텍스트'(text)와 '담론'(discourse)은 사실 다른 개념이다. 텍스트가 주로 문자로 '쓰여진 것'을 가리키는 반면 담론은 '말해진 것'까지를 포괄하는 폭넓은 개념으로 사용되는데, 본서에서 다루어질 작품들은 처음부터 '쓰여진' 것도 있지만 '말해진' 것이 나중에 문자로 정착된 것들도 많기 때문에 이들을 모두 포괄하기 위한 용어로 '담론'이라는 말을 주로 사용하였다. 그리고 이미 문자기록으로 전환된 후의 어떤 글단위를 논의 대상으로 할 때는 '텍스트'라는 말을 주로 사용하고자 한다. 그러나 둘을 구분하지 않고 혼용하는 경우도 있을 것이며 양자의 구분이 꼭 필요할 때는 이를 명시하였다.

이 점을 해결하기 위해 루샤오펑은 역사성과 허구성을 양 극단으로
설정하여 역사성 쪽으로 기운 것을 '역사 서사'(historical narrative), 허구성
쪽으로 기운 것을 '허구 서사'(fictional narrative)'라는 용어로 구분하였다.2)
사실 모든 담론은 이 양 극단 사이에 존재하면서 양자의 속성을 모두
포함하고 있다. 다만 어느 속성을 얼마만큼 포함하느냐 하는 '정도'의 차
이가 있을 뿐 완전히 어느 한 극단에 위치해 있는 것은 상정하기 어렵다.
이 기준에 의거할 때 본서에서 다루게 될 서사 담론들 중에는 『춘추좌씨
전』처럼 순수한 역사 서사는 아니지만 역사성을 강하게 띠고 있는 것들
이 상당수 있다. 본서에서는 허구 서사는 물론 『춘추좌씨전』처럼 양극단
의 중심부에서 역사성 쪽으로 기운 담론들도 논의의 대상에 포함되는
것이다.

동아시아 고전 담론에서 보편적으로 발견되는 특징 중 하나는 그 안에
운문3)을 많이 포함한다는 점이다. 산문과 운문의 결합으로 이루어진 담론
을 '산운 혼합담론'이라는 말로 범주화할 때 이런 담론 형태는 세부적으로
다양한 유형을 보인다.4) 그 중 산문 서술 중간중간에 운문을 삽입해 넣는

---

2) 루샤오펑, 『역사에서 허구로 : 중국의 서사학』(조미원·박계화·손수영 옮김, 길,
   2001), 98~99쪽.
3) '韻文' '詩' '歌' '노래' '詩歌' 등의 용어는 지칭하는 바가 각각 다르다. 고전 텍스트에
   서 '詩'는 보통 한문으로 '쓰여진' 시를 가리키며 '노래'는 입으로 '불려진' 것을 가리
   킨다. 그리고 자구적으로 '노래'를 의미하는 '歌'는 경우에 따라 漢詩와 노래를 모두
   지칭하는 데 사용되기도 한다. 이에 비해 '운문'은 그 기원이 노래이건 시이건 문자
   화된 것 중 韻이 있는 글을 가리킨다. 그러나 韻이 없는 경우에도 '시'의 동의어처럼
   사용되기도 하며, 시나 운문 모두 산문에 대응되는 글을 가리키는 데 사용된다. 이
   용어들은 각각 성격이 다른 것이 분명하지만, 본서에서는 그 개별적 차이가 논의의
   초점이 되지 않는 한 이들을 혼용할 수 있음을 밝힌다.
4) 산문과 운문이 결합하여 이루어진 산운 혼합담론의 전반적 양상에 대해서는 『동아
   시아의 글쓰기 전략』(보고사, 2015)에서 상세히 다루었다. 필자는 이 책에서 산문과
   운문의 결합으로 이루어진 것을 '산운 혼합담론'이라는 용어로 포괄하고 그 유형을
   서부가형, 시화형, 열전형, 시삽입형, 주석형, 복합형으로 나누어 고찰하였다.

방식은 가장 큰 비중을 차지하며 이를 '시삽입형'으로 분류할 수 있다. '시삽입형'은 산문 서술이 主가 되는 散主韻從의 형태로서 운문의 위치가 고정적이지 않고 산문 서술의 중간중간, 경우에 따라서는 처음이나 끝에 삽입되는 패턴이다. 이 유형은 다시 산문 서술이 '서사체'인 경우와 기행문이나 일기문학처럼 '비서사체'인 경우로 나눌 수 있는데 본서의 대상이 되는 것은 서사체 안에 운문이 삽입되는 경우다.[5] 그러므로 본서의 주제이자 제목이기도 한 '서사적 글쓰기와 시가 운용'이란 여러 유형의 산운혼합담론 중 '서사체 시삽입형'에 대한 집중적 검토가 되는 셈이다.

서사체 시삽입형 혼합담론의 경우 산문 부분이 서사양식에 속하므로 여기에 삽입된 운문류는 서사시는 극히 드물고 거의 대부분 서정시이며 교술시도 보인다. 삽입시가 너무 많아 운문의 비중이 지나치게 커질 경우 이야기의 전개를 지연시키고 서사를 방해하는 요인이 되기도 하지만, 서사에 속하는 산문과 서정에 속하는 운문은 상생의 관계에 놓이면서 극적 효과를 창출한다. 또한 인물의 내면을 드러내는 수단이 되기도 하고, 대화의 기능을 행하기도 한다. 서사체를 중심으로 보면 서정시가 삽입됨으로써 인물의 감정 표현에 섬세함을 더할 수 있고, 서정시를 중심으로 보면 시가 발화되는 상황이나 맥락이 제시됨으로써 시의 이해를 도울 수 있다. 운문의 위치는 고정적이지 않고 중간중간에 삽입되어 있으며, 산문과 운문은 내용상 중복될 수도 있고 중복없이 내용의 진전이 이루어질 수도 있다. 變文처럼 하나의 담론에서 운문이 차지하는 비중과 분량이 거의 대등한 경우도 있으나 대개의 경우는 산문에 더 큰 비중이 놓인다.

본서는 장르상 서사 양식으로 분류되는 산문 서술에 각종 운문류를 삽입·활용하는 글쓰기 방식이 동아시아의 고전 담론에서 보편적으로

---

5) 비서사체 시삽입형의 경우는 『동아시아의 글쓰기 전략』에서 상세히 다루었다.

발견되는 특성이라는 점에 주목하여 그 구체적인 양상과 흐름을 조명해
보는 데 목적을 두고 있다. 서사체에 운문이 삽입되는 담론 형태는 다시
읽히는 것을 전제로 쓰여진 '讀本類'와 관중 앞에서 연행되던 것이 문자
로 정착된 '口演類'로 나눌 수 있다.

2. 서사체의 스펙트럼

일반적으로 서사 작품 혹은 서사체로 불리는 담론들의 종류는 매우
다양하며 그 범위 또한 광범하다. 본서에서 다루게 될 서사 작품들 중에
는 앞서 언급한 것처럼 역사성이 강한 것이 있는가 하면 완전한 허구
서사로 분류되는 것들도 있고, 수백 페이지에 이르는 장편이 있는가 하
면 최소한의 이야기 요소만을 갖춘 것도 있다. 따라서 서사체의 범주를
구체화하는 일이 선행되어야 한다. 이 문제에 있어서는 프랑스의 서사학
이론6)이 큰 도움을 준다.

프랑스는 하나의 스토리가 형성되기 위한 최소한의 조건, 다시 말해
'最少 敍事體'(minimal story)7)가 성립되기 위한 조건으로서 다음과 같은
사항을 제시하였다.

  1) 세 개의 명제(혹은 사건)들로 구성되며 이 사건들은 두 개의 接續素에 의해
     연결된다. 여기서 사건(events) 혹은 명제(propositions)8)란 하나의 문장에

---

6) G. Prince, *A Grammar of Stories* (The Hague : Mouton & Co. N.V. Publishers, 1973).
7) 프랑스의 용어 story는 '이야기'라고 하기보다는 서사체(narrative)에 근접한 개념
   이고 후의 저술에서는 narrative라는 용어를 쓰고 있으므로 여기서는 '서사체'라고
   번역하기로 한다.

의해 표현될 수 있는 '주제(topic)+설명어(comment)' 구조물을 가리킨다.9)
2) 첫째 사건은 둘째보다, 둘째 사건은 셋째보다 시간적으로 앞서야 한다.
3) 둘째 사건은 셋째 사건의 원인이 된다는 因果性의 조건을 갖추어야 한다.
4) 세 번째 사건은 첫 번째 사건의 逆轉(혹은 변화 및 수정을 가한 것)이어야
한다.10)

  그러나 이것은 어디까지나 이야기가 성립되기 위한 최소한의 조건일
뿐, 실제적으로 서사체는 셋 이상의 수많은 명제들로 이루어지고, 이 명제
들을 연결하는 접속소 또한 둘 이상인 경우가 허다하다. 명제들 중에서
이야기의 진전에 관여하는 것을 프랜스는 '서사적 명제'(narrative events)11)
라 하였다.
  '최소 서사체' 개념을 바탕으로 프랜스는 中核 敍事體(kernel simple
story), 單純 敍事體(simple story), 複合 敍事體(complex story)12)를 구분한
다. 그에 의하면 '중핵 서사체'는 한 개의 '최소 서사체'로 이루어져 있으
나 후자가 세 개의 명제와 두 개의 접속소로 이루어진 것이라면 '중핵
서사체'는 셋 이상의 명제, 둘 이상의 접속소로 이루어진 것이다. 모든

---

8) 프랜스는 명제보다는 '사건'이라는 말을 즐겨 쓰고 있으나, 서사이론에서 이 말이
   너무 다양하고 광범하게 쓰이므로 여기서는 '명제'라는 말을 사용할 것이다.
9) 텍스트 언어학에서는 이를 주제(theme) - 설명어(rheme), 혹은 舊情報(known or
   given information) - 新情報(new information)라는 말로 나타내기도 한다.
10) 프랜스는 A *Grammar of Stories* 이후에 발표한 *Narratology : The Form and Function
    of Narrative*(New York · Amsterdam : Mouton Publishers, 1982)에서는 역전(inversion)
    대신 수정(modification)이라는 말을 사용하고 있다.
11) 예를 들어 '그는 부자이고 머리가 좋고 잘 생겼고 노래를 잘 부른다'라는 문장은
    네 개의 명제로 이루어졌으나 이것들은 동질적 내용을 되풀이하는 것과 마찬가지여
    서 이야기 전개에 기여하는 서사적 명제는 하나로 간주된다. G. Prince(1973), p.40.
12) 프랜스는 kernel simple story, simple story, complex story 등 narrative라는 말
    대신 story라는 용어를 사용하고 있으나, 이 글에서는 story라는 말이 너무 포괄 범
    위가 넓기 때문에 '이야기' 대신 '서사체'라는 말로 바꾸어 사용하고자 한다.

'중핵 서사체'는 한 개의 '최소 서사체'로 구성되어 있으나, '최소 서사체'의 경우 세 개의 명제는 모두 '서사적 명제'인 반면, '중핵 서사체'의 경우는 세 개의 '서사적 명제'를 포함하되 '서사적 명제'가 아닌 것도 포함될 수 있다. 그러므로 모든 중핵 서사체는 최소 서사체라 할 수 있지만, 그 역은 성립되지 않는다.

'중핵 서사체'나 '단순 서사체'는 단 하나의 최소 서사체만을 가진다는 점에서는 공통적이나, '단순 서사체'는 중핵 서사체에 과거 장면의 회상(flashback)이나 미래 장면의 事前 제시(flash-forward)처럼 실제 일어난 사건의 순서를 바꾸어 서술[13]하는 기법이 도입되거나, 결과를 먼저 제시하고 그 원인이 되는 사건을 나중에 서술하는 등의 다양한 기법이 가해진 것이다. 다시 말해 '최소 서사체'의 요건 중 2)와 3)의 규칙에 변형이 가해진 것이다. '복합 서사체'는 둘 이상의 최소 서사체가 연접(conjoining), 삽입(embedding), 교체(alternation) 등의 방법으로 결합되어 있는 형태를 가리킨다.

본서에서 다루게 될 서사 작품들 중 「서유기」나 「조웅전」처럼 편폭이 큰 것들은 복합 서사체 ―그것도 규모가 큰― 에 해당하며, 『춘추좌씨전』이나 『國語』『新序』『說苑』 등에 포함되어 있는 敍事短篇들은 대개 최소 서사체, 중핵 서사체, 단순 서사체에 해당한다.

3. 서사적 글쓰기와 작가 문제

그렇다면 각종 운문을 활용하여 서사적 글쓰기를 행하는 주체는 누구이며 그 성격을 어떻게 파악할 것인가 하는 문제가 대두된다. 오늘날의 글쓰

---

13) 보통 실제 사건이 일어난 순서대로 기술하는 것을 story, 사건이 서술 상에 나타난 순서를 plot이라 한다.

기가 작자가 독창성을 발휘하여 새로운 창작물을 생산해 내는 것을 의미
한다면, 근대 이전의 전통사회에서 글을 쓴다고 하는 행위는 지금과는
그 성격이 다른 것이었다. 동아시아의 전통적 글쓰기의 주체를 이해하는
데 있어 롤랑 바르뜨의 작가 분류는 큰 도움이 된다. 그는 서양의 경우에도
중세기 이전에는 우리가 지금 생각하는 개인으로서의 작가나 예술로서의
문학에 대한 개념이 존재하지 않았다고 전제하고 서양의 중세 이전의 작
가 개념을, 아무것도 덧붙이지 않고 베끼기만 하는 轉寫者(scriptor), 자신
의 것이 아닌 모든 것을 덧붙일 수 있는 編纂者(compilator), 원전을 남이
이해할 수 있도록 자기 생각을 덧붙이는 註釋者(commentator), 딴 사람이
생각한 것에 기대어서 자기 자신의 생각을 감히 발표하는 著者(author)
이 넷으로 분류하였다.[14] 오늘날의 작가 개념을 기준으로 할 때 이에 가장
근접한 것은 '저자'라 할 수 있으며 이를 '제1작자'로, 나머지 셋은 '제2작자'
로 구분해 볼 수 있을 것이다.

　　예를 들어 널리 유통되는 화본소설을 집대성하여 편찬한 주체 예를
들어 『淸平山堂話本』[15]을 간행한 洪楩, 『警世通言』 『醒世恒言』 『喩世
明言』 등 이른바 '三言'의 편찬자인 馮夢龍(1574~1646), 『初刻 拍案驚奇』
『二刻 拍案驚奇』 등 '二拍'을 간행한 凌濛初(1580~1644)의 경우를 보자.
능몽초는 독창성과 상상력을 발휘하여 새로운 이야기를 지어낸 것이 아
니라 기존의 민간 전래의 고사나 여기저기서 들은 이야기, 逸文 등을 토대
로 손을 보고 윤색을 하고 줄거리를 자기 취향에 맞게 고치는 등의 변개를
가하여 출판을 했다. 그리고 明末淸初의 문단에서 文名이 높았던 '三言'

---

14) 김현, 『한국문학의 위상/문학사회학』(문학과 지성사, 1991·2005), 41쪽에서 재인용.
15) 이 책의 원래 이름은 『六十家小說』로, 明代의 장서가이자 출판인인 洪楩에 의해
　　편찬된 것이다. 책 제목은 그의 서재 이름인 '淸平山堂'에서 따온 것이다. 홍편에 관
　　한 기록은 별로 남아 있지 않아 정확한 생몰연대는 알 수 없으나 대략 明代 嘉靖年
　　間(1522~1566)에 활동한 것으로 추정된다.

의 작자 풍몽룡은 자신이 새로운 작품을 창작하기도 하였지만 몇 작품에 지나지 않고, 그보다는 흩어진 자료를 수집·정리하고 출판하여 널리 유통시킨 공적이 크다. 우리나라 판소리 사설을 정리하여 집대성한 申在孝(1812~1884) 또한 능몽초나 풍몽룡의 작가적 성격과 흡사하다. 이들은 출판의 과정에서 자신의 생각과 사상, 취향 등에 따라 약간의 윤색과 변개를 가하여 조금씩 새롭게 변화를 준 작품을 발표한 것이므로 상상력에 기대어 새로운 작품을 생산해 내는 오늘날 작자의 모습과는 거리가 멀지만, 전통적 글쓰기 문화에서는 이들 또한 작자로 간주해야 하는 것이다.

이처럼 고전 텍스트의 글쓰기 개념을 이해할 때는 단지 상상력에 기대어 새로운 것을 창조해 내는 행위뿐만 아니라, 자기 취향에 따라 기존의 것에 가감과 윤색을 하는 것까지를 포함해야 한다고 본다. 위의 예들뿐만 아니라 구전되던 것이 문자로 정착되는 과정, 예컨대 말로 행해진 講經이나 俗講 등을 관리나 승려·학생·일반인이 문자로 기록하는 과정16), 說話人이 공연을 한 것을 문인이나 식자층·상인 등이 채집하여 기록하는 과정, 그리고 그것들을 刊印하는 과정에서 그들의 주관과 취향이 개입하여 어느 정도 변개가 가해졌을 것으로 추정할 수 있고, 이 변개의 양상까지를 글쓰기 범주에 포괄하고자 하는 것이다. 심지어 漢代에 유행했던 '抄寫撰集'처럼 서로가 타인의 저술 내용을 베끼는 것까지도 글쓰기의 한 방편으로 보려는 것이 필자의 입장이다.

---

16) 돈황에서 발견된 사권에는 그것을 필사한 사람의 이름이 적혀 있는데, 그 계층은 문서를 전문적으로 다룬 관리, 승려, 학생, 일반인 등이다. 관리의 경우는 민간의 풍속과 이야기를 수집하거나 軍의 절도사를 위한 오락거리의 제공, 교방의 소재 개발 등을 위해 돈황 사본을 필요로 했고 승려는 대중 弘法을 위해, 학생은 과거를 위해 올라왔다 낙제하고 집에 돌아갈 여비를 마련하기 위해, 그리고 일반인은 상업적 목적으로 돈황 사권을 抄書했을 것으로 추정된다. 김민호,「敦煌 講唱寫本은 과연 說唱藝人의 底本이었는가?」,《중국소설논총》제6집, 1997, 134~139쪽.

그리고 이 입장의 연장선상에서 조선 후기의 전기수나 강담사, 불경의 내용을 변문화한 주체들, 돈황 텍스트의 筆寫者나 抄寫者 혹은 採錄者들, 宋代 화본을 제공하던 書會先生, 그리고 실제 공연을 행한 技藝人들, 원작에 대한 改作者, 자료들을 어떤 관점에 따라 재배열한 編輯者, 나아가서는 제2언어로 된 원문을 제1언어로 번역한 번역자들도 자신들의 작업을 행함에 있어 기존에 전해지고 유통되던 텍스트를 그대로 옮기기보다는 조금씩 새로운 것을 덧붙이고 윤색을 가했을 것이므로 이들 역시 작가의 범주에 포함시키고자 한다. 단 한 개인의 독창성의 산물로서의 문학작품을 창작한 주체인 '제1작자'와 구분하여, 이들은 '제2작자'로 분류할 수 있을 것이다. 사실 고전 텍스트에서는 제2작가의 성격을 띠는 사람이 많이 존재한다.

4. 讀本類 서사체와 口演類 서사체

서사체 안에 운문이 포함되어 있는 담론 형태는 오랜 시기에 걸쳐 다양한 방식으로 전개되어 왔는데 이같은 형태 내에서도 적지 않은 차이가 존재한다는 것을 발견하게 된다. 육조시대의 志怪나 당대에 성행한 傳奇, 우리나라의 羅末麗初의 전기 혹은 조선초 전기체 소설처럼 읽기 위한 지어진 것과 돈황 강창문학이나 宋代에 성행한 鼓子詞·話本, 우리나라 판소리[17]처럼 청중을 상대로 한 연행의 산물인 것 사이에는, 이들을 하나의 범주로 묶을 수 없을 만큼 극명한 차이가 존재한다. 가장 큰 차이는 연행의 활성화 정도에서 발견되지만 사용언어, 표현기법, 삽입된 운문의 수 및 운문의 성격 등 여러 면에서 양자는 이질성을 드러낸다.

---

17) 정확히 말하면 판소리 사설.

또한 작자·필사자·개작자·연행자·독자·청중·패트런·출판업자 등 텍스트의 생산과 유통, 수용에 참여하는 모든 주체를 '담당층'이라는 말로 총괄할 때 양 부류 사이에는 이 담당층의 면에서도 차이를 보인다.

이들의 근원을 거슬러 올라가다 보면, 우리는 그 시발점에서 前者 계보의 祖型으로서 『春秋左氏傳』18)을, 後者 계보의 조형으로서 돈황 석굴에서 발견된 일련의 강창텍스트들을 만나게 된다. 『좌전』은 『春秋』에 대한 대표적인 세 주석서 중 하나이고, 돈황 강창텍스트는 중국 돈황 석굴에서 발견된 일련의 寫卷들에 대한 총칭이다. 돈황 강창텍스트는 講經文·變文·話本·詞文·民間賦로 크게 나뉘는데19) 원래 불교의 교리를 대중에게 쉽게 전달하려는 동기에서 출발했지만 곧 오락성을 추구하는 문예양식으로 변모하게 된다.

필자는 이들의 특성을 근거로 두 부류의 작품군을 각각 '讀本類'와 '口演類'로 범주화하고자 한다. 『좌전』이 돈황 강창텍스트보다 시기적으로 앞서므로 독본류의 연원이 구연류보다 더 깊다고 할 수 있다. 두 부류의 차이는 여러 면에서 발견되지만 그 차이점들은 기본적으로 '연행성'과의 관련 여부에 따라 부수적으로 파생되는 것인 만큼 이 문제를 좀 더 면밀히 규정할 필요가 있다. 연행이란 청중을 앞에 두고 연행자가 청중과 時空을 공유하면서 '오락'와 '즐거움'을 제공하기 위한 방편으로 어떤 내용물을 펼쳐 보이는 것이다. 이 연행성이 구연류를 특징짓는 기본 요소가 되는 것은 사실이지만 구연류만의 특징은 아니다. 독본류 역시 어느 정도 연행성을 포함하는 경우가 있다.

예를 들어 先秦時代에 책 읽어주는 전문가가 임금에게 책을 읽어주는

---

18) 이후 『좌전』으로 약칭하기로 한다.

19) 전홍철, 「돈황 강창문학의 서사체계와 연행양상 연구」, 한국외국어대학 대학원 중국어과 박사논문, 1995, 13~33쪽.

경우를 생각해 볼 수 있다. 이 시대 책은 죽간같은 곳에 내용을 기록한 형태여서 방대한 분량의 죽간을 뒤적이며 책을 읽는다고 하는 것은 거추장스럽고 수고로운 일이 아닐 수 없었다. 그래서 전문가가 이 수고를 대신하여 임금에게 책을 읽어주기도 했는데 이때 단조로움과 지루함을 피하기 위해 성조에 변화를 주고 리듬감을 넣어 낭음을 했을 것[20]으로 보이고, 그 과정에서 즐거움이나 오락성이 따를 수도 있었을 것으로 보인다. 이 경우 연행자—책 읽어 주는 전문가— 가 1인 청중—임금— 앞에서 時空을 공유하며 어떤 내용을 펼쳐 보인다는 점에서 연행의 한 형태로 간주할 수도 있다.

그러나 이같은 낭송조의 책읽기 방식을 구연류 담론의 연행과 동일시할 수는 없다. 이 경우는 책을 읽는 불편을 해소하기 위한 방편으로 전문가에게 책을 읽게 하는 것이지 오락이나 즐거움을 위한 것이 1차적 목적이 아니라는 점에서 구연류의 그것과는 본질적으로 성격이 다르다. 기본적인 목적은 책 속에 담긴 정보를 전달하는 것이지 오락성 자체를 추구하는 것은 아니었다. 즉, 이 때의 연행은 책을 읽는다고 하는 기본 의도에 부수되는 현상인 것이다. 그러므로 구연류와 독본류를 변별하는 연행성이란 '유무'의 문제가 아니라 '정도'의 문제에서 접근해야 할 것으로 보인다. 즉, 연행성이 활성화되느냐 음성화되느냐 혹은 주된 것이냐 부수적인 것이냐의 문제인 것이다.

독본류와 구연류를 구분하는 두 번째 요소로서 '담당층'의 면모를 들 수 있다. 독본류는 구연류보다 작자가 밝혀진 경우가 많고 작자와 독자가 같은 부류의 사람인 것에 비해, 구연류는 대부분 1인이 아닌 다수의 작자에 의해 시간을 두고 적층적으로 이루어지는 양상을 보이며 작자층

20) 김학주, 『중국고대문학사』(명문당, 2003), 267~282쪽. 책을 읽는 데는 興·道·諷·誦·言·語의 방식이 있었다고 한다. 같은 책, 269쪽.

과 수용자층이 같은 부류가 아닌 경우가 많다.

셋째, 독본류는 문어체가, 구연류는 구어체가 우세하다는 차이를 언급할 수 있다. 중국의 경우는 이를 보통 文言小說과 白話小說로 구분하는데, 우리나라의 경우 한문체와 국문체로 대응시킬 수 있을 것이다.

넷째, 산문과 운문의 결합 양상을 계열식, 계기식, 준계기식으로 나눌 때, 산문과 운문간의 의미의 중첩성 여부에 있어 양자는 확연한 차이를 드러낸다. 독본류의 경우는 간혹 심층 차원의 의미의 '등가'가 발견되기는 하나 산문과 운문간에 똑같은 내용이 표면상으로 되풀이되는 '중복'은 드물다. 반면 구연류는 청중을 상대로 공연을 했던 것이 문자로 기록된 것이므로 청중의 이해를 돕기 위해 같은 내용을 되풀이한다고 하는 구비문학적 특성이 여전히 남아 있다. 독본류 담론에서 운문은 주인공의 심정·생각과 같은 내면세계를 표출하는 수단이 되며 독백의 형태를 띠기도 하고 대화의 형태를 띠기도 한다. 따라서 운문은 산문에서 서술되지 않은 새로운 내용을 담고 있으므로 산문과 계기적으로 결합되는 양상이 우세하다. 서사체 시삽입형 혼합담론에서 산문과 운문이 내용상으로 중복되느냐의 여부는 매우 중요한 문제로 부각된다. 佛經에서 보는 것처럼 어떤 내용을 산문으로 서술한 뒤 동일한 내용을 운문으로 다시 한번 반복하는 것은 기본적으로 청중의 이해를 돕기 위한 배려에서 나온 것으로, 일종의 口演 기법이라 할 수 있기 때문에, 산문과 운문간의 내용의 중복성 여부는 해당 혼합담론이 '독본류' 즉 읽을거리를 지향한 것인가 아니면 '구연류' 즉 오락거리를 지향했던 것인가를 구분하는 한 기준이 될 수 있다.

다섯 째, 삽입된 운문을 보면 독본류의 것은 대개 정제된 시형으로서 전아한 표현과 시적 기교가 가해진 것인 반면, 구연류의 것은 틀만 시형식을 취했을 뿐 일상대화를 입에서 나오는 대로 시형식으로 옮겨놓은 듯한 것들이 많다. 또한 삽입된 운문의 수를 볼 때 독본류는 그 수가 많고 구연류는 적다는 차이가 있다. 이것은 구연시 노래가 너무 많으면 줄거리 전개에 지장을 초래할 수 있고 연행자가 내용을 암기하는 데도 어려움이 따르기 때문인 것으로 생각된다.

이렇게 큰 범주를 설정하고 구체적인 텍스트들을 살핌에 앞서 몇 가지 검토되어야 할 사항들이 있다. 첫째는 연행 혹은 구연의 형태에 대한 검토이다. 서사체를 연행하는 방식으로는 이야기를 들려주는 '講談', 이야기책을 읽어주는 '講讀', 말과 노래를 섞어 이야기를 전달하는 '講唱'이 있다.[21] '강창'에서 '唱' 부분은 당시 유행하는 곡조를 삽입하여 부르는 경우도 있지만, 대개는 톤과 음의 높낮이에 약간의 변화를 주어 리듬감있게 읊조리는 정도의 것을 가리킨다.[22] 이런 점을 감안하여 강창 연행이라 했을 때 '唱'은, '곡조의 歌唱'과 더불어 '일상의 말과는 다른 방식으로 朗吟하는 것'으로까지 확대된 개념으로 이해하는 것이 적절하다고 본다. 이에 따라 서사체의 연행 방식 중 '강창'이란 일상적인 말의 방식과 낭음 방식을 섞어 청중 앞에서 이야기를 전개하는 것, '강독'은 낭음조로 책을 읽어주는 것, 그리고 '강담'은 말로써 이야기를 전개해 가는 것으로 이해하고자 한다. 이같은 방식들에 의해 연행이 되었어도 운문이 삽입되어 있지 않은 것은 본서의 논의 대상에 포함되지 않는다.

다음으로 검토되어야 할 사항은, 연행과 문자기록의 상관성이다. 서사체에 운문이 삽입된 담론들 중에는 연행의 방식으로 유통되다가 문자로 기록된 후 읽기의 대상이 되는 경우도 있고, 읽기 위해 만들어졌으나 후

---

21) 임형택, 「18·9세기 '이야기꾼'과 소설의 발달」, 『고전문학을 찾아서』(김열규 외, 문학과 지성사, 1976). 임형택은 판소리 광대는 이 중 강창을 하는 사람이고, 傳奇叟는 강독을 하는 사람이라 하였다.

22) 전홍철, 앞의 글.

에 연행이 이루어지는 것도 있다. 전자의 대표적 예로 송대에 성행한 화본소설을, 후자의 대표적인 예로 중국의 의화본이나 조선 후기 강담사나 전기수 등 전문가에 의해 구연된 국문 소설을 들 수 있다. 이들은 연행과 읽기의 방식 두 가지로 유통된다는 점에서는 동일하나 연행과 기록의 선후관계에 있어 차이를 보인다. 전자는 '先演行 後記錄'의 양상을, 후자는 '先記錄 後演行'의 양상을 띤다. 이 경우 선연행 후기록은 구연류의 특징으로 볼 수 있지만 선기록 후연행의 양상은 비록 연행이 활성화되었다 해도 구연류로 분류할 수 없다. 판소리는 후에 소설로 발전하여 눈으로 읽는 讀物이 되었지만 그렇다고 해서 이를 독본류로 볼 수는 없는 것과 마찬가지로, 읽히기 위해 쓰여진 어떤 작품들이 훗날 강담사나 전기수와 같은 전문가에 의해 대중들 앞에서 연행이 되었다 해서 이들을 구연류로 분류할 수는 없다는 것이다. 나중에 연행이 되든 읽기의 대상이 되든 담론 형성의 애초의 동기나 목적에 따라 구연류와 독본류의 구분을 행하는 것이 타당하다고 본다. 또한 『삼국지연의』와 같은 회장체소설은 講經 法席에서 행해진 분절의 영향을 받은 것이고 明代 의화본소설은 화본의 체제를 본떠 지은 것이므로 구연류의 흔적이 남아 있지만 이들은 애초에 읽기 위한 목적에서 쓰여진 것이기 때문에 이들을 구연류로 분류할 수 없는 것도 같은 맥락에서 설명할 수 있다.

　셋째, '講唱'이라는 용어 사용 문제를 분명히 할 필요가 있다. 우리나라 연구자들 중에는 '강창'이라는 말로써, 말과 노래를 섞어 이야기를 전개하는 '연행방식'과 더불어 산문과 운문을 섞어 텍스트를 구성하는 '서술방식' 혹은 '서술문체'를 동시에 가리키는 용어로 사용하는 경우가 있는데, 이런 용어상의 불분명성은 여러 면에서 혼선을 야기한다.[23] 연행

23) 예를 들어 구연이 이루어지지는 않았으나 시와 말이 섞여 서술이 이루어지는 형태, 낭음조로 구연이 되었으나 전부 시 또는 말로 된 형태를 무엇이라 부를 것인가 하는

방식으로서의 강창은 일상적인 말의 방식과 낭음의 방식을 섞어 이야기를 엮어가는 것을 말하고, 산운 혼합서술은 산문과 운문을 섞어 텍스트를 구성하는 것 또는 산문과 운문을 결합하여 서술한 문체를 말한다. 전자가 구두로 연행되는 구비문학적 측면을 가리킨다면, 후자는 문자화된 기록문학적 측면을 가리킨다는 점에서 양자는 근본적 차이를 지닌다. 즉, 각각 문자로 기록되기 前과 後의 양상을 가리킨다는 점에서 확연하게 변별되는 것이다.

따라서 노래와 말을 섞어 구연하는 연행의 방식에 대해서는 '講唱'이라는 말을 사용해도 무리가 없지만, 구비연행물이 문자기록화 되었거나 산문과 운문이 섞여 서술이 전개되는 문체의 양식에 대해서는 '散韻 혼합서술문체'라는 말을, 그리고 이런 문체로 이루어진 담론에 대해서는 '散韻 혼합담론'이라는 말을 사용하는 것이 적절하다고 생각한다. 『좌전』이나 『국어』 및 운문이 삽입된 제자백가의 저술 등 선진시대 담론을 산운 혼합담론이라 한다면, 그것은 그 책을 강창 혹은 희곡적 방식으로 읽었다고 하는 '연행상황' 때문이 아니라, 산문과 시를 섞어 담론을 구성하는 방식으로 되어 있기 때문인 것이다. 마찬가지로 시를 포함하지 않은 선진 텍스트들을 산운 혼합담론으로 간주하지 않는 것은 그것들이 강창의 방식으로 읽혀지지 않았기 때문이 아니라, 산문과 시를 섞어 담론을 구성하는 방식으로 되어 있지 않기 때문이다.

이때 구연류 담론을 어떻게 기록문학적 속성을 나타내는 '글쓰기'의 범주로 포괄할 수 있는가 하는 의문이 제기될 수 있다. 여기서 '구연류'라 함은 청중을 마주한 현장에서 말로 행해지는 담론 그 자체를 가리키는 것이 아니라, 그것을 채록하여 문자화한 것을 가리킨다. 문자화하는

혼란이 야기될 수 있다.

과정에서 채록자 혹은 필사자는 어느 정도 표현의 윤색, 내용의 가감 등 변개를 가했을 것이며 필자는 한 개인의 창작품만이 아닌 이런 부분까지를 포괄하여 '글쓰기'라는 개념을 적용하고자 하는 것이다.

5. 산문과 운문의 결합 방식

서사체에 시가 삽입되어 운용되는 양상을 살피기 위해서는 산문과 운문이 어떤 방식으로 결합되는가를 알아보는 일이 선행되어야 한다. 그간 산운 결합 방식을 유형화하는 일은 주로 돈황 강창문학 연구자들에 의해 시도되었는데, 보통 중복식·연속식·강조식으로 구분하고 있다. 중복식은 산문의 내용을 운문이 다시 한 번 되풀이 하는 방식이고, 연속식은 운문이 산문의 내용을 되풀이하지 않고 새로운 내용을 서술하여 스토리 전개에 기여하는 방식이며, 강조식은 산문 서술의 어느 한 부분을 특별히 강조하여 부연하는 방식이다. 논자에 따라서는 이를 각각 複用體·連用體·揷用體라는 용어로 구분[24]하기도 한다. 이 분류는 강창문학 특히 變文이라고 하는 '서사체'를 대상으로 하고, 주로 '先산문 後운문'의 배열 관계에 초점을 맞춰 언술의 '표층 차원'을 중심으로 유형화한 것이다.

그러나 다양한 형태의 담론과 변수요인이 존재하는 상황에서 이같은 분류는 극히 제한적인 영역만을 대상으로 하였으므로 산운 혼합서술의 다양한 양상을 포괄하기에는 한계가 있다. 송원 화본소설의 入話 부분에 위치하여 이야기 전체의 주제와 내용을 압축하여 읊는 '開場詩'를 예로 들어 보면, 이 경우 운문과 산문의 결합양상은 위 유형화의 기준에서 크게 벗어나 있고 세 유형 중 어느 것에도 속하지 않는다. 즉, 개장시는

---

24) 김학주, 『중국문학개론』(신아사, 1992·2003), 360~361쪽.

담론의 맨 처음에 위치하므로 '先산문 後운문'의 배열이 아니고 따라서 어떤 산문 대목을 운문으로 되풀이한다는 패턴에서 벗어나 있다. 또한, 운문은 산문의 어느 '부분'의 내용과 중복되는 것이 아니라 이야기 '전체'의 내용과 등가를 이루는 경우가 많다. 이럴 경우 개장시는 표면상으로 언술화된 어떤 구체적인 줄거리나 내용을 되풀이하는 것이 아니라, 그 줄거리 및 세부적 내용을 관통하는 '심층의 주제'를 함축적으로 제시한다. 그러므로 연속식이라 할 수도 없고 중복식이라고 할 수도 없다. 또 운문의 앞 부분에서는 先行 산문의 내용을 되풀이하면서 뒷부분에서는 後續 산문의 내용에 연결되어 중복식과 연속식이 혼합된 경우 위 세 유형 어디에도 소속시킬 수가 없다.

그러나 다양한 담론에서 다양한 형태로 나타나는 산문과 운문의 결합 양상을 살핌에 있어 강창문학 연구자에 의해 제시된 이 기본틀은 다소의 수정과 보완을 거쳐 매우 유용하게 적용할 수 있다. 먼저 '중복식'의 경우 '중복'이란 말은 언술의 표면에 구체화된 어떤 내용을 되풀이하는 것을 가리키기 때문에, 산문과 운문의 의미의 겹쳐짐이 심층차원에서 일어나는 양상을 설명하는 데는 적당한 용어가 될 수 없다. 그리고 기존의 '중복식'의 설명에는 산문과 운문간의 의미의 중첩이 일어나는 단위에 대한 세분화된 논의가 결여되어 있다. 기존의 이론틀에서 중복식은 주로 산문서술의 어느 한 대목의 내용을 운문으로 되풀이하는 것을 가리키고 강조식은 산문서술의 어느 한 장면이나 부분을 운문으로 자세히 부연하고 묘사하는 것을 가리킨다. 이에 따르면 중복식에서 의미의 겹쳐짐은 주로 '문장'이나 '단락' ―대개는 단락― 을 단위로 하고 중복식은 '단어'를 단위로 한다는 얘기가 된다. 그러나 산문과 운문간의 의미의 겹쳐짐은 단지 어휘나 단락을 단위로 하여 일어나는 것은 아니다. 앞서 언급한 화본소설의 '開場詩'의 경우는 운문과 그 나머지 텍스트 전체간에 의미의 중첩이 형성된다. 그것은 화본소설의 끝부분에 위치하여 이야기 내용을 요약하고 교훈이나 평을 제시하는 '散場詩'의 경우도 마찬가지다. 앞에서 서술된 이야기 전체와 散場詩 간에 심층차원의 의미의 중첩이 있는 것이다. 그러므로 어휘·문장·단락·텍스트 전체와 같은 의미 중첩의 '단위' 및 표층·심층과 같은 의미중첩의 '차원'의 다양성을 포괄할 수 있는 용어가 필요하다.

또한 강조식은 부분적으로 중복식과 연속식의 성격을 모두 갖고 있으므로 논자에 따라서는 중복식과 연속식 두 유형만으로 산운 결합관계를 설명하기도 한다.[25] 그러나 다양한 담론형태에서 두루 발견되는 강조식은 그 미적 효과나 텍스트에서의 기능 등 여러 면에서 중복식이나 연속식과는 다른 독특한 특징을 지니므로 별도의 산운 결합방식으로 설정할 필요가 있다.

이런 점들을 감안하여 필자는 중복형이나 연속형이라는 용어 대신 기호학에서 기호의 결합의 두 방식을 나타내는 '系列關係'(paradigmatic relation)와 '繼起關係'(syntagmatic relation)라는 개념을 도입하여, 전자에 기초한 '계열식 결합'과 후자에 기초한 '계기식 결합'으로 나누고자 한다. 계열식 결합의 경우 연속해 있는 산문과 운문, 혹은 운문과 산문의 내용이 중첩되거나 의미상의 등가를 이루며 산문이나 운문 중 하나를 빼거나 서로 순서를 바꾸어도 텍스트 전체 의미의 파악에는 지장이 없다. 다시 말해 산문과 운문은 서로 의존하지 않고 독립적으로 의미를 형성할 수 있다. 반면 계기식 결합의 경우 연속해 있는 산문과 운문, 혹은 운문과 산문의 내용이 중첩되지 않으며 상호 의존적으로 작용하여 의미를 형성한다. 이것은 두 요소 중 하나가 없으면 의미형성 내지 의미파악에 지장이 초래된다는

---

25) 임영숙, 「降魔變文 硏究」, 성균관대학교 대학원 중어중문학과 석사학위 논문, 2005, 32~43쪽.

것을 말한다. 서사체에서의 계기식은 산문과 운문은 상호 의존적으로 결합하여 줄거리의 진전에 기여하는 방향으로 작용하지만, 비서사체인 경우 정보의 부가, 장면의 전환, 질문과 대답의 전개, 원인과 결과관계의 서술, 논리의 전개 등에 기여하는 양상으로 작용한다. 따라서 계기식에서 산문과 운문의 순서를 바꾸면 일관성과 용인성을 지닌 의미를 형성하는 데 혼란이 야기된다.

계열식 결합은 다시 의미의 중첩이 표층 차원에서 행해지는지 심층 차원에서 행해지는지에 따라, '내용'의 반복과 '주제'의 반복으로 구분할 수 있다. 텍스트 전체의 '주제'를 운문이 포괄적으로 함축할 경우, 운문과 산문은 의미의 '등가'를 이룰 뿐이지 구체적 내용을 되풀이하는 것은 아니다. 이 점을 감안하여 계열식 결합에서 의미의 중첩이 표층차원에서 이루어지는 경우에 대해서는 '중복' 혹은 '반복'이라는 말을, 심층차원에서 이루어지는 경우는 '등가'라는 말을 사용하고자 한다.

한편, 기존의 설명에서 '강조식'으로 분류되던 결합방식은 산문서술 중의 어느 한 '단어'나 '어구'를 단위로 하여 이에 대해 운문이 부연적으로 서술하는 패턴[26]이므로 그 단어와 운문 사이에 의미의 중첩이 있다고 볼 수도 있으나, 운문 서술을 통해 새로운 정보가 부가되고 구체화가 이루어진다는 점에서 계기식에 훨씬 근접해 있는 양상이라 생각한다. 예를 들어 화본소설이나 의화본에서 흔히 볼 수 있는 '그 사람의 생긴 모습은 이러하였다'라고 서술한 뒤 운문으로 그 모습을 자세히 부연하고 묘사하는 경우 산문서술 중 '모습'에 대한 구체적 정보가 운문에서 주어진다. 즉, 운문을 통해 새로운 정보가 부가되고 산문과 운문이 중첩되는 것은 단지 '모습'이라는 어구일 뿐이다. 따라서 극히 일부에서 의미의 중

---

26) 이 반대의 경우, 즉 운문 중의 어느 한 '단어'에 대해 산문이 부연적으로 서술하는 경우는 매우 드물다.

첩이 있기는 하나 전반적으로 계기식에 근접한 양상을 띤다고 볼 수 있으므로, 필자는 앞의 두 방식과는 별도로 '準계기식'이라는 용어로 포괄하고자 한다. 구체적인 텍스트에서 이 세 가지 방식은 단독으로 표출되기도 하지만, 대개는 둘 이상이 뒤섞여 나타나는 예가 더 많다.

그러면 佛經을 예로 들어 각 방식에 대해 구체적으로 알아보기로 한다.

(1-1) 그 왕사성의 잘 지껄이는 사람, 함부로 말하는 사람, 비단같은 말을 하는 사람들도 보살 앞에서는 아무 말 없이 섰거나 보살을 따라가거나 했다. 또 왕사성 주변 사방의 남녀노소들 중 여러가지 일들을 경영하던 사람들은 다 버리고 와서 희유한 마음을 내어 보살을 보고 눈도 깜짝하지 않았으며, 보살의 팔다리와 얼굴, 眉目과 어깨, 목이며 손발, 걸음걸이 등 그 하나하나를 보고는 각각 다 사랑스럽고 즐거워 그 밖의 여러 가지 相은 보지도 못했다.

그때 보살은 한창 나이로서 매우 어여쁘고 단정하였다. 꽃빛을 즐길 때 궁을 버리고 출가했다. 미간의 백호상은 완전히 오른 쪽으로 돌았고 눈썹은 가늘고 길게 올라갔으며 눈이 크고 길고 넓었다. 위덕이 두루 차서 그 몸에서 나는 광명은 드높고 당당하여 두루 원근을 비추었다. 손발의 그물 무늬가 열 손가락 열 발가락에 다 있었고 일체의 하늘과 인간을 잘 교화하여 보살의 위신은 세간에 비길 데가 없었다. 이런 게송이 있었다.

"(a) 보살이 길 위를 가면 / 일체 모든 사람이 본다네 / 다만 몸 한 부분의 빛만 보아도 / 곧 애착 의 마음을 낸다네 / (b) 두 눈썹 곱기 초생달같고 / 두 눈이 검푸르기 牛王과 같네 / 몸에선 항상 큰 광채가 나며 / 모든 손발가락엔 그물 무늬가 있네 / (c) 보는 이들 미묘한 빛에 취해 / 모든 사람들 문득 뒤를 따르네 / 이 유난히 고운 相의 장엄을 보며 / 누구라도 다 크게 기쁜 마음을 내네."27)

위는 전생에 보살이었던 불타의 傳記 일부로 그 모습과 광채를 묘사

---

27) 「권수세리품·중」, 『佛本行集經·1』 제23권(동국대 부설 동국역경원, 1994), 382쪽. 원문은 생략하기로 한다.

한 부분이다. 산문과 게송을 비교해 보면 운문의 내용은 모두 산문으로 서술되어 있고 새로운 내용은 하나도 부가된 것이 없다. 즉, 운문은 표면으로 드러난 산문의 언술내용을 형식만 바꾸어 그대로 재서술하고 있는 것이다. (a)와 (c)는 보살을 보고 애착심을 내는 사람들의 태도에 대해 서술한 산문 첫째 단락의 내용을 되풀이하고 있고, (b)는 보살의 모습을 묘사한 산문 둘째 단락의 내용을 되풀이하고 있다. 산문 둘째 단락에서 보살의 모습은 구체적으로 눈썹, 눈, 광채, 그물 무늬가 있는 손·발가락 등 네 가지 요소를 중심으로 묘사되고 있는데 게송에서는 정확하게 그 네 요소의 내용이 반복되고 있음을 본다. 운문은 산문에서 이미 서술된 내용인 '보살의 위용 넘치는 모습과 그에 대한 사람들의 태도'를 상이한 서술형태로 반복하고 있는 것이다. 따라서 운문을 통해 새로 추가된 정보는 없다. 다시 말해 운문의 정보량은 거의 제로에 가까우며 산문이나 운문 중 하나를 생략해도 텍스트 내용 전달에는 지장이 없다. (1-1)은 내용의 '반복'에 의한 계열식 결합의 양상을 보여준다.

한편 아래의 예는 산문과 운문의 표면적 내용은 동일하지 않으나 심층적 차원에서 의미의 등가가 이루어지는 양상을 보여준다.

(1-2) 그날 밤에 구바리의 온 몸에는 부스럼이 생겨 겨자씨만하던 것이 자꾸 커져 호두만해졌고도 더 커져 살구나 복숭아만해졌다. 그리고 다시 비라 열매만큼 커지더니 나중에는 그 부스럼이 터지고 피가 흘러 더러운 냄새가 나서 가까이 할 수 없었다. 그리하여 그는 죽으면서 아비지옥에 들어가 천 개의 보습을 가진 소가 그의 혓바닥을 가는 형벌을 받았다.

그 때 부처님은 여러 비구들에게 말씀하셨다. "입을 잘 단속하여 부디 남을 비방하지 말라. 대개 비방이란 모두 탐욕과 질투에서 생기는 것이다. (중략) 그러므로 비구들아, 부디 몸과 입과 뜻의 허물을 잘 단속하고 정진하는 비구들을 보거든 공손히 대우하되 마치 나를 대하는 것과 다름이 없게 하라." 그리고 부처님은 다음과 같이 게송으로 말씀하셨다.

"대개 사람이 세상에 나면 / 그 입안에 도끼가 생겨 / 그것으로써 제 몸을 베나니 / 그것은 나쁜 말 때문이니라."[28]

위 인용 부분은 『出曜經』에 나오는 것으로 사리불과 목건련이 여인과 음행을 저질렀다고 부처에게 비방하고 고자질한 구바리 비구가 결국 지옥에 떨어져 혓바닥이 갈리는 벌을 받게 되었다는 이야기의 일부이다. 그런데 게송을 보면 구바리 비구의 행동에 대한 어떤 구체적인 내용을 되풀이 하는 것이 아니라, 그 이야기에 담긴 교훈과 주제를 함축적으로 제시하고 있음을 알 수 있다. 즉, '말조심을 하라'는 주제를 산문에서는 '구바리 비구'라고 하는 특정 인물의 구체적 예를 들어 서술하였고 운문에서는 모든 사람에게 해당되는 교훈을 포괄적·일반적인 언어로 서술하고 있는 것이다. 산문과 운문에서 서술된 내용은 같지 않지만, '말조심'이라고 하는 측면에서 의미의 등가를 이룬다. 그러므로 위의 예에서 산문과 운문의 결합 방식은 계열식 중 등가에 해당한다.

계열식 결합이 산문과 운문 중 하나만 있어도 의미의 형성과 전달에 지장이 없는 양상이라면, 계기식 결합은 산문과 운문이 합쳐져야만 容認性을 지닌 의미가 되는 양상이다.

(2) 어느날 사자와 호랑이는 추위라는 문제를 두고 서로 다투었다. 호랑이는 黑月 때에 춥다 하고, 사자는 白月 때에 춥다고 하였다. 그들은 그 의심을 풀 수 없어 보살에게 물었다. 보살은 다음 게송으로 답하였다.

"바람이 불 때는 / 흑월 때도 백월 때도 / 모두 추울 것이니 / 둘은 아무도 지지 않았도다."

보살은 이렇게 그들을 위안시켰다.[29]

---

28) 송성수 편역, 『설화와 비유』(동국역경사업진흥회, 1993), 111~113쪽.

(2)는 일견 운문의 내용이 산문과 중복되는 것처럼 보인다. 여기서 운문은 사자와 호랑이의 질문에 대한 보살의 답에 해당한다. 그렇기 때문에 우선 '질문-대답'이라고 하는 대화의 성격을 띠며, 대답은 질문 다음에 오는 것이라는 점에서 순차적 질서가 전제되어 있다. 또한 산문서술에서 추위의 원인이 '흑월' 혹은 '백월'로 제시되는 반면, 운문에서는 흑월도 백월도 아닌 '바람'이 그 원인이라고 하는 새로운 논지로 발전하는 양상을 보인다. 사자와 호랑이 사이에 형성된 의견 대립이 '正-反'의 관계라면, 운문을 통해 보인 보살의 답은 '合'에 해당한다. 이처럼 산문과 운문은 내용상으로 중복되지 않을 뿐만 아니라, 순차적인 질서나 연쇄성이 전제되는 線條的 관계에 놓인다. 여기에는 시간적 흐름, 행위나 상태의 변화, 사고나 논리의 진전이 수반된다. 결과적으로 위의 예에서 산문과 운문은 계기식으로 결합하고 있으며 여기서 산문과 운문은 상이한 내용을 서술하므로 정보의 양이 많아지게 된다. (2)와 같은 대화 형태는 계기식 결합 양상 중 가장 기본이 되는 것으로, 널리 그리고 흔히 발견되는 형태이다.

(3) 그러나 그녀는 "이 몸은 서른 두 가지의 더러운 물질로 가득 차 있습니다. 장식한들 무엇하겠습니까? (중략) 이 몸은,

"뼈와 힘줄에 묶여 있는데 가죽과 살은 그것을 쌌네 / 이 몸은 가죽에 싸여 그 참 모양 보이지 않네 / 배 속에는 간장·방광 / 심장·폐장·신장·비장 / 가래·침·쓸개즙·지방으로 가득하다 / 아홉 구멍에서는 늘 더러운 것 흘러 나오니 / 눈에서는 눈꼽, 귀에서는 귀지 / 코에서는 콧물 / 입으로는 쓸개즙과 담을 뱉고 / 두개골에는 머릿골로 가득 차 있다 / 이것을 깨끗하다 생각하는 사람은 / 어리석거나 무명에 덮인 사람 / 이 몸은 한없는 재앙으로 毒樹에 견줄 만한 것 / 모든 병이 사는 집 / 참으로 이것은 고통 덩어리네 / (이하 생략)"

그러니 여보, 이 몸을 장식하여 무엇 하자는 것입니까? 이 몸을 장식한다

29) 「제행품·바람의 전생 이야기」, 『本生經 I 』(동국대 부설 동국역경원, 1995), 169쪽.

는 것은 더러운 똥을 담은 그릇의 외관을 꾸미는 것과 같지 않습니까?"라고
하였다.[30]

(3)은 준계기식 결합의 예를 보여준다. 산문에서 말한 '서른 두 가지
더러운 물질로 가득찬 몸'에 대하여 운문에서 구체화와 부연이 이루어지
고 있다. 이 예에서 보는 것처럼 준계기식 결합의 특징은 어느 한 어구에
대하여 '구체화'하고 '부연'함으로써 그 어구가 지시하는 어느 한 장면이
나 상황을 사실적으로 생동감 있게 묘사하는 데 있다. 준계기식 결합에
서 운문은 없어도 의미전달에 지장이 없으나 그것이 있음으로 해서 말하
고자 하는 바가 더욱 선명해지고 그 발화를 受信하는 사람들의 흥미를
배가시키는 효과를 가져 온다. 준계기식 결합은 화본소설에서 그 전형적
모습을 찾아볼 수 있다.

계열식의 경우, 그 중 내용상의 반복이 이루어지는 산운 결합방식은
주로 강경문·변문·화본소설, 한국의 판소리[31]처럼 청중을 대상으로
한 口演類 텍스트에서 흔히 발견된다. 佛經 또한 부처가 제자 및 일반
대중을 상대로 설법을 한 것이므로 일종의 연행이라 할 수 있으므로 계
기식보다, 표층차원의 내용의 반복을 보이는 계열식이 압도적인 다수를
차지한다. 이처럼 구연류 텍스트에서 산운 반복의 양상이 우세한 것은
연행의 성격상 발화의 순간이 지나가면 그것을 되풀이할 수도 되돌릴
수도 없는 일회성을 지니므로, 말로 얘기한 것을 중요한 부분에서 다시
노래로 되풀이함으로써 청중의 이해를 돕고자 하기 위한 것이다. 한편
심층차원의 '주제'의 중첩은 화본소설의 開場詩나 散場詩에서 가장 흔
히 볼 수 있으며, 주석형의 경우 주로 운문으로 된 본문에 대하여 산문으

---

30) 「제행품·용수록의 전생 이야기」, 위의 책, 152~153쪽.
31) 정확히는 판소리 연행을 채록하여 문자화한 것.

로 주석이 이루어진다는 담론 특성상 운문과 산문 간에는 내용의 반복과
주제의 등가가 동시에 이루어지는 패턴을 보인다.

　전기나 지괴, 우리나라의 고소설과 같은 서사 담론, 특히 애정담에서
남녀 인물 간에 주고받는 수답시는 대화의 구실을 하므로 계기식의 전형
적인 예가 된다. 대화가 상대를 두고 하는 대사이고 독백은 발신자가 자
기자신에게 하는 대사라는 차이점은 있지만, 대화건 독백이건 운문을 통
해 인물의 생각을 표현함으로써 산문의 내용에 새로운 내용을 부가하는
결과를 가져오므로 이때의 산운 결합은 계기식으로 규정할 수 있는 것이
다. 산운 결합의 구체적인 양상은 유형별 텍스트들을 논하는 장에서 살
피게 될 것이다.

제2부

讀本類 서사체와
시가 운용

중국의 독본류 서사체

1. 독본류 서사체에서의 '역사성'과 '허구성'의 문제

서사체에 시가 삽입되어 있는 담론 형태를 독본류와 구연류로 나눈다
고 할 때 독본류의 祖宗이 되는 것으로 『좌전』을 지목할 수 있다. 이 장
에서는 『좌전』을 조형으로 하는 독본류 서사체 시삽입형 혼합담론이 후
대의 담론에서 어떤 양상으로 전개되는지 살펴보고자 한다. 구체적으로
선진시대의 『國語』와 제자백가의 글들, 한 대의 『新序』와 『說苑』, 육조
의 志怪, 당대의 傳奇, 명대의 演義小說 「西遊記」가 대상이 될 것이다.

중국의 독본류 서사체 시삽입형 혼합담론의 대상으로 이 작품들을 다
루고자 할 때, 가장 큰 난관은 역사서의 성격이 강한 것을 무엇이라고
불러야 하는가 하는 문제다. 사실 사건을 소재로 한 어떤 글에도 이 두
요소는 혼재하기 마련이다. 역사와 허구는 '종류'의 문제가 아니라 '정도'
의 문제이기 때문이다. 중국의 서사문학을 '역사 서사'와 '허구 서사'로
구분한 루샤오펑의 이론[1]대로 역사성과 허구성을 양 극단으로 설정할
때 선진시대의 『좌전』이나 『국어』같은 텍스트는 허구성보다 역사성에

---

1) 루샤오펑의 이론은 본서 총론 참고.

크게 치우친 것으로, 지괴나 전기는 허구성 쪽에 훨씬 근접한 것으로 파악
할 수 있다. 서사에서 역사성과 허구성의 문제는 구연류보다 독본류 텍스
트에서 첨예하게 대두되는 만큼 먼저 이 문제에 대한 논의가 필요하다고
보며, 필자는 다음과 같은 기준을 두고 '허구적 요소'를 파악하고자 한다.

첫째, '사건'의 현실성 여부이다. 당대의 독자가 어떻게 믿든 간에 현
실적으로 일어날 수 있는 일을 다루느냐의 여부는 역사 서사와 허구 서
사를 가름할 수 있는 한 요소가 된다. 예를 들어 죽은 사람의 혼백과 사
랑을 나누는 이야기라든가, 神이 주인공이 되어 황하의 물줄기의 방향을
바꾸는 이야기 등은 비현실 내지 초현실적 사건으로 간주할 수 있고 이
는 허구성의 한 기준이 될 수 있다.

둘째, 이야기 속 인물의 실존 인물인지 가공의 인물인지에 따라 허구
성을 판별할 수 있는 요소가 된다. 실존 인물이라 해서 그 사건이 역사
서사가 되는 것은 아니지만, 가공의 인물에 의해 사건이 전개되는 경우
다시 말해 가공의 인물을 창조하는 경우라면 허구성을 말할 수 있는 충
분한 조건이 될 수 있다.

셋째, 사건의 배경이 되는 時·空이 비현실적인 경우 허구적 요소로
인정할 수 있다. 예컨대 무덤을 오간다든지 태고적 사건이 소재가 된다
든지 하는 경우는 허구성을 띤 것으로 받아들일 수 있는 것이다.

넷째, 서술자의 존재 또는 서술 시점의 허구성을 논할 수 있다. 역사성
과 허구성을 양 극단으로 하여 모든 서사는 그 범위 안에 존재하면서
어떤 요소를 어느 정도만큼 함유하느냐에 따라 서사체로서의 성격이 규
정된다고 할 때 『춘추』를 비롯한 모든 편년체 역사 기록은 양 극단 중
'역사성'의 끝단에 위치한 것, 즉 허구성이 최소치인 것으로 규정할 수
있다. 이때 사건을 문자화하는 존재는 '기록자'이지 '서술자'라고 말하기
는 어렵다. 서술자란 텍스트 밖에 존재하는 '작자'와는 구분되는 개념으

로 서사 내에서 사건을 서술하는 가공의 존재, 다시 말해 작자에 의해
고안·창조된 일종의 '서사적 장치'이다. 서술자는 사건을 어떻게 효과적
으로 독자에게 전달할 것인가에 대한 고심의 산물이다. 서술자는 사건이
일어난 순서를 바꾸기도 하고 재배열하기도 하면서 이야기를 독자에게
전달하는 구실을 한다. 따라서 서술자의 존재는 '플롯'과 밀접한 관련을
지니며 허구성을 특징짓는 중요한 요소가 된다.

이에 비해『춘추』와 같은 편년체 역사서의 기록자는 자신의 주관을
개입시키지 않고 단지 사건의 전말을 글로 옮기는 존재일 뿐이다. 그들이
추구하는 것은 사실성과 정확성으로서 사건을 효과적으로 전달하는 일에
는 관심을 가지지 않는다. 서술자는 크게 1인칭 시점과 3인칭 시점으로
나눌 수 있고 이들은 각각 1인칭 관찰자 시점, 1인칭 주인공 시점으로,
3인칭 관찰자 시점과 전지적 시점으로 다시 세분화할 수 있다. 3인칭 관찰
자 시점의 경우 서술자는 외면으로 드러난 것만을 관찰하여, 자신이 보고
듣고 경험한 것을 독자에게 보고·전달할 뿐이다. 3인칭 관찰자 시점으로
서술이 행해지는 경우 작자의 개입이 최소화되며 따라서 작자의 주관이
개입된 형용사나 부사, 감탄사의 사용이 최소화된다는 특징이 있다.

3인칭 서술 중 '전지적 시점'은 서술자가 神과 같은 능력을 가지고 사
건과 인물을 조종하는 형태를 띤다. 그 全知全能의 양상은 다음 몇 가지
로 나눌 수 있다.

1) 겉으로 드러나는 것 즉 관찰가능한 것 외에 인물의 내면까지 언급.
2) 다른 장소에의 동시 출현 가능성(遍在性).
3) 인간이 경험할 수 있는 범위의 시간대를 넘어선 경험이 가능(超時間性).
4) 인물이 모르는 것을 알고 있으며 미래의 일에 대한 예측 능력을 지님.
5) 초현실적인 공간의 자유왕래. 예를 들어 무덤 속 왕래.
6) 초현실적 경험. 예를 들어 혼백과의 소통.

따라서 전지적 시점에서 서술을 행하는 서술자의 존재는 명백히 작자의 가공의 산물이라 할 수 있는 것이다.

한편 1인칭 시점은 3인칭 시점보다 훨씬 나중에 나타나는 것으로 관찰자의 입장이든 주인공의 입장이든 서술자인 '나'는 3인칭에 비해 어느 정도 작자의 개입을 인정할 수 있지만 작자와 동일시될 수는 없다. 다만 사건을 목격한 증인으로 '나'를 내세움으로써 그 사건이 실화임을 증명하기 위해 작자가 고안한 서사장치인 것이다.

다섯 째, 허구적 이야기를 만들어 낸다고 하는 작자의 의식 혹은 의도가 허구적 요소를 창출하는 한 동기가 될 수 있다.

2. 先秦時代의 독본류 서사체

2.1. 『春秋左氏傳』

『춘추좌씨전』—이하 『좌전』으로 약칭— 은 독본류 서사체에서의 운문 활용 양상을 살피는데 가장 먼저 검토되어야 할 작품이다. 그러나 이를 서사체로 규정하기 위해서는 『좌전』이 지닌 서사적 속성을 검토하는 일이 선행되어야 할 것이다.

2.1.1. '敍事談論'으로서의 성격

『좌전』은 魯나라의 역사기록인 『춘추』에 대한 주석 혹은 해설의 성격을 띠는 책이다. 원래 『춘추』는 노나라의 史官이 기록해 놓은 역사적 사실을 공자가 정리한 것으로 유가 경전의 하나로 추앙되어 왔다. 『춘추』는 노 隱公 元年(B.C. 722년)부터 哀公 14년(B.C. 481년)까지 노나라의 열두 명의 제후가 통치했던 시기의 사건들을 연대기적으로 간략히 서술한 편년체의 역사 기록이다.

　○元年春 王正月
　○三月 公及邾儀父盟于蔑
　○夏五月 鄭伯克段于鄢

　위 隱公 元年의 기록에서 보는 것처럼『춘추』의 기록은 단순한 史實의 나열로서 역사서술이라기보다는 역사서술을 위한 자료 즉 史料에 가깝다. 이같은 史實이나 정보의 나열만으로는 공자의 사상이나 교훈, 진의를 파악하기 어려웠기 때문에 원문을 자세히 풀이하고 설명하는 주석서들이 출현했는데 그것이 이른바 春秋三傳으로 일컬어지는『春秋左氏傳』『春秋穀梁傳』『春秋公羊傳』이다. 이 중『곡량전』과『공양전』은 해석학적·훈고학적 입장에서 문자 표현 이면에 숨겨진 의미를 밝혀내는 데 그 목적을 두고 있는 반면,『좌전』은 해석보다는『춘추』에 기록된 사건의 배경과 세부적 사항을 설명·서술하는 데 초점을 맞추고 있다.[2] 그러므로 三傳간의 이런 차이를 朱子는, '『좌전』은 史學이고『곡량전』과『공양전』은 經學'이라고 구분했던 것이다.
　『좌전』의 구성방식을 보면, 첫 머리에 시간적 순서에 따라 역사적 사건을 기록한『춘추』원문 ―이를 보통 經文이라 함― 을 제시한 뒤 해당 사건들의 전말을 자세히 보충 설명하는 글 ―이를 보통 傳文이라 함― 을 덧붙이는 체제로 되어 있는데, 傳 부분은 경문 조목을 간단히 보충 설명하는 것으로 그치기도 하지만, 많은 경우에 있어 짧은 이야기, 때로는 장편의 이야기로 발전하기도 한다. 이처럼 연대기적 기록에 덧붙여

---

2) 루샤오펑, 앞의 책, 98~99쪽; 서경호,『중국소설사』(서울대학교 출판부, 2004·2006), 94쪽.

경전 기록의 이면에 숨어 있는 내용들을 구체화시켜 주는 일련의 독립적 이야기들을 '敍事短篇'으로 부르기도 하는데[3] 이런 이야기들의 존재는 『좌전』을 다른 두 주석서와 변별되게 하는 중요한 특징이 된다.

그러나 이 이야기들을 '서사단편'으로 부르고, 나아가 『좌전』을 하나의 서사담론으로 규정하기 위해서는 다음 몇 가지 사실들이 검토되어야 한다. 첫째, 중국의 고대 담론에 대하여 '서사'나 '허구', '역사'라는 용어를 사용하는 문제에 조심스런 접근이 필요하다. 중국에는 그 나름대로 문학 분류체계를 가지고 있었지만, 서구적 개념의 '서사'라는 용어가 없었고, 서사적 글쓰기의 전체 범위를 포괄하는 말로는 '史'라는 말이 선택되었다.[4] 따라서 중국 전통에서 서구의 서사라는 장르 범주에 가장 가까운 것은 '역사'라 할 수 있다. 이런 점으로 인해 중국 고전 담론을 대상으로 '서사'라는 말을 사용할 때는 역사 혹은 허구로 분류되는 저작물을 모두 포함시켜야 할 필요성이 제기된다. 루샤오펑의 분류대로 한다면 『좌전』은 '역사 서사'에 가까운 것으로 규정될 수 있다.

『좌전』을 서사담론으로 보는 데 있어 두 번째로 전제되어야 할 점은 역사 서술에도 상상력이 개입된다는 사실이다. 앞의 예에서 보았듯 『춘추』는 기록한 사건에 대한 아무런 역사적 배경의 설명도 없는, 정보와 사실의 나열에 불과하다. 이것이 『좌전』에서 보이는 것과 같은 상세하고 풍부한 내용을 갖춘 기록이 되는 과정에는 다른 문헌기록, 구두전승을 통해 축적된 다양한 정보의 역할이 크게 작용했겠지만, 무엇보다 『좌전』 작자의 상상력도 한 몫을 했을 것으로 생각된다. 『좌전』이 쓰여진 戰國時代에 이르면 애초의 '사실'에 많은 주변 정보가 합쳐져서 역사는 더

---

3) 루샤오펑, 같은 곳.
4) 루샤오펑은 앞의 책 1장과 2장에서 서구와 중국의 '서사' '역사' '소설'을 둘러싼 용어의 재정립을 시도했다.

이상 사실의 나열이 아니라 과거에 일어난 사건의 설명으로 발전하게 된다.5) 이것은 이 시기의 문장 구성 능력이 춘추시대보다 더욱 완숙해지고 발전해 있었기에 가능했던 일이다. 정보 중에는 단편적인 사실뿐만 아니라 이야기도 포함되었을 것이며『좌전』의 작자는 이 정보들을 자신의 시각으로 재해석하여『춘추』의 기록을 보충·설명했을 것이다. 이 과정에 작자의 주관과 상상력이 개입했을 것은 충분히 짐작할 수 있는 바이다. 말하자면『좌전』은『춘추』관련 정보에 대한 작자의 주관적 해석에 기대어 사실을 '나열'하는 단계로부터 역사적 사건에 대해 '이야기'하는 단계로 나아갔던 것이다.6)

허구의 본질을 상상력이라 한다면,『좌전』의 성립에 이미 허구의 요소가 어느 정도는 내재되어 있었다고 말할 수 있는 것이다. 이것은 비단『좌전』만이 아니라 이와 유사한 역사적 담론의 특성이기도 하다. 실제로 중국의 전통적 담론에서는 허구와 역사가 서로 얽혀 서술되는 현상은 매우 보편적인 것이며, 어떤 면에서 모든 담론은 '허구'와 '역사'를 양 극단으로 하는 스펙트럼 안에 존재한다고 할 수 있다.

셋째,『좌전』을 서사담론으로 규정할 때 이를 성립시킨 주체7)를 뭐라 불러야 할 것인가의 문제를 검토해 볼 필요가 있다. 編纂者·轉寫者·註釋者·著者와 같은 바르뜨의 작자 구분8)에 의거할 때 일반 허구적 서의

---

5) 서경호, 앞의 책, 95쪽.

6) 같은 곳.

7)『좌전』의 작자에 대해서는 魯나라의 左丘明이 지었다고 보는 설과, 공자 제자인 子夏의 춘추학에 영향을 받은 魏나라의 사관 左某氏가 기원전 320년을 전후하여 지었다는 설로 나뉜다(『春秋左氏傳』(『完譯版 四書五經』11, 삼성문화사, 1993, 해제). 또한 한나라에 들어와 그 내용에 수정과 가필이 있는 것으로 보고 서한 말엽 劉歆의 위작설까지 제기되고 있다(김학주,『中國古代文學史』, 명문당, 2003, 124쪽).

8) 롤랑 바르뜨의 작자 분류는 본서 총론 참고.

작자를 온전히 '저자'로 부르는 데는 별 문제가 없다. 그러나 역사 서사에 가까운 『좌전』의 경우 그 작자를 '저자'로 규정할 수는 없다. '저자'는 딴 사람의 생각보다 자기 자신의 생각을 우선시하며 글을 쓰는 과정에서 자신의 생각을 드러내는 데 주안점을 두는 존재이기 때문이다. 그렇다고 『좌전』의 작자를 『공양전』이나 『곡량전』의 작자처럼 '주석자'로만 규정할 수도 없다. 『좌전』의 작자가 자기 생각을 덧붙이는 정도는 이미 단순한 주석자의 단계를 넘어서 있기 때문이다. 그는 저자와 주석자의 중간쯤에 위치하는 존재로 보아야 할 것이다.

넷째, 『좌전』은 오늘날의 서사이론에 비추어 볼 때도 서사장르의 범주에 귀속될 수 있는 충분한 내적 근거를 지닌다. 『좌전』을 서사담론으로 보고 연구하는 관점은 서구에서는 이미 보편화되어 있는데, 그 대표적인 예로 John Wang의 연구를 꼽을 수 있다.[9] 보통 인물·시점·플롯을 서사의 3요소라 하는데 먼저 『좌전』에 등장하는 인물을 보면 임금이나 왕의 인척, 경대부, 왕의 측근 등 지배층이 서사의 중심이 된다. 일반 백성이나 변방의 낮은 벼슬아치들이 등장하지 않는 것은 아니지만 그들은 특수한 경우를 제외하고는 대개 이름이 드러나지 않는 존재들이다. 다시 말해 主 인물의 행위나 그들이 펼치는 사건들을 돋보이게 하는 從的·附隨的 존재들인 것이다. 오직 사건의 주동인물들만이 이름이 명시될 뿐이다.

시점의 측면을 볼 때, 『좌전』에서 주 인물들을 중심으로 펼쳐지는 사건들은 철저하게 외면적으로 드러나는 객관적 사실, 즉 제3자가 관찰할 수 있는 것만이 묘사될 뿐 인물의 내면심리나 마음 속의 진의 등은 서술되지 않는다. 겉으로 드러나는 객관적 사실만 묘사한다는 것은 실제 그 사건이

---

9) John C. Y. Wang, "Early Chinese Narrative : The *Tso-chuan* as Example," *Chinese Narrative*, ed. Andrew H. Plaks, with a foreword by Cyril Birch(Princeton : Princeton University Press, 1977).

'진실'이냐 하는 것과는 별도의 문제이다. 이같은 3인칭 관찰자 시점에
의한 사건 서술은 모든 역사 서사의 공통분모라 할 수 있다. 시점과 관련
하여 『좌전』에서 특기할 만한 사실은 때때로 서사 말미에 '君子'가 등장
하여 어떤 사건과 인물에 대해 논평을 한다는 점이다. 여기서 군자는 작
자 자신을 가리킨다. 이같은 서술 패턴은 후대에 사마천의 『사기』에서
자신을 '太史公'으로 칭하며 사건과 인물에 대해 議論하는 체제의 모델이
되었다고 생각된다. 서술자 내지 화자가 1인칭으로 자신을 가리키는 서사
기법은 한참 후대에 나타나는 현상인 것이다. '군자왈' 부분은 표면상 '군
자'라는 제3의 인물이 자신의 의견을 피력하는 부분으로서 명백히 서사
속 인물과는 구분되며 이같은 시점의 전환은 '액자형' 서술의 원초적 형태
를 보여주는 것으로 이해할 수 있다.

　한편 『좌전』에서는 어떤 한 사건의 전말을 자세히 서술할 때 '初'라는
문구로 시작하는 예가 많은데 '初'라는 말은 '처음'의 의미가 아니라 어떤
사건을 기준으로 하여 그보다 앞서 일어난 時點을 의미한다. 사건이 실
제 일어난 순서대로 기술하지 않고 어떤 효과—그것이 美的 효과이든
실용적 효과이든— 를 위해 사건의 순서를 바꾸거나 재배열하여 서술하
는 기법을 '플롯'이라 할 때 『좌전』에는 명백히 플롯의 기법이 존재한다
고 말할 수 있는 것이다. 또한 『좌전』은 본래 『춘추』와는 별도로 춘추시
대의 역사를 기록한 『左氏春秋』였는데 후에 『춘추』를 해설하는 자료로
전용되면서 『춘추좌씨전』이라 부르게 되었다는 견해10)까지 고려한다
면, 그것은 원래의 이야기가 『춘추』의 해당 연도 아래로 나누어져 삽입

10) 劉逢祿에 의해 제기된 설, 김학주, 앞의 책, 124~125쪽에서 재인용. 버튼 왓슨과
　　루샤오펑도 『좌전』의 서사 단편들이 원래는 완전한 하나의 이야기였는데 나중 -漢代-
　　에 『춘추』의 해당 연도 아래로 나누어져 삽입되었다는 견해를 제시하고 있어 劉逢祿
　　과 입장을 같이 하고 있다. Tso-chiu Ming, op.cit.; Burton Watson의 Introduction
　　xiii; 루샤오펑, 앞의 책, 100쪽 주4).

되는 과정에서 사건의 재구성 및 재배열이 있었다는 것을 의미하므로
이 또한 플롯 개념에 상응하는 것으로 볼 수 있는 것이다.

이상의 전제들을 바탕으로 『좌전』을 '서사담론'으로, 여기에 포함된
개별 이야기들을 '서사단편'으로 규정할 수 있는 근거가 마련되었다고
본다. 그러면 『좌전』에서 각종 운문이 어떻게 활용되고 있는지 구체적으
로 검토해 보기로 한다.

2.1.2. 삽입 운문의 성격과 기능

가. 삽입 운문의 성격

『좌전』에 삽입된 운문의 성격은 다음 여러 기준에 따라 살펴볼 수 있다.
첫째, 삽입된 맥락에 따라 사건 서술 부분에 포함되어 있는 경우와 논평
부분에 포함되어 있는 경우로 나눌 수 있다. 둘째, 창작 여부에 따라 서사
속 인물에 의해 창작된 것과 이미 타인이 지어놓은 시편을 인용한 것으로
나눌 수 있다. 셋째, 운문 發話者의 신분에 따라, 대부·임금 등 지배층
인물에 의해 발해진 것과 백성·隱者·어린아이 등 피지배층 혹은 민간계
층 인물에 의해 발해진 것으로 나눌 수 있다. 여기서 발화자란 기존의
시편을 인용한 것이든 새로 창작한 것이든 시구를 발하는 존재를 가리킨
다. 그런데 서사에서 지배층은 대부분 사건의 '主人物'로, 피지배층은 '副
人物'로 설정되므로 운문 발화자에 따른 분류를 '지배층', '피지배층' 대신
'주인물', '부인물'로 대체해도 무방하다. 넷째, 삽입된 운문의 종류에 따라
『시경』의 시구와 童謠, 민요적 성격의 노래, 自作詩 등으로 나눌 수 있다.

이같은 기준에 의거하여 『좌전』에 삽입된 운문을 다음과 같이 분류해
볼 수 있다.

(1) 서사 속 지배층 인물이 『시경』을 인용한 경우
(2) 서사 속 지배층 인물이 『시경』 이외의 운문을 인용한 경우
(3) 서사 속 지배층 인물이 자작시를 발하는 경우
(4) 서사 속 피지배층 인물이 지어 부른 노래인 경우
(5) 서사 속 피지배층 인물이 『시경』을 인용하는 경우(X)
(6) 서사 속 피지배층 인물이 피지배층에 의해 지어진 노래를 인용하는 경우(X)
(7) 논평자에 의해 『시경』이 인용되는 경우

『좌전』에 삽입된 운문은 위의 7가지 형태가 가능한데 기존의 시구를 인용하는 주체는 모두 지배층 인물이고 피지배층 인물이 대화 중에 기존의 시구를 인용한 예는 없으므로 실질적으로 5)와 6)을 제외한 다섯 가지 유형이 존재한다.

먼저 (1)를 살펴보면 인용된 『시경』 구절은 '大雅'가 73회, '小雅'가 86회, '頌'이 30회, '風'이 52회[11]로, 대아·소아가 주류를 이루고 있다. 이는 『시경』의 인용이 궁중이나 외교 사절의 접대 등의 자리에서 이루어지는 것이라는 점을 감안할 때 자연스런 현상으로 볼 수 있다. 『좌전』의 운문 삽입 양상에서 가장 빈번하게 보편적으로 발견되는 패턴이다. (2)의 경우 『좌전』에 인용된 운문 중 『시경』 이외의 것은 '童謠'로서 총 2회 발견된다. (3)의 경우는 총 4회 발견되며 '莊公'과 그의 모친인 '姜氏'(「隱公 元年」), '士蔿'(「僖公 五年」), '聲伯'(「成公 17년」) 등에 의해 발해진 자작시이다. (4)도

---

11) 이 통계는 金鍾, 「『左傳』의 引詩賦詩에 관한 연구」, 한양대 대학원 중어중문학과 박사학위논문, 2005, 515~519쪽에 의거한 것이다. 이 논문에서는 논평부에서 '군자'에 의해 인용된 것을 '引詩', 서사 속 인물에 의해 인용된 것을 '賦詩', 크게 賦詩의 범주에 속하되 인물이 일방적으로 상대방에게 자신의 견해를 전달하는 '歌詩'로 구분하였고, 시 제목만 인용한 것도 포함하여 통계를 냈다. 그러나 引詩·賦詩·歌詩는 시가 발해지는 방식 —연행방식— 의 차이만 있는 것이고 시를 인용한다는 점에서는 차이가 없으므로 이 글에서는 이를 '창작시'에 대응되는 것, 다시 말해 기존의 시를 '인용'하는 경우로 통합하여 다루었다.

총 4회의 예가 발견되는데 이 경우 백성들이 지어 부른 노래는 일종의 민요적 성격을 띠는 것이다. 이 노래들은 "鄕人或歌之曰"(『昭公 12년』) "野人歌之曰"(『定公 4년』) "齊人因歌之曰"(『哀公 21년』) "萊人歌之曰"(『哀公 5년』)와 같은 文句 다음에 이어진다. (7)의 경우 논평은 '군자'나 '仲尼'(혹은 '孔子')에 의해 행해지는데 이들 논평자에 의해 인용되는 운문은 오직 『시경』뿐이다.

필자의 조사에 의하면 『좌전』에 "君子曰"이라는 어구는 총 49회 사용되었는데 이 중 『시경』 구절이 인용된 것은 20회이며, "君子謂"는 총 22회 사용되었고 이 중 『시경』 구절이 인용된 것이 7회이다. 논평의 성격을 띠는 "仲尼曰"(혹은 "孔子曰")이라는 문구12)는 28회이고 이 중 『시경』이 인용된 것은 6회이다. 이로 볼 때 논평 부분에 『시경』이 인용되는 비율은 약 33%이다. 그런데 '군자'에 의해 『시경』이 인용되는 것은 약 38%인 반면, '공자'에 의해 인용되는 것은 약 21%로 양자 사이에 현격한 차이가 있는 것을 알 수 있다. 이것은 공자의 말을 인용하여 논평 내용의 타당성과 권위를 확보하고 있으므로 굳이 다른 서책의 문구를 인용할 필요가 없었기 때문이다.

이상을 종합해 보면, 인용이든 창작이든 시를 발하는 존재는 지배층 인물이 대부분임을 알 수 있다. 그리고 창작된 시편보다는 기존의 것을 인용하는 예가 압도적으로 많으며, 기존의 시구를 인용하는 경우 동요 2편의 예를 제외하면 모두 『시경』의 시구가 그 대상이 된다. 또한 논평 부분에서 '군자'나 '공자'에 의해 인용되는 운문은 예외없이 『시경』의 시구이다. 그렇다면, 서사체 시삽입형 혼합담론의 祖型으로서의 『좌전』에서 시의 삽입은 '지배층'에 의해 '시경'의 구절이 '인용'되는 양상이 주류

---

12) 『좌전』에는 사건 속의 한 인물로 공자가 등장하는 경우도 있다. 이 경우 '仲尼曰'은 논평자로서가 아니라 사건 속 인물의 발화에 해당한다.

를 이룬다고 결론지을 수 있다.

나. 삽입 운문의 기능

그러면 『좌전』에 삽입된 운문이 어떠한 기능을 행하는지 살펴보기로
한다. 『좌전』에 삽입된 운문의 기능은 크게 서사 속 인물에 의해 발해진
경우(1, 2, 3, 4)와 논평자에 의해 발해진 경우(7)에 따라 달라지는데, 前
者의 경우 삽입된 운문은 '대화'의 기능을 행하며, 後者의 경우 서술된
사건에 대한 견해나 입장 표명, 서사 속 인물에 대한 褒貶 등 '議論'이나
'論評'의 기능을 행한다. 삽입된 운문의 기능을 구체적인 예를 들어 살펴
보기로 한다.

진나라 獻公은 태자 申生을 죽인 이유를 갖추어 노나라에 보고하였다. 이보
다 앞서 헌공은 士蔿에게 명하여 重耳와 夷吾를 위해서 蒲와 屈에 성을 쌓게
하였다. 그런데 士蔿는 그 공사를 소중하게 여기지 않고 잡목을 흙에 버무려
메꾸었다. 그래서 夷吾는 헌공에게 호소하였다. 헌공은 士蔿의 신중하지 못함
을 책망하였다. 그러자 士蔿는 머리를 조아리며 "소생은 이러한 이야기를 들은
바 있사옵니다. '초상이 없는데도 슬퍼하면 슬퍼해야 할 걱정거리가 반드시 찾
아오며 전쟁이 없는데도 성을 쌓아 올리면 적이 반드시 그것을 보루로 한다'는
것입니다. 그러므로 공연히 적이 이용할 수 있는 보루 따위를 어찌 견고하게
쌓아 올릴 필요가 있겠나이까? 임금이 명한 관직에 있으면서 군명을 어긴다는
것은 不敬이요, 적의 보루를 견고하게 쌓아 올린다는 것도 不忠이옵니다. 충과
경을 잃고 어찌 임금을 섬기고 있다 말할 수 있겠습니까? 『시경』에도 '덕을 품
은 사람은 나라를 편안케 하며 / 宗子는 나라의 城이 된다"고 하였습니다. 임금
님께서 덕을 갖추시고 宗子의 지위를 분명히 하신다면 이만한 성이 다시 어디
있겠습니까? 3년 안에 전쟁이 있을 것이니 무엇 때문에 신중히 성을 쌓겠습니
까?" 하였다. 그는 물러나와 다음과 같이 시를 읊었다. "여우의 갖옷에 털이 어
지럽도다. 한 나라에 세 명의 公子가 있으니. 나는 누구를 따를 것인가?"

진나라에 난이 일어나자 헌공은 寺人인 披에 명하여 重耳가 지키고 있던 蒲를 공격하게 하였다. 重耳는 "임금의 명령에는 대항해서는 안 된다."고 말하며 '대항하는 자는 나의 적이다'라고 선포하고는 담을 넘어 도망쳤다. 披는 重耳의 소매 자락을 검으로 잘라냈으나 重耳는 그대로 翟으로 달아나고 말았다.13) (밑줄은 필자)

위 인용문은 『좌전』「僖公 五年」의 기록인데 "이보다 앞서"("初")의 앞 부분에 있는 '진나라 獻公은 태자 申生을 죽인 이유를 갖추어 노나라에 보고하였다'는 기록은 '희공 5년 봄에 진나라 임금이 그 세자 申生을 죽였다'는 經文14)에 대한 보충 설명에 해당한다.

위 사건의 전말은 「僖公 四年」조에 나와 있다. 그 기록에 의하면 진나라 헌공은 부인에게서 소생이 없자 부친의 애첩과 통하여 申生을 낳고 태자로 봉했다. 그 후 다시 오랑캐의 딸 두 사람을 비로 맞아들였는데 거기서 重耳와 夷吾를 얻었고, 다시 驪姬를 부인으로 맞이하여 거기서 奚齊가 태어났다. 여희는 자신의 아들을 태자로 만들기 위해 음모를 꾸며 태자 신생을 자살하게 만들었고 중이와 이오 또한 거짓으로 음해하여 변방으로 망명하게 만들었다. 그런데 다시 헌공이 중이를 살해하려고 하자 중이는 마침내 狄15)으로 도망치게 된다. 희공 4년조와 5년조의 두

13) 晉侯使以殺大子申生之故來告. 初, 晉侯使士蔿爲二公子築蒲與屈, 不愼, 寘薪焉. 夷吾訴之. 公使讓之. 士蔿稽首而對曰, "臣聞之, '無喪而慼, 憂必讎焉; 無戎而城, 讎必保焉.' 寇讎之保, 又何愼焉? 守官廢命, 不敬; 固讎之保, 不忠. 失忠與敬, 何以事君? 詩云, '懷德惟寧, 宗子惟城.' 君其修德而固宗子, 何城如之? 三年將尋師焉, 焉用愼?" 退而賦曰 "狐裘尨茸, 一國三公, 吾誰適從?" 及難, 公使寺人披伐蒲. 重耳曰, "君父之命不校." 乃徇曰, "校者, 吾讎也." 踰垣而走. 披斬其袪. 遂出奔翟. (「僖公 五年」) 『좌전』의 원문 및 번역문은 竹內照夫 譯註, 『春秋左氏傳』(東京:集英社, 1974・1983); 『春秋左氏傳』(『完譯版 四書五經』 11, 삼성문화사, 1993); 정대현 역주, 『春秋左氏傳』(전통문화연구원, 2001)에 의거하였다. 단 『좌전』 속의 『시경』 시구의 해석은 성백효 역주, 『詩經集傳』(전통문화연구회, 1993)을 참고하였다.
14) ○五年春 晉侯殺其世子申生. (「僖公 五年」)

이야기는 서로 밀접하게 연관되어 경전 기록 이면에 숨어 있는 이야기를 구체화시킴으로써 경전의 내용을 보충한다.

그러나 인용된 이야기만을 독립시켜도 한 편의 서사 단편이 성립되며, 희공 4년조의 내용은 위 이야기의 전개를 위한 부수적인 곁가지로 작용한다. 위 이야기의 핵심은 '사위'라는 인물이 왜 자신이 섬기는 임금인 헌공의 명령을 충실히 이행하지 않았는지를 드러내는 데에 있고 서사의 결말은 진나라의 미래에 대한 그의 예견이 적중한 것으로 맺어진다.

위의 이야기에는 두 편의 시가 삽입되어 있는데 두 편 모두 '士蔿'라는 主 인물에 의해 發話된 것이다. 하나는 『시경』 구절을 인용한 것으로 앞에서 제시한 삽입 운문의 다섯 유형 중 (1)에 해당하고, 다른 하나는 그의 自作詩로서 (3)에 해당한다. 먼저 첫 번째 삽입시부터 보면 이는 士蔿가 임금인 헌공에게 간하는 대화의 일부로서 『시경』「大雅 生民之什」, <板> 8장 중 7장의 두 구절을 인용한 것이다. 7장 全文은 아래와 같다.

价人維藩	큰 덕이 있는 사람은 나라의 울타리이며
大師維垣	많은 무리는 나라의 담이며
大邦維屛	큰 제후국은 나라의 병풍이며
大宗維翰	강한 종족은 나라의 든든한 기둥이며
懷德維寧	덕을 품은 사람은 나라를 편안케 하는 이며
宗子維城	宗子는 나라의 城이니
無俾城壞	성이 무너지지 않도록 하여
無獨斯畏	혼자되어 두려운 일이 이르지 않도록 하라

이 중 『좌전』에는 제5구와 6구가 인용, 삽입되어 있다. 毛序에서는 이 시의 大意를 '凡伯이 厲王을 풍자한 것'으로 밝히고 있는데, 제7장은 나라

---

15) '翼'과 같다.

를 편안하게 하는 여섯 가지 요소를 제시하고 그 중 德이 근본이 됨을 말하고 있다. 『좌전』에는 이 여섯 가지 요소 중 제5구의 덕을 품은 사람' ("懷德")과 제6구의 '宗子'를 읊은 부분을 인용하고 있다. 여기서 '덕을 품은 사람이 나라를 편안케 한다'는 것은 話者인 士蔿가 『시경』의 시구를 인용하여 임금에게 성을 쌓지 않는 이유가 결국 나라를 위한 충정임을 에둘러 전한 것이라 할 수 있고, '宗子는 나라의 성'이라 한 것은 헌공의 두 아들 중이와 이오가 제 자리를 지키지 못하고 변방으로 망명하여 나라를 지키는 城의 구실을 하지 못하는 상황을 표현한 것이라 할 수 있다. 士蔿는 『시경』의 시구를 인용하여 자신이 성을 쌓는 일에 소홀했던 이유와 나라를 편안히 할 수 있는 방편에 대해 우회적으로 말을 하고 있는 것이다.

이처럼 『좌전』에는 통치자에 대한 훈계의 방편 혹은 정치적 목적으로 『시경』의 시구가 이용되는 예가 많이 발견된다. 운문의 發話者와 聽者가 모두 대부 · 임금 등 최상위 지배층 인물이며 상대방에게 자신의 견해나 심정을 설득력 있고 효과적으로 전달하려는 의도, 교훈이나 진리 등을 전달하여 궁극적으로 청자의 생각 및 행동을 변화시키려는 의도가 작용한다. 따라서 유형 (1)에 해당하는 운문들은 '聽者指向的' 성격이 강하다고 할 수 있다.

두 번째 삽입시는 士蔿는 임금 앞을 물러나와 지은 자작시인데, 이 구절에 해당하는 원문은 "退而賦曰"로 여기서 해당 시구를 이끌어내는 어구 "賦曰"이라는 말에 주목할 필요가 있다. 한 연구에 의하면 『좌전』에 나오는 104회의 '賦' 중 『시경』의 구절을 읊조리는 관습에 관련된 것이 81회라고 하였다.[16] 이때의 '賦'는 이미 존재하는 시구 —대개는 『시경』— 의 한 구절을 따와 톤에 변화를 주면서 朗吟한다는 의미[17]이며,

---

16) Koo-Yin Tam, "The Use of Poetry in Tso Chuan : an Analysis of the ″Fu-Shih″ Practice", University of Washington, Ph.D Thesis, U.M.I., 1988, p.10.

'賦'가 '즉석에서 새로운 시구를 짓는다'는 의미로 쓰인 예는 단 2회뿐이라 하였다. 그 2회 중의 하나가 바로 위의 용례이다.[18] 士蔿가 지은 시에서 '한 나라에 公子가 셋'("一國三公")이라는 것은 헌공과 두 아들 重耳·夷吾를 가리키며 '나는 누구를 따를 것인가?'라 한 것은 성을 견고히 쌓지 않으면 공자의 고소를 당하여 헌공의 질책을 받을 것이고, 성을 견고히 쌓으면 원수의 보루를 견고히 쌓는 것이어서 불충이 되어 임금을 섬길 수 없기 때문에 누구의 말을 따라야 할 지 모르겠다는 말이다.

　　이보다 앞서 노나라 聲伯이 다음과 같은 꿈을 꾸었다. 洹水를 건너다가, 누군가가 자기에게 구슬을 주며 먹이거늘 성백이 눈물을 흘리니 그 눈물이 구슬이 되어 품에 가득히 쌓였다. 성백은 따라가며 "洹水를 건너는데 어떤 이가 나에게 구슬을 주었네. 돌아가자! 돌아가자! 구슬이 내 품에 가득하구나." 하고 <u>노래를 불렀다.</u>
　　성백은 꿈에서 깬 뒤 무서워서 감히 꿈의 길흉을 점치지 못했는데, 鄭나라에서 돌아올 때 壬申日에 狸脤에 이르러 점을 치게 하며 말하기를, "나는 죽음이 두려워서 감히 점을 칠 수 없었다. 그러나 이제 많은 무리가 나를 따른 지 3년이나 되었으니, 해를 입지 않을 것이다." 라고 했다. 그러나 이 말을 한 그 날 저녁에 죽었다.[19] (「成公 17년」) (밑줄은 필자)

위의 예도 지배층에 의해 발해진 自作詩의 예로서 (3)에 해당한다. 서사 속 인물인 성백이 꿈 속에서 노래를 부른 것에 대하여 원문에는 "歌之曰"

17) Koo-Yin Tam, ibid, p.11, p.21. 논문에는 'chant'로 번역하고 있다.
18) ibid, pp.23~24. 논문에는 이를 'improvise'로 번역하고 있다. 또 다른 예는 隱公 元年의 기록 중 莊公과 그의 모친인 姜氏가 주고 받은 노래에서 발견된다.
19) 初, 聲伯夢涉洹, 或與己瓊瑰食之, 泣而爲瓊瑰盈其懷, 從而歌之曰, "濟洹之水, 贈我以瓊瑰. 歸乎歸乎, 瓊瑰盈吾懷乎!" 懼不敢占也. 還自鄭, 壬申, 至于狸脤而占之, 曰, "余恐死, 故不敢占也. 今衆繁而從余三年矣, 而無傷也." 言之, 之莫而卒. (「成公 十七年」)

로 표현되어 있다. 主人物인 성백이 일상 언어나 말이 아닌 노래를 통해 불안한 심정을 표현한 것이다. 이처럼 지배층에 의한 자작시 —위의 경우는 '歌'의 형태를 띠고 있지만— 는 한 개인의 내면 세계를 드러내는, 私的 發話의 성격을 띤다. 따라서 (3)의 유형에 속하는 삽입 운문은 '話者指向的' 성격이 강하다고 할 수 있다.

『시경』의 시구가 당시의 상황 및 자신의 생각을 '우회적' '간접적'으로 표현한 것이라면, 창작한 시구는 자신의 생각과 느낌을 '직접적'으로 표현한 것이라는 차이를 지닌다. 이같은 차이는 지배층의 賦詩 풍습과 밀접한 관련이 있다. 앞서 士蔿가 인용한 시는 임금 —헌공— 앞에서 자신의 견해를 피력하는 상황에서 發해진 것으로 일상언어로 직접 자신의 생각을 말하기보다는, 시가 지닌 애매성과 함축성에 기댐으로써 임금과 자신 사이에 형성될 수도 있는 갈등이나 의견대립의 여파를 줄이고자 하는 일종의 언어 책략이 작용했다고 생각된다. 그리고 그가 지은 자작시 및 성백이 부른 노래는 모두 임금 앞이 아닌 私的인 자리에서 發해진 것이기 때문에 이같은 책략을 염두에 둘 필요가 없었던 것이다. 그래서 자신의 목소리로 자신이 시를 지어 심정을 직접적으로 토로할 수 있었던 것이다.

다음은 (2)의 예 즉, 서사 속 지배층 인물 —主 인물— 에 의해 『시경』 이외의 운문이 인용되는 경우이다.

8월 갑오일에 晉나라 임금이 上陽을 포위하고서 卜偃에게 물었다. "우리가 성공하겠는가?" 복언이 대답하였다. "승리할 것입니다." 임금이 묻기를 "언제쯤이겠는가?" 하니 복언이 대답하였다. "童謠에 '병자일 새벽 龍尾星이 태양 가까이에 있어 보이지 않을 때에 군복을 씩씩하게 차려 입고서 虢나라의 깃발을 빼앗는다. 鶉火星이 새의 것처럼 펼쳐지고 天策星이 빛을 잃고 鶉火星이 남쪽 하늘에 뜰 때 군대가 승전하여 虢나라 임금이 도망갈 것이다.'라고 하였으니 아마 9월과 10월 사이일 것입니다. 병자일 아침에 해는 尾星 자리에 있고 달은

天策星 자리에 있고 鶉火星이 남쪽에 뜨니 반드시 이 때일 것입니다.

(「僖公 5년」)20)

위 인용문은 晉나라가 虞나라의 길을 빌려 虢나라를 공격하고 돌아오는 길에 우나라까지 멸망시킨 이야기의 일부인데 이 뒤에는 결과가 노래의 말대로 되었다고 내용이 이어진다. 여기에 인용된 운문은 '童謠'인데 진나라 임금이 괵나라 공격을 앞두고 卜偃에게 승세 여부를 물으니 복언은 항간에서 불리는 동요로써 미래의 일을 예측하였고 결과는 동요에서 말한 대로 들어맞았다는 내용이다. 여기에 삽입된 동요에 대하여, 혹자는 어린이들이 부르는 동요가 이처럼 구체적으로 정치와 전쟁의 일을 말로 표현하기는 어렵다고 하며 好事家가 牽强附會하여 만들어 동요에 의탁한 것이 아닌가 하고 의심을 표명하기도 한다.21)

여기서 동요는 '卜偃'에 의해 인용되고 있는데 '복언'은 卜筮를 맡은 晉나라 大夫22)로서 『좌전』에 여러 차례 등장하는데 모두 어떤 사안을 두고 미래를 점치는 역할을 한다. 이처럼 동요가 서사 내에서 사건의 결말을 미리 알려주는 '예언적 기능'을 행하는 양상은, 『좌전』에 삽입된 2편의 동요 중 다른 한 편의 것23)에서도 동일하게 나타난다. 이 경우 동요를

---

20) 八月甲午, 晉侯圍上陽. 問於卜偃曰, "吾其濟乎?" 對曰, "克之." 公曰, "何時?" 對曰, "童謠云, '丙之晨, 龍尾伏辰; 均服振振, 取虢之旅. 鶉之賁賁, 天策焞焞, 火中成軍, 虢公其奔.' 其九月, 十月之交乎! 丙子旦, 日在尾, 月在策, 鶉火中, 必是時也." 冬十二月丙子, 朔, 晉滅虢. 虢公醜奔京師. 師還, 館于虞, 遂襲虞, 滅之. 執虞公及其大夫井伯, 以媵秦穆姬, 而修虞祀, 且歸其職貢於王. 故書曰, "晉人執虞公", 罪虞, 且言易也. (「僖公 五年」)

21) 정대현 역주, 『春秋左氏傳』·2(전통문화연구원, 2001), 51~52쪽, 주4)와 주7).

22) 정대현 역주, 『春秋左氏傳』·1(전통문화연구원, 2001), 481쪽, 주1).

23) 「昭公 25年」, "有鸜鵒來巢"라는 經文에 대한 서술 부분에 나온다. 거기에 인용된 동요는 '앵무여, 앵무여! 임금은 도망다니며 욕을 당하네. 앵무의 깃이여! 임금은 시골에서 말을 치네. 깡충깡충 뛰는 앵무여! 임금은 먼 곳 乾侯로서 바지저고리가 없

인용하는 것은 樂師인 己로 되어 있는데, 중국 고대사회에서 樂師는 단지 음악만 관장하는 것이 아니라 卜筮를 행하기도 했다는 점에서, 지배층에 의한 '동요'의 인용은 예언적 기능을 갖는다는 것을 다시 한 번 확인할 수 있다.

그러나 피지배층이 노래의 原 發話者 — 즉, 처음에 노래를 지어 부른 존재— 라 할지라도 지배층 인물에 의해 '인용'되는 것이 아니라, 아래의 예처럼 그들의 목소리로 직접 노래 부르는 형태로 발해질 때 그 노래는 지배층의 행태에 대한 비판과 풍자, 지배층에게 경각심을 일으키는 기능을 행하게 된다. 아래의 예들은 (4)에 해당한다.

南蒯가 바야흐로 費 땅으로 가려 할 때 마을 사람들에게 술을 대접하니 그 가운데 어떤 사람이 노래하기를 "우리 채마밭에 枸杞子가 자랐네. 우리를 따르는 자는 그대인가? 우리에게서 떠나가는 자는 야비한가? 이웃을 배반하면 부끄럽겠지? 아서라 그리 말아라. 우리 마을 사람이 아니로다"라고 하였다.

(「昭公 12년」)[24]

가을에 齊·宋 두 나라 임금이 洮에서 회합한 것은 범씨를 구하기 위해서였다. 衛나라 임금은 부인 南子를 위하여 송나라 공자 朝를 오게 했다. 洮 지방에서 회합이 열려 衛나라 태자 蒯聵는 盂 땅을 齊나라에 헌상하려고 송나라의 시골을 지나는데 시골 사람이 노래하기를 "암퇘지를 이미 다 잡았거늘 어찌 수퇘지를 돌려보내지 않는가?"라고 했다. 그는 부끄럽게 생각했다. (「定公 14년」)[25]

네. 앵무의 둥지여! 멀고 먼 곳에서 昭公은 장사지내고 定公은 잘난 체하네. 앵무여, 앵무여! 갈 때는 노래하고 올 때는 哭을 하네.'("鸛鵒之鵒之, 公出辱之. 鸛鵒之羽, 公在外野, 往饋之馬. 鸛鵒趺趺, 公在乾侯, 徵褰與襦. 鸛鵒之巢, 遠哉遙遙, 禍父喪勞, 宋父以驕. 鸛鵒鸛鵒, 往歌來哭.' 童謠有是. 今鸛鵒來巢")라는 것으로 이런 기이한 현상을 보고 樂師인 己가 장차 화가 일어날 것으로 예언하였다.

24) 將適費, 飮鄕人酒. 鄕人或歌之曰, "我有圃, 生之杞乎! 從我者子乎, 去我者鄙乎, 倍其鄰者恥乎! 已乎已乎! 非吾黨之士乎!"(「昭公 十二年」)

겨울 10월에 공자 嘉, 공자 駒, 공자 黔은 위나라로 도주하고, 공자 鉏와 공자 陽生은 노나라로 도망쳐 왔다. 萊 땅 사람이 이를 노래하기를, "景公이 죽었어도 장례에 참례하지 못하고, 三軍의 일에 대해서도 謀計에 참여하지 못하도다. 많은 공자들이여, 어디로 갈 것인가"라 하였다.   (「哀公 5년」)26)

가을 8월에 애공은 齊·邾나라 임금들과 顧에서 회맹했다. 이때 제나라 사람 들은 노나라 임금이 제 나라 임금에게 稽首의 예를 갖추지 않으므로 이에 관해 서 노래하기를, "노나라 사람들의 완고함이여, 수 년이 지나도록 稽首로 답례할 줄 모르니, 우리로 하여금 遠行하게 했도다. 아는 것이라곤 周禮뿐이로다. 稽首 하기를 즐겨하지 않아, 우리 제나라와 주나라를 걱정하게 하도다"라 하였다.
                                                              (「哀公 21년」)27) (밑줄은 필자)

첫 번째 인용에서 삽입된 운문은 南蒯가 家臣의 신분으로 왕이 되고자 반란을 꾀하자 그것을 눈치챈 마을 사람이 이를 비난하는 내용의 노래를 부른 것이고, 두 번째 인용의 운문은 宋의 시골 사람이 위나라 靈公의 부인 南子, 그리고 남자가 위나라로 시집오기 전 淫通했던 宋의 공자 朝를 각각 '암퇘지'와 '수퇘지'에 견주어 衛의 태자 괴외가 듣게끔 부른 노래이다. 세 번째 인용문은, 齊 景公은 부인에게서 낳은 아들이 죽자 여러 庶公子들 중 荼를 총애하여 그를 후계자로 삼고 여러 공자들은 萊 땅에서 살도록 했다는 이야기에 이어지는 내용인데 인용문에 삽입된 萊 땅 사람의 노래는 이같은 상황에 배경을 두고 있다. 네 번째 인용문의 경우 노나라 애공이 齊·邾나라 임금들과의 회합에서 拜禮만 하고 稽首

---

25) 秋, 齊侯, 宋公會于洮, 范氏故也. 衛侯爲夫人南子召宋朝. 會于洮, 大子蒯聵獻盂于 齊, 過宋野. 野人歌之曰, "旣定爾婁豬, 盍歸吾艾豭?"(「定公 十四年」)

26) 冬十月, 公子嘉, 公子駒, 公子黔奔衛, 公子鉏, 公子陽生來奔 萊人歌之曰, "景公死乎 不與埋, 三軍之事乎不與謀, 師乎師乎, 何黨之乎?"(「哀公 五年」)

27) 秋八月, 公及齊侯, 邾子盟于顧. 齊人責稽首, 因歌之曰, "魯人之皐, 數年不覺, 使我高 踖. 唯其儒書, 以爲二國憂."(「哀公 二十一年」)

의 예는 취하지 않은 것에 대해 제나라 사람들이 비난하는 노래를 불렀다
는 내용이다.

이 예들을 보면 노래를 부른 주체는 '鄕人' '野人' '萊人' '齊人'라 하여
이름이 드러나지 않은 백성 중의 '어떤 사람'이다. 이에 비해 『시경』의
시구를 인용하는 사람은 그 이름이 명시되며 대부분 임금이나 경대부,
고위의 신하 등 지배층에 속하는 인물이다. 그러나 그 이름없는 백성이
부르는 노래를 듣고 의미를 헤아리는 궁극적인 청자는 지배층 인물이다.
즉, 이 노래들은 발화자의 심정을 표현하기 위한 것이 아니라, 지배층
인물의 귀에 들어가게 하려는 의도에서 불려진 것이다. 따라서 유형 (4)에
속하는 삽입 운문은 '聽者指向的' 성격이 강하다고 할 수 있다.

또 내용면에서 볼 때 이름없는 백성들이 부르는 노래는 대개 지배층
인물의 언행을 풍자하거나 비판하는 내용이 주류를 이룬다. 즉, 그들은
자신들에 관한 내용을 노래 부르는 것이 아니라 다른 계층 사람들에 관
한 것에 초점을 맞춰 노래 부르고 있는 것이다. 반면 지배층 인물이 삽입
운문의 發話者가 되는 경우는 『시경』의 시구를 인용하든 아니면 인물이
새로 짓든 간에, 그리고 느낌이나 생각을 우회적으로 표현하든 직접적으
로 드러내든 간에 지배층 인물 자신들에 해당되는 내용을 읊는다. 결국
운문의 발화자가 일반 백성이든 지배층이든 간에 모든 운문의 지향점
내지 초점은 지배층의 생활과 언행에 맞춰져 있다는 것을 발견하게 된
다. 그리고 (4)유형의 경우 노래가 불려진 장소는 백성들의 삶의 공간이
나 그 연장에 있는 室外의 공간이라는 점에서, 궁중이나 정치·외교적
상황과 관련된 公的인 장소가 배경이 되는 『시경』의 경우와는 구분이
된다. 고대의 역사란 지배층을 둘러싼 역사이므로 『좌전』에서 사건을 전
개하는 주동 인물은 모두 지배층이며, 백성은 사건 전개에 부수되는 존
재이다. 그러나 서사 속 副 인물인 백성들은 지배층의 행태를 풍자·비

판하거나 미래의 사건의 향방을 미리 가늠케 해주는 존재, 지배층에게
교훈과 경계심을 일깨워 주는 존재로 기능한다. 또한 때때로 민심은 지
배층의 행동의 옳고 그름을 판단하는 기준이 되기도 한다. 그러므로 백
성이 부른 노래이면서 발화의 초점이 지배층 인물로 향해 있다는 것은
극히 자연스런 현상인 것이다.

여기서 한 가지 주목할 만한 사실은, 일반 백성의 노래가 아닌『시경』의
시구에 대하여 '歌'라는 말을 쓴 경우이다.

> 衛 獻公이 孫文子와 甯惠子에게 함께 식사하자고 명하니, 두 사람은 모두
> 朝服을 입고 조정으로 나아가 명을 기다렸으나, 헌공은 날이 저물도록 이들을
> 부르지 않고 園囿에서 기러기 사냥만 하고 있었다. 두 사람이 그 곳으로 찾아가
> 자 헌공은 사냥할 때 쓰는 모자도 벗지 않은 채로 두 사람과 말을 하니 두 사람
> 은 노하였다. 손문자가 戚邑으로 가서 그 아들 孫蒯를 보내어 入朝하게 하니
> 헌 공이 손괴에게 술을 접대하며 大師에게『詩經』「巧言篇」의 卒章을 노래하
> 게 하였다(a). 大師가 사양하니 師曹가 자신이 하겠다고 청했다. 이보다 앞서
> 헌공이 사조로 하여금 자기의 애첩에게 거문고를 가르치게 하였을 때 사조가
> 그녀에게 매를 치니, 헌공이 노하여 그에게 볼기 삼 백 대를 친 일이 있었다.
> 그러므로 사조는 巧言詩를 노래하여(b) 손괴를 노하게 하여 헌공에게 복수하
> 고자 한 것이다. 헌공이 그에게 노래하게 하니(c) 그는 드디어 이 시를 노래
> 불렀다(d).   (「襄公 14년)28) (밑줄은 필자)

여기서 '大師'는 음악을 맡은 樂官을 가리키며 '師曹'는 樂工의 이름
이다. 밑줄친 부분의 원문은 각각 "使大師歌巧言之卒章"(a) "師曹欲歌

---

28) 衛獻公戒孫文子, 甯惠子食, 皆服而朝, 日旰不召, 而射鴻於囿. 二子從之, 不釋皮冠而
與之言. 二子怒. 孫文子如戚, 孫蒯入使. 公飲之酒, 使大師歌巧言之卒章. 大師辭. 師曹
請爲之. 初, 公有嬖妾, 使師曹誨之琴, 師曹鞭之. 公怒, 鞭師曹三百. 故師曹欲歌之, 以
怒孫子, 以報公. 公使歌之, 遂誦之. (「襄公 十四年」)

之"(b) "公使歌之"(c) "遂誦之"(d)로 되어 있는데 여기서 '歌'나 '誦'은 악기 반주에 맞추어 곡조에 따라 노래부르는 형태의 연주를 말한다. 이것을 담당하는 것이 악관이고 위 이야기에서는 '사조'라는 인물이 노래를 부른 것으로 되어 있다. 이로 볼 때 음악가가 개입하여 『시경』의 시구를 연주하는 상황일 때는 '賦' 대신 '歌'라는 말을 쓴다는 것을 알 수 있다.[29] 맨 마지막의 '誦' 또한 '歌'와 마찬가지로 이 말이 『시경』이 대상이 될 때와 일반 백성들이 부르는 노래가 대상이 될 때 그 노래되는 방식이 달라진다.

> 겨울 10월에 邾人과 莒人이 鄫國을 토벌하니 臧紇이 증국을 구원하기 위해 주나라를 침공하였다가 狐駘에서 패배하였다. 戰死者를 맞이하는 國人들이 모두 髽머리[30]를 하였다 이때부터 노나라에서는 髽머리를 하는 풍속이 시작되었다. <u>국인들이 풍자하는 노래를 부르기를</u>, "여우 갖옷 입은 臧紇이여, 아군을 狐駘에서 패하게 했네. 우리 임금 너무 어려 난쟁이를 將帥로 보내셨네. 난쟁이여, 난쟁이여, 아군을 邾軍에게 패하게 했네."라고 하였다.
>
> (「襄公 4년」)[31] (밑줄은 필자)

밑줄 부분의 원문은 "國人誦之曰"로 되어 있는데 여기서 '誦'은 악기 반주나 악관이 개입된 노래가 아닌 맨 목소리로 부르는 노래를 가리킨다. 이 예 또한 앞서 언급한 것처럼 노래 부르는 주체가 일반 백성일 때 이름을 표기하지 않고 '國人'으로 처리되어 있고 노래의 내용이 자신들에 관한

---

29) Koo-Yin Tam, *op.cit.*, p.11.

30) 髽는 삼을 머리카락과 합쳐서 묶는 것이다. 喪을 당한 사람이 많기 때문에 喪服을 갖출 수가 없어서 髽머리만을 하였을 뿐이다. 정대현 역주, 『春秋左氏傳』·4(전통문화연구원, 2001), 50쪽 주2).

31) 冬十月, 邾人, 莒人伐鄫, 臧紇救鄫, 侵邾, 敗於狐駘. 國人逆喪者皆髽, 魯於是乎始髽. 國人誦之曰, "臧之狐裘, 敗我於狐駘. 我君小子, 朱儒是使. 朱儒朱儒, 使我敗於邾." (「襄公 四年」)

것이 아닌 지배층에 관련된 내용 —특히 그들의 행태를 풍자하고 비판하는 내용— 이며, 노래가 불려지는 장소가 궁중과 같은 公的 공간이 아닌 개방된 실외 공간으로 되어 있다.

마지막으로 (7)의 유형, 즉 '군자'나 '중니' 등 논평자에 의해 『시경』이 인용되는 경우 운문이 행하는 기능에 대해 살펴보기로 한다. 이에 대해 논하기 전에 먼저 사건이나 인물에 대한 논평을 하는 '군자'는 누구를 가리키는가를 검토해 보아야 한다. 보통 덕과 학식을 갖춘 인물을 君子라 칭하는데 『좌전』의 경우 첫째 좌전 작자와 同 時代이거나 前 時代의 인물, 둘째 공자, 셋째 작자 자신의 세 경우로 좁혀서 생각해 볼 수 있다. 이 중 '군자'가 '공자'를 가리킬 가능성은 거의 없다고 본다.

> 공자는 말했다. "능히 자신의 과오를 보완할 수 있는 사람은 군자이다. 『시경』에 '군자를 본받는다'고 하였으니 孟僖子는 본받을 만한 사람이다."
>
> (「昭公 7년」)[32]

『좌전』에는 위와 같이 공자의 이름으로 논평이 행해지는 예가 28회[33] 발견되고, 이 중 『시경』이 인용된 예는 6회이다. 이처럼 구체적으로 공자를 가리키는 어구를 사용하여 논평을 하면서 굳이 공자의 말을 '君子曰'로 대치할 필요는 없었다고 본다. 더구나 '논평'의 기능은 서술된 사건이나 인물에 대해 評價하고 議論하는 것이기 때문에 권위있는 존재의 말이나 믿을 만한 서책에서 인용하여 논평하는 내용의 타당성을 검증할 필요가 있다는 점을 감안할 때, 공자의 말이라면 儒家의 입장에서는 검증이 필요없는 절대적 권위가 있는 것이므로 이를 군자로 대치할 필요가

---

32) 仲尼曰 "能補過者, 君子也. 詩曰 '君子是則是效', 孟僖子可則效已矣." (「昭公 七年」)
33) "仲尼曰"이 23회, "孔子曰"이 5회이다.

없는 것이다.

같은 이유로 논평을 함에 있어 권위를 확보하는 것이 관건인데 『좌전』
의 작자가 이름도 성도 모를 어떤 '군자'의 말을 내세웠을 리가 없다고
생각된다. 또한 아래의 예는 '군자'가 同 時代나 前 時代의 다른 인물이
아닌, 바로 작자 자신을 가리킨다는 증거가 된다.

> <u>군자는 말한다</u>. "秦 穆公이 盟主가 되지 못한 것은 당연하다. 그 이유는 죽
> 으면서도 백성을 버렸기 때문이다. 옛날의 先王들은 세상을 떠나면서도 오히려
> 後人에게 법도를 남겼는데 하물며 백성에게서 善人을 빼앗아간다는 말인가?
> 『시경』에 '선인이 죽으니 나라가 병든다'고 하였으니 이는 나라에 선인이 없음
> 을 말한 것인데 穆公은 어째서 善人을 빼앗아갔단 말인가? (中略) <u>군자는</u> 이로
> 써 秦나라가 두 번 다시 東征하지 못하리라는 것을 알았다."
>
> (「文公 6년」)[34] (밑줄은 필자)

위 예문에는 '군자'가 두 번 나오는데 만일 '君子'가 작자 아닌 다른
인물이라면, 맨 끝부분의 '군자는 이로써 秦나라가 다시 東征하지 못하
리라는 것을 알았다'는 것을 『좌전』의 작자가 어떻게 알고 인용을 했겠
는가 하는 의문이 제기된다. 이 글이 참고하고 있는 세 가지 번역본[35]
모두 첫머리에 나오는 '군자'의 논평 부분을 '中略' 앞까지로 보고 있고
'中略' 이후의 부분을 별도의 구절로 처리하고 있어, 서술상 앞뒤 문맥의
연결이 부자연스럽다. '秦나라가 두 번 다시 東征하지 못하리라는 것을
알았던' 사람을 작자로 보고 이 부분까지를 논평 부분으로 읽으면 문맥
이 자연스럽게 연결된다.

---

34) 君子曰, "秦穆之不爲盟主也宜哉! 死而棄民. 先王違世, 猶詒之法, 而况奪之善人乎?
　　詩曰, '人之云亡, 邦國殄瘁', 無善人之謂. 若之何奪之? (中略) 君子是以知秦之不復東
　　征也."(「文公 六年」)

35) 주 13) 참고.

군자는 말한다. "『시경』에 이른바 '흰 玉의 티는 오히려 갈아 없앨 수 있지만 말의 결함은 어찌할 수가 없다'고 하였으니, 苟息이 이와 같은 점이 있다."

(「僖公 9년」)36)

군자는 말한다. "宋의 宣公은 사람을 꿰뚫어 볼 줄 알았다고 할 수 있다. 아우 穆公을 세워서 자신의 아들 殤公이 마침내 즉위하게 하였으니 이는 그 遺命이 道義에 맞았기 때문이다. 「商頌」에 '殷 나라의 왕위 계승은 모두 도의에 합당했기 때문에 많은 복록을 받았다'라고 하였으니, 이는 바로 이런 경우를 두고 이른 것이다."

(「隱公 3년」)37)

위 두 예문은 논평자인 '군자'가 작자 자신이라는 것을 좀 더 확실하게 보여준다. 「僖公 9년」條의 경우, 이 앞에는 임금 앞에서 약속을 한 번 잘못한 탓에 결국은 죽음을 맞이하게 된 大夫 苟息에 관한 이야기가 서술되어 있고 인용된 『시경』 또한 말의 실수는 어찌할 도리가 없음을 말한 것이다. 인용문 끝부분의 '苟息이 이와 같은 점이 있다'("苟息有焉")고 한 언급으로 미루어 이 부분을 말한 사람은, 앞서 서술된 苟息의 이야기를 알고 있는 존재여야 한다. 만일 '군자'가 작자 아닌 다른 인물이라면, 앞서 어떤 내용이 서술되었는지 알 수가 없을 것이기 때문에, 우리는 순식의 일에 대해 논평하는 '군자'는 곧 작자—아니면 작자의 분신— 라고 결론지을 수 있게 된다. 「隱公 3년」條의 예도 마찬가지다. 논평자인 군자는 끝부분의, '이는 바로 이런 경우를 두고 이른 것이다'("其是之謂乎")에서 '이런 경우'("是")가 무엇을 말하는지를 알고 있는 사람이며 그는 다름 아닌 『좌전』의 작자인 것이다.

---

36) 君子曰, "詩所謂 '白圭之玷, 尙可磨也 斯言之玷, 不可爲也' 苟息有焉." (「僖公 九年」)

37) 君子曰, "宋宣公可謂知人矣. 立穆公, 其子饗之, 命以義夫! 商頌曰, '殷受命咸宜, 百祿是荷', 其是之謂乎! (「隱公 三年」)

『좌전』에서 논평부는 서술된 사건에 대한 작자의 견해나 입장을 표명하고, 서사 속 인물에 대해 褒貶을 하는 등 '議論'과 '論評'의 기능을 담당하는 부분이다.『좌전』의 작자는 '군자'와 '공자'를 내세워 이같은 의론을 전개하고 있는데 자신을 '군자'로 나타낸 것은 당시에는 서술자 내지 기록자가 자신을 '나'라는 1인칭으로 나타내는 기법이 아직 발달하지 않았기 때문인 것으로 보인다. 서술자라 '나'로서 자신을 지칭하는 양상은 唐代 傳奇에서 발견된다. 논평부는 앞서 서술된 사건이나 인물의 행적에 대해 작자가 자신의 견해를 피력하는 부분이기 때문에 무엇보다도 자신의 주장의 타당성과 권위를 확보하는 것이 중요하다. 논평부에서『시경』구절을 그처럼 빈번하게 인용하는 것도 바로 이런 이유에서이다. 그러므로 논평부에는『시경』뿐만 아니라『書經』『易經』과 같은 경서의 인용이 쉽게 발견되는 것도 같은 맥락에서 이해할 수 있다.

　　군자는 말한다. "의복이 신분에 맞지 않는 것은 몸의 재앙이다.『시경』에 '저 사람이여! 그 의복이 걸맞지 않도다!'라고 하였으니 子臧의 의복 또한 신분에 맞지 않는다. 또『시경』에 '스스로 이런 근심을 끼쳤도다!'라고 하였으니 子臧과 같은 사람을 두고 한 말이다.「夏書」에 '大地는 化育을 공평하게 돕고 하늘은 그 베품을 이룬다.'고 하였으니 이것은 天地가 잘 조화되는 것을 말한 것이다."
　　　　　　　　　　　　　　　　　　　　　　　　　　　　　「僖公 24년」[38]

　　위 예문의 "君子曰" 앞에는 물총새 깃으로 만든 관을 좋아했던 子臧에 관한 이야기가 서술되어 있다. 군자는 자장의 복장이 그의 신분과 맞지 않는다고 생각하고 위와 같이 논평을 하고 있는데, 자신의 견해를 뒷받침하기 위해『시경』을 두 번[39] 인용하고 거기에『書經』「夏書」의 구

---

38) 君子曰, "服之不衷, 身之災也. 詩曰, '彼己之子, 不稱其服.' 子臧之服, 不稱也夫! 詩曰, '自詒伊慼', 其子臧之謂矣. 夏書曰, '地平天成', 稱也." (「僖公 二十四年」)

절까지 인용하고 있는 것이다.

이상『좌전』에 삽입된 운문의 다섯 가지 유형과 서사 내에서의 기능에 대해 살펴보았는데 요약하면 다음과 같다. 첫째, '서사 속 지배층 인물이『시경』을 인용한 경우'는 대화 속에서 자신의 견해나 입장을 완곡하게 전달하여 의도한 목적을 효과적으로 달성하기 위한 방편으로서 기능하고, 둘째, '서사 속 지배층 인물이『시경』이외의 운문을 인용한 경우'는 2편의 童謠가 인용된 경우인데 여기서 동요는 미래의 일을 예언하는 기능을 행한다. 셋째, '서사 속 지배층 인물이 自作詩를 발하는 경우'는 인물이 자신의 심정이나 감회를 직접적으로 표출하는 기능을 행하며, 넷째 '서사 속 피지배층 인물이 지어 부른 노래인 경우' 운문은 지배층의 행태나 그들이 벌인 사건에 대해 비판·풍자하거나 경각심을 불러일으키는 기능을 행한다. 다섯 째, '논평자에 의해『시경』이 인용되는 경우'의 운문은 앞에서 서술된 사건이나 인물에 대해 작자 자신의 견해와 판단을 피력함에 있어 권위와 타당성을 부여하는 기능을 행한다. 앞의 네 경우 운문은 인물들의 '대화'의 일부로 작용하며, 마지막의 경우는 서술된 사건에 대한 '논평'과 '의론'의 기능을 담당한다.

2.2. 『國語』

『국어』는 춘추시대 左丘明이 편찬한 것[40]이라고 전해지는데 B.C. 1000년 무렵부터 B.C. 453년 무렵까지 즉 周의 穆王부터 晋나라 知氏의 멸망까지 약 550년간의 周·魯·齊·晋·鄭·楚·吳·越의 여덟 나라의 일을 대화체로 기록한 것이다. 『좌전』이『春秋經』에 대한 직접적 해설서의

---

39) 앞의 것은 「曹風·侯人」에서, 뒤의 것은 「小雅·小明」에서 인용하였다.
40) 『좌전』과『국어』의 작자를 모두 좌구명으로 보는 것에 대한 이견이 분분하다.

성격을 지니는 반면,『국어』는 간접적인 참고서의 성격을 띠므로 보통
전자를 '春秋內傳'이라 하고 후자를 '春秋外傳'이라 일컫기도 한다.[41]『춘
추』해설의 보조 자료인 만큼 사건이나 인물에 대한 묘사는『좌전』보다
더욱 상세하고 생동감을 주고 있어 '敍事短篇'으로 볼 만한 것이 많다.
이들 서사 단편 중에는 운문을 포함하는 것들도 상당수 있어 서사체 시삽
입형 혼합담론의 면모를 갖추고 있다.

서술방식에 있어『국어』가『좌전』과 크게 다른 점은, "君子曰" "孔子
曰" 등으로 시작하는 議論 부분이 없다는 점과 사건 전말에 관한 설명보
다는 인물간 대화가 서술의 대부분을 차지한다는 점, 그리고 상대방과의
대화에서 기선을 제압하거나 자신의 주장을 뒷받침하거나 설득력을 확보
하기 위해 여러 경전에서 적절한 문구를 인용하는 사례가 빈번하다는
점이다. 그 중『시경』은 가장 자주 인용되는 경전이다. 이런 점들로 인해
『국어』의 운문 삽입 양상은 전체적으로『좌전』과 대동소이하나, 운문이
모두 서사 속 인물 간 대화의 일부로 삽입되고, 특히『시경』의 구절이
삽입 운문의 대다수를 차지한다는 특징을 지닌다. 예를 들어『國語』제3
권「周語」를 보면, 單穆公이 왕이 大錢을 주조하려는 것에 대해 간언하는
이야기가 나오는데 간언하는 말이 길게 이어지는 중에『書經』「夏書」와
『시경』구절이 인용되어 있다.

景王 21년에 대전을 주조하려 하니 單穆公이 다음과 같이 말했다. "不可합
니다. 옛날에 자연 재해가 이르면 물자와 화폐를 헤아리며 가볍고 무거운 균형
을 맞추어 백성을 구제하였습니다. (中略)「夏書」에 말하기를 '關稅가 고르면

---

41) 후에는『춘추외전』과『국어』라는 두 가지 명칭을 합쳐『춘추외전국어』로 칭하는
   일도 많다. 김학주,『中國古代文學史』(명문당, 2003), 140쪽; 左丘明,『國語』(大野峻
   譯, 明治書院, 1979), 해제.

왕의 창고는 가득차게 된다.'고 하였고 『詩經』에 이르기를 '저 旱山 기슭을 보
니 / 개암나무와 싸리나무가 무성하도다 / 즐겁고 편안한 君子여 / 祿을 구함이
즐겁고 편안하도다!'⁴²⁾라고 하였는데, 저 한산 기슭의 개암나무와 싸리나무가
무성한지라, 군자가 편안히 즐겁게 祿을 구할 수 있습니다. (中略) 우리 周나라
관원이 재앙을 대비하는 데에 나태하여 폐기한 것이 많거늘 또 재물을 빼앗아
서 그 재앙을 늘리게 되면 이는 그 저장한 것을 버리고 백성을 물리치는 것이니
왕은 이를 생각하십시오." 왕은 듣지 않고 마침내 대전을 주조하였다.⁴³⁾

위는 일부를 생략한 나머지 텍스트의 全文이다. '景王 21년에 大錢을
주조하려 하니 單穆公이 불가하다고 하며 여러 가지 이유를 들어 간언
했으나 왕은 결국 대전을 주조하고 말았다'는 간단한 줄거리로 되어 있
어 서사체로서 최소한의 조건만을 갖춘 '최소 서사체'로 분류될 수 있다.
간언하는 내용이 서사의 대부분을 차지하는데 간언하는 말 중에 '인용'
의 형태로 삽입되어 있는 시는 『시경』 「大雅·旱麓」의 제1장이다. 여기
서 『시경』 구절은 單穆公이 大錢을 주조하는 것이 옳지 않다고 하는 자
기 견해를 왕에게 피력하기 위해 도입한 전략으로서, 일종의 話術에 해
당한다고 할 수 있다.

『좌전』에 비해 대화의 양이 증가했다는 것, 그리고 그 대화가 대개 서
사 속 인물이 자신의 견해를 제시하고 그것을 관철하려는 내용으로 되어
있다고 하는 것은, 사건에 대한 묘사나 설명이 한층 풍부하고 상세해지
고 서술이 논리정연해졌음을 의미한다. 또한 삽입된 운문들은 그 시구를
인용한 인물이 자신의 논리를 증명하기 위한 장치로서의 기능을 행하는
것이 대부분이며, 『좌전』이나 『신서』에서 보는 것처럼 감정을 토로하거

---

42) "瞻彼旱麓 榛楛濟濟 豈弟君子 干祿豈弟."
43) 인용 구절의 번역은 左丘明, 『國語』(許鎬九 外 3인 譯註, 전통문화연구회, 2005)를
참고하였다. 원문은 꼭 필요한 경우 외에는 생략하기로 한다.

나 미래의 일을 예언하거나 비난·풍자하는 기능, 사건·인물에 대한 논평의 기능을 행하는 예는 거의 발견되지 않는다. 삽입된 운문 또한 한두 용례[44]를 제외하고는 모두 『시경』의 구절이 차지하고 있다.

2.3. 諸子百家의 담론들

『孟子』『莊子』『呂氏春秋』『晏子春秋』『列子』『韓非子』『淮南子』 등 제자백가의 글에는 '敍事短篇'이라 부를 수 있는 짤막짤막한 이야기들이 다수 수록되어 있다. 그리고 약간의 차이는 있지만 이 서사단편들 중에는 운문을 포함하고 있어 서사체 시삽입형 혼합담론으로 분류할 수 있는 것들이 상당수 존재한다. 춘추전국시대는 군웅이 할거하는 정치적 다원성의 시대였을 뿐만 아니라 이처럼 여러 사상가들이 출현하여 독자적인 이론과 사상체계를 제시한 문화적 다원성의 시대이기도 했다. 이들은 각자 자신의 이론과 사상을 체계화하고 당대 지식인, 지배층에 공감을 얻기 위하여 화술과 담론에 있어 다양한 수사법과 전략을 동원했다. 알레고리 수법이나 비유의 활용, 귀납·연역과 같은 추론방식의 활용, 역사적 고사나 민간에 유포·전승되어온 이야기의 활용 등을 대표적인 예로 들 수 있으며, 여기서 관심을 가지는 산문과 운문의 교직 또한 자신의 말이나 글을 효과적으로 전달하고 표현하는 데 활용된 장치라 할 수 있다. 『장자』의 경우는 전체가 寓話集이라 할 수 있을 정도로 알레고리 수법이 효과적으로 활용되고 있고, 『맹자』에는 다양한 비유가 활용되고 있다.

제자백가의 담론들 중 산문과 운문을 혼합하여 서술하는 기법이 가장

---

44) 惠公이 이미 장사지낸 共世子를 파서 다시 장례를 지낸 이야기(『국어』 제9권 「晉語三」)에서 혜공의 행위에 대해 백성들이 부른 노래와 驪姬가 자신의 소생 奚齊를 태자로 삼기 위해 광대인 優施와 짜고 태자 申生을 죽이려 한 이야기(『국어』 제8권 「晉語二」)에서 優施가 부른 노래가 그 예외적 용례에 해당한다.

두드러지는 것은 『呂氏春秋』와 『晏子春秋』인데 이들은 그 안에 서사단
편들을 많이 포함하고 있는 담론들이기도 하다. 이것은 이 담론들이 제목
에 있어서나 내용, 체제, 서술방식 등 여러 면에서 『좌전』과 밀접한 관련이
있음을 시사한다. 『여씨춘추』는 秦나라 재상이었던 呂不韋가 문하의 식
객 및 학자들에게 의뢰하여 편찬한 저서로 '呂覽'이라고도 한다. 이 책은
12紀·8覽·6論 세 부분으로 구성되어 있으며, 다른 저서들과는 달리 한
개인의 사상이 아닌 여러 사람들의 다양한 사상이 복합되어 있다는 특징
을 지닌다. 여기에는 신화·우언·역사 고사 등 다양한 형태의 서사단편들
이 수록되어 있다. 『안자춘추』는 춘추시대 齊나라의 정치가인 晏嬰의
언행을 기록한 책으로 그의 사후에 빈객들이 그의 행적을 모아 엮은 것이
다. 이 책은 8편 125장으로 구성되어 있는데, 개인적인 인물 묘사가 뛰어나
고 소설적인 요건도 구비하고 있어 중국 소설사에서도 거론되고 있다.[45]
이 두 담론을 중심으로 운문이 어떻게 활용되고 있는지 살펴보기로 한다.

   (가) 晉 文公이 나라로 돌아왔을 때 介子推는 포상받기를 사양하고 스스로
시 한 수를 지었으니, "한 마리의 용이 날아서 / 하늘을 휘돌았네 / 다섯 마리의
뱀이 그를 따라 / 용을 도왔네 / 마침내 용은 고국으로 돌아와 / 마땅한 지위에
올랐네 / 네 마리의 뱀은 함께 돌아와 / 마땅한 포상을 받았네 / 다만 한 마리의
뱀이 그것을 수치로 여겨 / 광야에서 말라 썩었도다"[46]라는 것이었다. 그는 시
를 써서 公門에다 걸어 놓고 산중으로 들어가 숨어 살았다. (중략) 인심이란
사람마다 몹시 다르다. 지금 세상에서 이익을 좇는 자는 아침 일찍부터 밤늦게
까지 입술이 타고 목구멍이 마르도록 밤낮으로 이익을 얻고자 골똘히 생각하면
서도 그것을 얻지 못하고 있다. 그런데 개자추는 이로움을 손에 넣을 수 있으면

45) 전인초, 『中國古代小說研究』(연세대학교 출판부, 1985), 87쪽.
46) "有龍于飛 周徧天下 五蛇從之 爲之丞輔 龍反其鄉 得其處所 四蛇從之 得其露雨 一
   蛇差之 橋(=橐)死於中野."

서도 그것을 싫어하여 버리고 달아나 숨어버렸으니, 진실로 개자추는 세속과는
멀리 떨어져 있는 인물이다.

(『呂氏春秋・上 十二紀』「三曰介立」, 353~355쪽)47)

(나) 이에 왕은 다른 사람을 시켜 그 일을 완성하게 하였다. 그리하여 장수의
물을 끌어다 鄴 땅의 농토에 대게 되니 업 땅의 백성들은 크게 그 이득을 보게
되었다. 그래서 업 땅의 백성들은 서로 더불어 다음과 같이 노래하며 칭송하였
다. "업 땅에 거룩한 현령이 있었으니 / 그는 史公이라네 / 漳水의 물을 터서 /
업 땅 농토에 끌어대니 / 옛날 소금기 있는 짠 땅을 없애고 / 벼와 기장을 자라
게 했네"48) (중략) 평범한 군주는 그 많은 사람들의 시끄러운 소리로 말미암아
善을 행하는 일을 중지하고, 현명한 군주는 많은 사람들의 시끄러운 소리로써
功業을 성취한다.　　　　(『呂氏春秋・中 四覽』「五曰樂成」, 205~208쪽)

(다) 晏子가 말하였다. "崔子여, 그대는 저 『시경』을 읽지 않았는가? 『시경』
에 이르기를 '무성한 칡 넝쿨이여 / 나뭇가지에 뻗어 있도다 / 凱弟한 군자여 /
복을 구함이 부정하지 않도다'49)라고 하였으니, 나 嬰이 어찌 正道를 어기면서
행복을 구하겠는가? 그대는 그것을 생각하라." 이 말을 듣고 崔杼는 '이 사람은
현자다 죽일 수가 없다.'라고 하면서 창과 극을 거두어 물러갔다. (중략) 안자는
천명을 알고 있었다고 할 것이다. 목숨이라는 것은 그러한 까닭을 알지 못하면서
그러한 것이다. 사람의 일이란 智巧와는 관계가 없이 의를 행하여 죽고자 하면
죽지 않고 불의에 의해 살기를 구하면 반드시 살지 못하는 것이다. 그러므로
그것을 버리려 해도 잃는 일이 없다. 國士는 이 도리를 알기 때문에 義로써
일을 결정하여 편안하게 거기에 처한다.

(『呂氏春秋・中 八覽』「三曰知分」, 405~407쪽)

---

47) 번역은 鄭英昊 解譯, 『여씨춘추』 상・중・하(자유문고, 1992・2006)를 참고하였다.
　　괄호 안의 숫자는 번역서의 면수를 가리킨다.
48) "鄴有聖令 時爲史公 決漳水 灌鄴旁 終古斥鹵 生之稻粱."
49) "莫莫葛藟 延于條枚 凱弟君子 求福不回."「大雅・旱麓」 제3장.

(라) 옛날에 紂王은 포학무도하여 梅伯을 죽여 소금에 절였고, 鬼侯를 죽여 脯를 떠서 제후를 묘당으로 청하여 잔치를 베풀었다. 文王이 이에 눈물을 흘리면서 탄식하니 주왕은 문왕이 배반할까 두려워 문왕을 죽이고 周 나라를 멸망시키고자 하니, 문왕이 말하였다. "아비가 비록 無道하다 하더라도 자식이 감히 아비를 섬기지 않을 것이며, 군주가 비록 은혜롭지 못하다 하더라도 신하가 감히 섬기지 않을 것인가? 누가 왕을 배반할 수 있을 것인가?" 이에 주왕은 곧 문왕을 용서하였다. 천하가 이 이야기를 듣고, 문왕은 위로 왕을 두려워하고 아래고 백성을 가엾이 여긴다고 하였다. 『시경』에 이르기를, '오직 우리 문왕께서는 / 모든 일 조심하고 보살피시며 / 밝히 하늘을 섬기시오니 / 어찌 많은 복 받지 않으랴?'[50]라고 하였다.

(『呂氏春秋·中 八覽』「六日行論」, 425~426쪽)

(마) 이것이 濟水에서 실패한 원인으로 제나라의 70성은 폐허가 되었는데, 田單이 없었다면 실로 거의 나라를 다시 찾지 못했을 것이다. 泯王은 제나라가 크다는 것으로써 교만하게 굴다가 실패하였고, 田單이 墨城의 백성을 이끌어 공을 세워 나라를 회복한 것이다. 그러므로 『시경』에 이르기를, '장차 그것을 깨뜨리고자 하면 / 반드시 무겁게 그것을 거듭하고 / 그것을 넘어뜨리고자 하면 / 반드시 그것을 높이 들어라'라고 하였으니, 이를 두고 이른 말일 것이다. 무겁게 거듭하여 깨지지 않고 높이 들어 넘어지지 않는 것은 다만 道있는 사람일 뿐일 것이로다![51]　　　　(『呂氏春秋·中 八覽』「六日行論」, 427~429쪽)

(바) 晉 나라에서는 鄭 나라를 공격하고자 하여 叔嚮으로 하여금 정나라에 가서 그 나라에 賢人이 있는가 없는가를 살피게 하였다. 그리하여 숙향은 정나라에 가서 지내는 동안 子産을 알게 되었고, 자산은 시를 지어 읊었다. "그대가 나를 좋게 생각한다면 / 옷을 벗어 걸치고 洧水를 건너 돌아가시오 / 나를 좋게 생각하지 않는다면 / 어찌 다른 賢士가 없겠는가?"[52] 이에 숙향은 진나라로 돌

---

50) "惟此文王, 小心翼翼, 昭事上帝, 聿懷多福."「大雅·大明」.
51) "將欲毀之 必重累之 將欲踣之 必高擧之" 현재 시경에는 이 내용이 전하지 않는다.
52) "子惠思我 褰裳涉洧 子不我思 豈無他士."「鄭風·褰裳」.

아와 보고하였다. "정나라에는 현인 자산이 있으니 공격할 수 없습니다. (중
략)" 이 보고를 듣고 진나라에서는 정나라에 대한 공격을 중지하였다. 공자가
말하였다. "『시경』에 이르기를, '나라가 강해지는 것은 오직 현인을 얻는 데 있
다'[53]고 하였으니, 자산의 한 마디 말로 정나라가 禍患을 모면한 것이다.

(『呂氏春秋·下 二論』「五曰求人」, 69쪽)

위의 인용문들은 『여씨춘추』에 시가 다양하게 활용되고 있는 양상을
예시한 것으로 (라)를 제외하고 나머지는 이야기의 일부만 인용하였다.
(가)에서 시는 서사의 主人物인 介子推의 자작시인데, 이 시에서 '용을
보좌하다가 포상을 거부하고 말라 죽은 뱀 한 마리'는 자기 자신을 비유
한 것으로 개자추는 당시 자신의 심정을 말을 대신하여 시로써 토로한
것이다. 이러한 비유는 소박하기는 하지만, 『좌전』에 삽입된 인물 자작
시에 비해 한 단계 진보한 시적 기교를 보여준다고 하겠다. 인용 끝부분
에는 개자추의 행적에 대해 논평하는 의론문이 붙어 있다.

(나)는 魏 襄王 때의 賢臣 '史起'가 자신이 능욕당할 수도 있는 위험을
감수하고 漳水의 물을 끌어다가 농토를 개간하여 백성들의 삶을 이롭게
한 과정을 서술한 이야기의 끝부분에 해당한다. 여기에 삽입된 백성들의
노래와 그 뒤에 이어지는 서술은 모두 史起의 행적에 대한 의론문의 성
격을 띤다. 다시 말해 이 서사에서 운문은 서술된 사건에 대한 논평의
기능을 한다고 할 수 있다.

(다)부터 (바)까지는 『여씨춘추』에서 『시경』의 다양한 활용을 예시한
것이다. (다)는 『시경』의 구절이 晏子가 崔杼에게 하는 말 가운데 삽입되
어 대화의 일부로 기능하는 양상을 보여준다. 이런 양상은 『좌전』의 전통
을 그대로 이어받은 것이라 할 수 있다. (라)와 (마)에서는 『시경』 구절이

---

53) "無競惟人." 「大雅·抑」.

논평의 기능을 수행하는 양상을 보여준다. (라)의 의론문은 '천하가'에서 부터 끝까지인데 '산문서술＋『시경』구절'로 의론문이 구성되고 있으며, (마)는 인용문 전체가 의론문에 해당하는데 '산문서술1+『시경』구절+산 문서술2'의 형태로 의론문이 구성되어 있다. 이 또한 『좌전』에서 흔히 볼 수 있는 패턴으로 『시경』의 시가 액자서술의 형태로 논평의 기능을 행하는 양상에 해당한다. (바)에 삽입된 운문은 두 편으로 하나는 자산이 지은 자작시이고 다른 하나는 『시경』의 구절이다. 자작시는 인물의 대화 의 일부로 기능하고, 『시경』 구절은 논평의 기능을 행한다.

　이상에서 보는 바와 같이 『여씨춘추』에서 운문이 활용되는 양상은 『좌 전』과 크게 다를 바가 없으나 한 가지 두드러진 점은 대개 서사 끝에 의론문이 붙는데 "君子曰"과 같은 의론문을 알리는 표지가 없다는 점이 다. 이것은 『여씨춘추』가 儒家 외에도 다양한 사상적 성향을 지닌 인물들 에 의해 공동 저술된 것이기 때문에 개인 작자의 목소리를 대변하는 "君子 曰"이라는 문구를 붙일 수도 없고, 유가를 대변하는 "孔子曰"을 붙일 수 도 없는 상황을 반영한다고 할 수 있다.

　다음은 『晏子春秋』의 경우를 보도록 한다.

　제나라에 혜성이 나타나자, 景公이 祝으로 하여금 제사를 올리도록 하여 다 가올 재앙을 없애고자 하였다. 그러자 안자가 이렇게 간하였다. "소용없습니다. 오직 허망한 일일 뿐입니다. 하늘의 도리는 의심할 수 없습니다. (중략) 『시경』 에는 '오직 우리 문왕께서는 모든 일 조심하고 보살피시며, 밝히 하늘을 섬기시 오니 어찌 많은 복 받지 않으랴. 그 이루신 덕 헛되지 않아, 천하의 모든 나라 맡게 되셨네!'[54]라고 하였습니다. 임금께서 덕에 위배되는 일을 하지 않았다면 온 나라들이 사방에서 親附해 올 텐데 어찌 혜성을 두고 걱정하실 일이 있겠습

---

54) "維此文王 小心翼翼 昭事上帝 聿懷多福 厥德不回 以受方國." 「大雅·大明」

니까? (중략) 만약 덕을 휘젓고 혼란스럽게 하였다면 백성들이 모두 흩어져 도 망쳐 버리고 말 터인데 그 때는 祝史에게 빌게 한들 아무런 도움도 되지 않을 것입니다." 이에 경공이 기뻐하며 그 계획을 철회하였다.

(『안자춘추』 제7편, 「齊有彗星」, 259쪽)55)

『안자춘추』에는 총 22편의 운문이 삽입되어 있는데 이 중 『시경』을 인용한 예가 19회이고 '노래'(歌)를 삽입한 예가 3회이다. 이로써 『안자춘 추』에 삽입된 운문은 『시경』이 주가 된다는 것을 알 수 있다. 위는 『안자 춘추』의 시가 운용의 전형적·보편적인 양상을 보여주는 예이다. 위의 예문은 안자가 제나라 경공에게 간하여 옳지 않은 일을 시행하는 것을 중지시켰다는 줄거리로 되어 있는데, 안자가 임금에게 간하는 말 중에 『시경』 「大雅·大明」 제3장이 인용되어 대화의 일부를 구성한다. 『좌전』 항목에서 살핀 바대로 賦詩의 기능 중에는 諷諫이 큰 몫을 차지하는데 『안자춘추』에서도 이같은 기능은 여전히 삽입 운문의 주류를 이룬다. 결 국 임금은 안자의 충언에 따라 祝史에게 제사지내게 하려는 계획을 철회 하게 된다. 『안자춘추』에서 『시경』을 인용한 19회 중 아래의 한 예를 제외 하고는 모두 이러한 패턴으로 시가 운용이 이루어지고 있다.

군자는 말한다. "어진 사람의 말이란 그 이로움이 넓도다. 안자가 한 마디 하자 제나라 임금이 형벌을 줄였도다. 『시경』에 이르기를, '임금이 善言을 듣고 기뻐한다면 / 난은 곧바로 종식되리라'56)고 하였으니, 바로 이를 두고 한 말일 것이다.   (『안자춘추』 제6편, 「景公欲更晏子之宅」, 240쪽)

---

55) 번역은 임동석 옮김, 『안자춘추』(동문선, 1998)를 참고하였다. 괄호 안의 숫자는 번역서의 면수를 가리킨다.
56) "君子如祉, 亂庶遄已."

위의 예는 제나라 임금이 안자에게 좋은 집을 마련해 주려 했다가 안자의 충언으로 대신 백성들의 형벌을 줄여주게 되었다는 이야기의 끝에 붙은 의론문이다. 『안자춘추』에는 『여씨춘추』와는 달리 논평부를 나타내는 "君子曰"같은 표지가 종종 나타나는데, 위도 그 중 하나로 『시경』구절이 의론문 안에 포함되어 논평의 기능을 행하는 양상을 보여준다. 인용된 시구는 「小雅·巧言」 제2장이다. 이 예를 제외하고 『시경』 구절을 인용한 나머지 예는 모두 인물의 대사의 일부로 기능한다.

　　景公이 '長庲'라는 누대를 짓고 이를 아름답게 꾸미고자 하였다. 마침 비바람이 몰아치고 있을 때 경공이 안자와 함께 앉아 술을 마시면서 堂上의 음악을 즐기고 있었다. 술이 어느 정도 취하자, 안자가 노래를 지어 불렀다. "이삭이여, 패어도 수확할 게 없구나! / 가을바람이 불어와 모든 것을 영락케 하는구나 / 풍우가 빠르게 몰아치도다! / 하지만 우리 임금은 끄떡도 없네"[57] 이렇게 노래를 마치고 돌아보며 눈물을 흘리고는 몸을 펴서 춤을 추었다. 그러자 경공이 나가 안자를 저지하면서 이렇게 달래었다. "오늘 그대가 가르침을 주어 과인을 경계시켜 주었도다. 이는 과인의 죄이다." 그리고는 술자리를 폐하고 노역을 그치게 하였다. '장래'라는 누대의 일은 이로써 그만두고 말았다.

(『안자춘추』 제2편, 「景公爲長庲」, 66쪽)

위의 예 또한 안자가 제나라 경공에게 간하여 호화로운 누대를 짓는 일을 중지시켰다는 줄거리로 되어 있는데, 안자가 임금에게 간하는 말 중에 안자의 自作詩가 삽입되어 있다. 이처럼 『안자춘추』에 삽입된 운문은 기존의 『시경』 구절을 인용하든 창작시를 삽입하든 서사 전개에 있어 풍간을 통해 결말에 이르게 하는 직접적 계기를 부여한다는 점에서 핵심적 요소가 되고 있다.

---

57) "穗兮不得穫　秋風至兮殫零落　風雨之拂殺也　太上之靡弊也."

안자가 莊公의 신하로 있을 때였다. 장공은 안자를 좋아하지 않았다. 이에 장공이 술을 마시면서 안자를 불러오도록 하였다. 안자가 이르러 문에 들어서자, 장공이 연주자를 시켜 이렇게 노래를 부르도록 하였다. "끝났도다, 끝났도다! / 과인은 그대를 좋아하지도 않는데 / 그대는 무엇하러 나타났는가?"[58] 안자가 들어와 자리를 잡자, 연주자가 세 번이나 이 노래를 부르는 것이었다. 그제서야 안자는 이것이 자기를 두고 부르는 노래임을 알아차렸다. 참다못해 안자가 드디어 일어나서 북면하고 맨땅에 앉았다. (중략) 그런 뒤 안자는 드디어 걸어서 동쪽으로 떠나 바닷가에서 농사를 지으면서 살았다. 그로부터 몇 년 후, 과연 崔杼가 장공을 시해하는 사건이 일어나고 말았다.

(『안자춘추』 제5편 「晏子臣于莊公」, 173쪽)

위의 예는 앞에서 본 두 예와는 달리 안자가 아닌 제3의 인물에 의한 운문이 삽입되어 있고 운문의 종류는 '시'가 아닌 '노래'이다. 『안자춘추』에 삽입된 3회의 '歌' 중 하나이다. 3회의 예 중 안자가 부른 노래가 2회이고, 위에서처럼 장공이 부른 것이 1회이다.

이상의 예들을 통해 우리는 『안자춘추』가 『여씨춘추』보다 『좌전』의 시가 운용 패턴에 더 가깝다는 것을 알 수 있다.

3. 漢代의 『新序』와 『說苑』

『신서』와 『설원』은 西漢 때 劉向(B.C. 77-B.C. 6)이 찬집한 筆記類 故事選集으로, 완성 시기는 각각 기원전 24년과 기원전 17년 경으로 추정된다. 『신서』는 총 10권으로 되어 있는데 유향은 한왕조에 간언과 교훈으로 삼게 하려고 이 책을 편찬하였다. 『설원』은 古代부터 西周・東周(春

---

58) "已哉已哉 寡人不能說也 爾何來爲."

秋·戰國)를 거쳐 秦, 그리고 자신이 살아 있던 漢代까지의 遺聞逸事를 주 내용으로 하며 『신서』의 나머지 재료를 모은 것이다. 『설원』의 篇章이나 주제 분류는 『신서』에 비해 더 세분화되어 있어 약간의 차이는 보이지만 내용이나 체제, 주제 등 여러 면에서 대동소이하다. 『漢書』 권36 「劉向傳」에서,

> (유향이) 傳記와 行事를 채집하여 신서와 설원 총 50편을 지어 올렸다. 자주 상소하여 득실을 말하고 본받을 일과 경계할 일을 진술했다. (중략) 임금께서 비록 이를 모두 실행하지는 못했으나, 그 말을 가상하다고 받아들이며 감탄하셨다.

고 한 내용으로 미루어 이 두 저술로써 임금에게 간언할 말을 대신했음을 알 수 있다. 이 두 저술의 궁극적인 독자는 漢王朝의 임금인 것이다.

두 책에 실려 있는 짤막짤막한 故事들 또한 '서사단편'으로 규정할 수 있는데 이 고사들을 소개하는 중에 시편들을 삽입하는 체제로 되어 있다. '역사 서사'와 '허구 서사'의 양 극단을 가정할 때 이 담론들은 여전히 『좌전』과 더불어 역사 서사 쪽의 磁場안에 머물러 있지만, 『좌전』보다는 허구 서사를 향하여 한 걸음 이동해 가는 모습을 보여준다. 고사에 등장하는 인물은 분명 역사상 실재한 존재들이고 그들을 중심으로 벌어진 사건 또한 역사서에 기록되어 있는 내용들이다. 이 점에서는 '역사 서사'의 성격을 지닌다고 할 수 있지만, 유향이 이 저술들을 찬술한 의도는 역사적 사실을 기록하는 데 있는 것이 아니라, 그 역사적 사실들을 자료 및 소재로 하여 임금들이 본받을 일과 경계할 일을 전달하고자 한 데 있었다는 점에서 작자의 주관과 의도가 반영된 담론이라 할 수 있다. 이 점은 『신서』와 『설원』을 단순한 '기록'이 아닌, 허구성을 띤 '서술'로 규정케 하는 근거가 된다.

서사의 주인공들은 대개 임금과 대부, 귀족들을 중심으로 하는 지배층 인물이라는 점, 서사에 삽입된 시는 이야기 속 인물이 새로 지은 것보다는 『시경』의 시구를 인용하는 예가 훨씬 많다는 점, 그리고 서사 끝부분에 작자가 개입하여 앞에서 전개된 사건 내용을 의론하거나 논평하는 부분이 오는 경우가 많다는 점, 시가 인물간 대화의 일부를 구성하며 시를 통해 자신의 속뜻을 드러낸다든 등 여러 면에서 이 두 담론은 명백하게 『좌전』의 서사적 전통을 잇고 있음을 볼 수 있다. 그러나 『좌전』에 비해 삽입시 중 이야기 속 인물의 自作詩가 차지하는 비율이 상대적으로 증가했다는 점, 작자가 논평 내지 의론의 형식을 통해 사건에 개입하면서도 논평자의 존재를 문면에 내세우지 않고 있어 『좌전』이 보여주는 의론문의 패턴에 변화가 야기되고 나아가 이 논평부가 해체되는 과정을 보여준다는 점 등은 분명 『좌전』과는 다른 면모라 할 수 있다. 예를 들어 살펴본다.

　(1) "…지금 자네는 나를 임금에게 부탁해 놓고 끈을 매어 그 자취를 밟고 가다 끈을 풀어 주는 것인가? 아니면 먼 데를 가리키며 나에게 쫓아가라고 하는 것인가? 『詩經』에 '이제 편안하고 즐거우려 하였더니 / 날 버리고 잊은 듯이 하는구나'[59]라고 하였는데 바로 이러한 경우를 두고 말한 것이군." 이에 그 친구는 "내 잘못이네. 내 잘못이네"라고 말하였다.

(『新序』「雜事5」, 295쪽)[60]

　(2) 晉 文公이 사슴을 쫓다가 그만 놓쳐 버리자 지나가던 농부 老古에게 물었다. "내가 쫓던 사슴이 어디로 갔소?" 그러자 노고가 발로 가리키면서 "이쪽으로 갔습니다."라고 응대하는 것이었다. 문공이 "과인이 그대에게 묻고 있는데

---

59) "將安將樂 棄予如遺."
60) 이상 『신서』의 번역은 유향, 『신서』(임동석 옮김, 예문서원, 1999)에 의거함. 단 『시경』의 번역은 成百曉 譯註, 『詩經集傳』上・下(전통문화연구회, 1993)를 참고함. 괄호 안의 숫자는 번역서의 면수를 가리킨다.

발을 들어 가리키는 것은 어찌 된 일이오?"라고 묻자 노고는 옷을 툭툭 털고 일어서며 이렇게 말했다. "…『詩經』에서 '까치가 지어놓은 둥지, 비둘기가 차지 하네'[61]라 하였으니, 임금께서 방탕하게 굴며 돌아가지 않는다면 다른 사람이 임금의 자리를 차지하게 될 것입니다." (下略)   (『新序』「雜事2」, 109쪽)

(3) 이튿날 초왕은 이런 명령을 내렸다. "능히 들어와 나에게 간언을 하는 자가 있으면 내 장차 그를 형제로 삼으리라." 그리고는 드디어 층대 건축을 그 치고 백성을 풀어 주었다. 이에 초나라 사람들은 이런 노래를 불렀다. "나무하 고 있나, 풀을 베고 있나 / 諸御己가 없으니 / 이 초나라에는 그럴 만한 인물 하 나 없었나? / 나무하고 있나, 풀을 베고 있나? / 제어기가 없으니 / 이제껏 이 초 나라에는 사람도 없었단 말인가?"[62]   (『說苑』第九「正諫」, 377쪽)[63]

(4) 이 결정에 척부인이 눈물을 흘리자 임금은 이렇게 달랬다. "나를 위해 楚나라 춤을 춰 주오 내 그대를 위해 楚나라 노래를 부르리다." 그리고는 이렇게 노래했다. "홍곡이 높이 날도다 / 단번에 천 리를 갔네 / 날개가 이미 다 자랐네 / 사해를 가로질러 가도다 / 사해를 가로질러 가니 / 내 이를 어찌 하리오? / 끈달 린 화살이 있다 해도 / 어찌 쏠 수 있으리오?"[64] 노래가 몇 소절 이어지자 척부인 이 훅훅 흐느껴 울었고, 임금은 일어서서 잔치를 끝내고 말았다. 그리고는 마침내 태자를 바꾸지 않았으니, 이는 유후가 네 사람을 불러오도록 한 모책 덕분이었다. (『新序』「善謀2」, 526쪽)

(5) 桀이 瑤臺를 짓느라 백성의 힘을 피폐하게 하고 백성의 재물 또한 탕진 해 버렸다. 그리고 술로 못을 타고 술지게미로 제방을 만들어 음란한 음악을

---

61) "維鵲有巢 維鳩居之." 『詩經』, 「召南·鵲巢」.
62) "薪乎萊乎 無諸御己 訖無人乎."
63) 이상 『說苑』의 번역은 유향, 『說苑』·上(임동석 역주, 동문선, 1996·1997)에 의거함. 단 『시경』의 번역은 成百曉 譯註, 『詩經集傳』上·下(전통문화연구회, 1993)를 참고 함. 괄호 안의 숫자는 번역서의 면수를 가리킴. 이하 同.
64) "鴻鵠高飛 一擧千里 羽翼已就 橫絶四海 橫絶四海 又可奈何 雖有矰繳 尙安所施."

연주하면서 방종하게 놀았다. 북을 한 번 울릴 때마다 소처럼 엎드려 술을 마시는 사람이 삼천 명이나 되었다. 이에 많은 신하들은 서로 붙들고 이런 노래를 불렀다. "강수의 넘실거림이여! / 모든 배를 삼키도다 / 못된 우리 임금 / 어서 薄 땅으로 달려가자! / 薄 땅은 역시 살 만한 곳일세."[65] 그런가 하면 또 이런 노래도 불렀다. "즐겁고 즐겁도다 / 네 필 숫말 잘도 뛰네 / 여섯 고삐 좋기도 하지 / 악을 버리고 선을 좇아가니 / 어찌 즐겁지 않으랴?"[66]

(『新序』「刺奢」, 315쪽)

　(6) 衛 宣公에게는 伋·壽·朔이라는 세 아들이 있었다. 伋은 전처의 아들이고 壽와 朔은 후처의 아들이었다. 그런데 壽의 어머니는 朔과 모의하여 태자인 伋을 죽이고 壽를 왕으로 세우기 위해 사람을 시켜 伋과 배를 타고 물을 건너면서 그를 빠뜨려 죽이도록 하였다. 壽는 이 사실을 알고 있었으나 어떻게 손을 쓸 수가 없어 그들과 함께 배에 탔고 결국 뱃사람은 伋을 죽일 수 없었다. 막 배에 오를 때 伋의 傅母는 그가 죽게 될까 두려워 그 슬픔을 시로 지었으니, <二子乘舟>라는 시가 바로 그것이다. 시는 다음과 같다. "두 형제가 배를 타고 가니 / 둥실둥실 떠 가는 그 모습 / 그대를 그리워한다 말하고 싶으나 / 마음은 근심 때문에 진정할 길 없네."[67]

　그러자 壽 역시 형 伋이 살해당할까 걱정하여 그 슬픔을 시로 지었으니 <黍離>의 시가 바로 그것이다. 그 시는 다음과 같다. "길 가는 것이 더디고 더디니 / 마음이 울렁거리노라 / 내 마음 아는 이는 / 나더러 근심한다 하고 / 내 마음 알지 못하는 이는 / 나더러 무엇을 구하는고 하니 / 아득한 저 푸른 하늘이여 / 어떤 사람이 여기에 이르게 하였는고?"[68] (下略)　　　(『新序』「節士」, 350쪽)

이 예문들은 『신서』나 『설원』에서 볼 수 있는 다양한 형태의 시삽입 양상들로서 서사 전체가 아닌, 시가 포함된 부분만을 발췌한 것이다. (1)

---

65) "江水沛沛兮 舟楫敗兮 我王廢兮 趣歸薄兮 薄亦大兮."
66) "樂兮樂兮 四牡蹻兮 六轡沃兮 去不善而從善 何不樂兮."
67) "二子乘舟 汎汎其景 顧言思子 中心養養."
68) "行邁靡靡 中心搖搖 知我者謂我心憂 不知我者 謂我何求 悠悠蒼天 此何人哉."

은 친구를 통해 양왕을 알현한 宋玉이 하루 아침에 오백 리를 뛰는 동곽준
이라는 토끼와 한로라는 사냥개를 비유로 들어 그들이 공을 이룰 수 있는
기반을 마련해 준 뒤 달리게 하는 것과 그냥 목표를 가리킨 뒤 쫓아가라고
놓아주는 것을 비교하면서 끝까지 자신을 밀어주지 않는 친구를 원망하
는 내용인데 인용문은 그 끝부분에 해당한다. 『신서』나 『설원』에서 "詩
曰"로 지칭된 것은 『시경』을 가리킨다. 여기서는 '小雅'의 <谷風> 3章
중 제 2장의 일부가 인용되어 있다. 毛序에 의하면 이 시는 '천하의 풍속이
야박해져서 朋友의 도가 끊긴 것을 말한 것'[69]이라 하였는데 그 本意에
맞게 인용이 되어 있다. 시는 서사 속 인물인 宋玉에 의해 인용된 것으로
친구와의 대화의 일부에 해당하며 자신의 주장을 뒷받침하여 힘을 싣기
위한 장치로 작용한다. 『신서』에 수록된 모든 서사단편 중 산운 혼합담론
에 해당하는 것은 약 1/4 정도인데, (1)은 그것들 중 가장 전형적인 양상을
보여주는 예이다. 『좌전』의 경우 시를 인용하는 사람들은 대부나 임금
등 나라의 최상층 지배계급에 속하는 것에 비해, 위의 예는 비록 서사
속 두 인물이 지식층에 속하긴 하나 지배층 인물은 아니라는 점에서 변화
를 보이고 있다. 즉, 시를 인용하는 주체의 신분이 좀 더 광범하게 확대되
었다는 점을 지적할 수 있다.

　(2)도 같은 맥락에서 이해할 수 있다. 여기서 서사의 주 인물은 임금과
농부로 설정되어 있고 그 농부에 의해 『시경』의 시구가 인용되는 양상을
보이는데, 이처럼 지배층도 지식층도 아닌 일반 백성이 서사의 주인공이
되고 『시경』을 인용하는 주체가 되고 있다는 점은 『좌전』에서는 볼 수
없는 새로운 패턴의 출현이라 볼 수 있다. 그 농부가 순전한 일반 백성인지
아니면 숨어사는 隱者인지 불분명하고, 또 『신서』나 『설원』의 경우도 서

---

69) "谷風. 刺幽王也. 天下俗薄 朋友道絶焉."

사의 주 인물은 대개 지배층이나 지식층이며 『시경』의 인용이 그들에
의해 이루어지는 것이 보편적 양상이지만, 『좌전』의 전통과는 다른 새로
운 양상이 나타났다는 점은 분명 특기할 만한 사항이 아닐 수 없다.

(3)은 『설원』에서 인용한 것으로 사치스러운 층대를 짓는 것을 반대
하던 수십 명의 대신들이 죽임을 당하자 평범한 농부인 '제어기'라는 사
람이 이 말을 듣고 임금을 찾아가 설득하여 층대의 건축을 중지하게 했
다는 내용이다. 초나라 사람들이 이를 두고 노래를 불렀다는 부분의 원
문은 "楚人歌之"로 되어 있는데, 이처럼 노래를 부른 사람이 지배층 인
물이 아닌 경우 이름을 제시하지 않는 양상은 『좌전』과 다를 바 없다.
또한 이름없는 백성이 노래를 부른 주체가 될 경우 노래의 내용은 그들
자신의 삶이나 심정에 관한 것이 아니라, 지배층의 언행에 관한 것이고
따라서 지배층 主動 인물을 궁극적 청자로 하고 있다는 점도 『좌전』과
동일한 양상이다.

그런데 (3)에서 한 가지 주목할 사실은 서사 속 副人物이 부른 노래가
서술 끝부분에 위치하여 이야기된 사건에 대한 '의론'이나 '논평'의 기능
을 행하고 있다는 사실이다. 『좌전』은 물론 『신서』 『설원』의 경우도 대부
분 서사내 사건이나 인물의 행위에 대해 의론할 경우 작자가 개입하여
주관적 관점에서 논평을 행하되 자신의 견해나 입장을 뒷받침하기 위해
『시경』 『서경』 『역경』같은 유가 경전을 인용하여 권위와 객관성을 확보
하는 것이 일반적인 양상이다. 그러므로 『좌전』의 경우는 논평 부분에
삽입되는 시는 오직 『시경』뿐이며 이외의 운문은 서사 중간에 배치되어
서사의 한 부분으로 기능하는 것이 보편적이다. 『신서』와 『설원』에서도
논평부분에 삽입되는 운문은 대개 『시경』 구절이며 위와 같은 예는 극히
드물지만70), 중요한 것은 『좌전』이라고 하는 전범에 변형과 파격이 나타
났다는 사실이다. 다시 말해 『좌전』에서 보이는 의론문의 전형이 해체되

어가는 과정을 보여준다는 점에서 주목을 요한다.

(4)는 漢 高祖 劉邦이 태자를 폐하고 총희였던 戚夫人 소생의 왕자 如意를 태자로 삼으려 하다가 商山四皓의 만류로 뜻을 이루지 못하게 되자 슬퍼하는 척부인을 위로하며 주고 받는 대화로 서사 결말 부분에 해당한다. 『좌전』에도 서사 내 인물의 自作詩가 4편이 삽입되어 있는데 그 경우는 모두 한 두 구절 정도로 斷片的인 것임에 비해, 위의 노래는 話者의 심정을 충분히 전달할 만큼 온전한 한 편의 시라 할 수 있다. 일명 <鴻鵠歌>로 불려지는 노래는 서사의 주동 인물인 한 고조의 심정을, '홍곡'을 통해 표현한 것이다. 『漢書』「禮樂志」에 의하면 漢 고조는 楚聲을 즐겼다고 한다.[71] 이것은 그가 초나라의 沛 땅 출신이라는 점으로 설명이 되는데, <鴻鵠歌>와 더불어 그가 지은 것으로 알려진 <大風歌>도 초성, 즉 초나라 노래이다. 그러므로 예 (4)에 삽입된 노래가 초나라에서 백성들 사이에서 널리 불려지는 노래인지 한 고조가 직접 지은 것인지 분명치 않다.[72] 곡조는 이미 있는 것에 한 고조가 노랫말만 지어 불렀을 가능성도 있다.

『좌전』에서는 인물이 자신의 심정이나 입장을 우회적으로 표현하고자 할 때 『시경』의 시구를 빌어 오는 방식을 취하는데, 위 예에서는 다른 사물―홍곡― 을 보조관념으로 한 비유법을 사용하고 있다는 점에 주목할 필요가 있다. 이 노래에서 '날개가 자란 鴻鵠'은 태자를 가리키고, '끈 달린 화살이 있어도 쏠 수 없다'는 것은 상황이 태자를 바꿀 수 없는 사

---

70) 또 다른 예를 『신서』 348쪽에서 찾아볼 수 있다.

71) 김학주, 『중국문학개론』(신아사, 1992·2003), 49쪽, 61쪽.

72) "高祖樂楚聲 故房中樂楚聲也." 『漢書』「禮樂志」(경인문화사, 발행년 미상), 1042쪽. 한 고조는 초나라 沛땅 출신이므로 초가를 즐겼고 한나라 초기에는 楚調의 시가가 유행했다고 한다. 김학주, 위의 책, 127~128쪽.

태에 이르렀음을 비유적으로 나타낸다. 이 표현은 비유법 중에서도 '알레고리' 수법에 해당[73]하는데, 이것은 심정이나 所懷 등 개인의 내면세계를 표현함에 있어 한 단계 진전된 양상을 보여 주고 있는 것이다.

(5)는 桀 임금이 호화로운 요대를 지으면서 백성들의 삶과 재물을 피폐하게 하여 결국은 하나라가 망하고 만다는 고사인데, 伊尹의 충간을 듣지 않아 망하게 되는 결말이 이어진다.

삽입된 노래 두 편은 각각 여러 신하들이 임금의 폭정을 비난하는 내용과 폭정을 피해 다른 나라로 떠나가는 것을 즐거워하는 내용으로 되어 있다. 여기서 노래는 서사 속 인물 —여러 신하들— 의 심정을 직접적으로 토로하는 수단이 되고 있다. 그러나 『좌전』에서는 지배층 인물들이 대화에서 상대방을 褒貶·풍자·비판할 때 직접적으로 자기 생각을 드러내는 것이 아니라 『시경』의 시구를 인용하여 간접적·우회적으로 표현하는 양상이 일반적인 것임에 비해, 여기서는 이같은 틀이 깨지고 신하가 임금을 직접적으로 비난하는 내용의 노래를 부르고 있는 점이 눈에 띤다. 인물의 내면세계를 표현함에 있어 다양한 변화가 감지되는 부분이다.

(6)은 『좌전』「桓公 16년」에 보이는 기록인데 衛 宣公의 후처가 전처 소생 아들인 태자를 음해하려다 결국 이를 알아차린 후처 소생의 아들

---

73) 넓은 의미에서 알레고리는 말하고자 하는 근본 취지 즉 원관념(tenor)과 이를 전달하는 수단 즉 보조관념(vehicle)으로 되어 있다는 점에서 은유·상징과 더불어 비유에 속한다. 은유는 원관념과 보조관념의 유사성을 바탕으로 하며 두 항의 '비교'를 통해 의미의 확장을 이루는 것이다. 이 점에서 은유는 원관념은 감추어져 있고 겉으로 보조관념만 드러나 있는 알레고리 및 상징과 차이를 지닌다. 그러나 상징은 보조관념을 통해 전달되는 원관념이 여러 개인 반면 알레고리는 한 개라는 점에서 차이가 있다. Alex Preminger, *Encyclopedia of Poetry and Poetics*(New Jersey : Princeton Umiversity Press, 1974); Robin Skelton, *Poetic Pattern*(Guildford & London : Routledge & Kegan Paul Ltd., 1957, pp.90~105); 이명섭 편, 『세계문학비평용어사전』(을유문화사, 1985·1993).

壽가 異腹兄을 대신하여 죽고 태자는 이복 동생이 자기 때문에 죽은 것에
괴로워하여 자살하고 말았다는 내용으로 되어 있다. 여기에 삽입된 시는
두 편인데 하나는 태자인 伋의 傅母가 지은 것이고 다른 하나는 후처
소생인 壽가 형이 살해될까 걱정하여 지은 시로 되어 있다. 전자는『시경』
「邶風」에 <二子乘舟>, 후자는 「王風」에 <黍離>라는 제목으로 실려 있
다. 이 예문은 <二子乘舟>와 <黍離>의 작자와 작시 배경이 소개되고
있다는 점에서 주목할 만하다.

　　<二子乘舟>에 대하여 毛序에서는 '伋과 壽 두 사람을 그리워한 것이
다. 衛나라 宣公의 두 아들이 서로 죽으려고 다투니, 國人들이 서글퍼하고
그리워하여 이 시를 지은 것이다'[74]라 하였고 <黍離>에 대해서는 '黍離
는 宗周의 멸망을 민망히 여긴 것이다. 주나라 대부가 부역을 가서 종주에
이르러 옛날의 종묘와 궁실의 터를 지나가니 모두 기장밭이 되어 있었다.
그러므로 주나라 왕실의 전복을 민망히 여겨 방황하고 차마 더나가지 못
하여 이 시를 지은 것이다'[75]라 해설하였다.

　　『신서』에는 <二子乘舟>가 伋의 傅母가 지은 것으로 되어 있고 毛序에
서는 나라 사람들로 되어 있어 약간의 차이는 보이고, 이복형제를 둘러싼
『좌전』의 기록과『신서』의 내용도 불일치하는 점이 많지만 대체적인 작시
배경은 일치한다. 그러나 <黍離>의 경우『신서』와 毛序의 내용이 전혀
다르다. 漢代는 '抄寫撰集' 즉 서로가 타인의 저술 내용을 베끼는 것이
글쓰기의 한 방편으로 유행하던 시기였으므로 劉向이 누군가의 저술에서
이같은 작시 배경을 따왔을 수도 있다.

　　이상의 예들을『좌전』의 경우와 비교해 보면『좌전』에서 형성된 서사

---

74) "二子乘舟 思伋壽也. 衛宣公之二子 爭相爲死 國人傷而思之 作是詩也."
75) "黍離 閔宗周也. 周大夫行役 至于宗周 過故宗廟宮室 盡爲禾黍 閔周室之顛覆 彷徨
　　不忍去而作是詩也."

체 시삽입형 혼합담론의 전통 내지 틀이 계속 유지·지속되는 점이 있는
가 하면, 새로운 변화나 진전이 보이는 부분이 발견되기도 한다. 먼저
서사에서의 시의 기능에 주목하면, 시가 인물 간 대화의 일부로 기능하
고, 자신이 말하는 바를 뒷받침하거나, 우회적으로 자신의 생각을 전달
하는 구실을 한다는 점, 그리고 산문의 내용과 시의 내용이 중복되지 않
고 서로 계기적인 관계를 맺으면서 서사 전개에 기여한다는 점 등에서
『좌전』의 전통이 이어지고 있다.

　그러나 『좌전』에 비해 인물의 자작시의 비율이 증가하고 있다는 점,
『시경』의 시구가 인용되는 경우 『좌전』에서와 같은 정치·외교적 전략
이 아닌, 다시 말해 公的 차원이 아닌 私的 차원에서 행해진다는 점 등
은 변화된 양상이라 할 수 있다. 또한 『시경』 구절을 인용하는 주체가
송옥과 같은 문인, 농부와 같은 일반 백성 등 지배층이 아닌 인물로까지
확대된다는 점은 『좌전』에서 볼 수 없는 큰 변화라 하겠다.

　또 『신서』나 『설원』에서의 시가 운용을 『좌전』과 연계지어 검토할 때
주목해야 될 점은 사건 전개 뒤의 의론이나 논평 부분에 삽입된 운문이다.
『신서』나 『설원』의 개개 텍스트들에서 인용의 형태든 창작의 형태든 운
문을 發話하는 주체는 『좌전』과 마찬가지로 서사 속 인물이거나 서술된
사건에 대해 논평하는 존재이다. 논평자의 존재는 『좌전』의 경우 '군자'와
'공자'로 국한되어 있는 것에 비해, 『신서』나 『설원』의 경우는 군자와 공
자 외에도 '老子' '宋國之長者' '曾子' '人' 등 매우 다양한 양상을 보인다는
점이 주목된다. 『좌전』과의 비교에서 또 한 가지 눈에 띠는 점은, 논평자의
존재를 문면에 내세우는 경우가 현저하게 줄어들었다는 사실이다. 사건
이 이야기되는 부분에서는 겉으로 드러난 객관적 사실과 사건의 전말,
인물의 행적 등만을 서술하다가 끝부분에서 사건에 대한 개인적 판단이
나 평가 그리고 주관적 견해 등을 표명하는 것은, 논평자의 존재가 작자의

분신이든 아니면 작자가 내세운 제3의 인물이든 간에 서술된 사건에 작자가 어떤 식으로든 '개입'한다는 것을 의미한다. 『좌전』에 비해 『신서』『설원』에서 논평자의 유형이 다양해졌다거나, 논평자의 존재를 문면에 내세우는 경우가 현저하게 줄었다는 것은 달리 말하면 '작자 개입'의 양상에 변화가 생겼다는 것을 의미한다.

　작자 개입의 양상을 다음 몇 가지로 나누어 살펴 볼 수 있다. 첫째는 『좌전』에서처럼 작자의 분신이라 할 '군자'를 내세워 작자가 직접 개입하는 양상이다. 둘째는 '군자'가 아닌 제3의 인물을 내세워 그를 통해 간접적으로 자신의 견해를 드러내는 양상이다. 이때 제3의 인물은 孔子, 老子, 宋國之長者, 曾子처럼 권위있는 존재이다. 셋째는 논평자가 전면에 드러나지 않은 채 논평을 행하는 경우이다. 즉, 논평자가 문장 이면에 숨어 있는 경우이다. 넷째는 작자가 서사 중간에 개입하는 경우이다. 보통 논평이라는 형식으로 작자가 개입하는 것은 서사가 종결된 끝부분, 즉 결말 뒤에 그 사건이나 인물에 대한 의론과 총평이 행해지는 게 일반적인데 서사 중간에 한 번 『시경』 구절을 포함하는 논평이 있고 다시 서사가 이어지며 마지막에 총괄적인 논평이 행해지는 양상이다. 다섯 째는 첫째와 둘째 양상이 복합된 경우로 '군자왈'로 시작되는 논평부분 안에 제3자의 논평이 포함되는 경우다. 각각의 경우를 예를 들어 살펴본다.

　군자는 이를 듣고 다음과 같이 평한다. "깨끗하도다! 어짊과 지혜가 이같은 사람을 나는 아직 보지 못했다. 『詩經』에서는 '하늘이 이를 정했으니 무슨 말을 하리요?'라고 하였으니, 이를 두고 한 말이다."　(『新序』「節士」, 387쪽)[76]

위의 예는 『좌전』에서처럼 작자의 분신이라 할 '군자'를 내세워 작자가

---

76) "君子聞之曰 廉矣乎 如仁與智 吾未見也. 詩曰 天實爲之, 謂之何哉 此之謂也."

직접 개입하는 양상을 보여준다. 인용 부분은 申徒狄이라는 사람이 세상
이 도가 없음을 한탄하며 돌을 지고 물에 뛰어들어간 사건 및 그 인물에
대해 작자가 자신의 의견을 개진한 부분이다. 여기서 논평 부분의 시작은
『좌전』의 "君子曰"과는 달리 "君子聞之曰"로 되어 약간의 차이가 보인
다. 앞에서 『좌전』 논평부의 '군자'가 작자 자신을 가리키는 것으로 보고
그 근거를 제시했는데, 위 경우도 같은 이유로 '군자'를 劉向의 분신으로
보고자 한다. 『신서』에서 "君子曰"로 시작하는 예는 7회이고 "君子聞之
曰"로 시작하는 예는 4회인데 이 중 『시경』 구절이 인용된 것은 "君子曰"
의 경우는 하나도 없고, "君子聞之曰"의 경우는 3회 발견된다. 이로써
알 수 있듯 작자가 문면에 자신을 '군자'로 내세우면서 사건이나 인물에
대해 논평하는 예는 현저하게 줄어들고 있다. 이런 양상은 『신서』를 前代
의 『좌전』이나, 동일 작자에 의해 씌여진 『列女傳』과 비교해 볼 때 뚜렷한
특징으로 부각된다. 『열녀전』은 '열전형' 혼합담론에 속하는 것으로 列女
들의 略傳을 서술한 뒤 "君子謂"로 시작되는 논평부를 두고 그 다음에
4언 8구로 된 頌을 붙이는 체제로 되어 있다. 『열녀전』에서의 '군자'는
명백하게 작자 자신을 가리킨다고 볼 수 있다. 이로 볼 때 『신서』나 『설원』
은, 이들보다 후에 나온 『열녀전』에서 논평서술이 하나의 定型化된 패턴
으로 정착되기 전의 유동적인 단계를 보여준다고 할 수 있다.

　　공자는 이 일을 듣고 다음과 같이 말했다. "초 장왕이 패업을 이룬 것은 그
　　이유가 있다. 선비보다 아래에 처하면서 한마디 말로 적을 물러가게 하여 사직을
　　안정시켰다. 그러니 그가 覇者가 되는 것이 마땅하지 않겠는가? 『시경』에서도
　　'멀고 가까이 모두 어루만져 우리 임금을 편안히 하네'라고 하였으니, 바로 이같
　　은 경우를 두고 말한 것이다."　　　　　　　　　　　　(『新序』「雜事4」, 201쪽)77)

---

77) "孔子聞之曰 楚莊王覇 其有方矣. 下士以一言而敵還 以安社稷, 其覇 不亦宜乎. 詩曰

위는 작자가 '군자'가 아닌 제3의 인물을 내세워 그를 통해 간접적으로 자신의 견해를 드러내는 양상을 보여준다. 앞에는 楚 莊王과 신하가 허물을 서로 자기 탓이라 하여 上下一心이 된 이야기가 서술되어 있다. 공자는 이에 대해 초 장왕이 패업을 이룬 것은 당연한 것이라 평하고 있다. 여기서도 "孔子曰"이 아닌, "孔子聞之曰"로 논평부를 시작하고 있어 분명히 『좌전』과는 다른 양상으로 논평을 행하고 있음을 보여준다. 작자는 '공자'를 내세워 논평을 하게 하고 있지만, 사실 공자가 이 말을 했는지 어땠는지 분명하지 않으며, 중요한 것은 작자가 자신의 견해를 설득력 있게 피력하기 위해 공자라고 하는 권위있는 인물을 내세우고 있다는 점이다. 따라서 공자의 논평은 사실상 작자의 견해이자 논평이라 해도 무방하다. 앞의 예에 비해서 '간접적·우회적'이기는 하지만, 작자가 서사에 개입하는 또 하나의 패턴을 보여준다고 하겠다.

아래의 예는 논평자를 전면에 내세우지 않은 채 숨어서 작자가 서사에 개입하는 양상을 보여준다.

　『시경』에 '늙은이가 정성스레 말해 주어도 젊은이는 잘난 체 듣지를 않네'라고 하였는데 이는 늙은이가 그 책모를 다 일러주고자 해도 젊은이는 교만하여 받아들이지 않는다는 뜻이다. 秦 穆公이 전쟁에서 패배한 것과 殷의 紂가 천하를 잃은 것은 모두 이런 까닭이다. 그래서 『서경』에 '늙은이의 말을 귀담아 들으면 허물이 생기지 않는다'라 하였고, 『시경』에는 '나이와 언행은 함께 간다'고 하였다. 이는 모두 노인의 말은 나라를 편안히 한다는 것을 훌륭하게 표현한 말이다.　　　　　　　　　　　　　　　　　　　　　　　(『新序』「雜事5」)[78]

　'柔遠能邇, 以定我王' 此之謂也."

78) "詩曰 '老夫灌灌 小子蹻蹻' 言老夫欲盡其謀 而少者驕而不受也. 秦穆公所以敗其師 殷紂所以亡天下也. 故書曰 '黃髮之言 則無所愆' 詩曰 '壽胥與試' 美用老人之言以安 國也."

『신서』의 논평부에서 『시경』을 인용할 때는 거의 위와 같이 논평자의 존재를 제시하지 않고 곧바로 본격적인 議論으로 들어가는 것이 일반적인 패턴이다. 『좌전』에서 "君子曰"로 시작되는 논평부에 논평의 일부로 『시경』이 인용되는 것과는 큰 차이를 보이며, 이처럼 논평자의 존재가 문면에서 사라짐으로써 앞의 사건 서술부와 논평부가 이원화되지 않고 좀 더 매끄럽게 서술이 연결되는 효과를 가져오므로 한 단계 진전된 서술기법을 보여준다고 할 수 있다.

다음은 작자가 서사 중간에 개입하는 경우이다.

> 晉 文公은 사람을 보내 그를 찾았으나 찾지 못하자 이를 안타깝게 여겨 3개월이나 자신의 잠자리에서 자지 않고 1년이 넘도록 그의 이름을 불렀다. 『시경』에 '떠나련다, 너를 두고 저기 낙원 찾아가리. 저 낙원에는 누가 그리 슬피 울리'라고 하였으니, 이 경우를 두고 부른 노래이다.[79] 문공은 기다려도 그가 나오려 하지 않고 찾으려 해도 찾을 수 없게 되자 '그 산에 불을 지르면 나오려니' 하였다. 그러나 산에 불을 질러도 介子推는 끝내 나오지 않고 도리어 불에 타 죽고 말았다.　　　　　　　　　　　(『新序』 「節士」, 385쪽) (밑줄은 필자)

위의 예문에서 밑줄 부분이 논평 부분인데, 일반적으로 논평적 서술은 맨 끝에 위치하는 것에 비해 여기서는 중간에 위치하고 다시 서사가 이어지는 양상을 보인다. 그리하여 위 예의 結構는 일반 '허구 서사'와 흡사한 방식으로 이루어지는 것이다. 이런 경우는 드물기는 하지만 서사에 작자가 개입하는 다양한 양상을 보여주고, 나아가서는 서사기법의 진전된 모습을 보여주는 것이기에 주목할 필요가 있다.

마지막으로 '군자왈'로 시작되는 논평부분 안에 제3자의 논평이 포함되는 경우를 보기로 한다.

---

[79] "詩曰 '逝將去女 適彼樂郊 樂郊樂郊 誰之永號' 此之謂也."

군자는 이를 듣고 다음과 같이 평한다. "공자가 '아들은 아버지의 잘못을 숨겨
주고 아버지는 아들의 잘못을 숨겨 주는 것, 그 속에 바로 곧음이 있는 것이다.'라
하고, 『시경』에서는 '저런 사람이라면 나라의 법을 바르게 펴리'라고 했으니,
바로 石奢같은 이를 두고 한 말이다."   (『新序』「節士」, 379쪽)[80]

위의 서술은 '石奢'라는 인물이 보여준, 자식으로서의 효심과 법관으로
서의 공정함에 대해 논평한 것이다. 논평부는 "君子聞之曰"이라고 하는
큰 틀 안에 "孔子曰"이라고 하는 또 다른 논평자의 존재를 설정하고 있다.
여기서 공자의 말은『시경』구절과 대등한 성격을 지닌 것으로 전체 논평
자인 '군자'의 판단과 의론이 옳은 것임을 뒷받침하는 장치로 기능한다.
이상에서 보는 바와 같이 劉向은 운문을 삽입하여 글을 씀에 있어『좌
전』보다 훨씬 다양한 방식을 펼쳐 보이고 있다는 점에서 서사체 시삽입
형 혼합담론의 전개에 있어 변화된 양상을 보이고 있다. 또한『좌전』의
경우 서사가 '사건의 서술'과 "君子曰"로 시작되는 '논평부'로 이원화되
고 작자는 논평부의 서술을 통해 사건과 인물에 대해 자기 의견을 피력
하는 양상이 서술의 典型이 되고 있는데, 이같은 방식은 작자가 서사에
간여·개입하는 원초적 형태를 보여준다고 할 수 있다. 이에 비해 유향
은 이같은 典型性에서 벗어나 작자가 다양한 방식으로 서사에 개입하는
양상을 보여줌으로써 이전의 서사체 시삽입형 혼합담론에 비해 한 단계
진전된 서사기법을 보여준다고 할 수 있다.
또한 이같은 현상은,『좌전』을 전형으로 하는 논평부 의론문의 형태가
차츰 변화 내지 해체되어 가는 과정을 보여준다는 점에서 특기할 만한
사항이라 할 수 있다. 그러나 전체적으로『신서』와『설원』은 서사체의

---

80) "君子聞之曰 貞夫法哉. 孔子曰 '子爲父隱 父爲子隱 直在其中矣.' 詩曰 '彼其之子 邦
之司直' 石子之謂也."

성격이나 산운 혼합서술 양상 등 여러 면에서 『좌전』에 가깝고 역사 서사와 허구 서사를 양 끝으로 하는 서사 범주에서 여전히 역사 서사 주변에 위치하는 혼합담론이라고 할 수 있다.

4. 六朝時代의 志怪

志怪는 현실세계와는 거리가 먼 기이한 일들을 기록한, 일종의 필기류 단편 서사이다. 漢 왕조가 몰락하면서 한대의 문화와 지식인의 사유체계를 지배했던 유교 이념의 기반이 약화되자 이를 대체할 수 있는 새로운 이념체계를 추구하던 위진 남북조 시대의 지식인들은 노장사상의 새로운 해석이라 할 玄學과 淸談, 그리고 이 시대에 들어와 크게 성행한 佛敎에서 그 가능성을 발견하게 된다. 유교라는 一元的 사상체계의 지배하에 있었던 한대와 육조시대가 가장 뚜렷하게 변별되는 점은 바로 이처럼 多元的 사상체계가 공존하였다는 사실이다. 다양한 가치체계가 공존하는 시대에는 보편적인 것보다는 특수한 것, 집단보다는 개인에 대한 관심이 크게 부상하게 된다. 육조시대에 다양한 사물과 현상에 대한 지식을 망라한 博物學이 성행하고, 초현실적 세계에 대한 상상력이 문화적 산물의 기반이 되며, 개성을 가진 한 개인으로서 자신의 경험을 글로 표현하는 전문적인 문인이 등장하게 되는 것 등은 이같은 시대적 분위기와 밀접한 관계를 지니고 나타난 현상이라 할 수 있다.

이같은 시대적·문화적 분위기는 글쓰기에도 큰 영향을 끼쳤다. 한대까지의 글쓰기는 기본적으로 정보와 지식을 제공하는 사람이 다른 사람 —대개는 임금을 비롯한 최상위 지배층— 에게 그것을 보여주어 능력을 인정받아 출세를 하기 위한 수단이었다. 한대까지는 文과 學, 다시 말해 글쓰기와 학문하는 것이 아직 구분되지 않은 시대였기 때문에 전문적인 작자로서 문인은 아직 존재하지 않았다. 이때의 문인, 즉 글쓰는 사람은 당대의 문화를 주도하면서 儒學을 중심으로 하는 학문활동을 행하는 '지식인'을 가리킨다고 보아도 무방하다. 그러나 漢末 建安 연간 이후 개인의 생각을 글로 표현하는 전문적 작자로서 문인이 등장하고 문단이 형성되기에 이른다.81) 육조시대는 이러한 문화적 변화가 뚜렷한 사조로 자리잡게 된 시기로서, 이제 지식층 문인들은 한대처럼 더 이상 누군가에게 보이기 위한 글을 쓰기보다는 자기 자신의 경험세계를 표현하는 수단으로 글을 쓰기 시작했다.

이같은 시대적 · 문화적 배경 속에서 현실세계에서는 경험하기 어려운 기이한 사건들을 소재로 하여 비교적 편폭이 작은 短篇의 이야기들이 출현하였으니 이것이 곧 志怪이다. 앞서 살펴본 『신서』나 『설원』은 유교가 지배이념으로서 영향력을 발휘하던 시대의 산물인 만큼 누구에게나 적용되는 어떤 교훈이나 보편적인 진리를 전달하는 데 중점이 두어져 있었다. 그러나 지괴는 다양한 사고와 상상력이 팽배한 시기의 문화적 산물로서, 현실적 세계보다는 초월적 세계에, 보편적 경험보다는 특수한 경험에 더 큰 관심이 부여된 담론 유형이라 할 수 있다. 많은 지괴 작품들은 귀신이나 혼백, 방사의 도술, 믿기 어려운 사건 등을 소재로 한다는 점에서 일단 그 소재적 허구성을 인정할 수 있지만, 여러 면에서 지괴는 '역사 서사'의 속성을 지닌다.

우선 『搜神記』의 작자 干寶(?~336)는 서문에서 비록 史官이 쓴 공식적인 기록이라 하더라도 부정확한 점이 있게 마련이라는 점을 전제하고 자신이 이전의 기록으로부터 수집한 자료들에서 허물이 발견된다면 그것

---

81) 김학주, 『漢代의 文學과 賦』(명문당, 2002), 24~25쪽.

은 이전 역사가의 탓이지 자신의 탓이 아니라고 하였다. 그리고 자신이 발굴한 근래의 자료들을 기록함에 있어 잘못이나 누락이 있다면 그 때의 세간의 조롱은 과거의 역사가들과 자신이 공유할 문제라 하였다. 그리고 무엇보다 간보는 자신이 수집하고 편집한 이 초자연적이고 특이한 사건들이나 이야기들이 거짓이 아니라는 점을 분명히 했다. 이런 점으로 미루어 우리는 간보가 여기저기서 자료를 수집하여 그것을 체계적이고 정확하게 정리·기술하려는 역사가의 자세에 입각하여 『수신기』를 편찬하면서도 자신이 다루는 이야기가 역사적 관점에서 볼 때 일탈적인 것임을 인지하고 있었다는 것을 짐작할 수 있다. 또한 간보가 東晉 조정의 史館의 우두머리였으며 晉나라 공식 王朝史인 『晉記』의 편집자라는 점까지 고려하면, 그가 『수신기』 여기저기에서 초현실적인 이야기를 기록하면서 그 출전을 제시하려고 애쓰는 모습을 이해할 수 있게 된다.

이처럼 간보 자신이 『수신기』의 이야기들을 '역사 서사'로 규정하고 있기는 하지만, 우리는 이것이 이미 『좌전』이나 『여씨춘추』·『신서』 등으로부터는 상당히 거리가 멀어진 대신 '허구 서사' 쪽으로 한 걸음 더 다가간 담론임을 알고 있다. 사건의 비현실성, 인물의 비실재성, 사건의 배경이 되는 시간·공간의 비현실성 등은 『수신기』에서 허구적 요소를 읽어내기에 충분하다.

『수신기』 외에 또 하나의 대표적인 志怪 選集으로 일컬어지는 『拾遺記』의 체제를 보면 역대 임금의 시대순으로 큰 틀을 삼고 개개 이야기들을 임금의 연호에 따라 배치하고 있어 전체적으로 역사서의 기록방식과 흡사하다. 이 책은 晉의 王嘉(?~390)가 짓고(撰) 梁나라의 蕭綺가 10권으로 다시 묶은(輯) 것인데, 이 책이 지니는 내용상의 허구성과 체제상의 역사성은 후대의 분류가들로 하여금 이 책을 '역사' 아니면 '소설'로 분류하게 하는 근거가 된다. 이 점은 『습유기』 또한 '역사 서사'에서 한걸음 더 '허구 서사' 쪽으로 다가섰다는 것을 말해준다.

지괴 작품이 다 그런 것은 아니지만, 상당수의 작품이 이야기 속에 운문을 삽입하고 있어 산운 혼합담론의 면모를 보이고 있는데, 이제 육조시대의 대표적인 지괴집이라 할『수신기』를 1차 대상으로,『습유기』를 2차 대상으로 하여 서사체 시삽입형 혼합담론으로서의 지괴의 특징을 살펴보기로 한다. 여기에 실린 것들 중에는 기이한 사실에 대한 단순한 기술에 불과할 뿐 서사라고 볼 수 없는 것들도 상당수 있으므로 이들을 제외하고 살피기로 한다.

漢 武帝는 李夫人을 총애하였는데, 부인이 죽은 후 무제는 그리움을 달랠 길이 없었다. 方士인 齊나라 사람 李少雍이 귀신의 혼백을 불러올 수 있다고 하였다. 그리하여 밤에 장막을 쳐놓고 등촉을 밝힌 후, 무제로 하여금 그 안에서 먼 곳을 바라보고 있도록 하였다. 이에 무제가 보니 맞은 편 장막 안에 미녀가 있는 것이었다. 그 모습이 이부인과 똑같았으며 둘러쳐진 장막 안에서 앉았다가 걷다가 하였다. 그러나 가까이 가서 볼 수가 없었다. 무제는 더욱더 슬퍼서 다음과 같은 시를 지었다. "진짜냐 거짓이냐? 일어나 바라보니 반쪽뿐이로구나. 한들한들 어찌 그리도 천천히 오느냐"[82] 그리고는 樂府에 명하여 음악을 아는 사람으로 하여금 이를 연주하고 노래로 부르게 하였다.

(『수신기』 2권, 85쪽)[83]

위 이야기는 한 무제가 方士의 도술로 사랑했던 이부인의 혼백을 만나보았다는 단순한 내용으로『습유기』에도 같은 이야기가 수록되어 있다. 여기서 초점이 맞춰져 있는 것은 이부인에 대한 무제의 사랑이 아니라, 도술로써 죽은 사람의 혼백을 만날 수 있었다는 신기한 사건이다. 이는

---

82) "是耶非耶 立而望之 偏婀娜 何冉冉 其來遲."

83) 이상 지괴 텍스트의 번역은『完譯詳註 搜神記』(임동석 역주, 동문선, 1997)를 참고했다. 괄호 안의 숫자는 번역서 면수를 가리킨다. 운문만 원문을 제시하기로 한다.

『좌전』과 같은 역사적 사실에 바탕을 둔 서사와도 다르고, 『신서』나 『설원』처럼 누구에게나 해당되는 교훈이나 보편적 진리를 담고 있는 서사와도 다르다. 유학의 틀에 얽매이지 않는 자유로운 사고와 상상력이 이 이야기를 전개해 가는 토대가 되고 있어, 우리는 지괴가 '역사 서사'로부터 '허구 서사' 쪽으로 일보 옮겨 갔음을 알 수 있다. 여기에 삽입된 시는 무제가 지은 것으로 이부인을 향한 그리움을 토로하는 수단으로 작용한다. 대화가 아닌, 한 개인의 내면의 독백으로 볼 수 있으며 이 경우 운문은 서사의 진전을 지연시키는 일종의 장애요소가 된다. 그렇다고 산문과 운문의 내용이 중복되는 것은 아니다. 운문은 전체 줄거리 전개에 필요하지 않은 잉여적 요소이며 무제의 슬픈 감정을 더 선명하게 드러내는 효과를 가져오지만, 산문 서술 부분과 중복을 이루는 것은 아니다. 이 점은 '口演類' 서사체와 구분되는 '讀本類'의 공통 특징이기도 하다.

　　由拳縣은 秦나라 때의 長水縣이다. 秦始皇 때 이런 동요가 퍼졌다. "성문에 핏자국이 생기면, 성이 무너져 호수가 된다네."[84] 그때 어떤 노파가 이 동요를 듣고 아침마다 그 성문으로 가서 살펴보았다. 문지기가 그 노파를 포박하려 하자, 노파가 그 까닭을 말해 주었다. 뒤에 문지기가 개의 피를 성문에 발라 두었더니 노파가 그 피를 보고서 얼른 도망가 버렸다. 그러자 갑자기 큰 물이 그 현을 삼킬 듯이 밀려왔다. 縣의 主簿가 다른 관리에게 명하여 들어가 縣令에게 보고하도록 했다. 현령이 그 관리를 보고 '그대는 어찌하여 갑자기 물고기로 변하였는가?'하고 묻자 관리는 '明府께서도 역시 물고기 모습으로 변하셨는데요.'라고 말했다. 드디어 그 고을은 물에 잠겨 호수가 되고 말았다.

(『수신기』 13권, 491쪽)

　　여기에 삽입된 동요는 예언적 기능을 행함으로써 서사를 진전시킨다.

---

84) "城門有血 城當陷沒爲湖."

즉, 산문 서술의 내용과 중복되지도 않고 서사 속 인물의 내면세계를 표현하는 수단으로 작용하지도 않으며 산문과 운문은 繼起的 관계에 놓이는 것이다. 동요가 예언적 의미를 지니는 것은 『좌전』이나 『신서』에서와 같다. 『좌전』의 경우 동요는 지배층에 의해 인용되는 양상을 띠는데 사건 전개의 구성 요소가 되며 서사의 결말 —대개는 정치적 사건— 에 대한 예언적 기능을 행한다. 따라서 거기서 중요한 것은 동요 자체나 동요가 지니는 예언적 효력이 아니라 동요로써 예견된 어떤 '결과'이다. 반면 위의 경우 서사의 초점은 '동요' 및 그것의 효력에 맞춰져 있다. 그러므로 위 서사의 주인공은 노파나 관리가 아니라 '동요'라 할 수 있다. 동요는 서사의 일부가 아닌 전체이고 서사 자체인 것이다. 같은 동요라 할지라도 이처럼 어떤 사회적 분위기에서, 그리고 어떤 문맥에서 담론화되느냐에 따라 그 성격이 크게 달라지게 된다.

　『좌전』이나 『신서』에서는 백성이 부른 노래가 지배층에 대한 풍자·비판, 경계의 구실을 하는 경우를 어렵지 않게 발견할 수 있는데, 이런 양상이 지괴에서는 발견되지 않는다는 사실은 바로 지괴가 지닌 문학적 특성을 말해주는 부분이라 할 수 있다. 즉, 독자층의 변화를 시사한다. 임금을 주된 독자로 하는 『좌전』이나 『신서』와는 달리, 육조시대에는 개성을 가진 전문적 작자로서의 文人이 등장하게 되는데 이것은 한편으로는 그들 문인들이 생산해 낸 담론을 소비하는 새로운 독자층이 형성된 것을 의미하기도 한다.

　앞서 언급한 것처럼 漢代까지는 文과 學이 아직 구분되지 않았기 때문에 전문적인 작자로서 문인은 존재하지 않았고, '글'이란 유학을 사상적 기반으로 하는 지식인들이 임금을 중심으로 하는 최상층 지배계급에 잘 보여 출세를 하는 수단 정도로 인식되었다. 누군가에게 보여 그 가치를 인정받는 것이기에 글의 성격은 당연히 정치적 권력자인 독자를 겨냥

하여 누구에게나 통하는 가치, 교훈, 진리를 주제로 하였던 것이다. 그러
나 육조시대에는 글이 개인의 성향을 반영하는 것으로 인식되고 이런
글쓰기를 전문으로 하는 문인계층이 형성되면서, 이들은 유학이라고 하
는 單元的 지배이념의 틀에서 벗어나 자유롭게 사상적 모색을 시작하였
기에 더 이상 정치성이나 유교적 보편주의의 틀에 얽매일 필요가 없었던
것이다. 백성들이 부른 노래뿐만 아니라 지괴 작품에 삽입된 시가, 나아
가 지괴라는 담론에 교훈성과 유교적 이념의 색채가 희미한 것은 이처럼
새로운 글쓰기 집단 및 독자층이 형성된 것과 밀접한 관련이 있다.

아래의 예 또한 지괴의 특징을 잘 보여준다.

　(a) 太華山과 小華山은 본래 하나의 산이었다. 이 산이 河水를 가로막고 있
어 하수가 그 곳을 지날 때면 돌아서 흘러야 했다. 이에 黃河의 신인 巨靈이
손으로 그 산을 쳐서 꼭대기를 잘라 없애고, 발로는 그 아래를 밟아 분리시켜
가운데를 둘로 나누어 물이 쉽게 흐르도록 하였다. (b)지금도 그 화산의 꼭대기
에서 河神의 손자국을 볼 수 있는데, 그 손가락과 손바닥의 모습이 고스란히
남아 있다. 그리고 首楊山 아래에는 그의 발자국이 지금까지도 그대로 남아
있다. 그래서 張衡은 「西京賦」에서 "巨靈 贔屭[85]의 / 높은 손자국 아득한 발
자국 / 황하의 굽은 물 곧게 흐르게 했네"[86]라고 노래했던 것이다.

(『수신기』 13권, 485~486쪽)

위는 황하의 신 巨靈에 관한 神話로서 이야기는 인간의 경험 영역 밖
의 초월적인 時空에서 전개된다. 따라서 이야기는 서사 속 인물인 神의
차원까지 관찰할 수 있는 '全知的 視點'에서 서술된다. 서술자는 거령이

---

85) '贔屭'는 고대 신화에 나오는 獸神이다.
86) "巨靈 贔屭 高掌遠蹠 以流河曲."

살던 태고적 시간, 그의 활동이 펼쳐진 천지 공간에 위치하면서 그를 관찰한다. 이처럼 지괴의 많은 작품들은 초월적 세계에서 일어나는 신이한 이야기들을 담고 있으므로 전지적 시점을 취하는 경우가 많고, 이 점은 외면으로 드러나는 현상과 사건 즉 작자가 객관적으로 관찰할 수 있는 내용만을 서술하는 『좌전』 『신서』의 서술방식과는 차이를 보인다.

위의 서사는 초월적 시공을 배경으로 하여 '거령'의 행적을 서술한 부분 (a)와 그 내용에 대해 작자가 현재의 시점에서 해설을 곁들이는 (b)로 크게 양분된다. (a)부분의 '거령'은 신 혹은 신적인 인물, 초월적 세계의 존재이고 (b)의 '장형'은 경험적·현실적 세계의 존재이다. (b)부분에 삽입된 운문은 '하신의 손자국·발자국'과 더불어, 초월적 존재인 '거령'의 신이한 행적에 대한 하나의 '증거물'로 작용한다. 다시 말해 작자는 서술을 행하는 시점까지 남아 있는 거령의 흔적과 실존하는 인물인 장형의 부를 빌어 자신의 서술에 대한 근거를 확보하고자 하는 것이다. 우리는 여기서 神의 세계로부터 人間의 세계로 돌아와 서술을 전개하는 작자의 목소리를 듣게 된다. 다시 말해 전지적 시점으로부터 3인칭 관찰자 시점 혹은 3인칭 작자 시점으로의 전이를 볼 수 있다.

그러나 이같은 작자의 개입이 『좌전』이나 『신서』의 경우처럼 의론문의 성격을 띠는 것이 아니라는 점에 주목할 필요가 있다. 『좌전』이나 『신서』에서 어떤 이야기를 서술한 뒤 작자가 『서경』 『시경』 『역경』 등과 같은 권위있는 담론을 인용하여 그 사건에 대한 자신의 견해와 주장을 제시하는 논평부 혹은 의론부는, 앞서 서술된 내용에 보편성과 가치를 부여하는 구실을 한다. 그리고 이 논평부에 운문이 삽입되는 예가 많고 이 운문 —대개는 『시경』 구절— 은 작자의 주장을 뒷받침하는 구실을 한다는 점은 앞에서 보아온 바이다. 지괴에 이같은 논평부가 부재한다는 것은, 달리 말하면 지괴는 보편성과 유교적 교훈과 가치를 추구하거나 그것에 언술

의 지향점을 두는 담론이 아니라는 것을 의미한다. 또한 지괴 작품에 삽입
된 운문은, 풍자·비판·경계·교훈의 성격과는 거리가 멀다는 것을 시사
한다. 실제 여러 지괴 작품들을 검토해 보면 운문이 이같은 기능을 행하는
예를 찾아보기 어렵다.

　위의 예뿐만 아니라 상당수의 지괴 작품에서는 텍스트 말미에 작자가
개입하여 앞서 서술된 내용에 대한 보조 발언 내지 해설을 행하는 양상을
발견할 수 있는데, 이를 의론문이나 논평문이라 할 수는 없지만 이것의
변형 형태로 볼 수는 있을 것이다. 『좌전』이나 『신서』의 경우 의론문은
임금을 주 독자로 하므로, 보편적인 교훈이나 진리를 담은 내용을 가지고
서술된 이야기에 어떤 방향성과 주제, 가치를 부여하는 기능을 행한다.
그러나 지괴의 경우는 정치성이나 유교적 교훈·이념을 벗어나 있기 때문
에 서술된 과거 사건이 후에 미친 파급 효과에 대한 작자의 보충 설명
내지 부가 서술 정도의 성격으로 변질되어 있음을 본다. 예를 들어 弦超라
는 인물과 智瓊이라는 神女가 부부의 연을 맺은 이야기[87] 끝부분에 부가
된 '張茂先은 이를 두고 <神女賦>를 지었다'는 서술, 淮南王과 8인의
신선 사이에 일어난 이야기[88] 끝부분에 언급된 '지금 소위 <淮南操>라는
노래가 바로 이것이다'라는 서술은 모두 작자가 개입하여 운문을 소개한
뒤 앞에서 서술한 신이한 이야기의 증거로 제시하는 양상을 보인다.

　이같은 양상은 傳奇에서 사건의 '후일담'과 같은 형태로 더욱 뚜렷하
게 그 특징을 드러낸다. 이런 운문들은 앞부분에 서술된 이야기의 주제
를 부각시킨다는 점에서 『좌전』이나 『신서』『설원』의 논평부에 포함된
시구―『시경』― 와 같은 기능을 행한다. 그러나 권위있는 경전이 일반
문인의 운문으로 대치되고 있어 시대적 변화에 따른 혼합서술 양상의

---

87) 『完譯詳註 搜神記』, 59~63쪽.
88) 『完譯詳註 搜神記』, 22~23쪽.

변모를 반영하고 있다.

한편, 傳奇에서처럼 보편화된 것은 아니지만 남녀간의 결연에 시가 중요한 계기로 작용하는 예를 지괴 작품에서도 발견할 수 있다. 『습유기』에는 신화적 인물인 '少昊'의 부모가 결연하는 과정에서 서로 주고 받은 노래 두 편이 삽입89)되어 있는데 여기서 노래는 대화의 성격을 띠는 것으로 남녀의 애정을 상대에게 전달하는 기능을 행한다. 이 점은 傳奇에서 흔히 볼 수 있는 운문의 기능이라 할 수 있다. 여기서 한 가지 주목할 점은 남녀 결연이라고 하는 서사와는 별도로 신기한 사물에 대한 담론이 이중적으로 짜여 텍스트를 구성한다는 점이다. 예를 들면 '32척의 높이에 만 년에 한 번 열매를 맺으며 이것을 따먹으면 오래오래 산다'90)는 뽕나무에 대한 설명이 나오는데, 이는 지괴와 博物志의 친연성을 말해주는 것이라 하겠다. 그리고 韓重과 죽은 여인의 사랑을 그린 이야기91)에 삽입된 운문도 남녀 결연의 계기로 작용하는데 이 작품은 소재면에서 신이한 일을 다루었을 뿐, 서사 전개나 서술방식, 인물 묘사 등 여러 면에서 傳奇와 거의 흡사하다.

일반적으로 지괴 작품에서는 인물의 성격이나 개성이 잘 드러나지 않는데, 그것은 어떤 특정 인물을 중심으로 전개되는 '사건'보다는 기이한 사물·현상 자체에 서사의 초점이 맞춰진다고 하는 지괴의 특성을 반영한다. 대개의 지괴 작품에 등장하는 개개 인물은 개성적 존재이기보다는

---

89) 『습유기』「少昊」. 소호의 어머니 皇娥가 부른 노래는 "天淸地曠浩茫茫 萬象迴薄化無方 涵天蕩蕩望滄滄 乘桴輕漾著日傍 當其何所至窮桑 心知和樂悅未央"이고 이에 대한 소호의 아버지(白帝의 아들로 불리웠음)의 답가는 "四維八埏眇難極 驅光逐影窮水域 璇宮夜靜當軒織 桐峰文梓千尋直 伐梓作器成琴瑟 淸歌流暢樂難極 滄湄海浦來棲息.."

90) "窮桑者 西海之濱 有孤桑之樹 直上千尋 紅葉椹紫 萬歲一實 食之後天而老." 王嘉, 『拾遺記』(김영지 역주, 한국학술정보, 2007), 38~40쪽.

91) 『完譯詳註 搜神記』, 608~611쪽.

기이한 사물이나 현상과 결부된 서사적 장치일 뿐이다. 다시 말해 어떤 이야기에 나오는 A라는 인물은 반드시 A가 아니어도 좋은 것이다. 그 이야기를 하기 위해서는 B도 좋고 C도 좋다. 그렇기 때문에 그들이 부른 노래나 지은 시는 그 인물의 개성을 드러내는 장치라기보다는, 신이한 내용을 전하거나 신이성을 강조하는 데 필요한 장치라 할 수 있는 것이다.

한편 지괴 작품에 삽입되어 있는 운문은, 기존의 운문—대개는『시경』—을 인용하는 양상이 주를 이루는『좌전』『신서』와는 달리, 서사 내 인물의 자작시가 주류를 이룬다는 점에서 큰 변화를 보인다. 서사 속 인물의 자작시도 다시 실존 인물의 시[92]와 실재 여부가 불분명한 인물의 시[93]로 나눌 수 있는데, 실존 인물의 경우 實名을 밝히는 것은 물론 神女나 仙女, 죽은 여인의 혼백처럼 그 실재성 여부가 의심되는 인물이라 할지라도 이름과 함께 그들의 家系, 생존연대 등을 제시하고 있는 것을 발견하게 된다. 이들 중 상당수는 작자 자신이 지은 것일 가능성이 크다고 생각되지만, 중요한 것은 작자 자신이 이 이야기들이나 시들이 꾸며낸 이야기나 임의적으로 지어낸 시가 아니라는 것을 명시하고자 하는 서술태도이다. 이것은 여러 출전, 구전되는 민간이야기들을 채집하여 하나의 담론으로 구체화하는 과정에서 역사가가 자료를 수집하여 역사를 기록하는 태도를 가지고 임한 데서 비롯된 특성이라 할 수 있다. 이외에 지괴의 운문 가운데는 동요와 같은 민간가요가 삽입된 예도 상당수를 차지하며 드물기는 하지만『시경』의 시구가 인용된 경우도 있다.

이상에서 보는 바와 같이 지괴 텍스트들은 대체로 길이가 짧고 등장

---

92) 예를 들어 한 무제가 이부인을 그리워하며 지은 시, 淮南王이 지은 <淮南操> 등이 이에 해당한다.

93) 예를 들어 杜蘭香이라는 선녀와 張傳의 사랑을 그린 이야기에 삽입된 두란향의 시 2편, 弦超라는 인물과 智瓊이라는 神女의 인연을 그린 이야기 속에 삽입된 지경의 시 한 편 등이 이에 해당한다.

인물과 스토리가 단순하다. 그러므로 한 텍스트 안에 삽입되는 운문의 수가 적을 수밖에 없고, 운문을 포함하는 텍스트의 비율도 낮다. 지괴는 산문과 운문 서술간에 내용상 중복이 없고, 운문은 서사 내에서 인물의 감정을 드러내는 장치가 되기도 하고 인물간에 오가는 대화의 기능, 예언적 기능 등을 행한다는 점, 그리고 當代의 지식인들 사이에 유통되었던, 문자언어로 이루어진 문화적 산물이라는 점에서 여타 '讀本類' 혼합담론들과 공통의 요소를 지닌다.

그러나 초월적 時空을 배경으로 하므로 서술은 전지적 시점으로 행해지는 경향이 뚜렷하다는 점, 서술된 이야기에 보편성과 가치를 부여하는 의론문이 부재한다는 점 등은 지괴에서 볼 수 있는 특징이라 할 수 있다. 또한 기존의 운문을 인용하는 양상이 주를 이루는『좌전』『신서』와는 달리, 실존 인물의 시나 서사 내 인물의 자작시를 삽입하는 양상이 두드러지는 것도 지괴에 이르러 나타난 변화 중의 하나라 하겠다. 이같은 변화는, 집단보다는 개인을 중시하고, 기존의 틀에 얽매이기보다는 자유로움을 추구하며 시문을 지을 때 기존의 담론에 의존하기보다는 독창성을 강조했던 이 시대 사대부층의 인식 변화와 맞물려 나타난 것으로 본다.[94] 개성을 가진 한 개인으로서 文人이 등장한 것이 바로 이 시기인 점과 이처럼 지괴 작품 속에 작자의 창작시가 삽입되는 것은 동전의 양면과 같은 현상인 것이다.『시경』의 시구를 읊조리기보다는 창작 시편을 이야기 속에 삽입하는 것이 그들의 취향에 더 부합했을 것이다.

여기서 한 가지 짚고 넘어갈 점은, 많은 지괴 작품들이 이 시대 문인들의 상상력과 틀에 얽매이지 않는 자유로운 사고의 소산임이 분명하지만 그 소재가 되는 이야기들은 새롭게 창작된 것이기보다는 항간에 구전되

---

94) 요시가와 다다오, 「육조 사대부의 정신생활」, 『위진남북조史』(임대희·이주현·이윤화 외 옮김, 서경, 2005).

는 이야기들이나 다양한 출전을 통해 얻은 자료들을 문인들이 수집·정리하여 윤색을 가한 것이라는 사실이다. 이런 점에서 지괴의 작자는 편찬자에 가깝다고 할 수 있다.

5. 唐代의 傳奇

5.1. 전기의 창작배경

위진남북조 시대가 다양한 사고체계의 공존으로 특징지어진다면, 정치적으로 다시 통일을 이룬 唐代는 漢代와 같은 단일 사고체계로의 복귀를 보여준 시기이다. 그러나 한대와는 달리 육조시대의 자유로운 상상력과 사유체계를 경험한 뒤에 이루어진 문화적 통일이라는 점에서 그 차이를 드러낸다. 당대는 한 마디로 '정치적 통일을 배경으로 하는 문화권력이 강화되던 시기'였다.[95]

당대에는 문인들간에 '行卷' 또는 '溫卷'으로 불리는 관습이 있었는데, 이것은 과거시험 전에 유력자에게 자신들의 文才를 보여 실력을 인정받아 벼슬길에 나아가는 데 유리한 계기를 마련하려는 목적에서 비롯된 관행이었다. 과거시험 과목으로 부과된 시문 유형이 아닌 새로운 방식으로 자신들의 실력을 드러내기 위해서 문인들은 다양한 글쓰기 방법을 도모했는데 그 중 하나가 서사 텍스트 안에 시와 문, 민간의 고사, 서간문, 의론문 등 다양한 장르를 섞어 담론을 구성하는 서술 방식의 도입이었다. 그 가운데서도 서사 텍스트에 시를 삽입하는 산운 혼합서술 문체는 전기 작품의 가장 두드러진 서술 특성으로 간주되고 있는데, 이 점은

---

95) 서경호, 『중국소설사』(서울대학교 출판부, 2004·2006), 166쪽.

위와 같은 당대의 과거제도 관행과 밀접한 관련이 있는 것이다. 이 외에
도 당대가 중국 문학사상 '詩' 문학의 절정을 이룬 시기라는 점도 전기에
서 시의 활용이 극대화되는 한 계기로 작용하였다.

보통 전기의 특징으로서, 작자의 의식적인 창작물이라는 점, 현실적인
인간사회의 여러 가지 문제에 관심을 가진다는 점, 농촌·농민들이 얘기
의 배경이 되는 지괴와는 달리 도시를 배경으로 하는 이야기가 많아졌다
는 점, 사대부 외에 상인·협객·기녀 등 사회 다양한 계층의 인물이 등
장한다는 점, 복잡한 구성과 전개 그리고 생동감 있는 묘사 등이 거론된
다.96) 이런 특징들은 전기 작품에 삽입되는 운문의 종류와 서사 내에서
의 기능, 운문의 발화자 등 혼합서술 문체에도 변화를 가져와 전기만의
독특한 면모를 드러내게 된다. 여기서는 裴鉶의『傳奇』97)와『중국전기
소설선』98)에 수록된 작품들 중 운문이 삽입된 28편99)을 대상으로 하여
전기에서의 시가 운용 양상의 특성을 살펴보고자 한다.

5.2. 전기의 서사적 특성

서사체에 시가 삽입되어 있는 양상 및 시의 기능을 살피기 전에 우선
전기의 서사적 특성부터 간단히 검토해 보기로 한다. 첫째, '傳奇'라는

---

96) 김학주,『中國文學槪論』(신아사, 1992), 422~423쪽.
97) 裴鉶,『傳奇』(최진아 譯解, 푸른숲, 2006). 배형의 개별 작품집의 이름인『전기』는
   이와 유사한 작품들을 포괄하는 명칭이 되기에 이른다. 이하 서지사항은 생략하기
   로 한다.
98) 김종군 編譯,『중국전기소설선』(박이정, 2005). 이하 서지사항은 생략하기로 한다.
99)『전기』수록작품 총 31편 중 운문이 삽입되어 있는「孫恪」,「鄭德璘」,「崔煒」,「韋自
   東」,「薛昭」,「元柳二公」,「張無頗」,「馬拯」등 20편과『중국전기소설선』수록작품 총
   20편 중『전기』와 중복되는「裴航」과「崑崙奴」를 제외한「鶯鶯傳」,「非烟傳」,「長恨
   歌傳」,「遊仙窟」,「柳毅傳」,「南柯太守傳」,「李章武傳」,「紅線傳」8편을 합친 숫자이다.

말에는 지괴처럼 '기이한 일을 傳述한다'는 의미가 함축되어 있으나, 지괴의 경우 그 기이한 소재가 '초현실성' '비현실성'을 띤 것으로서 현실세계와 유리된 것이라면, 전기의 경우는 기이하고 비현실적·초현실적인 소재를 다루면서도 그것이 사회현실을 리얼하게 반영하고 있다는 점에서 차이가 있다. 어쨌든 지괴나 전기는 다루는 소재면에서 일단 허구적인 면이 강화된 양식임을 인정할 수 있다.

둘째, 전기의 허구적 성격은 내용이나 소재의 비현실성보다는 그러한 내용을 독자에게 전달하는 방법면에서 더 뚜렷하게 드러난다. 가장 두드러지는 것으로 '1인칭 서술'의 출현과 '전지적 시점'의 보편화, '액자형 서술'의 다양한 활용을 들 수 있다. 액자형 서술이란 액자라는 틀 안에 사진이나 그림을 넣는 것과 마찬가지로, 중심이 되는 이야기의 안에 또 하나의 서술자의 시점을 인정함으로써 '나'와 '그' 혹은 '그'와 '나'라는 이중의 서술을 수행하는 서사기법이다. 이는 다양한 서술 시점 중에 근대화된 형태로서, 전지적 시점과 같은 절대적 현실표현으로부터 시점의 상대성으로 이항된 형태이며, 독자가 지닌 현실관과 이야기 속 인물이 지닌 현실관이 자연스럽게 결합된 것이다.100) 따라서 이 서술기법은 자연히 서술 시점의 전이를 수반하는데 대개는 1인칭 서술에서 3인칭 서술로 전환된다. 말하자면 액자서술은 '나'를, 사건을 목격한 증인으로 내세움으로써 내부 이야기가 실화임을 증명하기 위해 작자가 고안한 서사장치인 셈이다. 전기에서 액자형 서술은 크게 '議論文', 사건의 '後日談', 이야기가 전해지게 된 경위를 설명하는 '由來談'으로 나눌 수 있다. 사실이 액자형 서술은 이미 『좌전』이나 『신서』에서 보이는 의론문, 지괴에서 단편적으로 나타나는 사건의 유래담에서 그 모습을 찾아볼 수 있어 전기

---

100) 이재선, 『한국단편소설연구』(일조각, 1975), 122~123쪽.

에서 새로 발견되는 것은 아니나, 전기에 이르러 이 기법이 다양하게 활용되어 하나의 서사기법으로 정착되었다는 점에서 전기의 특징으로 보아도 무방하다.

셋째, 전기 작품의 주인공들은 당시 실존했던 文人들인 경우가 많은데, 그 이름과 출신, 나이 등 주인공의 신상에 관한 사항이 앞부분에 제시되고 제목도 주인공의 이름을 따서 붙이는 예가 많다. 이로 볼 때 傳奇가 어느 면에서는 傳記, 그 중에서도 史傳文學과 무관하지 않음을 알 수 있다.[101] 傳奇와 史傳文學의 관련성은 의론문에서도 찾아볼 수 있다. 의론문은 史傳 즉 列傳에서 인물의 약전을 기술한 뒤 끝에 붙는 운문 혹은 산문으로 된 '贊'과 같은 성격을 띤 것으로, 전기 작품을 개괄해 보면 지괴에서는 거의 사라졌던 의론문이 많은 작품들에서 다시 나타나고 있는 것을 발견하게 된다. 이것은 문인들이 대개 儒者들이므로 그들의 유가적 가치관에 입각하여 뭔가 독자에게 교훈과 경계를 주려는 의도가 발현된 결과라 할 수 있다. 이 의론문은 사건 서술 뒤에 작자가 개입하여 사건에 대한 자신의 견해를 덧붙이는 것으로 앞서 언급한 '액자형 서술'의 한 양상을 보여준다.

넷째, 전기는 작중 인물뿐만 아니라 작자, 그리고 이 작품들을 읽는 독자들이 모두 문인계층이었다. 다시 말해, 창작에서부터 소비에 이르는 유통과정이 문인을 중심으로 이루어졌기 때문에 여러 면에서 문인의 취향이 반영되었을 것은 말할 나위가 없다. 대부분의 전기 작품의 작자인 당대의 문인들은 자신의 文才를 인정받기 위해, 혹은 여타의 목적하에 그들이 전해들은 것, 직접 경험한 것, 민간에서 전해오는 것 등 다양한 곳에서 얻은 이야기 소재를 바탕으로 상상력과 개성을 발휘하여 한 편의

---

101) 傳奇와 史傳文學의 관련성은 吳志達도 언급한 바 있다. 『唐人傳奇』(姜中卓 옮김, 명지대학교 출판부, 1994), 13~16쪽.

작품을 만들어 냈다. 이 작품들은 작자의 의도적인 개인 창작물로서, 여기저기서 수집한 이야기들에 약간의 윤색을 가하여 엮은 것이라 할 지괴와는 그 차원이 다른 것이라 할 수 있다. 지괴의 작자가 자신의 것이 아닌 모든 것을 덧붙일 수 있는 '編纂者'(compiler)의 성격에 가깝다면, 전기의 작자는 딴 사람이 생각한 것에 기대어서 자기 자신의 생각을 감히 발표하는 '著者'(author)에 근접해 있다고 할 수 있다.[102] 다시 말해, 전기는 이전의 독본류 서사체 양식들과는 달리 명백하게 '허구 서사'의 영역으로 진입한 담론 형태라 할 수 있다.

5.3. 전기에서의 운문 삽입의 양상

이와 같은 전기의 서사적 특성은 운문 삽입의 양상과도 직접적인 관련을 지닌다. 우선 서사전개에 있어서 운문이 차지하는 비중이 커졌다는 점을 들 수 있다. 여기서 대상으로 하는 전기 작품 51편 중 운문이 삽입된 것은 28편으로 약 55%에 달한다.[103] 그리고 한 작품에 삽입된 운문 수도 지괴의 경우는 한 두 편에 불과한데 전기는 평균 2편 이상이라는 점도 서사에서 운문의 비중이 커졌음을 보여주는 근거라 할 수 있다. 「유선굴」 같은 작품은 『시경』 구절 6편 및 여러 형태의 운문 종류를 포함하여 80편의 운문이 삽입되어 있어, 시가 스토리 전개를 주도하는 양상을 보여 주기도 한다. 이것은 唐代에 전기와 시를 지은 주체가 모두 문인들이라는 점에서 이 둘의 결합은 매우 자연스러운 것이며, 문인들은 전기의 창작을

---

102) 轉寫者(scriptor)·編纂者(compiler)·註釋者(commentator)·著者(author)의 분류에 대해서는 본서 총론 참고.

103) 이 수치는 전기에 삽입된 시의 비율을 조사한 박지현의 통계 결과와도 거의 일치한다. 이 통계에 의하면 연구자가 대상으로 한 41편의 전기 작품 중 시가 삽입된 것은 21편으로 그 비율은 51%에 달한다. 박지현, 「唐 傳奇 속에 나타나는 장르 삽입에 관한 고찰」, 서울대학교 대학원, 중어중문학과 석사학위논문, 1993.

통해 자신들의 박식함과 시적 재능을 드러낼 수 있었던 것이다. 즉 문인들은 자신의 재능을 드러내기 위한 방편으로 전기를 지었다는 점을 추정케 한다.

둘째, 문인들이 자신들을 주인공으로 하여 그들의 경험과 견문한 내용을 소재로 창작한 것이므로 삽입된 운문의 성격이나 종류에 있어 문인적 취향이 여실히 반영되어 있다는 점을 들 수 있다. 절구나 율시처럼 정제된 시형이 선호되고, 기존의 운문을 인용하기보다는 창작 시편을 위주로 한다는 점 등이 바로 그것이다. 배형의『전기』의 경우 삽입된 운문은 대개가 7언절구이며, 여기서 대상으로 하는 나머지 전기 작품들도 절구·율시가 주류를 이루는 것을 보면, 일반적으로 전기에 삽입된 운문은 절구나 율시처럼 정제되고 완결된 시형이 가장 선호되고 있다고 해도 무방하다. 이 시형들이 전기에서 빈번하게 삽입되는 것은 바로 전기 작자인 문인들의 詩才를 드러내기에 적합한 시형이며 또한 그들이 가장 선호하는 시형이기도 하기 때문이다. 즉, 그들의 취향에 가장 잘 부합하는 시형이라고 볼 수 있는 것이다.

그리고 전기에서는『시경』과 같은 기존의 운문을 인용하는 예가 전혀 없지는 않으나[104) 창작시편의 압도적인 활용에 비하면 그 존재는 이미 미미해졌다고 할 수 있다. 설혹 기존의 시편이 인용되더라도 그 시편들은 이야기가 서술되고 있는 時點에 지어진 것들[105)로서, 이런 경우는 작자와 전혀 무관한 과거 인물의 시편을 인용하는 양상이 아니라 작자와 교분이 있는 문인 다시 말해 서술된 이야기 내용에 대해 알고 있는 주변 문인이 그 이야기를 두고 읊은 것이기 때문에, 엄밀히 말해 '인용'이라고 하기는 어렵다.

---

104) 삽입된 운문의 둘째 특징을 살피는 항에 거론된「유선굴」의 예가 있다.
105) 예를 들어「앵앵전」에 삽입된 楊巨源의 <崔娘詩>를 들 수 있다.

셋째, 전기에는 절구나 율시 외에도 다양한 형태의 운문이 삽입되어
서사 전개에 극적 효과를 배가하는 구실을 하고 있음을 본다. 예를 들어
張文成106)이 지은 「遊仙窟」에는 주인공인 '나'와 시누이와 올케 간인 十
娘·五嫂 이 세 사람이 돌아가며 읊은『詩經』의 구절 여섯 편이 삽입되
어 있는데, 원래 그 시가 지어진 배경이나 문맥과는 무관하게 거기에 담
겨진 심층적 의미만을 취해 인물의 심정을 전하는 데 활용되고 있다. 그
중 '십랑'과 '나'가 읊은 시를 들어 보면,

　　關關 우는 저 징경이 / 河水의 모래섬에 있도다 / 정숙하고 얌전한 숙녀 / 군
자의 좋은 짝이로다. 　　　　　　　　　　　　　　　　　　　（「周南·關雎」）107)

　　남쪽에 높은 나무가 있으나 / 그늘이 없어 쉴 수가 없도다 / 漢水에 놀러나온
여자가 있으나 / 단정하고 정숙하여 구할 수 없도다. 　　（「周南·漢廣」）108)

이 중 앞의 것은 十娘이 읊은 것으로 「周南·關雎」 1장을 인용하였고,
뒤의 것은 '나'가 읊은 것으로 「周南·漢廣」 1장 중 前半 4구를 인용한
것이다.109) 이 시구들 앞에 '나'가 여인들에게 고운 목소리로 시를 지어
부르기를 청하자 시누이인 十娘이 올케인 五嫂에게 그 규칙을 정하기를
부탁하고 그에 응해 오수가 '斷章取意하되 만약 그 시구가 현재의 상황과
잘 조화를 이루지 못하면 벌을 받기로 한다'110)는 규칙을 제안하는 내용이
서술되어 있다. 여기서 단장취의란 옛날 조정에서 『詩經』의 시구를 읊조

---

106) 작자의 이름은 張鷟(約 660~740)으로 文成은 그의 字이다.
107) "關關雎鳩, 在河之洲. 窈窕淑女, 君子好逑."
108) "南有喬木, 不可休息. 漢有游女, 不可求思."
109) 그 나머지 4구는 다음과 같다. "漢之廣矣, 不可泳思. 江之永矣, 不可方思."
110) "斷章取意 唯須得情 若不愜當 罪有科罰."

리는 賦詩의 관습에서 중요한 특징이 되는 것으로 자기의 뜻을 전하기 위해 시편에서 필요한 부분만 취하는 것을 가리킨다. 따라서 어떤 상황에서 단장취의하여 읊어진 시구는『시경』의 本意와 일치하지 않는 경우가 많다.111) 원래「周南·關雎」는 文王과 그 부인인 姒氏가 부부간에 화락하면서도 서로 공경하는 모습을 징경이에 비유하여 읊은 것이고,「周南·漢廣」은 文王의 교화가 江漢에까지 미쳐 음란한 풍속을 변화시켰음을 찬미한 것이다. 그런데, 이 시구들이 십랑과 '나'에 의해 인용됨으로써 서로 인연을 맺고자 하는 뜻을 전하는 매체가 되고 있다. 이들이 시구를 읊조리고 난 후, 五嫂는 다음과 같이 시를 읊었다.

땔나무를 베려면 어찌해야 하는가? / 도끼가 없으면 할 수가 없네 / 아내를 얻으려면 어찌해야 하는가? / 중매가 없으면 얻을 수 없네.

(「豳風·伐柯」)112)

이는 자신이 십랑와 '나'의 중매가 되어 그들의 연을 맺어주고자 한다는 뜻을『시경』의 시구를 인용하여 전한 것이다. 이 시구들은『시경』의 본의와는 일치하지 않지만 현재의 상황에 적절히 들어맞는 내용으로서 그 구실을 다하고 있는 것이다. 이처럼『시경』의 시편을 斷章取意하여 자신의 뜻을 표현하는 기법은 작자가 뛰어난 詩才를 지닌 문인이기에 가능한 것이다.

또한 전기에는 수가 많은 것은 아니지만 민간에서 불려지는 노래가

---

111) 金鍾,「『左傳』의 引詩賦詩에 관한 연구」, 한양대 대학원 중어중문학과 박사학위 논문, 2005, 6쪽. 원래 이 말은『春秋左氏傳』襄公28년 기록에 나오는 '賦詩斷章'에 기인한 것이다.
112) "折薪如之何 匪斧不剋. 取妻如之何 匪媒不得."『시경』에는 "伐柯如何, 匪斧不克. 取妻如何, 匪媒不得."으로 되어 있어 원문 인용에 약간의 차이가 있다.

간간히 삽입되기도 하여 극적 효과를 높이는 것을 볼 수 있다. 예를 들어 陳鴻이 지은 「長恨歌傳」을 보면 양귀비가 현종의 총애를 독차지하여 그 일가붙이들이 득세하자 당시에 "딸 낳았다고 슬퍼하지 말고 / 아들 낳았다고 기뻐하지 말라"[113]라든가 "남자는 제후가 되지 못하는데 여자는 왕비가 되도다 / 그대는 보았느냐 여자는 집안을 일으키는 중요한 역할을 하는 것을."[114]과 같은 노래가 사람들 사이에 퍼져 유행했다는 내용이 있다. 이 민요는 양귀비에 대한 현종의 총애가 얼마나 컸는지, 그리고 그로 인해 양귀비의 집안이 얼마나 권세를 누렸는지를, 설명이 아닌 노래로써 극명하게 보여주는 효과를 지닌다. 더구나 이런 내용을 한 개인이 지은 창작시가 아닌 민요의 형태로 삽입함으로써 세상 사람들의 평가를 적나라하게 반영하는 결과를 가져오고 있다. 이처럼 적재적소에 적절한 형태의 운문을 배치하여 서사적·극적 효과를 도모하는 것은 상당한 문학적 재능을 요하는 것이라 할 수 있다.

전기의 운문 삽입 양상에서 드러나는 네 번째 특징으로서, 세련된 어휘와 표현, 다양한 수사기교의 활용, 섬세하고 치밀한 묘사, 뛰어난 비유법의 구사, 고도의 시적 기교를 요하는 長詩의 등장 등을 들 수 있다. 예를 들어 「유선굴」에서 십낭이 읊은 시,

嘴長非爲嗍	긴 부리는 음식을 씹기 위한 것이 아니며
項曲不由攀	굽은 목은 의지하기 위한 것이 아니며
但令脚直上	오직 다리를 위로 곧추 세울 때에만
他自眼雙翻	그 자는 두 눈을 번뜩이도다

에서는 남자의 성기를 오리 모양의 노구솥에 견주어 표현한 비유법이

---

113) "生女勿悲哀酸 生男勿歡喜."
114) "男不封侯女作妃 君看女却爲門楣."

크게 돋보인다. 이 외에도 '箏', '다리미', '술 국자', '칼' 등을 비유의 수법으로 읊은 시들이 다수 삽입되어 있는데 모두 시적 효과가 극대화되어 있다. 또한 전기에 삽입된 시 중에는 수 십구에서 백 여구에 이르는 長詩가 적지 않게 보이는데 예를 들어 「長恨歌傳」에 삽입된 白居易의 長詩 <長恨歌>는 100구가 넘는 7언시이고 「앵앵전」에 삽입된 元稹의 <會眞詩>는 60구로 되어 있으며, 「유선굴」에서 수십 구가 넘는 긴 시들이 삽입되어 있다. 이같은 긴 시를 지을 때는 여러 가지 시적 기교가 필요함은 말할 나위가 없다. 이 또한 『좌전』이나 『신서』, 지괴 작품들에서는 볼 수 없는 양상으로 전기 작자가 시짓는 일을 업으로 하는 문인들이었기에 가능했던 일이라 할 수 있다. 이뿐만 아니라,

迎風帔子鬱金香	입은 옷 바람결에 울금 향기 풍겨오고
照日裙裾石榴色	햇빛 받은 치마폭 석류무늬 눈부시네
口上珊瑚耐拾取	입매는 산호 보석 얹혀 있는 모습이요
頰裏芙蓉堪摘得	양볼은 부용꽃 피어 따낼 듯도 해보이네[115]

에서 보는 바와 같이 여인의 옷맵시와 자태를 표현하는 수사기법의 세련됨과 묘사의 치밀함, 고도의 비유법 등은 이전의 삽입시에서는 찾아보기 어려운 시적 기교라 할 수 있다.

다섯 째, 삽입된 운문의 발화자가 다양해진다는 점을 들 수 있다. 전기는 허구 서사로서의 요건을 충분히 갖추었다고 할 수 있는데, 지괴를 비롯 이전의 서사담론들과 비교되는 점 중의 하나는 한층 다양해진 작중 인물의 유형이다. 요괴, 괴물, 신선, 龍女, 龍王, 여우 여인, 도사, 귀신, 儒生, 벼슬아치, 기생, 유부녀, 첩 등 사회 각계 각층의 인물이 등장한다.

---

115) 「유선굴」에서 주인공인 '나'가 十娘의 모습을 보고 읊은 시의 일부이다. 『중국전기소설선』, 114쪽.

이에 따라 서사 내에서 운문을 발하는 존재 또한 다양해지는 양상을 띠게 되는 것이다. 『좌전』이나 『여씨춘추』 『신서』의 경우는 임금이나 경대부같은 지배층이 운문의 발화자가 되고, 지괴에서도 운문의 발화자는 몇몇 유형으로 제한되어 있으나 전기에서는 그 폭이 훨씬 넓어졌다고 할수 있고, 이 점은 전기가 한층 더 소설에 가까워진 증표라 하겠다.

5.4. 삽입 운문의 기능

전기의 특징 중 하나는 서사에서 행하는 운문의 기능이 훨씬 다양해졌다는 점이다. 가장 대표적인 것은 운문이 대화의 수단으로 작용하는 경우이다. 전기는 남녀간 애정을 다룬 작품이 많은데, 여기서 남녀 주인공들이 주고 받는 시편은 대부분 대화를 대신하는 구실을 한다. 작중 남녀 인물간에 시를 贈答하는 양상은, 문인·서생들이 유곽을 출입하면서 기녀들과 교분을 쌓고 시적 재능이 있는 기녀들과 시를 주고 받았던 당대의 유곽문화를 반영하는 것이다. 당시 문인·서생들과 기녀의 교분은 사회적 물의를 일으킬 만큼 일대 유행을 하였고 기녀들의 詩作 수준이 상당하여 薛濤와 같은 기녀는 元稹·白居易·劉禹錫 등과 시를 唱和한 것으로 유명하다.116) 남녀 애정을 다룬 전기 작품에서 남녀가 시로 수작을 하는 경우, 인물들이 얼굴을 대면하고 시로써 마음 속 생각을 주고 받는 '직접 대화'의 성격을 띤 것과, 중간의 전달자를 통해 시를 주고 받음으로써 자신의 마음을 전하는 '간접 대화'의 성격을 띤 것으로 나눌 수 있다.

그때였다. 갑자기 안에서 箏을 연주하는 소리가 들려오기에, 내가 거기에 맞춰 이렇게 시를 읊었다. "아름다운 얼굴을 스스로 숨기며 / 사람을 속여 홀로

---

116) 近藤春雄, 『唐代小說の硏究』(東京 : 笠間書院, 1978), 178~179쪽.

잠드는구려 / 자주 부드러운 섬섬옥수 들어 올려 / 때때로 자그마한 거문고 줄 희롱하도다 / 소리를 들어도 정신이 아득해지는데 / 눈으로 직접 보면 가여워질 것이로다 / 그대로 인한 아픈 가슴 견디지 못하면 / 이 몸 죽어 하늘에서 다시금 찾으리라"117) 그리고 얼마 있으니 시비 桂心을 시켜 말을 전하면서 <u>화답시</u>를 보내왔다. "얼굴도 다른 집에 있는 얼굴이 아니며 / 마음도 자기 집에 있는 마음 이로다 / 하늘에 관계된 일 어느 곳에 있다고 / 고생하며 여기저기 찾아 헤매시 려는지요"118) 내가 이 시를 읽고는 문 안쪽을 향해 머리를 들어보니 문득 十娘 이 얼굴을 반쯤 내놓고 바라보고 있는 것이었다.　　　　(「遊仙窟」)119)

위 인용문은 「遊仙窟」의 일부이다. 여기서 우리는 '나'(僕·余)라고 하 는 1인칭 주인공 시점에서 서술이 행해지는 것을 보게 되는데, 이는 지 괴나 그 이전의 서사체에서는 볼 수 없는 한층 발전된 서사기법이라는 점에서 그 의의가 크다. 여기서 작중 주인공 남녀가 酬答한 시는 각각 5언율시와 5언절구인데, 작중 인물 '나'와 '십랑'은 이처럼 말이 아닌 시 를 통해 상대에게 자신의 마음을 전하고 있다. 이때 시는 '대화'의 기능 을 행하는 것으로 이처럼 남녀간의 대화에 있어 일상언어 대신 시를 활 용함으로써 그 남녀의 사랑을 격조있는 것으로 승격시키는 효과를 가져 온다. 아래의 예도 마찬가지다.

거절을 당한 張生이 원망하는 안색을 표현하니 최씨가 알고서는 다음과 같은 <u>시</u> 한 수를 써서 전했다. "이별한 후부터 수척해지고 모습이 변했으니 / 일만 일천 번을 침상에서 뒤척이고 있답니다 / 옆 사람에게 부끄러움 일지 않는 것은 아니지만 / 그대 때문에 초췌해져 오히려 그대에게 부끄러울 뿐이지요"120) (중

---

117) "自隱多姿則 欺他獨自眠 故故將織手 時時弄小弦 耳聞猶氣絶 眼見若爲憐 從渠痛 不肯 人更別就天."
118) "面非他舍面 心是自家心 何處關天事 辛苦漫追尋."
119) 『중국전기소설선』, 107쪽.

략) 이렇게 시를 보낸 다음 이후로 사절하고 소식을 끊었다. (「鶯鶯傳」)[121]

위는 元稹이 지은 「앵앵전」의 결말 부분에 해당하는데 삽입된 운문은, 장생과 이별한 지 1년이 지난 뒤 다시 한 번 만나자는 장생의 청을 거절하면서 앵앵이 읊은 7언절구이다. 말 대신 시를 통해 자신의 생각을 전한다는 점에서 시는 대화의 기능을 행한다고 할 수 있다. 위에 인용한 두 예는 모두 시가 매개자를 사이에 두고 전달된 '간접 대화'의 성격을 띤다. 여기서 시의 전달자가 둘 사이를 매개해 주는 '간접 대화'의 경우는, 시가 소식을 전하는 '편지'의 구실도 겸한다는 사실에 주목할 필요가 있다.

한편 「유선굴」을 예로 들면 '나'와 두 여인 '십랑', '오수'가 서로 스스럼 없는 사이가 되어, 셋이 술을 마시고 이야기를 나누면서 돌아가며 시를 읊조리는 장면이 전체 내용의 2/3 이상을 차지하는데 이때 이들에 의해 읊조려진 시는 얼굴을 마주하며 이야기를 하는 '직접 대화'의 성격을 띤다. 시가 직접 대화의 구실을 할 경우, 그것이 '유희' 내지 '놀이'의 기능으로 변질되는 양상도 빈번하게 발견된다. 앞서 인용한 「유선굴」에서 세 인물이 『시경』 구절을 斷章取意하면서 즐기는 양상을 보았는데, 이는 직접 대화의 성격을 띠는 吟詩가 놀이로 변질된 전형적인 예라 할 수 있다.

이처럼 주인공 남녀의 대화를 대신하는 기능이 전기 작품에 삽입된 운문의 여러 기능 중 가장 전형적이고 보편적인 기능이라 할 수 있는데, 간접 대화의 성격을 띠든 직접 대화의 성격을 띠든 이 싯구들은 서사 전개에 있어 없어서는 안되는 부분으로 기능한다. 다시 말해 시는 산문 서술과 더불어 계기적 관계(syntagmatic relation)를 맺으며 상호 연결되어 줄거리를 구성하는 것이다.

---

120) "自從消瘦減容光 萬轉千回懶下床 不爲旁人羞不起 爲郎憔悴卻羞郎."
121) 『중국전기소설선』, 73쪽.

그러나 다음과 같은 시는 산문 서술 내용을 부분적으로 되풀이하는
準계기식 양상을 보인다.

無力嚴杖倚繡櫳　　힘이 없어 방안에 깊숙이 가두어진 몸
暗題蟬錦思難窮　　몰래 비단폭에 시를 쓰노라니 생각이 끝이 없네
近來羸得傷春病　　요근래 연약한 몸 봄바람에 병 얻으니
柳弱花歆怯曉風　　버들과 꽃잎처럼 연약해 새벽바람 겁납니다

위는 「非烟傳」에서 여주인공이자 武公業의 첩실인 步非烟이 남자 주
인공인 趙象에게 그동안 몸이 불편해 소식을 전하지 못했다는 전갈과
함께 보낸 시인데, 시에 담긴 내용은 비연이 이미 문지기의 妻를 통해
조상에게 전달한 것이므로 서사 전개에 없어도 되는 부분이다. 그러나
시는 비연의 심정을 절실하게 표현하고 남녀 간 결연에 극적인 효과를
거두기 위한 장치로 활용되고 있다. 이처럼 산문부의 내용을 운문으로
다시 한 번 되풀이하는 양상은 구연류 서사체에서 활성화되는 특성이지
만 독본류에서도 서사적 효과를 위해 가끔씩 활용되기도 한다.

그러나 독본류의 경우 산문 내용을 전면적으로 되풀이하는 예는 매우
드물다. 직접 대화의 성격을 띠는가 간접 대화의 성격을 띠는가, 혹은
서사 전개에 필수적인가 잉여적인가의 차이는 있지만, 위에 인용한 시편
들은 작중 인물의 독백이 아닌, 상대에게 자신의 심중을 전하려는 의도
를 지닌다는 점에서 '청자 지향성'이 강하다고 할 수 있다. 한편,

　　집으로 돌아온 최생은 부친께 일품의 안부를 전하고 공부방으로 돌아오니,
그 기생이 눈앞에 어른거려 정신이 혼미해지고 아무 생각이 없으며 말이 없고
힘이 빠지면서 깊은 생각에 잠겨 식사를 제대로 하지 못했다. 그리고 오직 다음
과 같은 시를 읊조릴 따름이었다. "봉래산에 잘못 들어 정상에서 놀았는데 / 귀

고리 매단 옥녀가 별같은 눈동자 반짝이네 / 붉은 문이 반쯤 닫힌 깊은 궁궐의
저 달빛은 / 근심 쌓인 희고 고운 몸 비추고 있으리라."[122] 그러나 주위에서는
아무도 그 속마음을 아는 사람이 없었다. (「崑崙奴傳」)[123]

에서 보는 바와 같이 작중 인물 혼자 넋두리처럼 자신의 심정을 시로써
토로하는 경우는 '화자 지향성'이 강한 시, 다시 말해 독백적인 시의 성
격을 띤다고 할 수 있다.

여기서 우리는 이같은 독백적인 시가, 전기 작품의 주된 특징 중 하나
인 '전지적 시점의 보편화' 현상과 밀접한 관련이 있음을 발견하게 된다.
즉, 청자를 전제하지 않고 혼자 읊조리는 독백적인 시는 인물의 깊은 마
음 속 생각을 표현한 것인데, 이처럼 인물의 심중까지 침투하여 혼자만
알고 혼자만 느끼는 내면세계까지 꿰뚫어 볼 수 있는 서술자라면 전지전
능한 神的 존재가 아닐 수 없다. 앞서 志怪에서도 전지적 시점으로 서술
되는 예가 많다고 했는데, 그 경우는 사건의 신이함이나 이야기 배경이
초월적 時·空인 데서 야기되는 全知性인 것에 비해 전기의 경우는 인
물의 내면까지 포착하여 서술하는 데서 오는 全知性이다. 이 점에서 보
아도 전기는 지괴에서 보인 서사기법에서 한층 진보한 것, 그리고 이미
완전하게 '허구'의 영역으로 진입한 것임을 확인케 한다.

삽입시가 남녀간에 주고받는 대화의 기능을 하는 것에 이어, 처음 만
난 남녀간에 結緣의 계기를 마련해 주는 구실을 하기도 한다.

이때 문소 역시 游帷觀으로 구경을 갔는데 그 곳에서 한 여인을 보았다. (중
략) 또한 그녀가 부르는 노래 가사의 내용은 세속을 벗어난 것 같았고, 선율

---

122) "誤到蓬山頂上遊 明璫玉女動星眸 朱扉半掩深宮月 應照瓊芝雪艶愁."
123) 『중국전기소설선』, 274쪽.

역시 이 세상 밖의 것인 듯했다. 그 내용은 대강 이러했다. "만일 짝을 이루어 신선세계에 오를 수 있다면 / 문소는 필시 彩鸞을 타고 갈 것이네 / 내게는 수놓은 비단옷과 보배가 있으니 / 瓊臺에선 눈서리 차가워도 두렵지 않네"124) 문소는 그 뜻을 오래도록 음미한 다음 이렇게 말했다. "내 이름을 짐작하다니 이는 신선이 맺어준 배필임에 분명하구나." 문소의 발은 마치 뿌리를 내린 듯 움직이지 않았다. 그 여인 역시 문소를 바라보았다.   (「文簫」)125)

여기서 여인이 지은 7언 절구는 단순히 남녀간의 대화를 대신하는 것이 아니라, 두 사람이 인연을 맺게 되는 매개가 된다는 점에서 앞에 예를 든 경우와는 다르다. 삽입시에 나오는 '彩鸞'은 여인의 이름이기도 한데 그녀는 하늘에서 유배온 선녀로 10년간 인간세상에서 아내 노릇을 해야 하는 운명을 지녔다. 그녀는 문소를 처음 만났지만 그가 자신의 배필이 될 것을 알았고 그것을 전하기 위해 이 시를 지어 불렀던 것이다.

삽입된 운문이 남녀간 대화의 기능을 행하고, 결연의 계기가 되기도 하지만 경우에 따라서는 액자서술 부분에 삽입되어 사건에 대한 논평적 기능을 행하기도 하고 후일담의 일부를 구성하기도 하며 이야기가 전해지게 된 경위를 설명하는 유래담의 일부를 구성하기도 한다.

(a) 나 李公佐는 貞元 18년(802) 8월 吳로부터 洛 지역으로 가면서 잠시 淮浦에 배를 대고 머물렀을 때, 우연히 순우분에 대한 이야기를 접하고 그 유적지를 두 번 세 번 반복하여 순방해 보니 모든 것이 사실과 부합되었다. 그래서 이 일을 기록해 傳으로 만들어 好事家에게 도움을 주려고 한 것이다. (b) 비록 이 일은 신비스러운 이야기로 허황된 것 같지만 부당하게 자리를 차지하고 억지로 인생을 사는 사람들에게 경계가 되었으면 하는 바람이다. 뒷날의 군자들

---

124) "若能相伴陟仙壇 應得文簫駕彩鸞 自有綉襦並甲帳 瓊臺不怕雪霜寒."
125) 『전기』, 231쪽.

이여, 남가태수의 이야기가 우연한 일이라고 생각하고, 명성과 고관직을 얻었다고 이 하늘 아래 땅 위에서 교만하게 굴지 말지어다. (c) 前 華州 참군 李肇가 이 이야기를 贊하여 말하기를, "부귀와 爵祿이 최고의 위치에 달하였고 / 권세가 나라를 기울일 만한 사람이라도 / 진리를 깨달은 사람의 눈으로 보면 / 개미의 무리와 무엇이 다르랴?"126)라 하였다.   (「南柯太守傳」)127)

인용 부분은 사건 뒤에 붙은 액자서술로서 (a)는 이야기를 기록하게 된 유래를 말한 부분이고, (b)와 (c)는 이야기된 사건에 대해 논평을 하는 부분인데 (b)는 작자에 의한 것으로 산문으로 되어 있으며 (c)는 제3의 인물에 의한 것으로 운문 형태로 되어 있다. 앞서 언급한 것처럼 전기에서 액자형 서술은 사건의 후일담, 이야기가 전해지게 된 유래에 관한 설명, 의론문 등 세 가지 형태로 구현되는데 위의 경우는 이 중 유래담, 의론문의 양상을 보여준다. 그리고 삽입된 운문은 서술된 사건에 대한 논평의 기능을 행한다고 할 수 있다. 아래의 예는 액자형 서술이 후일담과 의론의 형태로 구현된 것을 보여준다. 여기서도 삽입된 시는 사건에 대한 논평의 기능을 행한다.

이후 趙象은 옷을 다르게 입고 성명을 바꾼 다음 멀리 도망쳐 江浙 사이에 가서 숨어 살았다. 그 뒤 崔氏와 李氏 성을 가진 두 낙양 선비가 비연이 무공업과 놀던 곳을 찾아와서 비연의 사실을 가지고 시를 지었다. 최씨는 시의 끝 구절에, "흡사 傳花 놀이128) 하던 사람 술자리 파하고 / 가장 좋은 꽃송이 하나 빈 상 위에 버려진 듯."129) 이렇게 지었는데, 이 날 밤 비연이 꿈속에 나타나 사례했다. "제가 비록 생긴 모습이 복숭아꽃이나 오얏꽃에 미치지 못하지만 가엾게 떨어진

---

126) "貴極祿位 權傾國都 達人視此 蟻聚何殊."
127) 『중국전기소설선』, 215~216쪽.
128) '傳花'는 술자리에서 꽃을 가지고 하던 놀이의 일종이다.
129) "恰似傳花人飮散 空床抛下最繁枝."

것은 꽃잎들보다 더 심한데 도련님의 아름답게 찬양하는 시를 접하니 부끄러운
마음 금할 수 없습니다." 그런데 이 씨가 지은 시의 끝 구절은 다음과 같이 비연을
비난하는 내용으로 되어 있었다. "아름답고 향기로운 혼백 아직도 남아 있다면
/ 오직 응당 누각에서 떨어져 죽은 綠珠 보기 부끄럽지요."130) 이 날 밤 이 씨의
꿈에는 비연이 창을 들고 나타나 말하기를, "선비들의 행동에는 여러 가지가 있으
니, 당신의 행동은 완전무결한지요? 어찌 거만스럽게 한 마디 말로써 꾸집고 비난
하여 괴롭게 합니까? 마땅히 당신을 저승으로 끌고 가서 맞대고 증명하여 보리
다."라고 했는데, 이씨는 며칠 후에 죽었으니 당시 사람들이 기이하게 여겼다.
(「非烟傳」)131)

인용 구절은 「비연전」의 끝부분인데, 비연은 功曹參軍이라는 높은 지
위에 있는 武公業이라는 사람의 첩으로 옆집에 사는 조상과 사랑을 나
누다가 무공업에게 발각되어 결국 그의 손에 죽고 만다. 그리고 조상은
신분을 숨기고 멀리 도망가서 숨어 살았다는 내용이다. 여기서 비연을
두고 읊은 두 선비의 시는 앞에 서술된 사건에 대한 논평의 성격을 띤다.
그리고 두 선비와 비연의 혼백 사이에 벌어지는 일들은 本 사건에 대한
후일담의 성격을 띤다. 띠는 동시에, 각각 지은 시 내용에 따라 달라지게
된 그 두 선비의 운명 부분은 이 비극적인 사랑 이야기에 대한 後日談의
성격을 띤다.
아래의 예는 액자 서술 속에 삽입된 시가 사건에 대한 '후일담'의 일부
를 구성하는 경우이다.

이후로 밤이면 눈이 말똥말똥하여 잠을 이루지 못했고 마음이 울적하여 안정
을 이룰 수 없었다. 원숭이의 울음소리를 들으면 슬픈 한이 복받치고 따오기

130) "艶魄香魂如有在 還應羞見隆樓人."
131) 『중국전기소설선』, 87쪽.

울음소리에도 슬픈 마음 솟아났다. (중략) 단정히 앉아 琴을 비껴 안자 피눈물이 옷깃을 적시며 천 가지 생각, 백 가지 그리움이 교차하였다. 홀로 미간을 찡그리며 문을 닫고 부질없이 무릎을 끌어안고 길이 읊조리기만 할 뿐이었다. "신선을 바라보려 해도, 보이지를 않는구나 / 넓은 하늘과 땅이여, 너는 내 마음 알겠지 / 신선이 되고자 생각해도 이룰 수가 없으며 / 십낭을 아무리 찾아도 소식조차 알 수가 없도다 / 이 일을 물어보고자 하면 가슴 속만 어지럽고 / 이 일을 다시금 보고자 해도 내 마음에 괴로움만 더해지도다."[132]   (「유선굴」)[133]

위는 「유선굴」의 끝부분으로, 주인공 '나'가 십낭과 이별하고 난 뒤의 상황을 서술한 것인데, 1인칭 주인공 서술자가 본 사건 밖으로 나와 그 사건을 회고하고 있는 것이므로 이 또한 액자서술에 해당한다. 여기에 삽입된 운문은 애타는 그의 심정을 토로하는 수단이 되며 후일담의 일부를 구성한다.

한편, 「장한가전」 끝부분에도 액자서술에 해당하는 단락이 붙어 있는데 인용해 보면 아래와 같다.

헌종 元和 元年, 盩厔縣尉 白居易가 이 일을 노래로 읊었다. 아울러 前秀才 陳鴻이 이 내용을 전으로 꾸몄으니, 백낙천이 지은 노래 앞에 이 전을 얹고 이름하여 「장한가전」이라 한다. 백거이의 노래는 다음과 같다. (백거이의 <長恨歌>는 생략)[134]

원래 백거이가 당 현종과 양귀비의 사랑 이야기를 7언 長詩로 읊어 <長恨歌>라 하였는데, 백거이는 그와 교유했던 陳鴻에게 이 시의 내용을

---

132) "望神仙兮不可見 普天地兮知余心 思神仙兮不可得 覺十娘兮斷知聞 欲聞此兮腸亦亂 更見此兮惱余心."
133) 『중국전기소설선』, 160~161쪽.
134) 『중국전기소설선』, 97쪽.

傳으로 꾸미도록 부탁하였다. 그 후 후대인들은 진홍의 산문으로 된 傳에 운문으로 된 <장한가>를 첨부하여 하나의 작품으로 만들고 이를 「장한가전」이라 이름하였다. 그러므로 산문과 운문이 합쳐진 「장한가전」의 작자는 백거이와 진홍의 후대 사람이라 할 수 있고, 위에 인용한 액자 서술 부분은 그 이름을 알 수 없는 후대인의 附加 서술이 되는 셈이다. 그렇다면 여기서 백거이의 <장한가>는 당 현종과 양귀비의 사랑 이야기가 전해지게 된 경위를 설명하는 사건 유래담의 일부에 해당한다고 할 수 있다.

이외에도 전기에 삽입된 시는 '수수께끼'의 구실을 하기도 하고, 상대를 속이기 위한 '計略'이 되기도 하며, 또한 '미래의 일을 암시'하거나 '작중 인물의 정체를 드러내는 계기'가 되기도 한다.

(가)
寅人但溺欄中水　　寅人이 欄中의 물에 빠지면
午子須分艮畔金　　필히 午子와 艮 옆의 金을 나눈다네
若敎特進重張弩　　만약 特進에게 활을 당기라 부탁하면
過去將軍必損心　　지나가던 장군은 심장을 상하리

(나)
三秋稽顙叩眞靈　　삼 년이나 머리를 조아려 신령한 약을 구하였는데
龍虎交時金液成　　용과 호랑이 교합하여 金液이 만들어졌도다
絳雪旣凝身可度　　絳雪이 이미 내 몸에서 엉김을 짐작하니
蓬壺頂上彩雲生　　蓬壺의 정상에는 꽃구름이 피어나네

(다)
一飮瓊漿百感生　　경옥이 우러난 술 마시자 온갖 생각 일어나는데
玄霜搗盡見雲英　　선약이 다 빻아지면 雲英을 만나리라
藍橋便是神仙窟　　藍橋는 곧 신선이 사는 곳인데
何必崎嶇上玉淸　　굳이 험난하게 玉淸에 오르리오

(라)

獨持巾櫛掩玄關	홀로 수발들며 문을 닫아 걸고 있는데
小帳無人燭影殘	인적없는 작은 장막 속엔 촛불 그림자만 잦아든다
昔日羅衣今化盡	그 옛날 비단옷 입은 여인 지금은 사라지고 없으니
白楊風起隴頭寒	백양나무에 바람 일면 隴頭 땅도 추우리라

(가)는 「馬拯」에 나오는 것으로 불당에 있는 나한이 읊은 것인데 주인공인 마증은 수수께끼같은 이 시구의 의미를 풀어내, 결국 노승이 자신의 하인을 잡아먹은 호랑이라는 것을 알아낸다. (나)는 「韋自東」에 삽입된 시인데 주인공 위자동은 우연히 丹藥을 만드는 도사를 만나게 되고 그 도사는 자신이 동굴에서 단약을 만들 동안 아무도 들여보내지 말고 지키도록 부탁을 한다. 위자동은 살무사와 여인의 유혹을 이겨내고 도사와의 약속을 지켰으나 마지막으로 도사의 스승으로 변장한 인물에게 속아 동굴 안으로 그를 들여보내고 결국 단약은 만들어지지 못했다. 이때 변장한 인물이 위자동을 속이기 위해 읊은 시가 이 시이다. 삽입된 운문은 남을 속이기 위한 계략으로 작용한 예를 보여준다.

(다)는 「裴航」에 삽입된 것인데 주인공인 배항이 船上 여행에서 만나 연모하게 된 번부인이 배에서 내린 뒤 그에게 인사도 하지 않고 시녀에게 이 시 한 편을 전한 채 종적을 감춘다. 그런데 시 내용을 이루는 '운영', '藍橋', '선약을 빻는 일' 등은 모두 배항이 앞으로 경험하게 될 일과 관계된 것이어서, 시가 미래의 일을 암시하는 기능을 행한다고 할 수 있다. (라)는 「盧涵」에 삽입된 것으로, 노함이라는 사람이 길을 가다 가게에서 우연히 알게 된 여인과 이야기를 나누던 중 상대 여인이 읊은 시다. 노함은 이 시 내용에 뭔가 석연치 않은 것을 느꼈는데 알고 보니 그 여인은 귀신이었다. 삽입시는 노함이 여인의 정체가 무엇인지 깨닫는 단서가 된다.

이상 본 바와 같이 전기는 완전히 '허구 서사'의 영역으로 진입한 담론 유형으로서, 서사 내에서 운문이 차지하는 비중도 이전의 독본류 서사체 시삽입형 혼합담론에 비해 훨씬 커졌을 뿐만 아니라 운문의 기교·종류, 기능면에서도 한층 다양해지고 세련된 면모를 보인다. 이 점은 전기작품의 작자가 문인들이라는 것에 기인한 현상이라 할 수 있다. 그들은 서사 내에 다양한 기교, 다양한 방식으로 시를 삽입함으로써 자신의 박식과 詩才를 과시하는 계기로 삼았던 것이다. 후대의 소설에 보이는 시삽입 양상은 전기에서 보이는 특성에서 크게 벗어나지 않는다는 점에서, 전기는 독본류 서사체 시삽입형 혼합담론을 대표하는 서사 갈래라 할 수 있다.

지금까지『국어』『여씨춘추』『안자춘추』와 같은 先秦時代의 담론, 漢代 劉向의『신서』와『설원』그리고『수신기』『습유기』와 같은 육조시대의 지괴, 唐代에 성행한 전기작품들을 중심으로 '讀本類'에 속하는 서사체 시삽입형 혼합담론의 면모를 살펴 보았다. 이들은 약간의 편차는 있지만, 민간층보다는 지배층, 문맹층보다는 지식층이 중심이 되어 編·纂·輯과 향유가 이루어진다는 점, 文言體 서사단편들이라는 점, 그리고 무엇보다 연행이나 공연을 위한 것이 아니라 읽기 위한 讀物이라는 점 등의 공통점을 지니며, 이같은 공통점은 이들 서사체 시삽입형 혼합담론을 '口演類'와 구분지어 '讀本類'로 묶을 수 있는 요소가 된다.

6. 「西遊記」

說話 예술의 문자기록물인 화본은 이미 宋代부터 읽는 문학으로 변화되기 시작하다가 明代에 이르면 개작과 윤색을 거쳐 완전한 讀物로 변모하게 된다. '三言二拍'과 같은 의화본소설집, 이 작품집들에서 40편을 뽑아 엮은『今古奇觀』등은 그 대표적인 예라 할 수 있는데, 이들 대부분은

說話四家 중 단편인 '小說'의 범주에 드는 것이다. 한편 장편인 '講史'의 화본은 원대에 이르러서는 平話, 明淸代에 이르러서는 演義로 불리게 되는데, 명청대에 이르면 이 연의가 크게 성행하게 되어 소설을 압도하게 된다. 이 연의소설[135]은 장회로 나뉘어 구성되어 있으므로 章回小說이라고도 한다. 이 텍스트들은 매회 첫머리에 시를 싣고 그 다음에 '話說' 또는 '却說'로 시작되는 이야기가 전개되며 끝부분에는 시구와 더불어 '且聽(看)下回分解'와 같은 상투어로 마무리를 하는 체제로 되어 있다.[136]

장회소설은 설화나 강창의 연행과 직접 관련은 없지만, 講經이나 俗講 法會에서 하나의 불경을 여러 번으로 나누어 강설하던 진행 방식으로부터 영향을 받은 점을 확인할 수 있다. 演義는 기본적으로 讀本類로 분류되지만, 이처럼 구연의 속성을 담고 있다. 명대의 대표적 연의소설로는 보통 '四大奇書'로 일컬어지는 「三國志演義」, 「水滸傳」, 「西遊記」, 「金甁梅」가 있다.

이 글에서는 이 중 하나인 吳承恩(1500~1582)의 「서유기」를 중심으로, 독본류 서사체 시삽입형 혼합담론으로서의 장회소설의 특징을 살펴보고자 한다. 먼저 민간에서 유전되던 '取經故事'가 100회본의 방대한 작품으로 완성되기까지의 과정을 간단히 살펴보기로 한다. 당나라 승려 현장은 천축국 여행 뒤 『대당서역기』라는 여행기를 썼고 그 뒤로 제자 두 사람이 스승의 전기인 『大唐慈恩寺三藏法師傳』을 썼다. 이것을 토대로 당대에 取經 모티프를 소재로 한 이야기들이 민간에 유포되었을 가능성이 있다. 또한 삼장법사와 원숭이, 사오정 등이 등장하는 취경 모티프가

---

135) '演義小說'이라 할 때의 '소설'은 설화사가 중의 단편을 가리키는 소설이 아니라, 오늘날 novel이나 fiction을 가리키는 소설이다.

136) 시구의 경우 맨 첫 부분에 시가 오지 않고 바로 '화설'이나 '각설'로 시작하는 경우도 있고, 끝부분에 시가 없는 경우도 있으며 首尾에 모두 시구가 오는 경우도 있다.

唐代의 벽화나 浮彫에서 발견되고 있는 것으로 보아 취경고사는 唐末에 이미 민간에서 널리 유행했을 가능성이 있다. 이 취경고사가 당말오대 무렵 설화인에 의해 연행이 되고 그 문자기록물로서 화본이 이루어졌을 가능성은 본서 3부 중국 구연류 서사체에서 다룰 『대당삼장취경시화』에서 살펴보게 될 것이다.

元代에 들어와 이 취경고사는 당시 성행하던 雜劇의 형태로 무대에 올려졌는데 오늘날 殘本으로 남아 있는 것으로 『唐三藏西天取經』이 있다. 이 책의 서명은 元의 鐘嗣成이 지은 『錄鬼簿』에 보이는데, 종사성은 전대에 이미 죽은 名公과 才人들 가운데 잡극을 지어 세상에 전한 사람 중 하나로 吳昌齡[137]을 거론하고 그의 작품 중 하나로 『唐三藏西天取經』을 記載해 놓았다.[138] 『당삼장서천취경』은 오늘날 일부만이 전해져 전모를 알 수 없다.

또한 원나라 때 '西遊記平話'라는 것이 있었는데 이는 책으로 전해지는 것이 아니라 명나라 3대 황제 成祖의 칙명으로 永樂年間(1403~1424)에 편찬된 방대한 字典 『永樂大典』에 殘片으로 전해진다. 이 책에서는 인용 서목으로 '서유기'라는 서명과 한께 1200여 자 정도의 해설을 붙여 놓았다. 이 책에 소개되어 있는 서유기와 오승은의 100회본 서유기의 관련성은 조선시대 통역관용 교본인 『朴通事諺解』를 통해 규명되었다. 『박통사언해』에는 서유기를 '評話'로 지칭하였고 100회본 『서유기』의 제46·47·48 회와 동일한 내용이 수록되어 있어 오승은의 100회본이 나타나기 전 원 중엽에서 명 초기 사이에 '서유기평화'라는 것이 만들어져 유통되고 있었다고 볼 수 있다. 評話는 平話로 쓰기도 하는데 송대 설화사가 중 장편인

---

137) 오창령의 정확한 생몰연대는 알 수 없고 대략 1251년을 전후하여 활동한 것으로 보인다.

138) 鐘嗣成, 『錄鬼簿』(박성혜 역, 학고방, 2008), 122~123쪽.

講史를 원대에 칭하는 말이다. 그리고 '서유기평화'와 오승은의 「서유기」 사이139)에, 현존하는 희곡 대본으로 유일한 것으로 「西遊記雜劇」이 나타났다. 이 작품은 명나라 초기의 인물 楊暹140)에 의해 지어진 것인데 총 6권 24齣으로 구성되어 있다. 등장인물의 성격이 오승은의 「서유기」와 완전히 일치하지는 않지만 기본 인물과 스토리는 거의 동일하다. '서유기평화'와 「서유기잡극」은 오늘날 100회본 『서유기』의 직계 藍本이 되었을 것으로 본다. 이렇게 볼 때, 「서유기」는 오랜 시간에 걸쳐 여러 형태의 문학양식과 여러 사람의 손을 거쳐 이루어진 積層文學이라 할 수 있다.

소설 「서유기」가 100회본으로 완성된 것은 16세기 중엽, 여러 가지 판본이 출판되면서부터이다. 이 가운데 가장 대표적인 판본이 1587년을 전후하여 금릉 세덕당 주인이 간행한 이른바 『新刻出像官板大字西遊記』이다. 이 판본은 보통 '세덕당본'으로 불리면서 오늘날 유통되는 판본의 저본이 되고 있다.141)

「서유기」를 비롯한 장회소설은 강창의 연행과 관련이 없고 이미 讀物로서 정착된 것이기는 하지만 텍스트 곳곳에서 설화 연행의 산물인 화본과 유사한 점을 발견하게 된다. 그것은 연의소설이 송대 설화사가 중 장편인 '講史'의 계보를 잇고 있기 때문일 것이다. 「서유기」는 100회로 된 장회소설로 매회 첫머리는 却說이나 話說로 시작하는 경우도 있고 詩나 詞로 시작하는 경우도 있는데 전자의 경우가 약간 더 많다. 첫머리에는

---

139) 이렇게 보는 근거는 '서유기평화'가 『영락대전』에 서명과 해설이 나타났다고 하는 것은 적어도 이 字典이 간행되기 수 십 년 이전부터 유통되었다는 것을 말해주고, 양섬은 1383년을 전후하여 활동한 인물이므로 '서유기평화'가 좀 더 이른 시기에 출현하지 않았나 추정하는 것이다.

140) 字는 景賢으로 정확한 생몰연대는 알 수 없으나 대략 1383년을 전후로 활동한 것으로 보인다.

141) 이상 「서유기」의 성립과정은 오승은 지음, 『서유기』 1-10권(임홍빈 옮김, 문학과 지성사, 2007)의 작품해설(제10권) 341~352쪽에 의거함.

'却說'이나 '話說' 외에 '話表'라는 말도 쓰이고 있는데 이야기의 실마리
가 제공되는 제1회에는 이런 말들이 사용되어 있지 않다. 이런 표현들은
앞에서 얘기된 사건이나 장면의 전환을 나타내는 것이므로 이야기가 시
작되는 맨처음에는 이 말이 사용될 필요도 없고 또 사용될 수도 없는
것이다. 한 회의 끝부분은 맨 끝 회인 100회를 제외하고는 모두 '且聽下
回分解'(다음 회에서 풀어보기로 하자)라는 상투적 표현으로 마무리를 한다.
매회 운문이 적게는 한두 편에서 많게는 10여 편에 이르기까지 정도의
차이는 있으나, 모든 回가 운문을 포함하고 있다. 그러면 화본과의 유사
성을 중심으로 「서유기」의 특성을 검토해 보기로 한다.

(a) 제7회 '팔괘로 안에서 대성이 도망치고 오행산 아래에 돌원숭이 갇히다'
　　 ("第七回 八卦爐中逃大聖 五行山下定心猿")142)
(b) "부귀공명은 전생의 인연으로 정해진 것 / 절대로 남을 속여서는 안된다네
　　 / 광명정대하고 충성스럽고 어질면 그 선한 업보가 넓고 깊을 것이네 / 경솔
　　 하고 망령되이 굴면 천벌이 내릴 것이니 / 눈앞에 당장은 닥치지 않더라도
　　 내릴 때가 있을 것이다 / 하늘에 묻노니 재난과 앙화가 어찌하여 겹쳐 닥치는
　　 가 / 망극하게 높은 자리 넘보고 교훈을 어지럽힌 탓이라네."
(c) 이야기를 하자면("話表") 제천대성 손오공은 하늘의 극형 선고를 받고 천
　　 병들에게 참요대로 끌려 나가 항요주라는 말뚝에 꽁꽁 묶인 채 처형을 받
　　 기에 이르렀다. 이윽고 형벌이 시작되었다. 큰 칼로 후려 찍고 도끼날로 잘
　　 게 다지고 창으로 찌르고 장검으로 살을 발라내고 뼈를 도려내는 온갖 형
　　 벌이 쉴 새 없이 계속되었다. 그런데 어떻게 된 일인가. 그 숱한 형벌에도
　　 손대성의 몸뚱이에는 털끝만한 상처도 나지 않고 멀쩡했다. (中略)
(d) 이랑진군이 성은에 사례하고 관강구로 돌아간 얘기는 접어두기로 하자("眞
　　 君謝恩, 回灌江口 不題") (中略)

_____

142) 여기서 "心猿"은 손오공을 가리킨다.

(e) 말을 마치자 제신 원로들은 제각기 자리를 잡고 앉았다. 술잔이 오가고 풍악소리가 울려 퍼지자 과연 '安天大會'는 일대 장관을 이루었다. 시가 있어 이를 증명한다("有詩爲證"). "반도원에서 베풀었던 잔치는 원숭이 한 마리가 난장판으로 만들었으나 / 안천대회 잔치는 반도연보다 더 풍성하네 / 용의 깃발과 鸞輿의 끌대에는 상서로운 아지랑이 감돌고 / 보옥으로 꾸민 깃폭에는 서기가 나부낀다 / 仙樂의 그윽한 노랫가락 운율이 아름답고 / 봉황의 통소와 옥피리는 드높이 울린다 / 옥액 경장 진동하는 술 향기에 뭇 신선이 모였고 / 우주가 태평하니 거룩한 조정의 덕 경축하는도다"

(f) 다만 그가 배고플 때는 무쇠 한 알을 주어 먹게 하였고, 목마를 때는 구리 녹인 물을 주어 마시게 했으며, 재앙과 죄값을 다 채우고 그를 구해줄 사람이 나타날 때까지 기다리게 했으니, 바로 이러하다("正是"). "요망한 원숭이 대담하게도 천궁을 배반했다가 / 여래에게 붙잡혀 굴복을 당했도다 / 목마르면 구리녹은 물 마시며 세월을 보내고 / 배고프면 무쇠 알 먹으며 때를 보낸다 / 하늘의 재앙 앞에 고통스러운 시련을 만나니 / <u>인간 만사는 처량한데 목숨 긴 것만 기쁘구나</u> / 영웅이 만약 굴레를 벗고 뛰쳐 나가는 날이 오면 / <u>그 해에 부처님 받들고 서방 극락에 가리로다.</u>" 또 이런 시도 있다. (中略)

(g) 손대성은 과연 어느 해, 어느 달에야 기한이 꼭 차서 재앙을 벗어날 것인지 다음 회에서 풀어보기로 하자("且聽下回分解")[143]

위의 예는 제7회 내용을 중간중간 생략하면서 전체 내용을 요약한 것이다. (a)는 제목이고 (b)는 제목 다음 첫머리에 삽입된 詞이며, (c)는 7회의 내용이 본격적으로 전개되기 시작하는 부분으로 이 뒤를 이어 (d)(e)(f)까지 본격적인 내용이 서술된다. 그리고 (g)는 본 회의 내용이 마무리되는 부분이다. 이 예는 「서유기」 전체 100회를 통하여 가장 흔히 볼 수 있는

---

143) 이 글에서 「서유기」 원문은 『西遊記』上・下(香港 : 商務印書館 香港分館, 1961・1985)에 의거하였고, 번역은 『서유기』1-10권(임홍빈 옮김, 문학과 지성사, 2007)을 참고하였다. 작품 인용은 번역서에 의거하였고 이후 서지사항은 생략하기로 한다. 인용 밑줄은 필자에 의한 것임.

전개 패턴 중 하나인데, 우리는 이 예를 통해 화본소설적 요소들이 여전히
남아 있는 것을 발견하게 된다.

우선 체제면에서 볼 때 7언 聯句 형식으로 되어 있는 제목은 두 구
간에 對句를 이루어 시구절의 일부를 연상케 한다. 「서유기」 100회 중
제10 · 14 · 23 · 30 · 33 · 41 · 56 · 66 · 78 · 82 · 85 · 100회를 제외한 나머지
88회의 제목은 모두 이와 같은 형태를 취하고 있다. 7회 제목을 보면 '八卦
爐'와 '五行山', '大聖'과 '心猿', '逃'와 '定'이 각각 對를 이루어 제목 자체
가 하나의 시구를 이루고 있는 것이다. 다른 예를 들어보면,

'第一回 靈根育孕源流出 心性修持大道生'(신령스런 뿌리를 잉태하니 근원
이 드러나고 심성을 닦으니 큰 도가 생겨나다)
'第三回 四海千山皆拱伏 九幽十類盡除名'(사해천산이 모두 굴복하고 구현
십류가 전부 이름을 지우다)
'第六回 觀音赴會問原因 小聖施威降大聖'[144](관음은 蟠桃宴에 와서 이유
를 묻고 이랑진군은 위엄을 떨치며 손대성을 굴복시키다)

에서 보는 표현도 모두 대구를 이루어 제목 자체가 시구의 성격을 띠고
있다. 이로 볼 때 장회소설의 回別 제목은 화본소설의 開場詩와 그 기능
이나 성격이 유사하다는 것을 발견하게 된다.

화본소설의 개장시는 三言二拍과 같은 백화 단편소설의 제목과 明淸
장회소설의 篇目에까지 영향을 미치고, 산장시는 元 雜劇의 結尾에 나오
는 題目 · 正名에 영향을 미쳤다.[145] 또한 개장시는 正話의 요지나 大意를
직접 간결하게 설명함으로써 공연내용에 대한 청중의 이해를 돕는 구실

---

144) 여기서 '小聖'은 '二郎眞君'을, '大聖'은 '손오공'을 가리킨다.
145) 김영식, 「中國 古典小說中에 나타난 詩歌成分에 관한 考察」, 《中國文學》 제19집,
   1991, 143쪽.

을 했음을 언급했는데, 장회소설의 경우도 그 回의 줄거리를 압축·요약
하여 독자에게 편의를 제공한다는 점에서 개장시와 같은 기능을 행하고
있는 것이다. 위에 예를 든 제7회의 경우는 여기에 또 한 편의 詞 작품이
삽입되어 있으므로, 화본소설의 체제로 하면 개장시 성격을 띠는 운문이
두 편이 제시되어 '입화'를 구성하는 셈이 된다. 화본소설의 경우 개장시가
정화의 내용과 유관한 경우도 있고 무관한 경우도 있는데, 「서유기」의
경우 첫머리의 시는 대부분 그 回의 내용과 관련이 있는 내용으로 되어
있다.

  「서유기」에서는 드물게 발견되기는 하지만 가끔 첫머리에 제시된 詩
詞에 대하여 간단하나마 해설을 곁들이는 경우가 있다. 예를 들면 첫머
리에 시편을 소개한 뒤 다음과 같은 문구를 곁들인다.

> (제8회) 이 한 편의 사는 <蘇武慢>이라 한다.
> (제35회) 이 시는 제천대성 손오공의 절묘한 신통력을 암시하는 것이다.
> (제62회) 이 한 편의 詞의 牌名은 <臨江仙>이다. 스승 삼장법사와 그 제자
> 네 사람이 마음을 합치고 힘을 보탠 결과, 모든 일이 순조롭게 이루
> 어지고 본성이 맑고 깨끗하게 안정되었으며, 순음지기의 부채를 빌
> 려 화염산 뜨거운 불길을 잡고 무사히 산을 넘었다는 사실을 노래
> 한 것이다.

  비록 소략하기는 하지만 화본소설의 입화에 포함되는 시의 해설 부분
의 흔적을 지니고 있다. 제62회의 경우는 상당히 길게 詞에 대해 설명하
고 있다.

  한편 (c)의 "話表"는 화본소설의 '話說' '却說'에 해당하는 것으로 그
회의 본격적인 내용을 전개하는 첫머리에 사용되는 정형 문구 중 하나이
다. 이는 화본소설에서 '正話'가 시작될 때 흔히 사용되는 문구와 같은

기능을 한다. 따라서 (c)부터 (f)까지는 화본소설로 치면 정화에 해당하는 셈이 된다. 여기서 한 가지 주목할 것은 (d)의 밑줄 부분 '이 얘기는 접어두기로 하자'는 문구다. 이에 해당하는 원문은 '不題'로, 이는 화본소설에서 어떤 내용이 지루하게 전개될 때 그냥 넘어가는 부분에 대해 흔히 사용하는 문구 '이 얘기는 이쯤 해 두기로 하자'는 표현과 기능이 동일하며 이에 해당하는 '不在話下'가 변형된 형태로 장회소설에 남아 있다고 할 수 있다. '不題' 외에 '且不言' '且不題'가 쓰이기도 한다.

(g)는 화본소설로 치면 '결미' 부분에 해당한다. 여기서 '且聽下回分解'라는 문구 중 '聽'에 주목할 필요가 있다. 이 글자를 살려 풀이해 본다면 '다음 회에서 풀어볼 테니 들어 보십시오' 정도가 될 텐데 「서유기」는 독자에게 읽혀지는 것인 만큼, 이 문구는 설화인이 청중에게 하는 상투적 말투가 讀物에 그 흔적을 남기고 있는 것으로 볼 수 있다.

이처럼 「서유기」에서도 화본소설의 기본체제인 '입화-정화-결미'의 구성방식을 발견할 수 있다. 화본소설의 경우와 정확히 일치하는 것은 아니지만, 그 변형의 흔적은 분명히 보이는 것이다.

이외에도 여러 면에서 장회소설 속에서 화본소설적 요소를 발견할 수 있는데 그 중 하나가 시점 침투현상이다. 口演類 담론의 공통 특성 중 하나는 인물의 시점에 서술자의 시점이 침투하는 현상인데 이는 청중 앞에서 연행을 하는 데서 오는 특징이다.[146] 그런데 이런 시점 침투현상이 장회소설에서도 발견되는 것이다. 위의 인용에서 (f)의 시를 보면 작중 인물 손오공에 대해 '요망한 원숭이'라 하여 3인칭적 표현을 하는 것으로 미루어 서술자의 입장에서 읊은 것이 분명한데, 밑줄 부분은 작중 인물 손오공의 입장을 표현하고 있음을 보게 된다. '인간만사를 처량하게 느끼

---

146) 구연류 담론의 제반 특징에 대해서는 본서 제3부 3장 참고.

면서도 목숨 길게 연명하는 것을 기뻐하며'("人事凄凉喜命長"), '부처님을 받들고 서방 극락에 가고자 하는'("他年奉佛上西方") 염원을 품은 것은 손오공이다. 서술자가 인물의 시점에 침투하여 인물의 목소리로 서술을 하는 양상을 보이는 것이다. 이야기가 절정에 이른다거나 청중이 고도로 몰입하게 되는 지점에 이르렀을 때 설화인이 서술자로서의 본분을 잠시 잊고 인물이 되어 발화를 하는 것은 구비연행예술에서 흔히 보이는 특성인데, 이같은 연행관습이 독서용 텍스트에까지 그 흔적을 남기고 있는 것이다.

장회소설에 보이는 화본소설적 요소로서 또 지적할 수 있는 것은, 산문에서 운문으로 이어질 때의 상투적 전환 표현이다. 앞서 본 것처럼 화본소설에서는 '正是' '但見' '有詩爲證'과 같은 定型的 문구 다음에 운문이 삽입되는데 이같은 정형 문구는 「서유기」에서도 그대로 사용되고 있다. 위에 인용한 제7회의 예에서도 (e)와 (f)에 이런 문구가 사용되고 있음을 본다. 제7회에는 총 16편의 운문이 삽입되어 있는데 운문을 유도하는 문구들을 보면, '有詩爲證' '正是' '眞個是'가 각각 두 번, 별다른 정형 문구 없이 '詩曰' '又詩'와 같은 어구가 사용되는 경우가 다섯 번이며, 한 편은 맨 앞의 詞이고, 나머지는 아무런 징표없이 산문서술 뒤에 곧바로 이어진다. 그리고 16편 중 10편이 7언율시, 2편이 7언배율의 형태를 취하고 있어 시형으로서는 율시가, 字數로서는 7언이 압도적 다수를 차지하고 있다.

이런 양상은 7회에 삽입된 운문뿐만 아니라 「서유기」 전체 시편들에 공통적이며, 이 시편들이 서사 내에서 대부분 어떤 장면이나 상황, 인물의 모습 등을 객관적으로 생동감 있게 묘사하는 기능을 담당한다는 점도 「서유기」 전체에서 발견되는 특징이다. 이것은 율시라는 형태가 비교적 장형의 시형이므로 묘사와 서술에 효과적이기 때문일 것이다. 그러나 이 중에는 시적인 표현이 뛰어난 것도 있지만, 상당수는 입에서 나오는 대로 일상언어에 押韻만 한 것들이다. 예를 들어,

　그러자 손대성은 말했다. 나는 본시("大聖道 我本")

　"하늘과 땅 사이에 저절로 태어나고 자라나 靈을 이룬 混仙이요 / 화과산의
노련한 원숭이라네 / 수렴동의 동굴 속을 내 집 기반으로 삼고 / 친구 사귀며 스
승을 찾아 太玄의 오묘한 도리를 깨우쳤다 / 불로장생의 술법을 익히고 / 광대
무변한 변화술도 배웠도다 / (下略)[147]

에서 보는 바와 같이 손오공이 자신을 자랑스럽게 소개하는 대사의 일부
를 시로 대신하고 있다. 위는 12구로 된 7언배율의 일부로 '先'으로 押韻
을 한 것 외에는 수사법이나 시어, 대구 등과 같은 시적 기교를 찾아보기
어렵다. 위에 인용한 시는 작중 인물 손오공의 목소리로 읊어지고 있지
만, 대개 이런 문구 다음에 오게 되는 운문은 제3자의 입장, 즉 서술자의
입장에서 발화된다. 이것은 讀本類와는 구분되는 口演類 혼합담론의 공
통 특징이다. 이런 점에서 볼 때도 「서유기」 및 여타 장회소설은 비록
독서용 텍스트이기는 하지만 강창의 형태로 연행되는 문학의 특성을 함
유한다는 것을 알 수 있다.

　이외에도 공연 현장에서 사용될 법한 표현들이 군데군데 눈에 띤다.
앞서 언급한 종결 부분의 "且聽下回分解"을 비롯하여, '오호라'("噫")와
같은 감탄사들이 이에 해당한다. 이런 요소들은 설화인이 작중의 서술자
로서가 아닌, 공연을 진행하는 주체로서 청중에게 직접 말을 건네는 양
상이라 할 수 있다.

---

147) "天地生成靈混仙 花果山中一老猿 水簾洞裏爲家業 拜友尋師悟太玄 煉就長生多少
　法 學來變化廣無邊 / (下略)"

한국의 독본류 서사체

　한국의 독본류 서사체에서 시가 운용의 양상을 논할 때 가장 먼저 거론되는 것은 아마도 傳奇 작품 「崔致遠」일 것이다. 그 뒤를 이어 전기적 성격을 띠는 것으로 15세기 金時習(1435~1493)의 『金鰲新話』, 16세기 초 중엽 申光漢(1484~1555)의 『企齋記異』와 16세기 말엽 「周生傳」이 거론된다. 이 장에서는 『금오신화』 중 「萬福寺樗蒲記」, 『기재기이』 중 「하생기우전」을, 그리고 17세기의 대표적 전기체 작품으로 꼽히는 「雲英傳」 「相思洞記」 「崔陟傳」 중 「운영전」을 대상으로 하여 한국의 독본류 서사체에서 시가 운용되는 양상을 살피고자 한다. 이들은 전기 또는 전기적 색채가 강한 작품으로 분류된다. 그리고 이와는 별도로 조선 후기의 작품으로서 독서물로 창작되었지만 전기수에 의한 구연이 이루어졌을 가능성이 높고 유난히 운문이 많이 삽입되어 있는 「趙雄傳」[1]도 대상으로 하게 될 것이다.

---

1) 이 점에서 「조웅전」과 유사한 성격을 지니는 「구운몽」은 별도의 글에서 심층적으로 다루었다. 본서 제4부 참고.

1. 「崔致遠」

우리나라의 서사체 시삽입형 혼합담론을 살핌에 있어 가장 먼저 거론해야 할 작품은 「崔致遠」이다. 이 작품은 원래 『殊異傳』에 수록된 것인데, 『수이전』은 逸失된 것이므로 현재는 成任의 『太平通載』, 權文海의 『大東韻府群玉』, 權鼈의 『海東雜錄』 등을 통해서 전해지고 있다. 이 중 『대동운부군옥』과 『해동잡록』의 것은 축약본으로 생략이 많고, 全文이 전하는 『태평통재』의 경우는 原文이 실리지 않았다는 문제점이 있지만 李仁榮과 崔南善에 의해 활자화되어 원문이 전한다.[2] 「최치원」의 원출전인 『수이전』의 작자에 대해서는 최치원설, 박인량설 등이 제기되고 있고, 「최치원」의 작자에 대한 이설 또한 분분한데 최치원이 직접 지었다는 견해, 박인량이 지었다는 견해, 최치원과 동시대의 渡唐 留學生이 지었다는 견해 등이 제기되고 있다. 이처럼 「최치원」의 작자에 대한 견해는 분분하지만 이 작품을 '傳奇'[3]로 보는 데는 별 이견이 없다. 「최치원」의 작자가 누구냐에 따라 우리나라 전기의 출현 시기가 달라질 수 있지만 이 문제는 이 글의 논점 밖의 것이므로, 박인량이 지었다는 주장을 따르기로 한다.

「최치원」은 同名의 주인공이 당나라에서 경험했던 기이한 사건을 소

---

2) 이상 「최치원」에 관한 서지적 정보는 『傳奇小說』(校勘本 韓國漢文小說, 張孝鉉 외 4인, 고려대학교 민족문화연구원, 2007), 24~25쪽에 의거함.

3) 전기를 독립적인 서사갈래로 보느냐 아니면 소설의 한 종류로 보느냐에 대해 고소설 연구자들 사이에 이견이 분분하다. 필자는 전기를 소설의 전단계로 보고 따라서 명칭도 '전기소설'이 아닌 '전기'라 하는 것이 타당하다는 견해를 따르고자 한다. 전기를 소설의 한 갈래로 보아 '전기소설'로 부르는 대표적인 견해로 김종철의 「高麗傳奇小說의 발생과 그 행방에 대한 再論」(사재동 編, 『韓國敍事文學史의 硏究』, Ⅲ, 중앙문화사, 1995)과 박희병의 「전기소설의 장르 관습」(《민족문학사연구》 제8집, 1995)을 들 수 있고, 설화와 소설의 중간단계에 있는 독립적 서사 갈래로 보는 견해로는 조동일의 「중국·한국·일본 '小說'의 개념」(『한국문학과 세계문학』, 지식산업사, 1991)을 들 수 있다.

재로 한 것으로, 그가 당나라에서 과거에 급제하여 溧水縣의 縣尉가 되어 고을 남쪽 招賢館에 가서 놀았는데 어느 날 그 곳에 있는 雙女墳의 石門에 시를 쓴 것이 계기가 되어 무덤 속 주인인 八娘子와 九娘子와 하룻밤 동안 시를 주고 받으며 세 사람이 운우지락을 나누었으나 그 다음날 가서 보니 그 자취는 없고 무덤만 있었다는 내용이다. 이 작품에는 화려한 수사, 세련된 기교를 보여주는 시편이 다수 삽입되어 있고, 귀신과의 결연이라는 기이한 소재를 다루고 있으며, 實名의 문인이 주인공으로 설정되고 전체 줄거리가 그 주인공의 일대기를 방불케 하여 史傳文學과 관련을 지닌다는 점 등 여러 면에서 唐代 성행한 傳奇와 공통점을 지닌다. 구체적으로는 張文成이 지은 「遊仙窟」과 등장인물 이름이나 사건 전개, 전체적인 구조, 결말 등에서 유사성을 보여 「유선굴」과의 영향관계가 제기되기도 한다.[4]

산운 혼합담론의 관점에서 「최치원」을 남녀 애정을 다룬 唐代의 전기 작품들과 비교해 보았을 때 여러 모로 유사점은 발견되지만, 작품 자체의 차이라든가 나아가 중국 전기 작품과 구분되는 한국적 특수성은 별로 발견되지 않는다. 따라서 「최치원」과 구조적 유사성을 보이는 「유선굴」과 비교하면서, '전기'라고 하는 테두리에서 서사체에 시가 삽입·운용되는 양상을 살펴보기로 한다.

「유선굴」은 중국에서는 오래 전에 逸失된 것인데 근래에 일본에 남아 있는 자료를 復刻해서 오늘날까지 전해지고 있다. '신라와 일본의 사신들이 금은보화를 치르고 그 책을 사갔다'[5]고 하는 『唐書』의 기록은, 이

---

4) 兩者를 비교한 논문으로는 車溶柱, 「雙女墳說話와 遊仙窟의 比較硏究」, 민족어문학회, 《어문논집》 제23집, 1982; 한영환, 「崔致遠傳과 遊仙窟」, 한국동방문학비교연구회, 《동방문학비교연구총서》 vol.2, 1992가 있다.
5) "新羅日本使臣 必出金寶購其文."

「유선굴」이 국내에 유입된 최초의 애정류 작품이라는 것, 그리고 이 작품이 한국과 일본에서 큰 인기가 있었다는 것을 말해 준다. 나아가 「유선굴」이 후대 한국과 일본에서 남녀 애정을 다룬 서사물의 형성·발전에 큰 영향을 끼쳤을 것이라는 점도 충분히 추측가능하다.

「유선굴」은 현실세계의 여인과의 사랑을 다룬 것이고, 「최치원」은 寃鬼와의 사랑을 다루었다는 점에서 근본적인 차이가 있지만, 비정상의 관계에 놓여 있는 1인의 남자와 複數의 여자를 등장시켜 이들 사이의 하룻밤 사랑을 다루었다는 큰 틀은 동일하다. '비정상'이라고 하는 것은 정상적인 부부, 혼기에 들어선 양가집 미혼 남녀, 혹은 육신을 갖춘 사람과 사람의 관계가 아니라는 의미이다. 이 두 작품에는 모두 한 명의 남자와 多數의 여인들이 등장하는데 여인들 중 두 명은 主人物이고 나머지는 副人物인 侍婢들이다. 이들은 서로 어울려 술을 마시면서 시를 짓고 종국에는 운우의 정을 나누며 하룻밤의 인연을 맺는다. 남녀 간의 어울림의 양상이 「유선굴」에서는 '술'과 '시'에 더하여 '춤' '악기' '노래'까지 곁들여져 靑樓에서의 유흥을 방불케 한다.

그리고 남녀는 우연히 만남이 이루어지는 것이 아니라, 남자가 어떤 특정 장소를 '의도적으로' 찾아감으로써 그 곳에 있는 여인과 만남이 이루어진다는 공통점을 지닌다. 한 쪽은 예부터 '신선굴'로 일컬어지는 곳이고, 다른 한 쪽은 선비들이 많이 찾는 명소 근처의 '무덤'이다. 여주인공의 이름에 숫자를 사용하여 十娘과 五嫂, 八娘과 九娘이라 한 것, 그리고 여주인공들 간의 관계가 한 쪽은 시누이와 올케이고 다른 한 쪽은 자매간으로 설정되어 위계와 서열관계를 염두에 두고 있다는 것도 공통적이다. 이처럼 한 명의 남자와 다수의 여인들 간에 이루어지는 하룻밤의 인연, 그리고 그들이 서로 어울리는 양상, 남자와 여인이 만나게 되는 계기와 장소 등 여러 면에서 이 두 작품은 '妓女文化'와 관계가 있지 않을까 하는 추측을 가능케 한다.

唐代의 기녀문화를 잘 묘사하고 있는 孫棨의 筆記 『北里志』를 보면
다음과 같은 내용이 있다.

> 기녀의 어미는 많은 경우 養母인데, 또한 기녀출신으로 나이먹어 물러앉은
> 자들이 양모가 된다. (중략) 기녀는 모두 양모의 성을 따르고 서로 언니, 동생
> 하고 부르며 長幼의 순서를 매겼는데, 그 排行의 수는 대략 30이 넘었다.[6]

長安 平康坊 北里는 기녀들의 집단 거주지가 있었던 곳이다. 위 인용
문에서 '排行'이란 한 무리 중에서 長幼·尊卑 등에 의한 순서를 매기는
것을 말하는데, 長幼의 경우 순서대로 '大, 二, 三, …'하는 식으로 번호를
붙이는 것을 말한다.[7] 위 문장대로 하면 그 수가 30을 넘는다는 것은
한 무리의 기녀의 수가 30명을 웃돈다는 것을 의미한다. 이들 중에는 歌
舞와 詩作이 뛰어난 기녀들이 많았고, 그들은 고관대작에서부터 벼슬없
는 선비에 이르기까지 당대의 내노라 하는 한량들과 어울려 시를 주고받
으며 명성을 떨쳤다. 「유선굴」과 「최치원」의 여주인공 이름에 이처럼 숫
자가 들어가고, 앞의 숫자가 연장자이나 손윗사람 —즉, 「유선굴」에서 五
嫂는 十娘의 올케언니이고, 「최치원」에서 八娘은 九娘의 언니임— 에
해당한다는 사실은 단지 우연으로만 볼 수 없는 기녀문화의 중요한 표지
인 것이다. 이 점은 「최치원」이 「유선굴」의 영향을 받았다고 하는 여러
근거 중 하나가 된다.

唐代에 北里는 문인, 서생들의 주된 회합 장소로서 기녀는 그들의 연

---

6) "妓之母 多假母也 亦妓之衰退者爲之. (中略) 皆冒假母姓 呼以女弟女兄 爲之行第
率不在三旬之內." 孫棨, 『北里志』(齋藤茂 譯注, 東京 : 平凡社, 1992), 120~121쪽.
7) 孫棨, 『北里志』, 125쪽 注7) 참고. 譯注者 齋藤茂는 이 문장이 의미상 애매성이 있
음을 지적하고 가장 가능성이 높은 것으로 위와 같은 의미로 풀이했다.

애의 대상이 되기도 하고 시를 주고 받는 파트너가 되기도 하여, 妓樓와
문인·서생들은 불가분의 관계를 맺으며 당시 문화의 한 흐름을 주도했
다.8)『북리지』를 보면 기녀들의 이름에 선녀를 의미하는 글자가 들어가
는 경우가 많고 또 士人들이 기녀에게 준 시들에는 北里를 仙界로, 기녀
를 仙女로, 자신을 그 곳을 찾아가는 仙人으로 묘사한 것이 다수 발견된
다. 그렇다면 「유선굴」은 이같은 당시 풍조를 잘 반영하고 있으며, 지은
이인 張鷟이 기녀와 얽힌 자신의 경험을 문학으로 형상화했을 가능성이
높다. 작품 첫머리에 주인공이 찾아 나서는 장소인 '神仙窟', 제목인 '遊
仙窟', 그리고 십랑과 '나'가 주고 받는 아래의 대화,

  "앞서 이 곳에 대해 칭송하는 것을 보고 허황되다고 했는데, 이렇게 얼굴을
  대하게 될 줄을 누가 알았겠습니까? 마치 신선과 흡사하오니 분명 여기는 神仙
  窟임에 틀림이 없습니다." 이 말에 십랑도 재치있게 응대했다. "조금 전 시편들을
  보고는 범속이 아니라고 여겼는데, 지금 만나 대면하고 보니 모습이 문장을 능가
  하옵니다. 그러니 여기를 文章窟이라 해야겠지요."   (밑줄은 필자)

에서의 '文章窟'은 말하자면 '妓樓'의 완곡한 표현인 것이다. 또한 주인
공이 두 명의 여주인공 및 侍婢들과 어울리는 광경은 기루에서의 한 장
면을 연상케 하기에 충분하다. 「유선굴」에서 오수와 십랑은 자칭 훌륭한
가문 출신의 요조숙녀로 청상과부가 된 여자들인데, 그들이 주인공 '나'
와 즐기는 광경을 보면 술마시고 淫談을 나누며 잠자리 내기를 하고, 춤
추고 노래하고 악기를 연주하며 시를 주고 받는 등 온갖 희롱을 다하고

8) 이에 대해서는 최진아의 두 논문 「唐代 愛情類 傳奇의 형성배경 탐색 : 에로티즘적
  서사를 중심으로」(중국어문학연구회, 《중국어문학논집》 제19호, 2002)와 「唐나라
  士人의 현실공간과 환상공간 : 北里의 공간과 傳奇의 공간」(중국인문학회, 《中國人
  文科學》 제34집, 2006)에 자세히 설명되어 있다.

있어 술손님을 맞아 어울리는 기녀의 행태와 전혀 다를 바가 없다. 이런 점들로 미루어 「유선굴」에는 당대의 기녀문화 및 士人과 기녀의 관계가 실감나게 반영되어 있다 하겠다. 지괴 작품 중에도 남녀 간의 사랑을 다룬 것이 있지만, 이처럼 육체적 욕망을 적나라하게 그리는 양상은 전기에서나 볼 수 있는 특징이라 할 수 있는데, 이 또한 당대의 사인과 기녀의 밀착 관계가 문학 속에 반영된 부분이라 할 수 있다.[9]

「최치원」은 唐代 기녀문화의 직접적 영향을 받은 것이 아닌, 「유선굴」을 통한 간접적 영향의 결과이기는 하지만 이 작품에도 기녀문화의 흔적이 나타나 있음을 간과할 수 없다. 등장하는 여인의 수는 여주인공 둘에 시비인 취금 셋뿐이고, 서로 어울리는 양상도 단지 술마시고 시를 酬酌하며 몸종인 취금에게 노래를 부르게 하는 정도여서 그 질탕함이 「유선굴」만큼은 아니지만, 두 자매가 최치원의 동침 요구에 조금의 망설임도 없이 선뜻 응한 점, 그리고 셋이 동침을 했다는 점은 八娘과 九娘이 기녀의 代置的 존재가 아닌가 추측케 한다. 「최치원」에서도 상대 여인을 '선녀'로, 자신을 '謫仙'으로 묘사하여 기녀문화를 둘러싼 唐代의 풍조가 반영되어 있고, 여인들을 만나게 된 '무덤가' 또한 일상 현실과는 유리된 '別世界'라는 점에서 '선계'와 상통하는 면이 있다. 여주인공들이 기녀의 대치라고 하는 추측은, 자매가 최치원과의 동침을 허락한 뒤, 최치원이 이 둘에게 한, 다음과 같은 말을 통해서도 뒷받침된다.

규방으로 들어가 黃公의 사위가 되지 못하고, 무덤가로 와 陳氏의 여종을 꼈도다. 무슨 인연으로 이렇게 만나게 되었는지 모르겠도다.[10]

9) 최진아, 위의 글(2002), 486쪽.
10) 「최치원」의 번역은 박인량, 『新羅殊異傳』(이석호 역, 을유문화사, 1970·1978)을 참고하였다.

여기서 '황공의 사위'라 함은, 춘추전국시대 齊 나라 황공이라는 사람
이 너무 겸손하여 항상 자기의 두 딸이 못 생겼다고 낮추어 말하자 이
말이 사실인 줄 알고 소문이 퍼져 그 딸들은 노처녀로 늙어가고 있었는
데, 衛 나라의 한 홀아비가 그런 소문에 구애받지 않고 장가를 들었더니
천하의 절색이었다는 얘기를 가리킨다. 이 말은 자신이 두 자매와 동침
하게 된 것을, 신분이 높은 양가집 규수와 인연을 맺지 못하고 천한 여종
과 관계를 맺게 된 것으로 에둘러 표현한 것이다. 이 점은, 이야기에는
두 자매가 부유한 양가집 딸로 설정되어 있지만 주인공의 의식세계에서
는 신분이 낮은 여종과 동급으로 인식되고 있음을 암시한다.

「유선굴」과 「최치원」에서 기녀들이 각각 청상과부와 원귀로 대치가
된 것은, 두 작품의 작자가 모두 유학자들로서, 비록 문학이지만 사회적·
도덕적 비난의 대상이 될 수 있는 遊女들과의 性 관계를 공공연하게 드러
낼 수 없었기 때문이다. 그리하여 그들은 기녀를 '선녀'와 같은 존재로,
기방을 '선계'로 대치함으로써 성적 욕망을 발산하면서도 도덕적 비난을
피할 수 있는 서사장치로 삼았던 것이다.[11]

그리고 「최치원」에는 전기의 두드러진 특징이라 할 남녀간 贈答詩가
다수 삽입되어 있는데, 이 작품뿐만 아니라 우리나라 고소설에서 흔히
등장하는 이같은 남녀간 詩贈答 모티프의 정착에는 「유선굴」의 영향이
크게 작용했다고 할 수 있다. 또한, 「유선굴」이 당대 기녀와 士人들 사이
에 흔히 있을 수 있는 사건을 소재로 했다는 점을 감안하면, 결국 중국을
비롯 한국·일본의 서사체에서 쉽게 볼 수 있는 남녀 시증답 모티프는
직·간접으로 기녀문화의 흔적을 반영하고 있다고 보아도 무방할 것이다.

「최치원」에 삽입된 시들이 서사 내에서 행하는 기능은 여타 전기 작품

---

11) 최진아, 앞의 글(2002), 488쪽.

에서 보이는 것과 대동소이하다. 삽입시 중 맨 처음에 나오는 것은 주인공 최치원이 무덤의 石門에 붙인 것인데 이것이 계기가 되어 무덤 속 두 낭자와 인연을 맺게 된다. 이처럼 애정 전기 작품에서는 처음 등장하는 시가 남녀 주인공 결연의 계기가 되는 양상을 쉽게 발견할 수 있다. 처음 나오는 시를 포함하여 이야기 첫머리에서 최치원과 두 낭자가 만나기 전 시비 취금을 통해 전한 시 7편은 인물간 '간접 대화'의 기능을 행하고, 聯句 6편을 포함하여 최치원이 지은 것 2편, 두 낭자가 각각 읊은 이별시 2편, 자매가 각각 두 구씩 합작으로 지은 시 한 편 등 11편은 '직접 대화'의 기능을 행한다. 직접 대화의 성격을 띠는 남녀간 시의 증답은 흔히 '유희' 내지 '놀이'로 변질되기 쉬운데, 「유선굴」에서 『시경』의 구절을 주고 받는 장면이 이에 해당하고 「최치원」의 경우는 八娘의 제안으로 '달'로 제목을 삼고 '風'자로 韻을 삼아 세 사람이 돌아가며 각각 두 구씩 聯句를 짓는 장면이 이에 해당한다. 여기서 시를 주고 받는 행위는 단지 인물이 자기 생각을 표현하는 대화적 성격에 머물지 않고 규칙을 정해 즐기는 '詩作 놀이'의 성격을 띤다. 작품을 통해 자신의 詩才를 드러내는 전기 작자의 면모를 「최치원」에서도 발견할 수 있는 것이다.

이 외에 삽입시 중 특별히 주목을 요하는 것은 주인공이 두 낭자와 이별한 다음날 인연의 무상함을 느끼고 읊은 64句의 長詩와 과거에 급제하고 신라로 돌아오는 길에 읊은 聯句이다. 먼저 長詩를 보면 1구에서 60구까지는 두 낭자와의 만남과 이별의 내용을, 그리고 나머지 4구는 그 일을 두고 자신을 自責하는 내용을 담고 있다. 「최치원」의 끝 부분을 인용해 보면 다음과 같다.

(a) 다음날 아침, 최치원은 무덤가로 돌아가 방황하고 읊조리며 더욱 심히 탄식하다가 다음과 같은 긴 노래를 지어 스스로 위로하였다. "(중략) 대장부여!

/ 대장부여! / 굳센 기상으로 여인의 한을 풀어주고 / 다시는 마음으로 요사스런 여우를 연모하지 말도록 하라." (b) 후에 최치원은 과거에 급제하고 신라로 돌아오다가 길에서 <u>노래</u>를 읊었다. "浮世의 영화는 꿈 속의 꿈이니 / 백운 심처에서 안신함이 옳도다." (c) 이에 그는 물러나 멀리 산림과 강해로 스님을 찾아다니며 작은 집을 짓고 석대를 쌓아 책을 뒤적이고 음풍농월하면서 산수간에 소요하며 지냈다. (중략) 최후에는 가야산 해인사에 숨어 그의 형 대덕 賢俊과 南岳師 定玄과 더불어 경론을 탐구하며 담담한 경지에서 마음을 노닐다가 여생을 마쳤다.12)

(a)의 長詩를 보면 두 낭자의 원귀를 "妖狐"로 표현하여 작중 인물이 儒學者의 입장에서 자신이 저지른 행동에 대해 연민을 가지며 자책하는 어조로, (b)속의 시는 특정 사건 —귀신과 관계를 맺은 일— 을 넘어 인생 전반에 대해 느끼는 감회에 대해 훈계조의 어조로 읊고 있다. 그리고 (a)는 본 사건의 결말에 해당하는데 여기서 시는 결말의 한 부분을 구성하며 해당 사건을 작중 인물이 어떻게 받아들이는가를 보여 주는 단서가 된다. 반면 (b)(c)는 일종의 '후일담'의 성격을 띠며 여기서 시는 본 사건을 통해서 삶이란 어떤 것인가를 말해 주는 요소 즉 해당 이야기의 주제를 암시하는 구실을 한다. 그러므로 두 편의 시 모두 작중 인물에 의해 읊어진 것이면서도 (a)의 시는 어떤 구체적인 '사건 자체'에 대해 말을 하는 반면, (b)의 시는 작자가 작중 인물의 입을 통해 독자에게 사건을 통해 얻어진, '삶에 대한 일반적 교훈'을 주려는 의도가 엿보이는 것이다. 이에 따라 공간적 배경도 (a)의 시에서는 구체적 사건이 일어나는 당나라의 '쌍녀분'

---

12) 明旦 崔致遠歸塚邊 彷徨嘯詠 感嘆尤甚 作長歌自慰曰 "(中略) 大丈夫 大丈夫 壯氣 須除兒女恨 莫將心事戀妖狐." 後致遠擢第 東還路上 歌詩云 "浮世榮華夢中夢 白雲 深處好安身." 乃退而長往 尋僧於山林江海 結少齋 築石臺 耽翫文書 嘯詠風月 逍遙偃 仰於其間. (中略) 最後 隱於伽倻山 海印寺 與兄大德賢俊南岳師定玄 探賾經論 遊心 冲漠 以冲終老焉.

인데 비해 (b)의 시는 신라로 돌아오는 길목으로 설정되어 있다.

이같은 차이점들은 (b)(c)가 (a)와는 다른 의도를 지닌 附加的 서술이라는 점을 일깨워 준다. 본 사건 뒤에 부가적 서술이 붙는 것은 전기의 특징 중 하나로, 이같은 부가적 서술은 액자형 구조[13]로 발전하기도 하며 대개 사건의 후일담, 사건에 대한 의론 혹은 논평, 사건이 전해지게 된 경위를 말하는 유래담으로 기능하는 경우가 많다.[14] 위의 경우 (b)와 (c)는 논평적 성격을 띠는 후일담의 기능을 행한다. 이로 볼 때 「최치원」은 서술 기법면에서도 전기의 특성을 여실히 보여주고 있다고 하겠다.

한편 「유선굴」에도 이들과 비슷한 성격의 시구가 끝부분에 붙어 있는데 인용해 보면 다음과 같다.

이후로 밤이면 눈이 말똥말똥하여 잠을 이루지 못했고 마음이 울적하여 안정을 이룰 수 없었다. 원숭이의 울음소리를 들으면 슬픈 한이 복받치고 따오기 울음소리에도 슬픈 마음 솟아났다. (중략) 단정히 앉아 琴을 비껴 안자 피눈물이 옷깃을 적시며 천 가지 생각, 백 가지 그리움이 교차하였다. 홀로 미간을 찡그리며 문을 닫고 부질없이 무릎을 끌어안고 길이 읊조리기만 할 뿐이었다.

"신선을 바라보려 해도, 보이지를 않는구나 / 넓은 하늘과 땅이여, 너는 내 마음 알겠지 / 신선이 되고자 생각해도 이룰 수가 없으며 / 십낭을 아무리 찾아도 소식조차 알 수가 없도다 / 이 일을 물어보고자 하면 가슴 속만 어지럽고 / 이 일을 다시금 보고자 해도 내 마음에 괴로움만 더해지도다."[15]

위는 주인공 '나'가 십낭과 이별하고 난 뒤의 상황을 서술한 것인데,

---

13) '액자 구조'란 이야기 속에 이야기를 포함하는 구조로서 내부 이야기와 외부 이야기 사이에 시점의 전환이 명백히 드러나는 것이다. 한편 필자가 여기서 말하는 '부가적 서술'이란 시점의 전이 없이 본 사건 뒤에 덧붙은 서술을 가리킨다.
14) 액자 서술이 행하는 이 기능들에 대해서는 본서. 중국 독본류 당대 전기 부분 참고.
15) 시 원문은 「중국의 독본류 서사체」 주 131) 참고.

1인칭 주인공 서술자가 본 사건 밖으로 나와 그 사건을 회고하고 있는 것이므로 이 또한 부가적 서술에 해당한다. 여기에 삽입된 운문은 애타는 그의 심정을 토로하는 수단으로서 후일담의 일부를 구성할 뿐, 본 사건에 대한 논평의 기능은 행하고 있지 않다는 점에서 「최치원」의 삽입시와는 성격이 다르다고 할 수 있다.

「최치원」의 또 다른 전기적 특성으로서 결말의 비극성을 들 수 있다. 「유선굴」이나 「최치원」을 비롯하여 남녀 간 사랑을 다룬 전기에서 그 사랑의 결말, 그리고 궁극적으로는 서사의 결말은 대개 하룻밤의 인연으로 끝나고 있어 '비극미'가 우세하다는 점을 지적할 수 있다. 그런데, 전기보다 진전된 서사기법을 보여주는 小說에서는 남녀간 인연의 결말이 혼인으로 이어져 궁극적으로 '애정실현담'의 양상을 띤다는 점에서 전기와는 대조를 이룬다. 우리나라의 「숙향전」같은 예가 대표적인 것으로 두 남녀는 온갖 난관과 시련을 겪은 뒤 결국 부부의 인연을 맺게 된다는 설정이어서 '숭고미'가 두드러진다.

애정 전기 작품으로서 「최치원」의 특성을 요약해 보면 다음과 같다. 먼저 1인의 남성과 侍婢를 포함한 다수의 여성이 등장하고 여성 중 한 명은 두 남녀 주인공을 연결해 주는 중매 구실을 하며, 남녀 주인공은 비정상적인 관계에 놓인 인물로 설정된다. 이들의 사랑은 비극적 결말을 맞는데 비극을 야기하는 요인은 인간의 힘으로 어찌할 수 없는 운명 때문이고 처음부터 비정상적인 관계의 만남이라는 데서 비롯된 것이다. 주인공 남자와 여자, 남자 주인공이 인연을 맺는 다수의 여인들간에 갈등 요소가 나타나지 않는다는 점도 지적할 수 있다. 또 삽입시는 기본적으로 직·간접 대화의 성격을 띠면서 詩作을 둘러싼 유희·놀이의 기능을 행하는 양상도 보인다.

지금까지는 주로 「최치원」과 「유선굴」의 유사성을 중심으로 살펴보았는데, 그 차이점을 지적해 보면 다음과 같다. 첫째, 「유선굴」은 1인칭 주인공 시점으로 사건이 서술되는 반면, 「최치원」은 3인칭 시점에서 서술이 행해진다는 차이가 있다. 1인칭 서술은 여러 시점형태 중 가장 근대적 기법에 해당한다고 볼 때, 「유선굴」은 전기를 넘어 소설로 보아도 무리가 없을 만큼 발전된 서사기법을 보인다고 할 수 있다. 둘째, 인물간 갈등구조에 있어 「유선굴」은 「최치원」보다 더 극적인 양상을 보인다는 점을 지적할 수 있다. 즉 「유선굴」에서는 '나'를 둘러싼 십랑과 오수 간의 미묘한 심리전이 계속되다가 결국 올케 언니인 '오수'가 시누이인 '십랑'을 위해 기꺼이 두 사람을 이어주는 중매 역할을 하는 것에 비해, 「최치원」에서는 두 자매간의 심리적 갈등이 표출되지 않고 기꺼운 마음으로 세 사람의 동침이 이루어진다. 이같은 인물간 갈등 유무는, 「유선굴」을 소설의 경계에 근접한 작품으로, 「최치원」을 아직 전기의 영역에 머물러 있는 작품으로 보게 하는 근거가 된다.

兩者 간에 보이는 또 다른 차이점으로, 본 사건과 부가적 서술 속의 후일담 간의 有機性 여부를 들 수 있다. 「유선굴」의 후일담은 본 사건과 밀접하게 연결되어 있는 반면, 「최치원」의 후일담은 본 사건과 별 연관이 없이 작중 인물의 말년의 생을 서술하고 있어 유기적으로 연결되어 있지 않다. 이는 「유선굴」이 철저하게 '나'와 두 여인간의 사랑이야기에 초점을 맞추고 있는 반면, 「최치원」은 한 인물의 일대기 즉 최치원이라는 실존 인물의 傳記를 서술하려는 것에 주된 의도가 있고 그 일부로서 젊은 날의 일화를 소개하는 것에 부차적 의도가 있음을 보여주는 단서라 하겠다. 傳記와 史傳의 밀접한 관련을 생각할 때, 이 역시 「최치원」이 보여주는 傳記的 속성을 잘 말해 주는 부분이라 할 수 있다.

2. 15·16세기의 독본류 서사체 시삽입형 혼합담론

『金鰲新話』를 전기로 보느냐 아니면 소설로 보느냐에 대해서 이견이 있지만 여기서는 전기성을 띤 소설로 보고 이를 '傳奇體 小說'로 부르고자 한다. '전기 소설'이란 명칭이 소설의 하위갈래를 가리키는 용어로 사용되는 반면, 여기서 말하는 '전기체 소설'이라는 용어는 소설의 하위 개념이 아닌 단지 '전기성을 띤' 혹은 '전기적 성격이 강한' 소설이라는 의미이다.

「최치원」 및 『삼국유사』의 몇몇 서사 단편들에 이어, 15·16세기를 대표하는 독본류 서사체 시삽입형 혼합담론으로 15세기의 『금오신화』, 16세기 신광한의 『기재기이』를 들 수 있다. 그리고 1593년 16세기 말의 작품으로 「주생전」이 있다. 이들은 모두 운문을 다수 포함하고 있어 시삽입형 혼합담론으로서 비중이 큰 작품들이며 傳奇性이 강한 것들이다. 이 글에서는 『금오신화』의 「만복사저포기」,[16] 『기재기이』의 「하생기우전」,[17] 권필의 「주생전」[18]을 대상으로 서사체에 시가 삽입되고 운용되는 양상을 살펴보기로 한다.

2.1. 「萬福寺樗蒲記」

「만복사저포기」는 양씨 성을 가진 서생이 만복사의 부처님과 저포놀이에서 이겨 아름다운 배필을 얻게 되었는데, 그 아가씨는 이미 죽은 여인의 還身이었기 때문에 인연이 다하자 다시 저승의 세계로 돌아가고 양서생은 그 여인을 잊지 못해 평생 장가도 들지 않고 여생을 마쳤다는

---

16) 「만복사저포기」의 번역은 김시습, 『금오신화』(이재호 옮김, 솔, 1998)를 참고하였다.
17) 「하생기우전」의 번역은 신광한, 『企齋記異』(박헌순 옮김, 범우사, 1990·2002)를 참고하였다.
18) 「주생전」의 번역은 이상구 역주, 『17세기 애정전기소설』(월인, 1999)을 참고하였다.

줄거리다. 『금오신화』의 다섯 작품 중 이처럼 屍愛를 소재로 하여 비정
상적인 남녀 애정을 다룬 것은 「이생규장전」과 이 작품 둘이다.

　『금오신화』 모든 작품에는 상당한 분량의 시가 삽입되어 있는데 「만
복사저포기」의 경우 7언절구 20편을 비롯하여 총 25편의 시가 삽입되어
있다. 이 중 『시경』의 구절을 인용한 것이 2편이고 나머지는 창작시편이
다. 이 삽입시들이 서사 내에서 행하는 기능 중 가장 두드러진 것은 '직
접 대화'의 기능인데, 「최치원」에서 본 바와 같이 직접 대화의 성격을
띠는 남녀간 시의 증답이 '유희' 내지 '놀이'로 변질되는 양상을 「만복사
저포기」에서도 발견할 수 있다. 이런 양상은 여인이 양서생에게 자기가
사는 동네로 가자고 해서 그 곳 —무덤 속— 에서 사흘 동안 융숭한 대접
을 받은 뒤 떠나오기 전 그 곳에 있는 여인의 친척들 네 여인이 각각
4편씩 7언절구를 읊는 대목에서 뚜렷하게 드러난다.

　사실 이 부분은 서사 전개에 필요하지 않은 잉여적 요소로서 이별의
장면에서 친척 여인들이 읊은 16편의 시를 비롯, 주인공 여인이 읊은 7
언절구 2편, 그리고 양서생이 즉석에서 읊은 28구로 된 고체시 등 총 19
편의 삽입시는 서사적 측면에서 본다면 이야기의 흐름을 방해하고 줄거
리의 전개를 지연시키는 군더더기일 뿐이다. 그럼에도 이렇게 긴 분량으
로 시를 삽입한 이유는, 전기가 단지 서사체의 성격만 띠는 것이 아니라,
지은이의 詩才를 드러내는 수단이기도 하다는 사실로 설명이 된다. 이
점은 소설과 전기를 구분하는 요소 중 하나이다. 소설에서는 우선 삽입
시의 수가 줄어들고 이야기 전개에 필요한 경우에만 시를 배치하는 양상
을 띠어 전체적으로 서사에서 운문이 차지하는 비중이 전기에 비해 현격
하게 감소하는 것이다.

　삽입시 25편 중 다음 시는 특별히 주목을 요한다.

一春心事已無聊	단 한 번 찾은 봄을 덧없이 보내고서
寂寞空山幾度宵	적막 공산에서 잠 못 이룬 밤 그 얼마던가
不見藍橋經過客	藍橋에 지나는 길손 볼 길이 없어지니
何年裵航遇雲翹	어느 때에 裵航처럼 雲翹 부인 만나볼꼬

이 시는 네 사람의 친척 여인 중 鄭氏가 읊은 시 중 하나인데, 시 속의 地名인 "藍橋", 人名인 "裵航"과 "雲翹"는 모두 唐代의 전기 작품 「裵航」에 나오는 것들이다. 「배항」은 당나라 咸通(680~873) 연간에 활용했던 裵鉶이 지은 전기집 『傳奇』에 수록되어 있는데, 이런 류 이야기를 '傳奇'로 칭하게 된 것은 바로 이 작품에서 유래한다. 배항이 배를 타고 가다가 만난 한 여인에게 연모의 마음을 품었으나 그 여인은 배항의 마음을 받아들이지 않고,

一飮瓊漿百感生	경옥이 우러난 술 마시자 온갖 생각 일어나는데
玄霜搗盡見雲英	선약이 다 빻아지면 雲英을 만나리라
藍橋便是神仙窟	藍橋는 곧 신선이 사는 곳인데
何必崎嶇上玉淸	굳이 험난하게 玉淸에 오르리오

라는 시를 지어 배항에게 주었는데, 그것은 배항이 앞으로 만나게 될 인연과 장소를 암시하는 내용이었다. 훗날 이 시의 내용대로 배항은 長安의 藍橋를 지나다 어떤 노파를 만나게 되고 노파의 조건대로 100일 동안 선약을 빻아주고 결국 그 노파의 손녀인 '운영'이라는 이름의 아가씨를 만나 혼인을 하게 된다. 이 자리에서 '雲翹'라는 이름의 한 부인을 만나게 되었는데 그 부인은 바로 배항이 뱃속에서 만난 여인으로 '운영'의 언니였다. 「만복사저포기」의 정씨 여인은 시를 통해 양서생과 여주인공을 「배항」의 배항과 운영에 견주고 있는 것이다.

이 작품뿐만 아니라 「이생규장전」에도 '남교에서 어느 날 신선을 만날

것인가("藍橋何日遇神仙")'라는 시구가 나오고 있어, 김시습이 전기 「배항」을 즐겨 읽었다는 것을 알 수 있다. 또 거기에 나오는 여주인공 '운영'이 우리나라 고소설 「운영전」의 제목이 되고 있는 점을 미루어 본다면, 김시습만이 아니라 고소설 작자들에게 「배항」이 얼마나 인기가 있었는지 짐작할 수 있다.

김시습이 어떤 경로로 「배항」을 접하게 되었는지는 알 수 없으나 육조시대의 대표적 지괴집인 『搜神記』는 『고려사』의 기록에 의하면 宣宗 8년(1091)에 이미 국내에 유입이 되었고[19] 대표적인 전기 작품인 「유선굴」은 신라시대에, 그리고 지괴와 전기 작품이 대량 수록되어 있는 『太平廣記』는 최근 발견된 자료에 의하면 늦어도 1080년 이전에 국내에 유입된 것으로 되어 있어[20] 김시습이나 고소설 작자들이 「배항」만이 아닌 여타 전기 작품들을 접했을 가능성이 매우 높음을 시사한다. 그리고 이 작품들이 우리나라의 애정전기 혹은 애정소설의 형성 및 발전에 자양분이 되었을 것임은 말할 나위가 없다.

삽입시의 비중이 크다는 점 외에도 「만복사저포기」는 여러 면에서 전기의 특성을 지니고 있다. 우선 작품 끝에 붙어 있는,

양서생은 그 후 다시 장가가지 않고 지리산에 들어가 약초를 캐면서 살았다고 하는데, 그가 어디서 세상을 마쳤는지는 아는 이가 없다.

---

19) 閔寬東, 『中國古典小說史料叢考』·韓國篇(아세아문화사, 2001), 19~20쪽.

20) 閔寬東, 「中國 愛情類 小說의 國內 流入과 板本 硏究」(한국중국소설학회, 《중국소설논총》 제25집, 2007, 187~188쪽)에서 재인용. 남송 때의 문인 王闢之가 지은 『澠水燕談錄』에 '朴寅亮이 문종 34년(1080)에 송나라에 사신으로 가다가 明州에 임시 정박하자 象山縣尉 張中이 시를 지어 그를 전송했는데, 그때 박인량이 화답한 시의 序에 『태평광기』 소재의 고사를 능란하게 활용하였다'는 내용이 있어, 적어도 1080년 이전에 『태평광기』가 국내에 유입되었음을 시사한다.

라는 부가적 서술은 본 이야기가 끝난 뒤 주인공의 행적에 관한 내용을 담고 있어 후일담의 성격을 띤다. 『금오신화』를 이루는 나머지 네 작품에도 모두 이같은 후일담 성격의 부가적 서술이 붙어 있는데, 전기에서 액자 서술이 행하는 세 가지 기능 중 논평이나 사건 유래담은 없고 다섯 편 모두 후일담의 성격을 띤다. 특히 액자 서술에서 논평의 기능이 사라졌다는 것은 주목할 만하다.

둘째, 남녀 애정을 다룬 전기 작품은 비정상적 관계에 놓인 두 남녀의 짧은 사랑을 줄거리로 하는 것이 일반적인데, 대개 그 사랑은 비극적 결말로 끝나게 된다. 「만복사저포기」 또한 귀신인 여자와 양서생이 사흘간의 사랑을 나눈 뒤 결국 여자가 저승으로 돌아감으로써 그 사랑은 비극적 결말을 맞게 된다. 그런데 이 비극은 운명으로 예견된 일이며 인물간의 갈등에서 빚어진 결과가 아니라는 점에 주목할 필요가 있다. 남녀 주인공은 비정상적인 관계로 맺어진 사이이기 때문에 처음부터 둘 사이에 비극은 운명적으로 예정되어 있었던 것이다. 소설의 경우 비극적 결말을 야기한 원인이 운명 외에도 인간적 결함, 사회적 상황 등 다양하게 나타나는데, 전기에서는 주로 운명이 주 원인이 된다는 점에서 그 차이를 드러낸다.

2.2. 「何生奇遇傳」

이 작품은 『기재기이』에 실린 네 작품 중 유일한 남녀 애정담으로서, 비정상적 관계의 두 남녀의 만남과 사랑, 가난하고 일찍 부모를 여읜 탓에 늦게까지 장가를 가지 못하는 등 여러모로 결핍상황에 있는 남자 주인공의 설정, 이미 죽은 여인과의 결연, 副葬品을 매개로 하여 여인의 부모와 만나게 되는 일화 등 여러 면에서 「만복사저포기」와 유사성을

보인다. 그러나 「유선굴」, 「최치원」에서 보이는 1인 남자와 複數의 여인
이라는 남녀 인물 설정이, 「만복사저포기」에서는 여주인공의 친척 여인
4명으로 변형되어 나타나는 반면 「하생기우전」에서는 1:1의 관계로 나
타나고 있어 차이를 보인다.

이 작품에 삽입된 시는 7언절구 4수, 7언율시 3수, 4언 56구의 고체시
1수, 그리고 『시경』 구절을 인용한 것이 7용례가 있다. 이처럼 절구와
율시와 같은 정제된 시형이 주류를 이룬다는 점도 「최치원」이나 「만복사
저포기」와 동일하다. 또 삽입시 중 관심을 끄는 것은 『시경』 구절의 인용
이다. 예를 들면,

> 하생이 여인과 다시 만나 비단 장막을 치고 촛불을 밝히고 마주하니 완연히
> 이게 꿈인지 생시인지 분간이 안 되었다. 하생이 말하였다. "새로 결혼하는 것
> 도 매우 즐거운 일인데 헤어졌던 부부가 다시 만나는 것이야 그 즐거움이 어떠
> 하겠소? 나와 그대는 새 즐거움과 옛 정이 보통 사람들과는 다르니, 세상의 많
> 고 많은 부부 가운데 우리와 같은 자가 누가 있겠소?[21]   (밑줄은 필자)

여기서 밑줄 부분은 『시경』 「豳風·東山」 제4장 12句 중 끝 두 구절을
인용한 것이다.[22] 『시경』의 이 구절은 朱子의 注에 의하면 '동쪽으로 정
벌하러 갔다가 돌아온 군사 중 室家가 없는 자들이 제때에 미쳐 혼인을
하게 된 것도 아름다운데, 하물며 그 전부터 室家가 있던 자들이야 서로
만나보고 기뻐함이 더 말할 나위가 없음'을 말한 것이다.[23] 『시경』의 구

21) "生旣與女重遘 錦帳紅燭相對 宛然莫辨眞夢 生曰 其新孔嘉 其舊如之何 吾與子新歡
舊意 自異尋常 誰無夫婦 孰如我員."

22) <東山> 제4장은 "我徂東山, 慆慆不歸. 我來自東, 零雨其濛. 倉庚于飛, 熠燿其羽.
之子于歸, 皇駁其馬. 親結其縭, 九十其儀. 其新孔嘉, 其舊如之何"인데 이 중 끝 두
구절 "其新孔嘉 其舊如之何"가 인용되었다.

23) 성백효 역주, 『詩經集傳·上』(전통문화연구회, 1993), 339쪽.

절을 인용하는 데는 '斷章取意'와 '引詩必類'의 방법이 있는데, 전자는 『시경』의 본뜻과는 무관하게 어느 한 구절을 취해 자신의 뜻을 드러내는 것이고, 후자는 『시경』의 본 뜻 그대로 인용하는 것이다.24) 위의 경우는 『시경』의 本意와 전혀 무관하지는 않지만 그 시구가 지어진 상황에서의 의미와는 다르므로 '단장취의'의 방법에 의해 시경을 인용했다고 할 수 있다. 이처럼 인물의 대사에서 『시경』의 구절을 인용하는 양상의 원형을 우리는 이미 『좌전』과 『국어』에서 본 바 있다. 남녀 인물이 『시경』 구절을 인용하는 예는 「유선굴」에서도 발견할 수 있고, 「만복사저포기」에서도 양서생과 여인이 『시경』 구절을 주고 받는 장면이 포함되어 있는데, 모두 '斷章取意'의 방법에 의해 시경을 인용한 것이다.

「하생기우전」의 삽입시 중 또 하나 눈에 띠는 것은 가장 먼저 나오는 시인데, 이 시는 여주인공이 읊은 7언율시로서 결국 여인과 하생의 결연의 계기가 된다는 점에서 「최치원」의 경우와 같다. 이 작품에서도 삽입시는 남녀 간 대화를 대신하는 증답시가 주류를 이룬다.

이런 점들은 「하생기우전」이 지닌 전기적 요소들에 해당한다. 이 작품이 기존의 전기체 애정소설과 다른 점을 지적해 보면, 인물간 갈등이 드러난다는 것과 남녀 주인공이 부부가 되어 행복하게 살았다는 해피엔딩으로 끝난다는 점이다. 인물간 갈등은 하생의 신분이나 지체가 자기네 집안에 미치지 못하는 것을 이유로 그를 사위로 삼기를 꺼리는 여인의 부모와, 이를 알고 부모의 뜻에 반기를 드는 주인공 여인 사이에 보인다.

---

24) 金鍾, 「『左傳』의 引詩賦詩에 관한 연구」, 한양대학교 대학원 중어중문학과 박사학위논문, 2005, 서론.

2.3. 「周生傳」

이 작품은 북한 측 이본에 의하면 權韠(1569~1612)이 25세 되던 1593년에 지은 것으로 알려져 있다. 이 작품은 1인칭 액자 안에 전지적 시점에서 서술되는 내부 이야기가 포함되는 방식이라든가, 남녀 인물간의 첨예한 갈등구조가 사건 전개의 핵심을 이룬다든가, 임진왜란이라는 역사적 사건을 다루고 있는 점, 그리고 무엇보다도 결말이 제시되지 않은 미완의 구조로 되어 있다는 점 등 여러 면에서 기존의 전기체 소설과는 다른 점을 드러낸다.

우선 인물 구도에서 1인의 남자와 複數의 여자라는 틀은 유지되고 있지만 상대 여인들인 기생 '배도'와 양갓집 규수 '선화' 사이에 갈등과 질투가 뚜렷하게 드러나 있어 삼각관계를 형성한다는 점에 주목할 필요가 있다. 이처럼 여성인물 간의 갈등은 사건이 좀 더 복잡하게 전개되는 요소가 된다. 이 점은 「최치원」 「만복사저포기」 「하생기우전」에서는 볼 수 없는 양상으로 고소설에서 흔히 보이는 妻妾 갈등의 전초적 기미가 엿보인다.

「주생전」이 여타 전기체 소설과 차이나는 두 번째 요소로서 미완의 서사구조를 들 수 있다. 남자 주인공 周生은 처음에는 기녀인 배도를 사랑했다가 양갓집 규수인 선화를 알게 되면서 배도에 대한 사랑이 식고 선화와의 결연을 갈구한다. 두 사람의 결혼을 앞두고 조선이 왜적의 침략을 받자 주생은 서기의 임무를 맡게 되어 조선으로 오게 되면서 선화와 이별하게 되고, 송도에 갔다가 우연히 주생을 만나게 된 작자는 주생으로부터 사연을 듣고 그것을 글로 옮기게 된다. 이야기는 주생이 자신의 사연을 작자에게 털어놓는 시점에서 끝이 나고, 따라서 주생과 선화가 다시 만나 부부로 맺어지게 될 지, 선화를 그리워하여 병이 든 주생이 결국 죽게 될 지, 혹은 두 사람이 영원히 다시 못 만나게 될 지 결말이 불투명하며 이야기는 未完으로 끝나게 된다. 이런 점은 전기성을 띤 다른 작품에서는 찾아보기 어려운 독특한 면모라 할 수 있다.

셋째, 서사가 미완의 구조로 되어 있기는 하지만, 이 이야기는 주생이 사랑한 두 여인 중 배도는 죽고 선화와는 이별한 채 끝이 나므로 어느 면에서는 비극이라면 비극적 결말이라 할 수도 있다. 그런데, 이전의 전기성을 띤 서사 작품들에서 비극을 야기하는 요인은 인간의 힘을 벗어난 운명적인 것인데 비해, 「주생전」의 경우는 주생의 變心이라고 하는 '인간적 결점'과 임진왜란이라고 하는 '현실적 상황'에서 비롯된 것이라는 점에서 한층 리얼리티의 요소를 갖추었다고 할 수 있다.

넷째 서술방식의 측면에서 볼 때 이 이야기의 본 사건은 전지적 시점에서 전개되다가 끝 부분에서 1인칭 관찰자 시점으로 전이되는 액자형 서술의 형태를 보여주는데 이와 같은 1인칭 시점의 활용은 이 작품이 전기의 전형적 틀에서 벗어나 있음을 말해 준다. 전기에서 액자 서술은 사건의 후일담, 사건이 전해지게 된 유래담, 사건에 대한 의론문의 기능을 행한다는 점은 앞에서 언급하였는데, 「주생전」의 경우는 이 이야기가 쓰여지게 된 경위를 설명하는 구실을 한다. 액자 서술 부분을 인용하면 다음과 같다.

내가 마침 일이 있어 松京에 갔다가 객사에서 주생을 만났다. (중략) 이 날 비가 내려서 나는 주생과 함께 등불을 밝히고 밤새도록 이야기를 하였다. 이때 주생이 <踏沙行> 한 수를 나에게 보여 주었다. "외로운 그림자는 의지할 곳 없고 / 이별의 회한은 토로하기 어려운데 / 어둠 속에서 돌아가는 기러기는 강가 숲에 이르렀네 / 이미 객사의 희미한 등불에 마음 흔들리니 / 어찌 또 황혼에 내리는 빗소리를 감당하리오 / 閬苑은 구름이 아득하고 / 瀛洲는 바다에 막혔으니 / 玉樓의 구슬 주렴은 어디에 있는가 / 외로운 발자취 물 위의 부평초 되어 /

하룻밤 사이에 吳江으로 떠가길 바랄 뿐."[25] 나는 이 詞曲을 손에서 놓지 않고 두세 번 읽어 가사 속에 담긴 연정을 탐지해 냈다. (중략) 나는 그 시의 가사를 아름답게 여기고 그들의 기이한 만남에 감탄하며 아름다운 기약에 슬픔을 금할 수 없었다. 그래서 내 방으로 돌아와 붓을 잡고 이 이야기를 기술하는 바이다.

여기서 주목할 것은 액자 서술 안에 삽입된 시 <답사행>이다. 작자는 이 이야기를 글로 옮기게 된 이유에 대해 이 시의 가사가 아름다웠고 그들의 만남과 기약에 슬픔이 일었기 때문이라고 밝히고 있다. 즉, 이 시는 주생과 선화의 사랑이야기가 글로써 기록된 직접적 계기가 된다. 이런 경우는 중국의 전기나 우리나라의 전기, 그리고 전기성을 띤 작품들에서 쉽게 찾아보기 어려운 예이다.

다섯 째, 「주생전」에는 唐代의 전기 작품인 「霍小玉傳」「鶯鶯傳」「裵航傳」을 비롯하여 『剪燈新話』 중의 「翠翠傳」, 『剪燈餘話』 중의 「賈雲華還魂之記」과 같은 기존의 남녀애정 고사나 작중 인물 이름 등이 직・간접적으로 빈번하게 거론되고 있어 「주생전」의 성립에 이런 류 작품이 영향을 끼쳤음을 짐작할 수 있다. 이는 작자인 권필이 수많은 전기 작품에 접했다는 방증이 되며, 비단 권필만이 아닌 조선의 많은 문인들에게 해당되는 사항이기도 하다. 앞서 언급한 것처럼 지괴나 전기의 집대성이라 할 『태평광기』가 늦어도 1080년에는 국내에 유입이 되었고 이 책에 대해서는 <한림별곡>에도 읊어져 있으며, 위로는 임금으로부터 아래로는 말단 관리에 이르기까지 문자를 아는 사람에게 폭넓게 읽혀 그 인기가 대단했다는 기록들을 볼 때, 우리나라 애정류 서사작품들의 성립 및 성행에 『태평광기』가 끼친 영향은 실로 막대했다고 할 수 있다. 당대의 전기는

---

25) "隻影無馮 離懷難吐 歸鴻暗暗連江樹. 旅窓殘燭已驚心 可堪更聽黃昏雨 苑雲迷 瀛州海阻 玉樓珠箔今何許 孤踪願作水上萍 一夜流向吳江去."

작자·독자·주인공이 문인·서생인 경우가 대부분이어서 문인 중심으로
유통되던 서사물이었다는 사실은, 우리나라 초기 전기체 소설을 지은 작
자들에게 동질감과 공감을 불러일으켰을 것으로 본다.

특히 「주생전」은 「곽소옥전」과 전체 구조나 인물 설정, 줄거리, 不忘記
를 써주는 것과 같은 세세한 일화, 결구 등에서 매우 恰似하여 권필이
「곽소옥전」을 모방하여 「주생전」을 지었음을 추측케 한다. 「곽소옥전」
당 후기 사람인 蔣防이 지은 것으로 『태평광기』 487권에 수록되어 있는
데, 주인공 李益은 장방과 같은 시대에 벼슬을 했던 사람으로 예부상서를
지냈으며 문재가 뛰어났으나 덕이 부족하고 남에게 야박하게 대했으므로
많은 사람으로부터 비난을 받았다고 한다.26) 그러므로 이 작품의 창작
이면에는 박덕한 이익을 비난하려는 의도가 있었다고 할 수 있다. 이 때
문에 「곽소옥전」은 이같은 창작 배경을 지니고 있음에도 이를 액자형
서술로써 附記하고 있지 않았을 것으로 추측된다.

그렇다면, 주생의 애정담을 기록하게 된 경위를 끝에 부기하고 있는
「주생전」의 경우 주인공인 '주생'이 과연 실존 인물이었을까 하는 의문
이 인다. 임진왜란 무렵 권필이 알고 있던 중국인이었을 가능성도 있지
만, 액자 내부 이야기에 대한 서술의 신뢰성을 확보하기 위해 작자가 고
안해 낸 서사장치로 보는 편이 타당하다. 혹 주생이라는 인물이 실존 인
물이었고 권필이 그로부터 연애담을 들었을 가능성이 있다 해도 그대로
글로 옮긴 것이 아니라 윤색과 가필을 하여 허구화했을 확률이 높다. 내
용이나 구조상으로 두 작품간의 유사성이 너무 크기 때문에, 권필은 자
신이 견문한 애정담을 소재로 하여 허구로 꾸몄을 것으로 본다.

다음 「주생전」의 시가 운용을 보면 앞에서 논의한 작품들처럼 서사

26) 張基槿, 『당대 전기소설의 여인상』(명문당, 2004), 332쪽.

전개에 있어 운문의 비중이 큰데 시 삽입의 양상에 있어 몇 가지 특징들
이 눈에 띈다. 첫째, 삽입된 운문의 종류를 보았을 때, 전기나 앞서 살펴
본 작품들에서는 절구와 율시, 특히 7언절구의 압도적인 비율을 보이는
반면, 「주생전」에서는 詞가 주류를 이룬다는 점에서 주목을 요한다. 詞
는 원래 민간에서 불려지던 노래의 일종으로 曲子・樂府・長短句 등의
異稱을 지니고 있는데 정해진 곡조에 노랫말을 써넣은 것이다.[27] 「주생
전」에는 7언절구 5편, 7언8구의 고체시 1편, 7언 고체시의 結句 1편, 그
리고 <蝶戀花> <賀新郎> <風入松> <眼兒眉> <長相思> <踏沙行>
등 詞 6편이 삽입되어 있다. 이는 권필에 詞曲에 대해서도 조예가 있었
음을 말해 주는 대목이다.

한편, 「주생전」에는 『시경』 구절을 인용하여 삽입한 것이 8용례가 발
견된다. 예를 들면, 배도가 주생에게 자신이 원래 호족 집안 출신으로
기생이 되기까지의 사연을 얘기한 뒤, 먼 훗날 출세한 뒤 자신을 버리지
말고 妓籍에서 빼주기만 하면 더 이상 바랄 것이 없다고 하면서 다음과
같이 말하는 대목이 있다.

　　"『시경』에 '여자는 잘못이 없는데 / 남자가 행실을 이랬다 저랬다 하도다'라
　고 하지 않았습니까? 낭군은 이익과 곽소옥의 사연을 알지 않습니까? 낭군이
　만약 저를 버리시지 않을 것이라면, 원컨대 맹세의 글을 써 주십시오."

여기에 인용된 『시경』 구절은 「衛風・氓」 제4장으로 총10구 중 7・8
구에 해당한다.[28] 이에 대한 朱子의 注를 보면, '뽕잎이 누렇게 되어 떨
어진 것으로써 자신의 容色이 시든 것을 비유하고, 마침내 말하기를 "내

---

27) 김학주, 『中國文學槪論』(신아사, 1992), 35쪽, 211~237쪽.
28) 4장 전체를 인용하면 다음과 같다. "桑之落矣, 其黃而隕. 自我徂爾, 三歲食貧. 淇水
　湯湯, 漸車帷裳. 女也不爽, 士貳其行. 士也罔極, 二三其德."

가 그대의 집에 시집간 뒤로 그대의 가난함을 만났는데, 이에 버림을 받
아 다시 수레를 타고 물을 건너 돌아왔다"고 하였으며 다시 스스로 그
과실이 자기에게 있지 않고 상대에게 있다고 말한 것'이라고 풀이하였
다. 이는『시경』시구의 원뜻을 살려 인용한 引詩必類의 방법에 해당하
며 시경의 시구를 인용하여 미래에 일어날 일을 암시한 것이다.『시경』
을 인용한 나머지 7예는 斷章取意한 것으로 박식함을 과시하기 위한 의
도가 숨어 있다고 생각한다.

　「주생전」의 시삽입 양상의 두 번째 특징으로서 운문이 서사 내에서
행하는 기능이 훨씬 다양해졌다는 점을 들 수 있다. 전기성을 띤 다른
작품처럼 남녀 인물간의 직·간접 대화의 기능을 하고 결연의 계기가 되
며 마음 속 생각을 표현하는 수단이 되기도 하는 등 일반적인 기능을
행하기도 하지만, 인물간 갈등을 고조시키고 자신의 진심을 감추기 위한
수단이 되기도 하고, 여성 인물의 질투심을 표출하거나의 상대방의 질투
심을 유발하기도 하는 계기가 되기도 한다. 예를 들어 주생이 선화를 한
번 본 뒤 그녀를 생각하며,

　　　夢入瑤臺彩雲裏　　꿈에 오색 구름에 쌓인 요대에 들어가
　　　九華帳裏夢仙娥　　화려한 휘장 속에서 선녀를 만났도다

하고 읊자 '선녀'가 누구를 가리키냐고 따져 묻는 배도의 의심을 피하고
자신의 진심을 감추기 위해,

　　　覺來却喜仙娥在　　잠에서 깨어나 선녀가 곁에 있으니 기쁘기 한량없도다
　　　奈此滿堂花月何　　이 집에 가득한 꽃과 달을 어찌하리오?

하고 마치 시 속의 '선녀'가 배도를 가리키는 양 위장한다. 한편, 선화가
읊은 시,

此時蕩子無消息	아직까지 탕자는 소식이 없으니
何處得閑遊	어디서 한가롭게 노닐고 있는가
也應不念	아아, 분명 나를 생각지 않으니
離情脉脉	이별의 슬픔 그치지 않아
坐數更籌	앉아서 算 가지만 세고 또 세네

는 주생이 없는 사이 그의 소지품 속에서 옛날 주생이 배도에게 준 시를
발견한 선화가 질투심을 못이겨 그 시를 까맣게 지워 버린 뒤, <眼兒
眉>라는 詞曲 一関을 지어 주머니 속에 넣어 두었는데 위는 그 詞의
後疊에 해당한다. 이 예에서 보듯 운문이 작중 인물―대개는 여성 인물
―의 질투심을 유발하는 요인이 되기도 한다.

3. 17세기의 독본류 서사체 시삽입형 혼합담론

17세기의 대표적인 전기체 작품으로는 「雲英傳」 「相思洞記」 「崔陟
傳」 등을 들 수 있는데 이들 또한 서사 속에 운문을 다수 포함하고 있는
산운 혼합담론에 해당한다. 여기서는 이 중 「雲英傳」[29]을 대상으로 전
대의 전기 작품들과의 차이점을 중심으로 살피고자 한다. 「운영전」의 작
자가 누군지는 알 수 없으나 작품에 '萬曆 辛丑'이라는 연도가 나오고,
'갓 전란을 겪은 뒤라 장안의 궁궐과 성안에 가득했던 집들이 텅 빈 채
남아 있지 않았다'는 구절이 있어 이로 미루어 만력 신축년인 1601년 이

---

29) 「운영전」의 번역은 이상구 역주, 『17세기 애정전기소설』(월인, 1999)을 참고했다.

후 전쟁의 상흔이 아직 남아 있던 시점에 지어진 것으로 추측할 수 있다. 그러나 국립도서관본에는 '大明天啓二十一年'(1641년)이라는 간기가 필사되어 있어 1601년에서 1641년 사이에 창작된 것으로 보는 것이 타당할 듯하다.30)

이 작품은 柳泳이라는 儒生이 목격한 김진사와 운영의 비극적 사랑이야기로서, 첫 부분과 끝 부분은 유영의 시점에서 서술이 전개되어 액자의 구실을 하고, 중간 부분은 김진사와 운영의 시점에서 각각 자신의 경험을 말하면서 내부 이야기를 구성한다. 그리하여 3인칭에서 1인칭으로 다시 3인칭으로 시점의 전환이 이루어지는 '액자 서술' 형태를 보여준다. 그러나 이전의 액자 서술이 시점의 전환없이 本 이야기 뒤에 附記되는 불완전한 형태였음에 비해 「운영전」에서는 본 이야기 앞뒤로 별도의 서술이 부가되어 시점의 전환을 이루는 완전한 '폐쇄 액자'의 형태를 보여준다는 점에 주목할 필요가 있다. 이런 형태는 우리나라 서사문학사상 최초의 예가 아닐까 생각한다.

이 작품은 오늘날 기준으로 중편소설 정도의 상당한 분량을 지닌 것인데, 신분이 다른 김진사와 운영은 우여곡절 끝에 서로의 사랑을 확인하지만 주변 사람의 간계로 운영이 모시는 안평대군에게 발각되어 결국 운영은 자결하고 김진사도 식음을 전폐하다가 얼마 후 죽고 만다. 이들은 귀신이 되어 서로 만나 회포를 풀게 되고 유영이 그것을 목격하게 되는데, 날이 새자 그들은 자취를 감추고 김진사가 자신들의 사연을 기록한 책자만이 남아 있었다는 내용이다.

말하자면 이 이야기는 유영이 사랑을 이루지 못하고 죽은 두 남녀 귀신을 우연히 만나 그들로부터 들은 사연을 소개한 것이다. 일반적으로 액자

---

30) 이상주 역주, 위의 책, 해제.

서술은 이야기 밖에 또 다른 서술자를 둠으로써 독자에게 이야기에 대한 서술의 신뢰성을 갖게 하는 효과를 지니는데, 「운영전」의 액자부분에 제시된 '책자'는 내부 이야기가 사실임을 증명하는 증거물의 구실을 한다. 그럼으로써 서술의 신뢰성을 높이는 효과를 가져 온다.

이 작품은 귀신들의 사랑이라는 소재적 측면, 비정상적인 관계에 있는 두 남녀 인물의 설정, 비극적 결말, 그리고 상당한 분량의 운문의 삽입, 액자 서술의 활용 등 여러 면에서 傳奇의 특성을 여실히 드러낸다. 또한 이 작품은 젊은 유생인 김진사의 비극적인 사랑을 통해 중세적 사회질서와 윤리관을 정면으로 문제삼았다든가 현실세계의 갈등을 사실적으로 재현한 점 등 여러 면에서 소설사적 의의를 지닌다.[31]

서사체 시삽입형 혼합담론으로서 「운영전」을 검토해 보면, 이전의 작품들과 대동소이하나 몇 가지 점에서 관심을 끈다. 여기에는 총 19편의 운문이 삽입되어 있는데 종류별로 보면, 詞曲이 1편, 5언절구 10편, 5언율시 3편, 7언절구 3편, 7언율시 2편으로 5언절구가 주류를 이룬다. 운문이 삽입된 맥락에서 행하는 기능을 보면, 두 남녀는 몰래 만나는 사이이므로 주고 받는 시는 대부분 간접 대화의 성격을 띠며, 따라서 안부를 묻고 소식을 전하는 '편지'의 구실을 한다. 삽입시 중 주목할 만한 것은 안평대군이 궁내에서 어리고 예쁜 여자 10인을 뽑아 시를 가르쳤는데 그들로 하여금 나이순대로 시를 한 수씩 읊게 하고 그것을 하나하나 평하는 장면이 있다. 여기서 그들이 한 수씩 읊은 5언절구 10편은 '여러 사람이 모여 韻과 型式을 정해 놓고 그 규칙에 따라 시를 짓는다'고 하는, 일종의 '詩作 놀이'의 성격을 띤다. 다만 그 중 운영의 시는 그녀가 마음 속에 품은 연정을 안평대군에게 간파당하는 단서가 되며, 김진사와

---

31) 같은 곳.

의 비극적 사랑의 결말을 암시하는 예언적 기능을 한다.

望遠靑煙細	저 멀리 보이는 푸른 구름 고우니
佳人罷織紈	아름다운 이는 깁짜기를 마치었구나
臨風獨惆愴	바람을 맞으며 홀로 슬퍼하더니
飛去落巫山	날아가 巫山에 떨어졌도다

위는 그때 운영이 읊은 것인데, 제4구의 "巫山"은 楚 나라 襄王이 꿈 속에서 巫山의 神女와 하룻밤 운우지정을 쌓았다고 하는 고사를 함축하는 시어로써 남녀의 情交를 암시한다. 그런데 '佳人이 슬퍼하다가 무산에 떨어졌다고 하는 것'은 앞으로 그 사랑이 순탄치 못할 것임을 알리는 伏線 내지 讖言의 기능을 행한다.

삽입시 중 또 한 가지 주목할 것은 앞뒤 액자서술 부분에 삽입된 세 편의 시이다. 도입부의 액자 부분에 삽입된 것은 유영이 김진사와 운영을 처음 만났을 때 운영이 유영에게 술을 권하며 지어 부른 詞曲이고, 後尾의 액자 부분에 삽입된 것은 그들이 이야기를 마치고 나서 지난 날을 돌아보며 각각 한 수씩 읊은 7언절구이다. 이 작품에 삽입된 19편의 시들 중, 冒頭 부분의 사곡은 시간상으로 보면 종결 부분의 7언절구 두 편과 더불어 가장 나중에 지어진 것인데 이처럼 서술상으로는 가장 먼저 나타난다.

重重深處別故人	깊고 깊은 궁궐에서 이별한 옛 연인
天緣未盡見無因	하늘이 맺어준 인연 다하지 않아 뜻밖에 만났네
幾番傷春繁華時	몇 번이나 꽃이 활짝 핀 봄날을 슬퍼했던고?
爲雲爲雨夢非眞	구름되고 비가 되어 즐김은 한갓 꿈인 것을.
消盡往事成塵後	지난 일 모두 사라져 티끌이 되었건만
空使今人淚滿巾	부질없이 우리로 하여금 눈물로 수건 적시게 하네

귀신이 된 현재의 時點에서 살아 있을 때의 두 사람의 사랑을 회고하
며 읊은 시인데, 옛날의 사랑을 '꿈'과 '티끌'에 비유한 것이 눈에 띤다.
이 시가 액자 부분에 삽입되어 있다는 것은 시가 단순히 화자의 감정을
표출하는 수단에 그치지 않고 내부 이야기에 대한 '총체적 시각'을 제시
한다는 것을 의미한다. 즉, 내부 이야기에 대한 논평적 기능을 행하는
것이다. 화자 즉 운영은 과거의 사랑을 '꿈', '티끌' 등 무상한 것으로 바
라보고 있는 것이다. 이 점은 結尾의 액자 부분과 아울러 살펴봄으로써
그 의미가 더욱 분명해진다.

(a) 김진사는 쓰기를 마치고 붓을 던졌다. 그리고나서 두 사람은 서로 마주
보고 슬픈 울음을 억제하지 못하였다. 이에 유영이 위로하여 말했다. (중략) 이
어서 김생은 눈물을 흩뿌리더니 유영의 손을 잡고 말했다. "바닷물이 마르고
돌이 녹아 없어져도 이 마음은 없어지지 않으며, 땅이 늙고 하늘이 무너져도
이 한은 삭이기 어렵습니다. 오늘 저녁에 그대와 서로 만나서 이렇듯 진솔한
마음을 털어 놓은 일이 전생의 인연이 없었다면 어떻게 가능했겠습니까? 엎드
려 바라건대, 존경하는 그대가 이 글을 거두어 세상에 전하여 없어지지 않게
하되, 경박한 사람들의 입에 함부로 전해져 노리갯감이 되지 않게 해주십시오.
그래 주신다면 더 바랄 것이 없습니다."
(b) 진사는 술에 취해 운영에게 몸을 기댄 채 절구 한 수를 읊었다. "꽃이
진 궁중에 제비와 참새가 나니 / 봄빛은 예와 같으나 주인은 옛사람이 아니로다
/ 밤하늘의 달빛은 이렇듯 서늘한데 / 푸른 이슬은 푸른 깃털 옷을 적시지 못하
네." 운영이 이어서 읊었다. "고궁의 꽃과 버들은 새로이 봄빛을 띠었는데 / 호
화롭던 오랜 옛일 자꾸만 꿈속에 드네 / 오늘 저녁 옛 자취를 찾아와 노니 / 슬
픈 눈물이 절로 수건 적심을 금하지 못하네."
(c) 유영도 술에 취해서 잠깐 잠이 들었다. 잠시 후 산새 우는 소리에 깨어나
보니, 구름과 연기가 땅에 가득하고 새벽빛이 어슴푸레하게 비치었다. 사방을
돌아보아도 사람은 없고, 단지 김생이 기록한 책자만 있을 뿐이었다. 유영은
쓸쓸하고 무료하여 책자를 소매 속에 넣고 집으로 돌아와 대나무 상자 속에

숨겨두었다. 하루는 그 책을 펼쳐 보고 망연자실하여 침식을 전폐했다. 그 뒤 유영은 명산을 두루 돌아다녔으나, 그가 생을 마친 곳은 알 수 없다고 한다.[32]

종결 액자는 이처럼 세 부분으로 나눌 수 있는데, (a)는 김생과 운영의 사랑이야기가 기록되어 전해지게 된 경위를 설명하는 부분이고, (b)는 김생과 운영이 각각 시로써 자신의 과거사를 논평하는 부분이며, (c)는 유영을 중심으로 한 ' '에 해당하는 부분이다. 앞서 전기에서 액자서술이 행하는 기능을 세 가지로 설명한 바 있는데, 「운영전」의 경우는 이 세 가지가 모두 나타나 있는 것이다. (b)부분을 冒頭의 詞曲과 연결지어 보면 김생의 시의 요지는 '봄빛은 예와 같으나 주인은 옛사람이 아니로다 ("春光依舊主人非")'로 압축되고, 운영의 시의 요지는 '호화롭던 오랜 옛일 자꾸만 꿈속에 드네("千載豪華入夢頻")'로 압축된다. 즉, 두 사람 다 옛일을 '무상한 것', '꿈같은 것'으로 보고 있는 것이다. 이 또한 冒頭의 사곡처럼 액자 내부의 이야기에 대한 논평적 기능을 행한다고 볼 수 있다.

4. 「趙雄傳」

「조웅전」은 조선 후기 독자들에게 가장 널리 읽혔던 국문소설 중 하나이다. 완판·경판·안성판으로 출간되었고 방각본 23종, 구활자본 10종,

---

32) 寫畢擲筆 兩人相對悲泣 不能自止. 柳泳慰之曰 (中略) 乃揮淚而執柳泳手曰 "海枯石爛 此情不泯 地老天荒 此恨難消. 今夕與子相遇 攄此悃愊 非有宿世之緣 何可得乎 伏願尊君 俯拾此藁 傳之不朽 而勿浪傳於浮薄之口 以爲戲翫之資 幸甚." 進士醉倚雲英之身 吟一絶句曰 "花落宮中燕雀飛 春光依舊主人非 中宵月色凉如許 碧露未沾翠羽衣." 雲英繼吟曰 "故宮花柳帶新春 千載豪華入夢頻 今夕來遊尋舊跡 不禁哀淚自沾巾." 柳泳亦醉暫睡. 少焉 山鳥一聲 覺而視之 雲煙滿地 曉色滄茫 四顧無人 只有金生所記冊子而已. 泳悵然無聊 袖冊而歸 藏之篋笥 時或開覽 則茫然自失 寢食俱廢. 後遍遊名山 不知所終云爾.

그리고 수많은 필사본이 유포되고 있는 것으로 보아 그 인기를 짐작할 수 있다.33) 이 소설이 큰 인기를 끌었던 것은 남녀 주인공이 혼전 관계를 맺고 장래를 약속하는 등 파격적인 애정을 그려내고 있기 때문일 것이다. 조선 후기의 여타 국문소설들처럼 「조웅전」 또한 작자와 창작시기는 알 수 없지만 실세한 양반, 한문에 상당한 소양이 있는 식자층, 삽입된 한시 수준이 낮은 것으로 미루어 한문 수준이 그리 높지 않은 武人이나 吏胥層 인물일 것으로 추정되고 있다.34) 「조웅전」의 창작시기는 확실히 알 수 없으나 완판본 6종 중 '丙午孟春完山開刊'이라는 刊記가 있는 것이 가장 오래된 판본이며 이때 병오년은 1846년에 해당35)하는 것으로 미루어 19세기 초엽 무렵에 창작되었을 것으로 본다.

「조웅전」 역시 구연되었다는 확실한 근거는 없지만, 「구운몽」의 경우와 마찬가지로 방각본과 활자본 출간횟수, 군담과 애정 모티프가 복합된 내용, 몇 회로 나누어 구연하기에 적당한 작품의 편폭, 그리고 고전 서사체 대부분이 구술문화적 전통 속에서 향유되었다는 점과 전기수들 가운데 상당수는 방각본 소설의 작자로 활동했을 가능성이 크다는 점 등을 근거로 이 작품의 구연 가능성을 추정해 볼 수 있다.

「조웅전」 완판본은 3권으로 나뉘어 있지만 分章은 되어 있지 않다. 그런데 2권 말미를 보면, "이 아라 말은 ᅙᅵ권을 차져 보쇼셔"라는 문구가 있고, 군데군데 이야기가 중요한 전환을 이루는 부분에서 '각설' '차설'

33) 「조웅전」은 방각본 출간횟수 16회, 활자본 출간횟수 6회로, 각각 6회·32회를 수치를 보이는 「춘향전」에 이어 두 번째로 많은 이본을 가지고 있다. 이는 이 작품이 그만큼 인기가 있었고 많이 읽혀졌다는 근거가 된다. 조동일, 앞의 책, 286쪽.

34) 작자층에 대한 추정은 각각 서대석, 조희웅, 심경호에 의해 제기된 의견이다. 서대석, 「군담소설의 出現 動因 反省」, 《고전문학연구》 제1집, 1971; 조희웅, 『조웅전』(형설출판사, 1978); 심경호, 「조웅전」, 『한국고전소설작품론』(김진세 편, 집문당, 1990).

35) 유탁일, 『完板坊刻小說의 문헌적 연구』(학문사, 1981), 85쪽.

'화설' '잇찌예'와 같은, 중국 說話 연행에서 흔히 사용되는 어구가 나타
나고 있어 이 부분이 구연시 이야기를 끊고 다음 공연으로 미루는 지점
이 되었을 가능성이 크다. 그리고 전기수들이 구연시 이러한 어구들을
구사하면서 장단을 맞추고 잠시 휴식을 취했을 가능성도 있으며 동시에
邀錢法을 실시하는 기회로 삼았을 확률도 높다.36)

　이 작품이 특히 필자의 관심을 끄는 것은 비판소리계 국문소설인데도
그 안에 운문이 다수 삽입되어 있다는 점 때문이다. 운문수는 완판과 경판
에 따라 차이가 있는데 완판 104장본에는 15편, 경판 30장본에는 7편이
삽입되어 있다.37) 대체로 완판본이 경판본보다 장편이므로 삽입 운문의
수 역시 완판본이 더 많다. 방각본 중에서도 완판본이 경판본에 비해 삽입
된 운문의 수가 많은데, 논자에 따라서는 완판본의 중심지인 전주가 판소
리의 중심지이기도 하기 때문에 완판본 소설이 이의 영향을 받아 판소리
의 노래 형식과 유사한 가요가 많이 삽입되었다고 보기도 한다.38)

　완판본의 운문 종류를 보면, 한시가 4편, 시조가 6편, 가사 3편, 민요와
가사의 성격이 복합된 가사체 민요 2편이다. 이를 다시 한시와 국문시가
로 나누어 보면 한시가 4편이고 나머지 11편이 국문시가라는 점이 눈에
띤다. 한시는 7언율시 2편, 5언절구 1편, 7언절구 1편이고, 국문시가는
짧은 것은 6구에서 긴 것은 42구에 이르기까지 다양하다. 그런데, 흥미로
운 것은 운문의 종류에 따라 수반되는 악기의 유무, 운문의 발화자39) 운

36) 송진한, 『조선조 연의소설의 세계』(전남대학교 출판부, 2003), 109~110쪽.
37) 「趙雄傳」 완판 104장본, 『한국고전문학전집』 23(이헌홍 역주, 고대 민족문화연구소,
　　1996);「趙雄傳」 경판 30장본, 『한국방각본소설전집』(전자책, 이텍스트코리아, 2001).
38) 임성래, 『완판 영웅소설의 대중성』(소명출판, 2007), 153쪽.
39) '作者'라는 말 대신 '發話者'라는 말을 사용한 것은, 노래를 부른 주체가 해당 노래
　　를 그 자리에서 지은 것인지 자신이 알고 있는 기존의 노래를 그 자리에서 부른
　　것인지 명확히 알 수 없고, 민요의 경우 노래를 부른 사람과 노랫말을 지은 사람이

문을 지칭하는 말, 산문 서술 다음 운문을 삽입할 때 사용되는 운문 제시어 등이 어떤 정형적 패턴을 보인다는 점이다.

먼저 漢詩에 대해서는 '글' '書'라는 말로 나타내는 반면, 국문시가에 대해서는 '곡조' '노래'라는 말로 나타내면서 '거문고'나 '퉁소' 등 악기를 연주하며 부르는 것으로 되어 있다는 점을 들 수 있다. 그리고 산문서술 다음에 운문이 올 때는 한시든 국문시가든 'ᄒᆞ여시되'40)로 일관되어 있음을 볼 수 있다. 「구운몽」의 경우 '-에 왈' '-에 굴와시디'와 같은 한문투의 운문 제시어가 'ᄒᆞ여시디'와 뒤섞여 있는 것41)과는 대조를 보인다. 이로써 우리는 「구운몽」은 한문 국역의 초기 양상을, 그리고 「조웅전」은 번역체가 안정된 후대의 모습을 보여주는 대표적인 예가 된다는 것을 다시 한 번 확인하게 된다.

한편, 한시를 삽입한 경우 앞에는 한글 독음에 현토를 하고 뒤에 뜻풀이를 한 것이 2편이고, 나머지 2편은 뜻풀이가 되지 않은 채 한글 독음만 써놓고 있다. 그리고 운문의 발화자를 보면 한시의 경우는 노옹이 1편, 조웅이 2편, 벽에 쓰인 작자불명의 시가 1편으로 모두 남성인 반면, 국문시가의 경우는 시조 6편 중 조웅이 퉁소를 불면서 노래한 사설시조를 제외하고는 궁녀나 기녀 등 여성들이고, 가사 3편 중 조웅이 궐문에 붙인 것 외에 2편 또한 기녀가 거문고를 연주하며 부른 것이다. 그리고 가사체 민요 2편은 백성과 採藥하던 女童이 노래한 것으로 되어 있다. 이 경우는 악기연주가 수반되지 않는다. 이를 표로 요약·정리하면 다음과 같다.

동일인이 아니기 때문이다. '발화자'는 이 모든 측면을 포괄하여 가리킨다.
40) 표기상으로는 이외에 'ᄒᆞ엿시되' 'ᄒᆞ여쓰되' 'ᄒᆞ여씨되' 'ᄒᆞ어시되' 등 다양하게 나타난다.
41) 본서 제4부 참고.

	한시	국문시가
지칭하는 말	글, 書	곡조, 노래
운문 종류	7언절구, 5언절구, 7언율시	시조, 가사, 민요
운문 제시어	ᄒ여시되	ᄒ여시되
발화자	남성	궁녀·기녀, 백성, 女童
악기 유무	없음	있음(민요는 제외)

시조를 삽입한 예를 들어 보면,

　　원슈 긔특니 여겨 갓가이 안치고 <u>거문고</u>를 안고 셤셤옥슈로 흔곡됴을 희롱
ᄒ이 그 소리 코겨 쳐이 ᄒ야 산호이을 들어 옥반을 ᄭ치 듯ᄒ지라. <u>그 곡조의
ᄒ여시되</u>, "월디 월디 망월디야 일월가치 빗는 츙을 / 쳥가 일곡으로 네가 엇지
굽필소야 / 미지라 송실지보혀여 송실지보혀로다"[42]

와 같은 경우는 위의 표에서 국문시가에 해당하는 내용의 전형적인 양상
을 보여준다. 이 시조는 '금련'이라는 궁녀가 지은 것인데, 그에 앞서 '월
디'라는 궁녀가 不忠한 내용의 노래를 부른 것에 분개한 조웅이 그녀의
머리를 칼로 베어 문밖에 던진 일이 있었기에 그 이름을 이용하여 '망월
대'라 표현하여 망월대가 송나라의 보배 즉 조웅의 忠을 굽힐 수 없음을
노래한 것이다. 시조를 삽입한 것 중 주목할 만한 것은 장소저와 조웅이
서로 주고 받은 辭說時調이다.

　　이윽ᄒ야 안으로셔 쇄락흔 <u>금셩</u>이 들이거날 반겨 들으니 그 곡됴의 ᄒ엿시되,
"초산의 남글 뷔여 긔슬을 지은 ᄯᅳᆫ 인걸을 보려더니 / 영웅은 간 디 업고 걸직
만 흔이 온다 / 셕상의 오동 뷔여 금슬 망근 ᄯᅳᆫ 원앙을 보려더니 / 원앙은 안이

오고 오쟉만 지져괸다 / 아희야 존주바 술부어라 만단 슈회을 지허볼ㄱ 호노라"

　위부인과 소졔 통소 소릭을 듯고 딕경호야 급피 즁문의 나와 들으니 초당으셔 부닌지라. 소릭 징영호야 구름 속의 나닌지라. 그 곡됴의 호엿시되, "십년을 공부호야 천문됴을 비혼 쓰즌 / 월궁의 소ᄉᆞ올나 힝아을 보려더니 / 셰연이 잇도더니 은하의 오쟉교 업셔 오르긔 어렵쏘다 / 소샹의 딕을 베혀 통소을 망근 쓰진 옥셥을 보려ᄒᆞ고 / 월하의 슬피 분들 지음을 뉘 알이요 / 두어라 알 이 업스니 원긱의 슈회을 위로홀ㄱ 호노라"

　첫 번째 것은 조웅의 실상을 알지 못하는 장소저가 乞客의 행색을 하고 있는 조웅을 두고 琴을 연주하며 부른 것이고, 두 번째 것은 조웅이 퉁소에 맞춰 부른 것이다. 두 작품 모두 전형적인 시조 종장의 형태를 띠고 있다. 그런데, 앞서 제시한 표의 정형적 패턴이 깨어지고 있음을 보게 된다. 즉, 국문시가는 여성, 그것도 궁녀나 기녀처럼 규중의 여인이 아닌 여성이 부르는 것이고 한시는 남성이 읊조리는 것이 일반적 패턴이며, 장소저는 양반가 여성이므로 한시를 지을 줄 알 것인데 왜 두 사람이 한시가 아닌 사설시조로써 창화를 것으로 설정했는지 규명이 필요하다.
　그것은 작중 인물의 능력이나 시를 짓는 상황에 초점을 맞추기보다는 한문을 모르는 독자를 위한 배려가 더 크게 작용했기 때문으로 본다. 한시의 경우는 일일이 뜻풀이를 해야 해서 번거로웠을 것이므로, 둘이서 한시를 주고 받는 경우라면 그 번거로움은 더욱 커졌을 것이다. 그렇다고 남녀간에 수작하는 노래인데 한 쪽은 한시로 다른 한 쪽은 시조로 할 수도 없는 것이다. 그리하여 일반적인 패턴을 깨고 남성이 퉁소를 불며 시조를 노래하여 상대 여성의 시조에 화답하는 상황으로 설정할 수밖에 없었다고 보여진다.
　이 점은 독자나 이야기를 듣는 청중의 요구가 텍스트에 반영된 근거라 할 수 있다. 방각본은 어디까지나 상업성을 띠고 영리를 목적으로 출판된 것으로 국문소설이 주류를 이루었다. 그러므로 방각본 소설의 실질적 구매자는 한글을 문자수단으로 하는 일반 서민들이었을 것이고 영리추구를 위해서 방각업자들은 이들의 요구와 필요에 부응해할 필요가 있었던 것이다.

다음으로 한시의 예를 들어 보도록 한다.

> 웅이 올히 녀기나 힝장의 ᄀ진 거시 업고 다만 손의 붓치 뿐이라. 붓치을 펴여 글 두어 귀을 써쥬며 왈, "이거스로 일후의 신을 숨으소셔." 소져 바다보니 <u>ᄒ여시되</u>, "통소로 쟝화옥녀금ᄒ고 / 젹막 심규이 광부지라 / 금안야랑이 슈가ᄋ오 / 쟝씨방년의 조웅시라 / 문장취벽니 쾌일표ᄒ니 / 분도화연의 농ᄀ희라 / 신풍슈어 엄누ᄉ하니 / 소식이 망망 부도시라."
>
> 이 글 쓰즌, "통소로 옥녕의 거문고을 화답ᄒ고 / 젹막 심규의 밋친 흥의 드러ᄀ난지라 / 금안 야랑이 뉘 집 ᄋᄒ랴 / 쟝씨 쓰드온 인연이 됴웅이 분명ᄒ도다 / 문쟝 취벽의 흔 표즈을 걸고 / 분도 화연의 가희을 희롱ᄒ난쏘드 / 신벗 바람 두어 말의 눈물노 하직ᄒ니 / 소식이 망망ᄒ야 아모 쩌을 의논치 못ᄒ리로다" ᄒ여더라.

위 인용부분은 조웅이 부채에다 시를 써서 장소저에게 주는 대목인데 삽입된 시는 7언율시이다. 한글로 시의 독음을 쓰고 현토한 뒤, 그 뜻을 풀이하고 있다. 그런데 한시 4편 중 율시 2편만 이처럼 뜻풀이를 하고, 절구 2편은 독음만 달아 놓고 있어 율시 쪽이 길이가 길어 독자가 이해하기 어려울 것으로 보고 풀이를 한 것으로 보인다.

「조웅전」에 삽입된 15편의 운문 중 가장 긴 것은 궁녀 '매화'가 지은 <太平曲>으로서 42구나 되는 장편이다. 이 곡을 부르게 되는 경위를 보면,

티자 즐거옴믈 이긔지 못ᄒ야 취흥타 미화을 블너 좌중의 안치고 분부 왈, "이런 티평연의 네 엇지 홀노 질기지 안이 ᄒ이요. 이제 원슈을 위ᄒ야 오날 거동으로 네 티평곡을 지여 만진즁을 위로ᄒ라." ᄒ시이 미화 고두 슈명ᄒ고 거문고을 안고 좌의 단좌ᄒ야 줄을 끌나 셤셤옥슈로 줄을 희농ᄒ며 단슌을 반기하야 청가일곡을 거문고의 창화ᄒ니, (中略) 그 곡죠의 <u>하엿시되</u>, "반갑쏘다 반갑쏘다 셜리 츈풍 반갑도다 / 더듸도다 더듸도다 쳘이마 타 온 힝츠 / 어이 글리 더듸든고 / (中略) / 여군동취ᄒ여 만셰 동낙ᄒ올이라 / 만셰 만셰 만만셰예 공덕을 싸올이라." ᄒ엿더라.

이 운문의 형태는 歌辭로 볼 수 있는데, 여기서 주목할 점은 태자가 매화에게 '태평곡을 지어 진중의 병사를 위로하라'고 했다는 구절과 명을 받은 매화가 거문고에 창화하여 그 곡을 불렀다는 구절이다. 그렇다면 이 <태평곡>의 노랫말은 매화가 즉석에서 지은 것이라 할 수 있지만, 그렇다고 거문고 곡조를 그 자리에서 만들었다고 볼 수는 없다. 노랫말만 새로 지어 이미 있는 곡조에 얹어 불렀다고 보는 것이 타당하다.

한편 「조웅전」에는 민요 성격의 노래가 두 편 삽입되어 있는데 그 중 <시졀노릭>를 들어 보기로 한다.

일일은 웅이 홍혼의 명월 디하야 보수홀 뇌칙을 싱각ᄒ더이 (中略) 두로 거러 흔 곳더 다드르니 관동이 모다 시졀 노릭을 불으거늘 들으이 그 노릭예 ᄒ여시되, "국파군망ᄒ니 무부지즈 나시도다 / 문계가 슈졔되고 티평이 난셰로다 / 천지ㄱ 불변ᄒ니 산쳔을 곳칠손야 / 삼강이 불퇴ᄒ니 오른을 곳힐 손야 / 청쳔빅일 우쇼쇼난 / 충신 원루 안이시면 쇼인의 화싁로다 / 슬푸다 창싱들아 오호의 편쥬타고 / ᄉ희예 노이다가 시졀을 기다려라"

"冠童이 모다 시졀노릭을 불으거늘"이라는 구절로 미루어 이 노래를 부르는 사람은 어른아이 할 것 없는 일반 백성이라 할 수 있는데, 그 내용을 보면 이 노랫말을 지은 사람은 시절을 '난세'로 표현하며 세상 돌아가는 상황에 불만과 우려를 갖고 있는 식자층인 것으로 보인다. "슬푸다 챵싱들아"라는 구절에서 이 점은 더욱 분명해진다. 이 노래의 시적 화자는 시적 청자에 대하여 우월한 입장에서 상대를 '챵생들아'라고 부르면서 '시절을 기다리라'고 명령조의 발화를 하고 있는 것이다. 만일 이 노래의 작자와 창자가 모두 민간계층이라면 명령형 대신 '-하자'와 같은 청유형으로 표현했을 것이다. 그리하여 이처럼 작자와 창자가 불일치하는 현상은 작자의 시점이 창자의 시점으로 침투해 들어간 데서 야기된 결과이며, 이같은 시점침투현상은 결국 작자가 백성들에 의탁하여 자신의 생각을 대리 표출한 데서 비롯된 것이라고 본다.

이 작품에 삽입된 다양한 형태의 운문들은 모두 작중 인물의 목소리로 발화되며, 서사 내에서 남녀 간에 자신의 생각을 전달하거나 시절을 간접적으로 풍자하는 구실, 연회의 자리에서 흥을 돋우는 구실, 한 개인의 재주를 드러내는 구실 등을 행한다. 따라서 운문은 산문의 내용에 새로운 정보를 부가하여 서사를 진전시키는 역할을 하므로 산운 결합방식은 '계기식'이 주를 이룬다고 할 수 있다.

「구운몽」과는 달리 「조웅전」에 이처럼 많은 국문시가가 삽입된 것은, 「구운몽」은 한문을 원전으로 하여 그것을 토대로 국문본이 나왔고, 「조웅전」은 처음부터 국문본으로 유통되었기 때문이다. 다시 말해 「구운몽」의 국문본은 한문본을 번역한 것이기에 아무래도 한시를 삽입할 수밖에 없었는데, 한시의 독음만 써넣자니 한글을 주요 문자수단으로 하는 일반 독자층이 이해하기 어려워 호응을 얻을 수 없을 것이고 독음과 더불어 뜻풀이를 하자니 번거로웠을 것이며, 그렇다고 국문본을 내면서 국문시가를 새로 끼워 넣는 것도 용이한 일이 아니었을 것이다. 한편 「조웅전」은 한문본을 토대로 한 것이 아니므로 이런 제약에서 자유로울 수 있었던 것으로 보인다. 그래서 한시가 아닌 국문시가를 적재적소에 활용하여 읽는 재미를 더할 수 있었을 것이다.

그러나 구연을 하는 경우라면 사정은 달라진다. 운문은 박진감과 긴장감 있게 이야기를 전개해 나가는 데 있어 오히려 그 긴장을 이완시키고 줄거리 연결을 방해하는 잉여적 요소가 되었을 것이므로 구연자는 운문을 대부분 생략했을 것으로 추정할 수 있다. 그러나 逆으로 줄거리 전개를 '지연'시킴으로써 청중의 궁금증을 유발하는 구연기법으로 기능할 수도 있었다고 본다. 그렇다고 해도 그 수는 많지 않았을 것이며 청중의 호응도나 반응에 따라 넣을 수도 뺄 수도 있는 '선택적·유동적' 요소였을 것으로 본다.

제3부

口演類 서사체와
시가 운용

중국의 구연류 서사체

1. 구연류 담론에서의 연행과 문자기록의 관계

오늘날 전해지는 돈황 寫本들이나 화본소설 자료들을 두고, 강창예술의 연행자나 설화인이 연행에 사용한 底本 혹은 臺本으로 보는 설이 일반화되어 있다. 그러나 '저본'을, '문서나 저작의 초고' 또는 '抄本이나 刊印本이 의거하는 原本'이라고 하는 사전적 의미를 토대로 '공연에 모인 사람들에게 技藝人들이 俗講이나 說話를 행할 때 이야기의 전개나 암기를 위해 줄거리나 내용 등을 적은 글'[1]로 정의한다면, 오늘날 우리가 보는 텍스트들을 과연 저본이라 할 수 있을까 하는 의문이 생긴다. 오늘날 전해지는 텍스트들은 소략하고 군데군데 내용이 누락된 것도 있지만, 대개는 정제되고 구체적인 부분까지 기술되어 있는 것이므로, 연행을 담당하는 사람이 그처럼 상세하게 기록하고 그것을 암기하여 청중 앞에서 공연을 했다고 볼 수는 없기 때문이다. 우리는 실제 그 저본의 본 모습이 어떤 것인지 알 길이 없지만, 그것은 공연에 필요한 내용이나 줄거리, 지침 등을 적은 비망록 성격의 간단한 메모였을 것으로 추정할 수 있다.

---

1) 김영식, 「宋 以前 說唱과 그 底本에 관한 탐색」, 《중국문학》 제25권, 1996.

　강창예술도 우리나라 판소리와 마찬가지로 어떤 대본을 보고 익히는 것이 아니라 스승으로부터 구두로 익혔으며 상당수는 맹인이거나 문자를 전혀 모르는 사람이 공연했다는 근거도 있다. 그러므로 저본이 있었는지에 대해서도 확언할 수 없지만, 있었다 해도 연행자가 공연할 때 그 저본의 내용을 익혀 그대로 연행을 한 것이 아니라, 기본적인 줄거리에 청중의 호응도, 공연 시간, 연행자의 컨디션 등 제반 연행 상황에 따라 자신의 능력이나 장기 또는 취향을 즉흥적으로 가미하는 유동성이 있었을 것이다.

　처음에는 연행의 수준도 낮고 레파토리도 다양하지 않았을 것이기 때문에 저본도 필요없었을 것이고 소박하고 단순한 형태로 연행이 이루어졌을 것이다. 그러나 시간이 지나는 동안 공연하는 품목도 많아지고 각 품목별로 수많은 횟수의 공연이 이루어지면서 내용이나 표현도 복잡해지고 정교하게 다듬어졌을 것으로 추측할 수 있다. 이에 따라, 공연시 참고할 만한 저본이 없이는 각 품목들의 줄거리나 내용을 다 기억하기가 힘들어졌을 것이므로, 청중을 더 많이 모을 수 있는 효과적이고 성공적인 공연을 위해서라도 저본이 필요해졌을 것이다.2) 그러나 강창예술은 상황에 따라 순간순간 순발력 있게 변화를 요하는 것이어서, 저본이 있다 해도 연행자는 공연에서 행해지는 모든 내용과 표현을 상세하게 기록할 필요가 없었고, 단지 중요한 부분 특히 詩같은 것을 기재하여 필요할 때 활용하는 정도였을 것이다.

　그런데 講經이나 俗講 등을 행한 것을 관리나 승려, 학생, 일반인이 문자로 기록하는 과정3), 說話人이 공연을 한 것을 文人이나 識字層, 상

---

2) 胡士瑩, 『話本小說槪論』(臺北 : 丹靑圖書有限公司, 1983), 153∼154쪽.
3) 돈황에서 발견된 사권에는 그것을 필사한 사람의 이름이 적혀 있는데, 그 계층은 문서를 전문적으로 다룬 관리, 승려, 학생, 일반인 등이다. 관리의 경우는 민간의 풍

인 등이 채집하여 기록하는 과정, 그리고 그것들을 刊印하는 과정에서 다양하게 변개가 가해졌을 것으로 추정할 수 있고, 여러 차례에 걸친 변개의 결과물이 바로 오늘날 연구 대상으로 하는 텍스트들인 것이다. 그러므로 오늘날 전해지는 文字 記錄物을, 공연을 위한 저본이나 대본으로 부르는 것은 어폐가 있다고 생각한다. '저본'이나 '대본'은 연행을 위하여 '事前'에 준비된 텍스트라는 의미를 지니므로, 강창으로 연행이 이루어지고 난 다음 '事後'에 문자로 기록해 놓은 것을 저본이나 대본이라 할 수는 없는 것이다.

연행이 끝난 뒤 속강이나 설화의 애호가, 상인, 관리, 문인, 書生, 藏書家, 출판인 등이 오락적·상업적 목적 혹은 일회성으로 끝나는 이야기를 자신이 소장하여 즐기고자 하는 취미 차원의 동기를 가지고 필사를 하거나 이를 바탕으로 약간의 加筆과 윤색을 하여 刊印을 하기도 했는데, 기본 이야기 소재들을 토대로 이야기가 구연되고 이것이 간인되기까지의 과정을 다음과 같이 나타내 볼 수 있다.

生素材 (연행 전) (A) → 공연을 위한 메모(연행 전) (B) → 연행 (C) → 연행내용의 필사기록 (연행 후) (D) → 刊印 (E)

(A)는 민간에서 유전되어 온 고사, 불경에 포함된 고사, 민간 가요, 역사 고사, 唐代 문인들의 傳奇, 筆記 등과 같이 하나의 '公演物'로 완성되

속과 이야기를 수집하거나 軍의 절도사를 위한 오락거리의 제공, 교방의 소재 개발 등을 위해 돈황 사본을 필요로 했고 승려는 대중 弘法을 위해, 학생은 과거를 위해 올라왔다 낙제하고 집에 돌아갈 여비를 마련하기 위해, 그리고 일반인은 상업적 목적으로 돈황 사권을 抄書했을 것으로 추정된다. 김민호, 「敦煌 講唱寫本은 과연 說唱藝人의 底本이었는가?」,《중국소설논총》 제6집, 1997, 134~139쪽.

기 전의 이야기 자료로서 이럴 경우 '生素材'⁴⁾라 부를 수 있다. (B)는 '저본'이라 부르는 것이 타당한데 이 때의 저본은 공연 전에 연행자가 공연을 위해 간단하게 메모를 해 둔 비망록 성격의 기록물을 의미한다. 이 저본에는 공연할 이야기의 줄거리, 삽입해야 하는 詩詞와 같은 것들이 간단하게 기재되어 있었을 것으로 본다. 공연자를 인터뷰한 자료에 의하면 주로 운문이 기재된다고 하는데 그것은 唱部의 경우 단 한 글자도 바뀌어서는 안되기 때문이라는 것이다. 또한 경우에 따라 標題 및 각 표제별 주요 사건 등을 간단히 메모하는 경우도 있다고 한다.⁵⁾ 그러나 講說部의 경우는 공연에서 청중이 지루해 하는 반응을 보이는 부분은 잘라내기도 하고, 재미있어 하면 더 길게 부연할 수도 있는 등 유동성을 지니므로, 매 공연마다 다른 양상으로 전개되었을 것으로 추측할 수 있다. 한 사람이 동일한 레파토리를 가지고 공연한다 해도 실제 공연 내용은 각각 다른 것이 구비문학의 특징인 것이다. 이같은 (C)단계의 담론을 '口碑演行物'이라 부를 수 있을 것이다.

연행이 끝나고 난 뒤 다양한 필요와 목적에 따라 이를 筆寫하는 사람이 있게 되었는데, 이렇게 해서 이루어진 문자기록물 —위의 표에서 (D)— 에 대해서는 '筆寫 記錄物'이라고 부를 수 있을 것이다. 돈황 문서의 경우 '敦煌 寫卷'이라 칭하는 것도 그것들이 필사기록물 상태로 발견이 되었기 때문이다. 연행자는 자기네들의 공연내용이 문자화되어 유통되는 것을 원하지 않았는데 그것은 공연에 그들의 생계가 달려 있기 때문에 레파토

---

4) 宋·元 시기에 문인 출신의 서회선생 등과 같은 전문적인 筆寫者가 많이 있었는데 이들은 공연 내용을 필사했을 뿐만 아니라 새로운 이야기를 써서 설화인에게 제공하기도 했다. 이럴 경우 문인에 의해 제공된 새로운 설화 소재도 (A)에 포함시킬 수 있다.

5) Victor H. Mair, *T'ang Transformation Texts* (Cambridge : Harvard Univ. Press, 1989), p.115.

리가 밖으로 유통되면 수입의 감소를 초래할 수 있기 때문이다. 따라서 공연이 끝난 뒤 이를 필사한 사람들이 있다면 아마도 상업적 동기가 작용했을 것으로 본다.6)

宋代에 이르면 시민계층이 경제적·사회적으로 급부상하게 되어 이들은 새로운 오락거리를 필요로 했는데 이같은 수요에 부응하여 성행을 이룬 것이 바로 청중을 상대로 이야기를 공연하는 '說話技藝'이다.7) 南宋代에 이르러 인쇄술이 크게 발전함에 따라 설화 공연이 행해진 뒤 필사된 텍스트들에 가필과 윤색을 하여 세련되게 다듬은 뒤 책으로 刊印하는 사례가 많아지게 된다. 宋·元 시기에는 문인 출신의 書會先生·才人·老郞 등과 같은 전문적인 필사자가 있어 공연내용을 기록하기도 하고, 나아가 그들이 새로운 이야기를 만들어 설화인에게 제공하기도 하였다. 그리고 明代에 이르면 여기저기 흩어져 전해오던 것들을 수집·정리하여 출판하는 일이 빈번해졌는데 공연내용의 필사 기록에 가필과 윤색을 가해져 刊印된 것이 (E)로 오늘날 우리가 접할 수 있는 텍스트들은 바로 이 단계의 것이다. 이때 활자로 간인된 텍스트 즉, (E)단계의 텍스트는 아직 인쇄물화되기 전의 필사 기록 단계의 텍스트, 다시 말해 설화공연 내용을 적어둔 (D)단계의 '필사 기록물'과 구분하여 '活字 記錄物'로 부를 수 있다. 요컨대 (A)는 생소재 (B)는 저본 (C)는 구비 연행물 (D)는 필사 기록물 (E)는 활자 기록물로 규정된다.

이들 筆寫物·印刷物은 문자로 기록이 되었고 또 후에 읽기의 대상이 되었다 하더라도 애초에 오락과 구경거리를 제공한다고 하는 '연행'의

---

6) *ibid*, p.116.

7) 우리나라에서 '說話'는 구비문학의 영역에서 '民謠'에 대응되는 것으로 神話와 傳說, 그리고 民譚을 총칭하는 말로 사용되는데 중국의 경우는 청중 앞에서 운문을 섞어가며 이야기를 펼치는 연행예술의 한 종류를 가리키는 말로 사용된다.

목적과 동기에서 출발한 만큼, 지금 여기서 말하는 '구연류 담론'으로 분류될 수 있음은 물론이다. 그리고 지금 논의되는 구연류 담론의 실질적 대상이 되는 것도 이들 (C) (D)와 같은 문자기록물인 것이다.

여기서 한 가지 짚고 넘어가야 할 점은 俗講이건 說話건 연행을 문자기록화하는 과정에는 어느 정도 '글쓰기' 개념이 개입되어 있다는 사실이다. 연행내용이 필사되는 과정은 다음과 같이 설명할 수 있다.8) 먼저, 연행자는 어떤 레파토리를 수차례 반복적으로 공연했는데 매번 똑같게 하기보다는 다양한 형태로 새롭게 변형하여 공연을 했고, 필사자는 여러 공연들 가운데 가장 독특한 것, 그리고 여러 차례의 반복된 공연을 통해 균질화된 것을 기록했을 것이다. 그러므로 필사된 텍스트는 공연자의 입장에서 보면 가장 숙달된 것이고, 기록자의 입장에서 보면 여러 차례 반복해서 관람한 것 중 최상의 것이었을 것이다. 이렇게 볼 때 기록된 이야기는 그 누구의 소유도 아니며 완전히 독창적인 텍스트도 존재할 수 없다. 연행내용을 문자화할 때 보고 들은 대로 한 글자의 가감도 없이 그대로 기록하기보다는 기록자의 취향이나 주관적 관점이 개입하여 내용의 첨삭이나 표현 기교, 수사법, 사건 전개, 또는 말이나 가창 부분의 加減 등 여러 형태의 加筆과 변개, 윤색이 있었을 것으로 추측할 수 있으며 이것은 미약하나마 글쓰기 의식이 반영된 것으로 볼 수 있는 것이다. 그리고 이때의 기록자는 독창적으로 문학작품을 생산해 내는 일반적 의미의 제1작자군과는 구분되는 '제2작자군'으로 분류될 수 있을 것이다.

---

8) Victor H. Mair, *op.cit.*, p.122.

2. 구연류 담론의 종류

논자에 따라서는 先秦의 대부분의 고적들이, 많은 경우 강창이나 희곡 형식으로 노래되고 읊어졌던 것들로서 說書의 대본과 비슷한 성격의 것[9]이라 하여 말과 노래를 섞어 이야기를 펼쳐 나가는 예술형태의 기원을 선진시대부터 잡기도 한다. 그러나 앞서도 언급했듯 이 때의 연행은 오락이 1차적 목적이 아니라 책에서 정보를 얻는 것이 주된 목적이었던 만큼 구연류 텍스트로 분류될 수 없다. 중국에서 대중을 상대로 말과 노래를 섞어 이야기를 펼쳐 나가는 연행예술이 크게 성행하기 시작한 것은 唐末 이후이다. 돈황 석굴에서 발견된 寫卷들은 이 시기에 이르러 강창 형식의 연행예술이 얼마나 성행했는가를 말해 주는 근거가 된다.

돈황석굴에서 발견된 일련의 寫卷들을 '돈황 텍스트'라는 말로 총칭할 때 그것은 講經文·變文·話本·詞文·民間賦로 크게 나뉜다.[10] 이 중 산운 혼합서술 문체로 이루어진 것은 강경문·변문·화본이다. 강경문과 변문은 講經과 俗講 법회에서 행해진 연행내용을 기록한 것인데, 강경문은 俗講僧이 스님들을 위하여 불경 교리를 설하거나 불경 고사를 이야기한 것이고, 변문은 속강승이 일반 대중을 위하여 속화된 내용의 고사를 이야기한 것이다.

漢末 불교가 전래된 이래 그 세는 꾸준히 확장되어 당대에 이르면 융성기를 맞이하게 되지만 불교 경전은 내용이 난해하여 일반 신도는 물론 스님들도 이해하기가 힘들다는 한계가 있었다. 그래서 唐代 사원에서는 한편으로는 포교를 위하여 그리고 한편으로는 신도수를 늘려 사원의 재

---

9) 김학주, 『中國古代文學史』(명문당, 2003), 280쪽.
10) 전홍철, 「돈황 강창문학의 서사체계와 연행양상 연구」, 한국외국어대학 대학원 박사논문, 1995, 13~33쪽.

정을 확보하기 위한 방편으로 법회에서 講說과 唱을 섞어 불경의 내용을 쉽게 해설하여 들려주기에 이른다. 처음에는 일반 대중을 대상으로 하는 속강을 위하여 전문적으로 이에 종사하는 俗講僧이 양성되었다. 이 속강승들이 스님을 위하여 불경 위주로 설하였는데 그 문자기록물이 講經文이며, 다음 단계로 일반 대중을 대상으로 불경 속의 고사나 인물 위주로 쉽게 풀어 이야기를 전개했는데 시간이 흐르면서 대중의 흥미에 영합하는 방향으로 점점 俗化되고 내용도 꼭 불교나 불경에 국한되지 않고 민간에서 유행하던 고사나 역사 고사 등에까지 확대되기에 이른다. 이때 속강승들이 일반 대중을 상대로 연행을 한 것의 문자기록물이 바로 變文이다. 그러므로 강경문은 변문의 초기 형태이자 속강 화본의 최초 형식이라 할 수 있다.

강경문 첫 부분에는 押坐文이라 하여 연행의 자리를 정돈하고 늦게 오는 청중을 기다리는 시간을 확보하며, 청중의 관심을 집중시키고 연행될 이야기의 大意를 미리 암시함으로써 청중의 이해를 돕는 구실을 하는 운문이 제시되고, 끝 부분에는 대의를 다시 한 번 요약하고 연행의 자리를 해산하는 구실을 한 解座文이 배치되는 체제로 되어 있다. 그러나 압좌문과 해좌문이 본 텍스트와 함께 전해지는 것은 그리 많지 않고 따로따로 전해지는 경우가 많다.

'변문'은 불경의 내용에 관한 佛敎故事系와 민간에 유통되는 고사, 중국의 역사 고사가 소재가 된 中國故事系로 나눌 수 있는데 「降魔變文」 「破魔變文」 등이 전자에 속한다면 「伍子胥變文」, 「孟姜女變文」 등은 후자에 속한다. 강경문과 불교고사계 변문의 차이로서, 강경문이 唱經이라 하여 경문을 吟唱하는 부분이 있는 것에 비해 변문은 창경이 생략되고 講과 唱만으로 구성되어 있다는 점, 강경문은 수행과 선행을 강조하는 교훈성이 강한 반면 변문은 우화성과 설화성을 겸비한 인연담·비유담이 주로 활용한다는 점 등을 들 수 있다.11) 일반 대중을 대상으로 한 속강 법회에는 음악과 그림까지 활용되어 종합예술적 성격을 띤다.

'敦煌話本'12)은 說과 唱의 이원적 구성 중 唱部의 기능이 현저히 약화 되거나 생략된 채 산문체의 講部가 주가 되는 텍스트를 일컫는다. 원래 변문은 唱部의 비중이 컸는데 좀 더 재미있고 흥미진진한 것을 원하는 청중의 요구에 부응하여 說白 부분을 늘리고 묘사를 강화하는 한편 설 백 내용과 중복되는 唱詞는 생략하고 전체적으로 운문의 수도 대폭 줄 여서, 唱詞보다는 說白에 더 비중이 두어진 형태로 轉化하게 되었다. 이 렇게 하여 宋·元의 소설 화본과 비슷한 모습을 띠게 된 것이 바로 돈황 화본인 것이다.13) 따라서 돈황 화본은 話本의 초기 모습을 보여 주는 것으로 宋代 話本의 선구가 된다고 할 수 있다.14)

南宋代에 들어오면 시민계급이 경제적·사회적으로 급부상함에 따라 그들의 오락거리로서 說話業이 성행하게 되는데, 설화란 청중앞에서 講 과 唱을 섞어 이야기를 전개하고 관람료를 받는 흥행예술이다. 그러나 講과 唱 중 창의 비중이 현저히 줄고, 강 위주로 이야기를 펼쳐 간다. 그리고 이 설화 공연내용을 문자기록화한 것이 바로 '화본'이다. 唐 이전 에도 설화 예술이 존재했었다는 것은 여러 단편적인 기록들을 통해서도 추측할 수 있고 中唐 무렵에는 이미 직업적인 설화인도 있었지만15) 그 수준은 간단히 고사를 이야기하는 정도였고, 송대에 이르러서야 설화는

---

11) 전홍철, 위의 글, 68~77쪽.
12) 돈황 석굴에서 발견된 화본을, 송대 이후 성행한 설화예술의 산물로서의 화본과 구분하기 위하여 보통 '돈황 화본'이라 부른다.
13) 王重民, 「敦煌變文硏究」, 『敦煌變文論文錄』 上(周紹良·白話文 編, 明文書局, 1985), 305쪽.
14) 胡士瑩, 앞의 책, 26쪽.
15) 김학주, 앞의 책, 425쪽.

흥행과 영리를 도모하는 일종의 상업수단으로서 잘 짜여지고 체계적인 수준을 보여 주는 예술상품의 단계에 이르게 되는 것이다. 그리고 說話라는 말도 당 이전에는 찾아볼 수 없고 당대에도 "說一個好話" "說一枝花話"와 같은 조합으로 사용되었으며, 송대에 이르러 '說'과 '話'를 연용하여 '說話'라는 말이 사용되기에 이른다.

송대에는 '說話四家'라 하여 小說·說經·講史·說鐵騎兒의 네 가지[16]가 특히 성행했는데, '소설'은 短篇의 고사를, '강사'는 長篇의 고사를 연행하는 것이고, '설경'은 불경의 내용을, '설철기아'는 전쟁 이야기를 소재로 한 것이다. 이 중 가장 인기가 있었고 가장 먼저 가공·윤색을 받아 독서물이 된 것은 銀字兒라고도 불렸던 소설의 화본이다. 講史의 화본이 長篇인 것에 비해 이 소설의 화본은 短篇으로서, 우리가 오늘날 보통 '話本小說'이라 하는 것은 바로 이 '小說의 話本'을 가리킨다. 한편 講史는 元代에 이르러 平話라고 불렸는데, 소설의 경우와 마찬가지로 '平話' 역시 원대의 설화 기예의 한 종류를 가리키는 동시에 원대의 장편 화본을 가리키는 명칭이기도 하다.[17] 이 장편 화본은 淸代에 이르면 다시 '演義'로 불리게 된다.

화본소설[18]의 체제는 보통 '入話 —正話— 結尾'의 세 부분[19]으로 이

---

16) 說話四家가 무엇무엇을 가리키는지에 대해서는 의견이 분분하다. 이에 대한 논의 는 胡士瑩, 앞의 책, 96~104쪽 참고.

17) 胡士瑩, 앞의 책, 165쪽.

18) '소설'은 단편의 짧은 이야기를 청중 앞에서 공연하는 技藝의 명칭인 동시에 단편 화본의 명칭, 다시 말해 설화문학의 한 양식을 가리키는 명칭이기도 한 것이다. 오늘 날 전해지는 화본 중 대다수가 소설의 화본이므로 '화본'이라 하면 보통 소설 화본을 가리키는 경우가 많다. 그런데 소설의 화본을 떼어 '소설'이라 부를 때 오늘날의 novel이나 fiction 개념의 소설과 혼동이 생기기 쉽기 때문에 많은 연구자들은 이를 '화본소설'이라 부르고 있다. 필자도 이를 수용하여 화본소설을, '단편의 짧은 이야기 를 구연한 것을 문자화한 텍스트'의 개념 즉, 소설의 화본으로 이해하고자 한다. 그 리고 이와 구분하여 '화본'은 설화사가의 공연내용을 문자기록화한 것을 총칭하는 이

루어져 있는데 입화 부분에는 한두 편 많게는 십 여 편의 詩詞 및 이들
에 대한 해설이 곁들여지기도 하고 경우에 따라서는 본격적인 이야기인
正話와 유사하거나 상반되는 내용을 지닌, 揷話 성격의 작은 이야기가
포함되기도 한다. 正話는 중심이 되는 본격적인 이야기이고, 結尾는 한
편의 화본을 마무리하는 단계로서 의론문이나 한 두 편의 詩詞가 포함
된다. 입화 부분에 포함된 篇首의 시는 開場詩라고 하고 끝 부분에 있는
結尾의 시는 散場詩라고도 하는데, 이들은 그 형식과 기능면에서 각각
講經文의 押坐文과 解座文의 영향을 받은 것으로 보고 있다.

개장시와 압좌문, 산장시와 해좌문은 텍스트에서 각각 맨 앞과 맨 뒤
에 위치한다든가 공연의 시작과 끝을 알리는 기능을 한다는 점에서는
동일하지만, 송원의 설화는 홍행을 목적으로 하고 영리를 추구하는 대중
예술이므로 그 역할에 있어 다소의 차이가 있다. 즉, 설화는 청중을 더
많이 모아 공연 수입을 올리는 데 목적이 있으므로 공연 전에 아름다운
어구의 운문을 읊조림으로써 시간을 끌고 청중의 주의를 집중시키면서
공연을 즐길 준비를 하게 하는 것이 바로 개장시의 역할이었던 것이
다.[20] 또한 개장시는 正話의 요지나 大意를 직접 간결하게 설명함으로
써 공연내용에 대한 청중의 이해를 돕는 구실도 했다. 개장시는 三言二
拍과 같은 백화 단편소설의 '제목'과 明淸 장회소설의 '篇目'에까지 영향
을 미치게 된다. 한편, 散場詩는 故事의 大意를 총괄하여 이야기를 마무

말로 사용하고자 한다. 즉, 이 글에서 '화본소설'은 독서용으로 재편된 소설의 화본
을 가리키는 말로 사용하게 될 것이다. 중국소설사에서 소설의 화본은 단편소설, 강
사 화본의 경우는 장편소설의 흐름 속에서 다루어진다.

19) 학자에 따라서는 題目—篇首—入話—頭回—正話—篇尾의 여섯 단계를 제시하기도
한다. 胡士瑩, 앞의 책, 130~142쪽.

20) 김영식, 「中國 古典小說中에 나타난 詩歌成分에 관한 考察」, 《中國文學》 제19집,
1991, 141쪽.

리짓는 구실이나 교훈을 제시하는 구실을 하며 때로는 傳奇의 의론문과 같은 구실을 하는 경우도 있다. 그리고 이는 元 雜劇의 結尾에 나오는 題目·正名에 영향을 미쳤다.[21]

송대에 성행한 공연예술 중에는 '鼓子詞'라는 것도 있었다. 설화에서는 운문의 비중이 크게 줄어들어 강설 부분을 위주로 하고 간간이 운문을 삽입하는 형태의 공연이 이루어졌는데, 고자사는 변문처럼 운문 혹은 唱詞가 위주가 되는 것이므로 보통 변문의 형태를 직접 계승한 강창문학으로 설명된다.[22] 본서 제4부에서 다루어질 「刎頸鴛鴦會」 또한 <商調 蝶戀花>와 거의 흡사한 체제로 이루어져 있어 고자사의 성격을 다분히 지닌 작품이다.

3. 구연류 담론의 제 특징들

이들 구연류 텍스트가 공통적으로 갖는 특징을 보면 대체로 구어체로 된 점, 텍스트 맨 앞이나 맨 끝 또는 이야기 간간이 詩詞나 민간가요 등을 삽입하여 산문과 운문의 교직으로 텍스트가 구성된다는 점, 많은 경우 詩詞를 텍스트 首尾에 배치하여 액자식 서술의 면모를 보여준다는 점, 청중을 상대로 한 연행의 결과물이므로 서술에 있어 인물의 시점에 연행자의 시점이 침투하는 경향이 강하다는 점 등을 들 수 있다. 이런 공통점들을 중심으로 구연류 담론들의 특징을 살펴보도록 한다.

---

21) 김영식, 위의 글, 143쪽.
22) 양회석, 『중국희곡』(민음사, 1994), 23쪽.

3.1. 散韻 결합의 양상

산운 결합의 양상은 크게 繼起式·系列式·準繼起式으로 분류된다. 구연류 텍스트는 一回性·口頭性을 지닌 연행예술이므로 한 번 말로 발화된 것은 되풀이할 수 없다는 특징을 지닌다. 그러므로 청중들이 이야기의 흐름을 잘 이해할 수 있도록 말로 한 다음 唱詞로 되풀이하는 계열식 결합이 가장 많이 활용되는 것이다. 계열식 결합은 산문과 운문, 혹은 운문과 산문의 내용이 언술의 표층적 층위에서 서로 겹쳐지는 '중복'과 언술의 심층적 층위에서 서로 포개지는 '등가'로 구분할 수 있는데, '중복'의 양상은 강경문이나 변문에서, '등가'의 양상은 화본소설에서 두드러진 특징으로 부각된다.

有相夫人은 용모가 단정하고 노래에도 능했다. 하루는 궁전에서 춤을 추고 바야흐로 노래를 하는데 환희국왕이 왕비 신변에 감도는 기운을 보고 그녀가 칠일 후 사망하리라는 것을 알게 되었다. 이에 왕은 비통해하고 슬픔에 잠겼다. 유상부인은 왕이 눈물을 흘리는 것을 보고 그 이유를 알 수 없는지라 춤을 멈추고는 몸가짐을 가다듬었다. 관세음보살 佛子.

"이제 막 歌舞를 하는데 괴이한 조짐이 있자 / 왕이 홀연히 연회 도중 눈물을 떨구시네 / 다시 이야 기한들 서로 가슴만 아플 것인지라 / 말을 할까 말까 머뭇거리네 / 바라옵건대 왕께서는 좋고 나쁨에 대하여 지금 말씀하시어 / 아랫사람들로 하여금 마음을 어지럽게 하지 마소서 / 왕은 직접 질문을 받고서도 / 줄곧 슬퍼하기만 할 뿐 말하기 어려워하네."23)   (「歡喜國王緣」)24)

---

23) "(斷)臣今歌舞有詞乖, 王忽延(筵)中淚落來, 爲復言詞相觸悟(牾) 爲當去就杣(拙)旋迴. 希王善惡如今說, 莫使宮嬪總亂猜, 皇帝旣遭親顧問, 一場惆悵口亂開."

24) 『敦煌變文』·下 (楊家駱 主編, 世界書局, 1989). 인용 부분의 번역은 전홍철, 앞의 글(240쪽)에 의거함.

위 인용은 변문 「歡喜國王緣」의 일부인데 講說한 내용을 唱으로 되풀이하는 양상을 보여준다. 즉, 산문 부분은 유상부인에 대한 소개, 유상부인에게 나타난 죽음의 조짐과 이를 예견한 환희국왕의 슬픔, 그리고 이에 대한 부인의 반응 등의 내용으로 되어 있고 唱詞 부분에서는 이 중 부인에 대한 소개 부분만 빠진 채 대부분의 내용이 되풀이되고 있는 것이다.

한편 화본소설은 보통 入話-正話-結尾의 체제로 되어 있는데 입화에는 篇首의 開場詩가, 結尾에는 散場詩가 포함된다. 개장시는 강경문의 압좌문처럼 공연에 앞서 자리를 정돈하고 청중을 좌정시키며, 청중이 더 많이 모일 때까지 시간을 끄는 구실을 하는 실용적 효과를 지닌다. 뿐만 아니라 正話에서 본격적으로 행해지는 이야기의 要旨와 大意를 함축적으로 전달함으로써 공연내용을 이해하는 데 도움을 주는 구실을 하기도 한다. 산장시는 解座文과 마찬가지로 공연이 끝났음을 알리는 동시에 끝부분에서 고사의 대의를 총괄하여 이야기를 마무리짓는 구실을 한다.25) 이때 개장시와 이야기 전체, 그리고 이야기 전체와 산장시 간에는 의미상으로 서로 포개지는 부분이 있게 된다. 포개지는 의미요소는 '중복'의 경우처럼 어떤 구체적인 내용이 되풀이되는 양상이 아니라, 심층적인 층위에서 이야기의 핵심적인 요지 또는 주제를 함축적으로 제시함으로써 이야기 전체와 '등가'를 이루는 양상을 띤다. 물론 개장시나 산장시를 제외한 正話 부분에도 詩詞가 삽입되기는 하지만 이 운문들은 산문에 종속되는 것으로 개장이나 산장시와는 그 성격이 다르다.

---

25) 모든 화본소설이 개장시와 산장시를 모두 포함하는 것은 아니며, 개장시 중에는 正話의 이야기와 내용상으로나 주제상으로나 무관한 것도 적지 않다. 개장시와 내용상의 有關性 여부에 관한 것은 백승엽, 「『淸平山堂話本』中 宋代 話本의 異化와 同一視 敍事構造 研究」(《中國語文論譯叢刊》 제4권, 1999) 참고.

(a) "洛陽의 삼월 / 고개 돌려 襄川을 건너가네 / 홀연 신선 짝을 만나 / 훨훨 洞天으로 날아가네"

(b) 노파는 배항을 보내 그 처를 데리고 玉峯洞으로 들어가 옥으로 만든 집과 구슬로 장식된 방에 기거하게 하였으며, 진홍색 구름과 아름다운 꽃 속의 배를 타고 유유자적하다가 마침내 초월하여 신선이 되었으니 바로 이러하였다.
"玉室과 丹書, 빛나는 가문 / 장생불로하는 집안 사람들."26)

위 인용은 『淸平山堂話本』에 수록되어 있는 「藍橋記」의 일부인데 (a)는 입화 부분의 개장시이고 (b)는 이야기 끝부분과 산장시이다. 이 작품은 唐 傳奇 「裵航傳」을 대폭 축약하여 화본 형태로 재구성한 것이다. '藍橋'는 작품에 나오는 地名인데 남자 주인공인 배항이 여주인공인 雲英을 만나게 되는 곳이다. 이 이야기는 배항이라는 젊은이가 운영이라는 여인을 만나 결혼하고 신선이 되었다는 줄거리로 되어 있다.

개장시 (a)는 이야기 어느 부분의 내용을 되풀이하는 것이 아니라, 전체적인 大意 혹은 主題를 함축적으로 요약·제시하는 구실을 한다. 다시 말해 개장시와 나머지 전체 이야기 간에는 심층적 층위에서의 의미의 '등가'가 이루어지는 것이다. 한편 (b)를 보면 이야기 결말 뒤에 두 구로 된 산장시를 두어 작품을 마무리하고 있는데 이 또한 앞서 이야기된 줄거리의 어느 특정 부분이 아닌 전체적 대의를 함축적으로 요약하여 작품의 주제를 제시하는 양상을 보인다. 玉室이나 丹書, 長生不老는 모두 신선에 관계된 것이며, 두 번째 구 끝의 '집안 사람들'이라고 한 부분은 배항이 처음 양천을 건너가 배속에서 번부인이란 여인을 만나게 되는데

---

26) 洪楩, 『淸平山堂話本』(臺北 : 世界書局, 1982). 번역은 백승엽 譯註, 『完譯 청평산당화본』(정진출판사, 2002)을 참고하였다. 이하 『청평산당화본』에서 인용한 것은 이와 동일하다.

결국 그 여인은 운영의 언니로 판명된다. 번부인과 그녀의 남편 또한 신선이므로 결국 모든 집안 사람이 신선세계의 인물임을 이 구절로 요약·총괄하고 있음을 알 수 있다.

구연류 텍스트에서 계열식 다음으로 많이 활용되는 산운 결합방식은 '준계기식'이다. 준계기식은 이 분야 연구자들에 의해 '강조식' 혹은 '삽용체'로 분류되던 산운 결합방식으로서 산문서술 중의 어느 한 '단어'나 '語句'를 단위로 하여 이에 대해 운문이 부연적으로 서술하는 패턴을 가리킨다. 이 방식은 변문·화본소설과 같은 구연류, 의화본소설·연의소설과 같은 독본류 담론에서 두루 활용되는데 예를 들어 살펴보도록 한다.

> 태자가 생각을 바꾸어 먼저 정했던 마음을 누르고, 실행하지 않을 것이 걱정되어 즉각 창고를 열고 紫磨金과 黃金을 내어 옮겼다. 건장한 코끼리 백 마리를 뽑아 등에 실어 즉시 보냈다. 뜻밖에 聖力의 도움으로 잠깐만에 주변에까지 이르러 몇 발자국을 남겨 놓고, 전체가 두루 금으로 깔리었다. <u>금이 깔리는 장면을 보면 다음과 같다.</u>
> "수달은 이미 노인의 마음을 헤아려 / 곧 온화한 얼굴이 말하는 본심을 알았네 / 즉시 마굿간으로 가서 튼튼한 코끼리를 골라 / 창고를 열어 紫磨金을 실었다네 / 험준한 고개와 높은 산에 모두 깔고 / 바늘이 들어가지도 못할 정도로 두루 깔았구나 / 온 가족과 양민, 노예까지 함께 摩訶般若를 소리내어 낭송하였네 / 일순간에 널리 깔았으니 / 성력이 진실로 매우 깊음을 분명히 알겠구나."27) (밑줄은 필자)

위 인용은 「降魔變文」의 일부인데 7언 10구로 된 운문은 산문 서술의 밑줄 부분 중 '장면'에 대한 부연설명이다. 밑줄 부분의 원문은 "看布金處

---

27) 「降魔變文」, 『敦煌變文』上 (楊家駱 主編, 世界書局, 1989). 번역은 임영숙, 「降魔變文 研究」(성균관대 대학원 중어중문학과 석사논문, 2005) 부록의 번역문을 참고하였다.

若爲"인데 「항마변문」에 삽입된 21편의 唱詞 중 이와 같은 상투적 문구로써 운문을 유도하는 예가 18군데에 이른다. 상투적 문구는 위의 예에서 보는 것처럼 "看~處 若爲"를 비롯하여, "看~處"[28] "看 若爲"[29] "~處 若爲"[30] "~處"[31] 등 다양한 양상으로 나타나며 "若爲"도 "若爲陳說"[32] 과 같은 변형이 보이지만 이들은 모두 산문과 운문을 준계기식으로 결합하는 방식에 사용되는 문구라는 점에서 같은 범주로 포괄할 수 있다.

운문은 산문 부분의 '-處'를 번역한 '-하는 장면', '-하는 모습'을 구체적이고 생동감있게 묘사하는 기능을 가지므로, 해당 단어와 운문 사이에 의미의 중첩이 있다고 볼 수도 있으나, 운문 서술이 산문의 내용을 되풀이하는 계열식과는 확연한 차이를 보인다. 즉, 운문을 통해 어떤 장면, 모습, 사실이 구체화된다는 것은 새로운 정보가 부가됨을 뜻하기 때문에 오히려 계기식에 가깝다고 할 수 있다. 그러나 산문에서 운문으로의 진행이 직선적인 계기식과는 달리, 운문 부분에서 서사의 전개가 일단 정지되는 양상을 보이므로 계기식과 완전히 부합되지 않는다. 이런 양상은 변문, 화본소설, 그리고 우리나라의 판소리 등 구연류 담론에서 광범하게 발견되며 그 나름대로 독특한 서사효과와 미적 효과를 가지므로 계열식이나 계기식과는 별도로 '준계기식'으로 설정할 수 있다.

준계기식 결합의 특징은 어느 한 어구에 대하여 '구체화'하고 '부연'함으로써 그 어구가 지시하는 장면이나 상황, 모습을 사실적으로 생동감있게 묘사하는 데 있다. 그리하여 그 장면이 서사 전개와는 별도로 독자적

---

28) 예를 들면 "看說宿因之處"
29) 예를 들면 "看指訴如來 若爲陳說"
30) 예를 들면 "舍利佛共長者商度處 若爲"
31) 예를 들면 "說宿因之處"
32) 예를 들면 "喜悲交集處 若爲陳說"

인 단위로서 작용하여 관중이나 독자의 관심을 고조시키고 흥미를 배가시킴으로써 그 공연에 몰입하게 하는 미적 효과를 갖는 것이다. 준계기식 결합에서 운문은 없어도 의미전달에 지장이 없으나 그것이 있음으로 해서 말하고자 하는 바가 더욱 선명해지고 그 발화를 受信하는 사람들의 흥미를 배가시키는 효과를 가져 온다.

여기서 한 가지 주목할 점은, 위와 같은 상투적 문구가 나오는 부분은 俗講을 행할 때 고사 내용과 일치하는 그림 즉 '變相圖'를 제시한 부분을 가리킨다는 사실이다. 여러 연구자들의 분석을 통해 속강은 말과 노래를 '듣는' 예술 차원을 넘어, 간단한 몸짓과 표정연기 그리고 그림까지 활용하여 '보고 즐기는' 형태로 발전한 종합예술이었음은 이미 밝혀진 바 있다. 변상도는 특정 장면을 강조하거나 어떤 상황을 전환할 때 사용되어 청중의 흥미를 배가시키고 공연으로 흡인시키는 구실을 한다. 여기서 관심을 끄는 것은, 변상도라는 속강 연행의 요소가 문자 기록물에서는 산문과 운문의 '준계기식 결합' 양상으로 나타난다는 점이다. 이야기 도중 그림을 제시한다는 것은 청중의 주의를 집중시키기 위한 것이며, 바꿔 말하면 그 장면이 서사전개에서 중요하거나 특별한 의미를 지니기 때문에 강조를 하기 위한 방편인 것이다. 따라서 이야기 전개는 잠시 중단된 채 그 장면, 그 상황에 집중하여 구체적이고 세세하게 묘사를 행하게 되고 결과적으로 준계기식 결합의 양상을 취하게 되는 것이다.

준계기식 결합방식이 지니는 미적 효과는 화본소설에서 최대치로 발현된다. 『청평산당화본』 중 「西湖三塔記」의 예를 들어 본다.

(1) 그러자 수 명의 力士들이 한 사람을 끌고 왔다. 그 사람의 생긴 모습은 어떠한가?
"눈썹이 성기고 눈은 시원스러우며 / 기세 호방하고 정신도 맑다 / 마치 삼국시대 명장 馬超와 같고 / 回轉의 關索과 같고 / 西川의 살아있는 관음보살같고 / 嶽殿의 빛나는 靈公과 같다.”

(2) 선찬이 사람들을 헤집고 가 보니 한 여자아이가 보였다. 그 여자아이의 생긴 모습은 어떠한가?

“머리는 삼각형으로 묶고 / 세 갈래 머리칼을 붉은 색 비단으로 감쌌네 / 세 개의 짧은 금비녀를 꽂고 / 온 몸 위 아래로 / 새하얀 명주옷을 입고 있네.”

(3) 푸른 옷을 입은 두 명의 여자아이가 술상을 차려 내왔다. 조금 후 산해진미를 다 차려내오니 그 모습은 어떠한가?

“유리 鍾 안에는 진주가 방울방울 / 용을 삶고 봉을 구우니 눈물짓는 기름 / (下略)”

(4) 해선찬은 나이 스무 살이 되도록 주색을 가까이 해 본 적이 없었으며 그저 한가로이 노님을 즐길 뿐이었다. 그 날은 마친 淸明이었는데 그 풍광은 어떠한가?

“문득 비 오다가 또 문득 개인 날씨에 / 춥지도 덥지도 않은 풍광이라 / 연한 초록빛 생명이 넘쳐나는 그 모습은 / 얇고 가벼운 비단을 잘라 놓은 듯 / (下略)”

(5) 선찬은 푹 쉬었고 그 사이 시간은 쉼 없이 흘러 어느덧 일 년이 지나 곧 청명절을 맞게 되었으니 그 정경은 어떠한가?

“집집마다 불을 금하였건만 꽃이 불을 머금고 / 곳곳마다 연기를 감추었건만 버들가지 연기를 토하네 / 황금 재갈을 한 말은 방초 사이에서 울고 / 玉樓의 사람은 살구꽃에 취했네.”

이 예들에서 보는 것처럼, 어떤 사람의 생긴 모습(1, 2), 산해진미(3), 날씨(4), 명절(5)과 같이 특정 장면이나 상황에 대해 운문에서 자세한 묘사와 부연설명, 그리고 구체적인 정보가 제공된다. 說話는 영리를 목적으로 한 흥행예술이므로 청중의 관심과 흥미를 유발하는 것이 최우선 과제였으며, 이에 부응하는 연행기법 중의 하나가 바로 특정 사물이나 장면에 대한 '초점화' 혹은 '극대화'라 할 수 있는 것이다. 이로 인해 '부분의 독자성'이라고 하는 미적 효과가 창출된다.

우리는 여기서 한 가지 공통점을 발견하게 되는데, 그것은 운문이 話者의 감정과 같은 내면세계를 표현하기보다는 객관적인 외부 사물을 마치 눈앞에 보는 듯 선명하게 그려내는 시각적·회화적 수법이 돋보인다는 점이다. 이것은 마치 그림을 보는 것과 같은 효과를 지니며, 속강에서 변상도를 제시함으로써 야기되는 효과와 흡사하다.

한 연구에 의하면 변문뿐만 아니라 화본소설에서도 글의 내용과 관계된 그림을 상단에 삽입하는 예가 발견된다고 하였다.[33] 즉『全相平話五種』은 각 페이지의 상단 1/3이 揷圖가 차지하고 나머지 2/3는 글이 적혀 있는데, 각 그림의 우측 상단 모서리에는 그림의 제목이 작은 글씨로 쓰여 있고 그림의 제목과 각 페이지의 고사 내용은 근본적으로 일치한다고 하였다.[34] 이는 속강의 변상도가 후대에 다른 형식으로 그 흔적을 남긴 모습이라 할 수 있으며, 그림을 방불케 하는 묘사적 운문과 준계기식 결합간의 밀접한 관련을 말해주는 부분이라 할 수 있다.

지금까지 보아온 것처럼 구연류 담론은 연행예술의 속성상 계열식과 준계기식 결합이 활성화되는 반면, 산문과 운문의 중복 없이 새로운 내용과 정보가 연이어서 제공되는 계기식 결합은 비활성화된다. 傳奇와 같은 '讀本類' 시삽입형 혼합담론은 읽기 위한 텍스트이므로 산운 결합이 계기식인 경우가 많다.

---

33) 박완호, 「敦煌 講唱文學을 징검다리로 說話에서 話本으로」,《중국소설논총》제15집, 2002, 111~114쪽.
34) 같은 곳.

3.2. 산운 전환에 사용되는 套語的 表現

구연류 텍스트의 또 다른 특징은 산문 다음에 운문이 제시될 때 청중에게 직접 말을 하는 듯한 독특한 문구가 삽입된다는 점이다. 이 독특한 문구는 단순히 뒤에 운문이 온다는 것을 알리는 기능만을 행하는 것이 아니라, 운문의 시점, 산운 결합방식 및 운문이 서사에서 행하는 기능 등 여러 면과 밀접한 관련을 지니면서 얽혀 있는 문제이기 때문에 독본류와 변별되는 구연류 담론의 특징을 살피는 데 중요한 관건이 된다.

산운 전환표기를 연구한 논문에 의하면 강경문에서는 '偈曰' '頌曰' '讚曰'이, 변문에서는 '道何言語' '~處 若爲陳說', 화본소설에서는 '正是' '但見' '只見' '恰似' '好似' '有詩(詞)爲證', 章回小說에서는 '有詩爲證'과 '正是' 등이 대표적인 투어로 사용된다고 하였다.35)

이런 투어적 표현은 작품에 따라 독특한 양상을 보이기도 하는데, 예를 들면 화본소설인 「刎頸鴛鴦會」에서는 운문을 유도함에 있어 상투적으로 '삼가 노래 동료를 수고스럽게 하여 다시 앞의 노래에 和唱하도록 하겠습니다("奉勞歌伴 再和前聲")'라는 표현을 주로 사용하였고, 「降魔變文」에서는 '그 모습 어떠한가?("如何打扮" "怎見得")'와 같은 표현을 주로 사용하였다. 투어적 표현은 다양한 구실을 하는데 속강의 경우 이런 定型句가 나오면 청중들이 산문 다음에 노래로 부르거나 악기로 연주하는 운문 부분이 나온다는 것을 짐작하고 있기 때문에 공연 진행 상황을 이해하는 데 도움을 준다.36)

산문 다음에 운문을 유도하는 각종 표현들을 검토해 보면 크게 두 부류로 나뉘어진다. 즉, 시를 읊은 주체가 명시되는 경우(A)와 그렇지 않은 경우(B)이다. (A)그룹의 예부터 보기로 한다.

(A)그룹

(1) 六師는 분하여 이를 갈면서 매우 성내었다("六師 切齒衝牙非常慘酷").
"차라리 한 번의 목숨을 버릴지언정 / 헛되게 살 수는 없습니다 / 제자들이 모두 현혹되어 / 우리는 살 길이 없어 떠나야 할 것입니다 / (下略)"

『敦煌變文』上 「항마변문」)

(2) 이에 수달이 그 권능을 알고 우러러 공경하는 마음을 더하여 여래를 생각하면서 깊이 읊조리고 탄식하며 말하기를("須達 沈吟嗟嘆曰"),
"누각을 우러르니 높고 크며 아래에는 이중의 문이 닫혀 있고 / 지나가는 길은 밝지만 밤에 가는 길을 막는구나 / 존귀한 모습 뵙기를 원하나 아직 뵙지 못했고 / 주저하며 멀리 바라보지만 기어오를 힘이 없네 / (下略)"

『敦煌變文』上 「항마변문」)

(3-1) (馮生이) 전전반측 잠을 못 이루다가 율시 한 수를 지었다("賦一律").
"곰곰 생각해 보니 어젯밤 나는 얼마나 가련했던가? / 사랑하는 그녀 곱게 화장하여 교태롭다 / 눈은 눈물방울 머금어 촉촉하게 젖어 있고 / 작은 발은 옥고리 가볍게 움직여 살랑살랑 / (下略)"   (『청평산당화본』 「風月相思」)

(3-2) 고조는 시를 다 읽었건만 여전히 장량을 발견하지 못하자 눈에서 눈물이 흐르며 시 한 수를 읊었다("吟詩一首").
"군왕이 친히 수레를 타고 산에 올랐건만 / 현신은 찾지 못하고 부질없이 암자에 이르렀네 / 복숭아꽃 해가 비쳐 더욱 요염하고 / 대 이파리 바람 불어 몸에 한기를 느낀다 / (下略)"   (『청평산당화본』 「張子房慕道記」)

(3-3) 그러나 장량은 부인의 말을 듣지 않고 시 한 수만을 남길 뿐이었다("留詩一首").   (『청평산당화본』 「張子房慕道記」)

(3-4) 장량은 즉시 시 한 수를 지었다("題詩一首").

(『청평산당화본』「張子房慕道記」)

(3-5) (雲瓊은) 아름다운 경관을 보고서 시 한 수를 지었다("賦詩一首").

(『청평산당화본』「風月相思」)

(4-1) 이 희한한 일을 보고 원공이 게를 지어 말하길("遠公次成偈曰"),

(『敦煌變文』上,「廬山遠公話」)

(4-2) (馮生이) 침울함을 느끼고 다음과 같이 절구 한 수를 읊었다(吟一絶云). "복사꽃은 고운 풀같고 사철 쑥같아라 / 정원수를 장식하니 끝없는 봄이어라 / 벌과 나비가 서로 헤어져 날아가니 무슨 연고인가? / 東君은 응당 창자가 끊기는 이 마음 읽어야 하리!" (『청평산당화본』「風月相思」)

(4-3) 운경은 벌과 나비의 감정으로 이렇게 사를 지어 불렀다 ("雲瓊蜂情蝶意遂詞云"). "비취색 연꽃 사이에서 원앙이 물장구치고 / 푸른 복숭아나무 가지 사이에는 봉황이 잠을 자네 / (下略)" 이에 풍생이 '減字木蘭花'라는 詞로 화답하였다 ("生亦口占減字木蘭花詞一云"). "운우의 정을 나누며 / 구불구불 이어지는 비단 장막 안에서는 웃음소리 가득 / (下略)" (『청평산당화본』「風月相思」)

(4-4) 시비 요연에게 뇌물을 주고서 겨우 시 한 수를 전하여 말하길("裵航…因賂侍婢裊烟而求達詩一章曰"), (『청평산당화본』「藍橋記」)

(4-5) 말을 마치고 난 그녀는 요연을 통해 한 수의 시를 배항에게 답장으로 주어 말하길("夫人… 使裊烟持詩一章答航曰") (『청평산당화본』「藍橋記」)

(A)그룹의 (1)은 '운문을 발화한 주체'만 나타나 있고 다음에 운문이 올 것임을 암시하는 제시어가 전혀 드러나지 않은 경우이고, (2)는 '운문의 발화 주체+曰' 다음에 운문이 오는 양상이며 (3)은 '운문의 발화 주체+운문의 종류를 가리키는 말' 다음에 곧바로 해당 운문이 이어지는 양상이다. 그리고 (4)는 '운문의 발화 주체+운문의 종류를 가리키는 말+曰'이 모두 갖추어진 경우이다. 이처럼 (A)그룹은 전환 표현에 있어 약간의 차이는 있지만 모두 偈나 詩·詞를 읊은 주체가 문면에 명시되어 있기 때문에 산운 전환 표현 다음에 오는 운문이 인물의 시점에서 發話된다는 것을 알 수 있다. 운문을 읊은 주체는 대부분 작중 인물이다.

(A)그룹의 산운 전환 표현은 대개 文語體로 되어 있다는 특징을 지니는데, 여기서 한 가지 주목할 점은 (A)그룹의 특징이 작품 전면에 나타나는 「風月相思」나 「藍橋記」는 화본소설이면서 완전히 문언으로 된 작품으로 분류되고 있다는 사실이다.[37] 이 텍스트들 및 이런 전환 표현들은 구연류 보다는 傳奇를 비롯한 문언체 서사담론에서 흔히 볼 수 있는 패턴으로 구연류 고유의 특성이라기보다는 오히려 讀本類와 더 친연성을 갖고 있다고 생각된다. '지괴나 전기에 삽입된 운문은 대부분 작중 인물의 말투로써 읊어지지만, 화본 중의 詩詞는 제 삼자 즉 연출자의 신분으로 읊조려진다'고 한 견해[38]도 이와 같은 맥락에서 이해할 수 있다.

시의 기능도 독본류 담론에서의 운문의 기능과 유사하다. 인물의 내면세계를 드러내거나 인물간 대화의 기능을 행하는 것이다. 위 예들 중 (3)은 '曰'이라는 문구가 없고, (4)는 '曰'다음에 운문이 이어진다. 예외도 없지 않지만, 대개 (3)과 같은 경우는 운문이 인물의 내면세계를 드러내는

---

37) 신진아, 앞의 글, 30쪽.
38) 박완호, 「敦煌 講唱文學을 징검다리로 說話에서 話本으로」, 《중국소설논총》 제15집, 2002, 117쪽.

기능을 행하며 '독백' 형식에 해당한다. 반면 (4)의 경우는 운문이 인물간 '대화'의 기능을 행하는 것으로 한 인물이 다른 인물을 향하여 말대신 운문으로써 대사를 하는 양상이라 할 수 있다. (4-2)의 운문의 내용을 보면 남자 주인공인 馮生이 혼자 읊조리는 듯한 독백적 표현이지만, 뒤에서 여자 주인공인 운경이 이를 듣고 있다는 내용이 이어진다. (4-4)나 (4-5)처럼 시를 주고 받는 人物 사이에 제3자가 있어 이를 전달하는 패턴인 경우 시는 '서신'과 같은 구실을 한다.

이처럼 전기와 같은 독본류 텍스트에서 흔히 볼 수 있는 전환 표현 그리고 뒤에 이어지는 운문은 '계기식' 방식에 의해 산문과 연결된다. 독백이든 대화이든 서사 전개에 있어 새로운 내용을 추가하고 새로운 정보를 제공하기 때문이다.

다음으로 (B)그룹의 예를 보기로 한다.

(B)그룹
(5-1) 유첨서는 갑자기 유행병에 걸려 머리가 아프고 열이 났다. 바로 이러하였다("正是").   （『청평산당화본』「合同文字記」)

(5-2) 그는 길일양시를 골라 冷太尉의 집에서 낭자를 데려와 화촉을 밝히는 잔치를 벌였다. 바로 이러하였다("可謂是").
（『청평산당화본』「楊溫攔路虎傳」)

(5-3) 이 남자의 생김새는 사람이 겁먹기에 충분했으니 바로 이러하였다("眞个是").   （『청평산당화본』「楊溫攔路虎傳」)

(6-1) 그 여자아이의 생긴 모습은 어떠한가?("如何打扮")
（『청평산당화본』「西湖三塔記」）

(6-2) 조금 후 산해진미를 다 차려내오니 그 모습은 어떠한가? ("怎見得")

(『청평산당화본』「西湖三塔記」)

(6-3) 이 도적들은 어떤 자들인가?("那賊是甚麼人")

(『청평산당화본』「楊溫攔路虎傳」)

(7-1) '사람의 평가는 죽은 후에야 결정된다'고 하였다. 한때의 칭찬으로 그를 군자라고 단정지을 수 없고, 한때의 비방으로 그를 소인이라고 단정지을 수 없다. 시가 있어 이를 증명한다("有詩爲證").   (『京本通俗小說』「拗相公」)

(7-2) 그 젊은이의 이름은 무엇이고 어떠한 여인을 만났으며, 어떤 일을 저질렀는가? 시가 있어 이를 증명한다("有詩爲證").

(『警世通言』 제28권, 「白娘子永鎭雷峰塔」)[39]

(7-3) 부부는 다시 만나게 되었으니 이는 덕을 행하고 선을 쌓은 果報인 것이다. 시가 있어 이를 증명한다("有詩爲證"). (『京本通俗小說』「馮玉梅團圓」)

(7-4) 지금에 이르러 施와 至 두 姓은 자손이 번성하고 東吳의 名族이 되었다. 시가 있어 이를 증명한다("有詩爲證").

(『경세통언』 제25권 「桂員外途窮忏悔」)

(7-5) 蕙娘은 아들 하나를 낳았는데 후에 과거급제를 하였고 지금에 이르기까지 그 집안은 번성하였다. 시가 있어 이를 증명한다("有詩爲證").

(『初刻拍案驚奇』 제16권 「張溜兒熟布魂局 陸蕙娘立決到頭緣」)

(B)그룹의 경우는 위의 예들에서 보다시피 운문을 읊는 주체가 명시

---

39) 馮夢龍 纂, 『警世通言』(花山文藝出版社, 1996). 번역은 함은선 外譯, 「(原典譯註) 경세통언 제28권 백낭자가 뇌봉탑에 영원히 묻히다」(《中國小說會報》 제69호, 2007)를 참고함.

되지 않는다는 공통점이 있고, 산운 전환 표현은 口語體로 되어 있다는 특징을 지닌다. 이런 문구들 뒤에 오는 시는 대부분 서술자의 시점에서 發話되지만, 간혹 옛사람의 시가 인용되는 경우도 있다. (B)그룹의 전환 표현은 다른 서사담론에서는 찾아보기 어려운, 구연류 만의 고유한 형태라는 점에 주목할 필요가 있다.

(B)그룹의 전환 표현은 대략 세 가지 정도의 기본형을 지닌다. 하나는 (5-1)의 '正是'로 대표되는 것으로 앞에 어떤 장면이나 인물의 모습, 상황 등을 서술한 뒤 이 전환 표현을 사용하여 운문으로써 자세히 그 장면을 묘사하는 양상이다. (5-2)의 '可謂是' (5-3)의 '眞个是'는 '正是'의 변이형이라 할 수 있고, 이 표현들은 앞에서 말한 장면이나 모습이 '바로 이러하다'로 해석될 수 있다. 이 외에 '但見' '只見' '恰似' '好似' 그리고 변문에 자주 보이는 '~處 若爲陳說'('-하는 장면은 다음과 같다') 등도 같은 부류로 분류할 수 있다.

두 번째는 (6)에서 보는 바와 같이 운문을 유도하는 전환 표현이 '如何打扮' '怎見得'과 같이 의문형을 취하는 패턴으로 '그 모습은 어떠한가?'로 해석될 수 있다. 뒤에 오는 운문은 이 의문형의 제시어에 대한 답이라 할 수 있다. 변문에 많이 쓰이는 '當爾之時 道何言語'도 같은 부류에 포함시킬 수 있다.

세 번째는 (7)의 '有詩爲證'(시가 있어 이를 증명한다)으로, 서술자가 어떤 장면이나 상황에 대하여 자신의 논리나 견해 또는 설명을 제시한 뒤 청중의 공감을 얻고 자신의 견해의 타당성을 확보하기 위하여 운문을 그 근거로 활용하는 예이다.

이런 표현들 뒤에 오는 운문은 모두 서술자의 시점에서 읊어지는데[40]

---

40) 그러나 '有詩爲證'이라 할지라도 '臣有詩爲證'(신은 시로써 이를 증명하고자 합니다)와 같이 시를 읊조리는 주체가 밝혀지는 경우는 예외라 할 수 있다. 이 경우 '有詩

'正是' 계열과 의문형 계열은 서술자의 눈에 비친 장면이나 모습, 상황, 경치 등을 묘사하는 데 초점이 맞춰진다. (5-1)은 '열이 나고 아픈 상황' (5-2)는 '잔치가 벌어진 모습' (5-3)은 '남자의 생김새' (6-1)은 '여자아이의 생긴 모습' (6-2)는 '산해진미가 차려진 장면' (6-3)은 '도적들의 모습'이 각각 운문에서 자세히 묘사된다. 그리하여 운문은 서사 전개에 있어 잠시 진행을 멈추고 한 장면으로 초점이 모아지게 하는 구실을 한다. 이를 '場面化'의 기능이라 부를 수 있을 것이다.

이는 산운 결합방식에 있어 준계기식과 밀접한 관련을 갖는다. 산운 결합방식에 있어 준계식은 산문서술 속의 어느 단어가 지시하는 사물, 장면, 모습, 풍광에 대해 운문에서 자세히 부연·묘사한다는 특징을 지니고 있고, '正是'형이나 의문형 전환 표현에 의해 유도되는 운문 또한 하나의 특정 대상에 대해 사실적으로 묘사한다는 특징을 지니기 때문이다. 예를 들면 앞 3.1에서 준계기식 결합방식의 예로 제시된 「서호삼탑기」의 산운 전환 표현이 예문 순서대로 (1) 那人如何打扮 (2) 一箇女兒 如何打扮 (3) 頃水陸畢陳 怎見得 (4) 當日是淸明 怎見得 (5) 遇淸明節至 怎見得으로 되어 있어 모두 '의문형' 전환 표현을 보이고 있는 것을 보아도 이 점은 분명해진다.

한편 (B)그룹 전환 표현 중 특히 주목할 것은 (7)의 '有詩爲證'이다. (7)의 예는 모두 화본소설과 의화본소설에서 발췌한 것인데, 송원대 화본소설보다는 명대 의화본소설에서 특히 빈번하게 사용된다.[41] 여기서 한 가지 주목할 점은, (7-1)과 (7-2)는 입화 부분 篇首의 시에 사용되었

爲證' 다음에 오는 시는 인물의 시점에서 읊어진다.

41) 『청평산당화본』에서는 '유시위증'이 「快嘴李翠蓮記」, 「五戒禪師私紅蓮記」, 「死生交范張鷄黍」에 각각 1회씩 사용되었다. 『경본통속소설』에서는 「拗相公」에 2회, 「馮玉梅團圓」의 산장시에 1회, 「碾玉觀音」에서는 '有詞爲證'의 형태로 2회가 발견된다. 그리고 「志誠張主管」의 경우는 '有詩贊云'과 같은 변형된 형태로 1회 사용되었

고, 나머지는 결미의 散場詩를 제시하는 데 사용되고 있다는 사실이다. '有詩贊云' '有詩嘆云'도 '有詩爲證'과 같은 기능과 의미를 갖는 것으로 볼 때, 필자의 조사에 의하면 대표적인 의화본소설이라 할 '三言'의 경우 '유시위증'이 散場詩를 이끌어 내는 전환 표현으로 사용된 경우는 총 120편의 작품 중 50%이상을 차지하고 있다. 이처럼 '유시위증'이 편수의 시나 산장시를 유도하는 전환 표현으로 사용되는 것은, 입화나 산장시는 본 이야기의 앞뒤에 붙어 있는 것으로 서술자 ―설화인― 의 주관이 많이 개입되는 부분이기 때문이다. 그래서 이처럼 자신의 주장을 뒷받침하는 데 효과적인 '유시위증'같은 전환 표현을 사용했다고 본다. 그리하여 '유시위증+산장시'는 史傳이나 傳奇 말미에 붙는 의론문과 유사한 성격을 지니게 되는 것이다.

송원 화본소설에서는 다양한 투어적 표현이 사용되는 것에 비해, '三言二拍'과 같은 의화본소설에서는 '有詩爲證'과 '正是'가 압도적인 다수를 차지하며 여러 투어적 표현들 가운데서 일종의 의화본의 '定型句'로 정착되는 양상을 보인다.

이상의 내용을 종합해 보면 (A)그룹의 전환표현은 전기와 같은 문언소설에서 흔히 볼 수 있는 것으로 이 표현 다음에 오는 운문은 작중 인물의 목소리로 읊조려지며 작중 인물의 내면심정을 드러내는 매개기능을 하는 반면, (B)그룹의 전환표현은 변문·화본·의화본 등 구어체 구연류 담론에서 흔히 사용되는 것으로 이 표현 다음에 오는 운문은 대개 제3자의 입장에서 서술자의 목소리로 읊조려지며 어떤 장면이나 상황, 작중 인물의 모습을 묘사하는 기능을 행한다. 즉, (A)그룹의 전환 표현 및 이에 따른 운문은 산문서술 내용을 '주관화'하는 경향이, (A)그룹의 전환 표현 및 이에 따른 운문은 산문서술을 '객관화'하는 경향이 있다고 말할 수 있다.

3.3. 시점의 침투현상

독본류에서는 보기 어려운 구연류 혼합담론의 또 다른 특징은 시점의 침투현상이다. 구연류 담론은 청중을 상대로 한 연행예술의 산물이므로, 이야기 속 서술자는 속강이나 설화를 공연하는 사람과 분리시켜 생각할 수 없는, 演行者의 분신이다. 따라서 이야기 밖의 존재인 연행자와 이야기 안의 존재인 서술자는 사실 거의 구분하기 어렵다. 그래서 연행자가 이야기에 직접 개입하여 서술자로서 자신의 존재를 드러내는 양상을 쉽게 발견할 수 있다. 구연류 담론에서는 이처럼 연행자가 서술자의 입장으로 침투하는 양상 외에도, 서술자의 시점이 인물의 시점에 침투하는 양상, 반대로 인물의 시점이 서술자의 시점에 침투하는 양상 등이 흔하게 보인다. 이 세 양상에 대해 각각 알아보기로 한다.

첫째 연행자가 직접 이야기에 개입하는 양상은 구연류 담론 중 특히 화본소설에서 쉽게 발견되는데 그것은 화본소설이 唱보다는 講說이 중시되는 설화예술의 산물이기 때문이다. 주로 산문 서술 부분에 많으며 장면이 전환되거나 새로운 사건이 시작되는 부분에서 이같은 양상을 쉽게 볼 수 있다. 장면이 전환되는 곳에 많이 사용되는 것은 '이 이야기는 이쯤 해 두자', '이 이야기는 여기서 그만두도록 하자' 정도로 해석할 수 있는 '不在話下'이고, 새로운 사건이나 장면이 전개되는 곳에 많이 사용되는 것은 '그건 그렇다 치고', '다시 이야기하자면', '이야기를 할 것같으면' 정도로 해석할 수 있는 '却說' '且說' '話說'이다.

　(1) 三朝[42]가 지나고 한 달, 백 일이 지났다. <u>이 애기는 이쯤 해 두자. 각설하</u>
<u>고</u> 명오의 영혼 역시 이 곳에 새 삶을 기탁하였으니…[43]

(『청평산당화본』「五戒禪師私紅蓮記」)

　(2) 그는 참선을 하며 도를 구하고 불법을 따랐던 총명한 시인 승려였다. <u>이</u>
<u>애기는 여기서 그만 두도록 하자. 그건 그렇다 치고</u> 蘇老泉의 아이가 일곱 살
이 되자…[44]　　　　　(『청평산당화본』「五戒禪師私紅蓮記」)

　위의 두 예는 '不在話下'와 '却說'이 연이어 쓰인 것으로, 밑줄 부분은
명백하게 나머지 부분과 구분이 된다. (1)에서 '삼조가 지나고 한 달, 백
일이 지났다'는 내용은 이야기의 일부로 작중 서술자가 사건을 전개시켜
나가는 전형적 서술 패턴을 보이고, '이 애기는 이쯤 해 두자'고 한 부분
은 설화인이 이야기에 개입하여 사건 전개를 좌지우지하는 양상을 보인
다. 그러면서 장면이 바뀌어 또 하나의 주요 인물인 明悟禪師에 대한
이야기로 넘어간다. (2)도 마찬가지다.
　이로 볼 때 우리나라 조선 후기 고소설에 많이 보이는 '각설'이나 '화
설'은 중국 說話技藝의 산물인 화본소설의 영향임을 알 수 있다. 즉, 조
선 전기의 소설이 식자층을 주 대상으로 한, 순전한 讀物의 성격을 띠는
반면, 후기로 오면 강담사·전기수 등이 등장하여 이야기가 상업성을 띤
연행예술로 변모하는 양상과 밀접한 연관이 있는 것이다. 또한 이 표현
들은 보통 새로운 이야기가 시작되거나 이야기가 전환될 때 사용되므로
章回小說에서 한 回로 분절이 이루어질 수도 있는 곳이다.

---

42) 아기가 출생한 후 셋째 날을 三朝라 한다.
43) "三朝滿月百歲一週. 不在話下. 却說 明悟一靈也托生在本處…." 아이가 출생한 후
　일 개월이 된 날을 滿月이라 한다.
44) "和尙法名佛印. 參禪問道如法 聰明是个詩僧. 不在話下. 却說蘇老泉的兒孩長年七
　歲…."

이 외에도 다음과 같은 표현들 역시 청중을 눈앞에 두고 이야기를 전
개시켜 나간다고 하는 설화예술의 '현장성'을 잘 보여준다.

(3) 이 자리에 계신 여러분("在座看官") (『청평산당화본』「刎頸鴛鴦會」)

(4) 그렇다면 내가 왜 이 이야기를 하는가?("爲何說他")
(『청평산당화본』「花燈轎蓮女成佛記」)

(5) 6, 7일을 앓고 나더니, 오호라! 그만 황천길로 떠나고 말았다("害了六七
日一命嗚呼已歸泉下").   (『청평산당화본』「合同文字記」)

(6) 오늘 여러분들을 위해 이 이야기를 했으니, 내일 아침 일찍 와서 眞經을
들으십시오("今日爲君宣 且事 明朝早來聽眞經").
(『敦煌變文』下,「目連緣起」解座文 일부)

(7) 화본이 끝났으니 이로써 散場합시다("話本說撤 權作散場").
(『청평산당화본』「合同文字記」)

(8) 이 설화인이 보기에 張二官은 이미 상대의 엉큼한 생각을 알아채고 칠,
팔할 정도의 의심이 생겨나 있었다("話說的 張二官當時見他殷勤 已自生疑七
八分").   (『청평산당화본』「刎頸鴛鴦會」)

(3)(4)의 경우는 설화인이 직접 청중에게 말을 건네는 양상을, (5)는
설화인이 이야기 내용에 대한 자신의 감정을 직접적으로 노출하는 양상
을, 그리고 (6)과 (7)은 공연이 끝났음을 알려주는 양상을 보여준다.
(3)(4)(5)는 이야기에 대한 관중의 공감을 유도하기 위한 설화 기법이라
할 수 있으며, (6)와 (7)은 반대로 이야기에 몰입된 관중들의 注意를 解
除하여 현실로 돌아가게 하는 구실을 하며 이 또한 설화 기법 중의 하나

라 할 수 있다. (8)은 설화인이 직접 이야기에 개입하여 작중 인물의 속 생각까지 읽고 그것을 청중에게 일깨워주는 모습을 보여준다. 설화인은 이야기가 어떻게 전개될 것인지 다 알고 있기 때문에 인물의 속생각은 물론, 아직 일어나지 않은 일까지 예측하여 넌지시 청중에게 암시함으로 써 청중으로 하여금 더 이야기에 몰입하고 흥미를 갖게 만든다. 이런 점 은 연행문학에서 흔히 볼 수 있는 양상으로 바로 이런 요소로 인해 구연 류 담론들은 대개 '전지적 시점'을 취하게 되는 것이다.

또한 아래의 예와 같이 說問의 방법으로써 설화인이 이야기에 개입하 기도 한다.

(9) 이야기꾼, 그런데 이 부인이 어떻게 남편과 헤어져 살 수가 있단 말인 가?("這婦人怎生割捨得他去")　　　　　(『청평산당화본』「刎頸鴛鴦會」)

(10) 양삼관인은 삼대째 내려오는 장수 집안의 아들로 어디 그 따위 도적들을 두려워 하겠는가?("那楊三官人 是三代將門之子 那里怕他强人")
　　　　　　　　　　　　　　　　　(『청평산당화본』「楊溫攔路虎傳」)

(11) 예로부터 '衆寡不敵', '弱難勝强'이라 하지 않았던가? 그렇다면 양온은 이때 어떤 계책을 가지고 있었을까?("元來寡不敵衆弱難勝强 那楊溫當時怎 的計較")　　　　　　　　　　　　　(『청평산당화본』「楊溫攔路虎傳」)

이 질문들은 작품 속에서 이야기를 이끌어 가는 서술자에 의한 것이 아니라, 청중을 앞에 둔 작품 밖의 설화인이 관중에게 던지는 것들이다. 그리고 이같은 설문의 형태는 청중으로부터 어떤 실질적인 답을 기대하 기보다는 그들과 감정적·정서적으로 교감하면서 그들을 이야기에 몰입 하도록 하는 일종의 장치이자 기법인 것이다.

구연류 담론에 보이는 시점의 침투현상에 있어 두 번째 양상은 서술자의 시점이 인물의 시점에 침투하는 경우이다. 이런 현상은 講보다는 唱이 더 큰 비중을 차지하는 變文에서 쉽게 발견되며 보통 唱詞 부분에 서 시점의 침투현상이 일어난다.

　　(a) 子胥는 길을 떠나 짙푸른 산속에 당도하여, 검에 기대어 슬피 노래하며 탄식하여 말하길,
　　(b) "子胥는 분노하여 길게 한숨을 쉬는데 / 사내대장부가 억울하게 액운을 만났으니 얼마나 안타까우랴? / 法網이 엄중한지라 도망갈 길 막혀버려 / 숨을 곳 없는 나를 낭패스럽게 만드네 / 목마르고 배고프나 배를 채울 음식도 없네 / 광야에서 날개 짓 해보지만 짝을 잃었네 / 멀리 長江에는 거센 바람 높은 파도 소리 들리고 / 산악은 높디높아 은하수에 맞닿았네 / 궁벽하고 후미진 곳 건너 갈 배는 없고 / 어떡하면 강남 기슭에 이를까? / 하늘이 만약 人心을 거슬러 / 이곳에서 벗어나지 못하면 살아남기 어려울 것이라."45)

위는 「伍子胥變文」의 일부로 오자서가 楚나라 平王에게 쫓겨 도망가 면서 절망에 겨워 탄식하면서 노래하는 대목이다. 인용문에서 (a)는 講 부분으로서 서술자의 시점에서 서술된 것이고 (b)는 唱 부분으로서 오 자서의 시점에서 서술된 것이다. 밑줄 부분의 원문은 "子胥發忿乃長吁 大丈夫屈厄何嗟嘆"인데, 밑줄 부분과 창사의 나머지 부분은 어조상 불 일치를 보인다. 밑줄 부분에서는 인물이 '자서'라고 하는 3인칭으로 지시 되어 있고 나머지 부분은 '나'라고 하는 1인칭으로 지시되어 있다. 이로 볼 때 밑줄 부분은 오자서의 시점에서 발화된 것이라 할 수 없고, 이는 서술자가 인물의 시점에 침투한 결과라 할 수 있다.

---

45) 「伍子胥變文」, 『敦煌變文』 上(楊家駱 主編, 世界書局, 1989). 번역은 전홍철, 앞의 글(237쪽)을 참고하였다.

(a) 그 때 취련이 부모님 앞으로 건너오는데 두 분 표정을 보니 근심이 가득하고 양미간에 움직임이 없었다. 이 모습을 보고 취련이 말하였다.

(b) "아버지는 하늘이요 어머니는 땅이라 / 오늘 아침 한 청년과 혼인을 이루셨네 / 이제 남자는 짝을 만나고 여자도 상대를 얻으니 / 모두들 기뻐하며 길운이 오리라 하네 / (下略)"

위는 화본소설 「快嘴李翠蓮記」의 일부인데 주인공 이취련의 부모가 딸의 혼례를 앞두고 말이 많고 빠른 딸을 염려하자 이취련이 그들을 안심시키는 대목이다. (a)는 서술자의 시점에서 진술된 산문부이고, (b)는 이취련의 시점에서 서술된 운문부이다. (b)중 밑줄 부분에 해당하는 원문은 "男成雙女成對"인데, 이를 보면 이취련이 자신을 '나'라는 1인칭이 아닌, '여자'라는 3인칭으로 지시하고 있음을 발견할 수 있다. 이 또한 서술자가 인물의 시점에 침투해 들어간 경우라 할 수 있다. 이같은 시점의 침투현상은 주로 인칭대명사를 통해 드러나는데, 연행자가 청중을 앞에 두고 공연을 행하는 데서 오는 결과라 할 수 있다.

시점 침투의 세 번째 양상은 인물의 시점이 서술자 시점으로 침투하는 경우인데 이에 대해서는 보통 '대리진술'이라는 말로 설명된다.[46] 서술자가 행하는 發話 부분에서 서술자가 자신의 본분을 잊고 인물과 자신을 동일시하여 감정이입을 행함으로써 결국 인물을 대신하여 서술하게 되는 양상이다. 이 또한 산문서술보다는 운문서술에서 흔히 발견되는 현상이다.

"초나라 병사들은 그 노래 소리를 듣고 두 눈에 눈물을 흘리며 / 병기와 깃발을 모두 버리고 / 삼삼오오 파도처럼 다투어 흩어지며 / 각자 군영에서 집으로

---

46) 전홍철, 앞의 글, 231쪽.

돌아갈 것을 생각하네 / 바로 삼경 반에 이르러서야 / 초왕은 비로소 상황을 깨닫고 / 별이 새겨진 검을 빼들고 군영 밖으로 나오니 / 앞서 다섯 별이 다투어 교차하는 것이 보이네 / 대장부인 이 몸이 / 어찌하여 지금 하늘가에서 패배하는가? / 5, 6년 정벌하느라 쓴 아픔 겪었는데 / 팽성 해하에서 결국 패배를 맛보는구나 / 때를 잃어 불리하니 하늘이 나를 버리는구나 / 하늘이 나를 버리시니 이를 어찌하랴? / (下略)"[47]

위는 「季布詩詠」의 일부로, 초패왕 항우가 장량에게 패하고 낙심하여 노래하는 장면을 서술자의 입장에서 서술한 대목이다. 그런데 패배한 초나라 병사들의 모습이 서술자의 입장에서 설명되다가 밑줄 부분에 이르러 작중 인물인 항우가 자신의 처지를 비관하는 독백적 진술로 바뀌게 된다. 이 부분 원문은 "切藉精神大丈夫, 奈何今日天邊輸. 五六年[來]征戰苦, 彭城垓下會一輪. 失時不利[天喪余], 天喪奈何"인데 여기에 보이는 1인칭 대명사 '余', 그리고 1인칭 서술에 상응하는 '今日' 등의 표현은 이 부분이 작중 인물의 시점에서 발화된 것임을 말해 준다. 이 인용문에 이어지는 뒷부분에서는 다시 서술자의 시점으로 복귀하여 진술이 이루어진다. 이는, 연행자의 분신이라 할 서술자가 작중 인물의 입장에 감정이 입하여 인물의 목소리를 대신하는 데서 비롯된 현상이라 할 수 있다.

여자는 그가 죽었다는 소식을 듣고 애통함이 극에 달하였지만 감히 얼굴에 그런 표정을 짓지는 못하였다. 삼가 노래 동료를 수고스럽게 하여 다시 앞의 노래에 和唱하도록 하겠습니다.

"어여쁜 눈썹 찌푸린 채 아직도 한이 남아 있다 / 마음 속 정인이 죽은 것을 알고 애달파하네 / 삽시간에 무산의 운우 흩어져 버리고 / 이별한 후로 며칠 동

---

47) 「季布詩詠」, 『敦煌變文』 下上(楊家駱 主編, 世界書局, 1989). 번역은 전홍철, 앞의 글(231쪽)을 참고하였다.

안 자나깨나 생각하였네 / 쓸쓸히 그 날의 일을 팽개쳐 버리니 / 남은 것은 오로지 꿈속에서 낭군을 만나는 일"

위는 화본소설 「刎頸鴛鴦會」의 일부로, 유부녀인 여주인공 淑珍이 이웃에 사는 어린 소년과 사통을 한 뒤 그 상대가 죽어 애통해 하는 대목이다. '삼가 노래 동료를 수고스럽게 하여 다시 앞의 노래에 和唱하도록 하겠습니다("奉勞歌伴 再和前聲")'라는 문구는 이 작품에서 독특하게 쓰이는 산운 전환 표현이다. 앞에서 살펴본 대로 화본소설에서는 이런 문구 다음에 서술자의 시각에서 운문이 읊조려진다. 그런데 따옴표 안의 운문 부분[48]에서 앞 부분은 작중 여인에 대한 서술자의 설명적 진술에 해당하지만, 밑줄 부분은 인물의 시점에서 그 사건을 바라보는 독백적 서술에 해당한다. 이는 서술자가 인물의 입장에 서서 인물의 마음 속 생각을 대변해 주는 양상이라 하겠다. 이처럼 구연류 담론에서는 청중을 앞에 두고 공연을 한다는 특성상, 다양한 형태의 시점 침투현상이 야기된다.

그런데 여기서 한 가지 주목할 점은 의화본소설에 보이는 시점 침투 현상이다. 주지하는 바와 같이 의화본소설은 그 체제나 형식은 화본소설을 본떴지만 연행과는 무관하게 순전히 읽기 위해 쓰여진 독본류 텍스트들이다. 그럼에도 텍스트에는 여전히 연행 현장의 흔적을 그대로 담고 있는 부분들이 적지 않다. 예를 들면,

여러분, 저는 오늘 진주 적삼에 관한 이야기를 하려고 하는데, 가히 인과응보가 어긋남이 없음을 볼 수 있어 젊은이들에게 좋은 모범이 될 것입니다.
(『喻世明言』 제1권 「蔣興哥重會珍珠衫」)[49]

과 같은 경우는 작자가 직접 서사에 개입하는 양상을 보여주는데, 독자로 하여금 마치 공연 현장에 있는 것같은 착각을 하게 하기에 충분하다. 이외에도 앞에서 살펴본 바대로 화본소설에서 흔히 볼 수 있는 '이 얘기는 이쯤해 두기로 한다("不在話下")'나 話說·却說 등의 표현, 說問 방식의 서술 또한 의화본소설에서도 자주 발견되는데, 이런 기법이 설화예술에서 청중을 흡인하는 요소가 되는 것과 마찬가지로, 讀書用인 의화본소설에서도 독자를 확보하는 한 기법이 될 수 있었던 것이다. 반면 의화본소설에서는 서술자와 인물간의 시점 상호 침투현상은 보기 드물다. 그것은 의화본이 연행과는 무관하므로 연행과정에서 설화인이 이야기에 몰입함으로써 빚어지는 이런 현상은 일어나기 어려웠기 때문일 것으로 본다.

3.4. 액자형 서술의 활성화

구연류 담론은 연행의 산물인 만큼, 연행의 방식과 텍스트 구성은 밀접한 관계를 가질 수밖에 없다. 강경이나 설화연행에 있어 本 故事 앞뒤에 공연이 시작되고 끝났음을 알리는 절차와, 강경문이나 화본소설의 본격적인 이야기 앞뒤에 배치되어 있는 押坐文[50]과 解座文, 入話와 結尾[51]간에 형성되는 '액자형 서술'의 관련성도 그 중 하나이다.

'입화'라는 말은 전래되는 화본소설 중 가장 오래된 것인 『청평산당화

榜樣."

50) 사실 압좌문이 본 텍스트와 함께 전해지는 것은 그리 많지 않고, 압좌문이 고사와는 별도로 독립적으로 존재하는 경우가 대부분이다.

51) '結尾' 대신 보통 '篇尾'라는 말을 사용하는데, 화본소설 정화 뒤 끝부분에는 詩詞뿐만 아니라 설화인의 논평 도 올 수 있는데 이를 '편미'라는 말로 뭉뚱그리면 篇首에 대응되는, 끝에 오는 시사를 지시할 때 뭐라고 할 것인가 혼란이 야기된다. 따라서 끝부분에 오는 시사를 가리키는 말로 入話의 篇首에 대응시켜 '篇尾'라 하는 것이 적당하고, 시사를 포함하여 설화인의 논평 등까지 합하여 마무리 하는 부분을 가리키는 말로는 '結尾'가 적당하다고 본다.

본』에 처음 나타나는데 이것의 포괄범위를 두고 학자들간에 이견이 분분함은 앞에서 언급한 바 있다. 이 글에서 액자형 서술과 관련하여 사용하는 '입화'라는 말은 題目·篇首·入話·頭回 등 본 이야기 즉 正話 앞에 놓이는 모든 도입부적 요소를 포괄하여 가리킨다.52) 입화는 형식상 한 수의 詩 또는 詞로 되어 있는 '簡略型', 다수의 詩 또는 詞가 연결되어 있는 '詩詞連結型', 詩 또는 詞와 더불어 설화인의 논평이 이어지는 '論議型', 詩 또는 詞에 이어 짤막한 고사가 배치되는 '故事型'으로 나뉘며53), 내용상으로는 正話의 내용과 관계가 없는 '無關型'과 관계가 있는 '有關型'으로 나눌 수 있고 '유관형'은 다시 정화와는 반대의 내용으로써 정화의 주제를 암시하는 경우와 유사한 내용으로써 주제를 암시하는 경우로 나눌 수 있다.54)

결미 부분도 한 수의 詩나 詞로 된 散場詩로 마무리가 되는 '簡略型'과 다수의 詩 또는 詞 등의 운문을 설화인의 말과 함께 연결하는 '詩詞連結型', 정화에 대한 설화인의 논평과 산장시, 그리고 그에 대한 설화인의 해설 등이 복합되어 있는 '論議型'으로 나뉠 수 있다.55) 결미에는 '오늘 여러분들을 위해 이 이야기를 했으니, 내일 아침 일찍 와서 眞經을

---

52) 篇首는 제목 다음에 오는 詩詞를 가리키고, '入話'는 詩詞에 대한 해석을 가리킨다. 그리고 '頭回'는 달리 '得勝頭回', '笑耍頭回'라고도 하는데 이는 正話가 시작되기 전에 전개되는 짤막한 고사를 가리킨다. 이들을 각각 독립시켜 구분하는 사람도 있으나 대개는 이 모든 요소를 가리켜 '入話'로 부르고 있다. 논자에 따라서는 강경문의 압좌문과 화본소설의 도입부 모두를 합하여 '楔子'라는 말로 나타내기도 한다. 백승엽, 「『淸平山堂話本』中 宋代 話本의 異化와 同一視 敍事構造 硏究」, 《中國語文論譯叢刊》 제4권, 1999.

53) 이영구, 「『京本通俗小說』의 體制 小考」, 《중국연구》 제7집, 1983.

54) 백승엽은 내용상으로 단편 고사가 정화와 직접적 관련이 있는 '유관형', 아무런 관련이 없는 '무관형', 정화의 내용을 예시해 주는 '예시형'으로 분류하였다. 백승엽, 앞의 글.

55) 백승엽, 같은 글. 단 백승엽은 '논의형'이란 말 대신 '혼합형'이라는 말을 사용하였다.

들으십시오' 또는 '화본이 끝났으니 이로써 散場합시다'와 같이, 강경 법
회나 설화가 열린 자리를 해산하는 어구가 포함되기도 한다.

이처럼 압좌문·입화와 해좌문·결미는 그 사이에 위치한 본격적인
이야기와는 분명 그 성격이 다르며 서술에 있어 '액자'와 같은 기능을
행한다. 예를 들어 보도록 한다.

(a) "육만이 넘는 글자 일곱 폭에 담았으니 / 기묘한 의미 글이 없고 담긴 뜻
넓기도 하여라 / (이하 시 생략)"

(b) 방금 읊어 본 여덟 구의 시는 바로 宋의 네 번째 황제이신 仁宗께서 지으
신 것으로, 오직 『大乘妙法蓮華經』의 끝없는 공덕을 기리기 위한 시이다. 그렇
다면 내가 무엇 때문에 이 이야기를 하는가? 그것은 바로 오늘 말하고자 하는
낭자가 바로 『蓮經』을 읽어 正果를 얻었기 때문이다.

(c) 이로써 세상 사람들에게 권하노니, 불경을 보고 읽으면 사람에게 손해
될 일이 없으리라

위는 『청평산당화본』 중 「花燈轎蓮女成佛記」의 입화(a, b)와 결미(c)
부분이다. 입화는 한 편의 시와 그 시에 대한 간단한 설명을 곁들인 '논
의형'에 속하며, 결미는 산장시가 없이 正話에 대한 설화인의 논평만으
로 이루어진 변형된 논의형이다. 입화와 결미가 액자를 이루고 있는데
액자의 서술을 통하여 正話의 내용을 듣거나 읽지 않아도 무슨 얘기가
올 것인지 대강 짐작을 할 수 있다.

액자형 서술이란 액자라는 틀 안에 사진이나 그림을 넣는 것과 마찬
가지로, 중심이 되는 이야기의 밖에 또 하나의 서술자의 시점을 인정하
는 서사 기법인데, 대개는 1인칭 서술에서 3인칭 서술로 시점이 전환된
다. 현대소설에서 액자기법은 '나'를, 사건을 목격한 증인으로 내세움으
로써 내부 이야기가 實話임을 증명하는 효과를 가져 온다.56) 그리고 傳

奇에서의 액자서술은 이야기 내용에 대한 논평을 하거나, 사건의 後日談을 제시하거나 이야기가 전해지게 된 경위를 설명하는 구실을 한다.[57]

그러나 현대소설이나 전기와는 달리 연행의 소산인 강경문·화본, 그리고 화본을 모방한 의화본소설에서의 액자서술이 지니는 기능 및 효과는 이와는 다른 면모를 보인다. 관중의 흥미를 유발시키는 것은 물론 본 이야기가 그들에게 큰 교훈을 주며 삶에 도움이 되는 등 가치를 지닌 것임을 각인시키는 효과를 가져온다. 또한, 도입액자에 해당하는 입화에서는 본 이야기의 주제를 암시함으로써 청중의 이해를 돕는 효과를 지니기도 한다.

　(a) "세월을 얻어 / 세월을 늘이고 / 즐거움을 얻어 / 즐거워하네 / 모든 일의 흥망성쇠는 결국 하늘에 달려 있으니 / 그렇게 많은 근심 걱정에 매여 있을 필요가 있는가? / 마음을 놓아 느긋하게 있고 / 옹졸함을 헤아리지 마라 / 고금의 흥함과 쇠함은 말로 다 할 수 없네 / (下略)"

　(b) 開場詩를 마치고 본문으로 들어가기 전에 唐詩 네 구를 읊겠다("開話已畢 未入正文 且說唐詩四句").

　"周公이 유언비어를 우려하던 때가 있었고 / 王莽이 신분낮은 선비에게 겸손해하고 공경하던 때가 있었으니 / 만일 그때 죽었다면 / 일생의 참과 거짓을 누가 알았겠는가?"

　(c) 이 시는 대개 인품에 참과 거짓이 있으니, 악으로 대해야 그 미덕을 알 수 있고 호의로 대해야 그 악함을 알 수 있다고 말하는 것이다. 첫째 구는 주공에 대해 이야기하고 있다. (中略) 그래서 옛사람이 '사람은 지내보아야 안다'고 하였고, '사람의 평가는 죽은 후에야 이루어진다'고 하였다. 한때의 칭찬으로 그를 군자라고 단정할 수 없고, 한때의 비방으로 그를 소인이라고 단정할 수 없다. 시가 있어 이를 증명한다("有詩爲證").

　"비방과 칭찬은 종래로 들어서는 안되며 / 시비는 결국 분명해지네 / 한때 사

56) 이재선, 『한국단편소설연구』(일조각, 1975), 122~123쪽.
57) 이에 대해서는 본서 제2부 중국 독본류 서사체 전기 부분 참고.

람의 말을 경솔하게 믿으면 / 자연히 사람들의 말이 고르지 않음을 알게 되리라"

(d) 지금 말하려는 이는 前代의 재상으로 그는 낮은 관직에 있을 때도 확실히 명성이 있었다 (中略) 후세 사람이 송나라의 元氣를 논할 때, 모두 熙寧58) 의 변법이 그릇된 것이어서 靖康59)의 화가 있었다고 하였다.

(e) 시가 있어 이를 증명한다("有詩爲證").

"희녕의 신법에 대해 간언하는 글은 많았는데 / 고집스럽게 마음대로 행하였으니 / 이번에 원기가 소모되지 않았다면 / 어찌 오랑캐군이 황하를 건넜겠는가?"

또 형공의 재주를 애석해 하는 시도 있다.

"매우 총명한 개봉옹 / 훌륭한 재주로 여러 관직을 역임하여 맑고 신선한 바람을 일으켰네 / 가련하게도 고위직에 있으며 일을 그르쳤으니 / 평생 한림원에 있는 것이 어울릴 뻔했구나."60)

위는『京本通俗小說』「拗相公」61)의 일부인데 (a)(b)(c)는 입화 부분을, (d)는 正話의 시작과 끝부분을, 그리고 (e)는 결미 부분을 인용한 것이다. 입화는 세 편의 운문과 설화인의 논평이 곁들여진 '논의형'에 속하며, 결미는 두 편의 시로 이루어진 '시사연결형'에 속한다.

이 작품의 입화는 시, 시의 해설, 시에 대한 논평 등 다양한 요소로 구성되어 있어 그 어느 작품보다도 복잡한 면모를 보여준다. 開場詩 (a)는 正話의 내용과는 무관한 것으로 이미 와 있는 청중의 흥미를 유발하고 자리를 정돈하며, 시간을 끌어 더 많은 청중을 모으기 위한 상업적 기능을 지닌다. 이어지는 唐詩 (b)는 처음에는 세인의 평이 좋지 않았지만 본분을 지켜 나중에는 善人으로 평가받은 周公과 과도한 욕심으로

---

58) 北宋 1068~1077년간의 연호.

59) 北宋 1126~1127년간의 연호.

60) 「拗相公」의 번역은 함은선 외 譯, 「(原典譯註) 경세통언 제4권 고집불통인 재상이 반산당에서 한을 품다」(《中國小說會》, 제69호, 2007)를 참고하였다.

61) 이 작품은 『警世通言』 제4권에 「拗相公飮恨半山堂」이라는 제목으로 실려 있다.

결국 피살된 王莽의 이야기를 소재로 하고 있으며, (c)는 이 시에 대해 자세히 설명을 곁들이면서 사람의 평가는 죽은 후에야 올바로 행할 수 있다는 논평을 하고 다시 시 한 편을 들어 이 주제를 강조하고 있다.

(e)는 散場詩로서 正話의 내용을 총괄적으로 다시 한 번 요약하는 구실을 하고, 나아가 청중들에게 융통성 없는 사람의 말로와 세인의 평가가 어떠한가를 말하여 삶에 교훈을 주는 기능을 한다. 이처럼 「요상공」의 액자구성은 일반 화본소설이 갖는 기능과 효과의 전형적인 양상을 보여준다.

종결액자 부분 특히 산장시가 갖는 교훈성은 보통 傳奇의 의론문의 영향으로 간주되고 있는데[62] 이런 양상은 의화본소설의 두드러진 특징으로 부각된다. 이는 앞서 산장시를 유도하는 제시어로서 '有詩爲證'이 50% 이상을 차지한다고 언급한 것과 밀접한 관련을 갖는다. 이 문구는 화자가 어떤 견해나 주장, 평을 제시한 후 이를 운문으로써 증명하고자 할 때 사용하는 상투적 표현이기 때문이다. 즉, 작자의 분신이라 할 화자가 正話가 주는 교훈과 가치를 강조하고 이를 다시 한 번 시로써 확인하고자 한 것이다. 이처럼 의화본소설 특히 『喩世明言』 『警世通言』 『醒世恒言』과 같은 '三言'에서 두드러지는 것은, 이 작품집의 편찬자인 馮夢龍의, 교훈을 중시하는 문학관과도 밀접한 관련이 있다.[63]

---

62) 김민호, 「明代 擬話本에 끼친 唐 傳奇와 敦煌 講唱文學의 影響考」, 《중국소설논총》 제4집, 1995; 신진아, 「『淸平山堂話本』 硏究 : 새로운 장르형성을 중심으로」, 연세대 대학원 중어중문학과 석사논문, 2000.

63) 교화를 중시하는 그의 문학관은 '三言' 중 맨 처음에 출간된 『古今小說』을 후에 『喩世明言』으로 바꾸어 『警世通言』 『醒世恒言』과 일관성 있게 만든 것에서도 드러난다. 書名은 각각 '세상을 일깨우고 경계를 주며 각성시키는', '밝고 통달된 떳떳한 이야기'라는 의미를 함축하고 있어 세상 사람들에게 교훈을 주려는 의도에서 이 책을 출간했음을 알 수 있다.

4. 구연류 담론의 몇 예

지금까지 구연류 서사체의 특성 및 시가 운용의 양상에 대해 논했는데, 이제 개별 작품의 예를 들어 그 특징을 구체적으로 살펴보고자 한다. 예는 어떤 장르의 보편적 성격을 보여주는 것보다는 독특한 면모를 지닌 것, 문학사적으로 의의를 지닌 것을 중심으로 선정하였다. 돈황 강창문학으로 서는 「廬山遠公話」를, 송원 화본의 초기 형태를 보여 주는 것으로서 「大唐三藏取經詩話」를, 송원 화본소설로서는 「藍橋記」를 대상으로 한다.

4.1. 『廬山遠公話』

돈황석굴에서 발견된 일련의 텍스트들을 '돈황 텍스트'로 총칭할 때 그것은 講經文・變文・話本・詞文・民間賦로 크게 범주화된다. 이 중 돈황 話本 중의 하나인 「廬山遠公話」를 중심으로 구연류 서사체 담론 에서의 시가 운용의 면모를 살펴보도록 한다.

唐代에는 민간에서 향유되던 예술로서 講經・俗講・轉變 외에도 說話가 있었다. 說話는 청중을 상대로 간간이 詩와 詞 등을 섞어 이야기를 하는 연행예술인데, 宋代에 들어와 크게 성행하게 된다. 돈황화본은 唐代[64] 설화인의 연행 내용을 문자기록화한 것으로 볼 수 있는데 지금 우리가 알 수 있는 돈황 사본의 연대는 가장 빠른 것은 406년, 가장 늦은 것은 995년[65]이므로, 開寶[66]5년(972년)에 張長繼라는 사람이 필사한 것으로 기록되어 있는 「廬山遠公話」는 10세기 후반 변문이 쇠하고 화본이 흥하기 시작할 무렵의 대표적 작품으로 이해할 수 있다.[67]

---

64) 「廬山遠公話」의 경우는 北宋代.
65) 김학주, 『중국문학개론』(신아사, 1992・2003), 357쪽.
66) 北宋 968~976년간의 연호.

이 작품은 시기적으로 북송대에 속하지만 돈황 석굴에서 발견되었기에
보통 돈황 화본의 범주에서 다루어진다. 돈황 석굴에서 발견된 화본을,
송대 이후 성행한 설화예술의 산물로서의 화본과 구분하기 위하여 보통
'돈황화본'이라는 말로 부른다. 돈황화본으로 분류되는 작품으로는 이 외
에 「孝子傳」,「前漢劉家太子傳」,「韓擒虎話本」,「唐太宗入冥記」,「葉淨能
詩」,「秋胡小說」,「祇園因由記」 그리고 句道興의 「搜神記」가 있다. 이
중 「수신기」,「효자전」은 돈황화본 초기 단계의 작품으로, 「여산원공화」,
「한금호화본」,「엽정능시」,「당태종입명기」 등은 정형화된 후기 단계의
작품으로 이해되고 있다.[68]

이들 돈황화본은 변문에 비해 운문의 비중과 수가 격감해 있는 것은
사실이지만, 일부 논자의 견해대로 순 산문체로 되어 있는 것은 아니다.
다만 청중의 흥미와 요구에 부응하여 唱詞보다는 講說에 더 비중을 둠
으로써 송원 화본과 비슷한 모습을 띠게 된 것이 바로 돈황화본인 것이
다. 따라서 돈황화본은 宋代 話本의 선구가 된다는 점에서 중국 서사문
학사에서 중요한 위치를 차지한다.[69] 특히 「여산원공화」는 필사 연대가
다른 것보다 후대인 북송대로 나타나 있어 송원 화본과의 관련성은 더
크다고 할 수 있다.

「여산원공화」는 승려인 惠遠의 평생의 사적을 통해 불교의 敎義를 선
전하려는 의도를 담고 있기 때문에 說話四家 중 '說經'의 화본에 가깝다
고 볼 수 있다.[70] 여기에는 5언·7언으로 된 偈가 7편 삽입되어 있는데

---

67) 王重民, 「敦煌變文研究」,『敦煌變文論文錄』上(周紹良·白話文 編, 明文書局, 1985),
   306쪽.
68) 李騫, 「唐話本初探」,『敦煌變文話本硏究』(遼寧大學出版社, 1987), 12~48쪽. 전홍
   철, 앞의 글(101쪽)에서 재인용.
69) 胡士瑩,『話本小說槪論』(丹青圖書有限公司, 1983), 26쪽.
70) 胡士瑩, 위의 책, 26쪽.

불교고사를 講하므로 詩라 하지 않고 '偈'라 한다. 이 작품의 첫 부분에
는 다음과 같이 송대 화본의 입화 성격을 띠는 문장이 소개되어 있는데,
이를 두고 운문이냐 아니냐의 異見[71]이 있지만 필자는 운문의 성격을
띠는 것으로 보고 있다.

> 모두는 들으시오. 석가여래의 위력은 넓고 넓으시며 / 부처님의 가르침은 높
> 고도 높으시네 / 석가여래의 법은 사사로움이 없고 / 부처님의 베푸심은 평등하
> 도다 / 석가여래께서는 올바른 가르침을 남기시고 / 부처님은 참된 뜻을 널리
> 베푸셨네 / 모든 12부경의 높은 가르침은 / 모두 석가여래의 대들보요 나루터라
> 네 / 여래께서 입적하신 후 / 성인들은 像法[72] 속으로 행적을 감추셨도다.[73]

이 부분은 형식상으로 보았을 때 정제된 운문이라 할 수는 없으나 대
구를 이루어 리듬감을 살린 점 등으로 미루어 운문적 성격을 띠는 문장
으로 보아도 무방할 듯하다. 이 다음에는 慧遠의 가계가 소개되면서 본
격적인 이야기가 전개되고 있고 내용면에서도 작품 전체의 大意를 함축
하고 있어, 송원 화본의 입화와 그 성격이 비슷하다고 할 수 있다. 그러
나 이 부분이 강경문의 압좌문이나 송원 화본의 입화처럼 청중의 확보를
위해 시간을 끌고 공연 자리를 정돈하며 청중의 관심을 집중시키는 기능

---

71) 김영식은 「宋 以前 說唱과 그 底本에 관한 탐색」(《중국문학》 제25권, 1996)에서
　　이 문장을 운문이라 할 수 없으며 이 작품에 송원 화본의 입화와 같은 것은 없다고
　　하였다. 반면 박완호는 「敦煌 講唱文學을 징검다리로 說話에서 話本으로」(《중국소
　　설논총》 제15집, 2002)에서 이 부분을 本故事에 진입하기 전의 운문으로 보았다.

72) '像法'이란 '正法' 즉 부처 在世時의 佛法에 대응되는 것으로, 부처가 설교한 법은
　　있으나 신앙심이 형식화하여 불상이나 사탑 등의 인공물을 위주로 행해지는 법을
　　말한다.

73) "蓋聞 法王蕩蕩 佛教巍巍 王法無私 佛行平等. 王留政教 佛演眞宗. 皆是十二部尊經
　　惣是釋迦梁津. 如來滅度之後 衆聖潛形於像法中." 「廬山遠公話」 원문은 楊家駱 主
　　編, 『敦煌變文』 上(臺北 : 世界書局, 1989)에 의거하였고, 번역은 入矢義高 編, 『佛教
　　文學集』(平凡社, 1975·1987)을 참고하였다.

을 행했는지는 확실히 알 수 없다. 한편, 끝 부분은 운문이나 마무리 성격을 띠는 별도의 산문서술이 없이, 혜원이 廬山으로 돌아와 초암을 짓고 독경을 하면서 지내다가 佛心으로 法船 한 척을 만들어 上界에 귀의하는 것으로 끝나고 있어 송원 화본의 결미 성격을 띠는 부분은 없다. 이처럼 체제면에서 볼 때 이 작품은 송원 화본에서 보는 것과 같은 '입화–정화–결미'의 완비된 모습은 갖추지 않았지만 불완전하나마 화본의 초기 단계의 면모는 갖추었다고 할 수 있다.

운문 삽입의 양상을 보면 운문이 제시될 때 '成偈曰'이 두 번, '大師有偈'가 세 번, '師有偈'가 한 번, 그리고 '以爲偈曰'이 한 번 사용되고 있는데, 그 형태가 변문과도 다르고 뒤에서 살펴볼 송원 화본이나 의화본과도 다르며, 오히려 傳奇와 같은 문언소설에 가깝다. 시의 종류를 보면 7언율시 1편, 5언율시 2편, 7언절구 2편, 5언절구 1편, 5언배율 1편으로 되어 있고, 시 앞에 그 시를 읊은 주체가 명시되어 있어, 제시어 다음의 운문은 작중 인물이 시로써 말을 하는 '以詩代話'의 양상을 취한다.

   이에 원공이 암자를 나와 바라보니, 홀연 절 하나가 완성되어 있는 것이 보였다. 원공은 몹시 감탄하며 잠시 생각을 한 뒤, '이것은 제 힘으로 할 수 있는 바가 아니요, 大涅槃經의 위력으로 이루어진 것입니다'라고 말했다. 이 희귀한 광경을 목도하고 원공은 다음과 같은 偈 한 수를 지었다.
   "높게 솟은 대나무 사계절의 봄을 알리고 / 빗겨 흐르는 강물은 티없이 맑도다 / 담장에 감긴 줄사 철나무는 가지마다 푸르른데 / 땅에 펴져 있는 이끼는 점점이 새롭네 / 속세를 버리고 城市의 번잡함을 피하니 / 마음은 淸虛하여 세속과 이웃하지 않도다 / 山神은 이 땅에 精舍를 지으시고 / 승려를 청하여 法輪을 돌리기를 부탁하네."74)

---

74) 원문은 『敦煌變文』 上, 169쪽.

이에 相公이 물었다. "무엇을 十類라 하는가?" 그러자 善慶은 다음과 같이 말했다. "第一은 有形의 것이니 (中略) 第七은 두 다리이이니, 인간은 나면서부터 몸과 지혜라고 하는 두 다리 가지고 태어났으나 몸이 있으면 지혜가 없고 지혜가 있으면 몸이 없어 몸과 지혜는 서로 만나기가 어렵습니다. 그 때문에 惡道에 빠지게 되는 것입니다. 만일 몸과 지혜가 서로 만난다면, 바로 거기서 佛道가 생겨나는 것입니다. 大師에게 다음과 같은 偈가 있습니다.

"몸이 생겨났을 땐 / 지혜는 아직 생겨나지 않았고 / 지혜가 생겨났을 땐 / 몸은 이미 늙었네 / 몸은 지혜 생겨남이 더딘 것을 恨하고 / 지혜는 몸의 늙음이 빠른 것을 恨하네 / 몸과 지혜가 서로 만나지 못한 채 / 일찌기 몇 번이나 늙음이 지나갔던가 / 몸과 지혜가 서로 만난다면 / 곧 불도를 이룰 수 있을 것이네."[75]

두 인용문 중 처음 것은 "遠公次成偈曰"이라는 문구 다음에 운문이 이어지고 있어 게의 작자가 원공이고 게는 원공의 내면 생각을 표현하는 구실을 하고 있다. 따라서 산문과 운문은 '계기식' 결합방식을 보인다고 할 수 있다.

그러나 두 번째 인용문의 경우는 여러 면에서 첫 번째 예와는 다른 점을 보인다. 우선, 산문에서 운문으로 이어지는 문구가 "大師有偈"로 되어 있는데 여기서 '大師'가 누구를 가리키는지 명확하지 않다는 점을 지적할 수 있다. 이 부분은 원공이 善慶이라는 이름으로 崔相公 집에서 종노릇을 하면서 四生十類에 대해 설하는 대목이며 운문의 내용이 산문의 내용과 동일한 것으로 미루어 원공이 지은 것으로 보는 것이 타당하다. 그런데 이 장면에서 원공은 신분을 감추고 선경이라는 종으로 행세하고 있고 또 자신을 높여 大師라고 말할 수 없다는 점을 감안할 때, 설화인이 개입하여 작중 인물 원공의 시점으로 침투한 결과로 보는 것이 타당하다. 이 외에 '大師有偈'로 되어 있는 나머지 두 예와 '師有偈'로

---

75) 원문은 『敦煌變文』上, 184쪽.

되어 있는 한 예를 살펴봐도 마찬가지 양상을 보인다. 즉, 이 예들도 모두 위에 인용한 것과 같은 상황에서 종의 신분으로서 원공이 읊은 것이다. 이와 같은 시점 침투현상은 청중을 앞에 놓고 연행을 하는 구비연행 예술에서 흔히 일어나는 현상이라 할 수 있다.

두 번째 예에서 연행의 흔적을 볼 수 있는 또 다른 근거는, 산문 부분과 운문 간의 내용의 중복이다. 앞에서 언급한 것처럼 계열식 결합방식은 언술의 표층차원에서 내용이 중첩되는 '중복'의 양상과, 심층차원에서 大意 혹은 主旨가 중첩되는 '등가'의 양상으로 나눌 수 있는데 전자는 변문에서 후자는 화본소설의 개장시나 산장시에서 쉽게 발견할 수 있다. 이런 점에서 본다면 이 인용예의 경우 산문의 내용이 그대로 운문으로 되풀이되고 있고, 이것은 해당 부분이 불교의 심오한 진리를 설하는 대목이기 때문에 청중의 이해를 돕기 위한 설화인의 연행 기교가 아니었을까 생각된다.

4.2. 「大唐三藏取經詩話」

4.2.1. 체제와 성립시기

이 작품은 唐의 高僧 玄奘이 불경을 가지러 천축국에 간 取經 모티프를 소재로 한 이야기이다. 이 책은 중국에서는 유실되고 일본에서 流轉되던 중 중국 학자 王國維와 羅振玉이 辛亥革命을 피해 일본에 망명한 것을 계기로 중국에 역수입되었다. 왕국유는 이 책의 卷末에 보이는 '中瓦子張家印'이라는 문구에서 '中瓦子'는 宋代 臨安의 거리 이름으로 倡優 劇場의 소재지이고 '張家'는 그 거리에 있던 서점 이름인 것을 근거로 이를 송대에 간행된 것으로 보았다.[76] 한편 魯迅은 이 서점이 元代까

---

76) 王國維, 「宋槧大唐三藏取經詩話跋」, 『觀堂別集』 卷三(『王國維遺書』 第三冊, 上海

지 존속했을 가능성을 제기하며 여러 가지 근거를 들어 원대에 간행된
것이라 주장했다.77) 이 책이 宋刊이든 元刊이든 삼장법사와 원숭이, 사
오정 등이 등장하는 取經 모티프는 이미 唐代의 벽화나 浮彫에서 발견
되고 있어 取經故事는 이미 南宋 이전에 민간에서 널리 유행한 것으로
추정된다.78) 간행연대가 언제든간에 『대당삼장취경시화』(이하 『詩話』로
약칭)가 취경고사의 최초 書面 記錄으로서 훗날 오승은의 100회본 「서유
기」의 祖宗이 된다는 점만은 부인할 수 없다.

이 작품 제목에 보이는 '詩話'라는 말에 대하여 왕국유는 '여기서 시화
는 당송대 사대부들이 즐기던 그런 시화가 아니라, 이야기 중에 詩가 들
어 있기 때문에 시화라 한 것이다. 마찬가지로 詞가 들어 있는 것은 詞話
라 할 수 있다'고 하였다.79) 이에 대해 호사영은 송원 화본소설에 삽입된
시와 『詩話』에 삽입된 시는, 전자의 경우 說話人의 입장에서 시를 읊는
반면, 후자는 작중 인물의 목소리로 시를 읊는다는 점에서 차이가 있다
고 하였다. 그래서 인물이 시로써 말을 대신하는 형태 즉 '以詩代話'의
양상을 띠기 때문에 제목에 '시화'라는 말이 붙었다고 풀이했다.80)

이 작품은 3권으로 이루어져 있고 전체가 17개의 節로 나뉘어 있는데,
각 節 첫머리에 그 절의 내용을 요약하는 제목이 있고 끝에는 7언의 시
를 붙여 마무리하는 체제로 되어 있다. 전체 17절 중 1·3·4·5·8절을

書店出版社, 1983).
77) 魯迅, 『中國小說史略』(趙寬熙 譯注, 살림, 1998), 272~273쪽.
78) 胡士瑩, 앞의 책, 198~199쪽. 호사영은 이를 근거로 『시화』가 남송대 간행된 것으로 추정하였다.
79) 왕국유, 앞의 글.
80) 호사영, 앞의 책, 170쪽, 199쪽. 그에 의하면 『청평산당화본』에 수록되어 있는 명대 의화본 「張子房慕道記」의 삽입시 또한 동일한 양상을 보여주므로 이를 擬詩話體 話本으로 볼 수 있다고 하였다(456쪽).

제외한 나머지가 '行程遇猴行者處第二' '過長坑大蛇嶺處第六'과 같은 식으로 제목이 붙여져 있어 대부분의 학자들은 후에 성행한 章回小說의 효시로 보고 있다. 그러나 『西遊記』와 같은 장회소설의 경우 '第一回 靈根育孕源流出 心性修持大道生'과 같이 '-회'라는 문구를 명시하고 있는 것에 비해, 『詩話』의 경우는 오히려 불경에서 흔히 보이는 篇題 형태와 비슷하다는 견해가 제시되기도 한다. 즉, 『法華經』을 예로 들면 전체가 7권으로 나뉘어 있고 다시 이것이 28品으로 나뉘어, 「序品第一」「方便品第二」「譬喩品第三」과 같은 방식으로 구분이 이루어지고 있는 것이다. 따라서 『詩話』의 편제 방식은 후대의 장회소설과는 무관하며 佛典의 영향으로 보아야 한다는 것이다.[81] 사실 『詩話』를 元刊으로 보는 학자들의 생각에는 이 작품을 후대 장회체의 효시로 보고 양자를 연결시키려는 시각이 자리잡고 있다. 만일 일각의 주장처럼 송대로 본다면 장회체가 출현한 명대와 상당한 시간적 거리가 있기 때문에 간행연대를 원대로 봄으로써 그 시간차를 줄이고자 하는 의도가 있는 것이다.

여기서 이 책의 '成立' 연대와 '刊印' 연대를 구분해야 할 필요성이 제기된다. 卷末의 '中瓦子張家印'이라는 문구는 이 책의 출간 연대를 말해 주는 단서이지 성립 연대를 말해 주는 단서는 아닌 것이다. 많은 학자들이 이 작품을 남송대에 성립된 것으로 송원 화본의 초기 형태로 보고 있으나, 이 작품은 일반 송원 화본소설에서 보이는 '입화-정화-결미'의 체제를 갖추고 있지 않고 다만 각 절 끝부분에 7언시를 붙이고 있을 뿐이다. 또한 후술되겠지만 운문을 유도하는 문구라든가 운문이 인물의 목소리로 읊어진다든가 하는 점에서도 일반 화본소설과는 차이가 있다. 한발 양보하여 설화인이 공연을 위해 요점이나 요령을 적은 提綱 혹은 비

---

81) 太田辰夫, 『西遊記の硏究』(硏文出版社, 1984), 25쪽.

망록이나 저본82)으로 본다 해도 제목이나 언어, 내용 등 작품 구성요소
를 검토해 볼 때 단순히 비망록 정도의 저본으로 보기에는 의문이 있다.
최근에는 이 작품의 체제, 표현형식, 언어와 내용, 사상 등이 송원의 화
본소설과는 다르고 오히려 변문과 유사하기 때문에 唐末五代에 성립된
작품으로 보는 견해가 대두한 바 있다.83)

『詩話』와 변문의 유사성은 '行程遇猴行者處第二' '過長坑大蛇嶺處第
六'과 같이 '-處'의 형태를 취하는 제목에서도 찾아볼 수 있다. 변문을
비롯한 강창 텍스트들이 무더기로 발견된 돈황 석굴에 그려진 벽화를
보면 그 제목을 붙이는 방식이 '-處', '-時'와 같은 형태로 되어 벽화에
묘사된 시간과 내용을 분절하는 구실을 한다.84) 이처럼 대중에게 그림의
내용을 설명하는 기능을 수행한 이런 문구가 변문에서도 수없이 발견된
다. 俗講은 노래와 말을 섞어 이야기를 구연할 뿐만 아니라 어떤 부분에
이르러서는 그림까지도 활용하는 복합적인 연행예술이었는데, 속강 연행
의 문자기록물이라 할 변문에는 그림이 제시되었음을 말해 주는 부분에
'-處'라는 문구와 더불어 그 장면에 대한 자세한 묘사가 이루어지고 있다.
예를 들면, 「降魔變文」 중 "舍利佛共長者商度處若爲"(사리불이 장자와 함
께 도량 지을 곳을 상의하는 장면은 다음과 같다)에서 '-處'는 그림을 보여 주는

---

82) 호사영은 『詩話』를 설화인이 공연을 위해 미리 준비한 提綱으로 보았다, 호사영,
　　앞의 책, 199쪽. 필자의 기준으로 하면 이는 '저본'에 해당한다.
83) 李時人·蔡鏡浩, 「大唐三藏取經詩話成書時代考辨」, 『大唐三藏取經詩話校注』 부
　　록(中華書局, 1997); 장춘석, 「中國 古代 白話小說의 韻·散 전환 표기에 관한 고찰」
　　(《중국어문학논집》 제54호, 2009.2, 497쪽)에서 재인용.
84) 예를 들면 막고굴 76호굴 동쪽 벽면 우측에 (1) 熙連河澡處, (2) 太子六年苦行處,
　　(3) 太子雪山落髮處, (4) 敎化昆季五人處, (5) 太子夜半逾城處의 다섯 제목이 있는데
　　이는 각각 悉達太子의 出家 과정을 나타낸 것으로 벽화에 묘사된 장면에 상응한다.
　　박완호, 「敦煌 講唱文學을 징검다리로 說話에서 話本으로」, 《중국소설논총》 제15집,
　　2002, 112쪽에서 재인용.

곳이고 "若爲" 다음 그 장면이 자세히 서술된 부분은 그림의 내용을 묘사한 부분인 것이다. 그렇다면『詩話』또한 每節마다 한 폭의 그림이 배합된 상태로 연출되던 연행상황을 반영하는 것일 가능성이 크다.

이런 점들에 근거해 볼 때, 이 작품은 唐末五代 혹은 늦어도 北宋代에 성립된 것으로, 돈황 화본인「廬山遠公話」와 비슷한 시기에 이루어진 작품이 아닐까 생각된다. 唐 이전에도 설화 예술이 존재했고 中唐 무렵에는 이미 직업적인 설화인도 있었으므로[85]『詩話』가 당말오대에 청중 앞에서 연행되던 설화 공연의 문자기록물, 다시 말해 당말오대의 화본이었을 가능성은 충분하다.『시화』의 성립시기를 확정할 수는 없으나 화본의 초기 단계의 모습을 보여 주는 것만은 확실하다. 화본으로서의 성격을 논할 때, '『대당삼장취경시화』는 설화인 가운데 說經을 하는 사람이 사용했던 種本'이라 하여 설경화본으로 보는 견해[86]도 있지만, 설경은 불경 내용을 강설하는 것이므로『시화』의 내용이 불교와 관련이 있다 해서 이를 설경화본으로 보는 것은 무리가 있다.

한편『시화』는 형식·내용 양면에서 '소설'에 가까우므로 이를 소설의 범주에 넣어야 한다는 견해[87]도 있지만, 소설은 기본적으로 길이가 짧은 것을 가리키므로 소설화본으로 보는 것도 문제가 있다. 필자의 견해로는 오히려 講史 화본의 초기 모습이 아닐까 생각한다. 어쨌든,『시화』는 돈황 화본과 더불어 話本의 초기 모습을 보여 주는 것으로 宋代 話本의 선구가 된다고 할 수 있다.

한편, 전체 작품이 17개의 단위로 分節이 되고 각 절은 일련의 숫자로 나타내지는 점에 대해서는, 이것을 훗날 장회체의 효시로 볼 수는 없지

---

85) 김학주, 앞의 책, 425쪽; 김영식, 앞의 글.
86) 太田辰夫, 앞의 책, 23쪽
87) 호사영, 앞의 책, 168쪽.

만 중국소설사에서 장회체라는 형식이 성립되는 데 하나의 토대 혹은 기반을 마련한 강경 법회의 관행과 밀접한 관계가 있다고 본다. 돈황 석굴에서 발견된 강경문들 가운데는 하나의 불경을 여러 번으로 나누어 강설한 것들이 있다. 예컨대『阿彌陀經』을 강설한 것이 4종,『法華經』을 강설한 것이 3종,『維摩詰經』을 강설한 것이 7종,『父母恩重經』을 강설한 것이 2종이 있는데, 이것들은 모두 하나의 불경을 토대로 강설한 것으로 각 사권은 독립성을 유지하면서 서로 연속되어 있다. 이들 강경문 텍스트들은 한 날 한 자리에서 연속적으로 강설한 것이 아니라 강설자가 하나의 불경을 여러 번에 걸쳐 이야기하기 편리하도록 편폭을 나누고, 또 매회의 강설은 각기 독립적인 분절의 성격을 갖도록 하여 강의의 짜임새를 기했음을 말해 준다.88) 이같은 방식은 후대 장회소설에서 긴 편폭을 적당히 분절하여 이야기를 끌어간 것과 매우 유사하다고 할 수 있다. 그러므로『詩話』의 분절 형태는 강경문에서 보이는 분절 방식과 밀접한 관련이 있음을 확인할 수 있다. 즉, 설화인이 이 이야기를 연행할 때 여러 번으로 나누어서 진행했을 가능성이 큰 것이다.

매 절의 제목에서 보이는 변문과의 유사성, 전체 텍스트를 분절하는 방식에서 보이는 강경문과의 유사성을 근거로 필자는 이 작품의 성립시기를 唐末五代에서 북송대로 추정하고 있으며, 이것이 훗날 송대 혹은 원대에 '中瓦子'에 있는 '張家'라는 서적포에서 간인이 되었다고 보는 것이다. 따라서 4절에서 살펴볼 明代 吳承恩의 장회소설 「西遊記」와『詩話』는 취경고사를 소재로 한다는 점에서만 공통적일 뿐이며, 그 체제나 서술방식, 삼장법사 일행의 숫자, 인물의 유형과 성격, 사상 등 여러 면에서 이질적인 면이 더 많다고 할 수 있다. 그러므로『詩話』를 「서유기」

88) 전홍철, 앞의 글, 64~65쪽.

의 祖宗으로 볼 수는 있지만 직계 藍本으로는 볼 수 없다.

4.2.2. 운문 삽입의 양상

『시화』에는 각 절의 끝에는 7언시 형태의 운문이 붙어 있고, 어떤 절의 경우는 중간중간에 운문이 삽입되어 있기도 하고, 또 어떤 경우는 끝에 2, 3편의 운문이 붙어 있기도 하다. 句數는 차이가 있으나 字數는 7언이 주류를 이루고 있다. 이 운문 삽입의 양상을 살펴보면『詩話』의 문학사적 위치 및 문학적 특성을 추출해 낼 수 있다.

우선 산문 서술 다음 운문을 이끌어 내는 전환 표현으로서 '乃留詩曰' '遂成詩曰' '詩答曰' '頌曰' '詩曰' '贈詩云' '吟詩曰' '乃成讚曰'이 사용되고 있어「廬山遠公話」와 거의 흡사한 양상을 보인다. 이는 모두 시를 읊은 주체인 작중 인물이 문면에 명시될 때의 형태이므로, '曰' 뒤의 운문은 작중 인물이 시로써 말을 하는 '以詩代話'의 양상을 취한다. 이 점은 서술자가 제3자의 입장에서 작중 인물의 모습이나 어떤 장면을 시로써 설명하는 송원 화본소설이나 의화본소설의 경우와 크게 차이를 보이는 부분이다.

운문의 기능 면에서 볼 때도, 화본소설이나 의화본소설에서 운문은 제3자 입장에서 산문서술 내용을 '객관화'하는 구실을 하는 것에 비해,『詩話』의 운문은 인물의 말을 대신하는 것이어서 작중 인물의 생각이나 감정 등 내면세계를 표출하여 산문 서술을 '주관화'하는 구실을 한다.

··· 법사가 대답했다. "만일 그러하다면, 삼세의 인연이 있는 것이니, 동쪽 땅의 중생들은 큰 이익을 얻게 될 것이오." 그리고 당장 그를 '猴行者'라고 바꿔 불렀다. 법사 일행 일곱은 다음날 함께 가면서 좌우에서 그를 모셨다. 후행자는 <u>이에 시를 지었다</u>("猴行者因留詩曰").

"백만 리 길은 저쪽을 향하여 있는데 / 이제 대사를 도우러 그 앞에 왔도다 / 진정한 가르침을 받들게 되길 한마음으로 축원하노니 / 함께 서방 천축의 鷄足山으로 간다네."

삼장법사가 화답하는 시를 지었다("三藏法師詩答曰").

"이 날 전생에 깊은 인연이 있어 / 오늘 아침 드디어 大明仙을 만났구나 / 가늘 길에 만일 妖魔가 있는 곳에 이르더라도 / 신통력을 보여 부처의 앞길을 지켜 주기를 바라노라"[89]

후행자와 삼장법사는 그 날의 만남에 대한 자신의 생각과 느낌을 각각 시로 표현하여 대화를 하고 있으며, 운문은 작중 인물의 생각을 드러낸다는 점에서 새로운 정보를 제공하는 것이므로 산문과 운문은 계기식 결합양상을 보인다고 할 수 있다. 이에 비해 여타 구연류 담론에서의 산운 전환 문구는 화본·의화본소설에서는 '正是' '有詩爲證', 변문에서는 '-處若爲陳說'이 주류를 이루며, 이같은 문구로 연결되는 산문과 운문 간에는 '준계기식' 결합관계, 즉 산문서술의 어떤 부분을 운문으로 자세히 묘사하는 관계가 형성되어 『시화』의 경우와는 큰 차이를 보인다.

이로 볼 때 『시화』에 보이는 운문 삽입 양상은 같은 구연류 담론들보다는 오히려 傳奇와 같은 讀本類 담론과 유사한 특징을 보인다. 사용된 언어 또한 백화보다는 문언에 가깝다. 그러나 전기와 『詩話』의 운문 사이에는 큰 차이가 있는데 그것은 『시화』의 운문에서는 수사법, 표현 방식, 시어의 운용 등 여러 면에서 전기의 운문과 같은 시적 기교를 엿보기 어렵다는 점이다. 즉, 『시화』의 운문은 일상 대화를 그대로 시 형태로 옮긴 것같은 양상을 보이고 있는 것이다. 그래서 운문이 문답식 대화같은 형태를 띠는 것도 어렵지 않게 볼 수 있다. 이것은 변문과 같은 구연류

---

89) 『大唐三藏取經詩話』「行程遇猴行者處第二」, 『宋元平話四種』(楊家駱 主編, 臺北 : 世界書局, 1977).

담론의 운문에서 보이는 전형적인 특징이다.

이상 『시화』의 운문 삽입 양상을 통해 알 수 있는 것은, 『시화』에 傳奇와 변문, 강경문의 특성이 공존하여, 양자로부터 모두 영향을 받은 흔적을 보여 주고 있다는 사실이다. 반면, 같은 구연류 담론인 화본이나 의화본과는 오히려 공통점이 적다는 것도 알 수 있었다. 이런 점들은 『시화』가 전기나 변문이 성행한 시기, 즉 唐代로부터 그리 멀지 않은 시기에 성립되었음을 입증하는 한 근거가 되기도 한다.

4.3. 「藍橋記」

「남교기」는 현존하는 화본소설집 중 가장 오래된 것인 『淸平山堂話本』에 실려 있는 화본소설이다. 『청평산당화본』은 明代 嘉靖 연간에 판각된 화본소설집으로 모두 29편의 短篇 화본소설이 실려 있다. '淸平山堂'은 明 洪楩의 호로 홍편은 이 이름을 사용해서 『雨窓集』『長燈集』『隨航集』『欹枕集』『解閑集』『醒夢集』 등의 화본을 냈는데 각각 10편으로 되어 있어 전부 60편을 이루고 있다. 그리하여 처음에는 '六十家小說'로 불렸으나, 현재 남아 있는 것은 29편에 지나지 않고 이 중 2편은 완전하지 않은 殘本이다. 잔본을 제외한 27편 중 송대 작품으로 간주되는 것은 11편인데 「남교기」도 그 중 하나로 南宋 晩期의 것으로 추정된다.[90] 이 작품은 唐代 裴鉶이 지은 傳奇 「裵航」[91]을 話本化한 것인 만큼 話本小說의 특징과 傳奇와 같은 문언소설의 특징을 아울러 지니고 있다.[92] 이 점을 중점적으로 살펴보도록 한다.

---

90) 胡士瑩, 앞의 책, 212쪽.
91) 「裵航」은 당대 裴鉶이 지은 전기집인 『傳奇』에 실려 있다.
92) 전기를 화본화했다는 점에서 이 작품은 독본류로 분류되어야 하지만 화본소설의 특성을 살피기 위해 편의상 구연류로 분류하여 다루었다.

『청평산당화본』은 개작 흔적이 적어 송원 화본의 원형에 가까운 것으로 보고 있는데[93] 언어사용에 있어 白話로 된 일반 화본소설과는 달리 여기에 실려 있는 29편의 텍스트는 전반적으로 문언체의 성격이 농후하다는 특징을 지닌다. 이로 볼 때『청평산당화본』은 문언에서 백화로 이행해 가는 과도기적인 성격을 지닌 작품으로 간주할 수 있다. 특히「남교기」는「풍월상사」와 더불어 화본소설이면서 순수한 문언체로 되어 있어 주목을 요한다.[94]

우선「남교기」와 傳奇「裴航」의 공통점을 보면, 등장인물이나 줄거리, 사건전개, 삽화의 배열 등 여러 면에서 거의 동일한 양상을 보인다. 사용되는 언어 또한 문언의 성격을 지니는 것도 공통점이라 할 수 있다. 그리고「배항」에 삽입된 두 편의 시를 그대로 인용하였으며 산운 전환 표현까지도「배항」과 동일하게 '求達詩一章曰' '使裊烟持詩一章答航曰'을 사용하여, 화본소설에서 일반적으로 쓰이는 '正是' '眞是' '怎見得' '如何打分'과는 차이를 보인다.

이처럼 겉으로 드러나는 요소를 보면「남교기」는「배항」을 그대로 옮겨와 앞뒤에 개장시와 산장시만 붙여 화본으로 만든 것처럼 보이지만 면밀히 검토해 보면 적지 않은 차이를 발견할 수 있다. 우선 체제면을 보면「남교기」는 일반 화본소설처럼 正話의 앞뒤에 개장시와 산장시를 두고 있다는 점에서「배항」과는 전적으로 다른 형식을 취하고 있다. 산문과 운문의 결합양상을 보면 개장시와 정화, 정화와 산장시 간에는 의미의 등가에 기초한 '계열식' 결합방식을 보이고 있다. 이 점은 3장 구연류 혼합담론의 특징 중 '산운 결합양상'에서 자세히 설명한 바 있다. 개

---

93) 신진아,「『淸平山堂話本』研究 : 새로운 장르형성을 중심으로」, 연세대 대학원 중어중문학과 석사논문, 2000.

94) 신진아, 위의 글.

장시와 산장시의 배치는 「남교기」가 비록 내용은 전기 작품에 기초하고 있지만 어디까지나 화본소설의 형식을 취하고 있다는 점을 분명히 해 주는 요소가 된다.

그리고 이야기 전개에 있어 「배항」은 남주인공이 신선 집안의 후손이라는 점을 명시하고 있지만, 「남교기」에서는 이 부분이 생략되어 있다. 결과적으로 「배항」에서 남주인공이 신선이 된 것은 운명적으로 예정된 것으로, 바꿔 말하면 그 자신 안에 신선이 될 원인적 요소가 내재해 있고 운영과 그의 일족을 만나게 되는 것은 내재된 요소를 표출시키는 한 계기가 될 뿐이라고 할 수 있다.

반면에 「남교기」에서는 운영을 만나 결혼함으로써 그가 신선이 되는 것으로 그려진다. 이 점은 「배항」은 본래 고귀하고 비범한 혈통으로 태어난 남주인공이 과거에 낙방하는 시련을 겪다가 운영을 만나면서 자신의 정체성을 확인하게 되고 결국 여러 단계의 난관을 거쳐 신선이 된다는 이야기로 규정된다. 다시 말해 '배항'이라는 인물의 傳記, 즉 '裵航傳'의 성격을 지니게 되는 것이며 이야기의 초점은 배항이라는 인물에게 맞춰져 있다. 그러나 「남교기」는 배항만이 아니라 운영이나 운영의 언니인 雲翹夫人까지 모두 이야기의 주인공으로 간주할 수 있고 평범한 인간인 배항이 신선 가계의 운영과 그의 일족을 만나 그 덕분에 신선이 된다는 이야기로 요약된다.

이 점은 이야기 앞부분의 배항에 관한 묘사만 보아도 분명하게 드러난다. 「배항」의 경우는 '당나라 長慶[95] 무렵에 배항이라는 수재가 있었다. 그는 과거에 낙방을 하고 악저 지방으로 유람을 갔다'로 시작하여 배항이 비록 과거에 낙방은 했지만 '수재'라는 점을 명시하고 있다. 그러나 「남교

---

95) 唐 821~824년간의 연호.

기」의 경우는 곧바로 과거에 낙방한 이야기부터 시작된다. 즉, 평범한 한 남자가 신선 가계의 여인을 만난 덕분에 신선이 되었다는 줄거리로 요약될 수 있는 것이다. 이런 점에서 보면 이야기의 초점은 배항이라는 '인물'보다는 신선 집안의 여인을 만나 '신선이 되었다는 결말'에 맞춰져 있다고 할 수 있다.

「배항」과 「남교기」라는 제목 또한 이 점을 분명히 한다. 전자는 이야기 속 인물의 이름을, 후자는 이야기의 남·녀 인물이 만나게 되는 장소를 제목으로 삼고 있다. 이것은 전기는 배항이라는 인물 및 그의 행적에, 그리고 화본소설은 배항과 운영 및 그들의 만남과 仙化에 주제가 놓여 있다는 것을 말해 준다.

이런 차이는 두 가지 관점에서 설명할 수 있다. 하나는 傳奇나 화본소설 모두 史傳的 요소를 내포하고 있지만 전기 쪽이 사전과 더 밀접한 관계가 있음을 말해 주는 것으로 볼 수 있다. 또 하나는 전기는 읽기 위한 텍스트이고 화본소설은 청중 앞에서 연행을 하여 영리를 도모하는 흥행예술의 산물이라는 차이로 설명할 수 있다. '원래 신선 집안의 후손인 남자가 자신의 조상들처럼 결국 신선이 되었다'는 이야기 전개보다는, '평범한 한 남자가 신선인 여자를 만나 결혼을 하고 그 덕분에 신선이 되었다'는 이야기 전개가 훨씬 더 청중의 흥미를 끌었을 것이기 때문이다. 원래 비범한 신분의 사람이 비범한 결말을 맞이한 이야기보다는 원래 평범한 사람이 결국 비범하게 되었다는 이야기가, 평범한 일상을 살아가는 청중들에게 대리만족을 줄 수 있고 극적인 재미를 가져다 줄 수 있는 것이다.

또 한 가지 「배항」에는 있지만 「남교기」에는 생략되어 있는 삽화는 배항과 그의 친구인 '盧顥' 사이에 벌어진 일이다. 「배항」을 보면 그가 신선이 되었다는 결말 뒤에, 친구 노호가 신선이 되는 비결을 묻자 배항이 老子의 이야기를 빌어 '마음을 비우는 것이 최우선'인데 요즘 사람들은 욕심만 가득하다는 말만 하고 아무런 秘法도 알려 주지 않았으며 그 후로 배항을 본 사람이 아무도 없다는 이야기가 덧붙어 있다. 이 부분은 전기에 흔히 보이는 '議論文'의 성격을 지닌다. 신선이 되는 비법을 묻는 노호에게 배항이 한 대답은 작자가 배항의 입을 빌어 자신의 견해를 제시하는 것으로 볼 수 있기 때문이다.

이처럼 「배항」에서는 교훈성을 띤 의론문 성격의 삽화로 텍스트가 마무리되는 반면, 「남교기」의 散場詩는 '玉室과 丹書, 빛나는 가문 / 장생불로하는 집안 사람들'이라 읊고 있어 '한 남자가 선녀와 결혼하여 신선이 된 이야기'라고 하는 주제를 함축적으로 제시하고 있다. 이 또한 전기와 화본소설의 차이를 극명하게 드러내는 부분이라 하겠다.

한국의 구연류 서사체

1. 기본 전제

구연류 서사체에서의 시가 운용 양상을 살피기 위해 대상으로 할 작품
은 「왕랑반혼전」과 판소리계 소설 「심청전」이다.1) 구체적인 검토에 앞서
필자가 구연류 시삽입형 혼합담론으로 분류하고 있는 텍스트들과 몇 연

---

1) 우리나라 구연류 서사체 시삽입형 혼합담론의 계보를 말하는데 중요한 의미를 지
   닌 텍스트인 『釋迦如來十地修行記』는 본서 제4부에서 심도있게 다루었다. 여기서
   다루지는 않았지만 『삼국유사』에는 구연류 서사체 시삽입형으로 분류할 수 있는
   몇몇 텍스트들이 존재한다. 예를 들어 <龜旨歌>나 <海歌詞> 및 주술적 향가작품
   중 <처용가> <혜성가> <도솔가>와 같은 작품들은 신맞이굿이든 治病을 위한 굿
   이든 혹은 射陽祭儀든 어떤 형태로든 연행과 밀접한 관련이 있을 것으로 추정되고
   있다. 이 때 굿이나 제의 형태의 연행에서 해당 운문은 노래로 불려졌을 것이며 이
   때의 연행 상황과 내용이 구전되다가 「가락국기」나 『삼국유사』에 문자로 기록되었
   을 것으로 본다. 특히 가락국의 영신굿 제의와 흡사한 형태의 제의가 일본에서 지금
   도 행해지고 있는 것으로 미루어 보면 <구지가>도 노래로 불렸을 가능성이 크다.
   따라서 이들 운문을 포함하는 단편서사텍스트들을 구연류 서사체 시삽입형 텍스트
   로 보는 것에 큰 무리가 없을 것으로 생각한다. 이렇게 본다면 『삼국유사』의 「駕洛
   國記」「처용랑 망해사」「월명사 도솔가」는 각각 가락국의 迎神祭儀, 治病굿, 射陽祭
   儀라고 하는 연행의 내용을 문자기록화한 것으로 볼 수 있다. 다만 당시의 상황이
   여러 단계를 거쳐 문자기록으로 정착된 것이므로 구연자가 청중 앞에서 연행을 하
   는 양상, 즉 제의나 굿이 펼쳐지는 양상이 간접화되었다는 점을 전제해야 할 것이다.

구자들이 '변문류' 혹은 '강창문학'으로 부르고 있는 작품들과는 어느 부분에서는 상통하는 면이 있으므로 이 점에 대해 간략히 언급하고자 한다.[2]

이 연구들의 논지 전개는 공통적으로 신라나 고려시대의 講經 法席에 관한 각종 기록[3]을 들어 그 강경 법석이 중국의 강경이나 속강 법회와 유사하다는 점을 지적하고[4] 불교적 내용으로서 산운 혼합으로 되어 있는 텍스트를 제시한 뒤, 강경 법석의 기록과 산운 교직의 텍스트 자료를 결합하여 이 텍스트들이 강경 법석의 현장에서 사용된 대본이었다고 주장한다. 그리하여 이런 텍스트들을 '變文類' 또는 '講唱文學'으로 통칭하고 신라나 고려시대를 '변문의 활발한 유통기'로 보고 있다.[5] 그리고 한국의 변문류 작품들은 소설류, 변문류, 대본류, 설화류로 형성·전개되어 불교계 서사문학의 총체적 면모를 유지해 왔다고 설명하기도 한다.[6] 따라서

---

2) 이 분야 주요 연구들로 아래와 같은 것들을 들 수 있다. 사재동, 「佛敎系 敍事文學의 연구 :『釋迦如來十地修行記』를 중심으로」(《어문연구》 제12집, 1983)와 『불교계 국문소설의 연구』(중앙문화사, 1994); 경일남, 「高麗朝 講唱文學 硏究」(충남대학교 대학원 국어국문학과 박사논문, 1989); 경일남, 『고전소설과 삽입문예 양식』(역락, 2002); 박병동, 『불경 전래설화의 소설적 변모 양상』(역락, 2003); 김진영, 「한국 서사문학의 演行樣式과 機能 : 강창연행을 중심으로」(『韓國戱曲文學史의 硏究 I』, 사재동 편, 중앙인문사, 2000).

3) 예컨대 일본 승려 圓仁이 지은 『入唐求法巡禮行記』나 『錐洞記』의 기록(박병동, 위의 책, 62~63쪽),『박통사』의 기록, 그리고 『삼국사기』의 기록(사재동, 《어문연구》 제12집, 151·169쪽) 등을 들 수 있다. 신라의 강경 법석에 대한 것은 황패강, 『신라불교설화의 연구』(일지사, 1975)에, 고려의 강경 법석에 대한 것은 김형우, 「고려시대 국가적 불교행사에 대한 연구」(동국대 대학원 박사논문, 1992)에 잘 나타나 있다.

4) 김진영은 대당 유학생이나 학승들이 중국에 왕래하면서 중국에서 성행하던 속강의 강창연행이 신라에 유입되었다고 보았고, 사재동도 신라·고려시대에 활발하게 열렸던 정격·변격 강경 법석이 중국의 강경 법석과 비슷하다고 보았다. 김진영, 앞의 글; 사재동, 앞의 글(1983).

5) 박병동, 앞의 책, 58쪽.

6) 사재동, 앞의 글(1983), 176~183쪽. 그러나 이들 작품들은 그동안 대부분이 散佚되어 실제로 그 수가 빈약하고 한국의 것은 중국에 비해 운문적 요소가 약화되었다고 하였다.

이 연구들은 공통적으로 신라·고려시대의 강경 법석이 중국의 그것과 비슷하므로, 불교적 내용을 담고 있으면서 산운 교직으로 된 담론 또한 중국의 변문이나 강창문학과 성격이 같다고 추론하고 있다.

그러나 '강창문학'은 좁게는 돈황 석굴에서 발견된 일련의 寫卷들을 일컫고 넓게는 講說과 歌唱을 섞어 이야기를 전개해 가는 모든 담론형태를 가리키는 말이며, 변문은 돈황 강창문학의 여러 형태 중 속강의 문자기록물을 가리키는 것이므로 용어 사용에 문제가 있다고 본다. 그리고 '강창'이라는 말은 다양한 연행 방식 중의 하나인데 이 말을 연행의 측면을 가리키는 데 사용하는 동시에, 산운 교직으로 된 서술방식이나 문체를 가리키는 데 사용하기도 하여 용어상의 혼란을 가중시키고 있다. 또, 산운 혼합담론은 그 내용이나 유형에 있어 다양한 양상으로 전개되는데도, 이 논의들은 '불교적인 내용으로 되어 있으면서 운문을 포함하는 것'으로 국한한다는 한계를 지닌다. 그러므로 경우에 따라서는 승려의 일대기를 약술한 뒤 讚을 붙이는 僧傳類라든가 僧傳과 유사한 고려 假傳 작품들을 모두 '변문류' 혹은 '강창문학'으로 부르면서 이 작품들이 정격·변격의 강경 법석에서 대본으로 사용되었던 것으로 보고 있다.[7] 그러나 중국의 변문류 작품 중에는 이같은 체제로 되어 있는 것은 찾아보기 어렵다. 따라서 이 연구들에서 '변문류' 혹은 '강창문학'으로 일컬어지는 것은 필자의 분류체계에서 구연류 서사체 시삽입형과 '列傳型' 중 高僧傳類를 합한 것이 되는 셈이다.

---

7) 경일남, 앞의 글(1989) 및 앞의 책(2002).

2. 「王郎返魂傳」

이 작품은 불교계 서사문학[8])으로서 1637년 華嚴寺에서 간행한『勸念
要錄』, 1753년 桐華寺에서 간행한『佛說阿彌陀經諺解』, 1753년 海印寺
에서 간행한『念佛普勸文』등의 佛書에 실려 전한다. 이 판본들은 모두
國·漢 對譯本으로서 단락별로 한문을 제시하고 국문 번역을 뒤에 수록
하는 방식으로 되어 있다. 국문 텍스트의 음운적·형태적 특성이 15세기
적 면모를 보이는 것으로 보아 이 시기에 언해가 이루어진 것으로 추정되
고 있다. 한문본 원전의 「王郎返魂傳」은 1304년『佛說阿彌陀經』의 부록
으로 初刊되었음이 밝혀졌다.[9]) 이 작품의 작자에 대해 고려의 승려인
虛應堂 普雨라는 설[10])이 제기되었지만 1304년 초간설로 인해 사실상 부
정되었고, 성립연대는 늦추어 잡아도 1304년 이전으로 소급되므로 현재
로서는 14세기 초 혹은 13세기 말 이전 學僧이나 信佛文士層의 누군가에
의해 지어졌다고 보는 것이 일반화되어 있다.[11])

판본들 중 最古本인 1304년 高麗刊 「왕랑반혼전」은 원래『窮原集』[12])
에 실린 것을『佛說阿彌陀經』에 轉載한 것으로 題名도 없이 간행되었다.
화엄사 刊本은 이에 기초하여 어느 정도 부연을 가하고 「王郎返魂傳」이

---

8) 이를 '불교소설'이라 하지 않고 '불교계 서사문학'이라 하는 것은, 논자에 따라 이
  작품을 설화 수준의 것으로 보기도 하고 소설로 보기도 하는 등 이견이 있으므로
  융통성을 두기 위해서이다.
9) 이 설은『韓國佛敎全書』의 "編者 近日偶然得見大德八年甲辰(高麗忠烈王三十年)
  刊佛說阿彌陀經. 其卷末有王郎返魂傳"이라는 구절을 단서로 한 것이며 충렬왕 30년
  은 1304년에 해당한다. 사재동, 「王郎返魂傳」,『고전소설연구』(화경고전문학연구회
  편, 일지사, 1993).
10) 이 설은 황패강 교수에 의해 제기되었다. 사재동, 위의 글에서 재인용.
11) 이상 「왕랑반혼전」에 대한 서지적 사항 및 작자 문제는 사재동, 앞의 글 참고.
12)『窮原集』이라는 명칭은 고려 간본 첫머리에 "窮原集云"이라는 표현으로 나타나
  있다.

라는 제명을 붙인 것이며, 이후의 판본들은 화엄사 간본을 그대로 따랐기 때문에 차이가 없다.[13] 「왕랑반혼전」이『궁원집』에 실려 있고 1304년에 이것을『불설아미타경』에 수록했다고 한다면, 왕랑반혼전의 모태가 되는 이야기는 이미 13세기 말 이전에 성립되어 佛者들 사이에 유통되었다고 추정할 수 있다. 즉, 이 작품은 13세기 말 이전에 불교 관계 인물 1인 혹은 다수의 사람에 의해 대중포교와 권선염불을 위하여 지어졌고 그것이『窮原集』에 실렸다가 다시『佛說阿彌陀經』에 轉載되어 1304년 간행 되었다. 그리고 15세기 활발하게 전개된 불경 언해 사업에 힘입어 국문으로 번역되는 과정을 거쳐 오늘날 전해지고 있다.

이 작품의 토대가 된 근원설화로서『불설아미타경』「唐太宗傳」,『태평광기』의 「田先生」 등이 거론되지만 모두 비슷하기만 할 뿐 근원설화라고 내세우기에는 미흡한 점이 있다. 그러므로 「왕랑반혼전」은 이런 이야기들의 일부 혹은 아직 발견되지 않았지만 어딘가에 존재할 수도 있는, 근원설화로 내세울 만한 어떤 텍스트가 합쳐져 오늘날의 작품으로 정착되었다고 할 수 있다. 이렇게 볼 때 이 작품은 순전한 창작이 아니라,『궁원집』이전에 「왕랑반혼전」에 準하는 '왕랑이야기'가 있었고 이것이 구전되다가 누군가에 의해『궁원집』에 보이는 형태로 윤색되어 문자기록화 되었다고 볼 수 있는 것이다.

그러나『궁원집』이 누구에 의해 언제 찬술되었고 어떤 내용의 저술인지, 그리고 한 사람의 문집인지 여러 사람의 글모음집인지 저술의 성격이 명확치 않으므로, 「왕랑반혼전」을 지은 사람과『궁원집』의 撰者 혹은 編纂者가 동일인인지, 아니면『궁원집』의 찬자가 자신이 전해 듣거나 알고 있는 이야기를 자신의 저술에 포함시킨 것인지 그 또한 확실하

---

13) 장효현 외 4인,『傳奇小說』(교감본 한국한문소설, 고대 민족문화연구원, 2007), 「王郎返魂傳」 작품해제.

지 않다. 다만 책 제목이 '근원을 窮究하다'는 의미를 지니고 있어 불교 관련 저술이 아닐까 추측해 볼 수 있다. 그렇다고 해도『궁원집』에「왕랑반혼전」과 비슷한 이야기들이 다수 실려 있는지, 아니면 전반적으로 불교의 진리나 교리 등을 서술하고 그 내용을 함축적으로 잘 전달하는 이 작품을 부록 성격으로 실어 놓았는지 알 수 없다. 분명한 것은 이 작품이 불교의 교지와 관련하여 僧과 俗 양측의 信佛者들 사이에서 매우 중요한 자료로 취급되었다는 점이다. 그렇기에 비록 부록이기는 하지만『불설아미타경』이라고 하는 경전에 수록되기에 이르렀던 것이다. 이런 과정으로 미루어 볼 때 이 이야기가 오늘날의「왕랑반혼전」의 모습으로 정착되기 이전에 이미 僧俗의 신불자들 사이에 유포되어 있었고 강경이나 속강형태의 法席에서 이 이야기가 대중교화의 차원에서 구연되었을 가능성은 충분하다고 할 수 있다.

「왕랑반혼전」의 내용 중 핵심을 이루는 것은 '왕랑이라는 사람이 信佛者를 비방하는 큰 죄를 지었으면서도 염불공덕의 힘으로 지옥에 떨어지지 않고 다시 환생하여 복락을 누렸다'는 話素이므로, '왕랑이야기' 단계의 텍스트 또한 이 기본 화소는 갖추었을 것으로 추정할 수 있다. 이같은 불교적 教旨를 담고 있는 '왕랑이야기'가 고려시대의 불교 법회에서 구비연행되었다면 그 형태는 讀誦·說法·說話·講唱[14] 중 강창의 모습을 띠었을 가능성이 크다. 이 작품에 세 편의 偈가 포함되어 있는 것으로 미루어, 말 중간중간에 노래를 섞어 연행했을 것으로 보이며 이런 연행내용을 토대로『궁원집』의 작자 또는 편자가 약간의 부연과 윤색을 가하여 문자기록화했을 것으로 추정된다. 그러나 문자로 정착되는 과정에서 운문이 첨가되었을 가능성도 있기 때문에, 확실한 문헌근거가 없는

---

14) 사재동은『불교계 국문소설의 연구』(중앙문화사, 1994, 130~148쪽)에서 불교계 국문소설의 口碑的 流轉 형태를 이와 같이 분류하여 설명한 바 있다.

이상 정황근거를 바탕으로 추정할 수밖에 없는 문제이다. 여기서는 고려 간본을 중심으로 구연류 시삽입형 혼합담론으로서의 성격을 검토해 보기로 한다.

고려 간본을 화엄사 간본과 비교 분석해 본 결과에 따르면, 화엄사 간본은 고려 간본을 토대로 구절마다 조금씩 부연하는 경향이 있고, 오자를 교정하고 문장을 윤색하여 문맥을 다듬으려 한 흔적이 보인다.15) 그런데 무엇보다 주목할 점은 고려 간본의 偈 3편 중 첫 번째 것은 저승사자 중 한 명이 읊은 것으로 5언6구로 되어 있는데 화엄사 간본에서는 마지막 두 구가 생략되어 4구로 하고 생략된 두 구는 대화로 처리하고 있다는 점이다. 고려 간본의 해당 부분을 인용해 보면 아래와 같다.

> 제1鬼가 왕랑에게 고하여 말하기를, '비록 (그대가) 범한 죄가 산과 같아 반드시 지옥에 들어가야 하겠지만 우리들이 본 바를 閻羅大王께 잘 말씀드리면 반드시 사람사는 세상으로 다시 돌아갈 수 있을 것이니 그대는 감히 슬퍼하거나 번민하지 마시고, 그대가 만일 극락에 나거든 우리 저승사자들을 잊지 말아 주십시오'라고 하였다. 그리고 큰 소리로 게를 읊어 말하였다.
> "내가 저승의 使者된 지 / 지금 이미 백 천 겁이 되었는데 / 아직껏 염불하는 자가 / 악도에 떨어진 것을 본 적이 없도다 / 그대가 만일 蓮華國에 태어난다면 / 내가 귀신의 업보에서 벗어나도록 염불해 주게."16)

위의 고려 간본 산문서술 중 '큰 소리로 게를 읊어 말하였다("號偈曰")'가 화엄사 간본에서는 '인하여 꿇어앉아 게를 보이며 말하였다("因跪示偈曰")'로 바뀌었다. 게의 경우는 우선 원문 제1구의 '閒'을 오기로 보아 '間'

---

15) 장효현 외 4인, 앞의 책, 「王郎返魂傳」 작품해제.

16) "第一鬼告王郎曰 雖有犯罪如山 必可入地獄 吾等所見 善奏閻王 必還人道 君不敢悲悶. 君若生極樂 不忘吾等鬼使. 號偈曰 我作冥閒使 今已百千劫 未曾見念佛 墮於惡道中 君若生蓮華 念吾脫鬼報." 작품 원문은 장효현 외 4인, 앞의 책에 의거하였다.

으로 고쳤고 제3구를 '不見念佛人'으로 바꾸었다. 그리고 고려 간본의 제5구와 제6구를 "君若生蓮華國 念吾輩脫鬼報"로 바꾸어 대화로 처리했다. 이런 변화는 나머지 두 편의 게가 모두 4구로 되어 있고 또 일반적으로 게는 4구로 이루어지는 것이 관례이므로 기준을 따르고 작품에 통일성을 부여하기 위한 의도에서 비롯되었다고 본다.

위 인용 대목에서 운문은 작중 인물인 저승사자에 의해 발화되었고 왕랑에게 하는 '대사'로 기능하고 있는데, 산문서술과 운문 내용을 비교해 보면 전체적으로 같은 내용이 되풀이되고 있음을 알 수 있다. 제5구와 6구의 경우는 산문 내용과 완전히 일치한다. 아래의 예에서도 같은 양상이 발견된다.

열 왕이 모두 왕랑에게 절하며 말하기를, '당신들 부부는 일찍이 安老宿이 염불하는 것과 淨土같은 집을 비방했으므로 먼저 당신 처 송씨를 잡아왔고 이제 마땅히 당신의 죄를 물어 악도에 떨어뜨리려 극악한 저승사자를 보냈도다. 저승사자가 보고 들은 바에 의하면 당신은 마음을 고쳐 참회하고 부처를 염하였다고 하니 무슨 죄가 있으리오? 왕은 이에 게를 발하여 말하였다.
"서방의 주인이신 미타불께서 / 이 사바세계와 각별한 인연이 있으니 / 만일 일념으로 부처님을 염하지 않았다면 / 저승의 사나운 사자가 굴복하기 어려웠으리."17)

여기서도 산문 내용을 게로 되풀이하는 양상을 보여 주는데, 사실 十王이 말로써 발화한 것만으로 줄거리 전달은 충분하고 게는 서사 전개에 있어 오히려 잉여적 요소라 할 수 있다. 그런데 이처럼 같은 내용을 산문과 운문으로 반복한다는 것은, 그 중복되는 내용을 강조하려는 의도

---

17) "十王齊拜王曰 汝夫妻曾誹謗安老宿念佛及爭家地 先囚汝妻宋氏 當汝問考 墮惡道 差極惡鬼使 鬼使所見聞之 汝改心懺悔念佛 有何罪乎. 王因偈曰 西方主彌陁佛 此娑婆別有緣 若人一念彼佛 冥曹猛使難降."

를 말해주며, 위의 경우 '큰 죄악을 범했다 해도 지성으로 염불하면 벌을 면할 수 있다'는 불교적 교훈이 강조 내용에 해당한다. 첫 번째 인용의 경우도 '일념으로 염불하면 악도에 떨어지지 않는다'는 내용이 되풀이되는 것으로 보아 이 이야기를 접하는 사람에게 불교의 가르침을 쉽게 전하려는 의도가 내포되어 있다고 할 수 있다.

이런 경우는 산문과 운문의 세 가지 결합방식들 가운데 '계열식' 그 중에서도 '중복'에 해당한다. 말로 한 내용을 노래로 되풀이하는 방식은, 청중을 앞에 두고 구연을 할 때 청중의 이해를 돕고 흥미를 배가시키며 이야기에 몰입하도록 하기 위해 흔히 활용되는 구연기법으로, 중국의 변문에서 이런 계열식 결합방식이 흔히 나타난다. 이로 볼 때 「왕랑반혼전」 또한 불교의 강경 법회와 같은 자리에서 구연이 되었을 가능성이 크다고 본다. 구연의 자리에서 講說과 歌唱으로 행해진 부분은 문자로 기록되면서 산문과 운문의 형태로 구현되었다고 할 수 있다.

다음 예는 다소 다른 양상을 보여준다.

> 말을 마치고 (왕랑은) 본 집으로 돌아갔다. 집안 사람들이 장례를 치르려 할 때 환생게로써 말하였다.
> "집안에 가득한 처자와 재물과 보배들 / 고통을 당할 때 내 몸을 대신해 주지 않았는데 / 한 마음으로 미타불을 염하니 모든 과보 사라졌네 / 도로 나 수명을 늘였으니 다시 진리를 닦으리"[18]

이 경우 산문과 운문의 내용은 중복되지 않으며, 산문서술 중의 일부인 '還生偈'에 해당하는 것을 운문에서 구체적으로 서술하는 양상을 보인다. 이 경우는 산운 결합의 세 방식 중 '準계기식'에 해당하는 것으로

---

18) "言訖 還至本家 家人欲葬 還生偈曰 滿堂妻子與財珍 受苦當時不代身 一念彌陁消衆報 還生延命更修眞."

어떤 한 가지 항목이나 대상에 대해 자세히 부연·묘사하고자 할 때 활용되는 방식이다. 위의 예에서는 '환생'이라는 신이한 현상이 이에 해당한다. 이 방식 또한 연행기법으로 많이 활용되며 중국의 화본소설에서 쉽게 발견된다.

「왕랑반혼전」에 삽입된 게 세 편 중 첫 번째 것은 7언 6구, 두 번째 것은 6언 4구의 형식을 취하고 있는 것에 비해 세 번째 '환생게'는 '眞' 韻을 사용한 7언절구의 형식을 취하고 있다. 일반적으로 강경문이나 변문에서 게송류 운문의 65%는 7언으로 되어 있어 가장 높은 빈도수를 보이고 그 다음으로 6언이며, 5언은 큰 비중을 지니지 않는데[19], 「왕랑반혼전」의 운문 또한 7언과 6언으로 되어 있어 변문과 동일한 양상을 보이고 있다. 이 점 또한 「왕랑반혼전」이 신불자들 사이에서 구연이 이루어졌음을 보여주는 근거라 하겠다. 이 점은 『수행기』의 운문도 마찬가지다.

이 작품은 佛書를 통해 오랫동안 전해지고 여러 곳에서 여러 번 刊印이 이루어졌는데, 이같은 유통상황은 이 작품이 僧俗의 신불자들에게 큰 의미와 가치를 지닌 것이었음을 말해 준다. 이 점은 동화사 간본 이후부터 보이는 後記를 통해 확인할 수 있다.

저 왕랑이란 사람은 예서 염불을 하여 비록 믿지 않고 가볍게 여기며 비웃었지만 보고 들은 바로 써 마침내 왕생하는 이로움을 얻었으니, 하물며 보고 들은 것을 가볍게 여기거나 비웃지 않고 또 보고 들은 것을 기쁘게 따르는 사람이라면 말해 무엇하겠는가? 그러므로 이 傳을 붙여 놓아 염불의 이로움과 은택이 널리 나타나는 데 도움이 되게 하였다.[20]

---

19) 王重民, 「敦煌變文硏究」, 『敦煌變文論文錄』上(周紹良·白話文 編, 明文書局, 1985), 292~300쪽.

20) "彼王郎於此念佛 雖不信輕笑 以其見聞 故終成往生之益 況見聞而不輕笑 見聞而隨喜者乎. 故附此傳 助現念佛利澤之廣."

후기의 내용으로 미루어 볼 때 이 작품은 염불하는 이로움을 들어 그 중요성을 강조하고 불교의 교법을 신불자들에게 널리 전파하기 위해 간행되었음을 알 수 있다. 이같은 후기가 고려 간본에는 붙어 있지 않으나, 고려본 또한 같은 의도에서 刊印을 했으리라는 점은 충분히 짐작할 수 있는 바이다.

3. 「심청전」

판소리계 소설은 강창예술인 판소리의 사설이 창본[21]의 형태로 문자로 정착되고 이것을 토대로 하여 소설로 발전한 것인 만큼, 구연류 혼합담론으로 분류할 수 있다. 소설 「심청전」의 경우는 조수삼의 『추재기이』 「전기수」의 내용으로 미루어 구연의 근거가 확실한 작품임이 드러난다. '심청'에 관한 이야기를 둘러싸고 연행과 기록이 행해지는 양상을 다음과 같이 나타내 볼 수 있다.

심청에 관한 이야기―판소리―창본―소설―전기수에 의한 구연

심청에 관한 이야기를 토대로 판소리가 만들어지고 그 사설이 창본의 형태로 기록이 되며 이를 토대로 윤색이 더해져 소설로 발전하면서 대중에게 인기를 끌자 상업적 목적으로 전기수에 의한 구연이 이루어지게 되는 것이다. 여기서 판소리가 '강창'에 의한 구연이라면, 전기수에 의해

---

21) 판소리 사설을 기록한 것을 말한다. 창본은 판소리 연행 현장에서 불리어진 사설을 그대로 채록한 것으로 '창'과 '아니리', 그리고 진양조·중중머리 등과 같은 '장단'이 표기되어 있는 경우가 많고, 판소리 현장에서 나타날 수 있는 표현이나 어법도 많이 나타나 있다.

행해진 것은 '강독'에 의한 구연이다. 이처럼 「심청전」은 판소리가 창본
—소설로 정착되는 '先演行 後記錄'의 양상과, 소설 「심청전」을 모본 내
지 대본으로 하여 전기수가 구연하는 '先記錄 後演行'의 양상을 모두 보
여준다. 그러나 「심청전」은 애초에 구연을 목적으로 한 판소리 <심청
가>에서 출발한 것이므로 구연류로 분류하고자 하는 것이다. 한편 「숙
향전」과 같은 작품은 비록 전기수에 의해 구연이 되었지만 처음에 독서
물로서 만들어지고 그것을 구연화한 것이기 때문에 독본류로 분류된다.

「심청전」은 방각본 출간횟수 6회, 활자본 출간횟수 2회로, 고전소설
중 다섯 번째로 많은 이본을 가지고 있는데22) 그 대부분이 국문본이라
는 점에서, 한시·문장체 소설·연희본 등 10종 가까운 한문본을 지닌
「춘향전」과 대조를 이룬다. 이것은 「심청전」이 지식층보다는 주로 국문
사용 계층인 부녀자들이나 판소리 향유계층인 서민들에 의해 전승되었
음을 말해 주는 현상이기도 하다.23)

3.1. 〈심청가〉에서 「심청전」으로

「심청전」의 이본은 경판계와 완판계로 크게 나뉘는데 경판계는 판소
리의 영향을 거의 받지 않은 문장체 소설에 가깝고, 완판계는 장면이 부
연되고 다양한 삽입가요가 포함되어 있는 등 문체나 길이 면에서 판소리
적 성격이 여실히 반영되어 있어 '판소리계 이본'이라고도 불린다.24) 따
라서 길이도 경판계의 배 이상에 달하고, 판소리의 영향으로 문장이 운
문성을 띤다는 특징을 지닌다. 완판 「심청전」은 판소리 가운데 19세기

---

22) 조동일, 『한국소설의 이론』(지식산업사, 1977), 286쪽.
23) 「심청전」(완판 71장본), 『한국고전문학전집』 13(정하영 역주, 고대 민족문화연구
     소, 1995), 심청전 해제. 12쪽.
24) 위의 책, 완판본 해설.

후반에 성행한 강산제 즉 보성소리 판소리의 창본을 텍스트로 하여 판각
하면서 그 창본에다 문장체 소설의 요소를 덧붙이고 결말을 부연시켜
독서물화한 것인데 이 과정에서 큰 개작이나 변개가 가해지지 않고 약간
의 첨삭이 가해지는 정도에서 사설이 대부분 그대로 정착되었으므로 여
러 이본 중 완판계는 판소리 사설에 익숙한 독자의 취향에 부합하는 것
이라 할 수 있다.25)

　　이로 볼 때, 19세기 초엽 「심청전」이 전기수에 의해 홍행이 이루어졌
음을 말해주는 아래 자료,

　　　　전기수는 동대문 밖에 살고 있다. 언문 소설책을 잘 읽는데 이를테면 「淑香
　　傳」, 「蘇大成傳」, 「沈淸傳」, 「薛人貴傳」 같은 것들이다.26)

에서 전기수가 구연을 위해 준비한 대본 X 혹은 실제로 구연된 담론 X′
는 적어도 완판계 이본은 아닌 것이 분명하다. 趙秀三(1762~1849)이 지은
「紀異」 序文 내용 중 '드디어 손자에게 붓을 쥐게 하여 퇴침에 기대 기
이시를 짓고 각 인물마다 小傳을 붙여 도합 약간의 편이 이루어졌다.'27)
는 내용을 보면 이것이 그의 노년에 이루어진 것임을 짐작할 수 있고
그렇다면 19세기 초·중엽 무렵의 전기수가 공연한 「심청전」은 완판계
보다 先行하는 경판계 이본이거나 그에 가까운 것일 가능성이 크다.28)

---

25) 유영대, 『심청전 연구』(문학아카데미, 1989), 98~99쪽; 「완판 방각본 소설의 서지
　　와 유통」, 『古小說의 著作과 傳播』(한국고소설연구회 編, 아세아문화사, 1994), 300
　　쪽. 강산제는 보성소리라고도 하는데 박유전이 보성군 강산리에 정착한 19세기 후
　　반에 성립된 것이다.

26) 「傳奇叟」, 『秋齋集』 卷7(한국문집총간 271, 민족문화추진회 編, 2001); 이우성·임
　　형택 역편, 『李朝漢文短篇集』 中(일조각, 1978·1996).

27) "遂令兒孫把筆 倚枕作紀異詩 人有小傳 合爲若干篇"

28) 경판선행설에 관한 기존 논의의 정리는 유영대, 앞의 책, 104~106쪽 참고.

<심청가>에서 「심청전」으로 이행하는 과정에는 수많은 사람들이 다양한 목적하에 다양한 양상으로 개입하고 있는데, 우리는 이들을 「심청전」의 作者群으로 규정할 수 있다. '심청이야기'는 한 사람에 의해 이루어진 것이 아니므로 이 때의 작자란 '제2작자'의 의미를 지닌다. 먼저 판소리 <심청가>를 부르는 창자들은 조금씩 변화를 주며 연행을 했을 것이므로 이들도 완판 「심청전」의 성립에 기여한 제2작자의 한 부류가 된다. 특히 새로운 더늠을 창시한 광대는 상당 부분 「심청전」의 성립에 기여를 했다고 할 수 있다. 그리고 「심청전」이 방각되기 전의 일반 필사자들, 방각하는 과정에서 登梓本의 母本을 필사하는 사람, 申在孝와 같은 改作者나 광대 뒤에서 사설을 다듬어주던 사람들, 상업성을 고려하여 생산비용을 줄이거나 판매수익을 증대시키기 위해 작품의 양을 늘리고 줄인 방각업자들 모두 제2작자로 규정할 수 있다.

3.2. 「심청전」의 운문 삽입 양상

완판 「심청전」에 포함되어 있는 다양한 형태의 운문들은 강산제 <심청가>의 삽입가요나 시구의 이식이라고 부르는 것이 타당하다. 판소리의 唱 부분은 서사체의 줄거리를 엮어가는 本辭說 즉 '本歌謠'와 이미 과거부터 존재해온 노래를 줄거리의 적절한 곳에 끼워 넣은 '挿入歌謠'로 나뉘는데, 삽입가요 자체가 확장·요약·換意되어 본사설 속에 융합되기도 한다.29) 삽입가요는 占卜·致誠·뱃고사·독경·염불 등과 같은 민간신앙요, 정통의 시가나 한시구를 차용한 것, 잡가, 語戲歌謠, 민요, 輓歌, 타령 등으로 분류된다. 판소리 <심청가>에는 이 모든 삽입가요 형태가 다 포함되어 있으며 이것을 모본으로 하여 문자로 정착시킨 완판

---

29) 김동욱, 「판소리 삽입가요 연구」, 『한국 가요의 연구』(을유문화사, 1961).

방각본 「심청전」에도 이 삽입가요들이 내용상의 큰 변개없이 대개 수용
되어 있다. 그러나 <심청가>가 「심청전」이 되는 과정은 구비성에서 기
록성으로의 성격 변화를 내포하는 동시에, 운문적 요소의 산문화를 의미
하기도 한다.

　판소리 사설은 '아니리+唱(본가요+삽입가요)'로 구성되어 있는데, 이 중
아니리와 대부분의 본가요는 산문화되고 줄거리 전개를 담당한다는 점
에서 본가요는 아니리와의 구분이 거의 없어지게 된다. 한편, 삽입가요
일부는 산문화되고 일부는 운문적 속성이 그대로 유지되면서 소설 맥락
으로 삽입된다. 그리하여 창과 아니리의 교체로 짜여진 口演物 <심청
가>는, 산문과 운문의 교직으로 구성된 시삽입형 혼합담론으로 讀物化
되는 것이다. 「심청전」은 <심청가>에 비하면 음악적 성분이 소거되어
현저하게 운문성이 약화된 것은 사실이지만, 여타 비판소리계 소설에 비
하면 산문 부분도 律讀이 가능할 만큼 운문적 속성을 보유하고 있다. 이
점이 일반적인 서사체 시삽입형 혼합담론에서의 산운 혼합서술과 판소
리계 소설의 산운 혼합서술의 차이점이다. 이처럼 산문과 운문의 경계가
모호한 것은 산운 혼합담론의 텍스트성을 희석시키는 요인이 된다. 즉,
성격이 다른 산문과 운문이 섞여 서술되는 데서 오는 긴장감, 상호 보완
적 효과 등이 산운 혼합담론의 텍스트적 특성이라 할 수 있는데 兩者의
구분이 모호해지면 그만큼 긴장감은 약화될 것이기 때문이다.

　구연물일 때의 본가요나 삽입가요는 노래불려지는 것 자체가 운문으
로서의 속성을 드러내는 충분 조건이 되지만, 독서물의 일부로 편입된
본가요나 삽입가요는 어떤 특별한 標識없이는 그것이 운문인지 산문의
일부인지 구분할 수가 없게 된다. 다시 말해 독서물에서의 운문의 조건
은 음악성이나 사설 내용에 의해 결정되는 것이 아니라 형식상·문체상
의 표지로 구분이 된다는 것이다. 그 표지가 되는 것을 다음 몇 가지로

구분해 볼 수 있다.

(1) 운문임을 명시하는 어구가 포함된 경우: 상두소리, 목동가, 방아타령, 제
    문 등
(2) '하엿시되'와 같은 상투적인 운문 제시어가 사용되는 경우
(3) 문체·어조·시점·구문상의 불일치

먼저 (1)의 경우부터 살펴보자.

(1-1) 공논이 여출일구ㅎ야 의금 관곽 정이 ㅎ야 힝양지지 가리여 삼일 만의
출상홀 제 <u>희로가 실 푼 소리</u>, "원어 원어 원얼리 넘차 원어 / 북뭉산이 머다더
니 건넌산이 북망일셰 / (下略)"   (「심청전」, 90쪽)30) (밑줄은 필자)

(1-2) 심봉사 졈졈 들어가니 쯧밧기 목동 아히더리 낫자루 손의 쥐고 지게
목발 두달리면셔 <u>목동가</u>로 노릭ㅎ며 심밍인을 보고 희롱훈다. "만첩 산중 일발
층층 놉파 잇고 / 쳬산녹수는 일일 양양 집퍼 잇다 / (下略)"
                                                        (「심청전」, 188쪽)

(1-3) 여러 ㅎ임드리 그 말 듯고 졸나니니 심봉사 젼디지 못ㅎ야 <u>방익소릭</u>를
ㅎ는구나. "어유아 어유아 방익요 / 티고라 쳔황씨는 목덕으로 왕ㅎ시니 이 남
기로 왕ㅎ신가 / 어유아 방익요 / (下略)"   (「심청전」, 192쪽)

(1-4) '(심봉사) 조와셔 죽을동 말동 춤추며 <u>노릭ㅎ되</u>'
     '틱평셩딕 만난 빅셩 쳐쳐의 춤츄며 <u>노릭ㅎ되</u>'
     '심봉사 졔를 지니되 셔룬 진정으로 <u>졔문</u> 지여 익던 거시엿다'
     '북을 둥둥 치면셔 <u>고사</u>홀 졔'

---

30) 이하 심청전 인용은 「심청전」(완판 71장본), 『한국고전문학전집』 13(정하영 역주,
고대 민족문화연구소, 1995). 괄호 안의 숫자는 이 책의 면수를 가리킨다. 이하 同.

여기서 (1-1)은 곽씨 부인을 장사지낼 때의 <상두소리>이고, (1-2)와 (1-3)은 심봉사가 황성 맹인잔치에 가는 대목에 나오는 것으로 '목동가', '방아소리'라는 어구는 그 다음에 오는 서술이 운문임을 직접적으로 명시한다. 이외에 (1-4)와 같은 구절에서 밑줄 부분 또한 그 다음에 오는 구절이 운문임을 시사하는 표지가 된다.

다음으로 (2)의 경우 즉, 상투적인 운문 제시어가 사용되는 경우를 보도록 하자. 변문이나 화본소설, 의화본소설, 장회소설 등 구연의 산물이거나 구연과 밀접한 관련이 있는 혼합담론에서는 '看~處 若爲' '正是' '但見' '有詩爲證' 등과 같은 상투적인 운문 제시어가 사용되는데[31] 국문소설에서 많이 발견되는 것은 'ㅎ엿시되'이다. 이 어구는 한시에도 사용되고 국문시가에도 사용된다. 그러나 「심청전」에서는 한시일 경우에만 사용된다.

(2-1) 부인이 반기여 지필묵을 니여 주시니 붓슬 들고 글을 쓸 제 눈물리 비가 되어 점점이 써러지니 승이승이 쪼시 되야 그림 족자로다. 중당의 걸고 보니 그 글의 ㅎ여쓰되, "싱기사귀 일몽간의 / 견정하필 누잠잠이랴마는 / 셰간의 최유단장처ㅎ니 / 초록강남 인미환을." 이 글 뜻션, "사롬의 죽고 사난 게 흔 꿈 속이니 / 정을 익쓰러 엇지 반다시 눈물을 흘이랴마는 / 셰간의 가장 단장ㅎ난 곳시 이쓰니 / 풀 풀린 강남의 사롬이 도라오지 못ㅎ난쏘다." 부인이 지삼 만집ㅎ시다가 글 지으믈 보시고, "(中略)" ㅎ시고 글을 쩌 쥬시니 ㅎ여쓰되, "무단 풍유가 야리흔ㅎ니 / 취송명화 각하문고 / 적거 인간 천필연ㅎ사 / 강피부모 단체은을." 이 글 쓰션, "(下略)"   (「심청전」, 128쪽)

(2-2) 도화동 사롬드리 심소졔의 지극흔 효성으로 물의 쎈져 죽으오믈 불상이 여겨 타루비를 셰우고 글을 지여쓰되, "지위기친쌍안폐ㅎ야 / 살신성효힝용궁을 / 연파만리상심벽ㅎ니 / 방초년년흔불 궁이라."   (「심청전」, 160쪽)

---

31) 본서 제3부 「중국의 구연류 서사체」 참고.

(2-1)은 심청이 선인들에게 팔려가면서 장승상 부인과 이별하는 대목인데, 심청과 승상 부인이 시를 서로 주고 받음에 있어 '흐여쓰되'라는 어구를 사용하여 운문을 제시한 뒤 뜻풀이를 하고 있다. (2-2)는 타루비에 새긴 시구를 제시함에 있어 '지여쓰되'라는 제시어가 사용되어 있다. 이것은 碑에 새긴 것이므로 풀이는 하지 않았다. 위 두 예에 삽입된 운문은 모두 漢詩인데 이처럼 작중 인물이 한시를 짓는 경우와 아래의 예처럼 他人이 지은 漢詩句를 인용하는 경우는 여러 면에서 차이를 보인다.

(3-1) (a1)부친이 씰가 흐여 크게 우던 못흐고 경경오열흐여 얼골도 더여 보며 수족도 만저 보며, '(中略) 무삼 험흔 팔자로서 초칠일 안의 모친 죽고 부친조차 이별흐니 이런 일도 잇실가? (b1)편삽수유소일인은 (c1)용산의 형제 이별, (b2)셔출양관무고인은 (c2)위셩의 붕우 이별, (b3)졍긱관산노기쥼은 (c3)오히월녀 부부 이별, (a2)이런 이별 만컨마는 사라 당흔 이별이야 소식들을 날이 잇고 상면할 날 잇건마는, 우리 부녀 이별이야 언의 날의 소식 알며 언의 써여 상면홀가?' 　　　　　　　　　　　　　　　　　　　　　　　　　　　(「심청전」, 118쪽)

(3-2) (a1)엇더흔 두 부인이 션관을 놉피 쓰고 자하상 셕유군의 신을 쯔러 나오더니, "져기 가난 심소졔야, 네 나를 모로리라. (b1)창오산붕상수졀이라야 죽상지류니가멸을 (c1)쳔추의 집푼 흐소홀 곳 업셔더니, (a2)지극흔 네의 효셩을 흐례코져 나 왓노라. (中略)" 흐며 홀연 간 디 업거늘 … 　　　　　　　　　　　　　　　　　　　　　　　　　　(「심청전」, 140쪽)

(3-3) (a1)빅빈쥬 갈며기는 홍요안의 날어들고 삼상안 기러기는 한슈로 도라들 졔 요량흔 물소리 어젹이 분명커날 (b1)곡종인불견의 (c1)수봉만 푸러럿다. (b2)과니셩즁만고슈는 (c2)날로 두고 일으미라. (a2)장사를 지너간니 간의 티부 간 곳 업고, 명나수를 바라 보니 굴삼여의 어복충혼 무량도 흐시던가. 황학누를 당도흐니 (b3)일모힝관하쳐시요 연파강산사인슈는 (c3)최호의 유젹이요, (a3)봉황디를 다다르니 (b4)삼산은반락쳥쳔외요 이슈은 중분빅노쥬라 (c4)

이적션의 노던듸요.   (「심청전」, 136쪽)

(2)의 예들에서는 운문 제시어가 있기 때문에, 독자는 이 제시어의 앞부분과 뒷부분이 이질적인 성격의 글 형태라는 것 따라서 이 두 부분을 다르게 읽어야 한다는 것을 알 수 있게 된다. 그러므로 두 부분 사이에 어투의 변화가 일어나고 시점·어조가 불일치하는 현상이 일어나며, 구문이 파괴되는 현상이 일어나는 것을 자연스럽게 받아들일 수 있다. 그것이 (2-1)이나 (2-2)와 같은 운문 삽입 대목의 읽기의 과정이다.

그러나 (3)群의 예들에서는 운문 삽입을 예고 내지 암시하는 어떤 구절도 제시되어 있지 않다. (3-1)은 심청이 부친과의 이별을 앞두고 자신의 심정을 토로하는 부분으로 '독백'에 해당하고, (3-2)는 인당수를 향해 가는 심청의 앞에 '아황'과 '여영'의 혼백이 나타나 말을 하는 대목으로 '대화'에 해당한다. (3-3)은 <泛彼中流>로 잘 알려진 부분인데 「심청전」 중 漢詩句나 한문고사가 가장 많이 등장하는 대목이다. 이 예들에서 일반 산문서술을 'a', 한시구의 인용을 'b', 그리고 이 시구에 관해 간단히 풀이하거나 설명한 산문서술을 'c'로 나타낼 때, a와 b, b와 c는 문체·어조·시점·구문 등 여러 면에서 이질성을 드러낸다.

(3-1)의 경우 서술자의 진술에 이어 심청의 독백이 한글체 산문으로 서술되다가 (b1)에 이르러 갑자기 한문체로 바뀌고 (c1)에서는 다시 한글체 표현으로 바뀌어 언어상의 불일치가 야기된다. 그리고 한글체에서 한문체로의 전이에 수반하여 구어투에서 문어투로의 전이 현상이 일어난다. 판소리계 소설에서 이같은 문체의 갑작스런 변화는 그 구절이 한시구의 인용임을 알리는 표지가 된다. 또한 한글체 구어투가 비권위적인 속성을 지니는 것에 비해 한문체 문어투는 권위적 속성을 지닌다는 점에서, 이같은 語調의 변화는 인용된 한시 구절에 무게를 실어주는 구실을 한다.

(3-1)에서 'b1'과 'b2'는 王維의 시구를, 'b3'은 王勃의 시구를 인용한 것인데 모두 '이별의 정한'을 표현한 것들이다. 그러므로 이런 시구들을 인용함으로써 발화 주체인 심청의 심정을 효과적으로 전달하는 결과를 가져온다. 문체나 어조뿐만 아니라 視點의 측면에서 볼 때 시의 原 發話者인 왕유나 왕발의 시점과 이를 인용하여 자기의 슬픔을 표현하는 심청의 시점이 혼효되어 시점의 불일치를 야기하고 있다. 그리고 b와 c의 관계를 볼 때 b는 주어 c는 서술어의 기능을 행하는데 構文上으로 양자는 불균형을 이루고 있음을 보게 된다. 이런 문장 성분간의 불균형은 (3-2)의 'b1'과 'c1', (3-3)의 'b1'과 'c1' 사이에서 더 첨예하게 나타난다.

(3-2)에서 한시 구절은 李白의 <遠別離詩>의 일부인데 순임금의 아내인 '아황'과 '여영' 두 부인에 의해 인용되는 양상을 띤다. 여기서도 문체의 전이, 어조의 불일치와 더불어 시의 원 발화자와 작중 인물의 시점의 혼효 현상을 볼 수 있다. 'b1'을 보면 원 시구 뒤에 '-이라야', '-을'과 같이 현토를 하였는데 이로 인해 'b1'과 'c1'간의 결합이 더욱 부자연스러워지고 결국 구문의 파괴를 야기하는 결과로 이어진다. (3-3)의 'b1'에 해당하는 원래의 시구는 '曲終人不見 江上數峯靑'으로 錢起의 <湘靈鼓瑟詩>의 일부이다. 인용구 중 前句는 변형이 되지 않았지만 後句는 일부분만 잘라내어 번역을 한 형태로 변형되어 있다. 그리하여 'b1'과 'c1' 사이의 구문의 불일치가 빚어진다. 게다가 'b1'에서 '의'라는 조사를 붙여 현토를 함으로써 구문상의 불일치가 심화되는 결과를 낳는다.

이처럼 작중 인물이 시를 짓는 경우―(2)의 예―는 운문 제시어가 시 삽입에 대한 標識 구실을 하고, 타인에 의해 지어진 시구가 작중 인물에 의해 인용되는 경우―(3)의 예―는 문체·어조·시점·구문상의 불일치가 한시구의 인용에 대한 標識 구실을 하게 된다. 시 삽입에 있어 (3)의 예들에서 드러나는 특성은, 「구운몽」이나 「조웅전」과 같은 일반 소설보다는 판소리계 소설에서 흔히 발견되는 현상이다.

그러나 지금까지의 논의는 판소리 <심청가>를 전제하지 않고 『심청전』만을 염두에 두었을 때에 해당되는 설명이다. 일반적으로 판소리계 소설이 청자나 독자에게 수용되는 경로는 비판소리계 소설보다 더 다양하다고 할 수 있는데 '심청이야기'의 수용경로를 다음 몇 가지로 나누어 볼 수 있다.

> (가) 심청이야기를 처음에 판소리로 접하고 후에 소설로 다시 접한 경우 (청자에서 독자로 이행한 수용자)
> (나) 심청이야기를 판소리로 접하기만 하고 소설은 읽지 않은 경우 (청자이기만 한 수용자)
> (다) 심청이야기를 처음에 소설로 접하고 후에 판소리로 접한 경우 (독자에서 청자로 이행한 수용자)
> (라) 심청이야기를 소설로 읽기만 하고 판소리는 접하지 못한 경우 (독자이기만 한 수용자)
> (마) 심청이야기를 전기수나 강독사의 낭송을 통해 접한 수용자.

'심청이야기'를 어떤 식으로든 접해 본 적이 있는 사람을 심청이야기의 '수용자'라 할 때 완판 『심청전』의 수용자라면 독자의 성격을 띨 것이고, 이 다섯 부류의 수용자 중 (가)(다)(라)에 해당한다. 그리고 강산제 판소리의 유포·향유 지역과 완판 판각의 장소가 동일 권역에 속한다는 점을 감안하면, 이 중 (가)일 가능성이 가장 높다. (다)와 (라)는 이론상으로는 가능하지만, 강산제 판소리 창본을 모본으로 하여 판각한 것이 완판 『심청전』이므로 그 가능성은 매우 희박하다 할 수 있다. (마)의 경우 전기수에 의한 '심청이야기' 구연은 19세기 초·중엽으로서 완판 『심청전』의 성립보다 앞서고 경판 또한 완판보다 앞서므로, 전기수에 의해

구연이 이루어진 '심청이야기'는 경판계 이본에 가까웠을 것으로 추측할
수 있다. 경판 「심청전」에는 운문이 거의 삽입되어 있지 않으므로, 전기
수의 구연시에도 줄거리 위주의 전개가 이루어졌을 것으로 본다.

원래는 唱이었는데 소설의 지문으로 **흡수**되어 산문서술로 재편성된
부분에 대하여, (가)에 속하는 독자들은 (다)나 (라)에 속하는 독자들과
는 다른 양상으로 수용할 것이 분명하다. 그러나 (가)부류의 독자들이
판소리를 접한 적이 있다 해도 어떤 부분이 창으로 불렸는지 어떤 부분
이 아니리였는지 모두 기억할 수는 없었을 것이고, 독서시에 그 기억을
환기시키는 어떤 표지가 있었을 것으로 본다.

(4) <u>심봉사 녹음을 의지ᄒ여 쉬더니 각식 시짐싱 날어든다.</u> 홀런비조 뭇시더
리 농초화답의 짝을 지여서 쌍거쌍너 날어들 졔, 말 잘ᄒ는 잉무시며 춤 잘 추
난 학두루미와 수옥기 짜옥기며 쳥강산 기럭기 갈무 졔비 모도 다 날어들 졔
장씨는 씰씰 갓토리 푸두둥 방올시 덜넝 호반시 수루룩 왼갓 잡시 다 날어든다.
만수문전 풍년시며 져 쑥국시 우름운다 이산으로 가면서 쑥국쑥국 져산으로
가면서 쑥국쑥국쑥국 (下略)   (「심청전」, 186쪽)

(5) <u>ᄒ 곳슬 당도ᄒ니 돗슬 지우고 닷슬 주니 이난 곳 인당수라.</u> 광풍이 디작
ᄒ야 바디이 뒤누우며 어용이 싸오난 듯 벽역이 일어난 듯 디쳔 바디 흐ᄀ운디
일쳔셕 실은 비 노도 일코 닷도 ᄯᅳᆫ쳐 용총도 부러져 치도 쌘지고 바람부러
물결쳐 안기 비 뒤셕거 자자진듸 갈 길은 쳔리 만리 나마 잇고, 사면은 어둑졍
그러져 쳔지젹막ᄒ야 간치뉘 쩌오난듸 비젼은 탕탕 돗디도 와직근 경각의 위티
ᄒ니 <u>도사공 영좌 이ᄒ로 황황 디겁ᄒ야 혼불부신ᄒ며 고사기게를 차릴 젹의</u>
셤 쌀노 밥을 짓고 동우 술의 큰 소 잡아 왼 소다리 왼 소머리 사지를 갈너
올여 노코 큰 돗 잡어 통치 살머 큰 칼 ᄭᅩ자 기난다시 밧쳐 노코 삼식 실과
오식 탕수 어동웃셔 좌포우혜 홍동빅셔 방위차려고야 노코 심쳥을 목욕식여
소의 소복 정이 입피여 상머리의 안친 후의 도사공의 거동 보소. 북을 둥둥 치
면셔 고사ᄒ 졔,   (「심청전」, 146쪽)

(4)는 황성 맹인잔치에 가는 길에 심봉사가 잠시 나무 그늘에서 쉬어가는데 온갖 새들이 날아다니는 모습을 묘사한 대목이고, (5)는 인당수 부근의 모습과 선원들이 고사를 준비하는 장면을 묘사한 대목이다. (4)는 비록 산문서술─밑줄 부분─ 뒤에 아무런 제시어나 매개어 없이 곧바로 이어져 있어도, 그것이 기존에 불려지던 노래 <새타령>을 삽입한 것이므로 독자는 이것이 밑줄 부분과는 다른 성격의 글임을 알 수 있다. 즉, 민간에서 잘 알려진 민요나 잡가, 무가 등은 문자화된 소설 문장 속에서 '운문'임을 알려주는 표지가 된다.

(5)는 지금 사설시조로 분류되고 있는데 독자가 이 노래를 알고 있었는지와는 별도로 비슷비슷한 항목을 숨가쁘게 나열하면서 휘몰아치는 빠른 템포감과 4음보격의 리듬감은, 이 부분이 판소리로 공연되었을 때 몹시 빠른 장단인 '잦은몰이'로 불렸었다는 기억을 환기시키는 단서가 된다.

판소리가 독서물로 정착되는 과정에서 일어나는 변화에 대하여 인권환은, 아니리 부분과 소리 부분의 구별이 없어지는 것, 작품 전편의 줄거리·시점·시제 등이 통일되는 것, 가요는 辭說化되고 사설은 說話化되는 것, 율문체는 산문체로, 구어체는 문어체로 바뀌는 것, 삽입가요가 제거·축소·개작되는 것, 수사법에 있어 반복·열거·나열법이 지양되고, 일반적 서술로 나타나는 것 등을 들었는데[32] 판소리 사설을 거의 대부분 수용하여 소설화한 완판 「심청전」의 경우에는 별로 해당되지 않는다는 것을 발견하게 된다.

---

32) 인권환, 「토끼전」, 『한국고전소설작품론』(김진세 編, 집문당, 1990), 569쪽. 이 외에 부분적 확대나 사설의 부연이 없고 서사적 줄거리 중심으로 되는 것, 獨立辭說의 존재가 희미해지는 대신 새로운 창작적 敷衍挿話의 등장이 두드러지는 것, 주제가 보다 선명하게 나타나며, 全篇에 걸쳐 일관성 있게 구현되는 것 등을 들었다.

제4부

개별 작품론

화본소설 「刎頸鴛鴦會」

1. 「문경원앙회」 개괄

　이 글은 宋代에 성행한 說話 藝術의 산물인 話本小說에 관심을 갖고, 그 중 하나인 「문경원앙회」라는 작품을 대상으로 하여 여러 장르적 성격이 복합된 데서 오는 텍스트적 특성을 규명하는 것에 목적을 두고 있다. 「문경원앙회」라고 하는 작품은 화본소설이면서 송대에 유행한 강창 양식인 鼓子詞의 형식을 도입하기도 하고 唐代의 傳奇 작품 중 하나인 「飛烟傳」을 텍스트 구성요소로 차용하기도 하는 등 여러 장르가 복합적으로 어우러져 독특한 텍스트성을 보여준다. 여기서 '장르'라는 말은 서사·서정·극·교술과 같은 상위개념 즉 장르 類개념이 아니라 문학의 양식이라고 하는 하위개념 즉 장르 種개념을 가리킨다. 이 작품의 텍스트적 특성은 이같은 여러 문학양식간의 상호 비교를 통해 그 진면모가 드러나게 된다.[1]

　「문경원앙회」는 현존하는 화본소설집 중 가장 오래된 것인 『淸平山堂話本』[2]에 실려 있다. 이 책에는 총 29편의 작품이 수록되어 있고 각

---

[1] 이 작품의 이해를 위한 기반으로서 설화, 화본, 의화본 등에 대한 개괄적 설명은 본서 제3부 2장 참고.

작품의 말미에는 그 작품이 끝났음을 알리는 문구가 붙어 있는데, 「문경
원앙회」의 경우는 '新編小說刎頸鴛鴦會卷之終'으로 되어 있어 이 작품
이 '소설의 화본'임을 명시하고 있다. 이 작품은 후에 馮夢龍에 의해 약
간의 刪改가 가해진 뒤 『警世通言』 제38권에 「蔣淑眞刎頸鴛鴦會」라는
제목으로 재수록되었다. 蔣淑珍[3]이라는 여인이 정욕을 참지 못하여 남
편을 두고 다른 남자들과 사통하여 결국 남자 세 명을 죽게 만들고 자신
도 남편의 손에 죽고 만다는 내용으로 되어 있다.

2. 「문경원앙회」의 구조적 특성

먼저 이 작품의 구조적 특성을 형식적 측면과 내용적 측면으로 나누
어 살펴보도록 한다.

2.1. 형식적 특성

우선 이 작품의 입화는 여러 요소가 복합적으로 활용되어 있어 다양
한 양상을 보여준다. 개장시로서 詩와 詞가 각각 한 편씩 있고 이 시편들
에 대한 해설이 이어진다. 그런 다음 唐 傳奇 중 하나인 「飛烟傳」을 차
용하고 이와 주제상 밀접한 관련을 지닌 또 다른 짧은 이야기를 서술한
뒤 이를 총괄적으로 압축하는 시 한 편을 두어 頭回로 삼고 있다. 그런데
한 가지 특이한 것은 이 총괄적인 시 다음에 '이로써 笑耍頭回로 삼고자

---

2) 이 책의 원래 이름은 『六十家小說』로, 明代의 장서가이자 출판인인 洪楩에 의해
　 편찬된 것이다. 책 제목은 그의 서재 이름인 '淸平山堂'에서 따온 것이다. 홍편에 관
　 한 기록은 별로 남아 있지 않아 정확한 생몰연대는 알 수 없으나 대략 明代 嘉靖年
　 間(1522~1566)에 활동한 것으로 추정된다.
3) 「蔣淑眞刎頸鴛鴦會」에는 '蔣淑眞'으로 되어 있다.

한다("權做个笑耍頭回")'라고 하여 일반적으로 쓰이던 頭回 대신 笑耍頭回라는 말을 사용하고 있다는 점이다. 이로 볼 때 이 작품의 입화는 詩詞連結型과 故事型, 論議型이 복합된 형태라고 할 수 있다.

이 작품의 결미 부분은 입화와 마찬가지로 그 어느 작품보다 복잡한 양상을 보인다. 어디서부터를 결미로 볼 것인가는 무엇을 결미로 정의하느냐에 따라 다르다. 결미라는 말 대신 '篇尾'를 사용하는 사람들은 대개 작품 끝에 붙어 있는, 散場詩의 구실을 하는 詩詞만을 종결부로 보아 편미라는 말로 지시하는 경향이 있다. 그러나 필자의 경우는 정화 다음의 텍스트 종결부를 넓게 잡아, 정화에 대한 설화인의 논평이나 의론문, 詩詞, 그 시사에 대한 해설, '話本說撤 權作散場'과 같이 공연이 끝났음을 알리는 말 등을 모두 합하여 종결부 즉 '結尾'로 보고, 종결부의 운문은 '篇尾'라고 부르는 것이 타당하다고 보는 입장이다.[4] 이 관점에 의거해 「문경원앙회」의 결미를 보면 정화가 끝난 뒤 이야기된 사건에 대한 설화인의 논평이 행해지고 작품에 삽입된 10수의 <商調 醋葫蘆> 중 마지막 수와 詞 <南鄕子>가 이어지며 맨 끝에 '正是'라는 산운 전환 표현이 온 뒤 내용을 총괄하고 주제를 함축적으로 제시한 對句로 마무리가 된다. 이로 보면, 이 작품의 결미 부분은 '論議型'에 속한다고 할 수 있다.

2.2. 내용적 특성

이 작품을 보면 「문경원앙회」라는 제목 뒤에 '一名三逆命一名寃報寃'라는 副題 성격의 문구가 붙어 있는데, 이 부제들이 말해주듯 이 이야기는 蔣淑珍이라는 여인이 정욕을 참지 못하여 남편을 두고 다른 남자들과 사통하여 결국 남자 세 명을 죽게 만들고 자신도 남편의 손에 죽고 만다는 내용으로 되어 있다. 장숙진과 관계를 맺고 난 뒤 그 충격으로 죽은 이웃집 어린 소년 '阿巧', 숙진이 가정교사와 사통한 것을 알고 병이 나서 죽은 첫 남편 '某二郎'[5]은 寃鬼가 되어 숙진 앞에 나타나 그녀와 그녀의 세 번째 정부인 朱秉中이 두 번째 남편 張二官의 손에 죽을 것임을 예고한다. 이로 볼 때 부제는 이야기 줄거리를 함축적으로 전달하고 있음을 알 수 있다.

이 이야기를 지탱하는 두 축은 '여인의 정욕이 너무 강하면 남편만으로는 만족하지 못하고 다른 남자와 사통하게 되며 결국은 남자를 죽음에 이르게 한다'고 하는 '사실' 혹은 '사건'에 관계된 축과 '불륜은 결국 죽음으로써 죄과를 받게 된다'고 하는 '교훈'의 축이다. 설화가 진행되는 동안 입화의 개장시 두 편, 頭回로 차용된 전기 「飛烟傳」과 또 다른 짧은 고사, 正話, 결미의 설화인에 의한 논평, 세 편의 산장시들은 모두 상호 '등가관계'를 형성하면서 이 두 축을 구축해 간다.

설화와 같은 연행예술은 기록문학과는 달리 말로 진행하므로 그 속성상 일회성, 즉흥성을 띠게 된다. 그리하여 연행자는 공연내용에 대한 청중의 이해를 돕기 위해 어떤 내용을 말로 한 번 하고 다시 노래로 같은 내용을 되풀이하는 전개방식을 취하는 경향이 있다. 이로 인해 의미상의 중첩이 있게 되는데 이 중첩이 표층 차원에서 행해지는지 심층 차원에서 행해지는지에 따라, '내용'의 중첩과 '주제'의 중첩으로 구분할 수 있다. 텍스트 전체의 '주제'를 운문이 포괄적으로 함축할 경우, 운문과 산문은 의미의 '등가'를 이룰 뿐이지 구체적 내용을 되풀이하는 것은 아니다. 돈황 강창문학 중 하나인 變文을 보면 산문으로 어떤 내용을 서술한 뒤

---

5) 「蔣淑眞刎頸鴛鴦會」에는 '李二郎'으로 되어 있다.

운문으로 다시 한 번 되풀이하는 경우가 많은데, 화본이나 의화본은 크
고 작은 산개와 윤색을 거친 것이므로 동일한 내용을 중복하기보다는,
주제를 등가적으로 제시하는 경우가 훨씬 많다. 개장시와 산장시는 텍스
트 처음과 끝에서 正話의 주제를 등가적으로 제시하는 대표적 형태라
할 수 있다.

그러면 「문경원앙회」를 구성하는 부분적 요소들이 어떻게 등가관계
를 형성하며 이야기를 전개하고 주제를 제시하는지 구체적으로 살펴 보
기 위해 전체 텍스트를 다음과 같이 요약해 보기로 한다.

(a) "서로의 바램은 하나, 죽어서도 변함없으리 / 아무도 모르게 秦樓의 약속
을 헤아린다 / 세월이 날 저버려 짝 이루기 어렵건만 / 끌리는 이 마음은 어쩔
수가 없네 / 길고 긴 밤 향기로운 蔽膝은 처량하고 / 깊은 밤 응당 옥비녀를 어
루만지리 / 앵두꽃 복사꽃 떨어지고 배꽃 피는데 / 애끓는 청춘은 서로 다른 곳
에서 시름겹다."

"대장부 한 손에 吳鉤를 부여잡고 / 만인의 머리를 자르고자 하니 / 어이하여
철석같이 다진 마음이 / 이들 꽃 때문에 녹아버리는가? / 이들을 보라, 項籍과
劉季는 / 하나같이 사람 마음을 근심스럽게 한다 / 단지 虞姬와 戚氏를 만났다
는 이유만으로 / 호걸은 모두 끝장이 나고 말았네"

(b) 오른쪽에 있는 詩와 詞 각 한 수는 '情'과 '色' 두 글자를 말하고 있는데,
이 두 글자는 一體一用이다. (中略) 이제 정과 색 두 글자가 과연 무엇인지
말해 보자.

(c) 臨淮에 武公業에 대해 말하고자 하니, 그는 咸通 연간에 河南府의 공조
참군으로 임명되었다. 그의 애첩은 飛烟이라 하였는데, 성은 步氏로 용모로 아
름답고 비단옷을 이기지 못할 정도로 가냘픈 몸매에 秦나라 음악에 능했으며
시와 서예를 즐겼다. (下略)

(d) 자, 이제 또 한 사람 세상 물정 모르는 한 남자가 있었으니 이 자 역시
남의 부인과 사통하여 날이면 날마다 쾌락만을 탐하고 아침이면 미련이 남아
어쩔 줄 모르다가 후에는 결국 화를 불러 그 몸이 칼로 동강이 나고 목숨을

저승길로 보냈다. 그 모친도 어쩌지를 못하고 그 아내도 돌아보지 않게 되었으며 아들은 엄동에 춥다고 소리치고 딸은 길고 긴 낮 동안에 배고프다고 난리였으니 이제 조용히 생각해 보자. 그 연유가 과연 무엇인지를! 어찌 여자가 당신의 생명을 해치지 않았다고 할 수 있으리?

(e) 바로 이러하다.

"여자의 눈썹은 본디 아름다운 칼날 / 풍류를 아는 세상 사람들을 모조리 죽인다네."

이로써 笑耍頭回로 삼고자 한다.

(f) 이야기꾼, 당신 말해 보시오. 이 부인이 사는 곳은 어디며 성은 무엇이고 이름은 또 무엇인가? 절강성 항주부 무림문 밖 낙향촌에 蔣氏 성을 가진 사람에게 딸이 있었으니 어릴 적 字를 淑珍이라 하였다. (中略) 애초에 부인은 병을 앓던 중에 이미 아교와 모이랑이 하는 말을 들었다. "五와 五 사이에 너와 한 번 인연을 맺었던 사람이 弓長의 손을 빌려 너와 재회할 수 있도록 해주겠다." 과연 5월 5일에 이르러 장이관의 손에 의해 죽음을 맞았다. 한 번 인연을 맺었던 사람 즉 '一會之人'은 바로 주병중이었던 것이다.

(g) 禍와 福은 아직 오지도 않았건만 귀신은 반드시 먼저 그 사실을 알고 있으니 어찌 두렵지 않은가? 그래서 선비가 재주를 자랑하면 덕행이 적고, 여자가 색을 밝히면 정을 함부로 쏟는다는 사실을 알 수 있다. (中略) 잘못이 있거든 고치고 깨우치지 못한 바가 있거든 이를 경계하며 미풍 양속을 권장한다면 아직도 때가 늦지는 않았으리.

(h) 이 자리에 계신 여러분, 이제 대략의 줄거리를 서술할 것이니 천천히 秋山의「刎頸鴛鴦會」를 들으십시오. 이제 뒤에 <南鄉子>라는 詞 한 수를 붙입니다. 삼가 노래 동료를 수고스럽게 하여 다시 앞의 노래에 和唱하도록 하겠습니다.

"벽돌 깨지는 소리 듣고 남몰래 추측해 보았네 / 문을 열고 들어가니 이미 혼비백산 / 날 푸른 칼날 지나간 곳, 주검 앞에 동정심 일어나네 / 오늘 아침까지도 네 마음은 아직 깨우치지 못했구나! / 세 명의 목숨을 앗아가고 / 억울한 일은 神明이 갚아준다는 것을"

(i) <南鄉子> 詞는 다음과 같다.

"(i´) 늦은 봄 두견새는 한스러운 울음을 울고 / 옥이 깨지고 향이 사라지니

슬픈 일이로다 / 한 쌍의 풍류객이 하얀 칼날에 목숨을 잃었으니 / 억울하고 억울하다 / 슬픈 영혼 달래며 구천으로 간다. / (i ″) 죽음에 이르러서도 괴로움은 남아 / 생각해 보니 전생의 업보더라 / 산천은 의구하되 사람은 가고 없고 / 하늘이여, 하늘이여 / 천고의 다정함에 달님은 저절로 둥글다"

(j) 바로 이러하다.

"그때 은혜를 헤아리지 못하고 원망을 하더니 / 오늘에야 비로소 色이 곧 空임을 알게 되었네."6)

위는 작품 전체를 체제에 따라 요약한 것인데 (a)-(e)는 入話, (f)는 正話, 그리고 (g)-(j)는 結尾에 해당한다. 입화 중 (a)는 開場詩로서 唐代 시인 韓偓의 <靑春>이라는 율시와 詞 한 편씩을 읊은 것인데, 詩와 詞라는 형태적 차이, 언어 표현, 구체적인 시 내용은 차이가 있지만, 모두 여인에 대한 사랑 때문에 시름겨워하고 또 일신을 망치고 마는 남자들에 대해 읊고 있어 '등가'를 이루면서 작품 전체의 주제를 함축적으로 제시한다. (b)는 이 시의 주제라 할 수 있는 '情'과 '色'에 대해 설화인이 직접 해설하는 부분7)인데, 앞의 두 운문과는 달리 산문으로 되어 있지만 설화인이 말하고자 하는 大意는 운문과 동일하다. (c)는 唐 傳奇 「飛烟傳」을 축약한 것이고 (d)는 이와 유사한 내용의 짧막한 이야기로 사실 '세상물정 모르는 한 남자'8)는 正話 속의 朱秉中을 암시하고 있으며 (e)는 (c)(d)에

---

6) 원문은 생략하기로 한다. 원문은 洪楩, 『淸平山堂話本』(臺北 : 世界書局, 1982)에 의거하였고, 번역은 백승엽 譯註, 『完譯 청평산당화본』(정진출판사, 2002)을 참고하였다.

7) 논자에 따라서는 개장시를 해설하는 부분을 '입화'로 부르는 경우도 있다. 胡士瑩이 이에 해당한다. 胡士瑩, 앞의 책, 133쪽.

8) 이에 해당하는 원문은 "不識竅的小二哥"로 되어 있는데 여기서 '小二哥'란 옛날 여관이나 술집의 심부름꾼을 가리키는 말이다. 正話에서 朱秉中은 '朱小二哥'로 소개되어 있어, 입화 부분의 철모르는 한 남자는 바로 정화의 주병중을 암시한다고 할 수 있다.

딸린 시로서 (c)(d)의 내용과 주제를 총괄하는 구실을 한다. (c)(d)(e)가 합하여 頭回를 구성한다. 후술하겠지만 전기 「飛烟傳」은 남편을 두고 다른 남자와 사통한 여인이 남편의 강압에 못 이겨 결국 죽게 되고 상대 남자는 신분을 숨기고 평생 숨어 살았다는 내용으로 되어 있다. (d) 또한 가정을 둔 남자가 다른 여인과 사통하여 목숨을 잃고 만다는 이야기로 두 故事는 같은 주제를 지니고 있다. 그리고 (e)의 시는 이러한 내용을 통해 전달되는 심층적 의미, 즉 주제를 함축적으로 보여준다. 결국 (c)(d)(e)는 각각 표면적 내용을 다르지만 심층적인 의미에 있어서는 '등가'를 이루면서 앞의 (a)(b)와도 등가를 이룬다. 이처럼 입화는 다양한 요소로 구성되어 있지만, 개개 요소와 요소가 상호 의미상의 등가관계를 가지면서 다음에 올 正話 (f)의 주제를 미리 암시해 주는 구실을 한다.

  (g)부터는 작품 종결부인 結尾에 해당하는데 정화 뒤에 이어지는 (g)는 서술자가 화자의 입장에서 설화인의 입장으로 돌아와 정화에 대하여 논평하며 청중에게 직접 주제를 다시 한 번 확인시키고 강조하는 부분이다. 傳奇에서의 의론문과 같은 구실을 하며 이 작품을 지탱하는 두 軸 중 '교훈'의 축을 강변하는 부분이다. 그 뒤에는 산장시 성격을 지니는 세 편의 운문이 이어지는데 (h)는 이 작품에 삽입된 10수의 <商調 醋葫蘆> 중 마지막 수에 해당하는 것으로 정화의 결말 부분을 포함하여 작품 전체의 내용을 총괄적으로 압축·요약하고 있다. (i)는 唐五代에 생겨나 北·南宋을 통하여 애용된 詞調들 중 하나인 <南鄕子>인데 5·7·7·2·7字의 句型을 보이며 같은 구형이 두 번 되풀이되는 '雙調體'로 되어 있다.9) 인용문에 (iʹ)(iʺ)로 표기한 것은 바로 쌍조체임을 나타낸 것이다. 이미 있는 곡조에다 작품에 맞게 가사를 짜넣은 것으로서, 이

---

  9) 김학주, 앞의 책, 226쪽.

또한 작품의 전체 내용을 압축·요약함과 동시에 주제를 제시하는 구실을 한다. (j)는 두 구로 된 對句인데 결미 중에서도 가장 끝에 위치하여 '色卽是空'이라는 말로써 작품 전체를 관통하는 주제를 제시하여 마무리를 짓고 있다. 이처럼 결미 부분은 산문인 (g)와 운문인 (h)(i)(j)간, 그리고 개개 운문 (h)와 (i)와 (j)간에 각각 등가성이 형성된다.

이와 같이 「문경원앙회」는 전체적으로 '입화-정화-결미' 사이에 의미상의 등가가 이루어지고, 각 부분을 이루는 세부 요소들 사이에도 등가관계가 형성되어, 부분과 전체, 부분과 부분이 모두 하나의 일관된 주제 '色卽是空'을 향하여 응집되는 것이다.

3. 「문경원앙회」에 나타난 장르 혼합 양상

3.1. 鼓子詞 〈商調 醋葫蘆〉와의 비교

宋代에 성행한 공연예술 중에는 說話외에 '鼓子詞'라는 것도 있었다. 설화에서는 운문의 비중이 크게 줄어들어 講說 부분을 위주로 하고 간간이 운문을 삽입하는 형태의 공연이 이루어졌는데, 고자사는 變文처럼 운문 혹은 唱詞가 위주가 되는 것이므로 보통 변문의 형태를 직접 계승한 강창문학으로 설명된다.[10] '鼓子詞'라는 명칭이 붙은 것은 음악 반주로 북을 사용했기 때문이다.

고자사는 北宋 歐陽修의 <十二月鼓子詞>처럼 唱만 있고 講說은 없는 것과, 北宋 趙令畤(1061~1134)의 <商調 蝶戀花>처럼 창도 있고 강설도 있는 것으로 양분되는데[11] 가창 부분은 하나의 詞調, 즉 하나의 악곡

---

10) 양회석, 『중국희곡』(민음사, 1994), 23쪽.
11) 齊森華 外 2人 主編, 『中國曲學大辭典』(杭州 : 浙江敎育出版社, 1997), 67쪽.

을 사용한다. <상조 접련화>는 唐代 元稹의 傳奇「鶯鶯傳」을 소재로
한 것으로 고사 한 단락을 說한 뒤 <접련화>라는 詞 작품을 단락 끝에
배치하는 방식으로 구성되어 있다. 고자사는 창 부분에 한 수의 詞만 있
는 경우도 있지만 대개는 하나의 악곡에 여러 편의 詞를 얹어 부른다.
이것은 다른 민간 강창예술과는 달리 사대부들까지도 筵席에서 즐기던
오락적인 기예였는데, 동일한 詞調를 되풀이하기 때문에 단조로움을 면
하기 어렵다는 단점을 지니고 있었다.12)

이 작품에는 "奉勞歌伴 再和前聲"(삼가 노래 동료를 수고스럽게 하여 다시
앞의 노래에 和唱하도록 하겠습니다)이라는 독특한 문구 다음에 줄거리 전개
에 따라 10편의 노래가 소개되는데 이는 기존의 樂曲인 <商調 醋葫
蘆>13)에 이야기 전개에 맞도록 노랫말을 짜넣은 것이다. 따라서 이 10편
을 연결하면 이야기의 대략적인 줄거리가 완성된다. 텍스트에는 이 10편
을 '商調醋葫蘆小令十篇'이라는 말로 나타내고 있는데, 여기서 말하는
'小令'이란 노랫말의 길이에 따라 小令·中調·長調로 구분한 것 중 58字
이내의 짧은 것을 가리키며14), 「문경원앙회」에 삽입된 10편은 모두 43字
로 되어 있기에 '소령'이란 말로 나타내고 있는 것이다.

이 작품은 『청평산당화본』에 수록된 다른 작품들처럼 첫 부분에 '入
話'라는 말이 사용되었고 또한 '笑耍頭回'라든가 화본소설의 산운 전환
표현으로 많이 쓰이는 '正是' '好似', 그리고 장면 전환에 자주 쓰이는 '且
說', 설화인의 상투적 문구인 "不在話下"('이 얘기는 이쯤 해두기로 합시다')
등도 사용되고 있으며 전체적으로 '입화-정화-결미'라고 하는 3단 형식

---

12) 김학주, 앞의 책, 366쪽.
13) 여기서 商調는 調名이고, 醋葫蘆는 曲名이다. 6·6·8·8·7·8字의 句型으로 되어
   있다.
14) 김학주, 앞의 책, 225쪽.

의 체제를 갖추고 있어 화본소설로 보는 데 무리가 없다.

그러나 한편으로는 다른 화본소설들과는 달리 사건의 전환이 이루어지는 장면마다 "奉勞歌伴 再和前聲"이라고 하는 독특한 산운 전환 표현과 더불어 <상조 초호로>가 수반되어 다른 작품에 비해 운문의 비중이 크고, '且說' '再說'이나 '話說' '却說' 등의 장면 전환 문구가 상대적으로 덜 사용되고 있다. 그리고 삽입된 운문 23편 중 <상조 초호로>가 거의 반에 가까운 분량을 차지하고 있고, 절구나 율시와 같은 시작품은 입화 부분에 3편, 詞는 입화에 1편, 정화에 1편 삽입되어 있을 뿐이다. 반면 2구로 된 警句 성격의 문구가 7편 포함되어 있어 운문 삽입의 양상에 있어서도 다른 화본소설들과는 차이를 보인다.

운문의 운용이라는 측면에서 볼 때 이 작품에서 <상조 초호로> 10편은 단순히 이야기 속에 삽입된 시가라는 의미를 넘어 작품 전체를 주도하고 작품 전체의 성격을 결정하는 중요한 구실을 하고 있음을 알 수 있다. 이런 점 때문에 논자에 따라 이 작품을 '화본소설'로 분류하기도 하고 '鼓子詞'로 분류하기도 한다.[15] 그리고, 양자의 성격을 합하여 宋代 鼓子詞를 모방한 明代 화본소설로 분류하는 경우도 있다.[16] 이 작품이 明代의 것인지, 南宋代의 것인지 확실히 단정할 수는 없으므로[17] 産生 時代 문제는 차치하고, 다만 분명히 말할 수 있는 것은 이 작품이 송대 고자사를 모방한, 혹은 고자사의 형식을 도입한 화본소설이라는 점이다.

---

15) 齊森華 外 2人 主編, 앞의 책, 67쪽. 김학주는 이 작품을 '거의 완전한 고자사'라 하였다. 김학주, 『중국의 희곡과 민간연예』(명문당, 2002), 127쪽.

16) 신진아, 「『淸平山堂話本』 硏究 : 새로운 장르형성을 중심으로」, 연세대 대학원 중 어중문학과 석사논문, 2000, 72쪽.

17) 胡士瑩은 앞의 책(215쪽)에서 <商調 醋葫蘆>를 北宋代의 것으로 그리고 이 화본 이 寫定된 것은 남송대로 보면서도, 正話 첫머리에 "浙江杭州府武林門外"라는 구절 에서 남송인은 臨安을 杭州府라고 부르지 않았던 점을 들어 明人에 의한 改竄의 흔적이 역력하다고 하였다.

고자사라는 측면에서 볼 때 「문경원앙회」는 趙令峙의 <商調 蝶戀花>
와 거의 흡사한 체제를 지니고 있어 그 영향의 흔적이 역력하다. <상조
접련화> 고자사는 당나라 元稹이 지은 傳奇 「鶯鶯傳」의 이야기를 講說
부분으로 하고 조령치 자신이 지은 12수의 <蝶戀花> 詞를 군데군데 삽입
하였는데, 12수 중 첫 수는 전체 줄거리를 개괄하고 있고, 마지막 수는
이야기에 대한 평론을 하고 있으며, 나머지 10수는 「앵앵전」 한 단락을
說한 뒤 詞 한 수를 노래 부르는 체제로 되어 있다. <상조 접련화> 끝부분
을 보면 '逍遙子曰'[18]로 시작되는 의론 부분이 있는데 그 중에는,

　　내가 일찍이 그 내용을 발췌하여 鼓子詞 10장으로 엮어 나의 친구 하동백
　선생에게 보여주니, 그는 '글은 아름다운데 그 내용은 미진한 것이 있는 것 같다.
　어찌 그 뒤에 한 장을 더 지어 장생과 최앵앵의 일을 다 말하지 않았는가? (下略)'
　라고 하였다. 나는 이에 대해 '말이란 반드시 처음과 끝에 교훈이 될 만한 내용이
　있는 뒤에 끝나야 합니다. (下略)'라 하고 이 뜻을 받들어 다시 한 곡을 지어
　傳의 끝에 붙여 놓았다.[19]

라는 내용이 있다. 이를 보면 <접련화> 12수 중 맨 끝 수는 교훈을 담아
전체 줄거리를 포괄하는 특별한 의미를 지닌 것임을 알 수 있다. 또한
이 작품 서문에는,

　　번잡한 앵앵전 이야기를 정리하여 10장으로 나누고 매 장 뒤에 詞를 붙여
　놓았는데 詞 중에는 傳의 내용을 온전히 담은 것도 있고 혹은 그 뜻만을 취한

---

18) 여기서 '소요자'는 話者 즉 작자 자신을 가리킨다.
19) "僕嘗采摭其意 成鼓子詞十章 示余友何東白先生. 先生曰 文則美矣 意猶有未盡者 胡
　不復爲一章於其後 (中略) 余應之曰 (中略) 言必欲有始終箴戒而後已 (下略) 余因命此
　意 復成一曲 綴於傳末." 趙令峙, 「元微之崔鶯鶯商調蝶戀花詞傳」, 『侯鯖錄』 卷五(『文
　淵閣四庫全書』 子部 343, 第1307冊, 商務印書館, 1988).

것도 있다. 또 별도로 한 곡을 지어 본 이야기 앞에 실어 前篇의 뜻을 서술하
였다.[20]

는 내용이 있다. 이를 보면 <접련화> 12수 중 첫 수 또한 작품의 요지를
압축한 것으로 나머지와는 성격이 다르다는 것을 알 수 있다. 그리고 詞
작품 중에는 이야기 내용과 완전히 부합하는 것도 있고, 전체적인 취지
만 취한 것도 있음을 밝히고 있다. 이상과 같은 <상조 접련화>의 체제
는 「문경원앙회」에서도 그대로 답습되고 있어 양자간의 영향 관계는 더
욱 명백해진다.

또 한 가지 <상조 접련화> 고자사를 모방한 흔적이 역력한 것은, 산문
단락 뒤 <상조 초호로> 詞가 나오기 전에 "奉勞歌伴 再和前聲"이라는
상투적인 문구를 사용하여 운문부를 유도하고 있다는 점이다. 그리고 <상
조 접련화> 고자사와 마찬가지로 「문경원앙회」에서도 첫 번째 사가 제시
될 때는 "奉勞歌伴 再和前聲" 대신 "奉勞歌伴 先聽格律 後聽蕪詞"(삼가
노래 동료를 수고롭게 청해 볼 터이니 먼저 곡조를 들으신 뒤 이야기를 들으시기
바랍니다)라는 문구를 사용하고 있는 것도 후자가 전자를 모방했다고 보는
근거가 된다. 여기서 '격률'은 음악 즉 '歌唱'의 측면을 가리키는 것이고,
"後聽蕪詞"의 '蕪詞'는 講說의 측면을 가리키는 것이다. 노래를 가리키는
'詞'와의 혼동을 피하기 위하여 '蕪詞'라는 말을 사용한 것으로 보인다.

이 상투적 전환 문구에서 또 한 가지 주목할 점은 '歌伴'이라는 말이
다. 이는 '반주자' 혹은 '가창자'를 가리키는데[21] 이로 볼 때 鼓子詞나
「문경원앙회」를 공연할 때 唱을 담당하는 사람과 講說을 담당하는 사람

---

20) "略其煩褻 分之爲十章 每章之下 屬之以詞. 或全摭其文 或止取其意. 又別爲一曲 載
　　之傳前 先敍前篇之義." 上同.
21) 齊森華 外 2人 主編, 앞의 책, 67쪽.

이 별도로 나뉘어 있었음을 알 수 있다. 「문경원앙회」의 경우 끝부분에 "漫听秋山一本刪頸鴛鴦會"의 '秋山'은 설화인의 이름으로서 그는 산문 부분을 강설하고 '歌伴'으로 칭해진 사람은 음악을 담당하여 함께 공연했다는 것을 짐작할 수 있다.

3.2. 傳奇 「飛烟傳」과의 비교

「문경원앙회」의 입화 부분에는 傳奇 작품 「비연전」이 頭回로 차용되어 있어 관심을 끈다. 전기 「비연전」은 당나라 말엽 사람 皇甫枚가 편찬한 『三水小牘』속에 들어 있으며, 현재는 『太平廣記』제491권에 실려 전해지고 있다. 臨淮에 사는 武公業에게는 步飛烟이라고 하는 젊고 예쁜 애첩이 있었는데, 남편 몰래 이웃에 사는 趙象이라는 젊은이와 눈이 맞아 사랑을 나누다가 남편에게 발각되어 매질을 당해 죽고 조상은 신분을 감추고 평생 남의 눈을 피해 살았다는 내용이다.

그런데 後日談으로서 崔氏, 李氏 성을 가진 두 선비가 비연이 놀던 곳에 와 시를 지었는데, 최씨 선비는 그 사랑이야기를 아름답게 표현한 반면 이씨 선비는 비방하는 어조로 표현하여 비연이 최씨 꿈에 나타나서는 감사의 말을 하고, 이씨 꿈에 나타나서는 원망의 말을 하여 결국 이씨는 며칠 후에 죽고 말았다는 이야기가 붙어 있다. 여기에는 총 11수의 시가 삽입되어 있는데 5언절구가 1편, 7언율시가 1편, 7언절구가 7편이며 최씨·이씨 선비가 읊은 것은 7언으로 된 對句다. 이 중 대구 2편을 제외한 9수는 보비연과 조상이 서신을 대신하여 주고받은 증답시로서, 시삽입의 양상은 전형적인 傳奇의 모습을 보여준다.

한편 「문경원앙회」의 頭回로 차용된 「비연전」은 상당 부분의 양이 축약되어 있고 시도 3편으로 줄어 있는데 그 중 하나는 조상이 보비연에게 보낸 것이고, 또 하나는 보비연이 문지기의 妻를 통해 조상에게 보낸 것이다. 그리고 나머지 한 편은 「비연전」에는 없는 시구가 삽입된 것으로, '운우의 정은 흩어지고 / 꽃은 시들고 달도 이지러졌네'("雲散雨消 花殘月缺")라는 내용이며 제3자의 입장에서 두 사람의 사랑의 결말을 노래한 것이다.

한 편의 독립된 전기 작품으로서의 「비연전」은 '보비연'과 '조상' 두 사람이 시를 주고 받으며 애틋한 사랑을 나누는 내용이 전체 이야기 분량의 4/5를 차지하고 있어, 두 사람의 사랑을 그리는 데 초점이 맞춰져 있음을 알 수 있다. 그리고 「비연전」을 비롯하여 남녀 애정을 내용으로 하는 전기 작품에서, 삽입된 시편은 주로 상대를 그리는 마음이라든가 희노애락의 감정 등 인물의 내면세계를 전달하는 매개적 기능을 한다. 그리고 傳奇와 같은 文言小說의 운문은 거의 대부분 인물의 시점에서 인물의 목소리로 읊어진다. 그런데, 두회로 차용된 「비연전」은 줄거리만 축약하여 삽입한 만큼 전기와 같은 내면묘사는 찾아볼 수 없고, 전기만큼 시가 중요한 구실을 하지도 않는다.

「문경원앙회」 나머지 부분의 운문은, 이같은 두회 부분의 운문의 특성과 큰 차이를 보인다. 즉, <상조 초호로>를 비롯한 모든 운문이 제3자의 입장에서 서술자의 목소리로 읊어지는 것이다. 그리하여 작중 인물의 모습이나 어떤 상황·장면에 대한 자세한 묘사가 이루어지고, 결국 산문서술을 '객관화'하는 기능을 행하게 된다. 전기 「비연전」, 두회로 차용된 「비연전」, 그리고 여타 전기 작품들에 삽입된 운문이 작중 인물의 내면심정을 드러내는 매개구실을 하여 산문서술 내용을 '주관화'하는 것과는 대조적인 양상을 보이는 것이다. 이같은 차이는 문언소설과 백화소설의 차이로 볼 수 있다.

독립된 전기 작품으로서의 「비연전」과 두회로 편입된 「비연전」 간의 차이는 두 남녀 주인공에 대한 묘사에서도 발견된다. 「문경원앙회」 두회에는 보비연이 문지기의 처에게 직접 '내 남편 武生은 거칠고 난폭하여 이를 싫어하니 그는 靑雲의 그릇이 못된다'고 하면서 남편에 대한 불만을 토로하는 부분이 있는데, 전기에서는 조상에게 전하는 화답시를 통해 자신을 綠珠[22]에 견주어 완곡하게 심정을 내비치는 것으로 되어 있다. 전기 쪽이 더 기품있는 여인의 모습으로 그려지고 있는 것이다. 趙象의 경우도 마찬가지다. 보비연 이야기에 이어 또 다른 短篇 故事를 소개하면서 '자, 이제 또 한 사람 세상 물정 모르는 한 남자가 있었으니'("又有个不識竅的小二哥也")라는 서두로 시작하는데 여기서 '또'("又")라는 말은 앞에 얘기한 趙象 역시 지금 말하려 하는 남자와 같은 부류라는 것을 의미한다. 결국 조상도 '세상 물정 모르는 남자'으로 그려지고 있는 것이다. 이처럼 전기에서는 外的으로나 內的으로 아름답고 고상한 남녀 인물이 두회에서는 다소 비속화되고 있음을 발견하게 된다.

또한 독립적인 작품으로서의 「비연전」은 비록 도리에 어긋난 사랑을 이야기하고 있기는 하지만 이야기의 초점이 '부도덕'이나 '불륜'을 폭로하는 데 맞춰져 있기보다는 두 청춘 남녀의 어긋난 운명과 애틋한 사랑을 그리는 데 맞춰져 있다. 그러나 이 이야기가, 남편을 두고 여러 남자들과 사통하여 결국 세 남자를 죽게 하고 자신도 결국 남편 손에 죽고 마는 부도덕한 사랑이야기의 일부로 편입됨으로써 원래의 작품성에 변질이 생기게 된다. 즉, 남편을 두고 다른 남자와 사통한 여인과 남의 부인을 꾀어 낸 철없는 남자 사이의 빗나간 사랑, 그리고 그같은 불륜의 결말을 경고하는 예로 제시될 뿐인 것이다

---

22) '녹주'는 晉代의 부자 石崇의 애첩이었는데, 孫秀라는 자가 세력을 이용해 석숭을 겁박하면서 그녀를 빼앗으려 하자 녹주는 자기 때문에 그런 일이 벌어진 것으로 여기고 누각에서 떨어져 자살하였다.

전기 작품의 결말은 '조상은 옷을 다르게 입고 성명을 바꾼 다음, 멀리 도망쳐 江浙에 가서 숨어 살았다'로 끝나는 반면, 두회에서는 '조상처럼 일의 낌새를 알아차리고 제 할 일을 알아 호랑이 굴을 벗어나고 毒手를 피해 가는 자는 자기 잘못을 후회하고 반성하는 자라 말할 수 있겠다'라는 議論 성격의 문장을 덧붙이고 있음을 주목해 볼 필요가 있다. 설화인은 「문경원앙회」 전체를 통하여 '이런 불륜을 저지른 사람들의 말로는 결국 죽음'이라는 교훈적 메시지를 강력히 주장하고 있는데, 전기 작품에서는 조상이 죽음을 피하고 목숨을 부지한 것으로 되어 있기 때문에, 이에 대한 합리화가 필요했을 것이다. 그래서 조상이 죽음을 피할 수 있었던 것에 대한 타당성을 부여하고 자신의 주장도 관철하기 위해서 이와 같은 의론 성격의 문장을 덧붙일 필요가 있었던 것이다. 이는 「비연전」을 차용하여 「문경원앙회」라고 하는 설화의 일부로 편입시킴에 있어 전체 주제에 일관성이 있도록 굴절이 가해진 것으로 볼 수 있다.

3.3. 擬話本小說 「蔣淑眞刎頸鴛鴦會」와의 비교

『청평산당화본』에 실려 있는 29편 중 11편은 크고 작은 刪改를 거쳐 '三言'에 재수록되었는데 그 중 하나가 「蔣淑眞刎頸鴛鴦會」라는 제목으로 『警世通言』 제38권에 수록된 「문경원앙회」이다. '三言'의 하나인 『경세통언』은 明末의 문인인 馮夢龍에 의해 출판된 의화본소설집으로 1624년에 간행되었으며 40편의 작품을 수록하고 있다. 이 작품은 화본소설 「문경원앙회」에 약간의 손질을 가하여 재수록한 것이지만, 엄밀히 말해 이 둘을 같은 작품으로 볼 수 없다. 변개와 윤색이 가해질 때 풍몽룡의 취향과 글쓰기 의식이 반영되었을 것이기 때문이다. 따라서 풍몽룡은 의화본소설 「장숙진문경원앙회」의 2차 작자라 할 수 있다.

앞서 언급한 것처럼 '話本'이란 연행의 단계에서 행해지는 '이야기'와 연행 뒤의 필사 기록, 그리고 이를 토대로 약간의 윤색이 가해져 刊印된 것을 통칭하는 말이고, '話本小說'은 설화사가 중 하나인 '소설'을 오늘날의 novel이나 fiction과 구분하기 위해 사용하는 말이다. 이처럼 화본 및 화본소설은 연행의 산물이라는 점에서, 이의 체제를 모방하여 읽기 위한 용도로 출간한 의화본소설과는 전적으로 차이를 지닌다. 대표적인 의화본소설집인 '三言'에 수록된 작품들은 『청평산당화본』이나 『京本通俗小說』처럼 출처가 분명한 것도 있지만, 대개는 역대로 전해져 오던 무명씨의 작품에 改編을 가한 것으로 출처가 밝혀져 있지 않다. 또한 그 가운데는 풍몽룡의 창작으로 여겨지는 작품도 몇 편 포함되어 있다.

이처럼 풍몽룡은 기존의 작품을 모아 약간 改編을 하거나 상당 부분 改作도 하는 한편 자신의 창작품을 수록하기도 하여 속칭 '三言小說集'을 출판했던 것이다. 의화본소설은 연행예술의 산물인 화본소설의 체제를 본떴다는 점에서 연행과 전혀 무관하다고 할 수는 없지만, 그 궁극적인 용도가 읽기 위한 것이라는 점에서 연행의 직접적 산물인 화본소설과 기본적인 차이를 지닌다.

풍몽룡은 기존의 작품을 '三言'으로 출판함에 있어 자신의 문학적 취향에 부합하는 것을 선정했는데, 내용면에서는 사람들에게 교훈을 주는 작품, 형식면에서는 입화가 있고 그것이 정화의 내용을 암시하는 작품 위주로 선정을 했다.[23] 그리고 선정한 작품에 대해서는 제목을 改訂하고, 설화인이 공연현장에서 사용하는 말투 예를 들면 "話本說撤 勸作散場"(화본이 끝났으니 이로써 산장합시다)이라든가 "話說"(이야기를 하자면)과 같은 용어를 刪去했으며, 입화가 없는 것은 새로 만들어 넣기도 하고 몇몇 글자

---

23) 三言小說에서의 입화의 중요성에 대해서는 신진아, 앞의 글, 38쪽 참고.

를 바꾼다든가 줄거리에 첨삭을 가하는 등의 改編을 가했다.24) 「문경원
앙회」는 비교적 개편이 없는 편에 속하는데, 그 이유는 입화도 있고 그것
이 정화와 밀접한 연관이 있는 것이어서 풍몽룡의 작품 선정 기준에 이미
부합하며, 내용도 사람들에게 경계와 교훈을 주는 것이어서 개편할 필요
성이 없었기 때문이다. 다만 세부적인 면에서 變改가 있고, 체제면에서는
결미 부분에서 상당 부분 개편이 이루어져 있음을 본다.

우선 제목을 보면 '蔣淑眞刎頸鴛鴦會'처럼 '누가 어떤 일을 하다'와
같이 正話의 내용을 압축하는 표현으로써 7자로 산개하였다. '장숙진'은
「문경원앙회」에 나오는 여주인공의 이름이고 '원앙회'는 '남녀의 만남'이
라는 뜻이며 '刎頸'은 그것이 원인이 되어 결국 목을 베이게 되었다는
뜻이다. 그러므로 '주인공이름+正話의 중심 내용'으로 되어 있는 제목을
보면, 그 작품의 대강의 줄거리를 짐작할 수 있게 된다. 그래서 3-4자의
간결한 제목을 가진 작품들이 '三言'에 다시 실리면서 7-8자로 증가하는
경향을 보인다.

그 다음으로 첫 부분의 '入話'라는 말과 '權作笑耍頭回'라는 말을 刪去
한 것이 보인다. '三言'은 讀物로 출간된 것이기 때문에 설화 공연현장에
서 사용되는 설화인의 투어를 산거한 것이다. 그리고 人名을 변개한 것을
발견할 수 있다. 『청평산당화본』에는 '蔣淑珍'으로 되어 있는데 『경세통
언』에는 '蔣淑眞'으로 되어 있으며, 마찬가지로 '某二郞'과 그의 형 '某大
郞'이 각각 '李二郞' '李大郞'으로 변개되었다. 이는 故事에 진실성을 부여
하기 위한 것으로 볼 수 있다.25)

일반적으로 '三言'에서 가장 두드러지는 산개양상은 운문의 수가 크게

---

24) 胡士瑩, 앞의 책, 398~402쪽.
25) 金政六, 「'三言' 소설 연구」, 성균관대학교 대학원 중어중문학과 박사논문, 1987,
   30쪽.

감소한다는 점인데, 「문경원앙회」의 경우는 『청평산당화본』에 삽입되어 있는 23편의 운문이 『경세통언』에 수록되면서 20편으로 줄어 들어 그다지 큰 차이는 없다. 생략된 3편 중 한 편은 開場詞이고, 나머지 둘은 화본에는 운문으로 분류되어 있는데 『경세통언』에서는 산문의 일부로 처리한 것이다.

화본에는 개장시로서 唐代 시인인 韓偓의 <靑春>이라는 7언율시 한 편과 詞 한 편이 수록되어 있는데 그 내용과 주제가 중복되므로 이 중 詞를 삭제한 것이다. 산문의 일부로 처리된 것은 원래 2구로 된 警句 성격의 문구인데, 이를 산문의 일부로 귀속시킨 것을 풍몽룡의 착각으로 볼 수도 있지만 기존의 작품을 독서용인 의화본 체제로 재편성하면서 되도록 운문수를 줄이려는 의도가 반영된 것으로 보는 것이 타당할 듯하다. 그러므로 사실상 원래 있던 운문을 완전히 삭제한 것은 입화 부분의 詞 한 편인 셈이다. 이는 「문경원앙회」가 지닌 鼓子詞로서의 성격을 살리려는 의도와, 독서용으로 재편하면서 불필요한 운문을 줄이려는 의도를 절충한 결과라 볼 수 있다.

운문의 삽입에서 눈에 띠는 예는, 화본에는 두 구만 제시되어 있던 것이 『경세통언』에서는 두 구를 더 첨가하여 7언절구로 완성한 경우이다. 그 부분에 해당하는 『청평산당화본』을 보면 다음과 같다.

> 二更이 다 되어서 갑자기 누군가 노래를 부르는 소리가 아련하게 들려 왔다. 그 가운데 마지막 두구를 기억해 냈으니 바로 이러하다("記得後兩句曰"). "어느날 아침 꽃같은 얼굴 추해지고 / 두 손으로 낭군을 불러도 낭군은 오지 않겠지."[26]

---

26) "有朝一日花容退 雙手招郞郞不來."

그런데 『경세통언』을 보면 밑줄 부분이 '귀를 기울여 들어 보니 그 노래
는 다음과 같았다("側耳而聽 其歌云")'로 되어 있고, 인용된 시구 앞에 '스물
이 지나고 스물 한 살이 되었네 / 은밀히 情人을 두지 않았으니 진정 어리
석도다("二十去了 卄一來 不做私情也是呆")'라는 두 구가 첨가되어 있다. 이것
은 '三言'이 지닌 讀物로서의 기능을 고려하고 그 가치를 높이기 위해,
감상할 수 있는 한 편의 온전한 절구로 완성한 것이라 생각한다.

이에 비해 刪改가 비교적 심한 부분은 결미이다. 편의상 앞 2장 2절
'내용적 특성'에서 요약한 결미 부분 (g) (h) (i) (j)에 의거해 논지를 전개
하고자 한다. 우선 「문경원앙회」의 결미 중 (h)부분을 아래와 같이 다시
정리해 보자.

> (가) 이 자리에 계신 여러분, 이제 대략의 줄거리를 서술할 것이니("在座看官
>   要備細請看敍大略").
> (나) 천천히 秋山의 「刎頸鴛鴦會」를 들어 보시라("漫听秋山一本刎頸鴛
>   鴦會").
> (다) 이제 뒤에 <南鄕子> 한 수를 붙입니다("又調南鄕子一関于後").
> (라) 삼가 노래 동료를 수고스럽게 하여 다시 앞의 노래에 和唱하도록 하겠습
>   니다("奉勞歌伴 再和前聲").
> (마) "벽돌 깨지는 소리 듣고 남몰래 추측해 보았네 / 문을 열고 들어가니 이
>   미 혼비백산 / 날 푸른 칼날 지나간 곳, 주검 앞에 동정심 일어나네 / 오늘
>   아침까지도 네 마음은 아직 깨우치지 못했구나! / 세 명의 목숨을 앗아가
>   고 / 억울한 일은 神明이 갚아준다는 것을"

여기서 (가)와 (나)는 연결이 매끄럽지 않다. 이미 지금까지 이야기를
진행해 왔고 이제 마무리 단계에 들어섰는데 새삼 '대략의 줄거리를 서술
할 테니 천천히 들어보라'고 하는 것은 앞뒤 맥락상 모순이 되는 것이다.
이런 모순을 의식한 것인지 『경세통언』에서는 (가)의 '여러분' 다음 구절

을 삭제하였다. 그러면 (가)(나) 부분은 '이 자리에 계신 여러분, 즐겁게 秋山의 「刎頸鴛鴦會」를 들으셨는지요'의 의미가 되고 앞뒤 연결이 자연스러워지는 것이다. 그런 다음 (다)를 <상조 초호로> 詞의 마지막 수인 (마)뒤로 옮기고 "于後"를 삭제하였다. 그리고 「문경원앙회」의 산장시 구실을 하는 (j)를 正話 (f)의 끝부분으로 옮겼다. 그렇게 함으로써 <상조 초호로> 마지막 수와 詞 <남향자>가 산장시 역할을 하면서 이야기가 마무리되는 것이다.

이와 같이 구성요소들을 이리저리 옮기고 원래 있던 구절을 삭제한 것은 「문경원앙회」가 지닌 '鼓子詞'로서의 성격과 '話本小說'로서의 성격의 조화를 꾀하고, 독서용으로 재편하기 위해 고심한 결과로 보인다. 앞서 살펴본 것처럼 <상조 접련화>의 12수의 詞 중 마지막 것은 '逍遙子曰'로 시작되는 의론문 성격의 문장 뒤에 위치하여 이야기 全篇의 마무리를 하는 구실을 한다. 「문경원앙회」에서도 이를 본받아 <상조 초호로>의 마지막 수를 의론문 성격의 서술 —앞의 요약에서 (g)부분— 뒤에 배치하고 있다. 이렇게 하여 고자사로서 마무리가 이루어지게 된다. 23수나 되는 운문 수를 많이 줄이지 않은 것도 고자사로서의 성격을 고려했기 때문으로 보인다. 그러나 이 작품은 화본소설이기에 화본소설의 체제에 맞는 결미 방식을 취해야 할 필요가 있었을 것이다. 그리하여 (j)를 맨 끝에 배치하여 산장시로 삼았던 것이다. 고자사의 체제로 본다면 (j)가 필요없지만 『경세통언』의 다른 작품들과의 일관성을 위해 산장시 성격의 운문으로 (j)가 필요했던 것이다.

사실 『청평산당화본』에 실린 29편의 화본소설 중에서도 「문경원앙회」는 독특한 작품이지만, 『경세통언』 나아가 '三言'의 의화본 120편[27])을

---

27) 『유세명언』『경세통언』『성세항언』에 각각 40편의 작품이 수록되어 있어, '三言小說'으로 통칭되는 작품수는 총 120편이다.

통틀어 보아도 이 작품은 다른 것들과 큰 차이를 보인다. 지금 문제되고 있는 결미 부분에서 그 차이는 더욱 두드러진다. 120편의 三言小說의 결미가 대부분 正話에 대한 의론 및 논평의 성격을 띠는 7언절구 한 수를 맨 끝에 붙여 화본소설의 산장시 체제를 유지하고 있는 것과 비교해 볼 때,「蔣淑眞刎頸鴛鴦會」는 결미 부분에서 다른 작품과 크게 변별되고 있는 것이다. 그런데다가 (j)는 7언절구가 아니고 경구 성격을 띠는 두 구로 된 운문이므로 끝에 붙일 수도 없고, 그렇다고 다른 작품들과 일관성을 유지하기 위하여 새로 7언절구를 자신이 지어 붙인다면 <상조 초호로>와 <남향자>까지 합하여 세 편의 운문이 결미에 오게 되고 또 그 내용도 비슷비슷하여 독서물로서는 군더더기가 될 뿐이다. 그래서 (j)를 正話 뒷부분 적당한 곳으로 옮긴 것으로 추측된다.

결국「문경원앙회」는 鼓子詞로서의 특성과 화본소설로서의 특성을 조화시키면서, 독서물로서도 가치를 지닐 수 있는 방향으로 刪改가 이루어졌다고 할 수 있다.

4. 맺음말

이 글의 대상이 된「문경원앙회」는 기본적으로 화본소설이면서 鼓子詞의 체제를 도입하였고, 唐代 傳奇 작품인「비연전」을 텍스트 일부로 차용하였으며, 의화본 형태로『경세통언』에「장숙진문경원앙회」라는 이름으로 재수록되기도 했다. 그리하여 다양한 형태의 문학양식이 하나의 작품 안에 복합적으로 수용되어 '장숙진 이야기'라고 하는 거대담론을 형성한다. 이 점이「문경원앙회」를, 여타 화본소설과 변별짓는 가장 큰 특징이라 할 수 있다.

이 글은 「문경원앙회」가 지니는 화본소설로서의 기본성격과 다른 문학 양식을 수용한 데서 비롯되는 2차적 특성을 '비교'의 방법을 통해 조명하고자 하였다. 이 글에서는 「문경원앙회」 외에 다른 화본소설 작품은 전혀 거론하지 않았는데 다른 작품들과의 비교가 더해지면 「문경원앙회」가 지닌 독특한 면모가 더 분명해질 것이라 생각한다.

「金犢太子傳」의 성립과정 검토

-운문제시어를 중심으로-

1. 문제 제기

「金犢太子傳」은『釋迦如來十地修行記』―이하『수행기』로 약칭― 에
수록되어 있는 작품들 중 하나이다.『수행기』는 부처의 전생담 9편과 현
생담 1편으로 이루어진 佛敎 敍事短篇 모음집인데 이 작품들은 각각 독
립된 서사단편이면서도 서로 유기적으로 연결되어 부처의 일대기라고
하는 일련의 장편을 이룬다. 이 작품집이 처음 結集된 것은 1328년 고려
충숙왕 때인데 조선조에 들어와 이 祖述本에 少室山人이 약간의 첨삭을
가하여 1448년 왕실 기관인 伊府에서 初刊을 하였고 天悟가 이 책을 얻어
(1646년) 베껴서 지니고 있던 것을 1660년에 德周寺에서 重刊하였다.『수
행기』의 조술본은 전하지 않고 현전하는 것은 바로 덕주사에서 중간한
것이다.[1]

초간본이나 중간본에는 제목이 없으나 안진호가 편찬한 현토본[2]에 처

---

1) 이 책의 간행경위, 이본 등에 대해서는 박병동,『불경 전래설화의 소설적 변모 양상』
   (역락, 2003)에 자세히 설명되어 있다.
2) 안진호에 의해 현토가 이루어진 것으로 법륜사에서 1936년에 출판한 것이다.

음 나타나는데 그가 주인공의 이름을 따서 제목을 붙인 이래 각 작품은 이 제목으로 불리게 되었다. 이에 의거해 각 편의 제목을 보면, 第一地 「善色鹿王傳」, 第二地 「忍辱太子傳」, 第三地 「布施國王傳」, 第四地 「捨身太子傳」, 第五地 「忍辱善人傳」, 第六地 「善友太子傳」, 第七地 「金犢太子傳」, 第八地 「善惠童子傳」, 第九地 「布施太子傳」, 第十地 「悉達太子傳」이다.

『수행기』에 수록된 10편 중 이 작품과 제6지 「선우태자전」은 후에 국문소설로 발전하였는데, 이같은 소설사적 의의와 비중으로 인해 그간 학계에서 큰 주목을 받아왔다.[3] 그러나 이 글에서 「금독태자전」에 특별히 주목하는 것은, 이 작품이 지닌 소설사적 의의와 비중 때문이 아니라 삽입 운문의 운용에 있어 다른 작품들과는 변별되는 점이 발견되기 때문이다. 10편 중에는 운문이 포함된 것이 몇 편 있는데, 제1지 「선색녹왕전」에 7언의 偈 1편, 제3지 「보시국왕전」에 5언의 偈 1편, 제7지 「금독태자전」에 7언게 7편과 7언시 6편 도합 13편, 제9지 「보시태자전」에 7언게 8편, 제10지 「실달태자전」에 7언게 13편이 삽입되어 있다.

특히 「금독태자전」에는 운문이 13편이나 삽입되어 있어 제10지 「실달태자전」과 더불어 가장 많은 운문을 지니며 산문 다음 운문을 유도하는 제시어로서 다른 작품에서는 발견되지 않는 '有詩爲証'이라는 독특한 표현이 사용되고 있다는 점이 눈에 띤다. 또한 다른 작품들에서는 삽입

---

3) 『수행기』의 작품들 중 제6지 「선우태자전」은 「적성의전」으로, 제7지 「金犢太子傳」은 「금송아지전」으로, 그리고 부록 중 「안락국태자경」은 「안락국전」으로 고소설사에 정착하게 된다. 이 작품들은 논자에 따라서는 '불교계 국문소설' 또는 '형성기의 국문소설'로 규정되면서 한글 창제 후부터 최초의 국문소설로 불리는 「홍길동전」의 출현까지의 긴 공백을 메워주는 작품군으로서 일찍부터 주목을 받아 왔다. 이 견해는 사재동에 의해 제기된 것으로 이와 관련된 논의들은 그의 저서 『불교계 국문소설의 연구』(중앙문화사, 1994)에 집약되어 있다. 「금독태자전」은 국문소설화되어 수많은 이본을 파생시켰는데, 현전하는 것으로 13종의 필사본과 2종의 구활자본이 있다.

된 운문에 대하여 모두 '偈'라는 말로 지칭을 하는데 「금독태자전」에서
는 '偈'가 7회, '詩'가 6회 사용되고 있어 주목을 요한다. 삽입 운문의 특
징 외에도 다른 이야기들과는 달리 특별히 '저본'이라 할 불경을 찾을
수 없다는 점4), 세부적인 면까지 부연되어 있어 길이가 길고 내용도 더
세속화되어 있다는 점도 필자의 관심을 끄는 요소이다. 이 점들은 상호
밀접한 관련을 지니면서 「금독태자전」의 성립·유통양상에 대한 중요한
단서로 작용한다. 그리하여 이 글에서는 「금독태자전」의 삽입 운문에서
발견되는 특성을 단서로 하여 이 작품의 성립시기 및 성립과정, 작자,
『수행기』로의 편입시기, 유통양상 등을 검토해 보고자 하는 것이다.

2. 「금독태자전」의 삽입 운문의 특성

2.1. 삽입 운문의 전반적 양상

「금독태자전」은 파리국 왕의 세 부인 중 제3부인의 아들로 태어났는
데, 부왕의 부재 중 두 부인의 시기로 소에게 먹힌 뒤 송아지의 몸을 가
지고 태어나게 되고, 그 후 온갖 고난을 거쳐 고려의 공주와 결혼을 하고
금륜국의 왕이 된다는 줄거리로 되어 있다. 이 작품에 삽입된 운문은 총
13편으로 이는 제10지 「실달태자전」과 함께 가장 많은 수에 해당한다.
운문이 삽입되는 전후 맥락을 정리하면 다음과 같다.

---

4) 불교 경전의 동물 변신담 중 『본생경』에 「검은 소 전생 이야기」라는 게 있는데
이는 단지 '소'를 소재로 한 단편적인 삽화에 불과하여 이를 「금독태자전」의 저본으
로 보는 데는 무리가 있다. 이로 볼 때 「금독태자전」은 『본생경』의 소재를 취해서
완전히 창작된 작품으로 보는 것이 타당하다. 박병동, 앞의 책, 117쪽.

제1·2·3수 : 왕이 자신이 돌아왔을 때 무엇으로써 기쁘게 해주겠냐는 물음
　　　　　에 세 부인이 그 답으로써 각각 읊은 게.

제4수 : 수승 부인이 산파를 매수한 뒤, 자신들의 계획을 다시 점검하며 읊은 게.

제5수 : 어미소가 태자를 삼키는 것을 보고 두 부인이 기뻐하며 읊은 게.

제6수 : 두 부인이 보만 부인을 음해하려고 왕에게 올리는 서신 형태의 운문.

제7수 : 보만 부인이 자식의 생사를 궁금해 하며 비탄에 젖어 읊은 시구.

제8수 : 왕이 금송아지를 보고 기뻐하며 지은 시.

제9수 : 의관이 두 부인이 상주한 대로 두 부인의 병의 증세와 금송아지 간만
　　　이 유일한 치료약이라고 고하는 내용의 시.

제10수 : 금송아지가 어머니와의 이별에 처하여 자신의 처지를 한탄하며 지
　　　　은 게.

제11수 : 하늘에서 떨어진 쪽지에 적힌 내용.

제12수 : 공주가 부왕에게 금송아지를 부마로 삼아줄 것을 하소연하며 읊은 시.

제13수 : 仙人이 자신이 준 영단 묘약을 금송아지가 삼킨 것을 보고 지은 게.

이 작품에 삽입된 운문은 13편 모두 7언시이며 그 중에서도 7언율시
가 대부분을 차지한다. 일반적으로 강경문이나 변문에서 게송류 운문의
65%는 7언으로 되어 있어 가장 높은 빈도수를 보이는 점5)에 비추어 볼
때, 이 작품 및 『수행기』에 포함된 모든 운문이 한 편만 제외하고6) 모두
7언시의 형태를 취한다는 것은 『수행기』가 강창연행 그 중에서도 강경
문이나 변문과 유사한 성격을 띤다는 것을 시사한다. 그런데 운문이 포
함된 『수행기』의 다른 작품들에서는 운문을 모두 '偈'라는 말로만 지칭
하고 있는 것에 비해, 이 작품에서는 '偈'가 6회, '詩'가 5회 사용7)되어

---

5) 王重民, 「敦煌變文硏究」, 『敦煌變文論文錄』 上(周紹良·白話文 編, 明文書局, 1985),
　　292~300쪽.
6) 제3지 「보시국왕전」에 삽입된 5언 게 한 편이 이에 해당한다.
7) 나머지 두 편은 운문의 종류에 대한 언급이 없다.

있어 주목을 요한다.

아래에 인용한 것은 임금이 자신이 궁으로 돌아오는 날 세 부인은 각각 무엇으로써 자신을 영접할 것인가를 묻는 질문에 금송아지의 어머니인 보만부인이 '아들을 안고' 영접하겠다고 하며 지은 '偈'이다.

小妾今朝奏我主	소첩이 오늘 아침 임금께 아뢰오니
千般巧計未爲奇	천 가지 교묘한 계획도 훌륭하다 못하리.
錦衣豈用扶皇社	비단옷이 어찌 종묘사직을 도울 것이며
花果焉能壯帝基	꽃과 과일이 어찌 제왕의 기틀을 굳건히 할 것인가
賤體姙娠懷聖子	천한 몸에 성스러운 아들 회임하였나니
秋來決定降金枝	가을이 오면 틀림없이 귀한 자손 태어나리라
大王一日回鸞駕	임금의 어가가 돌아오시는 날에
我在御前獻子兒	저는 임금 앞에 아들을 바치겠나이다.8)

산문 다음에 '夫人有偈'라는 운문제시어가 오고 '게'로 일컬어진 운문이 이어진다. 이를 본장 제2절에 인용한 보만부인의 '詩'와 비교해 보면 8구와 20구라는 길이의 차이는 있지만 내용면에서 아무런 차이가 없음을 발견하게 된다. 두 예 모두 불교적 가르침을 위주로 하는 것이 아니라 보만부인의 주관적인 느낌을 표현하는 것에 중점이 주어져 있다. 또한 두 예 모두 인물의 생각과 느낌을 시로써 표현한 '以詩代話'의 성격을 띤다는 점, 산문으로 서술한 것을 운문으로 다시 되풀이한다는 점도 동일하다.

전통적인 게송은 대개 4구로 되어 있고 불교적 내용을 담고 있는 것이 보통이나, 위의 偈는 이런 성격에서 크게 벗어나 세속적인 내용을 전개하

8) 이하 「금독태자전」의 번역은 박병동의 앞의 책과 정서운의 『佛陀의 十地行跡』(명문당, 1978)을 참고하였다. 원문은 박병동의 앞의 책 부록에 실린 것에 의거하였다.

고 있는 것이다. '게'가 더 이상 불교적 내용을 담고 있지 않으며 '시'와 차이없이 사용되고 있음을 알 수 있다. 삽입된 운문을 '偈'로 지칭한 여타 작품들의 경우도 '게'가 더 이상 불교적 내용과 관계된 것은 아니지만, 그래도 운문을 '게'라 지칭하는 전통은 그대로 유지하고 있는 것과 비교할 때, 「금독태자전」의 경우는 운문의 내용, 명칭까지 불교적 전통에서 더욱 멀어져 있는 것이다. 운문의 내용과 명칭의 상관관계에 따라 1) 불교적 내용을 '게'라고 칭한 경우 2) 내용은 불교와 무관하지만 이를 '게'라 칭한 경우 3)내용도 불교와 무관하고 이를 게가 아닌 '시'로 칭한 경우 이 세 가지로 나누어 볼 때 맨 나중의 것이 가장 후대의 양상이라고 보는 것이 타당하다. 그러므로 이 세 번째 양상을 포함하고 있는 「금독태자전」이 다른 작품보다 나중에 지어졌을 것으로 추정해 볼 수 있는 것이다.

2.2. 운문제시어 '有詩爲証'에 대한 검토

삽입 운문과 관련하여 「금독태자전」의 가장 두드러진 점은 산문서술 다음 운문이 제시되는 부분에 사용된 표현의 특이성이다. 13편에 나타난 운문제시어는 다음과 같다.

제1수 : 殊勝夫人<u>有偈</u>
제2수 : 淨德夫人<u>有偈</u>
제3수 : (普滿)夫人<u>有偈</u>
제4수 : 殊勝<u>有偈曰</u>
제5수 : 二人見了歡喜拍手 <u>有詩爲快</u>
제6수 : 二宮夫人生謀害心 <u>具表向淸凉</u> 奏帝普滿夫人在宮生一怪兒
제7수 : 普滿在磨房中長嘆一辭 <u>有詩爲証</u>
제8수 : (君王) 陞殿之時 引牛兒上殿御駕歡喜 <u>有詩爲証</u>
제9수 : (醫官) <u>作詩一首</u>

제10수 : (牛兒) 惆悵不已 <u>忽作一偈</u>
제11수 : 從空飄下一帖來 正落在牛兒身上 <u>上寫四句 老人看曰</u>
제12수 : (公主) 吟詩一首曰
제13수 : (仙人) <u>付牛兒一偈</u>

위의 운문 제시어에서 한 가지 특기할 사항이 발견된다. 『수행기』의 나머지 9작품 및 부록으로 붙어 있는 작품들은 물론, 고려시대에 찬술된 산운 혼합담론 그 어디서도 발견되지 않는 '有詩爲証'이라는 표현이 제7수와 제8수에서 사용되고 있는 것이다. 제5수의 경우는 '有詩爲快'라는 표현이 사용되고 있는데 『수행기』 여기저기서 誤記가 분명한 것들이 다수 있는 것으로 보아 '快'는 '証'의 오기일 가능성도 있지만, 설령 '有詩爲快'라 하더라도 '有詩爲証'과 같은 부류로 다루어도 별 문제가 없다. 제7수의 예를 들어보기로 한다.

임금이 이를 듣고 크게 노하여 사신을 궁으로 보내서 보만부인의 머리를 깎고 눈썹을 밀어 방앗간에 보내어 맷돌을 돌리는 벌을 받게 했다. 그리고는 밤낮으로 쉬지 못하게 감시를 하니 (부인의) 몸은 몹시 여위고 수척해져서 천 갈래 만 갈래 눈물이 줄줄 흘러내렸다. 그와 같은 고통 중에서도 '내 자식은 어디에 있는 것일까?'하는 생각에 여념이 없었다. 보만부인은 방앗간에서 길게 탄식을 하면서 글을 지었다. <u>여기 이것을 증명하는 시가 있다.</u>[9] (밑줄은 필자)

憶兒不覺打初更   자식 생각에 밤이 된 것도 알지 못하고
煩惱恓惶雨泪傾   걱정과 근심에 눈물이 비오듯 흐르네
用死猫兒換太子   죽은 고양이 새끼를 태자와 바꿔치고
清凉奏轉主人驚   청량산에 상주하여 임금까지 놀라게 했다네

---

9) "君王聞知大怒 遂遣使臣領肯回宮 將普滿夫人剪髮齊眉 在磨房推磨 令人兼管日夜不停 身形枯瘦 泪落千行 思想我兒不知何處 普滿在磨房中 長嘆一辭 有詩爲証."

今朝罰我常推磨　　오늘 아침 내게 벌을 주어 멧돌을 돌리게 하고
又被宮人來喝罵　　궁인들이 와서 호령하고 욕을 한다네.

　위의 시는 총 20구로 된 7언시 중 앞의 6구를 인용한 것인데, 산문 서술 다음에 '有詩爲証'이라는 운문제시어가 오고 그 뒤에 산문과 동일한 내용의 운문이 이어지고 있다. '有詩爲証'이라는 운문제시어로 이어지는 운문을, 앞서 2.1에서 인용한 '夫人有偈'로 이어지는 운문과 비교할 때 내용이나 표현기교상 별다른 차이를 발견할 수 없다. 논자에 따라서는 '유시위증'의 문구가 이야기의 내용을 객관화하기 위해 사용된다[10]고 주장하기도 하지만 그것은 '証'이라는 글자가 지닌 뜻에 집착한 결과라고 생각된다. 2.1에서 인용한 보만부인의 '게'처럼 이 경우도 인물 —보만부인— 의 내면세계를 인물의 목소리로 표현하고 있다.

　참고로 운문이 포함된 다른 작품들에 사용된 운문 제시어의 종류와 출현 횟수는 다음과 같다.

　　제1지(1편) : 因作無常偈曰
　　제3지(1편) : 說偈曰
　　제9지(8편) : 說偈(4회) 作偈言(1회) 作一偈曰(1회) 留偈(1회) 偈(1회)
　　제10지(13편) : 說偈(5회) 留偈(2회) 作偈言(1회) 作一偈(1회) 嘆偈曰(1회)
　　　　　　　　　 書一偈(1회) 道偈(1회) 讚佛之偈(1회)

　위에서 드러나다시피 '說·作·留·書+偈'라는 표현이 기본이 되어 있어 「금독태자전」과는 매우 다른 양상을 보이고 있다. 또한 운문에 대해서도 모두 '偈'라 했고 '詩'로 나타낸 것은 하나도 없음을 알 수 있다. 이에 비추어 볼 때 「금독태자전」의 '有詩爲証'은 다른 표현들과는 성질이

---

10) 太田辰夫, 『西遊記の研究』(東京 : 研文出版社, 1984), 24쪽.

매우 다른 것임이 드러난다.

한 가지 흥미로운 사실은 이 작품들의 저본이 되는 佛經에 사용된 대표적 운문제시어가 바로 '說偈'라는 점이다. 예를 들어 제3지 「보시국왕전」의 저본으로 여겨지는 『賢愚經』卷第一 「梵天請法六事品」[11]을 보면 '說一偈' '說偈言' '說此偈' 등의 작은 차이는 있지만 '說偈'를 기본으로 하고 있음을 알 수 있다. 이로써 「금독태자전」의 경우 저본이 되는 불경이 없는 것과 운문에 대해 '詩'라는 말이 사용된 것, 그리고 독특한 운문제시어가 사용된 점 사이에는 서로 밀접한 관계가 있지 않나 추정을 해 볼 수 있다. 이 점들은 「금독태자전」이 다른 작품들보다 늦게 지어졌을 것임을 말해주는 단서가 되는 동시에, 이 작품의 창작·유통과정, 그리고 현전 『수행기』에 編入되는 과정을 설명해 주는 실마리가 된다고 본다. 특히 운문제시어 '有詩爲証'이 이 문제를 푸는 한 열쇠가 될 것으로 본다. 이 운문제시어는 중국의 宋元代 강창예술에서 흔히 사용되는 것이기 때문이다.

논의를 전개하기 위해서 먼저 중국의 구연류 서사체 시삽입형 혼합담론에 보이는 운문제시어들을 살펴볼 필요가 있다. 이들 텍스트들을 보면 독특한 운문제시어들이 사용되어 눈길을 끄는데 예를 들면 강경문에서는 '偈曰' '頌曰' '讚曰'이, 변문에서는 '道何言語' '~處 若爲陳說'이, 宋元話本에서는 '正是' '但見' '只見' '恰似' '好似' '有詩(詞)爲證' 등이 이에 해당한다.[12] 이 중 '有詩爲證'은 唐代의 變文에서는 보이지 않고 宋代話本에서 처음 나타나다가, 화본을 모방하여 읽기 위한 용도로 창작한 明代 擬話本과 明淸代 演義類에서 빈번하게 사용되던 상투적 제시어이다. 연의류 소설을 대표하는 「三國志演義」가 국내에 유입된 것은 조선 중기 이후이며 아무리 빨리 잡아도 1522년 이전으로까지 올라갈 수 없을 것이라는 설이 지배적이다.13) 그러므로 고려시대에 만들어진 이야기에 이 제시어가 나타나는 것은 조선 중기 국내에 유입된 연의류 소설의 영향과는 무관하다는 것이 분명하다.

그렇다면 1328년의 조술본에 약간의 첨삭이 가해져 1448년 伊府에서 初刊이 되고 약 200여년이 흐른 뒤 이것이 天悟의 손에 들어가 필사가 이루어진 뒤 1660년에 덕주사에서 重刊이 이루어진『수행기』에 이 문구가 나타나게 된 배경과 과정에 의문이 생기지 않을 수 없다. 이에 대해 필자는 ‘有詩爲證’이라는 문구를 단서로「금독태자전」은 다른 9편의 작품보다 늦은 시기에 지어졌고『수행기』에 편입되는 과정도 여타 작품들과는 다른 별개의 경로로 이루어졌을 것으로 추정한다. 그리고 이 과정에서 중국 구연류 서사체 시삽입형 혼합담론이 영향을 주었다고 보는데, 특히 宋代의 화본이나 元代의 評話14)가 그 영향의 원천으로 작용했다고 보고 그 가능성을 검토해 보고자 하는 것이다.

이를 위해 두 가지 가설을 제시하고자 하는데, 하나는「금독태자전」이 고려시대의『수행기』조술본에 처음부터 수록되어 있었을 것으로 보는 가설이고 다른 하나는 이 작품이 조술본에는 포함되어 있지 않고 그 이후에 지어져 1448년 이부에서 초간본을 간행할 때 十地의 하나로 편입되었을 것으로 보는 가설이다. 송대의 화본을 ‘유시위증’의 원천으로 보는 것은 전자의 가설과 관련이 있으며, 원대의 평화를 그 원천으로 보는 것은 후자의 가설과 관련이 있다.15)

---

13)『삼국지연의』의 유입시기에 관한 것은 유탁일,「15·6세기 중국소설의 韓國傳入과 受容」,《어문교육논집》제10집, 부산대 국어과, 1988; 민관동,『中國古典小說史料叢考』·韓國篇(아세아문화사, 2001), 43～44쪽 및 40쪽 참고.
14) 評話는 平和라고도 쓰며 명청대의 演義類를 가리키는 元代의 표현이다.

3. 「금독태자전」의 성립과정에 대한 추론

그러면 「금독태자전」에 사용된 독특한 운문제시어 '유시위증'을 바탕
으로 이 작품의 성립과정에 대한 두 가지 가설을 구체화해 보기로 한다.

3.1. '有詩爲証'과 宋代 話本 : 가설1

먼저 송대 화본이 「금독태자전」의 '有詩爲証'의 원천으로 작용했을 가
능성에 대해 검토해 보기로 한다. 宋·元 시기에는 문인 출신의 書會先生,
才人, 老郎 등과 같은 전문적인 필사자가 있어 설화 공연이 행해지고
나면 筆寫를 하고 나아가 필사된 텍스트들에 加筆과 윤색을 하여 세련되
게 다듬은 뒤 책으로 刊印하는 사례가 많아지게 된다. 이들은 공연내용을
기록하기도 하고, 그들이 새로운 이야기를 만들어 설화인에게 제공하기
도 하였다.16) 그리고 明代에 이르면 여기저기 흩어져 전해지던 것들이
수집·정리되어 출판되는 일이 빈번해졌는데 오늘날 전해지는 화본들은
대개 명대에 刊印된 것이다. 明의 洪楩이 간행한 『淸平山堂話本』17)은
그 대표적인 화본집이다. 오늘날 송대의 작품으로 여겨지는 화본은 그다
지 그 수가 많지 않은데 『청평산당화본』에 11편18) 『京本通俗小說』에

---

15) 화본·화본소설·평화 등 宋元明代의 구연류 서사체 시삽입형 혼합담론의 개괄적
    설명은 본서 제3부 2장 참고.
16) 胡士瑩, 앞의 책, 64~73쪽.
17) 이 책의 원래 이름은 『六十家小說』로, 明代의 장서가이자 출판인인 洪楩에 의해
    편찬된 것이다. 책 제목은 그의 서재 이름인 '淸平山堂'에서 따온 것인데, 원제에서
    도 알 수 있듯 원래는 60편이었다고 한다. 그런데 현재 전해지는 것은 29편이다. 홍
    편에 관한 기록은 별로 남아 있지 않아 정확한 생몰연대는 알 수 없으나 대략 明代
    嘉靖年間(1522~1566)에 활동한 것으로 추정된다.
18) 『청평산당화본』에는 宋元明의 작품이 섞여 있는데 현재 전해지는 29편 중 송대의
    것으로 평가되고 있는 것은 11편이다. 胡士瑩, 앞의 책, 209쪽.

7편[19])을 비롯하여, 馮夢龍(1574~1646)이 편찬한 이른바 三言『警世通言』
『醒世恒言』『喩世明言』, 凌濛初(1580~1644)가 편찬한 二拍『初刻 拍案
驚奇』『二刻 拍案驚奇』 등에도 소수의 송대 작품이 전해진다.[20])

송대 화본 작품들에서는 '有詩爲證'이라는 운문제시어가 다수 발견되
는데[21]) 몇 예를 들어보면 다음과 같다.

　蘇東坡去西湖之上 造一所書院 門裁楊柳園種百花 至今西湖號爲蘇堤楊
柳園. 又開建西湖長堤上一株楊 柳一株桃花 後有詩爲証. "蘇公堤上多佳景
／惟有孤山浪里高／西湖十里天連水／一株楊柳一株桃"(소동파는 서호에 가
서 서원을 짓고 문가에 버드나무와 온갖 꽃들을 심었다. 지금 서호에서는 이를
'蘇堤楊柳園'이라 부른다. 또 西湖長堤를 열고 제방 위에 한 그루의 버드나무와
한 그루의 복숭아 나무를 심었다. 뒤에 시가 있어 이를 증명한다.
　"蘇公堤는 온통 수려한 경치／외로운 산 하나 파도치는 곳에 우뚝 서있네
／서호 십리, 하늘은 물에 닿아 있는데／버드나무 한 그루와 복숭아나무 한
그루.") 　　　　　　　　　　　　　　　　　　　　　(「五戒禪師私紅蓮記」)[22])

　所以古人說 日久見人心. 又道 蓋棺論始定. 不可以一時之譽斷其爲君子
不可以一時之謗斷其爲小人. 有詩爲證. "毁譽從來不可聽／是非終久自分明
／一時輕信人言語／自有明人話不平"(그러므로 옛사람이 '시간이 지나봐야
사람의 마음을 알 수 있다'고 하였고, 또 '사람의 평가는 죽은 후에야 결정된다'
고 하였다. 한때의 칭찬으로 그를 군자라고 단정할 수 없고 한때의 비방으로
그를 소인이라고 단정할 수 없다. 시가 있어 이를 증명한다.

---

19) 胡士瑩, 앞의 책, 200쪽.
20) 이 작품집들에서 송대의 것을 가려내는 작업을 행한 대표적 학자는 胡士瑩이다.
　　胡士瑩, 앞의 책, 195~235쪽.
21) 송원 화본에 쓰인 운문제시어를 조사한 연구에 의하면, 가장 흔히 쓰이는 것이 '正
　　是'이고 다음이 '有詩爲證'이며 그 다음이 '但見'으로서 이 세 투어가 차지하는 비율
　　이 50%를 넘는다고 하였다. 장춘석, 앞의 글, 500쪽.
22) 明 洪楩, 『淸平山堂話本』(臺北 : 世界書局), 1982.

　　"비방과 칭찬은 지금까지 내려온 그대로 들어서는 안되며 / 옳고 그름은 시간이 지나면 저절로 분명해지네 / 한때 사람의 말을 가볍게 믿으면 / 그들의 말이 공평치 않다는 것을 알게 되리라.")　　　　　　　　　　（「拗相公飮恨半山堂」)[23]

　　이 예들에서 보는 바와 같이 '有詩爲証'의 '証'은 '證'이라고도 쓰는데 「금독태자전」에서는 '証'으로 일관되어 있다. 위 두 예에서 '有詩爲證'이라는 문구로 소개되는 시는 모두 7언절구이며 산문으로 서술한 내용을 반복해서 읊고 있다. 이는 변문에서도 나타나는 양상으로, 청중을 상대로 펼쳐지는 공연예술의 특징이다. 구연류 담론은 一回性・口碑性을 지닌 연행예술이므로 한 번 말로 발화된 것은 되풀이할 수 없다는 특징을 지닌다. 그러므로 청중들이 이야기의 흐름을 잘 이해할 수 있도록 講으로 한 다음 唱詞로 되풀이하는 운문 운용 방식이 많이 활용되는 것이다. 산운 결합의 양상을 계기식・계열식・準계기식으로 분류할 때 이처럼 산문과 운문의 내용이 중복되는 양상은 이 중 '계열식'에 해당한다.[24] 『수행기』의 운문도 이와 같은 계열식이 주를 이루며, 「금독태자전」에서도 역시 이같은 양상이 확인된다. 우리는 이 예들을 통해 「금독태자전」의 '有詩爲証'이나 '有詩爲快'는 명백히 송대 화본의 그것과 같은 성질의 것임을 알 수 있다. 송대 화본에서는 '有詩爲證' 대신 '有<蝶戀花>詞爲證', '有詞寄<眼兒媚>爲證'(「碾玉觀音」)[25]과 같이 '有詞爲證'의 형태로 나타나기도 한다.

　　'유시위증' 외에 「금독태자전」 운문제시어 중에는 제1수에서 제4수의

---

23)　楊家駱 主編, 『京本通俗小說』(臺北 : 世界書局, 1980).

24)　계기식・계열식・준계기식에 대한 자세한 설명은 본서 총론 참고. 口演類 담론은 연행예술의 속성상 계열식과 준계기식 결합이 활성화되는 반면, 계기식 결합은 비활성화된다. 傳奇와 같은 '讀本類' 시삽입형 혼합담론은 읽기 위한 텍스트이므로 산운 결합이 계기식인 경우가 많다.

25)　이 작품은 『京本通俗小說』 제10권에 실려 있고, 명대 의화본 『警世通言』 8권에 「崔待詔生死冤家鬼」라는 제목으로 수록되어 있다.

"~夫人有偈"처럼 '운문을 지은 사람+有+운문 종류'의 형태로 되어 있는 것들이 4수 있는데 이런 형태는 「금독태자전」이외의 다른 작품에서는 보이지 않는 형태이다. 그러나 이 또한 송대의 화본에서 흔하게 발견되는 운문제시어인 것이다.26)

　양자 간에 보이는 이같은 공통점은 단순히 우연으로 치부할 수 없는 확연한 연관성이 있어 보인다. 고려는 북송·남송·요·금·원 등과 외교관계를 맺으면서 정치·무역·문화·풍속 등 여러 면에서 영향을 주고받았다. 특히 송과는 文人이나 商人, 조정의 신료들의 왕래와 교류가 활발했던 만큼 고려인들이 중국에 가서 說話 공연이 행해지는 현장을 직접 구경했을 가능성은 충분하다. 또한 송을 왕래하는 사람들을 통해, 지금은 전하지 않지만 화본 관련 서책들이 국내에 유입되었을 가능성도 배제할 수 없다. 직접·간접으로 설화나 화본을 접해 '유시위증'의 쓰임을 알고 있는 사람이 기존에 유포되어 있던 부처 전생담 혹은『수행기』작품들의 체제를 본떠 「금독태자전」을 지었을 것으로 추정해 볼 수 있다.27)

　「금독태자전」외에 운문이 포함된 「선색녹왕전」, 「보시국왕전」, 「보시태자전」, 「실달태자전」의 경우 불경의 기본 줄거리에 살을 붙여 흥미롭게 각색한 뒤 불경에는 없는 운문을 새롭게 창작하여 삽입한 양상을 보인다면, 불경에 의거하지 않은 「금독태자전」의 경우는 운문뿐만 아니라 내용 자체도 새롭게 창작한 것이어서 다른 작품들과는 성격이 매우 다르다는 것이 드러난다.

　「금독태자전」이 다른 작품들과는 달리 어떤 특정 佛經을 저본으로 하

---

26) 장춘석(앞의 글, 500쪽)은 운문제시어를 세 가지 유형으로 분류하고 있는데, 이같은 형태는 유형2)에 속한다.

27) 예컨대 제10지를 제외한 『수행기』 대다수 작품들은 '옛날 여래는 ○○國의 태자였다'라는 도입액자로 시작하고 종결액자는 생략하는 '불완전 액자구조'의 형식으로 되어 있는데, 「금독태자전」도 이 체제를 따르고 있다.

고 있지 않다는 점, 다른 작품들에서의 운문제시어는 저본으로 하는 불경의 그것과 대동소이한 형태를 취하는 것에 비해, 이 작품의 경우는 宋代 대중을 위한 오락물인 說話의 화본에 보이는 운문제시어를 사용하고 있다는 점, 부인들간의 갈등을 주축으로 한 가정사가 세밀하게 그려진 점 등에 의거할 때, 이 이야기를 만들어낸 사람은 俗講僧이 아닌 일반 信佛者 중 해박한 지식과 풍부한 문학적 상상력을 지닌 인물이 아니었을까 생각된다.

또한 이 점들은 「금독태자전」이 다른 9작품보다 늦은 시기에 지어졌을 가능성을 시사한다. 똑같이 부처의 전생을 말하고 있는 이야기들이, 어떤 것은 불경을 저본으로 하고 있고 다른 것은 저본없이 창작되었다고 한다면 이 두 가지 중 전자가 먼저 이루어지고 그것을 본떠 후자가 지어졌을 것으로 보는 것이 자연스럽기 때문이다. 「금독태자전」은 나머지 작품들과는 다른 경로로 유통되다가 1328년『수행기』조술본에 十地의 하나로 편입되었을 것으로 보인다. 그러므로 필자는 나머지 9작품의 작자와 「금독태자전」의 작자는 별도의 인물이었을 것이라고 생각하는 것이다. 나머지 9작품의 경우도 속강승이 불경의 내용을 흥미롭게 각색 내지 윤색하여 대중법회에서 구연한 것이므로, 이 때의 속강승은 순전한 창작자라기보다는 準작자 또는 제2작자로 규정할 수 있다.

「금독태자전」의 작자 또한 상상력과 독창성을 발휘하여 이 이야기를 만들었다 하더라도 기존의 속강법회에서 행해지던 부처 전생담을 모방하고 대중교화라는 목적 혹은 용도를 의도한 것이라는 점에서 순수한 창작자라고 말하기에는 어폐가 있다.『수행기』라는 책으로 결집된 이 작품들은 한편으로는 讀物化되면서 또 한편으로는 여전히 속강 법회에서 설법의 소재로 활용되기도 했을 것으로 본다.

3.2. '有詩爲証'과 元代 平話 : 가설2

다음으로 「금독태자전」의 '유시위증'이 元代 評話의 영향을 받았을 가능성을 타진해 보기로 하자. 이런 추정을 가능케 하는 가장 강력한 단서는 고려말 조선초의 사역원에서 중국어 학습교재로 사용되었던 『老乞大』와 『朴通事』의 몇몇 기록들이다. 주지하는 바와 같이 『老乞大』는 여행과 교역을 중심으로 한 일상용 초급회화의 성격을 띠고, 『朴通事』는 風俗, 世態, 娛樂, 婚喪, 宗敎, 賣買, 訟事, 文書 등 당시 중국의 사회적 풍속과 생활문화를 골고루 반영하고 있는 한 단계 높은 수준의 이른바 고급 회화라고 평가되고 있다. 따라서 이 자료는 언어학적 측면의 가치 외에도 元代에서부터 淸代에 이르기까지, 당시 중국의 사회적 특징과 생활 문화에 대한 연구에 귀중한 역사적 자료를 제공하여 준다는 면에서도 중요한 의미를 가진다.[28] 『박통사』의 성립연대는 1347년으로 추정[29]되고 있으나 원본은 전하지 않으며, 『노걸대』는 1350년 간행된 것으로 추정[30]되고 최근에 원본이 발견되었다.

(甲) 我兩個部前買文書去來. (우리 둘이 部 앞에 책 사러 가세.)

(乙) 買甚麼文書去? (무슨 책을 사러 갈 건가?)

(甲) 買趙太祖飛龍記唐三藏西遊記去. (趙 태조가 나오는 『비룡기』와 唐 삼장법사가 나오는 『서유기』를 사러 가세.)

(乙) 買時四書六經也好 旣讀孔聖之書 必達周公之理 要怎麼那一平話? (책을 살 것 같으면 四書나 六經이 좋을텐데. 공자님의 글을 읽었으면 주공의 말씀을 깨달아야지, 어찌 그런 平話를 사려 하는가?)

---

28) 이육화, 「飜譯 및 註釋 : 朴通事新註新譯·一」, 《중국학논총》 제33집, 2011.

29) 민영규, 「朴通事著作年代」, 《東洋史學》 제9·10집, 1966, 5~9쪽.

30) 정광, 『譯註 原本 老乞大』(박문사, 2010), 397~398쪽.

(甲) 西遊記熱鬧 悶時節好看有. 唐三藏引孫行者到車遲國 和白眼大仙鬪
聖的你知道麼? (『서유기』는 흥미진진해서 답답할 때 읽으면 참 좋네.
당나라 삼장법사가 손오공을 데리고 車遲國에 가서 백안대선과 재주
겨루는 이야기를 자네 아는가?)31)

更買些文書. 一部四書 都是晦庵集註. 又買一部毛詩 尙書 周易 禮記 五子
書 韓文柳文 東坡詩 淵源 詩學押韻 君臣故事 資治通鑑 翰院新書 標題小學
貞觀政要 三國志評話. (거기다가 책을 사렵니다. 『사서』 일부는 모두 회암의
집주본입니다. 그리고 다시 『모시』, 『상서』, 『주역』, 『예기』, 『오자서』, 『한문 유문』,
『동파시』, 『연원시학압운』, 『군신고사』, 『자치통감』, 『한원신서』, 『표제소학』, 『정
관정요』, 『삼국지평화』를 한 부씩 사겠소.)32)

첫 번째 인용은 『박통사』에서 발췌한 것인데 여기서 두 사람간의 대
화에서 平話로 지칭되고 있는 『서유기』는 오늘날은 전하지 않는 『西遊
記平話』를 가리키며 이 대화 뒤를 이어 그 내용이 비교적 상세하게 소개
되고 있어 明代 吳承恩이 지은 『서유기』 성립과정의 중요한 단서가 되
고 있다. 두 번째 『노걸대』의 인용 역시 고려 상인이 중국 상인과 대화하
는 내용으로서 귀국할 때 사가려고 하는 품목 중 서책의 목록을 열거하
고 있는 대목이다. 여기에 나오는 『삼국지평화』 또한 元末의 것으로 명
대 나관중의 『三國志演義』보다 훨씬 앞서는 것이다. '平話'는 講史의 화
본을 일컫는 元代의 표현으로 이 두 작품이 원대에 유흥 현장에서 공연
되었음을 말해준다.
　『서유기평화』는 오늘날 전해지지 않으나 원나라 英宗 至治 연간(1321
~1323)에 建安의 虞氏가 간행한 『三國志平話』는 지금까지 전해지고 있
다. 건안은 宋·元·明代에 걸쳐 중국 출판의 중심지 중 하나이다. 이작

---

31) 王霞·柳在元·崔宰榮 譯註, 『譯註 朴通事諺解』(학고방, 2012), 325~326쪽.
32) 정광, 앞의 책, 362~366쪽.

품의 원 제목은『至治新刊全相平話三國志』인데 작자의 성명은 없으며
원대의 講史 說話人들의 공연내용을 기록한 話本으로 알려지고 있다.[33)
설화인 만큼 여기서도 산문에 운문이 섞여 이야기가 전개되는 방식으로
되어 있는데 운문 수는 그리 많지 않으나 운문제시어로서 '有詩爲證'이
사용되고 있어 주목을 요한다.

　　先主馬曰的盧馬. 先主付馬言曰 吾命在爾 爾命在水 爾與吾有命 跳過此
水. 先主打馬數鞭 一踊跳過檀 溪水. 蒯越蔡瑁追至 見先主跳過曰 眞天子也.
有詩爲證 : "三月襄陽綠草齊 王孫相引到檀溪 的盧何處 埋龍骨 流水依然繞
大堤" (선주가 탄 말은 이름을 '적로'라고 하였다. 선주는 말에게 당부했다. "나
의 목숨은 너에게 달렸고, 너의 목숨은 저 강물에 달렸다. 너와 나의 목숨을
건지려면 저 강물을 뛰어 넘어라." 그리고는 선주가 말에 채찍질을 몇 차례 가
하자, 말이 단번에 솟구쳐 오르더니 단계 의 물을 뛰어 건넜다. 괴월과 채모
등이 뒤쫓아와 선주가 강물을 뛰어 넘는 광경을 보고 말했다. "참으로 천자로
다." 그것을 증명하는 시가 있다.

　　"춘삼월 양양성에는 푸른 풀이 가지런한데 / 왕손은 말을 이끌고 단계의 물
에 이르렀네 / 적로마는 어느 곳에 용의 뼈를 숨겼던고? / 흐르는 물은 의 연히
큰 제방을 감고 도네.")[34)

　　斬了呂布 安了下邳. 曹操深愛降將張遼劉備張飛. 丞相每日與玄德携手飲
酒 有意待用先主扶佐之心. 怎見得? 有詩爲證 : "雙目能觀二耳輪 手長過膝
異常人 他家本是中山後 肯做曹公臣下臣" (여포의 목을 베자 下邳는 안정되
었다. 조조는 항복한 장수인 張遼를 비롯하여 劉備·張飛 등을 매우 좋아하였
다. 승상은 매일 현덕과 함께 손을 맞잡고 술을 마셨으며, 先主가 자신을 보좌
해 주었으면 하는 마음을 가지고 있었다. 어떻게 알 수 있느냐고? 그것을 증명

---

33) 이상『삼국지평화』에 관한 것은 정원기 역주,『三國志平話』(청양, 2000)의 解題에
　　의거함.
34) 정원기, 위의 책, 216~218쪽. 번역은 이 책에 의거하였다.

하는 시가 있다.

　"두 눈으로는 양 귓바퀴를 볼 수가 있고 / 팔이 길어 무릎을 지나는 비범한 인물 / 그의 집은 본시 중산정왕의 후예인데 / 기꺼이 曹公 아래에서 신하가 되려 하네.")35)

　『삼국지평화』에서는 운문제시어 없이 '歌曰'이나 '詩曰' 뒤에 운문을 소개하는 것이 일반화된 패턴인데 운문제시어가 있을 경우 '正是'가 1회 사용된 반면 '有詩爲證'은 6회가 사용되어 있다. 明代 羅貫中의『삼국지연의』에서도 '유시위증'은 운문제시어 중 가장 빈번히 사용된다. 한편 明代 吳承恩의『서유기』에 '유시위증'이 빈번하게 나타나는 것으로 보아 오늘날 전해지지 않는 元代의『서유기평화』에서도 이 문구가 운문제시어로서 많이 사용되었을 것으로 추정할 수 있다.

　이 예들에서 산문과 운문의 관계를 보면, 운문은 길고 복잡한 산문의 내용을 7언절구의 형태로 함축하고 있음을 본다. 첫 번째 인용의 경우 先主 —劉備— 가 괴월과 채모에게 쫓기는 장면이 산문으로 길게 서술되어 있고 이 내용이 7언절구의 시로 함축되어 있음을 본다. 운문의 제1구와 제2구에서 산문의 내용을 되풀이하고 있으나 나머지 구에서는 '유비야말로 천자의 기상이 있다'는 심층적 主旨를 드러내기 위해 새로운 내용을 부가하고 있다. 두 번째 예 역시 유비와 조조의 관계를 서술한 산문 내용을 7언절구로써 되풀이하는 양상을 보인다. 그러나 산문 내용을 그대로 되풀이하는 것이 아니라 새로운 각도에서 그 광경을 서술하고 있음을 볼 수 있다. 즉, 산문에서는 兩人의 관계가 조조 중심으로 서술되는 반면, 운문에서는 유비 중심으로 서술되고 있다. 그러나 산문, 운문 모두 유비가 조조 밑에서 군신관계에 처하게 된 안타까운 상황을 주제로 한다

───────────────

35) 같은 책, 172~173쪽.

는 점에서 의미의 등가성을 구현하고 있다.

우리는 이 두 예로부터 운문이 산문서술과 동일한 내용을 중첩적으로 되풀이하는 것이 아니라, 산문에서 말하고자 하는 심층적 주제를 함축적으로 표현하는 패턴을 취한다는 것을 알 수 있다. 앞서 말한 바와 같이 이런 방식을 '계열식'이라 부른 바 있으나, 위 평화의 예에서 보이는 계열식은 송대 화본이나 「금독태자전」의 그것과는 약간 차이를 보인다. 계열식 결합방식은 언술의 표층차원에서 내용이 중첩되는 '중복'의 양상과 심층차원에서 大意 혹은 主旨가 중첩되는 '등가'의 양상으로 나눌 수 있는데, '중복'은 언술의 표층차원에서 '구체적인 내용'이 반복·서술되는 것이고, '등가'는 산문의 심층차원에서 형성되는 '추상적 주제'가 운문으로 압축·서술되는 것이다. 송대 화본이나 「금독태자전」의 경우 산운 결합방식이 '중복'에 기초한 계열식이라면, 원대 평화의 경우는 '등가'에 기초한 계열식이라고 할 수 있다.

운문이 서술되는 視點을 보면 「금독태자전」의 경우는 앞서 언급한 것처럼 시로써 인물의 말을 대신하는 '以詩代話'의 양상이 지배적이었다. 따라서 운문은 인물의 시점에서 서술되는 양상을 보여주었다. 이와는 달리 앞에서 인용한 송대 화본이나 위의 원대 평화의 경우 운문이 서술자의 시점, 즉 說話人의 시점에서 전개된다는 차이가 있다.

세 텍스트 유형에서의 산운 결합방식과 서술시점을 비교·요약해 보면 다음과 같다.

	「금독태자전」	송대 화본	원대 평화
산운 결합방식	계열식(중복)	계열식(중복)	계열식(등가)
운문의 서술 시점	인물의 시점	서술자(설화인)의 시점	서술자(설화인)의 시점

이 세 텍스트군 모두 구체적이든 추상적이든 어떤 내용을 되풀이하는 계열식이 우세한데, 이는 청중의 이해를 돕고자 하는 구연류 담론의 특성이라 할 수 있다. '傳奇'와 같은 독본류의 경우, 산문의 내용을 되풀이할 필요가 없고 이는 오히려 서사진행을 방해하는 군더더기일 뿐이므로 시가 하나의 서사단위를 구성하여 이야기를 전개시키는 데 기여하는 '계기식'이 우세하다. 단 송대 화본─정확히는 송대 화본소설─의 경우 길이가 짧으므로 산문의 내용을 그대로 운문으로 되풀이하는 중복의 양상을 보이지만, 길이가 긴 평화의 경우 이렇게 되면 더 길이가 늘어나고 서사 전개에 지장을 초래하므로 산문에 담긴 심층적 主旨를 한 편의 운문으로 압축·요약하는 '등가'의 양상이 우세해진다는 것을 알 수 있다.

한편 송대 화본이나 원대 평화가 서술자(설화인)의 목소리로 서술되는 것과는 달리 「금독태자전」에서는 인물의 시점에서 인물의 목소리로 서술되는데, 이는 돈황 변문에서 나타나는 특성이기도 하다. 이상을 종합해 볼 때, 「금독태자전」은 한편으로는 변문과의 공통점을, 또 한편으로는 송대 화본이나 원대 평화와의 공통점을 지닌다는 것을 알 수 있다.

앞에서 「금독태자전」은 석가의 전생담을 내용으로 한다든지 '옛날 여래는 ○○국의 태자였다'라는 도입문구를 활용하는 등 전체적인 체제 면에서 나머지 9편의 작품들을 본떠 창작되었다는 것을 언급한 바 있다. 우리는 위 요약 내용을 통해서 「금독태자전」이 비록 송대 화본이나 원대 평화에서 흔히 보이는 운문제시어 '유시위증'을 도입하면서도, 산문과 운문의 결합방식 및 운문의 서술 시점 등 운문 운용의 면에서는 오히려 변문적 요소를 많이 내포하고 있으며 『수행기』의 다른 작품들과 동질성을 유지하고 있는 것을 보게 된다.

1998년 원본 『노걸대』를 학계에 소개한 정광 교수는 여기에 나오는 干支, 사용된 地名, 물가 등을 단서로 이 책이 1346년 중국(元)에 간 고려

상인들이 현장에서 겪은 일들을 대화 형식으로 구성한 것이라 하고 이것이 1350년 경에 간인되었을 것으로 추정하였다.[36] 7차에 걸친 몽고군의 침입으로 고려가 원의 부마국이 되면서 양국의 人的·物的 교류는 그 어느 때보다 활발하게 전개되었다. 이 시기에 중국을 오가던 사람들은 赴京使臣, 이들을 수행한 譯官들, 상인은 물론 유학생, 중국유람길에 나선 문인·서생들, 승려 등 다양한 계층에 걸쳐 있었다. 이러한 사실로부터 우리는 고려말 중국을 오가던 상인들, 유학생들, 문인, 학자들 중 누군가에 의해 『서유기평화』나 『삼국지평화』같은 책들이 고려에 유입되었을 가능성에 대한 확신을 얻게 된다. 이것은 원나라로부터 하사품으로 받거나 朝廷 차원에서 수입한 공식적 경로가 아닌 개인 차원의 서적구매이며, 과거에 소용이 되는 經書·史書·詩文集만이 아닌, 여가에 심심파적용의 흥미로운 내용의 읽을거리도 구매했다는 것을 짐작케 한다. 앞서 『박통사』와 『노걸대』의 대화를 보면, 『서유기』를 사려는 사람은 공맹의 책을 읽은 서생이나 문인 혹은 유학생의 신분인 듯하고, 『삼국지평화』를 구입하려는 사람은 장사를 마치고 귀국길에 오르는 고려 상인으로 드러난다.

 이 책에 실린 내용들이 백퍼센트 사실에 부합한다고 할 수는 없지만, 실제 상황에 의거해 대화를 구성한 것만은 분명하다. 그러므로 귀국길 상인의 구매목록에 원대의 平話가 들어있다고 하는 것은, 이 책들이 고려말에 국내에 유입되었을 확률이 매우 높다는 것을 말해준다. 정광 교수의 추론대로 『노걸대』가 1350년 경 출간되었고 여기에 『서유기평화』 구입 관련 내용이 있다는 점을 근거로 할 때, 『서유기평화』가 고려에 유입되었다면 그 시기는 1350년 이전으로 소급된다. 그러나 『삼국지평화』가 1321~1323년 사이에 출간된 것을 근거로 한다면 이 책들이 고려에

---

36) 정광, 앞의 책, 397~398쪽.

유입된 것은 아무리 빨리 잡아도 1323년 이전으로 소급될 수는 없다고
본다. 그러나 「금독태자전」의 조술본이 1328년에 간인되었음을 감안할
때, 설령 이 평화들이 1320년대 초에 국내에 유입·유포되었다 하더라도
'유시위증'과 같은 문구가 조술본에 어떤 영향을 주었다고 보기에는 그
시간적 간격이 너무 짧다. 즉, 이 평화들의 '유시위증'이 「금독태자전」의
운문제시어 사용에 영향을 주었다면 조술본 이후의 일일 것으로 추정할
수 있는 것이다. 그렇다면 「금독태자전」은 언제 누구에 의해 지어졌으며
어떤 경로를 거쳐 『수행기』의 하나로 편입되었을까.

앞서 「금독태자전」에 나타나는 '유시위증'의 연원을 송대 서민대중을
위한 오락물인 설화의 화본으로 보았을 경우, 송나라를 오가던 일반 信
佛者 누군가에 의해 이 이야기가 지어졌고 이것이 독립적으로 流轉되다
가 『수행기』조술본에 十地의 하나로 선택, 편입되었을 가능성을 검토
해 보았다. 이제 元代의 『서유기평화』와 『삼국지평화』라는 구체적 근거
에 의거하여 이를 '유시위증' 문구의 발원지로 볼 경우, 이 이야기를 지
은 사람은 원을 오가던 사람들 중 說話라는 공연물을 직접 관람한 적이
있거나 혹은 이 平話 작품들을 통해 운문을 섞어 이야기를 전개해 가는
문체를 익히 잘 알고 있던 인물 중 하나였을 것으로 추정해 볼 수 있다.

고려시대는 전 시기에 걸쳐 불교가 성행하고 그만큼 신불자나 불교에
관심이 깊은 사람들이 많았을 것이므로 이 인물도 당연히 그런 부류에
해당하는 사람이었을 것이다. 중국을 왕래한 고려의 佛僧을 작자로 볼
수도 있겠으나, 설화라는 것이 대중적 오락물이라는 점을 감안할 때 승
려가 설화 공연의 산물인 화본이나 평화를 통해 '유시위증'의 문구를 익
혔을 가능성은 희박하다. 이 이야기를 지은 사람은, 자신이 알고 있던
『수행기』의 十地를 본떠 운문을 섞어가며 「금독태자전」을 창작했을 것
으로 본다. 한 개인 신불자에 의해 만들어진 이 이야기는 문자로 기록되

어 僧俗 양면에서 필사본 형태로 읽혀졌을 수도 있고, 대중 법회에서 속강승에 의해 연행의 저본으로 활용되었을 수도 있다.

부처 전생 이야기를 담은 어떤 특정의 佛經을 저본으로 하여 이를 흥미롭게 윤색한 여타 작품의 경우와는 달리 특정 불경의 내용에 의거하지 않은 「금독태자전」의 경우 작자의 창작성과 상상력이 더 많이 작용하였을 것임은 물론이다. 10편 중 다른 작품에 비해 이 작품의 길이가 훨씬 긴 것도 이와 무관하지 않다. 창작시기는 『삼국지평화』의 간행(1321년~1323년) 이후부터 14세기 말 고려의 멸망(1392) 그 사이였을 것으로 본다. 좀 더 좁혀 본다면, 『박통사』나 『노걸대』가 출간된 14세기 중엽부터 고려 말까지로 추정해 볼 수 있다. 이것이 필사물로서 읽혀졌든, 속강승에 의해 속강 법회의 자료로 활용되었든 간에 僧俗에서 流轉되다가 1448년 伊府에서 발간한 『수행기』 초간본에 십지 중 하나로 수용되었을 것으로 보인다. 여기서 한 가지, 이 작품이 조선조에 들어와 1448년 이전 어느 시점에서 지어졌을 가능성도 고려해 볼 필요가 있다. 그러나 태자와 결혼하는 인물이 '高麗國' 공주로 설정되어 있어 고려라는 實名이 주요 공간적 배경의 하나로 등장하고 있는 점으로 미루어, 고려말에 지어졌을 확률이 더 크다고 본다.

『수행기』는 석가여래의 전생·본생을 말해 주는 작품들의 '選集'이다. 이것은 10편의 텍스트들이 서로 유기적으로 연관되어 석가여래의 일대기를 엮어나가면서도 각 단편들이 독립적으로 유통37)되다가 하나의 책으로 묶이게 되었음을 의미한다. 원래 十地란 보살이 수행해야 할 52단계 중 41위부터 50위까지 즉, 歡喜地 離垢地 發光地 焰慧地 難勝地 現前地 遠行地 不動地 善慧地 法雲地를 가리키며, '十地菩薩'이란 보살로서 최

---

37) 사재동, 「佛敎系 敍事文學의 연구 : 『釋迦如來十地修行記』를 중심으로」, 《어문연구》 제12집, 1983, 185쪽.

고의 경지에 도달한 자를 가리킨다.[38] 『수행기』는 석가여래가 이같은 十地果位를 증득하여 부처가 되기까지의 고행을 담은 설화집이므로 여기에 수록될 수 있는 이야기는 현전하는 10편으로 국한되지 않는다. 부처의 전생담은 모두 이 설화집에 수록될 수 있는 여지가 있는 것이다.

그 이야기들 중에 10편을 선별하여 『수행기』를 엮었다고 할 때, 고려시대의 조술본과 조선시대 1448년 伊府에서 찍어낸 초판본의 10편의 이야기가 반드시 일치하지 않을 수도 있으며 또 일치해야 할 필연적 이유도 없는 것이다. 『수행기』 이본들 중 낙은본에는 「安樂國太子經」「須闍提太子經」「善生太子經」「須怛拏太子經」「睒孝子經」「釋迦成道經」 등 10편의 작품이, 그리고 동국대본 필사본에는 무려 22편의 佛敎故事들이 附記되어 있다는 사실[39]은, 『수행기』와 유사한 부처 전생담들이 『수행기』와는 별도의 경로로 유전되었을 가능성을 시사한다. 이런 점에서 볼 때, 오늘날 전하는 10작품 외에 十地의 '후보'가 될 수 있는 작품들이 다수 유포되어 있었을 것으로 추정할 수 있다.

1660년의 중간본에는 초간본의 서문이 실려 있는데, 이에 의하면 '少室山人이 여름 한가한 때 그것을 보고 번다한 말을 줄이고 새로운 것을 좇아 바르게 잡아("芟削繁詞 從新校正") 명나라 정통 무진년(1448)에 伊府에서 간행한다'라는 내용이 있다. 여기서 '새로운 것을 좇는다'라는 문구는, 조술본을 그대로 펴낸 것이 아니라 어떤 새로운 내용 혹은 체제를 수용하였다는 것을 말해 주며 이는 곧 편찬자의 의도나 목적에 따라 조술본에는 없는 다른 이야기가 선택되었을 가능성을 시사한다. 필자는 「금독태자전」이 바로 이 '새로운 것'에 해당하며 이 작품이 조술본의 10편 가운데 한 작품을 대체하여 十地의 하나로 편입되었다고 보는 것이다. 十地의 하나로 편입된 이 작품은 다른 작품들과 함께 讀本으로서 읽히기도 하고 때로는 대중법회에서 구연을 위한 '底本'으로 활용되기도 했을 것으로 본다. 이렇게 볼 때 이 작품은 先演行 後記錄의 성격을 띠는 여타 9편의 작품들과는 달리, 先記錄(혹은 先創作) 後演行의 성격을 띤다고 할 수 있다.

4. 맺음말

지금까지 「금독태자전」에 삽입된 운문의 운용양상, 특히 운문제시어 '有詩爲証'을 단서로 하여 이 작품의 성립시기, 『수행기』로의 편입과정, 작자 문제 등을 추론해 보았다. 운문제시어 '유시위증'의 발원지로서 송대 화본과 원대의 평화를 검토하고 『수행기』로 편입되는 과정을 추정해 보았는데, 이 두 가설 중 어느 하나로 확실하게 단정을 할 수는 없으나 필자는 후자 쪽에 더 비중을 두고 싶다. 왜냐면 전자의 추정은 宋代 화본의 국내유입 근거가 확실치 않은 반면, 元代 평화의 유입은 『서유기평화』나 『삼국지평화』로써 어느 정도 구체적인 근거를 확보하고 있기 때문이다. 지금으로서는 이 정도의 가능성만을 제시할 수 있을 뿐이다. 다만 어느 쪽의 추정에 무게를 두든 「금독태자전」은 나머지 9편의 작품과는 성격이 다르다는 것이 분명히 드러난다. 이상의 검토로부터 드러나는 「금독태자전」의 성격을 다음과 같이 요약해 볼 수 있다.

첫째, 불경을 저본으로 하지 않았다는 점, 다른 작품들과는 달리 운문을 '詩'라는 말로 지칭하는 예가 다수 발견된다는 점, 독특한 운문제시어가 사용되었다는 점들을 근거로 「금독태자전」이 나머지 9편보다 늦게 지어졌다는 것을 알 수 있다. 그리고 이 작품들과는 다른 流轉 과정을 거쳐 『수행기』에 편입되었다고 할 수 있다. 또한 편입된 시기도 다른 작품들보다 뒤늦은 것으로 추정된다. 즉, 「금독태자전」은 고려말 14세기 초 혹은 14세기 말에 어느 한 개인 신불자에 의해 창작되어 筆寫物 혹은 구연을 위한 底本 형태로 유전되다가 1328년 조술본으로 결집되었거나, 1448년 少室山人에 의해 조술본에 대한 교정이 이루어지는 과정에서 기존의 10작품 중 어느 하나를 대체하여 十地의 하나로 초간본『수행기』에 수록되는 유통 경로를 지닌다.

둘째, 9편의 작품들은 속강승이 불교의 가르침을 대중에게 쉽게 전파하는 과정에서 생겨난 구연의 산물인 반면, 이 작품은 중국의 설화공연이나 그 산물인 화본 또는 서책을 접할 기회가 있었던 일반 신불자에 의해 창작되었을 가능성이 크다. 따라서 9편 작품의 경우, 속강승을 準작자로 볼 수 있는 반면 「금독태자전」의 작자는 속강승이 아닌 일반 신불자라 할 수 있다.

셋째, 「금독태자전」은『수행기』조술본에 수록된 후 혹은 조술본의 10편 중 어느 하나를 대신하여 초간본으로 재결집이 된 후, 讀本으로서 읽히기도 하고 때로는 강경 법회에서 구연을 위한 '底本'으로 활용되기도 하는 등 이중의 루트로 유통되었을 것으로 본다. 단 이때의 '저본'이란 연행자가 연행을 위해 암기하는 대본이라는 의미가 아니라 연행에 참고하기 위한 자료라는 의미에서다.

넷째, 속강 법회에서 행해진 口演의 산물인『수행기』의 다른 작품들이 先演行 後記錄의 양상을 띤다면, 한 개인 신불자에 의해 창작된 「금독태자전」은 先記錄 後演行의 양상을 띤다.

번역소설 「장ㅈ전」에 대한
비교문학적 연구

1. 「莊子休鼓盆成大道」와 의화본소설에 대한 개괄

1.1. 「莊子休鼓盆成大道」

「莊子休鼓盆成大道」는 『警世通言』 제2권에 실린 의화본소설이다. 擬話本은 기존의 화본을 읽기 위한 용도로 윤색하거나, 화본의 체제를 모방하여 讀物의 형태로 창작한 것을 가리키며, 明末 馮夢龍이 개작하여 출판한 '三言'과 凌濛初가 출판한 '二拍'은 대표적인 의화본소설집이라 할 수 있다. 이 글에서는 「莊子休鼓盆成大道」를 대상으로 하여 의화본소설의 특징을 살펴보고자 한다. 이 작품은 明代 抱甕老人이 '三言'과 '二拍'에서 40편을 뽑아 엮은 『今古奇觀』의 제20권에도 수록되어 있다. 『금고기관』은 '二拍'이 간행된 1632년부터 1644년 사이에 간행된 것으로 추정되는데, 국내에도 전해져 큰 인기를 끌었다. 우리나라에 『금고기관』이 유입된 시기는 정확하지는 않으나 英祖 38년(1762년)에 完山 李氏 —사도세자— 作 『中國小說繪模本』 序文 중 '今古奇觀'이라는 書名이 보이는 것으로 미루어 늦어도 1762년 이전에는 유입된 것으로 볼 수 있다.[1]

국내에『금고기관』全篇이 번역된 것은 존재하지 않지만 그 중 몇몇 작품들은 번역 내지 번안의 형태로서 여러 고소설과 신소설 작품의 형성에 영향을 끼쳤다. 현재 국내에 전해지는『금고기관』번역본은 여러 판본이 있는데, 필사본으로 '樂善齋本'과 '高大本'이 대표적이며 구활자본으로는 '新舊書林本'이 있다. 이 글에서 수많은 의화본 작품 중 「莊子休鼓盆成大道」를 대상으로 하는 것은, 번역본『금고기관』에 수록된 작품들 중 하나로서 '고대본'과 '신구서림본'에 모두 수록되어 있어 당시 사람들에게 특별히 애호되었음을 짐작할 수 있기 때문이다. '고대본'과 '신구서림본'은 전체 줄거리나 사건 전개 등 세부적인 면에서 거의 일치하지만 詩歌의 삽입양상에서 상당한 차이를 보여 비교해 볼 필요가 있다. 그리하여 여기서는 原 작품과 두 편의 번역 작품2)을 비교하면서 각각의 특성을 살펴보고자 한다.

1.2. 의화본소설

의화본은 '설화'라는 연행예술의 산물인 화본을 독서용으로 손질하거나 화본의 체제를 본떠 새롭게 창작한 것이기 때문에 연행과 직접적 관련은 없으나, '입화-정화-결미'의 체제를 완비하고 있고 청중에게 직접 말하는 것같은 현장성이 농후한 표현이 적잖이 사용되고 있어 연행의 간접적인 흔적을 발견할 수 있다. 사실『청평산당화본』이나『경본통속

---

1) 민관동,『中國古典小說史料叢考』·韓國篇(아세아문화사, 2001), 38쪽.
2) 『경세통언』제2권에 실린 것과『금고기관』제20권에 실린 작품 간에는 차이가 없고 또 이 글에서는 번역본과의 비교에 중점을 두므로,『今古奇觀』(臺北 : 文源書局, 1984)에 수록된 것을 原文 대상으로 한다. 그리고 번역본은『금고긔관』(박재연 외 2인 校注, 선문대학교 중한번역문헌연구소, 2004)에 수록된 것을 대상으로 한다. 이하 인용문의 서지사항은 생략하기로 한다.

소설』과 같은 화본소설에서 입화나 결미의 체제는 작품마다 차이가 많
아 어떤 고정된 패턴을 말하기 어려운데, '三言二拍'과 같은 의화본소설
에 이르러 그 체제가 완비되었다고 할 수 있다. 즉, 첫머리에 한 편의
開場詩 혹은 開場詞로 시작하고, 끝부분을 한 편의 시로 마무리하여 작
품의 首尾에 詩詞를 배치하고 있는 것이다. 그리고 開場詩나 散場詩는
거의 대부분 7언절구라는 점, 그리고 이 首尾의 시들은 서술자의 시점에
서 읊어진다는 점, 正話에도 운문이 삽입되기는 하지만 변문이나 화본
에 비하면 그 수가 훨씬 감소되어 있다는 점 또한 의화본소설의 특징으
로 지적할 수 있다. 산문에서 운문으로 전환될 때의 상투적 표현으로서
는 '正是'와 '有詩爲證'이 압도적으로 많이 사용된다.

　이런 점들은 화본의 영향이라 할 수 있지만, 한편 의화본에서는 傳奇
의 영향도 뚜렷이 감지된다. 의화본의 경우 대부분의 작가들은 과거 시
험에 계속 실패한 후 생계의 수단으로 작품을 창작한 경우가 많고, 예를
들어 三言을 낸 馮夢龍이나 二拍을 지은 凌濛初같은 경우도 모두 벼슬
길에 오르지 못하다가 삼언과 이박으로 성공을 거둔 뒤 벼슬길에 들어섰
다. 이와 같은 이유로 의화본은 통속성을 지니면서도 문인 작가라는 특
성상 유가적 교화에도 관심을 기울이고 있다. 그래서 史傳文學의 전통
을 계승한 전기의 형태를 본받아 끝부분에는 의론적인 진술을 삽입하여
자신의 생각을 주입하려 한 흔적이 보인다.[3] 또한 의론적 진술이 없는
경우 散場詩는 그것을 대신하여 작품 전체 내용을 총괄하면서도 교훈성
이 강한 내용을 담고 있는 것이다.

　한편 의화본의 제목은 일반적으로 '누가 어떤 일을 하다'와 같이 작중
인물 —주인공— 의 이름과 정화의 중심 사건을 압축한 내용을 7, 8자 정

3) 김민호, 「明代 擬話本에 끼친 唐 傳奇와 敦煌 講唱文學의 影響考」, 《중국소설논
　총》 제4집, 1995, 285쪽.

도로 나타낸 것이 특징이다. 「莊子休鼓盆成大道」에도 이와 같은 의화본
소설의 일반적 특징이 잘 나타나 있다. 그러면, 운문 삽입의 양상부터
살펴보기로 하자.

2. 「莊子休鼓盆成大道」의 운문 삽입 양상

이 작품에는 총 13편의 운문이 삽입되어 있는데, 入話 부분에 4편, 正
話 부분에 8편, 그리고 결미의 散場詩 1편이다. 이 작품의 '입화-정화-
결미' 부분을 요약하면 다음과 같다.

   (a) "부귀는 봄날 새벽 꿈과 같은 것 / 공명은 한 조각 뜬 구름같은 것 / 눈앞
의 부모 형제 또한 참이 아니며 / 사랑은 변해 원한이 되네 / 금으로 된 칼을 목
에 씌우지 말고 / 옥으로 된 쇠사슬로 몸을 묶지 말라 / 세속의 욕심을 떨쳐 버
리고 / 자연의 풍광과 본분을 즐기라"[4]

   (b) 이 <西江月> 詞는 세상 사람들을 경계한 것으로 미혹을 끊고 자유자재
의 경지에서 노닐 것을 말하고 있다. 또 부자간은 천륜이며 형제는 수족과 같으
니 연리지처럼 끊어질 수가 없는 것이다. (中略) 다음과 같은 말은 이런 상황을
잘 설명해 준다("常言道得好").
   "孫子의 일은 손자가 결정하도록 해야 하니 / 孫子가 마소처럼 부려지면 안
되리"[5]

---

4) "富貴五更春夢 功名一片浮雲 眼前骨肉亦非眞 恩愛翻成讎恨 莫把金枷套頸 休將玉
   鎖纏身 淸心寡慾脫凡塵 快樂風光本份."
5) "這首西江月詞, 是勸世之言. 要人割斷迷情, 逍遙自在. 且如父子天性, 兄弟手足, 這是
   一本連枝, 割不斷的. (中略) 常言道得好. '兒孫自有兒孫福, 莫與兒孫作馬牛.'"

(c) 더구나 이야기가 부부의 문제에 이르게 되면 비록 인연이 있어 결합된 사이라고는 해도 헤어질 수도 있고 합쳐질 수도 있다. 다음과 같은 말은 이런 상황을 잘 설명해 준다("常言又說得好").

"부부는 본시 같은 숲에 사는 한 쌍의 새처럼 / 날이 밝으면 각자 제 갈 길로 날아간다네" (中略)6)

(d) 지금부터 장생이 동이를 두드린 이야기를 하려 하는데, 이것은 부부가 화목해서는 안된다는 말을 하려는 것이 아니라, 다만 賢愚를 분간하고 참과 거 짓을 간파하여 가장 큰 미혹으로부터 마음을 담백하게 해방시켜야 한다는 것을 말하려는 것이다. 그렇게 하면 점점 六根이 청정해지고 도가 점차 자라나서 저 절로 受用의 능력이 생기게 된다. 옛날에 어떤 사람이 농부가 모내기하는 것을 보고 4구로 된 시를 읊어 느낀 바를 나타내었다. 시는 다음과 같다.

"손으로 푸른 모를 잡고 논에 심는다 / 머리를 숙이고 문득 물 속의 하늘을 보니 / 육근이 청정해져 바야흐로 도를 이루네 / 한 발 물러남은 원래 앞으로 나 아가기 위한 것"7)

(e) 이야기를 하자면("話說"), 周나라 말에 한 賢人이 있었는데 성은 莊이고 이름은 周고 자는 子休였으니, 송나라 몽읍 사람이었다. (中略) 장생이 큰 소리 로 웃더니 동이를 깨서 부수고 초당에 불을 놓아 집을 완전히 태우고 이어 棺木 도 재로 만들어 버렸으나 도덕경과 남화경만을 남겨 두었다. 산에 사는 어떤 사람이 그것을 거두어 지금에까지 전해지고 있다. 장생은 그 후 천하를 周遊하 였으나 종신토록 다시 娶妻하지 않았다. 혹자는 말하기를 함곡관에서 노자를 만나 함께 다니다 큰 도를 얻어 신선이 되었다고도 한다.8)

---

6) "雖說是紅線纏腰, 赤繩繫足, 到底是剜肉粘膚, 可離可合. 常言又說得好 '夫妻本是同 林鳥, 巴到天明各自飛.'"

7) "如今說這莊生鼓盆的故事, 不是咬人夫妻不睦, 只要人辨出賢愚, 參破眞假. 從第一 著迷處, 把這念頭放淡下來. 漸漸六根淸淨, 道念滋生, 自有受用. 昔人看田夫揷秧, 詠 詩四句, 大有見解. 詩曰 '手把靑秧揷野田, 低頭便見水中天 六根淸淨方爲稻, 退步原 來是向前.'"

8) "話說週末時, 有一高賢, 姓莊, 名周, 字子休, 宋國蒙邑人也. (中略) 莊生大笑一聲,

(f) 시에 이르기를,

"아내를 죽인 吳起는 너무 무지하고 / 荀令은 마음을 상하니 그 또한 웃을 일이로다 / 청컨대 장자 가 동이 두드리던 일을 생각해 보라 / 소요하여 걸림이 없으니 이가 나의 스승이로다"[9]

여기서 (a)에서 (d)까지가 입화, (e)는 정화, (f)는 결미의 산장시에 해당한다. 入話 부분을 보면 開場詞로서 <西江月>이 오는데 개장시는 이야기의 주제를 함축적으로 시사하는 구실을 한다. 그리고 (b), (c)는 이 사작품을 해설하는 부분인데 (b)는 이 작품의 중심내용인 부부문제에 대해 언급하고 있는 (c)를 이끌어내기 위한 서두이다. 그리고 부부를 날이 새면 제 갈 길로 날아가는 한 쌍의 새에 비유한 뒤, 女色의 미혹에 빠지지 말고 마음을 청정히 하여 자유자재의 경지에서 노닐도록 하기 위해 莊生의 이야기를 한다고 하면서 옛 사람의 시를 한 편 인용한 뒤 입화를 마치고 있다. 이 시는 모내기를 소재로 한 것인데 제 3구 '도를 이루네'에서 '도'는 '道'를 뜻하는 것으로 볼 수 있다. 원문에는 '稻'로 되어 있는데 이는 두 글자가 음이 같은 것을 이용하여 주제를 암시한 것이다. 결국 입화를 통해 장주에 관한 이야기의 핵심 내지 주제는 '미혹에 빠지지 말고 구속에서 벗어나 청정한 도의 경지에서 노니는 것'임을 알 수 있게 된다. 위에서 운문을 제시할 때 사용되는 "常言道得好"는 '三言'에 자주 보이는 상투적 산운 전환 표현이다.

(e)에서 보는 것처럼 '話說'이라는 문구와 더불어 正話가 시작되는 것은 화본소설이나 의화본소설의 전형적인 패턴이다. 話說이나 且說·却

將瓦盆打碎, 取火從草堂放起, 屋宇俱焚, 連棺木化爲灰燼, 只有道德經南華經不燬。山中有人檢取, 流傳至今. 莊生遨遊四方, 終身不娶. 或云 遇老子於函谷關, 相隨而去, 已得大道成仙矣."

9) "詩云 '殺妻吳起太無知 荀令傷神亦可嗤 請看莊生鼓盆事 逍遙無礙是吾師.'"

說·再說 등은 장면이 전환될 때나 새로운 사건이 전개될 때 쓰이는 상투어인데 '話說'은 주로 입화 다음에 본격적인 이야기를 시작할 때, 나머지는 이야기 중간에 사용된다. 이는 說話人이 청중 앞에서 연행을 할 때 이야기 전개를 위해 상투적으로 사용하는 표현인데, 설화기예의 소산인 화본소설을 모방하여 연행과 무관한 의화본소설에서도 그대로 사용되고 있다.

설화 연행을 함에 있어, 入話에서 설화인은 한 사람의 기예인으로서 직접 청중을 향해 이야기하지만, 본격적인 이야기 正話가 시작되면 그는 화자 즉 서술자의 입장에서 이야기를 이끌어가게 된다. 그리고 정화가 끝나고 나면 다시 설화인의 입장으로 돌아와 이야기에 대한 평을 하기도 하고 한 편의 운문을 제시하면서 설화가 끝나게 된다. 결미 (f)의 산장시는 7언절구로, '三言'에 수록된 작품 120편 대부분이 7언절구이다. 산장시는 이야기의 내용을 압축하고 다시 한 번 주제를 제시하는 구실을 한다. 이 시에서 吳起는 魯나라에서 벼슬하기 위하여 魯의 敵國인 齊 출신인 아내를 죽인 인물이고, 荀奉은 아내가 죽자 비탄에 빠져 결국 죽고 만 인물이다. 부부관계의 미혹에서 헤어나지 못한 두 인물을 제시한 뒤 이와 대조적인 행적을 보인 장주만이 스승이 될 수 있다고 찬양하고 있다.

이처럼 첫머리와 끝부분에 주제를 암시하는 운문을 배치하여 운문으로 시작해서 운문으로 끝나는 이야기 패턴이 표면화되었을 때 일종의 '액자형 서술'의 형태로 구현된다. 정화의 앞뒤에서 설화인이 행하는 언술은 그 안의 서술자가 진행하는 이야기에 대한 하나의 틀로 기능하기 때문이다. 산장시를 설화인의 언술로 보는 것은, 운문 13편 중 정화에 포함된 8편은 장생이 읊조린 것으로 되어 있고, 입화의 4편과 이 산장시는 서술자의 입장에서 읊조려진 것이기 때문이다. 그리하여 설화인이 '정화 밖'의 한 기예인으로서 진행하는 입화와 결미, 그리고 작품내적 존

재로서 서술하는 정화 사이에 '1인칭-3인칭-1인칭'으로의 시점의 전환
이 있고 이것이 액자형 서술의 징표가 되는 것이다.

　그런데 운문의 운용에 있어 이 작품은 다른 의화본 작품들과는 차이
를 보인다. 다른 작품들의 경우 정화의 시라 할지라도 서술자의 입장에
서 '正是'나 '有詩爲證'과 같은 산운 전환 문구와 더불어 시를 삽입함으
로써 운문이 산문 서술을 '객관화'하는 구실을 하는 것에 비해, 이 작품
에서는 정화의 시까지도 작중 인물의 입장에서, 작중 인물의 목소리로
읊어지고 있다는 점이다. 이 차이는 傳奇같은 文言小說과 擬話本으로
대표되는 白話小說의 차이이기도 하다.

3. 번역본의 운문 삽입 양상

　번역본을 보면 '고대본' '신구서림본' 모두 입화는 완전히 생략한 채
곧바로 '화설'로 시작되는 정화로 돌입한다. 원문의 正話 부분에는 운문
이 8편 포함되어 있는데, '고대본'에는 이 중 3편만이 번역되어 있고, '신
구서림본'에는 6편의 운문이 번역되어 있다. 그런데 6편 중 5편은 원문에
충실하게 번역하였지만 나머지 1편은 5언절구의 형식에 두 구를 새로
첨가하여 6구로 하고, 첫 구를 변형시켜 번역을 하고 있어 주목된다. 즉
원문에는 "你死我必埋 我死你必嫁 我若眞個死 一場大笑話"로 되어 있
는데 제2구 뒤에 "妻被他人有 馬被他人跨"라는 두 구절을 첨가하고 있
는 것이다. 그리고 첫 구도 "我在爾誇口"로 변형시켜 번역하였으며 2인
칭 대명사 '你'를 '爾'로 바꾼 것도 눈에 띤다. 고대본과 신구서림본에 모
두 번역된 세 편 중 두 편은 장생이 무덤에 부채질하는 여인을 보고 집에
돌아와 읊은 것이고 한 편은 자신이 정말 죽은 줄 알고 再嫁를 했던 부

인이 그가 살아온 것을 보고 놀라는 대목에서 읊은 것이다.

그런데 신구서림본의 운문 6편 중 나머지 세 편 가운데 두 편은 부인의 간교한 언행이 탄로난 뒤에 장생이 읊은 것이고 한 편은 원문의 산장시를 번역한 것이다. 번역된 여섯 편의 운문 중 신구서림본의 말미의 시, 즉 원문의 산장시만 서술자의 입장에서 읊조려진 것이고 나머지는 주인공인 장생이 읊은 것이다. 장생이 죽은 부인의 시신 앞에서 동이를 두드리며 노래부르는 장면은 이야기의 클라이막스에 해당하는데 원문에는 이 대목에서 장생이 27구로 된 긴 노래를 부르고 4구로 된 시 —5언절구— 를 읊조리는 것으로 되어 있다. 그런데 두 번역본에서 긴 노래는 모두 생략되어 있고, 다만 신구서림본에서는 위에서 말한 것처럼 5언절구에 두 구를 첨가하고 첫 구를 변형하여 번역하였다. 그렇게 함으로써, 운문 두 편을 제시하여 이야기의 고조된 분위기를 표현하고자 하는 원문의 의도를 반영하고 클라이막스의 묘미를 살리고 있다고 할 수 있다.

한편 결미 부분을 보면 원문은 7언절구 1편이 散場詩로 제시되어 있는데 '고대본'의 경우 이를 생략하였고, '신구서림본'의 경우는 원문의 산장시를 번역하여 마무리를 하고 있다. 두 번역본의 결말 부분을 발췌, 인용해 보면 다음과 같다.

(가) (젼씨가) 인ᄒ여 졍신이 황홀ᄒ고 무안ᄒ물 이긔지 못ᄒ여 ᄒ리에 수더을 푸러 들보에 자익ᄒ여 죽으니 장싱이 젼씨 죽으물 보고 시체을 거두어 씨친 관에 넛코 와분으로 악긔을 슴아 두들기며 노러ᄒ고 장싱이 디소 일셩에 와분을 씨치고 불을 취ᄒ여 초당 니소와 관구까지 다 불스르고 ᄃ만 『도덕경』『남화경』만 ᄂ문지라. 장싱이 ᄉ방에 유힝ᄒ여 죵시토록 다시 취쳡치 아니ᄒ더라

(나) 젼씨가 스스로 무안홈을 씨다라 드디여 목 미여 죽거늘 장싱이 ᄯᅳᆯ너 나리여 ᄶᅩ긴든 관으로 담아노코 동의를 가져 악긔를 삼아 두다리며 노러하여

왈,

> 아니이과구(我在爾誇口)러니
> 니가 잇슬 적에는 네가 입으로 자랑ᄒ더니
> 아사이필가(我死爾必嫁)라.
> 니가 죽으미 네가 반다시 싀집 가도다
> 쳐피타인유(妻被他人有)오
> 안히는 다른 사람의 소유가 되고
> 마피타인과(馬被他人跨)라.
> 말은 다른 ᄉᆞ롬의 ᄐᆞ는 거시 되ᄂᆞᆫ지라
> 아약진기ᄉᆞ(我若眞個死)틴,
> 니가 만일 진기 죽엇슬진틴
> 일쟝디소화(一場大笑話)라
> ᄒᆞᆫ 마당 크게 우슨 말이 될 번 ᄒᆞ얏도다

노리ᄒᆞ기를 다ᄒᆞᆷᄋᆡ 불을 노아 집과 관을 모다 살우어 바리고 다만 『남화경』 『도덕경』만 남기여 두엇스미 산즁 사롬이 ᄎᆔᄒᆞ야 지금ᄭᅡ지 젼ᄒᆞ니라. 쟝셩은 드드여 ᄉᆞ방에 오유ᄒᆞ더니 혹은 이르되 노ᄌᆞ를 맛나 신션을 일우어갓다 ᄒᆞ더라. 시에 일넛스되,

> 살쳐오긔틱무지(殺妻吳起太無知)요
> 안히 죽인 오긔는 너무 무지ᄒᆞ고
> 순령샹신신역치(荀令傷神亦可嗤)라.
> 순령의 졍신을 손샹ᄒᆞᆫ 거슨 ᄯᅩᄒᆞᆫ 가히 우습도다
> 쳥간쟝ᄌᆞ고분ᄉᆞ(請看莊子鼓盆事)ᄒᆞ라
> 쳥컨디 쟝ᄌᆞ의 동ᄋᆡ 두다린 일을 보라
> 쇼요무ᄋᆡ시오ᄉᆞ(逍遙無碍是吾師)로다.
> 쇼요ᄒᆞ야 걸니미 업스니 이거시 나의 스승이로다

  (가)는 고대본의 결말 부분이고 (나)는 신구서림본의 결말 부분이다. 고대본은 장자가 다시 娶妻하지 않은 것으로 끝을 맺고, 신구서림본은 신선이 된 것으로 결말을 삼고 있다. 이같은 결말의 차이는 번역자가 지향하는 방향, 다시 말해 원문의 1차 수용자로서 번역자가 작품을 어떻게 이해했는가, 어디에 초점을 맞춰 번역을 시도했는가를 반영하는 것이기에 자세히 살펴볼 필요가 있다. 이같은 결말 내용의 차이는, 하나는 원문의 산장시가 생략되고 산문으로 마무리가 되어 있고 다른 하나는 산장시로 마무리가 되어 있다고 하는 결말 형식의 차이와 맞물려 두 번역본의 텍스트성을 결정하는 인자로 작용한다.

4. 두 번역본의 비교

  화본소설이나 의화본소설에서 산장시는 이야기 전체 내용을 압축하고 주제를 제시하는 구실을 하는 것으로, 傳奇 결말 부분의 議論文의 영향을 받은 것으로 간주되며 대개는 교훈적인 내용으로 되어 있다. 따라서 번역을 함에 있어 원문의 산장시를 취하고 취하지 않은 것은 작품의 주제가 달라지는 중요한 요소가 된다. 고대본의 경우 간교한 부인을 둔 장생이라는 인물의 비애를 그린 이야기로 규정될 수 있지만, 신구서림본의 경우는 미혹을 끊고 육근을 청정하게 하여 자유자재의 경지에 노닌 장주라는 道人의 이야기로 규정될 수 있는 것이다. 전자의 경우 이야기의 초점이 장주와 그의 부인간에 일어난 일에 맞춰져 있다면, 후자의 경우는 도를 성취하는 일에 맞춰져 있고 부인의 일은 그 主旨를 전하기 위한 하나의 삽화로서 의미를 지닌다.

  의화본소설 「莊子休鼓盆成大道」의 내용은 『史記』 「列傳」에 나와 있는 인적 사항, 호접몽, 노자와의 관련, 죽은 부인의 시신 앞에서 동이를 두드리며 노래한 일화, 신선이 된 것 등의 요소로 구성되는데 고대본은 이 중 시신 앞에서 노래한 일화를 부각시키고 있고, 신구서림본은 노자와의 관련, 신선이 된 것, 도가사상 등을 부각시키고 있다고 할 수 있다.

이같은 작품의 궁극적 지향점의 차이는 제목의 번역에서도 발견할 수 있다. 고대본은 본 작품의 「장즈전」을 비롯하여 수록 작품 네 편 모두 주인공 이름을 따서 '-전'이라 하고 원 제목을 한자로 병기한 반면, 신구서림본은 한자 제목 옆에 한글음으로 '제구회 장즈휴고분셩디도'라 쓰고 이어 '장즈휴가 동의를 두다려 큰도를 일우다'라고 한글 풀이를 幷記하는 형태를 취하고 있다. 이것은 '신구서림본'이 원문에 충실하여 의화본소설의 일반적 제목 형태인 '-가 -을 하다'의 표현을 따르고 있음을 말해 준다.

이로 볼 때 '고대본'은 한 인물의 '傳記' 형태를 지향하고 있고, '신구서림본'은 작중 인물의 '기이한 행적'에 초점을 맞추고 있음을 알 수 있다. 그리하여 '고대본'에서는 도술, 노자와의 만남, 호접몽, 간교한 부인 등 작중 인물 장생을 둘러싼 제 삽화들이 각각 동등한 비중을 지니면서 서사체를 구성하는 양상을 띠는 반면, '신구서림본'에서는 제 삽화들이 작중 인물의 '仙化'라는 삽화를 향해 수렴되는 양상을 보이는 것이다. 이것은 '신구서림본'에서 제 삽화들 중 주인공이 신선이 된 사건이 가장 큰 비중을 지니고 있음을 의미한다. 요컨대 '고대본'은 한 인물의 이런저런 면모를 보여주는 것에, 그리고 '신구서림본'은 작중 인물이 도교 및 도가사상의 準祖宗의 자리에 오를 수 있었던 기이한 행적을 서술하는 것에 이야기 가치가 놓여 있다고 하겠다.

이 외의 두 번역본 사이에 보이는 세부적인 표현상의 차이를 지적해 보면, 고대본은 '宋國'을 '송국'으로, '紈扇'을 '환션'으로 '年少 婦人'을 '소년 부인'으로 한문투의 번역을 하고 있는 반면, 신구서림본은 '송나라'

'깁붓치' '졀문 계집'과 같이 한글표현 위주의 번역을 하고 있다. 또한 고대본의 경우 "장싱은 유도한 션비라 부쳐간에도 쪼흔 선싱이라 츙흥미"라는 부분이 있는 것으로 알 수 있듯 부인에 대하여 '선생'이라는 경칭을 사용하고 있고 이와 더불어 '너' '낭자' 등도 사용되고 있어 일관성이 없으나, 신구서림본의 경우는 '선생'은 사용되지 않고 '너' '낭자'만이 사용되어 나름대로 일관성을 보이고 있다.

5. 맺음말

『금고기관』의 원문과 번역본을 비교해 볼 때, 원문의 '입화-정화-결미'의 체제가 무너지고 본 이야기인 正話 중심의 번역이 이루어지고 있음을 볼 수 있다. 앞서 언급한 것처럼 화본소설이나 의화본소설에서 입화와 결미는 설화인의 입장에서 서술된 것이고 정화는 3인칭 서술자의 시점에서 서술된 것이므로 입화와 결미가 틀을 형성하고 정화가 내부이야기가 되는 '액자형 서술'이 근간을 이룬다. 그러므로 번역본에서 입화와 결미를 모두 생략했건, 입화만 생략했건 간에 곧바로 '話說'로 시작되는 번역본은 이같은 액자형 서술의 패턴을 파기한 셈이 된다. 다시 말해 '입화-정화-결미'의 액자형 체제로 된 화본·의화본소설들이 번역본에서는 정화로만 이루어진 평면적 서술로 바뀌게 되는 것이다. 이것은 단지 '서론-본론-결론' 격의 전개방식상의 특성이 변질된 것만을 의미하는 것이 아니라, '說話'라고 하는 연행예술과의 직·간접적 고리가 끊어지고 완전히 읽기 위한 讀物로 재탄생한 것을 의미한다. 따라서 번역본에서는 연행예술의 흔적이라 할 수 있는 산운 전환표현, 예를 들면 앞에서 언급한 '常言道得好' '有詩爲證' '正是'와 같은 상투적 표현들이 사라지고, 오직 유일하게 이야기 첫머리의 '話說'만이 연행의 흔적으로 남아 있는 것이다.

우리나라 고소설에서 흔히 첫머리에 사용되는 '話說'은 원래 宋代 이후 성행한 說話 技藝에서 설화인이 입화 다음에 본격적인 이야기를 시작할 때 상투적으로 사용하는 표현이었다. 따라서 '話說'이라는 말은, 且說·却說·再說처럼 중간 중간 장면이 전환될 때나 새로운 사건이 전개될 때 사용되는 상투적 표현들과 더불어 연행문학의 산물이라 할 수 있고, 章回小說에서 회가 바뀌는 지점에 사용되기도 한다.

구비연행되던 설화가 화본소설의 형태로 정착되고 이 화본소설의 체제를 모방한 의화본소설이 출현하면서, 원래 이야기를 이끌어가는 설화인의 투어였던 이 표현들이 연행과는 무관한 의화본소설에 그대로 묻어오게 된 것이다. 그리고 의화본소설이 번역되면서 그 투어들이 창작 고소설에까지 영향을 미쳐 화설·각설·차설 등의 어구가 빈번하게 사용되고 결국은 고소설의 상투적 표현으로 정착하게 된 것이다. 이로 볼 때 『금고기관』의 번역본은 고소설의 문체에 적지 않은 영향을 끼쳤다고 할 수 있다.

고소설에 있어 '유통'과 '시운용'의 상관성

-「九雲夢」을 중심으로 -

1. 문제 제기

1.1. 고소설과 '유통'의 문제

문학에 있어 '유통'이란 '작자 또는 구연자가 문학적 담론을 發하여 그것이 독자 또는 청중에게 직접·간접으로 傳播·受容되는 과정'이라고 정의할 수 있다. 이 과정이 인쇄매체를 통해 비교적 단순하게 이루어지는 현대의 문학담론과는 달리 고전문학 특히 고소설의 경우는 복잡하고 다양한 양상으로 전개된다. 동일 작품이 글과 口演, 한문본과 국문본, 筆寫本과 刊印本, 간인본 중에서도 경판본과 완판본 등 다양한 형태로 유통되어 그 양상과 과정은 복잡하기 그지없다.[1] 고소설이 유통되는 방식은 크게 轉寫에 의한 것, 印刷에 의한 것, 口演에 의한 것으로 나뉘는데[2] 이 중 전사에 의한 것을 '寫本', 刻板·鑄字·謄寫·影印 등 인쇄를 통해

---

[1] 고전시가는 처음에는 노래로 구연 및 유통되다가 후에 문집이나 가집에 수록되는 경우가 많아, 유통의 문제에 있어 고전소설만큼 복잡하지 않다.

[2] 유탁일, 「고소설의 유통구조」, 『한국고소설론』(한국고소설학회 편, 아세아문화사, 1991·2006), 350쪽.

나온 것을 '印本'이라 한다. 筆寫本은 寫本, 坊刻本은 印本의 대표적인 형태라 할 수 있으므로 문자로 기록된 고전소설은 크게 필사라는 수단에 의존하여 전해진 필사본과 각판이라는 수단에 의존하여 전해진 방각본으로 대별된다고 할 수 있다.3)

전사와 인쇄는 모두 '文字'에 의한 유통이라는 점에서 '口演'에 의한 유통과 대비된다. 고소설의 구연 유통은 구비문학의 그것과는 달리 이미 이루어진 텍스트를 구연하는 '先記錄 後演行'의 양상을 띤다. 구연 유통은 다시 講唱·講談·講讀의 형태로 나뉘는데, 강창은 판소리처럼 말과 노래를 섞어 이야기를 엮어 가는 형태이고 강담은 말로 이야기를 하는 형태이며, 강독은 소설책을 읽는 형태로서 傳奇叟나 講讀師에 의한 구연이 이에 해당한다.4)

한편 고소설의 특징 중 하나는 그 안에 시를 포함하는 예가 많다는 것인데, 시의 운용 양상은 문자기록과 구연, 한문본과 국문본, 필사본과 방각본, 완판본과 경판본 등 유통방식에 따라 달라진다. 이 글은 「구운몽」을 대상으로 하여 유통 양상의 차이에 따라 시의 운용이 어떻게 달라지는가를 살피는 데 1차적인 목적을 둔다. 「구운몽」처럼 원작이 한문으로 되어 있으나 나중에 國譯이 이루어져 한문본과 국문본이 모두 유통된 경우, 한문 원전에는 시가 많이 삽입되어 있는데 國譯本에서는 현저하게 감소되거나 아예 한 수도 포함되지 않는 예를 쉽게 발견할 수 있다. 같은 한문본이라도 이본에 따라, 그리고 같은 국역본이라도 필사본인가 방각본인가에 따라 시 삽입의 양상이 달라진다. 또한 구연 요소의 개입에 의해 시의 운용 양상이 달라지기도 한다.

---

3) 이창헌, 『경판 방각소설의 판본 연구』(태학사, 2000), 11~12쪽.
4) 임형택, 「18·9세기 '이야기꾼'과 소설의 발달」, 『고전문학을 찾아서』(김열규 외, 문학과 지성사), 1976.

이 분야의 연구 중 이 글의 관심사와 관련된 것은, 고소설에서의 시삽입 양상을 살피거나 서사 내에서의 삽입시의 기능을 규명한 연구들이다. 이 분야의 업적은 일일이 거론할 수 없을 만큼 많은데, 이 연구들이 주로 하나의 이본을 택하여 시가 텍스트에 어떤 양상으로 실현되어 있는지를 살피는 것에 초점이 맞춰져 있는 것에 비해, 본 연구는 다양한 형태의 유통방식에 따라 야기되는 시의 운용 문제에 초점이 맞춰져 있다는 점에서 차이가 있다.

1.2. 연구 대상

이 글에서는 서사 내에 삽입된 漢詩 외에 16개로 분절이 이루어지는 곳에 붙여진 소제목 성격의 對句 또한 논의에 포함시키고자 한다. 『구운몽』은 중간중간에 分章이 이루어져 있고, 각 章에 대하여 7언 내지 8언 對句로 이루어진 제목—'篇目'—이 붙어 있어 이것이 시에 準하는 기능을 행한다. 이 편목은 장회소설의 공통 특징으로서 그 기원은 중국 송대에 성행한 話本小說의 '開場詩', 나아가서는 돈황 강창문학 중 講經文의 '押坐文'으로까지 거슬러 올라간다. 이 글에서는 장회소설에 보이는 대구 형식의 편목이 압좌문이나 개장시의 '후대적 변형'이라 보아 이를 논의에 포함시키고자 하는 것이다.

이 글에서는 한문본과 국문본, 필사본과 방각본, 문자유통과 구연유통 등 고소설이 유통되는 다양한 양상과 시의 운용 간의 관계를 살피는 데 초점을 맞추고 있으므로 논의의 편의를 위해 한문본으로 '老尊本'과 '乙巳本', 국문본으로 서울대학교 소장 국문 필사본('서울대본'으로 약칭)과 박순호 소장 국문 필사본('박순호본'으로 약칭)과 完板 105장본('완판본'으로 약칭)[5]을 대상으로 포함하고자 한다. 1803년에 나온 계해본은 삽입시의 수나 내용, 편목 등에서 을사본과 일치하므로 포함시키지 않았다.

그간 「구운몽」은 原典이 국문인 것으로 인식되어 왔지만, '老尊本'이 발견됨으로써 원전이 한문으로 지어졌을 가능성이 큰 것으로 밝혀졌다.[6) 「구운몽」의 가장 오래된 이본이라 할 노존본은 두 종류 '노존A본'과 '노존B본'이 있는데 문학적 수준면에서 '노존B본'이 다소 떨어지는 것으로 보아, 金萬重(1637~1692)이 1688년 宣川 귀양시절 단시일 안에 메모 형식으로 기록해 놓은 것이 '노존B본'이고 이것을 1689년 南海 귀양시절에 여유 있게 다듬은 것이 '노존A본'일 것으로 추정되고 있다.[7) 노존본은 1725년 을사본이 판각될 당시 그 母本이 된 것이므로 현전하는 모든 이본 중 김만중의 원작이거나 원작에 가장 가까운 형태라고 할 수 있다. 두 종류 중 이 글에서는 '노존B본'('노존본'으로 약칭)을 대상으로 한다.

이렇게 한문본은 老尊本에서 乙巳本으로 다시 癸亥本으로 전승[8)되어 왔고, 국문본 또한 노존본 계통의 國譯本과 을사본 계통의 국역본,

---

5) 「九雲夢」(한문 老尊B本), 『한국고전문학전집』 27(정규복·진경환 역주, 고대 민족문화연구소, 1996); 「九雲夢」(한문 乙巳本), 『韓國漢文小說』(윤영옥 편저, 학문사, 1984); 「구운몽」(서울대학교 소장 국문 필사본, 김병국 校註譯, 서울대학교 출판문화원, 2007·2009); 「구운몽」(박순호 소장 국문 필사본), 『(박순호 소장)한글필사본고소설자료총서』 3(月村文獻硏究所, 1986); 「구운몽」(국문 완판 105장본), 『한국고전문학전집』 27(정규복·진경환 역주, 고대 민족문화연구소, 1996).

6) 「구운몽」, 『한국고전문학전집』 27(정규복·진경환 역주, 고대 민족문화연구소, 1996), 해제.

7) 노존A본은 정규복에 再構된 것이고 노존B본은 강전섭 교수가 소장했던 것으로 노존A본보다 先行하는 것이다. 따라서 노존B본이 한문본 이본 중 最古本이라 할 수 있다. 「구운몽」, 위의 책, 해제 및 해설.

8) 한문본 중 노존본은 필사본이고 을사본은 1725년 전라도 나주에서 간행된 것으로 한문으로 표기된 우리나라 소설 중 가장 처음으로 인쇄·유통된 것이다. 그러나 이 것이 시장에서의 거래를 위한 생산이었는지는 분명치 않다. 계해본은 1803년에 나온 것으로 상업적 성격을 띠는 방각본 소설 가운데 가장 오래된 판본이다.
  유탁일, 「고소설의 유통구조」, 『한국고소설론』(한국고소설학회 편, 아세아문화사, 1991·2006), 353쪽.

그리고 계해본 계통의 국역본이 존재하는데 국문본은 모두 한문본의 번역 과정에서 유래하였다.[9] 국문본 중 서울대본은 한문 노존본계에, 박순호본과 완판본은 한문 을사본계에 속한다.[10]

2. 「구운몽」의 口演 流通 가능성 검토

「구운몽」의 다양한 유통 형태 중 이 글의 논의와 직접적 관계가 있는 것은 한문본과 국문본에 의한 유통양상 및 필사본과 방각본에 의한 유통, 그리고 구연유통인데 한문본과 국문본의 제 이본 및 이들의 유통양상에 관한 것은 그간 여러 각도에서 정밀하게 이루어져 왔으므로[11] 생략하기로 한다. 필사본과 방각본의 경우는 구연 요소의 개입 여부와 관련이 있으므로, 本 章에서는 「구운몽」의 구연유통 양상에 대해 살펴보고자 한다.

「숙향전」, 「소대성전」, 「심청전」, 「설인귀전」,[12] 「임장군전」[13] 등 전기수에 의한 구연의 근거가 분명한 소설들과는 달리, 강담이든 강독의 형

---

9) 「구운몽」,(『한국고전문학전집』 27) 해제; 정규복, 『九雲夢硏究』(고려대학교 출판부, 1974), 99쪽.

10) 정규복은 한문본과 국문본의 대조를 통해 현전 국문본이 한문본 어떤 계열인지 밝혀냈다. 정규복, 『九雲夢原典의 硏究』(일지사, 1977·1981). 단 박순호 소장 국문 필사본이 한문 을사본 계열이라는 것은 필자의 판단에 의한 것이다.

11) 「구운몽」의 원전 및 이본에 관한 문제는 정규복, 앞의 책(1974)과 위의 책(1977·1981), 판각 및 유통에 관한 것은 유탁일, 앞의 글 및 『完板坊刻小說의 문헌적 연구』(학문사, 1981)에서 자세히 다루어졌다.

12) 이 작품들이 구연된 근거는 추재 조수삼의 漢文短篇인 「傳奇叟」,(『秋齋集』卷7, 한국문집총간 271, 민족문화추진회 編, 2001)에 나온다.

13) 이 작품이 구연된 근거는 박지원의 『열하일기』에 나온다. 박지원이 중국의 이야기꾼이 「서상기」를 읽는 것을 보고 그것이 네거리에서 「임장군전」을 구송하는 것과 같다고 서술하였다.

태든 「구운몽」이 구연되었다는 확실한 근거는 없다. 그러나 다음과 같은
몇 가지 정황으로 미루어 구연의 가능성을 추정해 볼 수 있다.

첫째, 「구운몽」의 방각본과 활자본 출간횟수를 근거로 들 수 있다. 「구
운몽」은 방각본으로 5회, 활자본으로 8회 출간되어 이본의 수에 따른 고
전소설의 순위에서 「춘향전」 「조웅전」 「소대성전」에 이어 4위를 차지하
고 있다.[14] 그런데다가 「구운몽」을 제외하고는 현재 남아 있는 한문본
방각본 소설작품이 거의 없다는 점[15]을 감안할 때 국문본·한문본 할
것 없이 이 작품이 얼마나 인기가 있었는지 짐작할 수 있다.

고소설이 수용되는 과정을 보면 처음에는 필사본으로 유통되다가 간
인본으로 이행하는 양상을 보이는데[16] 필사본류는 대개 궁중이나 특수
사대부가에서 호사적 기호품으로 읽히거나 양반가 안방에서 주로 읽히던
것으로서 이것은 비영리적인 개별 수요에 의한 유통 양상이다.[17] 동일의
소설을 요구하는 독자들이 많아져서 기존의 소설 유통 방식인 필사본만
으로는 독자들의 수요를 충당할 수 없게 되었을 때, 특정 독자의 주문이
나 출판자의 영리적 목적으로 인쇄가 이루어지는데 이를 '坊刻本'이라
하고 이런 성격으로 간행된 소설을 '坊刻小說'이라 한다.[18] 조선 후기
방각이 이루어진 국문소설들은 대부분 널리 알려져 상업적 가치가 큰
것들이었고, 방각업자들은 이같은 상업성을 간파하여 이 소설들을 상품
화하였던 것이다.

이들은 영리를 목적으로 하므로 출판할 작품선정의 첫 번째 기준은

---

14) 조동일, 『한국소설의 이론』(지식산업사, 1977), 286쪽.

15) 임성래, 『조선 후기의 대중소설』(태학사, 1995), 35쪽.

16) 이창헌, 앞의 책, 14쪽.

17) 유탁일, 앞의 책(1981), 11쪽.

18) 유탁일, 앞의 글(1991·2006), 352쪽.

상업성 여부였다. 방각업자들은 독자들에게 이미 널리 알려져 쉽게 팔릴 수 있는 것에 관심을 가졌을 것이며, 貰冊家의 대여율이나 빈도수도 상업성을 판단하는 한 기준이 되었을 것이다. 이와 더불어 상업적 가치가 크다고 판단하는 기준으로 작용한 것이 전기수에 의한 구연 실태였을 것으로 본다. 18세기 중엽 무렵에는 이미 직업적인 이야기꾼들이 활약하고 있었고 그 수 또한 적지 않았음이 여러 기록을 통해 확인이 되는데 어떤 작품에 대하여 다수의 전기수들이 다투어 구연을 하거나, 어떤 전기수가 한 작품을 여러 번 구연을 했다면 그것은 해당 작품의 인기를 가늠하는 척도가 되었을 것이고 상품화할 가치가 있는 것으로 판단하는 기준이 되었을 것이다. 그리고 이야기를 듣는 청중들의 호응여부 또한 인기의 척도를 말해주는 기준이 되었을 것임에 틀림없다. 그러므로 「구운몽」이 여러 번 방각되었다는 것은 이 작품의 구연 가능성을 시사하는 중요한 근거가 될 수 있다.

둘째, 구연의 근거가 확실한 작품들의 성향으로 볼 때 전기수들의 레파토리는 군담소설과 애정소설이 주류를 이루었음을 알 수 있는데, 이것은 이 주제가 청중들에게 인기가 있었음을 말해 준다. 「구운몽」은 전형적인 애정소설이라 할 수도 없고 작중 인물 楊少遊가 軍의 元帥로서 활약하는 대목이 있다 해서 이를 군담소설이라 할 수도 없지만, 두 요소가 적절히 배합되어 있어 오락성과 재미를 원하는 청중의 요구에 부응할 수 있었다고 본다. 즉, 작품 내용면에서 「구운몽」의 구연 가능성을 찾아 볼 수 있다.

셋째, 작품의 편폭으로 보아 「구운몽」은 몇 차례에 걸쳐 구연하기에 적당한 길이라는 점을 들 수 있다. 秋齋 趙秀三(1762~1849)의 「秋齋紀異」 중 「傳奇叟」에,

전기수는 동대문 밖에 살고 있다. 언문 소설책을 잘 읽는데 이를테면 「淑香傳」「蘇大成傳」「沈淸傳」「薛人貴傳」같은 것들이다. 초하룻날은 첫째 다리에, 둘째 날은 둘째 다리에, 사흗날은 梨峴에, 나흗날은 校洞 입구에, 닷새날은 大寺洞 입구에, 그리고 엿새날은 鐘樓 앞에다 자리를 정하곤 했다.19)

라는 내용이 있는데 이로 미루어, 전기수는 사람이 많이 모이는 장소를 정기적으로 오가며 구연했음을 알 수 있다. 전기수는 돈을 받고 하는 직업적인 이야기꾼이었기 때문에 청중의 돈주머니를 여는 방법을 이리저리 모색했을 것이고 위의 인용에서 보는 것처럼 다음 내용이 궁금해지는 대목에서 이야기를 중단하는 것도 그 방법 중 하나였던 것이다. 마찬가지로 한 작품을 일회로 마무리하기보다는 청중의 관심이 고조되는 부분에서 일단 멈추고 다음 구연 때 계속하는 것이 수입을 올리는 데 더 효과적인 방법이 되었을 것은 말할 나위가 없다.

이로 볼 때 한 이야기를 몇 차례로 나누어 구연했을 가능성이 크다고 할 수 있다. 그렇다면 길이가 너무 짧아 금방 이야기가 끝나버리는 경우나 「삼국지연의」나 「서유기」처럼 등장인물이나 규모면에서 너무 방대한 경우는 전기수가 청중을 모아놓고 이리저리 오가며 정기적으로 구연하기에는 적절하지 않았을 것이다. 「삼국지연의」의 경우 청중이나 독자가 특별히 관심을 가질 만한 부분이 「화용도실기」나 「관운장실기」, 「적벽대전」과 같이 독립적으로 유통되었던 것도 이와 무관하지 않았을 것으로 본다. 「구운몽」은 너무 짧지도 너무 방대하지도 않아 구연하기에 적절한 편폭이므로 전기수의 주 레파토리가 되었을 것으로 추정할 수 있다.

넷째, 이 외에 우리나라 고전 서사체 대부분이 구술문화적 전통 속에서 향유되었다는 점20)과 방각본 소설이 유행하면서 전기수들 가운데 상

---

19) 「傳奇叟」, 『秋齋集』 卷7(한국문집총간 271, 민족문화추진회 編, 2001).

당수는 방각본 소설의 작자로 활동했을 가능성이 크다는 점[21] 또한 「구운몽」의 구연 가능성을 말해주는 근거가 된다.

다섯 째, 재미 작가 강용흘의 자전적 소설 『초당』(*Grass Roof*, 1931) 중 어린 시절 당숙의 생일잔치 때 연행되었던 「구운몽」에 대해 언급한 대목을 들 수 있다. 당숙의 집 하인들 중 악사나 무동들을 불러 연극을 하게 했다는 내용인데, 이 대목은 작자가 7, 8세 무렵 즉 1910년 이전 춤과 노래가 어우러진 歌劇 형태의 「구운몽」이 연행되었을 가능성을 시사한다.[22] 말로 하는 구연은 이에 비해 단순한 형태이므로, 『추재기이』「전기수」에 언급된 「숙향전」, 「소대성전」 등처럼 「구운몽」도 비슷한 시기에 구연 유통이 이루어졌을 가능성은 충분하다고 할 수 있다.

이상 「구운몽」이 문자수단만이 아닌 구연방식에 의해서도 유통되었을 가능성을 추론해 보았다. 전기수나 강독사가 구연에 사용했을 假想의 텍스트를 'X', 이에 의거하여 실제 구연했을 담론을 X'라 한다면, 어떤 작품이 방각본으로 출판되어 대중화되기까지의 과정을 다음과 같이 나타내 볼 수 있다.

---

20) 차충환, 『숙향전연구』(월인, 1999), 215쪽.

21) 임성래, 앞의 책, 152쪽.

22) 「구운몽」이 언급된 부분은 8장 'Ebbing Life'로 강용흘이 7, 8살 무렵 고향 송전치
    —송전리— 에서 당숙의 생일잔치가 열렸을 때, 당숙의 하인들 중 '성한'이라고 하는
    사람이 주동이 되어 「구운몽」의 몇 대목을 연극 형태로 구연하여 사람들을 즐겁게
    해주었다는 내용이 있다. 서울에 있는 당숙의 집 하인들 중에는 7, 8명의 악사와 아
    름답고 젊은 舞童 몇 명이 있었으며 이들을 송전치로 불러와 연극을 하게 했다고
    하였다. 「구운몽」의 연극을 주도한 '성한'은 그 중 하나로 dancer이자 actor로 묘사
    되어 있다. 강용흘이 1921년 24살 무렵 미국으로 건너간 사실을 감안하면 「구운몽」
    언급 부분은 1910년 이전, 20세기 초엽의 일로 보인다. 성한에 의해 행해진 「구운몽」
    의 연행은 '짜여진 대로 하는 것이 아니라 줄거리에 맞게 실감나게 즉흥적으로 동작
    을 취한다'고 묘사되어 있는 것으로 보아 이때의 연행은 줄거리에 맞게 춤과 노래를
    곁들여진 歌劇 형태였을 것으로 추정할 수 있다. Younghill Kang, *The Grass Roof*
    (NewYork; London : Charles Scribner's Sons, 1931), pp.115~116.

$$필사본 \longrightarrow X \longrightarrow X'1\ X'2\ X'3 \cdots X'n \longrightarrow 방각본$$
$$(1단계)\quad (2단계)\qquad\qquad\qquad (3단계)$$

　전기수나 강독사에 의한 구연과 방각소설의 공통점은 둘 다 '영리'를 추구한다는 것이다. 따라서 구연자는 '1단계' 과정에서 기존의 필사본을 토대로 청중의 취향과 요구에 부합할 수 있는 형태로 줄거리와 체제를 정비·통일하여 하나의 샘플 'X'를 만들었을 것이다. 그러나 구비연행의 속성상 구연이 이루어지는 '2단계'에서 매번 청중의 반응이나 호응도가 달랐을 것이고 이에 따라 청중에게 호응도가 높은 쪽으로 X에 여러 번 수정이 가해져 X'가 전개되었을 것으로 추정된다. 같은 작품, 같은 구연자라 해도 X'는 매번 달랐을 것이므로 구연 횟수만큼의 X'가 존재했을 것이다. 소설이 시장상품으로 생산되는 '3단계'에서 방각업자는 기존의 필사본들 그리고 수많은 X'들 중 어떤 것이 청중에게 반응이 좋았는지를 검토하여 상업성이 가장 높은 쪽으로 刪改했을 것으로 본다.

　이렇게 하여 하나의 소설상품으로서 시장에 유통된 것이 방각소설이며 「구운몽」도 그 중 하나였을 것으로 판단된다. 구연자나 방각업자들은 상업성을 고려하여 2단계와 3단계에서 청중이나 독자들이 선호하지 않을 듯한 부분은 삭제하거나 축약하고, 호응이 큰 부분은 부연하거나 확대하였을 것으로 추정할 수 있다. 이런 과정을 고려해 보면, X나 X'가 어떤 형태인지 알 수는 없지만, 적어도 그것은 유통 초기 단계의 필사본보다는 방각본에 가까운 모습이었을 것이라는 점만은 충분히 짐작할 수 있다.

　지금까지 「구운몽」이 구연으로 유통되었을 가능성과 구연유통의 양상, 그리고 방각본으로 모습을 드러내기까지의 과정을 검토해 보았는데, 이제 유통방식과 시의 운용 간의 상관성을 구체적으로 살펴보기로 한다. 「구운몽」의 시 형태 중 '편목'은 한문본에 의한 유통인가 국문본에 의한 유통인가에 따라, 그리고 '삽입시'는 필사본인가 방각본인가에 따라 그 운용 양상이 달라진다.

3. 「구운몽」에서의 '篇目'의 운용

「구운몽」의 체제를 보면 이 글에서 대상으로 하는 다섯 이본 중 완판 방각본을 제외하고[23] 모두 장회 구분이 되어 있는데, 두 한문 이본과 국문 서울대본은 16장, 국문 박순호본은 20장으로 분절이 되어 있다. 이로 볼 때 「구운몽」은 비록 횟수 표기는 없지만 기본적으로 章回體 소설로 서의 요건은 갖추고 있다고 할 수 있다.

각 章回에 일곱 혹은 여덟 글자로 대구를 만들어 篇目을 붙이는 것은 장회소설의 주된 특징 중 하나인데 이것은 宋代 話本小說의 '開場詩'의 영향을 받은 것이다.[24] 개장시란 본격적인 이야기에 들어가기에 앞서 읊는 시구를 말하는데 대부분 7언절구로 되어 있으며 正話의 요지나 大意를 간결하게 요약하여 공연내용에 대한 청중의 이해를 돕는 구실을 한다. 이로 볼 때 장회소설의 편목은 화본소설의 開場詩와 그 기능이나 성격이 유사하다는 것을 알 수 있다. 단, 화본소설이나 의화본소설에 비해 장회소설에서는 이야기 첫머리가 시로 시작하지 않는 예가 훨씬 증가하고 있으며 이때 편목은 개장시를 대신하게 되는 것이다.

한문본에 보이는 각 章의 제목은 對句로써 한 聯을 이루어 그 장의 내용을 요약적으로 제시하는 양상을 띠고 있는데, 두 이본은 모두 16개

---

23) 국문 완판본은 上·下 2권으로 나뉘어 있을 뿐 分章은 하고 있지 않다.
24) 김영식, 「中國 古典小說中에 나타난 詩歌成分에 관한 考察」, 《中國文學》 제19집, 1991, 143쪽.

의 장으로 되어 있으나 몇 장의 경우는 제목이 다르게 표기되어 있다. 다른 부분만 골라 제시하면 다음과 같다.

〈표 1〉

	老尊本	乙巳本
1회	老尊師南岳講妙法 小沙彌石橋遇仙女	蓮花峰大開法宇 眞上人幻生楊家
8회	侍妾守義辭主人 俠女神劍赴花燭	宮女掩淚隨黃門 侍妾含悲辭主人
10회	元帥偸閑叩禪扇 王姬微服訪閨女	楊元帥偸閑叩禪扇 公主微服訪閨秀
11회	兩美人攜手同車 長信宮七步試藝	兩美人攜手同車 長信宮七步成詩
12회	楊尙書夢遊上界 賈孺人嬌傳遺言	楊少遊夢遊天門 賈春雲巧傳玉語
13회	合巹席花錦相輝暎 獻壽宴鴻月雙擅場	合巹席蘭英相諱名 獻壽宴鴻月雙擅場

이 표에서 보는 바와 같이 편목을 구성하는 두 개의 구는 서로 對를 이루고 있으며 8언도 간혹 있으나 7언이 더 많다. 1회의 예를 들면, '老尊師'와 '小沙彌', '南岳'과 '石橋', '講'과 '遇', '妙法'과 '仙女'가 對를 이루어 시적 정취를 자아내고 있다. 양 이본은 표현상 다소 차이가 있지만 이처럼 대구로써 한 聯을 이루어 장의 제목으로 삼는다는 점, 그리고 제목이 그 章의 내용을 압축·요약한 것이라는 점은 동일하다.

위의 예에서 보는 바와 같이 편목은 기본적으로 그 장의 내용을 요약한다고 하는 실용적 기능을 갖지만, 편목을 구성하는 두 개의 구가 對를 이루어 일종의 '聯句' 형태를 취하도록 한 점에서 그 시적인 면모를 발견할 수 있다. 이처럼 편목으로써 시적 면모를 갖추게 하려는 의도는 8언보다는 7언으로 된 편목에서 더 뚜렷하게 나타난다. 편목의 字數는 7언과 8언이 섞여 있는데 위 세 작품은 물론 장회체 연의소설 대개가 7언이 압도적으로 많다. 이것은 강경문이나 변문의 唱詞가 7언이 주가 된다는 점[25]이나 화본·의화본의 개장시가 대체로 7언절구를 취하는 것과 밀접한 관련이 있다고 본다.

이처럼 장회소설의 편목은 7언 또는 8언의 차이는 있지만, 前句가 7언이면 後句도 7언으로 일치를 보이는 것이 일반적이다. 그런데 을사본 10회를 보면 전구는 8언, 후구는 7언으로 균형이 깨진 것을 발견하게 된다. 대구형식이 파괴되는 양상은 國文本에서 훨씬 심하게 드러난다. 두 국문본 모두 이야기 전개상 중요한 대목에서 분절을 하고 각각 줄거리 내용을 요약하는 제목을 붙이고 있는데, 제목을 붙이는 방식에 있어 두 필사본간에 큰 차이가 발견된다. 서울대본은 한문 노존본의 편목을 그대로 수용하되 번역을 하지 않고 한자 원문도 제시하지 않은 채 한글 독음만 표기하였고, 박순호본은 한글로 풀이하여 장회의 제목을 삼았다.

(서울대본)
1회 : 노존ᄉ남악강묘법 쇼사미셕교봉션녀
2회 : 화음현규녀통신 남뎐산도인뎐금
3회 : 양쳔니쥬루타계 계셤월원피쳔현

(박순호본)
1회 : 뇩관디ᄉ의 졔ᄌ 승진이가 수부의 드러가다
2회 : 양소유의 부친이 신션이 되다 화음현의셔 규슈을 맛ᄂ다
3회 : 남뎐산의셔 도소을 맛ᄂ다 거문고와 통소을 비우고 방셔을 밧다
4회 : 천진교 주류에셔 계셤월을 만ᄂ다
5회 : 거짓 여관의 거문고 졍부에셔 지음을 만ᄂ다

서울대본의 경우 한자음을 한글로만 바꾸어 그대로 편목을 삼았으므로 두 구간의 균형과 대구는 한문본과 다름없이 유지되고 있다. 그러나 박순호본의 번역양상을 보면 전체적으로 일관성이 없을 뿐만 아니라 한

---

25) 王重民, 「敦煌變文硏究」, 『敦煌變文論文錄』 上(周紹良 · 白話文 編, 明文書局, 1985), 292~300쪽.

회 내의 두 구 간에도 균형이 깨지고 표현도 부자연스럽다. 1·4회는 하나의 문장으로, 2·3회는 두 개의 문장으로 번역을 했으며, 5회는 그 회의 내용에 비추어 볼 때 불완전한 번역을 하고 있다. 두 문장으로 된 2회와 3회를 보면 두 문장간에 균형이 이루어지지 않는데 2회는 앞 문장의 주어와 뒷 문장의 주어가 일치하지 않고, 3회는 앞 문장은 單文으로 된 반면 뒷 문장은 重文으로 되어 있다. 5회의 내용은 양소유가 거문고를 잘 타는 여관으로 변장하여 정경채를 만나러 가는 내용으로 되어 있는데, 번역은 이 回의 내용을 잘 살리지 못했을 뿐만 아니라 앞뒤 문맥이 통하지 않는 불완전한 면모를 보이고 있다.

이처럼 박순호본 국문 필사본의 편목은 그 回의 내용을 요약하는 기능만 행할 뿐이지, 두 구가 對句를 이루는 데서 오는 시적인 리듬감을 형성하지 못하고 있다. 그리하여 원래 장회소설의 편목이 지니는 시적 속성을 완전히 상실하고 있는 것이다. 이런 현상은 한문을 한글로 번역하는 데서 비롯되는 것이므로 중국 장회소설의 편목을 번역한 경우도 비슷한 양상을 보인다.

이로 볼 때 편목이 지니는 시적 효과는 한문본>서울대본>박순호본 順으로 작아진다고 할 수 있다.

4. 「구운몽」에서의 '揷入詩'의 운용

앞에서 장회체 소설로서 「구운몽」의 편목이 한문본에 의한 유통인가 국문본에 의한 유통인가에 따라 상이한 운용 양상을 보인다는 점을 규명하였다. 이제 「구운몽」에 포함된 시의 주류를 이루는 '삽입시'의 운용에 대해 살피기로 한다. 삽입시의 경우는 필사본인가 방각본인가에 따라 그 운용 양상이 달라지는데, 앞서 본 바와 같이 방각본은 구연유통과 밀접한 관계를 지니므로 「구운몽」의 삽입시의 운용은 결국 구연 요소의 개입 여부와 관련을 지닌다고 하겠다.

4.1. 「구운몽」의 시삽입 실태

이제 논의를 위해 먼저 5종의 이본 간에 보이는 시 삽입 양상을 아래의 표로 나타내 보기로 한다. 표에서 맨 앞의 숫자는 삽입시를 일련번호로 나타낸 것이고 괄호 안의 숫자는 횟수를 나타낸 것이다. 「구운몽」에는 횟수 표기가 없지만 편의상 '노존본'에 준하여 표기하였다. '0'표시는 노존본의 것과 동일한 것을 나타내고 △는 노존본의 것과 다른 것을, 그리고 *는 노존본에 없는 것이 첨가된 경우를 나타낸다.

〈표 2〉

	한문 노존본	한문 을사본	국문 필사본 (노존본계)	국문 필사본 (을사본계)	국문 완판본 (을사본계)
1(1회)	7언절구	○	○	×	×
2(2회)	5언절구	○	○	○	○
3(2회)	〃	○	○	○	○
4(2회)	〃	○	○	○	○
5(2회)	5언절구	○	○	○	○
6(3회)	7언절구	△ 7언절구	○	7언절구 (을사본)	7언절구 (을사본)
7(3회)	〃	△ 7언절구	○	〃	×
8(3회)	〃	△ 7언절구	○	〃	×
(3회)			*7언절구 (을사본6번)		×
9(5회)	7언절구	○	○	○	×
10(5회)	5언對句	○	○	○	×
11(5회)	5언절구	○	○	○	×
12(5회)	〃	○	○	○	×

(5회)	× ×	*5언율시 *5언율시	× ×	*5언율시 (을사본) *5언율시 (을사본)	×
13(6회)	7언절구	○	×	○	×
14(6회)	〃	○	×	○	×
15(6회)	〃	○	○	○	×
16(7회)	〃	○	○	○	×
17(7회)	〃	○	○	○	×
18(8회)	〃	○	○	○	○
19(11회)	〃	○	○	○	×
20(11회)	〃	○	○	○	×
21(12회)	〃	○	○	○	×
22(12회)	〃	○	○	○	×
(14회)	× ×	*7언율시 *7언율시	× ×	*7언율시 (을사본) *7언율시 (을사본)	× ×
	총 22수	총 26수	총 21수	총 25수	총 6수

표에서 보는 바와 같이 한문 노존본에는 22수, 을사본에는 26수, 서울 대본에는 21수, 박순호본에는 25수, 완판 방각본에는 6수의 시가 삽입되어 있다. 한문 노존본의 22수 가운데 7언절구는 15수, 5언절구 6수, 5언 對句로 된 것이 1수로 7언절구가 가장 많다. 한문 을사본은 7언절구 15수, 5언절구 6수, 5언율시 2수, 7언율시 2수, 5언 對句로 된 것이 1수로서, 역시 전체 시 중 7언절구가 차지하는 비율이 높음을 알 수 있다. 양자가 차이나는 부분을 보면, 삽입시 6·7·8번에 있어 노존본과 을사본 모두 7언절구이나 그 내용은 다르며, 11번과 12번 뒤에 을사본은 노존본에 없는 5언율시가 2수 더 삽입되어 있다. 또한 21번과 22번 뒤에도 노존본에는 없는 7언율시 두 수가 삽입되어 있다.

삽입시 6·7·8번은 모두 제3회에 삽입되어 있는데, 제3회는 술집에서 양소유가 계섬랑과 인연을 맺게 되는 장면으로 양생은 술집에 있는 여러 유생들과 계섬랑을 차지하기 위한 詩才 겨루기를 하게 된다. 이 시들은 이때 양생이 지은 것으로서 결국 계섬랑이 양생의 시구를 뽑아 노래를 부름으로써 그 날 밤 둘은 인연을 맺게 된다. 그러므로 시는 제3회에서 줄거리의 핵심적 기능을 하고 있음을 알 수 있다. 11·12번은 제5회에 삽입된 것으로 정경패의 시녀 賈春雲이 요지연 선녀로 가장하여 양소유와 창화한 것이다. 이 두 수의 시 또한 둘이 인연을 맺는 계기가 된다. 제5회에는 11·12번 외에도 정경패의 친척 오빠인 鄭十三과 양소유가 張氏女 —본색은 가춘운— 의 무덤 앞에서 각각 읊조린 5언율시 두 수가 포함되어 있다. 21번과 22번 뒤에 을사본에만 삽입된 7언율시 2수는 황제의 동생이자 난양공주의 오빠인 越王과 양승상이 만나 사냥을 하고 家屬들의 歌舞를 겨루게 한 樂遊原 모임에서 한 수씩 읊은 것이다. 여기서 두 사람이 읊은 7언율시는 단순한 唱和가 아니라 일종의 겨루기 성격을 띠고 있는 것으로, 제14회의 줄거리 전개에서 역시 중요한 기능을 한다.

시삽입 양상에 국한해서 볼 때 6·7·8번의 시의 내용과, 정십삼과 양소유가 무덤 앞에서 읊은 시의 유무 그리고 맨 끝에 있는 두 편의 시의 유무는 노존본계와 을사본계를 가름하는 중요한 요소가 된다. 이로 볼 때 노존본을 母本으로 하여 을사본의 형태로 개작한 사람은 시의 형식을 바꾸거나 새로운 시를 창작하여 끼워 넣는 등 시의 運用에 특별한 관심을 가졌다는 것을 알 수 있다.

국문본 이본 세 종 중 서울대본은 한문 노존본 계열의 이본이고 박순호본과 완판 방각본은 한문 을사본 계열의 이본인데, 전체적인 시의 운용 양상을 볼 때 우선 노존본계보다 을사본계가 삽입된 시편 수가 많다는 것을 알 수 있다. 같은 노존본계 내에서 한문본과 국문본, 같은 을사본계 내에서 한문본과 국문본 간에는 별 차이가 발견되지 않는다.

4.2. 「구운몽」의 구연 유통과 삽입시 운용 양상

시 삽입을 두고 다섯 이본 간에 가장 큰 차이를 보이는 것은, 국문 필사본과 완판 방각본 사이에 보이는 삽입시편의 숫자다. 두 필사본에는 모두 20여 편의 시가 삽입되어 있는 것에 비해, 완판 방각본에는 이 중 겨우 6편만 남아 있는 것이다. 게다가 완판본과 비슷한 시기에 출판된 것으로 추정되는 경판본의 경우는 단 한 편의 시도 삽입되어 있지 않다. 그렇다면 「구운몽」이라는 동일 작품을 두고 필사본과 방각본 사이에 보이는 이같은 차이는 어디서 비롯되는 것인지 생각해 볼 필요가 있다.

앞서 필사본류는 대개 궁중이나 특수 사대부가에서 호사적 기호품으로 읽히거나 양반가 안방에서 주로 읽히던 것이고 방각본류는 서민의 요구에 따라 판각된 소설26)이라는 점을 언급했는데, 이같은 사실은 시 삽입 양상에 있어 필사본과 방각본간의 차이에 대한 한 설명이 될 수 있다.

양반 사대부가의 사람은 비록 여성이라 할지라도 한문에 대한 어느 정도의 소양이 있었으므로 시는 서사 줄거리와 별도로 감상의 대상이 될 수 있었을 것이고, 이런 문화적 배경이 있었기에 한문을 한글로 번역하거나 이를 필사하는 경우에도 시를 제거하거나 생략하지 않았다고 생각된다. 즉, 필사본은 상품이 아닌 기호품으로서의 소장을 위한 것이므로 되도록이면 필사의 모본이 되는 텍스트의 구성 요소를 빠뜨리거나 틀리지 않도록 轉寫했을 것으로 추정할 수 있다. 이에 비해 방각본의 경우는 영리를 목적으로 하는 상품으로 출판되는 것인 만큼, 생산비용을 최소화하기 위해 지나치게 부연된 부분이나 줄거리 전개에 긴요하지 않은 시문들은 삭제하거나 축약하여 상품화했을 것으로 추정할 수 있다.

또한 필사본은 실수요자들에게 개인소장의 '讀物'로서 가치를 지니거

---

26) 유탁일, 앞의 책(1981), 11쪽.

나 선호된 것에 비해, 방각본은 청중들을 대상으로 한 구연적 요소가 반영된 것이라는 점도, 兩者에 있어 시의 운용 양상이 달라지는 것에 대한 한 설명이 될 수 있다. 이 점에 대해서는 앞에서 언급한 바 있다. 「구운몽」이 讀物로서 수용될 경우 시는 감상할 만한 가치가 있는 것으로서 선호되었을 것이나, 전기수에 의한 구연의 방식에서는 오히려 잉여적 요소로 간주되어 배제되었을 가능성이 크다. 전기수가 구연을 할 때 사용한 대본이 무엇을 모본으로 했는지, 구연시 운문을 얼마나 포함을 했는지, 만일 운문을 포함시켰다면 말 부분과 어떻게 다른 방식으로 운문 부분을 구연했는지 전혀 알 길이 없다. 그러나 그들에 의해 구연된 담론 X′가 필사본보다는 방각본에 가까운 형태라고 할 때, 그들이 시를 섞어 구연을 했다 해도 그 편수는 많지 않았을 것으로 추정할 수 있다.

또한 어떤 작품이 '독서용'으로 읽혀질 때 운문이 가지는 수용적 효과와 '구연용'으로 말해질 때 운문이 가지는 수용적 효과는 판이하게 달랐을 것이라는 점도 추정해 볼 수 있다. 즉, 구연은 일회적이므로 그 순간이 지나가면 줄거리를 놓치게 된다는 특징을 지니는데, 운문을 자주 삽입할 경우 줄거리에서 이탈하는 결과를 낳을 수 있고 또 이야기의 박진감을 떨어뜨릴 수도 있기 때문에 특별한 경우가 아니면 운문삽입은 止揚되었을 것이다. 그 특별한 경우란 구연시 운문을 삽입하여 의도적으로 서사를 지연시켜 청중의 호기심과 긴장감을 고조시키는, 일종의 구연기법이 되는 경우를 말한다.

앞서 인용한 「추재기이」의 「傳奇叟」 항에 보면 구연하는 장면이 생생하게 묘사되어 있는데, 그에 의하면 이야기가 흥미진진하게 전개되거나 청중들이 그 다음 내용이 궁금해질 만한 대목에 이르면 전기수는 일부러 이야기를 중단하고 돈을 던지면 다시 계속하는 구연기법을 사용하고 있다.[27] 전기수는 이처럼 의도적으로 이야기를 '중단'할 수도 있지만, 운문을 읊어 줄거리 전개를 '지연'시킴으로써 청중의 궁금증과 호기심을 부추길 수도 있었을 것이다. 한편, 독서를 하는 경우는 여러 번 되풀이할 수 있으므로 처음 읽을 때는 먼저 줄거리 위주로 읽더라도 再讀·三讀할 때 운문은 줄거리와는 별도로 그 자체가 감상의 대상이 될 수 있는 것이다. 다시 말해 같은 운문이라도 구연내용의 일부가 될 때는 청중의 궁금증과 긴장감을 유발하는 미적·수용적 효과를 지니며, 독서시에는 그 자체로 감상할 만한 가치가 있는 아름다운 시편으로서의 미적·수용적 효과를 지니는 것이다.

4.3. 시 운용의 구체적 양상

「구운몽」에 삽입된 시는 제1회에 포함된 杜甫의 7언절구만 제외하고는 모두 작중 인물에 의해 발화된 것인데, 한문 노존본을 기준으로 22수의 시가 삽입되어 있는 서사맥락과 시를 지은 사람, 시가 지어진 상황을 요약해 보면 다음과 같다.

〈표 3〉

시번호	시를 지은 사람	시가 지어진 상황
1	두보	연화봉 주변의 **빼어난** 산세를 묘사하기 위해 두보 시 인용
2	楊少遊	양소유가 과거 보러 가는 길에 버드나무를 보고 읊은 楊柳詞
3	〃	〃
4	秦彩鳳	양소유의 양류사를 우연히 듣게 된 진채봉이 자신의 마음을 전하려 양소유에게 보낸 양류사
5	楊少遊	양소유가 4에 화답한 양류사

---

27) "전기수는 동대문 밖에 살고 있다. (中略) 워낙 재미있게 읽기 때문에 청중들이 겹겹이 담을 쌓는다. 그는 읽다가 가장 간절하여 매우 들을 만한 대목에 이르러 문득 읽기를 멈춘다. 청중은 다음 회가 궁금해서 다투어 돈을 던진다. 이것을 일컬어 邀錢法이라 한다." 「傳奇叟」, 앞의 책.

6	〃	桂蟾月을 두고 시재를 겨루는 자리에서 양소유가 읊은 시
7	〃	〃
8	〃	〃
9	賈春雲	鄭瓊貝의 몸종 가춘운이 수를 놓으며 지은 시
10	〃	가춘운이 양소유를 유도하기 위해 물에 흘려보낸 對句
11	〃	요지연 선녀로 가장한 가춘운이 읊은 시
12	楊少遊	양소유가 11에 화답한 시
13	賈春雲	장씨녀 귀신행세를 하는 가춘운이 지은 시
14	楊少遊	양소유가 13에 화답한 시
15	〃	양소유가 벽에 써붙인 시
16	〃	진채봉이 궁녀가 된 줄 모르고 양소유가 궁녀에게 준 執扇詩
17	〃	〃
18	秦彩鳳	궁녀가 된 진채봉이 양소유를 생각하며 지은 시
19	鄭瓊貝	황태후가 정경패와 난양공주에게 까치를 소재로 하여 시를 지으라 하자 그 명을 받들어 정경패가 지은 시
20	蘭楊公主	19와 같은 상황에서 황태후의 명을 받들어 난양공주가 지은 시
21	秦彩鳳	황태후가 진채봉에게 양소유의 첩이 되어 난양공주와 함께 양소유를 모시라고 하자 이에 감사하며 진채봉이 까치를 소재로 읊은 시
22	賈春雲	황태후의 부름을 받은 가춘운이 역시 까치를 소재로 읊은 시
기타 (5회)	鄭十三 楊少遊	양소유와 鄭十三이 무덤 앞에서 각각 한 수씩 지은 시
기타 (14회)	楊少遊 鄭十三	양소유와 越王이 낙유원 모임에서 각각 한 수씩 읊은 시

이 표를 참고로 하여 삽입시가 서사 내에서 행하는 기능을 살펴보면, 크게 남녀 결연의 계기, 남녀 간 증답, 詩才의 과시, 신분 및 정체 확인의 계기로 나누어짐을 알 수 있다. 2와 3은 양소유와 진채봉, 6·7·8은 양소유와 계섬월의 결연의 계기가 되며, 9는 양소유와 가춘운의 결연의 계기가 된다. 한편 4와 5는 진채봉과 양소유, 11과 12는 요지연 선녀로 가장한 가춘운과 양소유, 13과 14는 귀신행세를 하는 가춘운과 양소유 사이에 이루어지는 증답시다. 이 경우는 상대방의 시에 次韻하여 짓는 양상

을 보인다. 이런 점에서 볼 때 2인의 남자가 서로 다른 韻을 사용하여 지은 '기타'의 네 수는 증답의 의미보다는 詩才 겨루기의 의미를 지닌다고 할 수 있다.

6·7·8은 남녀 결연의 계기로 작용하는 동시에 詩才를 과시하는 계기가 되기도 한다. 이외에 19·20·21·22도 까치를 소재로 하여 정경패·난양공주·진채봉·가춘운이 각각의 시적 재능을 드러내는 계기로 작용한다. 한편, 16·17·18은 진채봉이 궁녀가 된 것을 모르는 양소유가 결국 궁녀의 신분을 알게 되는 계기로 작용한다. 13 또한 장씨녀 귀신의 정체가 가춘운임이 드러나는 계기가 된다.

한편 시가 삽입되는 回를 볼 때 노존본과 을사본에 공통되는 22수 중 18수가 이야기 전반부인 1-8회에 삽입되어 있고 4수만이 후반부인 9-16회에 삽입되어 있어, 약 80%의 시가 전반부에 집중되어 있는 것을 발견할 수 있다. 전반부가 주로 양소유와 여덟 여인의 만남 및 결연을 이야기하는 부분이라는 점을 감안할 때, 시가 이 부분에 집중적으로 삽입되어 있다는 것은 이 작품이 傳奇的 성격을 지니고 있음을 말해 주는 중요한 단서가 된다. 남녀간에 시를 주고 받는다거나 시를 통해 인연을 맺는다거나 하는 양상은 傳奇에서 흔히 보이는 보편적 현상이기 때문이다. 이와 같은 양상은 원전이 한문으로 된 소설 중 특히 애정 모티프를 담고 있는 작품에서 공통적으로 발견된다. 처음부터 한글로 지어진 국문소설의 경우는 판소리계소설을 제외하고는 삽입시의 수도 적거니와 있다 해도 그것이 남녀 간 증답시의 의미를 지니는 것은 거의 찾아보기 어렵다.

이제 다섯 이본에 모두 공통적으로 삽입된 완판 국문본의 시 6수 중 몇 예를 들어 시 삽입의 구체적 양상을 살펴보도록 한다.

楊生念 我楚地雖多美樹 而如此之柳 曾未見也. 遂作楊柳詞 <u>詠曰</u>
"楊柳靑如織 / 長條拂畵樓 / 願君勤栽植 / 此樹最風流"　　　(한문 노존본)

少遊手攀柳絲 躑躅不能去 歎賞曰 吾鄕蜀中雖多珍樹 曾未見 裊裊千枝
毿毿萬縷 若此柳者也. 乃作楊 柳詞 <u>其詩曰</u> "上同"　　　(한문 을사본)

양싱이 싱각ᄒᆞ디 우리 초 ᄯᅡ히 비록 아름다온 남기 만흐나 이런 버들은 보디
아녀노라 ᄒᆞ고 양뉴 스롤 지어 읇으니 <u>그 글의 ᄀᆞᆯ와시디</u>,
"양뉴쳥여딕　　　버들이 르러러 뵈 ᄯᆞᆫ는 듯ᄒᆞ니
ᄃᆞᆼ됴블화루　　　긴가지 그림그린 누의 썰쳣도다
원군근지식　　　원컨더 그디는 브즈런이 심으라
추슈최풍뉴　　　이 남기 가쟝 풍뉴로오니라"　　　(서울대본)

ᄂᆞᆼ지 츈흥을 이긔지 못ᄒᆞ여 버들을 빗기 잡고 양뉴스를 지어 을프니 <u>그 글의
ᄒᆞ어시되,</u>
"ᄂᆞᆼ뉴 프르러 뵈 쓴 듯ᄒᆞ니 / 긴가지 그린 누를 썰쳣도다 / 원컨대 부즈런이
심노라 / 이 버들이 ᄀᆞ장 풍뉴로다"　　　(박순호본)

(소유가) 손으로 버들가지을 휘여줍고 쥬져ᄒᆞ여 능히 가지 못ᄒᆞ고 탄식ᄒᆞ되
우리 시골 촉즁에 비록 아름다온 나무가 잇스나 일즉 이갓흔 버들은 보든 바
쳐음이라 ᄒᆞ고 드듸여 양유스을 지으니 <u>ᄒᆞ엿스되,</u>
"양유 푸르러 자는 것갓흐니 / 긴 가지가 그림 ᄃᆞ락에 쑬치더라 / 원컨더 그
디는 부지런이 심은 뜻은 / 이 ᄂᆞ무가 가장 풍류러라"　　　(완판본)

한문본의 경우 산문 서술 다음에 시를 제시할 때 위에서 보는 바와
같이 주로 '詩曰'이 사용되고, 국문본에서는 주로 '그 글에 ᄒᆞ여시디'가
사용된다. 박순호본의 경우 25수 전부, 완판본의 경우 6수 전부가 '-에
ᄒᆞ여시디'라는 운문 제시어를 사용하고 있다. 그런데 서울대본의 경우
는, 이 문구 외에도 다양한 표현이 사용되고 있어 주목된다.

'그 글의 <u>굴와시디</u>'(제2번) '그 시예 <u>왈</u>'(제6번) '그 글의 <u>왈</u>'(제11번) '시롤 <u>뻐</u> 주니 왈'(제12번)

'흔 글귀 <u>쓰여시디</u>'(제10번) '쏘 흔 글의 <u>갈와시디</u>'(제17번) '글을 지어드리니 <u>굴오시디</u>'(제21번)

위에서 보는 바와 같이 '-에 ᄒ여시디' 이외의 표현을 사용한 예는 '굴와시디'가 3회, '왈'이 3회, '쓰여시디'가 1회로 총 7회 발견된다. 'ᄒ여시디'가 주를 이루면서도 '굴와시디'나 '왈'과 같은 譯語體가 뒤섞여 사용되는 것으로 보아, 아직 번역 문체가 형성되지 않은 불안정한 형태의 초기 단계를 보여주는 것이라 판단된다. 그리고 을사본계인 박순호본이나 완판본에서는 전부 'ᄒ여시디'로 일관되어 있어, 시를 제시하는 데 사용되는 상투적인 문구로 고착되었다고 볼 수 있다. 전형적인 장회소설의 특징 중 하나가 '正是' '但見' '有詩爲證' 등과 같은 상투적인 운문 제시어를 사용하고 있다는 점인데, 이로 미루어 보면 서울대본에서는 아직 'ᄒ여시디'가 안정적인 상투어로서 자리잡지 못하다가, 을사본계에 이르러 번역문체가 안정화되면서 '-ᄒ여시디'라는 상투적 운문 제시어로 고정화되는 양상을 보인다고 할 수 있다.

시를 번역할 때는 크게 독음만 제시하는 경우, 독음과 뜻을 둘 다 제시하는 경우, 그리고 뜻만 제시하는 경우 세 방식이 있는데, 「구운몽」의 경우 서울대본은 독음과 뜻을 둘 다 제시하는 방식을 취하고 있고, 박순호본은 25수 전부 그리고 완판본은 아래의 한 수를 제외한 나머지 5수가 뜻풀이만 하는 방식으로 되어 있다.

즉시 시젼을 계량을 준디 계량이 새별ᄀ튼 눈을 쓰며 옥ᄀ튼 소리로 노피 읊으니 (中略) 그 글의 <u>ᄒ여시되</u>,
"초긱이 셔유노님진ᄒ니 / 쥬누니취낙양츈을 / 월듕단계을 수션졀고 / 금디 문장이 즈유인을"
　글의 ᄒ여시되,
　"초나라 손니 서으로 노라 길이 진의 드니 / 술누의 와 낙양 봄의 취ᄒ엿도다 / 둘 ᄀ온디 단계를 뉘 몬져 썩글고 / 금디 문장이 스스로 사롬이 잇도다"
ᄒ엿더라.

위에 인용한 구절 속의 삽입시는 6번에 해당하는데, 먼저 한시의 독음을 쓰고 다시 '그 글의 ᄒ여시되'라는 운문 제시어를 사용한 뒤 뜻풀이를 해놓고 있다. 이런 예는 완판본의 삽입시 여섯 수 중 위의 시에서만 볼 수 있다. 이 대목에 해당하는 박순호본을 보면,

　그 시젼을 계랑의겨 보너니 그 글에 하여스되,
　"초ᄂ라 손니 셔흐로 놀미 길니 진ᄂ라로 드러가니 / 주루의 와 낙양춘을 취ᄒ엿더라 / 달 가온디 붉은 계수나무을 뉘 먼져 썩을고 / 금디 문장이 스스로 스람이 잇도다."

와 같이 곧바로 한글로 풀이가 되어 있을 뿐 독음은 싣지 않았다.
　이 점은 「구운몽」이 한문을 원전으로 하면서 國譯된 작품이라는 데서 야기되는 특징이기도 하다. 원전이 한문인 경우 작중 인물은 대개 한문을 주 문자수단으로 하는 유식층이고 따라서 이들이 읊조리는 것은 당연히 漢詩이다. 그런데 이를 한글로 번역함에 있어 독음만 표기해 놓으면 한글을 주 문자수단으로 하는 국문소설 독자의 경우 웬만한 한시 이해 능력으로는 그 뜻을 알 수 없었을 것이고, 또 독음을 표기한 뒤 일일이 뜻을 풀이하자니 너무 번거로웠을 것이기 때문에, 시를 생략해버리거나 대폭 줄이거나 아니면 박순호본 「구운몽」처럼 독음은 표기하지 않고 뜻만 번역을 하는 방법을 택했던 것이다. 이런 점에서 박순호본은 주로 한

글을 주 문자수단으로 하는 층에서 유통되었을 것으로 볼 수 있다. 한편, 서울대본은 편목도 한글 독음으로 표기하고, 시를 번역함에 있어서도 뜻풀이만 하지 않고 한글 독음을 붙여 놓은 것으로 보아 한글을 주 문자수단으로 하면서도 한문의 소양도 상당한 식자층에서 유통되었을 것으로 추정할 수 있다.

5. 맺음말

이 글은 한문본과 국문본, 필사본과 방각본, 완판본과 경판본 등 다양한 유통방식에 따라 「구운몽」의 시 운용 양상이 달라진다는 점에 착안하여 두 종류의 한문본, 세 종류의 국문본을 대상으로 유통과 시의 운용 사이의 관계를 살펴보았다. 시로는 본문 안에 포함된 일반적인 '삽입시'뿐만 아니라, 16개의 章回에 붙여진 對句 형식의 '편목'까지도 포괄하였다.

'편목'의 운용은 한문본인가 국문본인가에 따라, '삽입시'의 운용은 필사본인가 방각본인가에 따라 차이를 보인다. 방각본과 전기수의 구연은 영리를 추구한다는 점, 다시 말해 독자나 청중의 호응도가 관건이 된다는 공통점을 지니므로 방각본은 직·간접으로 구연유통과 관련이 있고, 이 점이 방각본에서 삽입시편의 수가 격감하는 요인으로 작용한다는 것을 규명하였다. 그러나 이 글에서 논의된 것은 「구운몽」만을 대상으로 하여 시의 운용 양상이라는 측면에 국한하여 얻어진 결론이므로, 더 많은 작품을 검토할 때 일반화에 이를 수 있을 것으로 생각한다.

『古事記』의 서술 특성과 그 연원

1. 『古事記』 개괄

　『고사기』는 712년 천황의 명에 따라 오노 야스마로(太安麻呂)가 撰集하여 헌정한 책으로 일본에서 가장 오래된 역사서이다. 그러나 여기에는 신화나 전설 등이 많이 실려 있어 역사서보다는 오히려 신화집이나 문학적 성격이 강한 저술로 인식되는 경향이 있다. 실질적으로 가장 오래된 역사서로 간주되는 것은 율령국가의 正史라 할 수 있는 『일본서기』다. 『고사기』는 어느 한 시기에 책상 위에서 만들어진 것이 아니라 여러 씨족들, 황실의 내부에서 口承 혹은 書承되어온 이야기의 집성이다. 서문에 의하면 天武 천황이 『帝皇日繼』와 『先代舊辭』를 히에다노 아레(稗田阿禮)에게 誦習하도록 하고 오노 야스마로는 그가 송습한 자료를 바탕으로 한자의 훈독과 음독 표기를 섞고 알기 어려운 말에는 註를 달아 책으로 완성하였다. 『고사기』라는 書名에 대해서는 고유명사로 보는 설 외에도 예부터 전해지는 오래된 책이라는 보통명사의 의미로 보아야 한다는 설도 있다.[1]

---

1) 현 『古事記』 외에 다양한 형태의 「고사기」가 존재했음을 말해주는 자료들에 대해

7세기 말엽 일본은 한반도를 중심으로 한 국제정세의 급격한 변화속에 고조된 대외적 위기의식을 느끼고 있었다. 大化改新으로 왕이 된 天智天皇, '壬申의 亂'[2]을 거쳐 권력투쟁에서 승리하고 왕위에 오른 天武天皇을 필두로 持統·文武·元明 天皇에 이르기까지 율령국가로 발돋움하기 위한 본격적인 체제 정비작업이 행해진다. '天皇'이라는 호칭의 사용, '日本'이라는 국호의 제정, 701년 다이호(大寶) 율령의 완성, 710년의 平城京으로의 천도 등 일련의 정치적 움직임은 고대 율령국가의 완성을 지향해 가는 과정을 보여준다. 『고사기』와 『일본서기』는 이같은 고대 율령 국가의 완성기에 지배 권력의 자기확신의 역사서[3]로서 혹은 천황의 지배하에 있는 국가 체제를 정당화하기 위해 만들어진 역사서라는 의미를 갖는다.

『고사기』는 상·중·하 세 권으로 나뉘어 있는데 상권은 神들의 이야기이고 중권·하권은 인간인 천황들의 이야기인데 중권은 1대 神武 천황부터 15대 應神 천황까지, 하권은 16대 仁德 천황부터 33대 推古 천황까지의 일을 기록하고 있다. 본문은 변체 한문을 주로 하고 가요는 모두 1字1音 표기를 하고 있다. 이는 노래 자체가 지닌 주술적인 힘을 살리기 위한 것이며 불교의식에서 주문은 번역하지 않고 원음 그대로 암송하는 것과 같은 이치라 할 수 있다.[4]

서는 李權熙, 『古事記 : 왕권의 내러티브와 가요』(제이앤씨, 2010), 233~235쪽에 자세히 정리되어 있다.

2) 672년에 일어난 일본의 내란으로 天智 천황의 동생인 오아마(大海人) 皇子가 천황의 태자인 오토모(大友) 황자에 맞서 지방 호족들을 규합해 반기를 든 사건으로 반란을 일으킨 皇弟가 왕위에 올라 天武 天皇이 되었다. 사건이 일어난 해가 간지로 壬申年에 해당하므로 이를 따서 '壬申의 亂'이라 부른다.

3) 이권희, 앞의 책, 88쪽.

4) 曾倉岑, 「記紀歌謠と說話」, 『古事記 : 王權と語り』(土井淸民 編, 有精堂, 1986), 143쪽.

『고사기』의 특징 중 하나는 산문 서술을 기본으로 하면서도 군데 군데 112수나 되는 운문을 삽입하여 서술의 효과를 높이고 있다는 점이다. 이처럼 산문과 운문이 결합하여 이야기를 전개하는 독특한 서술방식은 그 이전의 일본의 글양식에서는 보기 어려운 방식이라 할 수 있다. 이 글은 이같은 특징에 주목하여 『고사기』를 역사서가 아닌, 상상력과 허구성에 토대를 둔 문학서로 보는 관점에서 일본 산운 혼합담론의 嚆矢로서 『고사기』의 구체적 면모를 살피는 것에 목적을 둔다. 나아가 이런 글쓰기 방식에 영향을 준 요소들을 검토해 보는 것에 2차적 목적을 둔다.

2. 일본 散韻 혼합담론의 효시로서의 『古事記』

2.1. 가요모노가타리(歌謠物語)와 산운 혼합담론

『고사기』의 여러 특징 중 이야기와 노래 혹은 산문과 운문이라고 하는 이질적인 문학형태가 섞여 텍스트가 이루어진다고 하는 점에 논의의 초점을 맞출 때 이런 형태를 어떠한 용어로 규정하느냐 하는 문제가 제기된다. 일본문학 연구자들 사이에서 가장 널리 통용되는 용어는, 노래와 이야기가 섞여 있다는 의미의 '歌謠物語'(가요모노가타리)라는 말이다.5) 이에 반해 필자가 사용하고자 하는 '산운 혼합담론'이라는 말은 하나의 담론 혹은 텍스트 안에 산문과 운문이 섞여 있는 형태를 가리킨다. 노래와 이야기는 구비 전승에서, 운문과 산문은 문자화된 기록에서 사용되는 말이다. 따라서 『고사기』를 歌謠物語로 규정하느냐 산운 혼합담론으로 규정하느냐 하는 것은 이 텍스트에 접근하는 기본 관점이 어떠한가

---

5) 이 말 대신 '歌謠說話'라는 말도 사용된다. 品田悦一, 「歌謠物語 : 表現の方法と水準」, 《國文學 : 解釋と敎材の硏究》(學燈社 編, 1991), 98쪽.

를 말해주는 단서가 된다.

단도직입적으로 말하면 이 글은 『고사기』를 연구의 도달점이 아닌, 연구의 출발점으로 보는 입장이다. 『고사기』를 연구의 도달점으로 본다는 것은 이 문헌이 성립되기까지의 과정 예컨대 어떤 노래 혹은 이야기가 어떤 상황—場— 에서 누구에 의해 불려지고 말해졌는지 그 노래와 이야기들이 만들어진 배경은 무엇이며 이를 향유한 계층은 누구인지, 어떤 이야기와 어떤 노래가 결합을 하게 되었는지 등 주로 문자화되기 전의 단계에 초점을 맞추는 입장이다. 이같은 연구 관점은 『고사기』를 이 복잡한 과정의 최종 결과물로 보는 것이다. 한편 연구의 출발점으로 본다는 것은 이같은 구전 및 成文化 과정을 거쳐 완성된 최종 기록물로서 『고사기』를 살피는 입장이다. 前者의 입장이라면 두 이질적인 문학양식이 혼합된 형태를 가요모노가타리, 그 구성성분을 노래(가요)나 이야기(설화)로 부르는 것에 무리가 없다. 그러나 문헌 기록 혹은 최종 완성물로서 『고사기』를 바라본다면 '산운 혼합담론', 그 구성성분을 산문이나 운문으로 부르는 것이 적합하다.[6]

이같은 관점의 차이에 따라 노래와 이야기가 혼재하는 텍스트의 성격을 어떻게 규정하느냐가 달라질 수 있다. 예를 들어 『고사기』 중권의 「仲哀天皇」에 삽입되어 있는 39-40번 운문은 그 운문이 지어진 배경을 설명하는 간단한 산문과 결합되어 있고 말미에 '이 노래들을 酒樂歌라고 한다("此者酒樂之歌也")'라는 문구가 붙어 있다.[7] '酒樂歌'라고 하는, 술자리에

---

6) 이 운문을 가리키는 말이 『고사기』 본문에는 '歌'라고 되어 있기 때문에 이 글에서는 번역할 때나 상황에 따라 '노래'라는 말이 사용되기도 할 것이다.

7) 荻原淺男・鴻巢集雄 校注・譯, 『古事記・上代歌謠』(小學館, 1973・1990), 47쪽. 이하 『고사기』 원문 인용은 이 자료에 의거하였으나 작품번호는 岩波書店에서 간행한 『古代歌謠』를 따랐다. 『古代歌謠』의 3번 작품이 소학관간 『고사기』에서는 3번과 4번 두 수로 나뉘어 수록되었기 때문에 작품번호에 차이가 있다. 이하 인용문의 서지사항

서 불리우는 가곡의 이름으로 이 대목을 떼어내어 노래가 만들어진 계기, 불려지는 상황 혹은 場에 초점을 맞춘다면 노래가 主가 되고 설화가 從이 되는, 바꿔 말하면 韻主散從의 양상으로 설명될 수 있을 것이다.

그러나 이 노래들을 완성된 문헌으로서의 『古事記』에 포함된 「仲哀天皇」의 일부로 보는 관점이라면 설명은 달라진다. 아무리 산문부분이 짧고 간단하게 서술되어 있다 하더라도 어느 한 단편 서사체의 일부분을 구성하는 것이기 때문에 산문이 主가 되고 운문이 從이 되는 散主韻從의 관계로 설명할 수 있는 것이다. 이런 류의 텍스트는 주로 儀式歌에서 많이 발견된다.[8] 이처럼 두 이질적인 문학갈래가 합쳐진 형태를 두고 어떤 관점에서 접근하느냐에 따라 성격 규정이 크게 달라지게 된다.

2.2. '天武本 古事記'와 '現 古事記'

『고사기』를 산운 혼합담론으로 규정한 다음 검토해야 할 문제는 이를 일본 산운 혼합담론의 嚆矢로 자리매김하는 시각이다. 주지하는 바와 같이 『고사기』는 어느 일정 시기에 한 두 사람에 의해 완성된 것이 아니라 오랜 시간에 걸쳐 여러 씨족들이나 황족 내부에서 口傳 혹은 기록으로 전해져 온 것들의 집적물이다. 그렇다면 기록물 가운데 노래와 이야기 ─혹은 운문과 산문─ 가 결합된 형태가 존재했을 수도 있는데 어떻게 현 『고사기』를 일본 산운 혼합담론의 효시 혹은 最古形으로 규정할 수 있는가 하는 문제이다. 이에 대한 설명을 위해 현 『고사기』의 성립과정을 살펴볼 필요가 있다. 그 과정을 아래와 같이 간단히 나타내 볼 수 있다.

은 생략함.
8) 曾倉岺, 앞의 글, 143쪽.

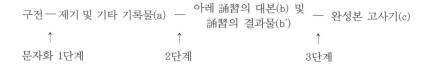

『고사기』서문에는 천황─天武天皇─이 재위 5년에 칙명을 내려 '제가가 가지고 있는 帝紀와 本辭가 사실과 다르고 허위가 많아 이를 잘 조사하여 허위를 없애고 정실을 정해 후세에 전하고자 한다'고 말하면서 '당시 28세의 총명한 도네리(舍人)였던 히에다노 아레(稗田阿禮)에게 帝皇日繼와 先代舊辭를 誦習하게 했다'는 내용이 실려 있다.9)

「帝紀」10)는 초대 천황에서 제33대 推古 천황까지의 이름, 황후·황자·황녀의 이름 및 그 자손의 씨족과 황궁의 이름, 재위기간, 붕어한 해의 간지, 수명, 능묘의 소재지 및 그 치세의 주된 사건 등을 적은 것이고, 「舊辭」는 궁정 내의 이야기, 황실이나 국가의 기원에 관한 이야기를 집계한 것으로 「제기」와 같은 시기에 쓰여진 것이다. 「제기」나 「구사」는 천황에 관한 일들이 儀式에서 구술되던 것을 기록한 것으로 문자화가 이루어지는 첫 단계로 볼 수 있다. 이어 히에다노 아레로 하여금 이를 誦習케 했다고 했는데 연구자들에 의하면 '송습'이란 단지 기억한 것을 암송하는 것을 가리키는 것이 아니라 옛 기록들을 정확하게 訓讀하는 것을 의미한다.11)

---

9) "諸家之所齎帝紀及本辭 旣違正實 多加虛僞. (中略) 故惟 撰錄帝紀 討覈舊辭 削僞定實欲流後葉. 時有舍人 姓稗田名阿禮 年是廿八 爲人聰明 度目誦口 拂耳勒心. 卽勅語阿禮 令誦習帝皇日繼及先代舊辭."『고사기』序文, 47쪽. 先代舊辭는 앞에 나온 本辭, 舊辭와 동일한 것을 가리킨다.

10) 「帝皇日繼」「先紀」「帝王本紀」라고도 불림.

11) 小島憲之는 '誦習'은 '문자에 입각해서 부동의 일정한 訓을 익히고 이것을 입으로 정확하게 전하는 것을 훈련한다'(文字に則して動かない一定の訓を覺え, ころを口で正しく傳へることを'習ふ'(訓練する)는 뜻을 지니고 있으며 구전되는 것이 아닌, 書物을

이때 아레가 송습의 臺本으로 한 것은 일반적으로 '原古事記' 혹은 '天武本 古事記'라 불리던 문자화된 기록물[12]이었고 아레는 이 대본에 충실하게 訓讀을 했던 것이다. 여러 기록들을 자료로 하여 고정된 대본을 이루기까지는 여러 번의 부분적 조작이 있었을 것[13]으로 추정된다. 구전되던 이야기들이 帝紀·舊辭를 비롯, 다양한 기록물로 문자화되는 것을 '1단계'라 한다면 아레의 송습을 위한 대본이 만들어지는 것 그리고 그에 의거해 송습의 결과물 (b')가 산출되기까지를 문자화의 '2단계'라 할 수 있다.

그렇다면 현『고사기』는 아레가 송습한 것을 그대로 가감없이 문자화한 것일까 다시 말해 (b')가 곧바로 현『고사기』가 된 것일까 하는 점을 생각해 보아야 한다.『고사기』서문에 보면 천황이 아레로 하여금 송습하게 하였으나 '運이 변하고 세상이 달라져 아직 그 일을 끝마치지 못하였다'[14]라는 문구가 있다. 문맥상 '아직 끝마치지 못한 일'은 아레의 송습을 가리킨다고 할 수 있으며 이것은 (b')가 아직 미완성의 상태이며 현『고사기』의 상태로 출현하기까지는 어떤 형태로든 형식·내용면의 보완 혹은 윤색이 가해졌을 가능성을 짐작케 한다.

만일 아레의 송습이 한 번이 아닌 여러 번 행해졌다면 '아직 끝마치지 못한 일'이란 그 중 가장 적절한 텍스트를 아직 '확정'하지 못한 것을 의미할 수도 있다. 즉, 여러 本의 (b')들이 남겨진 채 어느 하나를 正本으로

대상으로 하는 것이라 풀이하였다. 小島憲之,『上代日本文學と中國文學·上』(塙書房, 1962·1993), 172쪽.

12) 小島憲之는 위의 책(167~176쪽)에서 이것을 현『고사기』에 대한 '原古事記'라는 말로 표현하고 있고 아레가 송습한 臺本과 原古事記를 같은 개념으로 사용하고 있다(277쪽). 여기서 '原古事記'란 현『고사기』와『일본서기』의 재료가 된 舊記群 資料群을 假稱하는 말(170쪽)로, 帝紀나 舊辭도 당연 포함된다. 한편 品田悅一은 앞의 글(103쪽)에서 이를 '天武本 古事記'라 칭하고 있다.

13) 小島憲之, 앞의 책, 277쪽.

14) "然運移世異 未行其事矣."『古事記·上代歌謠』, 47쪽.

결정하지 못한 것을 의미할 수도 있다는 것이다. (b′)가 단 하나의 텍스트로 존재했으되 미완성의 것이었는지 아니면 여러 개의 異本 형태로 존재했는지, 그리고 (b)(b′)의 구체적인 내용이 어떠했는지 확인할 수는 없지만, '아직 끝마치지 못한 일'이 어느 쪽이든간에 (b′)가 유동적·잠정적 상태로 머물러 있었다는 것만은 분명하다고 하겠다.

유동적인 (b′)를 확정적인 것으로 하여 현『고사기』로 완성한 것이 바로 오노 야스마로(太安麻呂)의 임무였으며 이것이 문자화의 '3단계'에 해당한다. 天武代 때 완성을 보지 못한 이 작업은 元明 천황대에 들어와 오노 야스마로의 주도하에 자료 (b′)를 토대로 하고 여타 기록들을 참고하여 현재의『고사기』로 완성을 보게 된다. (b′)가 여러 개의 텍스트로 존재했다면 야스마로는 이 중 最善本을 가려내어 주를 달고 문체나 체제의 일관성을 부여하는 일을 했을 것이다. 야스마로가 元明 천황으로부터 '舊辭와 先紀의 오류를 바로잡으라는 명을 받아 히에다노 아레가 송습한 勅語舊辭를 撰錄'[15]하기까지는 약 4개월의 시간이 소요되었다.[16] 이 시간 동안 (b′)를 전면적으로 수정하거나 윤색하기는 어려웠을 것이므로 야스마로는 (b′)의 최선본을 골라 한자의 훈독과 음독 표기를 섞고 빠진 부분을 보충하며 알기 어려운 말에는 註를 다는 등 표현과 체제에 통일성을 부여하는 선에서 작업을 진행했을 것으로 본다. 이렇게 해서 (c)로 최종 정착·확정된 텍스트가 712년에 헌정된 현『고사기』인 것이다.

이처럼 현『고사기』가 이루어지기까지의 과정, 즉 문헌기록물로 완성되기까지의 과정을 몇 단계로 나누어 검토할 때 문자화의 계기는 적어도

---

15) "惜舊辭之誤忤 正先紀之誤錯 以和銅四年九月十八日 詔臣安麻呂 撰錄稗田阿禮所誦之勅語舊辭以獻上者"『고사기』序文.『古事記·上代歌謠』, 49쪽.

16) 칙명을 받은 것은 和銅4년(711년) 9월 18일이고 헌정한 것은 和銅5년 1월 28일이다.『고사기』序文.『古事記·上代歌謠』, 48~49쪽.

세 번 있었을 것으로 추정할 수 있으며 이 문자화의 단계에서 산문과 운문의 결합이 이루어졌을 가능성은 충분하다. 그러나 「帝紀」나 「舊辭」 및 자료가 된 다른 기록물들(a)과 아레 송습의 대본(b) 및 송습의 결과물인 (b′)에, 산문과 운문의 결합 형태가 이미 존재했을 '가능성'은 충분히 인정된다 하더라도 이 기록물들의 原形이 전하지 않는 이상 구체적인 모습을 확인할 수 없으므로 이것들을 산운 혼합담론의 最古形으로 자리매김할 수는 없다. 문자화의 각 단계에서 노래와 이야기가 결합했을 가능성은 물론 구전의 단계에서도 한 사람의 구연자가 이야기와 노래를 함께 구연했을 가능성17) 또한 존재한다. 그러나 이는 문자화된 것이 아니기에 산운 혼합담론의 범주에 포함시킬 수 없다.

이상을 종합할 때 『고사기』를 일본 산운 혼합담론의 효시 또는 最古形으로 규정하는 것에 무리가 없다고 판단된다.

3. 서사체 시삽입형 혼합담론으로서의 『古事記』

이제 『고사기』를 산운 혼합담론으로 규정한 토대 위에서 이것이 산운 혼합담론의 어떤 유형에 속하는가를 살피는 일이 필요하다. 완성된 문자 기록물로서의 『고사기』는 산문이 주가 되고 여기에 시가 삽입된 형태, 즉 散主韻從의 성격을 지닌다. 필자의 분류에 의하면 이는 '시삽입형'에 해당하는데 시삽입형은 다시 산문 부분이 서사체인가의 여부에 따라 '서사체 시삽입형'과 '비서사체 시삽입형'으로 나눌 수 있다. 이 중 『고사기』

---

17) 土橋寬은 口誦의 단계에서 한 사람의 이야기꾼이 말과 노래를 섞어 구연하는 형태가 존재했다는 근거로 '神語'를 비롯 몇 가지 예를 들었다. 土橋寬, 『歌謠 I 』(土橋寬・池田彌三郎 編, 角川書店, 1975・1985), 해설 23~24쪽.

는 산문 부분이 신이나 왕들, 영웅의 일대기적 성격을 띠는 서사체이므로 전자에 속한다. 후자의 대표적인 것으로는 기행문에 시가 삽입되는 형태를 들 수 있다.

3.1. 『고사기』의 서사적 성격

그렇다면 서사체 시삽입형으로서의 『고사기』의 면모를 구체적으로 살피기 전에 먼저 『고사기』라고 하는 서사체가 어떤 성격을 지니는지 살펴보도록 한다. 『고사기』는 전승되던 신화나 전설을 토대로 문자화한 것인 만큼 일단 신화적·전설적 성격이 강한 서사체로 규정할 수 있다. 그리고 서사 속의 주인공들은 능력이나 신분 면에서 보통 이상의 '고귀한 인물'로 설정되며 그들이 펼치는 다양한 행적은 미적 범주로 볼 때 '숭고미'의 성격을 띤다.

『고사기』는 상·중·하 세 권으로 구성되어 있는데 상권은 여러 신들의 이야기, 중·하권은 인간—왕과 영웅— 의 이야기가 중심이 된다. 그리고 각 권은 개개 신, 왕으로 분절이 되어 그들 개개인이 주인공이 되므로 한 명의 신, 한 명의 왕이 주인공이 되는 이들 분절단위는 각각 하나의 '短篇 敍事體'로 규정될 수 있다. 그러므로 『고사기』는 한 편의 장편소설이 아닌, 단편소설 모음집같은 성격을 띤다고 하겠다. 또한 각 주인공들의 계보, 무용담, 연애담, 다양한 행적, 일생의 중요한 사건들을 중심으로 서사가 전개되므로 '一代記' 혹은 '傳記'의 성격을 띤다.

이상을 종합하면 『고사기』는 어떤 한 고귀한 人物—신, 왕, 영웅— 이 주인공이 되고 그들이 펼치는 행적을 서술한 것이 하나의 분절단위가 되는 '단편 서사체 모음집'으로 규정할 수 있다. 이같은 기준으로 볼 때 『고사기』 상권에는 7개, 중권에는 15개, 하권에는 18개의 단편 서사체가 실려 있고 『고사기』는 총합 40개의 텍스트로 구성된 단편 서사체 모음 집으로 이해할 수 있다. 40개의 텍스트들 중에는 운문이 포함된 것도 있고 포함되지 않은 것도 있으며, 서사 주인공의 일생이 아주 짧게 기록된 텍스트들이 있는가 하면[18] 길게 부연된 것들도 있다. 그리고 많은 수의 운문이 포함된 것도 있고 아예 없거나 한 두 편만 포함된 것도 있다. 대체적으로 보아 치적이 많은 천황이 서사의 주인공이 되는 경우 길이도 길고 삽입 운문수도 많은 경향을 보인다.

일반적으로 서사체는 인물들의 대화와 서술자의 설명이 교체되면서 사건이 전개되는 二重的 視點을 특징으로 하는데 서술자가 자신의 존재를 드러내는 방식에 따라 1인칭 주인공 시점, 1인칭 관찰자 시점, 3인칭 관찰자 시점, 전지적 시점으로 크게 구분된다. 전지적 시점도 넓게는 3인칭 시점으로 분류될 수 있으나 서술자가 전지전능한 신처럼 시간·공간의 제한을 넘어 遍在하며 인물의 내면 심리까지도 간파하는 입장에 놓인다는 점에서, 단지 겉으로 드러나는 인물의 말과 행동만을 전달하는 입장에 놓인 3인칭 관찰자 시점과 차이가 있다. 『고사기』의 서술자는 인물의 내면까지 포착하거나 시공의 제한을 넘어 사건을 간파하는 면모를 보이지 않고 단지 인물의 겉모습만을 묘사·설명한다는 점에서 3인칭 관찰자 시점으로 서술이 이루어진다고 할 수 있다.

3.2. 서사체에서의 운문의 성격

3.2.1. 운문의 작자, 산운 중복 여부, 운문 제시어

『고사기』 상권에는 8편, 중권에는 43편, 하권에는 61편의 운문이 삽입

---

18) 중권에 수록된 8인의 천황, 하권에 수록된 10인의 천황에 대해서는 아주 간략하게 서술되어 있다.

되어 있는데 텍스트19)별로 가장 많은 운문이 삽입되어 있는 것은 「仁德
天皇」20)으로 총 23편이 실려 있다. 하나의 텍스트는 크게 첫머리에 해당
천황의 계보가 서술되는 부분과 그 왕과 관련된 사건이나 전설적 이야기
가 서술되는 부분으로 나뉜다.

삽입 운문은 독립가요의 성격을 띠는 것과 이야기를 배경으로 해서
창작된 모노가타리우타(物語歌)로 나뉘는데, 설령 독립가요라 해도『고
사기』라는 기록에 삽입되어 이야기와 결합을 한 이상 物語歌와 크게 다
를 바 없다. 예를 들어 「仁德天皇」에 실려 있는 57-63번 운문 6편21)에
대해서는 '시츠우타노우타이가에리(志都歌の歌返)'라고 부기되어 있는데
이는 궁정의 樂府에서 불린 歌曲의 이름을 가리킨다.22) 독립가요로서
궁정에서 불리던 것이지만, 천황이 다른 여인과 결혼한 것에 질투하는
황후와 이를 회유하고자 하는 천황의 이야기에 삽입되어 산문 부분과
불가분의 관계를 맺고 서사 진행에 기여한다는 점에서 다른 物語歌와
차이가 없는 것이다.

『고사기』에 삽입된 운문들은 모두 등장 인물이 지은 것으로 되어 있
으며 운문이 '인용'의 형태로 산문 서술에 삽입되는 예는 찾기 힘들다.
이 점이 바로『춘추좌씨전』에서 보이는 산운 결합양상과의 차이점이라
할 수 있다.『고사기』에서 운문은 인물이 자기의 생각이나 감정을 전달
하는 매체가 된다. 다시 말해 삽입 운문은 일반 서사체에서의 대사나 대

19) 여기서 '텍스트'는 어느 한 신이나 천황이 주인공이 되고 그들이 펼치는 행적을
    서술한 분절단위를 가리킨다. 따라서 신이나 천황의 이름이 그 텍스트의 '제목'이
    되며 한 텍스트는 다시 여러 개의 삽화로 구성된다.
20) 역사적 인물로서의 천황의 이름과 한 텍스트의 제목으로서의 천황 이름 사이의
    구분을 하기 위해 텍스트의 제목을 가리킬 때는「 」로 나타내기로 한다.
21) 62번을 제외한 57~63번.
22)『古事記・上代歌謠』(小學館, 1973・1990), 281쪽, 頭註17.

화 혹은 독백과 다름이 없는 것이다. 아래는 운문이 '독백'의 성격을 띠
는 예이다.

(1) 大神 —須佐之男命— 이 최초로 스가의 궁궐을 지을 때 그 곳에서 구름이
솟아 올랐다. 그리하여 노래를 지어 불렀다. 그 노래는 다음과 같다.
"뭉게뭉게 피어오르는 이즈모의 구름 여러 겹으로 담을 두르네. 사랑하는 아
내를 머물게 하기 위해 여러 겹 울타리 만드네. 훌륭한 울타리여."
그리고 아시나즈치의 신을 불러 '너를 나의 궁궐의 首長으로 임명한다'고 말
하며 그에게 이나다노미 야누시스가노야츠미미노가미라는 새로운 이름을 하사
하였다.[23]   (「天照大御神と須佐之男命」)

위는 스사노오노미코토(須佐之男命)가 스가라는 곳에 이르러 궁궐을 지
을 때 그 곳에서 구름이 솟아 오르는 것을 보고 노래를 지어 부르는 대목이
다. 여기서 삽입 운문은 궁궐을 짓고 아내를 머물게 할 생각에 기분이
좋아진 大神이 자기 감정을 표현한 것으로서 누군가 대상을 향해 건네는
대사가 아니라 자기 스스로 뇌이는 독백에 해당한다. 이때 산문서술과
운문부의 앞 두 구절은 내용상 부분적 중복을 보이지만 운문 뒷부분은
새로운 내용으로의 진전이 있어 전체적으로 산문과 운문은 準계기식으로
결합되어 있다고 할 수 있다. 그러나 아래의 예는 다른 양상을 보인다.

(2) 마침 그때 일곱 명의 소녀들이 '다카사지노'라는 들판으로 놀러 나와 있
었다. 이스케요리히메도 그 속에 함께 있었다. 이에 오호쿠메노미코토가 이스

---

23)「天照大御神と須佐之男命」 玆大神 初作須賀宮之時 自其地雲立騰 爾 作御歌 其歌
日 "八雲たつ 八雲八重垣 妻ごみに 八重垣作る." 於是 喚其足名椎神 告言 汝者任我
宮之首. 且負名號稻田宮主須賀之八耳神. 원문은 小學館刊『古事記』에 의거하고, 상
권과 중권의 번역은 노성환 譯註,『古事記』(예전사, 1990)를, 하권의 번역은 노성환,
『고사기』(민속원, 2009)를 참고하였다. 노성환,『고사기・상』(1990), 96쪽.

케요리히메를 본 후 노래로써 천황께 아뢰었다.

"야마토의 다카사지노 들판을 걸어가는 일곱 명의 소녀들 중에 누구를 부인으로 삼으시렵니까?"

그때 이스케요리히메는 그 소녀들 가운데서도 맨 앞에 서 있었다. 그리하여 곧 천황은 그 소녀들을 본 후 마음 속으로 이스케요리히메가 맨 앞에 서 있다는 것을 알고 노래로써 답하였다.

"여하튼 맨 앞에 서 있는 나이 많은 소녀를 아내로 삼으리라"[24]

(「神武天皇」)

(2)는 「神武天皇」에서 천황이 황후를 고르는 대목이다. 여기에 삽입된 두 편의 운문은 황후 간택의 중매자 역할을 하는 오호쿠메노미코토와 천황이 주고 받는 대화 구실을 한다. 말이 단지 시로 바뀌었을 뿐이다. 그러므로 산문 서술과 운문은 내용상으로 중복이 되지 않고 두 요소가 繼起的으로 결합하여 서사 전개에 기여한다. 두 요소가 '계기적 관계'에 놓여 있다고 하는 것은 그 중 하나가 빠지면 서사 진행에 장애가 생긴다는 것을 의미한다. 그러나 대화의 성격을 띠는 운문이라 해서 모두 산문과 계기적 관계에 놓이는 것은 아니다.

(3) 드디어 그녀가 '받들어 섬기겠나이다'라고 말하였다. 그런데 그 이스케요리히메노미코토의 집은 '사이가와'라는 강의 부근에 있었다. 천황은 그 이스케요리히메의 집으로 가서 그녀와 함께 하룻밤을 같이 지냈다. 그 후 이스케요리히메가 궁중으로 들어갔을 때 천황이 노래로써 말하였다.

---

24)「神武天皇」, 於是 七媛女遊行於高佐士野 伊須氣余理比賣在其中. 爾 大久米命 見其伊須氣余理比賣 而以歌白於天皇曰 "倭の 高佐士野を 七行く 孃子ども 誰をし枕かむ." 爾 伊須氣余理比賣者 立其媛女等之前 乃天皇見其媛女等 而御心知伊須氣余理比賣立於最前 以歌答曰, "かつがつも 最前立てる 兄をし枕かむ." 노성환,『고사기·중』(1990), 43쪽.

"갈대밭의 초라하고 작은 집에서 왕골로 짠 자리를 깨끗이 깔고 우리 두 사람은 함께 잠을 잤었네."25)   (「神武天皇」)

이것은 (2)뒤에 이어지는 내용인데 운문은 천황이 이스케요리히메에게 하는 대사에 해당한다. 여기서 천황이 지은 노래는 산문의 내용을 운문으로 되풀이하여 산문과 운문이 계열식, 그 중에서도 표면상의 내용을 되풀이하는 '중복'의 방식으로 결합되어 있다. 따라서 이 운문이 없어도 서사의 진행이나 스토리 전개에 아무런 문제가 생기지 않는 것이다. 이처럼 산문과 운문의 내용은 (2)처럼 계기적 관계에 놓인 것도 있고 (3)처럼 산문과 운문 내용이 중복을 이루어 '계열적 관계'에 놓인 것도 있으며 (1)처럼 부분 중복을 보이는 準계기식의 예도 있다. 전체적으로 보았을 때 『고사기』에서는 산문과 운문이 계열식 결합을 보이는 경우보다 계기식 결합을 보이는 것이 압도적으로 많다.

여기서 주목해 볼 문제는 산문에서 운문으로 연결되는 문구, 즉 '운문 제시어'이다. (1)에서는 '作御歌 其歌曰' (2)에서는 '以歌白'과 '以歌答曰' (3)에서는 '天皇御歌曰'이 사용되어 있다. 『고사기』에 보이는 총 112개의 운문 제시어 중 가장 빈도수가 높은 것은 '노래로써 말하였다("歌曰")'로 92회 사용되었고, '그 노래는 다음과 같다("其歌曰")'가 11회, '노래로써 답하였다("答歌曰")'가 4회, 기타 '노래로써 아뢰었다("以歌白")' '노래로써 답하여 말했다("以歌答曰")' '기이하게 여겨 노래로써 말하였다("思奇歌曰")' '노래로써 아뢰어 말하였다("以歌語白")' '읊조려 말하였다("爲詠曰")'가 각각 1회씩 사용되었다.

---

25) 「神武天皇」 故其孃子 白之仕奉也. 於是其伊須氣余理比賣之家 在狹井河之上 天皇 幸行其伊須氣余理比賣之許 一宿御寢坐也. 後其伊須氣余理比賣 參入宮內之時 天皇 御歌曰, "葦原の しけしき小屋に 菅疊 いや淸敷きて 我が二人寢し." 노성환, 『고사 기·중』(1990), 44쪽.

그런데 이 운문 제시어들이 사용된 앞뒤 문맥을 보면 '其歌曰'은 나머지 것들과 차이를 보이는 것이 드러난다. (1)에서 보듯 운문 제시어 앞에 노래를 지어 부른 행위에 대한 서술이 있고 운문 제시어로 그 노래 내용을 소개하는 방식인 것이다. '其歌曰'이 쓰인 나머지 10개의 표현도 예외없이 이런 패턴을 보인다. 이에 비해 나머지 것들은 운문 제시어 자체가 노래를 지어 말하는 행위를 포함한다. 요컨대 '其歌曰'은 노래를 소개하는 문구이고, 나머지 것들은 노래를 지은 사람의 행위를 나타내는 문구로써 전자는 '노래'에 후자는 '노래를 지은 사람'에게 초점이 맞춰져 있는 것이다.

『고사기』의 운문 제시어가 '歌曰' 및 그 변형표현들이 주를 이룬다고 하는 것은 여러 가지 점을 시사한다. '其歌曰'은 노래를 소개하는 부분이므로 운문이 없어도 서사 전개에 지장이 없다. 그러나 '歌曰'의 경우는 운문이 인물의 말을 대시하므로 줄거리 전개에 기여를 하고 따라서 운문이 빠지면 서사에 지장을 초래하게 된다. 위에서 『고사기』의 경우 산문과 운문의 내용이 중복을 이루는 예는 드물고 대부분 내용의 진전을 이루는 경향이 있음을 언급했는데, '歌曰'이라는 운문 제시어 또한 이런 경향과 무관하지 않다고 하겠다. 또한 운문 제시어는 『고사기』 산운 혼합 서술의 연원을 살피는 데 유용한 기준이 되어 준다. 『고사기』를 대표하는 '歌曰'은 佛典의 운문 제시어를 대표하는 '게로써 말하였다("說偈言")'와 그 언어구조가 흡사하고 '歌曰'의 변형이라 할 '以歌答曰' '以歌白' '以歌語白'은 불전에 사용된 '以偈問曰' '以偈讚佛' '以偈白母'와 흡사하기 때문이다. 이 점은 4장에서 다시 언급하기로 한다.

운문 제시어로 '詩曰'이 아닌 '歌曰'이 사용된 것은 『고사기』 이전에 이미 歌謠物語의 형태가 존재했음을 말해 준다. 오늘날 '天武本 古事記' 혹은 '原古事記'를 확인할 수 없기 때문에 여기에서 이야기와 노래를 연결하는 문구가 무엇이었는지 알 수는 없지만 현『고사기』에서 이 '歌曰'이라는 문구가 압도적인 빈도수를 보인다는 것은 시사하는 바가 크다. 다양한 문구를 '歌曰'로 통일한 것으로 추정해 볼 수 있는 것이다. 만일 그렇다면 그 일은 오노 야스마로에 의해 행해졌을 것으로 본다.

3.2.2. 운문의 기능 및 효과

위의 몇 예들에서도 드러나듯,『고사기』텍스트들에 삽입된 운문은 대체로 길이가 짧은 抒情詩가 주를 이룬다. 서정시는 긴 시간이 아닌 어느 한 순간의 화자의 고조된 감정을 함축적인 언어로 표현하는 시양식이므로 대체로 길이가 짧다. 서정시가 독립적으로 존재하는 것이 아니라 서사체에 삽입이 되는 경우 길이가 길면 서사 진행을 지연시키는 결과를 야기한다.『고사기』의 운문 삽입 양상을 보면 표현할 내용이 많을 경우 한 편의 길이를 길게 하는 것이 아니라 몇 개로 나누어 배열을 하고 있음을 보게 된다. 그리고 每篇마다 운문 제시어를 사용하여 그 운문들이 독립적인 것임을 나타낸다. 그러면, 독자가 이를 읽을 때 건너 뛸 수도 있고 한 두 편만 읽어도 되므로 줄거리의 파악에 어려움이 없게 되는 것이다. 예를 들어 중권「神武天皇」에는 천황의 군대가 토미비코를 공격할 때 불렀던 노래가 3편(11-13번)이 실려 있는데 다 비슷한 내용으로 되어 있다. 사실 이 세 편을 하나로 묶어 하나로 해도 될 것을 '歌曰' '又歌曰'이라는 운문 제시어를 사용하여 세 편으로 분절을 한 것이다. 이렇게 함으로써 긴 운문으로 인한 서사진행의 지연을 막을 수 있었을 것으로 본다.

서사체 시삽입형 혼합담론의 경우 운문은 산문 중간중간에 배치되는데 시가 이야기와 결합하여 여러 가지 문학적 효과를 야기한다. 첫째 인물의 내면을 표현하는 방편이 된다. 산문 부분은 3인칭 관찰자 시점으로 서술이 행해져 주로 사건의 외면을 그려내는 구실을 하는데 운문을 통해

운문을 통해 인물의 내면세계를 표현함으로써 상보적 효과를 기대할 수 있게 되는 것이다.

(4) 그러자 야마토타케루노미코토(倭建命)의 혼은 아주 커다란 백조가 되어 하늘높이 날아 해변을 향해 날아갔다. 그리하여 그 황후와 자식들은 小竹의 그루터기에 발을 다쳐도 그 고통을 잊은 채 울면서 쫓아갔다. 그리고 노래로써 말했다.

"나지막한 小竹 밭을 가고자 하니 허리에 이대가 감겨 걷기가 힘들구나 하늘을 날 수도 없고 다리로 걸어서 가는 안타까움이여"26)　　　(「景行天皇」)

이는 「景行天皇」의 일부인데 이 편에서는 倭建命의 이야기가 큰 비중을 차지하고 있어 倭建命이 실질적인 주인공이라 해도 무방하다. 위 대목은 倭建命이 죽은 뒤 백조가 되어 날아가는 극적인 상황에서 황후와 자식들이 슬픔을 토로하는 장면이다. 倭建命이 백조가 되어 날아가는데 자신들은 아픈 발로 걸어서 가니 점점 백조와의 거리는 멀어지고 그 거리에 비례하여 슬픔과 안타까움이 커져가는 인물의 심정이 운문에 잘 표현되어 있다. 倭建命은 일본 역사상 東征을 비롯 수많은 무훈을 세운 영웅으로 기록되어 있다. 그런 만큼 그의 죽음의 장면은 최대의 긴장과 감동을 담고 있다고 하겠다. 산문은 단지 '倭建命이 죽은 뒤 백조가 되어 날아갔다'고 하는 외면적 사실을 서술하여 서사의 객관성을 확보한 반면, 황후와 자식들이 이를 보고 느끼는 슬픔은 운문을 통해 내면화함으로써 감동을 배가하고 서정성을 높이고 있는 것이다. 이로써 산문부와 운문부는 상보적 효과를 갖게 된다.

---

26) 於是 化八尋白智鳥 翔天而向浜飛行. 爾其后及御子等 於其小竹之苅杙 雖足跳破 忘其痛以哭追. 此時歌曰, "淺小竹原 腰なづむ 空は行かず 足よ行くな." 노성환, 『고사기·중』(1990), 166쪽.

둘째, 이처럼 운문은 인물의 내면 세계를 표현하는 방편이 됨과 동시에 극적인 장면에 삽입되어 서사의 효과를 극대화하는 구실을 한다. 원래 서정시는 화자의 어느 한 순간의 고조된 감정을 표출하는 것을 특징으로 한다. 이처럼 극적인 장면에 서정시를 삽입함으로써 그 극적 효과와 감동이 배가되는 것이다.

셋째, 『고사기』 텍스트들의 주인공은 비범하고 신적인 존재이므로 운문이 그들에 대한 '讚美'의 수단으로 활용되기도 한다.

> (5) 그러자 타케우치노스쿠네가 노래로써 아뢰었다.
> "높이서 빛나는 태양의 자손이여, 참 좋은 질문을 하셨습니다. 저는 몇 대에 걸쳐 오래 살아온 사람이지만 신성한 야마토노구니에서 기러기가 알을 낳았다는 이야기는 아직 들은 적이 없습니다."
> 그리고는 천황으로부터 거문고를 받아 노래로써 말하였다.
> "태양의 아들이신 당신이 오래오래 나라를 다스리게 된다는 징조로 기러기가 알을 낳은 것입니다."[27]   (「仁德天皇」)

이 부분은 「仁德天皇」의 일부로 천황이 알을 낳았다는 말을 듣고 거기서 오래 살아온 타케우치노스쿠네노미코토(建內宿禰)를 불러 그 상황을 묻자 그가 노래로써 답하는 대목이다. 여기서 운문을 지은 이는 '기러기가 알을 낳은 사건'을 길조로 보고 천황의 덕을 찬양하고 있다. 이때 노래는 歌詞의 내용이 실제로 일어나게 될 것임을 암시하는 강력한 주술력을 갖는다.

넷째, 운문이 산문부 서술을 구체화하는 구실을 하기도 한다. 『고사

---

27) 於是 建內宿禰 以歌語白, "高光る 日の御子 諾しこそ 問ひたまへ まこそに 問ひたまへ 吾こそは 世の長人 そらみつ 倭の國に 雁卵生と 未だ聞かず." 如此白而被給御琴 歌曰, "汝が御子や 終に知らむと 雁は卵生らし." 노성환, 『고사기·하』(2009), 262쪽.

기·상』의 「大國主神」에서 야치호코신(八千矛神)이 이즈모에서 야마토
노구니로 떠나는 장면을 들어보기로 한다.

(6) 그로 말미암아 야치호코신은 매우 당황하여 이즈모에서 야마토노구니로
떠날 준비를 끝내고 떠날 때 한쪽 손은 말의 안장에 걸치고 또 한 쪽 발은 말의
등자에 올려놓고 노래로써 말하였다.

"… 해안의 파도처럼 뒤로 그 옷을 벗어 던지고 산에 있는 밭에 뿌리는 여뀌
를 절구에 찧어 만든 물감으로 빨갛게 물들인 옷을 말끔히 차려 입고서 물새처
럼 가슴을 보니 소매를 올려다보고 또 내려다보니 이것이야말로 어울리는구나.
(하략)"28)

산문 부분은 야치호코신의 출발 당시의 외관에 대해 간략히 묘사한
반면, 운문에서는 그 옷차림을 길고 자세하게 부연하고 있음을 본다. 이
운문뿐 아니라 「大國主神」에 삽입된 나머지 세 편의 운문도 『고사기』에
수록된 전체 112편 중에서도 가장 길이가 긴 것들인데 대체적으로 長形
의 시는 短形의 경우보다 장면의 구체화와 사실적인 묘사에 유리하다는
것은 말할 나위가 없다.

4. 『古事記』 산운 혼합서술의 연원

4.1. 기존의 견해들

『고사기』를 일본 산운 혼합담론의 嚆矢 혹은 最古形으로 자기매김한

---

28) 故其日子遲神和備弖 自出雲將上坐倭國而束裝立時 片御手者 繫御馬之鞍 片御足
踏入其御鐙而歌曰, "邊つ波 背に脫き棄て 山縣に 蒔きし 藍蓼舂き 染木が 汁に 染
衣を ま具に 取り裝ひ 沖つ鳥 胸 見る時 羽叩ぎも 此し良ろし." 노성환, 『고사기·
상』(1990), 123쪽.

뒤 검토해 봐야 할 문제는 이러한 서술형태가 과연 일본 고유의 것인가 아니면 외래 요소의 영향 혹은 자극을 받아 이루어진 것인가, 만일 영향을 받은 것이라면 어떤 텍스트를 영향의 근원으로 볼 것인가 하는 점들이다.

이에 대한 견해는 크게 세 갈래로 나뉜다. 첫째는 중국의 史書 특히 『史記』나 『漢書』 『春秋左氏傳』의 영향을 받은 것으로 보는 견해[29], 둘째는 일본 고유의 것으로 보는 견해, 셋째는 佛經의 영향을 받은 것으로 보는 견해이다. 먼저 原田貞義[30]는 가요나 시가를 곁들여 史實을 말하는 형태는 중국의 『史記』나 『漢書』 등에도 보이므로 『고사기』 『일본서기』는 이 전례를 답습한 것으로 본다는 견해를 제시하였다. 小島憲之는 전승되는 이야기에 가요가 결합되는 양상을 『춘추좌씨전』과 毛詩의 관계와 같은 것으로 파악하고 여기서 상대인이 漢籍으로부터 얻은 述作의 方法을 볼 수 있다고 하였다.[31] 李權熙는 原田貞義의 견해를 수용하되 한걸음 나아가 중국 사서의 경우는 가요가 이야기 전개에 간여하지 않고 단지 어느 인물의 노래라는 형태로서 노래를 기록하는 것 그 자체에 의미를 두고 있으나, 『고사기』와 『일본서기』의 경우 이야기와 노래의 관계가 긴밀하게 상호작용하여 이루어지는 歌謠物語의 형태도 있어 이것은 일본의 고유 영역이고 上代文學의 독자적 방법이라고 주장하였다.[32]

한편 시구와 산문이 병존하는 표현법을 漢譯 佛典에서 찾는 견해도 있다. 奈良康明은 『日本の佛教を知る事典』에서 '『고사기』에 '歡喜' '遊

---

29) 記紀 편찬 이전에 이들 漢籍이 이미 일본에 유입되었다는 근거에 대해서는 小島憲之, 『上代日本文學と中國文學‧上』(塙書房, 1962‧1993), 81쪽, 91쪽 참고.

30) 原田貞義, 『日本書紀歌謠』(講談社, 1987), 解說 374쪽.

31) 小島憲之, 「上代歌謠おをめぐる問題」, 『古代歌謠』(일본문학연구자료간행회 編, 有精堂, 1985), 33쪽.

32) 李權熙, 「『古事記』歌謠物語に關する一考察」, 《日本硏究》 22호, 2004; 앞의 책, 157쪽, 195쪽.

行' '思惟'와 같은 불교 어휘가 이용되어 있다든가 시구와 산문이 병존하는 표현법 등은 한역 불전으로부터의 영향'이라 하였다.[33]

이 중 중국 사서『사기』와『한서』를 전례로 했다는 의견은 이권희가 지적한 대로 이들 사서에서는 列傳 부분에서 어느 인물의 행적을 기록하는 중에 그 인물이 지은 시구를 포함시킨 것으로『고사기』의 산운 결합 방식과는 큰 차이가 있다는 점에서 수용하기 어렵다.『좌전』과 모시의 관계에서 그 전례를 찾는 小島憲之의 견해는 상당히 설득력이 있으나『좌전』의 경우 시구의 삽입이 주로 다른 사람이 지은 것을 인물이 '인용'하는 형태로 이루어지는 반면『고사기』의 경우는 서사 속 인물이 지은 것으로 되어 있어 차이를 보인다. 그리고『고사기』와『일본서기』의 歌謠物語는 일본 고유의 것이라 한 이권희의 견해는 동아시아 전체 판도에서 산운 혼합서술 문체를 살피지 않았다는 문제점을 지닌다. 중국의『呂氏春秋』『晏子春秋』, 漢代의『新序』나『說苑』등에도 운문을 포함한 短篇 敍事體의 성격을 띠는 텍스트들이 다수 존재하며 여기서 운문은 단순 인용도 있지만『고사기』와 마찬가지로 등장 인물의 목소리로 發해지는 예도 허다하다. 산문과 운문이 결합되는『고사기』의 서술패턴이 한역 불전의 영향에서 비롯되었다고 보는 세 번째 입장은 필자도 수용하는 바이지만 구체적으로 어떤 불경으로부터 어떤 영향을 받았는지에 대한 구체적 검토가 이루어지지 않았다는 점이 아쉽다.

『고사기』의 산운 결합방식의 형성 및 출현에 영향을 준 문화적 자극 요인을 딱 하나로 지적하여 단정할 수는 없지만, 필자는『고사기』편찬 이전의 여러 상황을 감안하여 漢譯 佛典, 그 중에서도 護國三部經으로 일컬어지는『法華經』『金光明經』『仁王經』을 그 연원 혹은 원천으로

---

33) 奈良康明,『日本の佛教を知る事典』(東京書籍, 1994), 331쪽; 眞野友惠,「『懷風藻』の佛教事典論証に 關する一考察」,《日語日文學》55집, 2012, 257쪽에서 재인용.

보고 이에 주목하고자 한다. 이들 경전도 산문과 운문 —게송— 을 섞어 서술을 전개해 나가고 독립적인 敍事短篇으로 볼 만한 것들도 상당수 포함되어 있기 때문이다.

4.2. 호국삼부경과 『고사기』

上代 일본에서 많이 익히고 널리 유포된 불경으로는 護國三部經이라 일컬어지는 『法華經』 『仁王經』 『金光明經』이 꼽힌다. 이 중 『법화경』 은 일본에서 가장 널리 읽히고 신앙의 대상이 되기까지 한 경전[34]이고, 『인왕경』과 『금광명경』은 天武·持統·文武 時代에 호국불교가 크게 성행하는 데 기초가 된 경전이다.[35] 이들 불경이 『고사기』의 산운 혼합 서술 문체의 형성에 끼친 영향을 살피기 전에 먼저 일본 문헌에 나타난 이 경전들에 대한 기록을 살피기로 한다.

이 경전들 중 『법화경』은 『일본서기』推古 14년(606) 7월조에,

이 해 황태자 —聖德太子— 는 또 법화경을 岡本宮에서 강하였다.[36]

라는 기록이 보인다. 그리고 불교에 조예가 깊었던 聖德太子(574~622)가 『법화경』 『유마경』 『승만경』의 주석서인 『三經義疏』를 저술한 것으로 알려져 있어[37] 『법화경』이 推古 천황대에 크게 각광을 받은 것을 확인할

---

34) 末木文美士, 『일본불교사』(이시준 옮김, 뿌리와 이파리, 2005), 66쪽.
35) 田村圓澄, 『古代朝鮮と日本佛教』(講談社, 1985·1992), 70쪽.
36) "是歲 皇太子亦講法華經於岡本宮." 田溶新 譯, 『完譯 日本書紀』(일지사, 1989· 1992), 388쪽.
37) 이 『삼경의소』에 대하여 聖德太子 진찬설과 위찬설의 논쟁이 있으나 이 글에서는 진찬설을 받아들이기로 한다. 법화의소에 대해서는 末木文美士의 앞의 책(33~38쪽, 71쪽) 참고.

수 있다. 『법화경』은 3종의 한문 번역이 전하는데 그 중 鳩摩羅什(334~413)이 406년경 번역한 『妙法蓮華經』이 가장 널리 유포되어 있었다.

『인왕경』과 『금광명경』은 『법화경』에 비해 문헌에 늦게 등장한다. 이 경전들이 문헌 기록에 처음 나타나는 것은 『일본서기』 天武 5년(676년) 11월의 기록이다.

> 甲申(20일), 사자를 사방의 나라에 보내 金光明經과 仁王經을 강설하게 하였다.[38]

이에 의거하면 늦어도 7세기 중엽 무렵에는 두 경전이 일본에 유입되어 있었다는 것을 알 수 있다.[39] 또한 『일본서기』 持統 7년(696년) 10월 조와 8년(697년) 5월조에 각각 『인왕경』을 강하고 『금광명경』을 배포한 기록이 보인다.

> 丁巳朔 戊午(2일), 조서를 내려 '금년부터 친왕을 위시하여 아래 進位에 이르기까지 비치한 무기를 살피도록 하라. 淨冠에서 直冠에 이르기까지는 각각 갑옷 1領, 大刀 1口, 활 1張, 화살 1具, 鞆 1枚, 鞍馬를 (중략) 미리 준비하라'고 하였다. 기묘(23일)부터 시작하여 인왕경을 諸國에 강설하게 하여 4일만에 끝났다.[40]

---

38) "甲申遣使於四方國 說金光明經仁王經." 『완역 일본서기』, 529쪽.

39) 우리나라에서는 통일신라 초기까지 이 4권본이 많이 유통되었으나 8세기 이후, 고려 때에 와서는 의정의 10권본이 존중되었다. 이 번역본이 통일신라 초기까지 성행했다는 점으로 미루어 天武5년조에 언급된 『금광명경』은 한반도에서 전래한 것일 수도 있고 중국(唐)에서 전래한 것일 수도 있다.

40) "冬十月丁巳朔戊午 詔自今年始於親王下至進位 觀所儲兵. 淨冠至直冠 人甲一領大刀一口弓一張矢一 具鞆一枚鞍馬 (中略) 如此豫備. 己卯始講仁王經於百國 四日而畢." 『완역 일본서기』, 586쪽.

　　癸巳(11일), 금광명경 100부를 諸國에 보내어 비치하게 하여 반드시 매년 正月 上弦 ─7·8일─ 에 그 경을 읽게 하고 그 布施는 그 나라의 관물로 충당하게 하였다.[41]

　　이로 보면 이 두 경전은 天武朝 이후 조정 차원에서 널리 유포하여 護國佛敎의 기초를 다지는 구심점으로 삼았음을 알 수 있다.

　　『인왕경』의 한역본은 2종이 있는데 鳩摩羅什이 번역한 『佛說仁王般若波羅蜜經』 2권과 당나라 不空(705~774)이 번역한 『仁王護國般若波羅密多經』 2권이다. 위 天武紀에 나오는 『인왕경』은 연대상으로 볼 때 구마라집의 번역본일 것이 틀림없다. 『금광명경』은 인도에서 대략 4세기경에 성립된 것으로 추정되는데 漢譯은 北涼 元始(412~427)때의 曇無讖(385~433)에 의해 4권으로 번역된 것을 필두로 隋나라 大興善寺의 釋 寶貴가 597년에 번역한 『合部金光明經』 8권, 唐의 義淨이 703년에 번역한 『金光明最勝王經』 10권이 있다. 이 중 曇無讖의 4권 19품이 가장 유명하며 天武紀의 기록에 나오는 『금광명경』도 이것일 것으로 추정된다. 『合部金光明經』은 天武5년 이전의 번역이지만 인용된 佛典名이 『合部金光明經』이 아닌 『금광명경』으로 명시되어 있고, 의정의 번역본은 676년보다 뒤인 703년에 이루어진 것이기 때문이다.

　　『인왕경』은 부처님이 16국왕이 각각 그 나라를 보호하고, 편안케 하기 위해서는 반야바라밀을 受持하여야 한다고 말한 경이고 『금광명경』은 왕을 수호하고 적의 침입 막는 힘을 가진 경전으로 인식되어 신앙의 대상이 되었던 경전이다. 예로부터 불교국가에서는 이 두 경전을 독송하면 사천왕이 국왕과 국토를 수호하고 여러가지 재앙을 퇴치하며 복을 불러

---

41) "癸巳 以金光明經一百部 送置諸國 必取每年正月上弦讀之 其布施以當國官物充之." 『완역 일본서기』, 587쪽.

오는 것으로 국가적·개인적으로 크게 신봉되었다.『인왕경』과『금광명
경』에서 호국의 근거가 되는 내용은 각각「護國品」과「四天王品」에 주
로 설해져 있다.

　이상 종합하면 이들 호국삼부경은『고사기』성립 이전부터 크게 신봉
된 것들로 이들이 어떤 형태로든『고사기』의 기획과 편찬, 성립에 영향
을 끼쳤을 것으로 추정된다. 6세기 중엽 백제로부터 일본에 불교가 전
래[42]되었을 때 일본인들이 부처를 '異國의 神'으로 이해했고 6-7세기 일
본에서 불교를 주술로서 받아들였던 점[43]을 고려하면 천황을 天神의 후
손으로 보고 그 계보를 서술한『고사기』상권의 여러 신들과 佛神의 동
격화는 자연스럽게 이루어졌을 것이기 때문이다.

　天武天皇은『금광명경』을 강설하게 한 지 5년 뒤인 天武10년(681년)
에 '帝紀 및 上古의 諸事를 記定'케 하라는 명을 내린다.[44] 여기서는 帝
紀만 언급되었지만 舊辭까지 다 포괄하는 것으로 보는 것이 타당하다.
또한『고사기』서문에도 나타나 있듯 天武天皇이 '제가가 가지고 있는
제기와 본사가 사실과 다르고 허위가 많아 이를 잘 조사하여 허위를 없
애고 정실을 정해 후세에 전하기 위해 稗田阿禮에게 帝皇日繼와 先代
舊辭를 誦習'하게 했다는 기록까지 고려한다면, 그리고 帝紀와 舊辭가
현『고사기』의 原資料가 된 점을 감안한다면 이 天武代의 勅命을『고사
기』기획의 출발점으로 보아도 좋을 것이다.

---

42) 불교 전래 시기는 두 가지 설이 있는데,『日本書紀』欽明13년 10월조에 의거하여
　　552년으로 보는 설과『元興寺緣起』에 의거하여 538년으로 보는 설이다. 末木文美士,
　　앞의 책, 14쪽.
43) 家永三郎,『日本文化史』(이영 역, 까치글방, 1999·2003), 66쪽. 渡邊照宏도 일본
　　불교의 특징 중 하나로 '주술성'을 들었다. 渡邊照宏,『日本佛教』(李永子 譯, 經書院,
　　1987), 80~83쪽.
44)『완역 일본서기』天武10년 3월조. "天皇……令記定帝紀及上古諸事."

그렇다면 이들 호국삼부경은 『고사기』의 산운 혼합서술방식의 출현에 어떤 영향을 끼쳤을까? 대부분의 불경이 그렇듯 이 경전들 또한 산문과 운문 —偈頌— 을 섞어 부처님 말씀을 서술하는 것을 특징으로 한다. 이 경전들은 모두 '나는 이와같이 들었다'("如是我聞")로 시작하고 있어 그 경의 1인칭 서술자가 부처의 말씀과 가르침을 전하는 형식으로 되어 있다. 부처는 효과적으로 법을 설하기 위해 가상의 인물을 들어 이야기를 전개하는 경우가 많은데, 이런 이야기들은 일종의 短篇 敍事體로 분류할 수 있다. 그 허구적 이야기에 등장하는 인물이 운문 —게송— 을 發할 경우, 『고사기』와 마찬가지로 서사체 시삽입형 혼합담론으로 포괄할 수 있게 되는 것이다.

『법화경』에는 무수한 偈頌이 포함되어 있는데 게송은 世尊이 짓거나 설법의 자리에 참석한 인물이 부처님 말씀에 찬탄하며 읊조린 것이 대부분이다. 산문에서 운문으로 연결되는 문구는 '—은(는) 이 뜻을 거듭 펴기 위해 게송으로 말하였다(물었다)'와 같은 상투적 표현이 사용된다. 따라서 운문은 산문의 내용을 되풀이하는 양상을 띠게 된다.

이 때, 부처님은 미간의 白毫相으로 광명을 놓아 동쪽 1만 8천 세계를 비추시매, 두루하지 않은 데가 없어 아래로는 아비지옥과 위로는 아가니타천에까지 이르렀다. (중략) 그때 미륵보살이 자기 의심도 결단하고 또 사부대중인 비구·비구니·우바새·우바이와 여러 하늘·용·귀신들의 마음을 살펴 알고서 문수사리에게 물었다. "무슨 인연으로 이렇게 상서로운 신통이 나타나며 큰 광명을 놓으사 동방으로 1만 8천 세계를 비추어 저 부처님 나라의 장엄을 다 볼 수 있게 하나이까?" 미륵보살은 이 뜻을 거듭 펴려고 게송으로 물었다.

"문수사리보살이여 導師께서 무슨 일로 / 양미간의 백호상에 큰 광명을 비추시며 / 만다라·만수사꽃 비오듯 내려오고 / 전단향 맑은 바람 여러 마음 기뻐하니 / 이와 같은 인연으로 땅이 모두 엄정하며 / 이러한 세계마다 6종으로 진동하네 / 그때에 사부 대중 서로 모두 환희하여 / 몸과 마음 유쾌하니 처음 보는 일이로다. (하략)"45)

이는 「序品」 맨 처음에 나오는 게송인데 세존이 법을 설하는 자리에 모인 이들 중 하나인 미륵보살이 읊은 것이다. 여기서 보듯 운문은 세존의 설법 내용 안에 포함된 허구적 이야기 속의 인물이 지은 것이 아니며 설법의 자리에 있던 인물이 지은 것으로 되어 있다.

『법화경』에는 허구적 이야기들 즉 短篇 敍事體로 볼 수 있는 이야기들도 상당수 등장하는데, 이 이야기 속 인물이 게송을 짓는 경우 이는 『고사기』와 같은 형태라 할 수 있다.46) 이런 예로 제3권의 「化城喩品」, 제6권의 「藥王菩薩本事品」, 제7권의 「妙莊嚴菩薩本事品」 세 편이 발견된다. 이 중 「화성유품」은 法華七喩의 하나이다. 나머지 두 편의 제목에 포함된 '本事'란 범어 itivrttaka를 번역한 것으로 12分敎47) 중 하나인데 이는

---

45) 爾時 佛放眉間白毫相 光照東方萬八千世界 靡不周遍 下至阿鼻地獄 上至阿迦尼咤天. (中略) 爾時 彌勒菩薩 欲自決疑 又觀四衆比丘比丘尼優婆塞優婆夷 及諸天龍鬼神等衆 會之心 而問文殊師利言 以何因緣而有此瑞神通之相 放大光明照于東方萬八千土 悉見彼佛國界莊嚴. 於是 彌勒菩薩欲重宣此義 以偈問曰 "文殊師利 導師何故 眉間白毫 大光普照 雨曼陁羅 曼殊沙華 栴檀香風 悅可衆心 以是因緣 地皆嚴淨 而此世界 六種震動 時四部衆 咸皆歡喜 身意快然 得未曾有 (下略)" 이하 모든 인용 불경의 원문은 고려대장경지식베이스(고려대장경연구소, http://kb.sutra.re.kr/ritk/search/xmlSearch. do)에 의거하였다. 『법화경』의 번역은 李耘虛 譯, 『법화경』(동국대학교 부설역경원, 1990)에 의거하였다. 번역 21~23쪽.

46) 대표적인 것으로 이른바 法華七喩로 일컬어지는 이야기들을 들 수 있는데 이 중 '火宅喩'(「方便品」) '窮子喩'(「信解品」) '繫珠喩'(「五百弟子授記品」) '醫師喩'(「如來壽量品」)은 단편 서사체로 볼 수 있으나 그 안에 인물의 게송이 포함되어 있지 않으며 '王繫喩'(「安樂行品」)와 '藥草喩'(「藥草喩品」)는 단순 비유이고 서사라 할 수 없으며, '化城喩'(「化城喩品」)만이 이야기 속 인물이 게송을 읊는 예가 발견되므로 서사체 시삽입형 혼합담론으로 볼 수 있다.

47) 十二分敎는 불멸 직후 열린 제1결집 후에 분류된 것으로 문체, 문장 및 기술의 형식과 내용 등을 기준으로 경전을 12가지로 분류한 것을 말하는데 12부경, 12분교,

불제자의 전생담이다.[48] 「약왕보살본사품」은 부처가 약왕보살의 고행에
대해 묻는 수왕화보살에게 약왕보살의 과거의 인연을 설한 것이고, 「묘장
엄보살본사품」은 묘장엄왕이 과거의 인연으로 독실한 불제자가 된 것을
설한 것이다.

> 그 몸이 1200년 동안을 탄 뒤에야 몸이 다하였느니라. 이와 같이 一切衆生
> 憙見菩薩이 몸을 다 태워 법 공양을 마친 후, 다시 일월정명덕불의 국토 가운
> 데 淨德王 집안에서 결과부좌를 하고 홀연히 부모의 인연에 의존함이 없이 태
> 어나서 게송으로 그의 아버지께 말하였느니라.
> "대왕이신 아버지여, 마땅히 아옵소서 / 나는 저 땅에서 오래도록 경행하여
> / 현일체색신삼매를 잘 얻었으며 / 또한 그 삼매에 들었나이다 / 부지런히 큰 정
> 진 행하려는 뜻 / 아끼던 내 몸까지 선뜻 버리고 / 거룩하신 세존께 공양을 하니
> / 위없는 큰 도 구하기 위함이었나이다."
> 이 게송을 다 마치고 아버지께 또 말하였느니라. (중략) 이 말을 마치고 칠보
> 의 좌대에 앉아 허공으로 오르니 그 높이가 7다라수나 되었느니라. 부처님 계신
> 데에 가서는 머리 숙여 예배하고 열 손가락을 모아 합장하여 게송으로 찬탄하
> 였느니라.
> "존안이 기묘하고 아름다운 세존께서 / 시방 두루하게 광명을 놓으시니 / 오
> 랜 옛날 일찍이 공양을 하였지만 / 지금 다시 와서 친근하나이다."[49]

12분경이라고도 한다.
48) 이에 대해 '本生'(jataka)은 부처의 전생을 설한 것이며, 본사·본생이라는 말은 『법
   화경』 「방편품」에도 나온다.
49) 其身火燃千二百歲 過是已後 其身乃盡. 一切衆生憙見菩薩作如是法供養已 命終之
   後 復生日月淨明德 佛國中於淨德王家 結加趺坐 忽然化生. 卽爲其父而說偈言 "大王
   今當知 我經行彼處 卽時得一切 現諸身三昧 懃行大精進 捨所愛之身供養於世尊 爲求
   無上慧." 說是偈已 而白父言. (中略) 白已卽坐七寶之臺 上昇虛空高七多羅樹 往到佛
   所 頭面禮足 合十指爪 以偈讚佛 "容顏甚奇妙 光明照十方 我適曾供養今復還親觀."
   이운허 역, 『법화경』, 361쪽.

위는 「약왕보살본사품」의 일부를 인용한 것인데, 약왕보살이 전생에
일체중생희견보살이었을 때 자신의 몸을 태우는 燒身供養을 한 뒤 다시
정덕왕의 집에 태어나 그 아버지에게 전세의 일을 게송으로써 아뢰는
대목이다. 이 「약왕보살본사품」의 화자는 부처이고 청자는 수왕화보살
이며 약왕보살이나 일체중생희견보살, 정덕왕 등은 화자가 청자에게 들
려주는 이야기 속에 나오는 인물들이다. 그러므로 대개의 비유담이나 본
사담이 그렇듯, 큰 서술틀 안에 작은 이야기가 포함되는 액자식 구성으
로 되어 있다. 이 이야기에는 게송 2편[50])이 포함되어 있는데 이 게송들
은 부처 혹은 부처의 설법을 듣는 수왕화보살이 지은 것이 아니라 이야
기 속 인물이 지은 것이다. 운문 제시어 '說偈言' '以偈讚佛'은 인물이
자신의 생각을 말하는 '대사'로 게송이 사용되었음을 보여준다. 대사가
단지 말(산문)이 게송(운문)으로 대치되었을 뿐인 것이다.

이를 앞서 예를 든 「序品」의 경우와 비교해 보면 그 차이가 확연히
드러난다. 「서품」의 경우 부처나 설법의 장에 참여한 사람이 게송을 읊
는 경우 '-은(는) 이 뜻을 거듭 펴기 위해 게송으로 말하였다'와 문구를
사용하여 산문과 운문이 연결되고 산문의 뜻을 한 번 더 강조하기 위해
운문을 붙이는 양상이며[51] 따라서 산문과 운문의 내용은 중복을 이룬다.
반면 이야기 속 인물이 읊는 게송은 산문과 중복이 되지 않는다. 이것은
산문과 운문이 繼起的 관계에 놓인다는 것을 말해 준다. 또한 「서품」과
같이 부처님의 가르침을 운문으로 표현하는 경우는 길이가 무한히 늘어
나도 무방하지만, 서사 속에 포함된 긴 운문은 줄거리의 진전에 장애가

---

50) 원래 게송은 글자수와 구 수에 규정이 있어 3-8자를 한 구로 하고 4구를 1게송으로
   하지만 여기에 인용된 게송들은 각 편이 독립적 내용을 지니기보다는 계속 연결되
   어 어떤 내용을 계기적으로 전개해 가므로 하나의 운문 제시어로 포괄된 게송은 句
   數에 상관없이 한 편으로 간주한다. 이 기준은 이하 모든 게송에 다 적용됨.

51) 12부경 중 이런 형태를 重頌 혹은 祇夜라고 한다.

될 수 있으므로 상대적으로 길이가 짧은 경향이 있다.

그러나 서사 속의 산문과 운문 내용의 중복 여부를 살필 때, 「약왕보
살본사품」에서 보여주는 패턴이 일반적인 것이라고 일률적으로 말할 수
는 없다. 「妙莊嚴菩薩本事品」의 경우는 「서품」에서와 같이 산문의 내용
을 운문으로 거듭 읊는 형태를 취한다. 이 品은 부처가 8만 4천 대중에게
행한 설법이다. 이야기의 주인공인 묘장엄왕은 外道─바라문교─를 믿
었고, 부인 淨德과 두 아들 淨藏·淨眼은 법화경을 설하시는 운뇌음수
왕화지 부처의 제자였는데 두 아들은 아버지에게 신통력을 보여 운뇌음
수왕화지 부처께 귀의하도록 했다는 내용이다. 여기에는 게송이 1편 삽
입되어 있는데, 아버지 묘장엄왕이 불도에 귀의한 뒤 두 아들이 어머니
정덕 부인에게 출가를 청하면서 읊은 것이다.

> 그때 두 아들은 공중에서 내려와 그들의 어머니에게 나아가 합장하고 말하
> 기를 '부왕께서 이제 믿고 이해하여 아뇩다라삼먁삼보리의 마음을 내셨나이다.
> 저희들이 아버지를 위하여 이런 佛事를 하였으니 원컨대 어머니께서는 저희들
> 이 저 부처님 계신 데에 가서 출가하여 수도하도록 허락하여 주옵소서' 하였느
> 니라. 그때 두 아들이 그 뜻을 거듭 밝히려고 게송으로 어머니께 아뢰었느니라.
> "원컨대 어머님은 저희들이 출가하여 / 사문으로 수도토록 허락하여 주옵소
> 서 / 부처님 만나 뵙기 매우 어렵나니 / 저희들이 찾아가서 따라 배우렵니다.
> (하략)"[52]

산문과 운문을 비교해 보면 어머니에게 할 말을 한 번은 말─산문─
로, 한 번은 게송으로 되풀이함을 알 수 있다. 결국 게송은 어머니를 향한
아들의 대사에 해당하는 셈이다. 산문에서 운문으로 이어지는 문구 '두

---

52) 於是 二子從空中下 到其母所 合掌白母 父王今已信解 堪任發阿耨多羅三藐三菩提心.
   我等爲父 已作佛事 願母見聽於彼佛所出家修道. 爾時 二子欲重宣其意 以偈白母 "願
   母放我等 出家作沙門 諸佛甚難値 我等隨佛學 (下略)" 이운허 역, 『법화경』, 394쪽.

아들이 그 뜻을 거듭 밝히려고 게송으로 어머니께 아뢰었다'("二子欲重宣其意 以偈白母")를 보면 산문과 운문의 내용이 중복된다는 점과 운문 또한 인물의 대사로 활용된다는 것을 알 수 있다. '세존은 이 뜻을 거듭 펴시려고 게송으로 말씀하셨다("世尊欲重宣此義而說偈言")'라는 문구는 『법화경』에서 가장 많이 사용되는 운문 제시어인데 이외에 빈번히 나타나는 '게송으로 물었다("以偈問曰")' '게송으로 부처님을 찬탄했다("以偈讚佛")'와 같은 표현은 『고사기』의 '以歌白' '以歌答曰' '以歌語白'과 같은 언어구조로 되어 있다는 점에 주목할 필요가 있다. 위의 인용 예들에 포함된 게송을 비롯하여 『법화경』에 삽입되어 있는 게송은 대개 지은 사람의 속생각과 감정을 표현하는 抒情詩이다. 그러나 長篇 敍事詩라고 볼 만한 것들도 간혹 발견된다.[53]

한편 『인왕경』[54]의 경우 부처의 설법 내용에 산운 결합으로 된 허구적 이야기가 포함된 예는 제5 「護國品」에서 하나 발견된다. 부처가 舍衛國의 바사닉왕에게 들려주는 天羅國의 班足 태자 이야기이다.[55] 태자가 외도의 스승으로부터 왕의 머리 천 개를 취해 신에게 제사지내면 왕위에 오를 수 있다는 가르침을 받고 999명 왕을 잡았으나 한 명이 부족하여

---

[53] 예를 들어 「화성유품」 중 주인물 대통지승 부처님의 아버지인 전륜성왕이 세존의 존안을 우러러 보면서 읊은 게송은 부처의 행적을 32구로 서술한 장편 서사시 성격을 띤다. 이 게송은 이운허 역, 『법화경』, 170쪽 참고.

[54] 鳩摩羅什이 번역한 『佛說仁王般若波羅蜜經』을 대상으로 한다.

[55] 16대국 가운데 사위국의 왕인 바사닉왕이 16대국의 왕들이 자신들이 다스리고 있는 나라를 보호하고 편안케 하려면 어떻게 해야 하는 지를 여러 거사와 고타마 붓다의 직제자들과 보살들에게 묻고 다녔는데 아무도 답을 하지 못하고, 마침내 고타마 붓다가 그 물음에 답하여 설법한 내용으로 이루어져 있다. 고타마 붓다는 바사닉왕의 호국에 대한 물음에 바로 답하지 않고 먼저 보살들 즉 대승불교의 수행자를 위하여 佛果를 수호하는 인연 즉 직접적·간접적 원인과 10地를 원만히 성취하는 인연에 대해 설한다. 그런 후 16대국의 왕들이 그 나라를 보호하고 편안하게 하기 위해서는 반야바라밀을 受持하여야 한다고 설하고 있다

普明王에게 간다. 보명왕은 반족태자에게 하루만 말미를 주어 사문에게
음식공양을 할 수 있도록 청하자 태자는 허락한다. 보명왕은 법사들을
청하여 백고좌를 베풀고 반야바라밀을 강설토록 하여 결국 무상의 법을
증득하게 된다. 그리고 다시 천라국으로 돌아와 999명의 왕에게 『仁王
問般若波羅蜜經』 중의 게송을 외우도록 하여 모두 空門定을 증득하고
반족태자도 空三昧를 얻게 된다. 이에 태자가 잘못을 뉘우치고 왕들을
돌려보낸 뒤 자신은 출가하여 도를 닦아 無生法忍을 증득했다는 이야기
다. 이로부터 5천의 국왕이 항상 이 경을 강설하여 현세에 과보가 생겼
다고 한다. 이 이야기를 마치고 부처는 바사닉왕에게 '열여섯의 큰 나라
왕이 나라를 지키는 법을 닦는 방법은 마땅히 이와 같다'고 하면서 작은
나라 왕도 국토를 지키고자 하면 또한 다시 그렇게 할 것이니, 마땅히
법사를 청하여 반야바라밀을 설해야 한다는 가르침을 준다.

> 이 때 보명왕은 곧 과거 7불의 법에 의하여 백 법사를 청하여 백고좌를 베풀
> 어 하루 두 번 반야바라밀 8천억 게송을 강설했는데, 마침내 그 제일 법사가
> 보명왕을 위하여 게송으로써 말하였다.
> "劫의 불 태워 끝나면 / 하늘과 땅 확 트이고 / 수미산의 큰 바다도 / 모두 다
> 재가 되리 / 하늘·용 복이 다하여 / 그 가운데에서 죽고 / 二儀도 오히려 사라
> 지는데 / 나라인들 어찌 항상하리오. (하략)"56)

게송의 내용이나 성격은 『법화경』과 다를 바 없으며, 여기서 운문 제
시어는 '게송으로써 말하였다'("說偈言")라는 문구가 사용되어 역시 운문
이 인물의 대사 구실을 하는 양상을 보인다.

---

56) 時 普明王卽依過去七佛法 請百法師 敷百高座 一日二時 講般若波羅蜜八千億偈竟.
   其第一法師爲普明王 而說偈言 "劫燒終訖 乾坤洞然 須彌巨海 都爲灰煬 天龍福盡 於
   中彫喪 二儀尙殞 國有何常. (下略)"

『금광명경』의 경우 서사체 시삽입형 혼합담론으로 볼 수 있는 예는 제2 「壽量品」, 제15 「除病品」, 제17 「捨身品」의 세 品에서 발견된다. 제16 「流水長者子品」의 경우는 완벽하게 短篇敍事體의 요건을 갖춘 이야기가 포함되어 있으나 운문이 삽입되어 있지 않아 산운 혼합담론에 해당되지 않는다. 「수량품」은 석가모니 부처님의 수명이 80밖에 안되었는가에 의문을 품은 信相 보살 앞에 네 분 부처님이 나타나 석가모니 부처님의 수명이 한량이 없음을 설한 뒤 신상 보살이 의문이 풀리고 환희심에 차자 자취를 감추고 다시는 나타나지 않았다는 이야기이다. 「제병품」과 「사신품」은 부처가 도량에 있는 보리수신에게 설법한 내용으로 되어 있는데 그 설법 내용 안에 가상의 이야기를 포함하고 있어 전체 서술의 틀 안에 이야기를 포함하는 액자식 구성으로 되어 있다. 「제병품」에 내포된 이야기는 의사인 持水 長者와 그 아들 流水에 관한 것이고[57], 「사신품」은 굶주린 호랑이에게 자신의 몸을 보시한 마하살타 왕자에 관한 것이다. 이 중 가장 극적인 구성을 지닌 「사신품」의 마하살타 왕자 이야기의 예를 들어보기로 한다.

이 이야기의 특징은 똑같은 줄거리를 산문과 운문을 혼합하여 한 번 서술한 뒤 장편의 서사시로 또 한 번 되풀이하는 이중구조로 되어 있다는 점이다. 먼저 산운 혼합담론으로 된 부분을 (가)라 하고 그 줄거리를 요약하면 다음과 같다.

(가) 옛날 마하라타라는 임금의 세 아들이 있었는데 어느날 세 왕자는 숲속에서 7마리의 새끼를 낳고 굶주려 있는 호랑이를 발견한다. 두 왕자는 두려워 몸을 사렸으나 막내 왕자 '마하살타'는 혹 호랑이가 자기 새끼를 잡아먹을까 염려하여 자신의 몸을 먹이로 주고자 결단을 내린다. 그러나 어미 호랑이가 지

---

57) 여기에는 아버지와 아들이 주고받는 게송 두 편이 포함되어 있다.

쳐 자기 몸을 먹지 못할까봐 마른 나뭇가지로 자기 목을 찔러 피를 내고 호랑이 앞에 몸을 던진다. 왕비가 흉몽을 꾸고 불안해하던 차에 하인으로부터 막내왕 자가 없어졌다는 소식을 듣고 왕에게 그 소식을 전한다. 왕은 비통에 잠긴다.

여기에는 굶주린 어미 호랑이가 막내 왕자를 잡아먹고 난 뒤 첫째 왕 자와 둘째 왕자가 각각 읊은 게송 2편과 왕비가 흉몽을 꾸고 읊은 게송 이 한 편 도합 세 편의 운문이 포함되어 있다. 이때 산문에서 운문으로 이어지는 연결어는 모두 '게로써 말했다'("說偈言")로 되어 있어 운문이 인물의 대사에 해당하는 것임을 보여준다. (가)는 왕과 왕비가 아들의 죽음을 알지 못한 채 비통에 잠기는 것으로 끝이 나며, 「사신품」 시작 부분에서 제시된 '칠보탑 사리'에 관한 내용은 포함되어 있지 않다. 그러 므로 (가)는 '사리에 얽힌 과거 인연에 관한 이야기'가 아니라 '굶주린 호랑이에게 몸을 보시한 왕자 이야기'에 초점이 맞춰져 있다고 하겠다.
한편 장편 서사시 형태로 된 부분을 (나)라 하여 (가)와 비교해 보면 (가)의 내용이 약간 세부적으로 변형되어 있고 칠보탑 사리에 관한 내용 이 부가되어 있다. (가)와 (나)는 '그때 부처님은 이 뜻을 다시 펴려고 게송으로써 말씀하셨다'("爾時 世尊欲重宣此義 而說偈言")라는 문구로 연결 된다. 이 첫 부분을 인용해 보면 다음과 같다.

나는 지난 옛적 / 오랜 세월에 / 소중한 몸을 버려 / 보리를 구하였네 / 임금도 되었었고 / 왕자도 되어서 / 버리기 어려운 이 몸 버려 / 보리를 구하였네 / 생각 하니 지난 옛적 / 한 큰 나라가 있었는데 / 그 나라 임금 이름 / 마하라타였네. (하략)58)

---

58) "我於往昔 無量劫中 捨所重身 以求菩提 若爲國王 及作王子 常捨難捨 以求菩提 我 念宿命 有大國王其王名曰 摩訶羅陁." 번역은 忠正寺 편, 『금광명경』(『護國護法의 길』, 1985)에 의거함. 229쪽.

이 뒤를 이어 (가)의 내용이 되풀이된 다음,

(1) 왕과 왕비가 막내 왕자의 죽음을 알게 되는 과정
(2) 부처가 보리수신에게 그때 호랑이에게 몸을 준 마하살타 왕자는 지금 자신이고, 임금과 왕비는 지금 자신의 부왕과 어머니 마야 부인이며 그 때의 첫째 왕자는 미륵, 둘째 왕자는 조달이라고 말하는 내용
(3) 왕과 왕비가 시신의 사리를 거두어 그 자리에 칠보탑을 세우는 내용
(4) 막내 왕자가 죽기 전 자신의 사리를 중생을 위해 佛事에 쓰이게 해달라 는 서원을 세우는 내용

이 부가되어 장편 서사시가 완결된다. 이 부분으로 인해 (나)는 결국 '호 랑이에게 몸을 보시한 왕자 이야기'가 아니라 '칠보탑 사리의 과거 인연 에 관한 이야기'로서의 성격을 띠게 되는 것이다. (1)~(4)는 서술이 전 개되는 순서대로 요약한 것인데 검토해 보면 사건이 일어난 순서와 어긋 나는 것을 발견할 수 있다. 사건의 순서는 (4)-(1)-(3)-(2)이기 때문이다. 또 한 가지 발화 주체의 인칭 변화가 눈에 띤다. 첫 부분은 1인칭 '나'(我) 로 시작했는데 (3)에서는 '부처'라는 3인칭으로 바뀌어 있다. 이 부분 원 문을 보면, "佛告樹神/汝今當知/爾時王子/摩訶薩埵/捨身飼虎/今我身 是"(이하 생략)로 '佛'이라는 3인칭이 쓰이고 있는 것이다.

그렇다면 이같은 사건발생과 서술 순서의 차이 및 인칭의 교착현상은 어디서 비롯되는 것일까. 그 첫 번째 설명으로 이 서사시가 총 384구나 되는 긴 분량으로 된 점을 들 수 있다. 긴 길이로 인해 부분과 부분간의 긴밀성과 일관성이 유지되기 어려웠을 것이기 때문이다. 두 번째는 이 장편 서사시가 어느 한 시점에 한 사람의 손에 의해 만들어진 것이 아니 라 오랜 시간에 걸쳐 복수의 인물에 의해 창작되었을 가능성이 있고 그 로 인해 이같은 착종이 일어났을 것으로 볼 수 있다. 그리고 세 번째로

서술·서사기법의 미숙을 지적할 수 있다. 네 번째로 「사신품」 전체의 서술자의 시점이 서사시 서술자의 시점에 개입하여 1인칭 표현으로 해야 할 것을 3인칭으로 바꾸지 않았나 추정해 볼 수 있다.

　다음으로 생각해 볼 점은 다른 品들과는 달리 이 「사신품」은 왜 같은 이야기를 두 번 되풀이했을까 하는 점이다. 이에 대해서는 좀 더 자세한 연구가 필요하겠으나 그것은 이 글의 논점에서 벗어나는 것이므로 다음과 같이 추정하는 선에서 머물까 한다. 즉, 같은 내용을 담은 두 이질적인 담론 형태가 별도로 전해지다가 「사신품」에서 합성이 되지 않았나 생각한다. (가)와 (나)가 내용상 세부적 차이59)가 발견되는 것도 이들이 별도의 맥락에서 전해진 것이기 때문일 것이다. 이런 추정을 가능케 하는 근거로 (가)와 (나)의 청자가 다르다는 사실을 들 수 있다. (가)는 '아난다야 과거의 세상에 마하라타라는 왕이 있었느니라'하고 시작하는 부분에서 청자가 아난다로 드러나고 (나)는 (2)대목에서 보는 것처럼 청자가 보리수신으로 드러나 있는 것이다.

　이상 『고사기』의 산운 혼합서술의 성립에 영향을 끼쳤을 것으로 보이는 호국삼부경에서 산문과 운문이 어떻게 결합되는지를 살펴 보았다. 이들 경전은 단지 산문과 운문이라는 이질적 문학양식을 섞어 텍스트를 구성한다는 것뿐만 아니라 산문이 主가 되고 거기에 운문을 곁들여 서술하는 이른바 散主韻從의 서술방식의 모델이 된다는 점, 나아가서는 서사체의 성격을 띠는 산문의 적절한 곳에 운문을 삽입하여 극적 효과를 높이는 문학 기법을 선보였다는 점에서도 『고사기』 서술방식의 참고가 되었을 것으로 추정할 수 있다. 『고사기』와 이들 경전 사이에 보이는 여러 공통점들은 이런 추정을 뒷받침해 준다.

---

59) 예를 들어 왕비의 꿈, 왕과 왕비 중 누가 먼저 왕자의 죽음을 알게 되는가 하는 점에서 양자 차이를 보인다.

첫째, 『고사기』에서 가장 빈번히 사용되는 운문 제시어 '歌曰'과 세경전에서 공통적으로 많이 쓰이는 '說偈言', 『고사기』의 '以歌白' '以歌答曰' '以歌語白'과 불전의 '以偈問曰' '以偈讚佛' 사이에 보이는 유사성을 들 수 있다. 兩 항은 언어구조상으로나 의미상으로도 유사하지만, 모두다 운문이 대화로써 기능하는 것을 말해 주는 징표가 된다는 점에서도 주목할 필요가 있다.

둘째, 양자 모두 삽입 운문은 이야기 속 인물이 지은 것으로 인물의 생각과 감정을 표현하는 대사에 해당한다는 점 셋째, 삽입 운문은 양자 모두 서정시가 주를 이루고 대체로 길이가 짧아 서사 진행에 장애를 일으키지 않는다는 점도 공통점으로 들 수 있다. 경전의 경우 부처의 가르침을 설하거나 부처를 찬탄하는 일반 게송은 길이에 제약을 받을 필요가 없기 때문에 長篇이 많다는 점을 고려할 때 서사체 속에 포함된 운문의 길이가 짧다는 것은 우연의 일이 아니라 찬술자 혹은 작자가 서사체라는 것을 의식한 결과가 아닐까 생각한다.

넷째, 兩者에 있어 산문과 운문의 중복 여부를 살필 때 산문과 운문의 내용이 전면적으로 중복되는 예는 아주 드물며 부분적 중복을 보이는 예는 더러 발견되기도 하나 양자 모두 주를 이루는 것은 산문과 운문이 중복없이 새로운 내용을 전개해 가는 계기식 양상이다. 그래서 운문이나 산문 부분이 빠지면 서사 진행에 장애가 생기게 된다.

이런 공통점들이 보인다고 해서 이들 세 경전이 『고사기』 산운 혼합 서술 문체의 모델이 되었다고 곧바로 단정할 수는 없지만 적어도 참고가 되었거나 영향을 끼친 것만은 부인할 수 없을 것이다. 『詩經』 구절을 포함하고 있는 『좌전』도 『고사기』의 산운 혼합서술에 어느 정도 영향을 끼쳤을 것으로 볼 수 있지만, 『좌전』의 경우 시구의 삽입이 주로 이야기 속 인물에 의한 '인용'의 형태로 이루어지는 반면 『고사기』의 경우는 서사 속 인물이 지은 것으로 되어 있어 차이를 보인다.

『고사기』의 성립에 이들 불경이 영향을 끼쳤을 것이라는 점은 산운 혼합 서술방식이라고 하는 텍스트내적 징표 외에 텍스트외적 맥락에서도 찾을 수 있다. 불교는 전래 이후 처음에는 蘇我氏 등 호족 사이에서 사적 으로 신앙되었으나 大化改新(646년)을 전후하여 조정으로부터 공식적으 로 신앙되었다.[60] 일본 역사에서 大化改新은 여러 호족의 연합정권으로 불안정했던 조정이 蘇我의 권세를 꺾고 중앙 정권을 장악한 사건으로 인식된다. 정치면에서 씨족제 국가로부터 율령국가로의 발돋움은 불교의 측면에서도 씨족불교로부터 국가불교로 성장하는 계기가 된다. 율령국가 의 안녕을 주술적으로 보장받고자 했던 조정으로서는 불교가 그 요구에 부응하는 방편이 되었던 것으로 보인다.[61] 불교가 처음 전래되었을 때 일본인들은 불교를 주술로서 받아들이고 부처를 '異國의 神'으로 이해[62] 했기 때문에 불교를 신앙하는 것은 곧 이 신들의 보호를 받는 것을 의미했 던 것이다. 불교의 전래 초기 『인왕경』과 『금광명경』이 크게 존중되고 이에 기초한 호국불교가 성행한 것도 이런 맥락에서 이해할 수 있다.

특히 『금광명경』은 임금을 '하늘의 수호를 받으면서 胎中에 들어가는 존재' 즉 天神의 가호를 받는 존재로 묘사하고 나아가서는 '하늘의 아들' (天子)이라고 전제한다.[63] 그리고 한편으로는 부처님의 덕과 자비를 '金光

---

60) 家永三郎, 앞의 책, 66~67쪽.

61) 같은 곳.

62) 같은 곳. 渡邊照宏도 일본 불교의 특징 중 하나로 '주술성'을 들었다.
   渡邊照宏, 앞의 책, 80~83쪽.

63) "어머니 태중에 있을 적에 / 모든 하늘이 수호하고 수호를 먼저 받으면서 / 그 뒤에 태중에 들어가네 / 비록 인간 속에 있지마는 / 임금으로 태어나니 / 하늘들이 보호해 / 이러므로 천자라 일컫는다네 / 三十三天들은 / 자기의 공덕을 나누어서 / 이 사람에 게 주니 / 그래서 천자라고 일컫는다." (「正論品」) 충정사 편, 『금광명경』, 162~163쪽.

明' 즉 금색으로 찬연하게 빛나는 태양에 견줌으로써[64] 궁극적으로 '임금
=하늘의 아들=태양=부처님'의 관계를 설정하고 있다. 그리고 이 경을 믿
고 독송하는 국왕과 백성은 온갖 재난으로부터 수호받게 된다고 역설함
으로써[65]『금광명경』은 율령국가의 왕권을 신이한 힘에 의해 보장받고자
하는 조정의 요구에 완벽히 부응하는 경전이 될 수 있었던 것이다.

　정치적 요구에 대한 불교의 역할은『고사기』의 기획과 성립에도 직·
간접으로 영향을 끼쳤을 것이 분명하다. 일본 천황의 계보를 거슬러 올라
가면 天照大神에 도달하게 되는데 역대 천황들을 이 天照大神의 후손으
로 보고 그 계보를 밝힘으로써 지배의 합당성을 확보하고자 한 것이『고
사기』편찬의 기본 의도라고 할 때『고사기』상권의 여러 신들과 佛神의
동격화가 자연스럽게 이루어졌을 것임은 충분히 짐작할 수 있다.[66] 더구
나 天照大神은 그 이름에도 드러나듯 하늘에서 빛나는 태양의 이미지를
지니므로 자연스럽게 '天照大神=太陽=역대 天皇=부처님'의 관계가 성
립된다.『고사기』는 바로 이 관계를 드러내는 데 초점이 맞춰져 있다 하
겠고, 따라서『고사기』의 기획·편찬·성립과정에 이『금광명경』을 필두
로 다른 호국불전들이 큰 영향을 끼쳤을 것임은 자명하다 하겠다.

---

64) "부처님 달 깨끗하여 / 뚜렷하게 장엄하시고 / 부처님 해 빛나시어 / 일천 광명 놓으
시네…빛나고 찬란한 광명은 / 보배산 같으시고 / 미묘하고 깨끗하기는 / 순금과 같
으시네."(「四天王品」) 충정사 편, 『금광명경』, 140~141쪽.
65) 부처님이시여, 우리들 四天王과 二十八部 귀신들과 한량없는 백천 귀신은 사람의
눈보다 뛰어난 하늘 눈으로써 언제나 이 남섬부주를 보살피고 옹호하나이다. 부처
님이시여, 그런 까닭에 우리들을 '세상을 보호하는 왕'이라 일컫나이다. 만일 이 나
라에 쇠하여 해로운 일이 있거나 원수가 국경을 침노하거나 흉년들고 병이 도는 여
러 가지 재난이 있을 적에 어떤 비구가 이 경을 받아 지니면 우리들은 그 비구에게
권하여 우리 힘으로써 그 비구를 그 나라의 도시나 시골에 빨리 가서 이 미묘한
금광명경을 널리 말씀하여 유포케 하여 이런 여러 재변을 소멸케 하겠나이다. (「四
天王品」), 충정사 편, 『금광명경』, 125쪽.
66)『금광명경』과 天照大神의 관계에 대해서는 田村圓澄, 앞의 책, 88~90쪽 참고.

신은경(辛恩卿)

전북 전주 출생
서강대 국어국문학과, 한국학대학원(석사), 서강대대학원(박사)
동경대학 비교문학·비교문화연구실 visiting scholar
하버드대학교 옌칭연구소 visiting scholar
하와이대학교 한국학연구소 visiting scholar
현재 우석대학교 교수

논저
『辭說時調의 詩學的 硏究』(開文社, 1992)
『古典詩 다시 읽기』(보고사, 1997)
『風流 : 東아시아 美學의 근원』(보고사, 1999)
『한국 고전시가 경계허물기』(보고사, 2010)
「윤선도와 바쇼에 끼친 두보의 영향에 관한 연구」
「동아시아 꿈담론과 판타지 영화의 비교 연구 : 〈아바타〉와 〈매트릭스〉를 중심으로」
「A Reception Aesthetic Study on Sijo in English Translation : Focused on the Case of James S. Gale」
「『三國遺事』 소재 '郁面婢念佛西昇'에 대한 페미니즘적 조명」

서사적 글쓰기와 시가 운용

2015년 9월 29일 초판 1쇄 펴냄

지은이 신은경
펴낸이 김흥국
펴낸곳 도서출판 보고사

책임편집 이순민
표지디자인 윤인희

등록 1990년 12월 13일 제6-0429호
주소 경기도 파주시 회동길 337-15 2층
전화 031-955-9797(대표)
    02-922-5120~1(편집), 02-922-2246(영업)
팩스 02-922-6990
메일 kanapub3@naver.com / bogosabooks@naver.com
http://www.bogosabooks.co.kr

ISBN 979-11-5516-454-9 93810
ⓒ 신은경, 2015

이 도서의 국립중앙도서관 출판예정도서목록(CIP)은 서지정보유통지원시스템 홈페이지
(http://seoji.nl.go.kr)와 국가자료공동목록시스템(http://www.nl.go.kr/kolisnet)에서
이용하실 수 있습니다. (CIP제어번호 : CIP2015024775)